Moritz Pirol

STERNGUCKER
ODER DAS IDYLL EINES OBDACHLOSEN

1

Moritz Pirol

STERNGUCKER
ODER DAS IDYLL EINES OBDACHLOSEN

Erster Band
PURPURFLÜGEL

Zweiter Band
DOPPELSONNEN

Dritter Band
KRANICHRUFE

ISBN 3-938647-00-0

MORITZ PIROL

PURPURFLÜGEL

Prosanetze
auf den Spuren von Brief- und Schelmenroman

VERLAG ORPHEUS UND SÖHNE

Umschlag Michael Sauer

unter Verwendung

des geflügelten Eroten mit Leier
von einem Kruge des griechischen Vasenmalers Hermonax
aus der ersten Hälfte des 5. Jahrhunderts vor Christos
im Münchner Museum antiker Kleinkunst

und eines anonym überlieferten Scherenschnitts
von Friedrich Schiller in Hofuniform um 1790
aus dem Schiller-Nationalmuseum Marbach

"Zwei Weltkriege haben, Roheit und Raffgier züchtend,
das intellektuelle und moralische Niveau (die beiden gehören zusammen)
tief gesenkt und eine Zerrüttung gefördert, die schlechte Gewähr bietet
gegen den Sturz in einen dritten, der alles beenden würde."

Thomas Mann, 80: "Versuch über Schiller", 1955

"Eine Zeit
ersäuft in Blut und Giftgasen,
Völker von Bankbeamten und Profiteuren werfen sich in Stacheldrähte,
eine wohlorganisierte Humanität verhindert nichts,
sondern organisiert sich zur Herstellung von Prothesen;
Städte verhungern und schlagen Geld aus ihrem eigenen Hunger,
Zivilisten kriechen als Schleichpatrouillen,
und schließlich werden aus den Prothesen wieder Profiteure.
Ein Dämmerlicht stumpfer Unsicherheit,
tastet der Mensch, einem irren Kinde gleich, durch eine Traumlandschaft,
die er Wirklichkeit nennt und die ihm doch nur Alpdruck ist." (gekürzt)

Hermann Broch, 44: "Die Schlafwandler", 1931

"Entsetze dich nicht!
Es läutert sich alles Natürliche,
und überall windet die Blüte des Lebens
freier und freier
vom gröbern Stoffe sich los."

Friedrich Hölderlin, 27: "Hyperion oder der Eremit in Griechenland", 1797

"Teil Welten unter sie - nur, Vater, mir Gesänge."

Friedrich Schiller, 16: "Der Abend", 1776

Hubble : Hubble

Medien-Telex von United Press International (UPI) New York, Australian Associated Press (AAP) Sydney und Kyodo Tsushin (News Service) Tokio

Das Weltall kollabiert.

Zu dieser Erkenntnis gelangte jetzt ein amerikanisch-australisch-japanisches Astronomenteam. Die bisherige Ausdehnung des Universums, die erst 1929 von Edwin P. Hubble entdeckt wurde, ist demnach zum Stillstand gelangt. Damit hätte auch der Urknall, der vor rund 15 Milliarden Jahren unsern Kosmos in Bewegung setzte, seine Spätwirkungen eingestellt.

Meßwerte des nach demselben Hubble benannten Hubble-Weltraum-Teleskops haben jetzt bei einer späten Langzeitauswertung ergeben, daß die von Hubble nachgewiesene bisherige Fliehkraft des Universums inzwischen so abgeschwächt ist, daß sie von seiner eigenen Schwerkraft gebremst und demnächst zur Umkehr in eine Gegenbewegung gezwungen werden dürfte.

Erste Signale einer entsprechend gegenläufigen Blauverschiebung der Spektrallinien von den äußersten Galaxien lassen darauf schließen, daß das Weltall in Zukunft nur noch den Anziehungskräften der eigenen Materie folgen und wieder in sich zusammenfallen oder einstürzen wird.

Die Entdecker dieser universalen Rückkehr zur Situation des Urknalls gehen vielmehr davon aus, daß eine solche Gegenbewegung auf Grund der stetig überhand nehmenden Schwerkraft wesentlich schneller erfolgen wird, als dieselbe Materie zu ihrer Ausdehnung in derselben Entfernung benötigte. Erste Auswirkungen dieses kosmischen Kollaps, der verkürzt bereits als *Un-* oder *Anti-Hubble* bezeichnet wurde, dürften in absehbarer Zeit auch schon auf der Erde registriert werden.

Die *Institute Tanghobányi* haben daher bereits umgehend zu weiträumigen Proviantierungsvorprogrammen aufgerufen, *"die nicht verzögert werden sollten"*. Erste Panikkäufe werden aus Houston und Oklahoma gemeldet.

Frau : Nichtfrau

Briefentwurf; nicht abgeschickt

Dieter Negletzki, Hans-Böckler-Siedlung 11, 45883 Gelsenkirchen

An den Herrn Bundespräsidenten
Bundespräsidialamt
Villa Ham
???? Berlin

Sehr geehrter Herr Bundespräsident,

als einfacher Bürger dieses Landes erlaube ich mir, Ihnen heute eine seit langem schwelende Diskussion Ihrer Bevölkerung nunmehr endlich usw. usw.

Da es sich hierbei um ein wirklich zentrales Thema des gesellschaftlichen Zusammenlebens zumal von Frauen mit Nichtfrauen handelt, möchte ich Ihnen rechtzeitig die Bedenken einer männlichen Unfrau vortragen, die dieses heikle, dieses delikate, dieses so private und sogar intime, dieses vor kurzem noch unaussprechliche, wahrhaft anrüchige und recht eigentlich schmierige, weil gelblich verklebte oder oft auch

Arche Noah : Arche N

Meldung der ARD in ihren "Tagesthemen"

Moderatorin:

... Im Internet sorgte heute ein rätselhafter Text für weltweites Aufsehen.

Noch unbekannter Herkunft, dokumentiert er die Existenz einer Gruppe von Menschen oder Menschenähnlichen unter vermutlich außerirdischen Bedingungen. Gleichwohl gelang ihnen auf noch ungeklärte Weise der Eintritt in unser elektronisches Informationsmedium.

Diesem Vorgang wird in Expertenkreisen umso größere Bedeutung beigemessen, als er sich selbst nur als Auftakt einer ganzen Sequenz nachfolgender Protokolle bezeichnet, die über Absichten und Konditionen dieser derzeit noch mysteriösen Exoten Auskunft geben wollen.

Ihre eigene Ortsbestimmung lautet *Arche N*, wurde aber vom Vatikan bereits als ketzerisch und eine vorsätzliche Irreführung aller Gläubigen zurückgewiesen: außer der Arche Noah gebe es keinerlei sonstige Arche mit dem Buchstaben N.

Als Vorsitzender eines aktuellen Krisenstabes ließ Dr. Joshua Tanghobányi in Brüssel durch einen Pressesprecher vor möglichen Betrügern warnen. Seinen eigenen Observatorien sei von einer nahenden Landung aus dem Weltraum nichts bekannt. Sie sei aber angesichts des bevorstehenden kosmischen Kollaps und der hiermit verbundenen Beschleunigungen im Universum auch nicht mehr völlig auszuschließen.

Am Berge Ararat herrschte heute zeitweise Panik. Mehrere Frauen fanden dabei den Tod. Ein vorgesehener Filmbericht hiervon kann aber wegen technischer Probleme unserer türkischen Kollegen leider erst später eingespielt werden.

Wir bitten um Ihr Verständnis und blenden stattdessen die *web.page* ein, unter der sich diese Arche N bald wiederzumelden angekündigt hat.

Kram + Gerümpel

Brief an eine Mutter. Erster Teil

Detlev Kremer, z. Zt. OIRU-Station, Städtisches Krankenhaus, Düsseldorf

Mutter,

wobei ich schon diese Anrede gleich in Frage stellen muß!

Denn mein heutiger Zustand läßt es zu, Dir einen Brief zu schreiben, der zum Ende meines Lebens endlich Klarheit schaffen soll.

Er will weder anklagen noch beschuldigen, sondern lediglich Dinge meines Lebens festhalten, die ich eigentlich in Gesprächen klären wollte. Aber Du verweigerst mir ja jede Aussprache. Immer wenn ich mit Dir zu sprechen versuchte, hast Du zwar viel geredet, aber weder zugehört noch mich ausreden lassen. Was ich auch sagte: alles wurde immer abgestritten und keifend, meist auch schreiend mit dem Satz beendet: "Ich weiß, ich weiß: die Eltern haben immer an allem Schuld!"

Genau dies ist das Bild, das ich heute von meiner Mutter immer vor Augen habe: die ewig Beleidigte und Enttäuschte, die vom Leben Betrogene, die sich selbst bemitleidet und mit permanentem Flennen und Rotzen in verknüllte Taschentücher flüchtet. Zum Kotzen.

Aber deshalb spreche ich mich heute in diesem Briefe einseitig aus, und Du wirst alles schlucken müssen: ebenso allein. Lies diesen Brief also im Bemühen, endlich einmal ehrlich zu sein - mit aller Wahrheit zu Dir selbst. Geh bitte bei allem, was ich Dir zu sagen habe, davon aus, wie ich die Dinge empfunden habe, wie sie, speziell in der Kindheit, bei mir angekommen sind, und nicht davon, wie Du sie heute sehen willst.

Bevor nun meine Wahrheiten folgen, will ich Dir erst einmal allen Wind aus den Segeln nehmen und Dich in eine längst vergangene Situation zurückversetzen. Ich höre zwar, wie Du das gleich wieder mit einem Deiner Lieblingssätze abwimmelst: "Vergangen ist vergangen!" Aber für mich ist, zumal nun gegen Ende meines Lebens, alles erst vergangen, wenn es auch bewältigt ist.

Also erinnere Dich bitte an Omas Tod.

Trotz "all dem Leid in Dir": wie Du schon beim Sechswochenamt mit Deinem verwitweten Vater und Deiner einzigen Schwester gestritten und gequakt hast, um nur ja Deine selbstgebaute Wahrheit durchzusetzen und das letzte Wort zu behalten, bis Deine Schwester Dir sagte: "Du hast zeitlebens sowieso schon genug bekommen!"

Na, kaum war dieser Satz gefallen, da hast Du nur noch gerafft und an Dich gerissen, was da überhaupt noch zu finden war: Geschirr, alte Kleider, Bettwäsche, Sofakissen, Kerzenleuchter, Kram und Gerümpel, Gerümpel und Kram. Trotz "all dem Leid in Dir".

Finanziell ging es um ein paar hundert Mark, mehr war sowieso nicht da. Aber Dir war das so viel wert, daß Du deswegen die Beziehung zu Deinem Vater und Deiner einzigen Schwester abgebrochen hast, für immer.

An diesem Punkte Deines Lebens hättest Du spätestens lernen können, wie wichtig eine Aussprache ist. Aber auch damals hast Du Dich ihr verschlossen, weil es Dir wichtiger war, Dich betrogen und verletzt zu fühlen. Nie wieder hast Du mit Deinem Vater und Deiner einzigen Schwester auch nur noch ein Wort gesprochen.

Heute kannst Du an diesem Bruch mit Deinem Vater erkennen: "Gottes Mühlen mahlen langsam, aber fein säuberlich". Denn heute bin ich so weit, Dir gegenüber zu nichts mehr bereit zu sein. Ich sage Dir jetzt schon: am Ende dieses Briefes, der lang zu werden droht, wird in meinem Leben die Rolle einer Mutter ersatzlos gestrichen sein.

Es wird Dir auch nichts nützen, wieder Briefe zu schreiben: sie werden ungeöffnet zurückgehen. Bei Telefonaten werde ich sofort auflegen, und solltest Du hier in der Klinik plötzlich vor meiner Türe stehen, dann werfe ich Dich raus.

Na, nun wird natürlich wieder geflennt: "Das ist nun der Dank, daß ich Kinder geboren und mit so vielen Sorgen groß gezogen habe - mit Schmerzen zur Welt gebracht ... ". Vergiß das endlich! Du und Dein Mann: Ihr wolltet Kinder - aus ganz egoïstischen Gründen, Ihr wolltet. Mich jedenfalls habt Ihr nicht gefragt, ob ich geboren werden wollte. Ihr wolltet, und ich mußte.

Übrigens hast Du mir damals vom ganzen Erbe meiner geliebten Großmutter nicht mal ein Erinnerungsstück abgetreten.

Mir wird schlecht. Ich muß mich wieder hinlegen.

Sollte ich weiterschreiben können, werde ich erst mal auf Deine letzten Briefe eingehen, die ja noch stapelweise unbeantwortet daliegen.

Detroit : Pittsburgh

dpa-Pressemeldung

Ein US-Verwaltungsgericht hat Detroit zur ersten Großstadt der Vereinigten Staaten erklärt, die berechtigt ist, den stark verstrahlten Innenstadtbereich zur offiziellen Entsorgung von Plastikteilen zu verwenden.

Hier hat die Finanzbehörde überzeugender als ihre Konkurrenz in Pittsburgh den Nachweis liefern können, daß eine solche Umfunktionierung der nicht mehr nutzbaren City zur Plastikdeponie den kommunalen Haushalt weniger belasten würde als die Beseitigung des täglich anfallenden Plastikmülls durch die Stadtreinigung.

Die siegreiche Stadt Detroit erklärte sich aber bereit, gegen eine angemessene Verwaltungsgebühr auch anderen Gemeinden sowie Privatpersonen als Deponie ihrer Plastikabfälle zur Verfügung zu stehen.

Die Stadt Pittsburgh hat dieses Urteil angefochten und besteht zumindest auf Gleichbehandlung. Hinderlich umstritten war hier lange das Sterbehaus der mehrheitlich vergessenen italienischen Entertainerin Eleonora Duse, das nunmehr der Entsorgung ausschließlich von Kulturplastik vorbehalten bleiben soll, um eine artgerechte Nutzung zu gewährleisten.

Die weltweite "Vereinigung der Plastikverbrenner" hat sich mehrheitlich und generell gegen solche Deponien ausgesprochen, die einen allzu langsamen Erstickungstod ganzer Siedlungsgebiete zur Folge haben müßten. Dem wurde aus Kreisen überzeugter Plastikentsorger energisch widersprochen.

In Detroit sollen nunmehr die wenigen letzten Bewohner des Stadtzentrums auf Antrag evakuiert werden. Deren Sprecher gab aber bekannt, unter Plastikmüll zu ersticken, sei einem langsamen Tode an OIRU, das die meisten Ansässigen hier bereits befallen habe, medizinisch unstreitig vorzuziehen.

Geschichten + Geschichte

Internet: Protokoll II aus der "Arche N"

Dies ist das zweite Protokoll aus der Arche N .

Mein Name ist Werner Vielgeheur. Bevor ich herkam, war ich Fotograf in Oldenburg. Aber wie ich herkam, weiß ich nicht mehr.

Ich weiß auch nicht, wo wir sind. Auch nicht, ob wir irgendwo stehen oder fahren oder fliegen. Ich weiß nur, daß ich hier aufwachte, weil es so ungewöhnlich angenehm war. Ein strahlendes, aber mildes Licht umfing mich in allen Farben. Ambrosische Düfte, berauschend. Sinnlich streichelnde Brisen, blumengeschmückte Buffets mit Delikatessen. Tafelmusik schwoll an und ab: von meinem Lieblingskomponisten Rossini. Übermütigeres gibt es nicht.

Ich kann mich nicht erinnern, mich jemals vorher in meinem Leben so wohl gefühlt zu haben.

Dieses Wohlgefühl hält seither an. Wie lange schon, weiß ich nicht. Keiner von uns hat seine Uhr behalten. Und dieser Raum hat keine Fenster, also auch weder Tageslicht noch Dunkelheiten. Er hat auch keine Tür. Auch keine Möbel. Weil wir keine brauchen. Weil wir schweben, schwerelos. Oder tanzen, zu Rossini. Übermütig. *La Danza.* Also mühelos. Problemlos. Unser ganzer Aufenthalt ist vorläufig problemlos. Und sorgenlos. Und völlig gefahrlos, das spüre ich. Ich fühle mich hier geborgen und beschützt wie noch nie. Gut aufgehoben.

Gut aufgehoben in dieser Gruppe von Männern, die ich vorher nicht kannte. Jetzt sind sie meine Freunde. Wir mögen uns alle sehr. Wir haben viel gemein. Jeder hat Interessen. Und ist sehr gebildet. Das tauschen wir aus, fast pausenlos. Wir debattieren: Ansicht gegen Ansicht, Erfahrung gegen Theorie, Ideen gegen Wissen. Das beflügelt ungemein. Wir erörtern alles und beschließen gemeinsam.

Uneins sind wir uns nur in einem einzigen Thema: dem Sinn unserer hiesigen Anwesenheit. Und was uns hierher verschlug. Auch wie es uns herverschlug. Wir alle haben unser Kurzzeitgedächtnis verloren. Also haben wir zu spekulieren begonnen. Jeder trug seine Meinung hierzu vor. Oder seine vermeintliche Erinnerung, fragmentarisch. Es führte nicht weit. Denn alles blieb unbewiesen und unbeweisbar.

Dann hat jeder sein Leben erzählt. Bis zum Filmriß. Oder auch aus dem Leben anderer Leute. Miterlebtes. Gelesenes. Beispielhafte Geschichten. Geschichte. Reihum.

Aber dann entdeckten wir den Computer. Hinter einer Art Tapetentür. Wie ein Safe. Einen Tresor. Ein Silo. Wir stellten fest, daß er Eurem Internet angeschlossen ist. Wir beschlossen, ihn für diese Protokolle zu benutzen. Damit die Welt von ihren Geschichten erfahre.

Jedes Protokoll wird einen andern Verfasser haben, reihum. Vorschriften gibt es nicht. Jeder kann protokollieren, was er will, Eigenes oder Aufgeschnapptes.

Damit endet mein eigenes Protokoll.

Die nächsten folgen in Bälde, aber unregelmäßigen Abständen, *ad libitum*.

Küsse : Küsse

Short Message Service (SMS) aus New York City nach Sils

Bravo bravissimo für Werner Vielgeheur! Und toitoitoi für Friedhelm Reguleit! Mach es jetzt! Courage! Ich stehe zu Dir. Ich drücke die Daumen und liebe Dich. Ich küsse Dich. Ich küsse all Deine Daumen - Deine LL

Sport 2 : 1

Fax an das Zweite Deutsche Fernsehen in Mainz

Dr. Friedhelm Reguleit, Weiter Krambuden 2, 23552 Lübeck

An die Programmdirektion des ZDF

Sehr geehrte Damen und Herren,

während ich diese Zeilen niederschreibe, wird von Ihrem Sender gerade eine Sportübertragung ausgestrahlt, die ihre offiziell angekündigte Sendezeit ohne stichhaltige Begründung bereits bei weitem überzogen hat.

In der ARD läuft gleichzeitig schon seit Stunden eine außerplanmäßige Sportsendung, die kurzfristig und unangekündigt eingeschoben wurde.

Da das in diesem Kalenderjahr bereits zum 34. Male so oder umgekehrt der Fall ist, nehme ich es nunmehr endlich zum Anlaß, in aller denkbaren Schärfe dagegen zu protestieren.

Ich empfinde solche Eigenmächtigkeit als Treuebruch, Bevormundung, Manipulation und Vergewaltigung einer vermeintlichen Minderheit. Ich spreche Ihnen als *Öffentlich Rechtlicher Anstalt* die Berechtigung zu solcher Untreue und Unausgewogenheit ausdrücklich ab und behalte mir juristische Schritte vor.

Da ich mit einer angemessen seriösen Erörterung Ihrerseits nicht rechnen kann, erlaube ich mir, den Wortlaut dieses Fax-Textes ins Internet zu geben, um dort eine größere Öffentlichkeit zu erreichen und zur Diskussion Ihrer Praktiken aufzufordern.

Indem sich mein Protest ganz nachdrücklich gegen solche Überschwemmung ausgerechnet mit Sportsendungen wendet, bin ich mir bewußt, in ein Wespennest zu stechen und hoffentlich eine Lawine loszutreten. Denn das Maß ist voll.

Ich verlange eine prinzipielle Infragestellung von Sport-, besonders Fußball- und Tennisübertragungen und bitte die Bevölkerung um ihre Stellungnahme.

Mit nicht sehr freundlichen Grüßen verbleibe ich

Dr. Friedhelm Reguleit

OIRU : BSE + SARS

Bulletin der Weltgesundheitsbehörde

Aus gegebenem Anlaß wird darauf hingewiesen, daß weltweit die Zahl der Erkrankungen an OIRU *(Omaha Infection Remains Uncurable)* keineswegs rückläufig ist. Vielmehr hat sich die Seuche, die aus den USA zunächst nach Europa und Australien übertragen wurde, inzwischen auch auf Afrika und Asien ausgedehnt.

Die anfängliche Hoffnung, es handle sich dabei lediglich um eine Mutation des AIDS-Virus HIV, hat sich inzwischen als trügerisch erwiesen.

Auch vom sogenannten Rinderwahnsinn (BSE) und der Lungenpest SARS unterscheidet sich OIRU durch seinen ungleich aggressiveren Verlauf.

Da die Krankheit, deren Herkunft und Infektionswege bisher unbekannt sind, in jedem einzelnen Fall unweigerlich zum Ableben führt, empfiehlt sich zumindest eine möglichst frühzeitige Diagnose, um Masseninfektionen verhindern zu helfen. Quarantäne in Ghettos wird global nicht mehr ausgeschlossen.

Nach bisherigen Erkenntnissen handelt es sich bei OIRU um ein unaufhaltsames Aufblähen jeder einzelnen Körperzelle, das als Ballon-Effekt bezeichnet wird und zu letalen Vereiterungen überleitet. Für den Laien ist er als unbegründete und plötzliche Fettleibigkeit mit galoppierender Furunkulose erkennbar, die fast täglich zunehmen und schnell zu lebensbedrohlichem Übergewicht mit pestartiger Beulenbildung führen.

Dr. Joshua Tanghobányi hat als Aufsichtsratsvorsitzender des *"Internationalen Entsorgungskomitees für City-Deponien"* die begründete Hoffnung geäußert, durch zentrale Endlagerung sämtlicher Plastikprodukte in evakuierten

Innenstädten den Erreger von OIRU in absehbarer Zeit isolieren zu können. Eine Therapie sei dann im Laufe nur weniger Monate oder Jahre durchaus vorstellbar.

Die Weltgesundheitsbehörde warnt vor jedem verfrühten Optimismus und empfiehlt gesteigert Hygiene besonders in Reihenhaussiedlungen, Hochhäusern oder sonstigen Massenunterkünften.

Sport 1 : 2

Fax an die ARD in München

Dr. Friedhelm Reguleit, Weiter Krambuden 2, 23552 Lübeck

An die ARD Programmdirektion Erstes Deutsches Fernsehen

Sehr geehrte Damen und Herren,

während ich diese Zeilen niederschreibe, läuft im Ersten Fernsehprogramm gerade wieder seit vielen Stunden eine außerplanmäßige Sportsendung. Das angekündigte Programm entfällt kommentarlos.

Auch im Zweiten Deutschen Fernsehen wird gerade eine Sportübertragung ausgestrahlt, obwohl die offizielle Sendezeit längst überschritten ist und schamlos überzogen wird.

Da das in diesem Kalenderjahr bereits zum 34. Male so oder umgekehrt der Fall ist, nehme ich es nunmehr endlich zum Anlaß, in aller denkbaren Schärfe dagegen zu protestieren.

Ich empfinde solche Eigenmächtigkeit als Treuebruch, Bevormundung, Manipulation und Vergewaltigung einer vermeintlichen Minderheit. Ich spreche Ihnen als *Öffentlich Rechtlicher Anstalt* die Berechtigung zu solcher Untreue und Unausgewogenheit ausdrücklich ab und behalte mir juristische Schritte vor.

Da ich mit einer angemessen seriösen Erörterung Ihrerseits nicht rechnen kann, erlaube ich mir, den Wortlaut dieses Fax-Textes ins Internet zu geben, um dort eine größere Öffentlichkeit zu erreichen und zur Diskussion Ihrer Praktiken aufzufordern.

Indem sich mein Protest ganz nachdrücklich gegen solche Überschwemmung ausgerechnet mit Sportsendungen wendet, bin ich mir bewußt, in ein Wespennest zu stechen und hoffentlich eine Lawine loszutreten. Denn das Maß ist voll.

Ich verlange eine prinzipielle Infragestellung von Sport-, besonders Fußball- und Tennisübertragungen und bitte die Bevölkerung um ihre Stellungnahme.

Mit nicht sehr freundlichen Grüßen verbleibe ich

Dr. Friedhelm Reguleit

Lu : Lu

*S(hort) M(essage) S(ervice) **aus New York City nach Sils***

Gratuliere. Reguleit ein Volltreffer. Empörung global. Optimal. Jetzt bin ich dran. Ich umarme Dich. Küsse ohne Ende - Dein LuLu

Vorwärts : rückwärts

***Rätoromanischer Brief nach Pitsanulohk** (ohne Briefkopf, ohne Datum)*

Lieber Freund aus heiteren Tagen,

unbescheiden gehe ich davon aus, daß Sie unsere sogenannte Zufallsbegegnung auf jener sonderlich kleinen Insel in der Andamanensee vor Jahr und Tag noch nicht ganz vergessen haben.

Mich haben Ihre Reflexionen an der nächtlichen Bar des dortigen *"Crazy House"* unter domartigen Kokospalmen im Glanze eines aufwärts angeschwollenen Mondes hinlänglich beeindruckt, um Sie heute im Anschluß an unsere damaligen Visionen wissen lassen zu wollen, daß es anonymen Kreisen nunmehr gelungen ist, jenen ausführlich erörterten Mordechai Levi endgültig auszuschalten. Sie werden das den Medien bereits entnommen haben, aber dort wurde er nur unter seinem politischen Pseudonym erwähnt. Es stand ja wirklich allem, was wir beide da im Untermeer des Indischen Ozeans erträumten, furchterregend potent entgegen, weil sein Inhaber in jener Stadt, um die es uns vorrangig oder eigentlich symbolisch geht, der militanteste Verhinderer dessen war, was einzig sie noch retten könnte.

Im Augenblick seines Todes herrscht nun dort ein Vakuum der Ratlosigkeit, das ich umgehend nutzen möchte, ehe sich alles neu verhärtet; denn Dr. Tanghobányi ist bereits abgeflogen. Daher dieser jähe Brief an Sie, lieber Freund aus heiteren Tagen!

Ich wäre Ihnen sehr dankbar, wenn Sie mir möglichst schnell zunächst zu einem jener Geisterhäuschen verhelfen könnten, das Buddhisten auf ihrem Grundstück zu errichten pflegen, um dessen verstorbenen Vorbesitzern ein gutes Gedenken zu sichern, ihre Geister auch täglich mit frischer Nahrung zu versorgen. Die Thais nennen solche Häuschen meines Wissens *dschao tih pih baan*, es gibt sie in allen Größen.

Schon das kleinste würde für unsern Zweck genügen. Es soll nur einen Beginn markieren, ein erstes kleines Signal, ein Symbol sein, das aber keine Verzögerung duldet. Kann man es postalisch versenden? Oder wüßten Sie einen zuverlässigen Überbringer? Sonst wäre auch eine detaillierte Bauzeichnung (mit Fotos in Farbe) von Nutzen, weil sie einen authentischen Nachbau hier im Engadin ermöglichte. Bitte bedienen Sie sich meines hiesigen Postfachs.

Da aber mit brutalen Attacken auf dieses Geisterhäuschen, mit seiner prompten Entwendung oder Zerstörung zu rechnen ist, empfiehlt sich jedwede Gewährleistung seiner steten Wiedererrichtung an Ort und Stelle unserer Provokation, die ja nur der Verwirklichung andamanischer Utopien von dazumal dienen soll.

Es sind die Utopien der Menschheit, vielleicht ihre letzten.

Umso dringender und gehetzter bitte ich Sie um Mitarbeit, Hilfe und einen Fundus solcher *dschao tih pih baan*s.

Unsre Devise in jenem *Crazy House* war damals "Keinen Blick je zurück!".

Möge es dabei bleiben.

Das wünscht Ihnen, Ihrem Bruder Dong, uns allen und sich selbst

Ihr wirklich sehr verbundener

Giovanni Blaugold.

Post scriptum: Sollten Sie die Güte haben, mir zu antworten, wollen Sie bitte alle Diskretion walten lassen und keinerlei Personen oder Örtlichkeiten durch direkte Benennung gefährden. Der Kasus ist höchst sensibel.

(Deutsche Übersetzung von Dr. Urs Burckhardt)

Kyoto + Düsseldorf

dpa-Pressemeldung

In Japan, Brasilien und Deutschland gibt es derzeit Überlegungen, das inzwischen erfolgreiche Modell Detroit entsprechend aufzugreifen und eigene verstrahlte Ballungszentren nach dem Vorbild altbewährter Nationalparks zu analog *Nationalen Plastikkippen* zu erklären.

Das sei unter wirtschaftlichen Aspekten, heißt es in überraschend gleichlautenden ersten Stellungnahmen aus Kyoto und Düsseldorf, auch hier kommunalpolitisch dringend geboten. Für Japan bewerben sich außer Tokio selbst auch Hiroschima und Nagasaki um den parlamentarischen Zuschlag.

Zur Zentraldeponie für Deutschland habe Dr. Joshua Tanghobányi als Präses der *Europäischen Entsorgungskommission* das gesamte Ruhrgebiet zwischen Marl und Mülheim vorgeschlagen.

In Brasilien gilt derzeit Recife als aussichtsreichster Kandidat, weil dort schon jetzt die Zahl der Todesopfer, die täglich unter Plastikbergen ersticken, die allseits umneidete Spitze im Guinness-Buch der Weltrekorde hält.

Arche N + ArcheNauten

Teletext (Original)

In Frankfurt am Main wurde heute eine Bürgerinitiative ins Leben geru-fen, in der sich Aspi-ranten für jene rätselhafte "Arche N" des Internet zu organi-sieren begonnen haben.

Mit dem Rechtsstatut eines "eingetragenen Vereins" soll hier eine War-teliste potenzieller Kandidaten aufgelegt werden, die sich um Aufenthalt oder Mit-glied-schaft in dieser Arche bewerben möchten. Im Anschluss an den Inform-ationstext eines Werner Vielgeheur im Internet hat das allgemeine Interesse an dieser Wohn- oder Fluggemeinschaft panikartige Formen angenommen.

Erste statistische Erhebungen haben ergeben, daß ausser Mitgliedern der di-versen Rossiny-Gesellschaften überwiegend Ärtzte, Virologen, Physiker, Mi-krobio-logen und hauptberufliche Ökologen derzeit eine Übersiedlung in die-ser Arche anstreben.

Aus der Arche selbst liegt bisher keine Stellungnahme zu dieser Aspi-ranten-schwemme vor.

Für weitere Interessenten steht die Informations- und Anmeldestelle *www.Ar-cheNauten.de* zur Verfügung.

Internet: Protokoll III aus der Arche N

Dies ist das dritte Protokoll aus der Arche N .

Mein Name ist Felix Lux. Bevor ich herkam, war ich Zahntechniker in Kaiserslautern. Ich möchte eine Geschichte festhalten, die ich zuerst bei Ferenc Szabadváry, Professor für Chemie an der Technischen Universität Budapest, gelesen und dann mancherorts mehr bestätigt gefunden habe.

Am 26. August 1743 wurde in Paris dem Rechtsanwalt de Lavoisier und dessen Frau, der Tochter ebenfalls eines Rechtsanwaltes, das erste Kind geboren. Es war ein Sohn und wurde Antoine Laurent getauft. Der begann 17jährig, Jura zu studieren. 21jährig wurde er promoviert und gleichfalls als Rechtsanwalt zugelassen.

Der Wohlstand seines Vaters, der für bürgerliche Verdienste geadelt worden war, und ein beträchtliches Erbe, das die Mutter ihm bald hinterließ, ermöglichten es diesem Sohne, sein Leben nie dem erlernten, aber ungeliebten Beruf, sondern ganz seinen Liebhabereien zu widmen. Hierzu gehörte neben anderen naturwissenschaftlichen Beobachtungen primär zunächst die regelmässige Messung des Luftdrucks an konträren Orten, um so zu Erkenntnissen über klimatische Vorgänge zu gelangen. Ergänzend hörte er Vorlesungen über Chemie, die damals nur aus zusammenhanglosen Einzelbeobachtungen ohne verbindende Theorie bestand.

Jacques-Etienne Guettard, berühmter Mineraloge, Paläontologe und Botaniker, dem Elternhause Lavoisier befreundet, machte den jungen Antoine Laurent zu seinem Mitarbeiter bei geologischen Recherchen und mineralogischen Exkursionen. Gemeinsam publizierten sie eine Abhandlung über Gips und dessen chemikalisches Verhalten.

25jährig wurde der junge Lavoisier als Mitglied in die *Académie des Sciences*, eine maßgebende Institution des Landes, aufgenommen, die zu den angesehensten Gremien ganz Europas zählte und am neuzeitlichen Aufschwung der Naturwissenschaften entscheidend beteiligt war. Dieser Gesellschaft gehörte Lavoisier 25 Jahre lang bis zu ihrer Auflösung durch die revolutionären

Jakobiner, seit 1784 auch als ihr Direktor an, der als solcher Zutritt zum Königshof in Versailles genoß. Ab 1791 war er auch ehrenamtlicher Schatzmeister der Akademie. Da war er aber auch schon Mitglied *"beinahe jeder wissenschaftlichen Gesellschaft Europas"* und eine Koryphäe, die mit mehr als achtzig Publikationen Aufsehen erregt hatte.

Als seine Lebensleistung gilt grobhin die Begründung der wissenschaftlichen Chemie, speziell der Biochemie. Damit wird vor allem sein Verdienst um eine zusammenhängende Theorie gemeint, die eigene und fremde Entdeckungen zu einem geschlossenen System verbindet.

Methodisch befreite er die Chemie von allen bisherigen Spekulationen und machte den wissenschaftlichen Versuch zu ihrer unabdingbaren Basis. *"Eine Theorie kann nur als unmittelbare Konsequenz einer Erfahrung oder eines Experiments aufgestellt werden"*, fixierte 1789 der 45jährige in seinem resümierenden *"Traité élémentaire de chimie"*; auch: *"Sie muß fortwährend durch Versuche kontrolliert werden. [...] Die Wahrheit läßt sich ausschließlich in der natürlichen Kette von Erfahrung und Versuch auffinden."*

Diesem Ziele widmete er siebzehn Jahre lang täglich sechs Stunden, die er ebenso mit Experimenten im Laboratorium verbrachte wie einmal wöchentlich einen ganzen Tag.

Zweck aller seiner Experimente war die Analyse: *"Die Chemie verfolgt ihr Ziel, indem sie zerlegt, abermals zerlegt und weiter zerlegt. Wir wissen nicht, wo die Grenze ihres Strebens liegen wird. Nichts gibt uns Sicherheit, daß die Substanzen, die wir heute für einfach halten, es tatsächlich sind."* Da wetterleuchten schon endlose Weiterspaltungen.

Vehikel solcher analytischen Zerlegungen ist die Messung. Schon als Anfänger hatte er sie meteorologisch erprobt. In der Chemie war sie damals ein Novum. Lavoisier übernahm sie aus der Physik und steht im Rufe, die Waage in die Chemie eingeführt zu haben. Neu daran ist ihre seitherige Verwendung nicht nur zur Gewichtsbestimmung, sondern auch zu anderweitigem Messen und zum Beweisen von Theorien. Exakt ausgemessene Quanten definieren seitdem Qualitäten.

Folgerichtig lieferte er im zitierten *"Traité"* das handwerkliche Rüstzeug für solche Quantifizierung und leitete damit die Erarbeitung eines einheitlichen Maßsystems ein. Er beschrieb die Bestimmung *Spezifischer Gewichte* und der Volumina von Gasen sowie deren Reduktion und Umrechnung in Gewichte. Er erklärte Kalorimeter und lieferte Tabellen mit Maßeinheiten, die er durch Einführung des dezimalen Metersystems genial vereinfachte.

Konsequent wurde er von den politischen Revolutionären später an den Vorarbeiten beteiligt, die der Einführung dieses neuen Maßsystems dienten. Dabei schlug er vor, auch die neue Währung, den Franc, auf das Dezimalsystem zu stützen und in 100 Centimes aufzuteilen.

Aber für die Chemie schuf er gemeinsam mit den Kollegen Fourcroy, Berthollet und Morveau eine völlig neue Nomenklatur zur Benennung chemischer Verbindungen. Sie gilt im Wesentlichen noch heute und wurde benötigt, weil so viele neue Erkenntnisse beschrieben werden mußten. Welche sind das?

Lavoisier führte die Elementaranalyse ein und war Pionier der Thermochemie.

Ausgangspunkt und Zentrum solcher Forschungen waren die Verbrennungsprozesse, deren Vorgänge bei Nichtmetallen er definierte. Dabei widerlegte er die herrschende Phlogiston-Theorie und ersetzte sie durch sein Oxydationsprinzip. Die beim Verbrennen entstehende Wärmemenge maß er in Kalorimetern. Seine Einteilung in Oxydationsgrade war schon ein erster Schritt auf den späteren Begriff der Valenz zu.

Lavoisier analysierte auch die Luft und entdeckte parallel zu den Kollegen Joseph Priestley, Pierre Bayen und Carl Wilhelm Scheele so Stickstoff wie Sauerstoff, dem er den Namen Oxyd gab. Er erkannte auch als Erster, daß dieses Oxyd eine elementare Komponente der Luft ist und sich bei Verbrennung mit der brennenden Substanz, auch mit Kohle und Schwefel verbindet und Metalle schwerer werden läßt.

Nach einer Begegnung mit Priestley entdeckten beide, daß dieser Sauerstoff so Tieren wie Pflanzen zum Atmen dient. Lavoisier erklärte die chemischen Vorgänge der Atmung und erkannte den Sauerstoffverbrauch hierbei als ein

Maß der Arbeit, auch geistiger Aktivität. Ferner begriff er die tierische Körpertemperatur als Resultat von Verbrennungsprozessen im Blut unter Zufuhr von Sauerstoff. Insofern begründete er die Physiologie als Wissenschaft von den Lebensvorgängen in Zellen, Geweben und Organen. Er wandte Einsichten der Chemie auch auf die Biologie an.

Er zersetzte als Erster auch das Wasser und definierte dessen Zusammensetzung. Vielleicht fand er auch schon den Weg zur Synthese des Wassers aus Sauerstoff und Wasserstoff.

Er entdeckte die Entstehung von Säuren, definierte sowohl sie als auch Basen. Er erklärte Prozesse wie Gärung und Fäulnis und war ein Wegbereiter der Kompostierung. Er erkannte die Entstehung von Salzen und daß Erden (Erdalkalioxyde) Metalloxyde sind.

Beim Beweis, daß Wasser sich nicht, wie damals angenommen, in Erde verwandeln könne, gelangte er im Rahmen seiner Verbrennungsversuche zu einer Einsicht, die die Geschichte der Chemie gern zu seinen bedeutendsten Leistungen zählt: daß nichts verschwindet; Stoffe verwandeln sich nur; die Summe ihrer Masse ist unveränderbar. Dieser Lehrsatz von der Erhaltung der Masse oder Materie und Energie wurde schon von altjüdischen Mythen gepriesen, im antiken Griechenland von Demokrit und Aristoteles schlüssig formuliert, in der Renaissance von Telesio wieder aufgegriffen, später von Francis Bacon, Marin Mersenne, René Descartes, Edme Mariotte, Robert Boyle, Robert Hooke und Michail Wassiljewitsch Lomonossow wiederholt oder variïert. Sie alle aber kamen, philosophisch oder religiös, über eine spekulative Behauptung dieser These nicht hinaus.

Erst Lavoisier legte sie gleichsam auf die Waage, maß, analysierte und bewies sie, sei es beiläufig in seinem *"Traité élémentaire"* bei der Darstellung von Gärung des Mostes:

"Man darf als Prinzip feststellen, daß vor und nach jeder Operation die Menge der Materie gleich ist, es geschehen nur Änderungen, Umwandlungen."

Seine mathematische Formel für diesen revolutionären Beweis ist die klassisch gewordene Gleichung

Most = Alkohol + Kohlendioxyd.

Sie hat das Bewußtsein der Menschheit verändert. Denn nicht wenige Menschen leiten hieraus auch unsere Unsterblichkeit ab und begreifen den Tod nicht mehr als Vernichtung und Ende, sondern als Verwandlung in anderes.

Lavoisier selbst mag in solchem Sinne beeinflußt gewesen sein, als er im Angesicht seines eigenen Sterbens sagte: *"Wir müssen mit Vertrauen unserem Schicksal entgegensehen"*. Noch in der Nacht vor seinem unzweifelhaft bevorstehenden Tode schrieb er seiner Frau: *"Ich werde gleichmütig sterben"*.

Der Tod ereilte ihn am 8. Mai 1794 in Gestalt der Französischen Revolution. Deren sogenannter Gerichtshof, das *Revolutionäre Tribunal*, wurde vom 39-jährigen Studenten Jean Coffinhal präsidiert. Der gestattete dem verhörten Lavoisier und dessen Mitangeklagten nur, mit Ja oder Nein zu antworten: jedes weitere Wort sei nur Zeitverschwendung. Seine Geschworenen befanden einstimmig alle Beklagten für schuldig, und das Tribunal verurteilte sie zur Konfiskation ihres gesamten Vermögens, dann zum Tode durch das Fallbeil.

Lavoisier soll hierauf um einen Aufschub der Vollstreckung gebeten haben, um eine wichtige wissenschaftliche Forschungsaufgabe vorher beenden zu können; Coffinhal, ein früher Freisler, soll seine Ablehnung dieser Bitte klassisch begründet haben:

"Die Republik benötigt keine Wissenschaftler".

Noch selben Nachmittags wurde Lavoisier guillotiniert.

Einige Naturwissenschaftler waren gekommen, ihm auch in der größten Erniedrigung noch ihren Respekt zu erweisen: ein Physiker, ein Mineraloge, ein Astronom, zwei Mathematiker, darunter Joseph Louis Lagrange, vormals Direktor der *Preußischen Akademie* in Berlin, jetzt Professor der Pariser *École Polytechnique*, Mitglied der *Académie des Sciences* und Begründer einer Theorie der analytischen Funktionen, auch der nach ihm benannten Interpolation. Nach der Hinrichtung Lavoisiers soll er gesagt haben: *"Eine Sekunde nur brauchten sie, um diesen Kopf zu nehmen; hundert Jahre dürften nötig sein, bis ein ähnlicher nachwächst"*.

Aber Lavoisier wurde keineswegs als Chemiker enthauptet.

Tatsächlich fühlte sich die junge Republik durch seine naturwissenschaftlichen Entdeckungen weder gestört noch irgend beeindruckt. Vielmehr exekutierte sie ihn, weil er als Hauptzollpächter zur sogenannten Ferme gehörte.

Die Ferme war ein Zusammenschluß von sechzig wohlhabenden Finanziers, die gegen Vorkasse von 90 Millionen Livres das Inkasso sämtlicher Zölle, indirekten Steuern, auch der Getränkesteuer und einiger anderer wichtiger Regalien für jeweils sechs Jahre vom Staate pachteten. Das heißt, sie trieben diese Abgaben ein. Was dabei ihre Vorkasse an den Staat überstieg, war ihr Profit.

Jeder Fermier mußte 1,5 Millionen Livres vorstrecken. Wer das aus eigener Kraft nicht konnte, ließ sich von sogenannten "Gehilfen" offiziell subventionieren. Für seinen Vorschuß bekam er Zinsen und Vergütungen in Höhe von 157 000 Livres jährlich. Das Jahreseinkommen eines mittleren Beamten betrug damals weniger als 1 000 Livres.

Das Leitende Organ der Ferme war ihr Finanzausschuß. Dessen Mitglieder waren die wohlhabendsten und angesehensten Fermiers, deren Lebensstil offenkundig luxuriös war. Der ganze Reichtum des Landes lag faktisch in ihrer Hand.

Angemessen verhaßt war die Ferme beim Volk. Denn ihre Zöllner waren auch berechtigt, jederzeit jedermanns Haus oder Wohnung zu filzen. Das war umso empfindlicher, als Zölle damals an den Grenzen nicht nur Frankreichs, sondern auch der einzelnen Départements und Städte erhoben wurden, deren Preisniveau oft drastisch differierte. Entsprechend blühte ein Schmuggel, den die Ferme mit bewaffneten Zöllnern bekämpfte.

Lavoisier trat 25jährig mit einem Beitrag von 50 000 Livres als "Gehilfe" der Ferme bei. Schon wenige Jahre später wurde er Ordentliches Mitglied. 28jährig heiratete er die 14jährige Tochter seines Vorgesetzten bei der Ferme, der außerdem Direktor der *Ostindischen Gesellschaft* und Schwager des Finanzministers unter König Louis XV. war. Die gesellschaftliche und finanzielle Etablierung konnte nicht besser gelingen.

Weitere Posten und Pfründe flogen ihm zu. Schon der 32jährige war auf Grund eines Gutachtens Direktor der neugeschaffenen staatlichen Pulververwaltung und damit eine Art Rüstungsminister geworden, der den chronischen Munitionsmangel der französischen Armee beheben sollte. Den hatte die bisher dafür zuständige private Monopolgesellschaft verursacht, deren Interessen nicht national, sondern wirtschaftlich orientiert waren. Die neue verstaatlichte Version arbeitete zwanzig Jahre lang unter der Leitung Lavoisiers, der sie technologisch reformierte, auf eine verbesserte Methode der Salpetergewinnung gründete und so auch geschäftlich prosperieren ließ.

Schon nach einem Jahre wurde der neue Pulverdirektor überdies in den Vorstand der neu gegründeten *Caisse d'Escompte* berufen, die als Wechselbank auch Geldnoten in Umlauf brachte. Fünfzehn Jahre lang war er hier als Bankdirektor erfolgreich.

Seine bedeutendsten Einkünfte aber, die alle nur der weiteren Vergrößerung seines bedeutenden Besitzes dienen konnten, erzielte Lavoisier als Fermier. Schon als solcher zählte er bald zu den reichsten Männern Frankreichs.

Freilich waren seine naturwissenschaftlichen Forschungen und Experimente in einem angemessen ausgestatteten Laboratorium sehr kostspielig und trugen so gut wie keinerlei Honorare ein. Es gab auch keine Subventionen für solche Forschung. Er finanzierte sie ausschließlich selbst und ohne jeden Gewinn. Dennoch dürften seine Einnahmen als Hauptzollwächter alle Unkosten für die Chemie um ein Mehrfaches überstiegen haben.

Dafür sprach auch sein persönlicher Lebensstil. 35jährig erwarb er für 230 000 Livres ein Herrengut mit zwei Schlössern und stattlichem Land-, auch Waldbesitz, die er durch Ankauf angrenzender Ländereien noch erheblich vergrößerte. Den vom Vater geërbten Landsitz verpachtete er.

Fast zwangsläufig war er aktives Mitglied der *Landwirtschaftlichen Gesellschaft*, deren vorrangiges Ziel es war, die Erträge der Landwirtschaft stetig zu erhöhen. Hierfür erwiesen sich Lavoisiers Ideen für eine Verbesserung der Produktionsmethoden als äußerst ersprießlich.

Trotz dieser blendenden gesellschaftlichen Karriere war Lavoisier im Volke nur wenig geachtet. Denn als Hauptzollpächter hatte er auch die sonderlich lukrativen Monopole der Ferme für den Handel mit Salz und Tabak zu verwalten. Tabak wurde damals gern geschnupft und mußte hierfür geschabt

werden. Das machten zuerst die Verbraucher selbst, dann die Händler. Diese
streckten ihn aber bald mit geschmuggeltem Tabak oder anderen Substanzen
und feuchteten ihn an, um das Gewicht zu fälschen. Dabei kam es zu gesund-
heitsschädlichen Gärungsprozessen. Also verkaufte die Ferme den Händlern
hinfort bereits geschabten Tabak. Dafür setzte sich besonders Lavoisier ein.
Die geschädigten Händler bezichtigten nun ihrerseits die Ferme, den Tabak
zu strecken und anzufeuchten, also das Volk aus Geldgier zu vergiften. Tatsächlich stellte eine Königliche Untersuchungskommission allein in der Bre-
tagne 160 000 Säcke mit solchem gepantschten Tabak sicher.

Eine andere unpopuläre Maßnahme der Ferme wurde in der Bevölkerung
noch konkreter mit der Person Lavoisiers verbunden. Der blühende Schmuggel an den Stadtgrenzen von Paris umging den Zoll zu etwa einem Viertel aller eingeführten Waren. Die Ferme schien machtlos, bis Lavoisier 1782 das
Ressort der Pariser Zölle übernahm. Er regte den Bau einer Mauer rings um
Paris an, die mit bürokratischer Verspätung tatsächlich errichtet wurde und
600 000 Pariser Bürger unter Enteignung von Grundstücken, Gärten und
Häusern zu Eingesperrten dieses Kerkers machte. Das Volk war empört. Ein
Herzog und Marschall von Frankreich forderte schon damals: *"Den Strang
verdient, wer die Mauer erfunden hat!"* Jeder wußte oder erfuhr nun, daß
das Lavoisier war. *"Schämt sich die Akademie der Wissenschaften nicht dieses Mitglieds?"* fragte ein zirkulierendes Flugblatt.

Lavoisier jedoch fühlte sich durch eine gesellschaftliche Gruppe gestärkt, die
sich Physiokraten nannte, noch keine politische Partei war, aber ihr philoso-
phisches Konzept an der Politik orientierte. Wie die Natur, behauptete sie,
folge auch die Wirtschaft sensiblen Gesetzen: an ihrer Spitze stehe die unabdingbare Freiheit des Unternehmertums; Verstöße gegen dieses Privileg gefährdeten die soziale Stabilität; auch Feudalismus und Absolutismus machten
sich der Verletzung dieses frühkapitalistischen Tabus schuldig; der Parla-
mentarismus sei da viel günstiger.

Robert Jacques Turgot, Richter und zeitweise Finanzminister, und Pierre Samuel Du Pont de Nemours, Publizist, waren die Köpfe und Wortführer dieser
marktwirtschaftlichen Physiokraten. Mit beiden war Lavoisier eng befreundet. Viele seiner Schriften belegen ihren Einfluß und seine Position im Zentrum dieser profitorientierten Gesellschaftspolitik. Auch seine agrarpolitischen

Aktivitäten und Publikationen zeigen sich von diesem antidirigistischen Denken geprägt: *"Der Fleischmangel wird sich nicht durch Einmischung und Preisstopp seitens der Regierung bannen lassen."* Einzig die Befreiung von allen Preisbindungen und staatlichen Subventionen könne da weiterhelfen: Preiserhöhungen führen zu einer Warenfülle, die dann automatisch wieder zu Preissenkungen führe. Auch eine rationalisierte Industrie, die Menschenkraft durch Maschinen ersetze, diene einer Verbilligung der Ware und einer Steigerung der Erlöse.

In der Bevölkerung wurde der vermeintliche Tabakpantscher und Mauerbauer durch solche Befürwortung erhöhter Preise und radikaler Massenentlassungen nicht eben populärer.

In diese zugespitzte Situation brach 1789 die Revolution ein. Sofort stand Lavoisier als Direktor sowohl der Wechselbank als auch der Pulververwaltung im Schnittpunkt von Interessen und Kontroversen. Sein Versuch, einen Munitionstransport der Revolutionäre zu sabotieren, scheiterte. Die Bastille, in die er das Pulver gebracht haben soll, wurde schon andern Tages gestürmt, und abermals hatte er die Welt verändert.

Als Lavoisier das zu ignorieren und den lukrativen Pulverexport nach Afrika weiter abzuwickeln versuchte, wurde er von einer empörten Menge als Landesverräter um ein Haar gelyncht.

Den Zusammenbruch seiner Wechselbank, die durch ein Unmaß von Staatsanleihen überfordert wurde, half er zwar verhindern, indem er sich für Enteignung und Verkauf allen Kirchenbesitzes einsetzte und dadurch die prophylaktische Ausgabe von Kassenscheinen oder Assignaten als Geldersatz ermöglichte. Dieser Trick schlug aber fehl und begünstigte nur das Anwachsen der Inflation.

Die *Akademie der Wissenschaften* wurde aufgelöst, die Arbeit am neuen Maßsystem einem staatlichen Ausschuß übertragen, dem Lavoisier wegen Mangels an republikanischen Tugenden nicht mehr angehören durfte.

Marat attackierte ihn aus persönlichem Rachegelüst polemisch im *"L'ami du peuple"* und nannte ihn *"die Koryphäe der Scharlatane, diesen Chemikerlehrling"*.

Vorsorglich versuchte Lavoisier, sich im Département seines Landsitzes und im Pariser Gemeinderat parteipolitisch zu profilieren: mit geringem Erfolg. In Paris trat er auch der revolutionären Bürgerwehr, dann dem gemäßigten Club *"Die Gesellschaft 1789"* bei, als deren Sekretär er für egalitäre Gerechtigkeit eintrat.

In der Ferme erreichte ihn die Revolution zuerst durch einen Protest ihrer hauseigenen Zöllner, die die Fermiers einer sozialen Willkür bei der Rentenzahlung, dann auf einem Flugblatt auch grausamer Ausbeutung und betrügerischer Abrechnungen bezichtigten. Ein Widerspruch der Ferme vertagte diese Anklage nur. Aber der Zollausschuß wurde verstaatlicht. Lavoisiers Bemühungen, dort weiter tätig sein zu können, scheiterten. Trotzdem wurde er in die *Nationale Kommission des Schatzamtes* berufen, das vom Königshof an die Nation überging, freilich nur beratende Funktionen hatte. Die stattliche Honorierung schlug der gewitzte Taktierer in dieser gefährdeten Situation bereits aus, leistete aber gleichwohl umso effizientere Arbeit.

Denn die Ferme, seine zentralen Pfründe, wurde 1791 aufgelöst. Ein Liqidationsausschuß sollte postum ihre Integrität nachweisen und verzögerte das so ausgiebig, daß er nach zwei Jahren schließlich vorsätzlicher Unterschlagungen beschuldigt werden mußte. Die Akten der Ferme wurden versiegelt, ihre Geldbestände ins Schatzamt überführt.

Im Herbst 1793 wurde Lavoisiers Pariser Wohnung einer minutiösen Haussuchung unterzogen und weitgehend versiegelt; aber ohne Resultat. Daraufhin wurde die Verhaftung aller ehemaligen Fermiers beschlossen, damit sie im Gefängnis die ausstehenden Abrechnungen erstellten. Lavoisier entging der Arretierung und schrieb aus seinem Versteck im Louvre diverse Petitionen, die unbeantwortet blieben. Nach vier Tagen stellte er sich der Polizei, die ihn ins moderate Gefängnis *Port Libre* brachte. Der Vorschlag einiger Fermiers, sich freizukaufen, wurde von den andern mehrheitlich verworfen. Der Versuch des *Ausschusses für Maße und Gewichte*, ihren Zuarbeiter Lavoisier zu befreien, schlug fehl. Nur die Bitte der Fermiers, im Gebäude der Ferme gefangengehalten zu werden, hatte Erfolg, weil die dortigen Dokumente ihre Abrechnung beschleunigen konnten. Gleichzeitig wurden die Vermögen der Steuerpächter gesperrt. Lavoisiers Besitzungen wurden versiegelt.

Umso schneller legten die Beschuldigten nunmehr eine Abrechnung vor, die sie freisprechen sollte.

Aber inzwischen hatte auch eine staatliche Kontrollkommission die Machenschaften der Ferme geprüft und einen Untersuchungsbericht vorgelegt, der auf 187 Seiten veröffentlicht wurde. Demnach hatte die Ferme den Staat um 130 Millionen Livres betrogen, indem sie Zinsen willkürlich erhöht, fiktive Kosten berechnet und Zahlungen verzögert hatte, um besser spekulieren zu können. Auch habe sie mit angefeuchtetem Tabak illegale Gewinne erzielt.

Die folgenden Beratungen im Finanzausschuß des Konvents wurden geheim abgehalten, die Fälle der beschuldigten Fermiers dem Revolutionstribunal übergeben und die nunmehr Angeklagten in die berüchtigte *Conciergerie* überführt. Damit waren auch die diversen Gnadenerlasse für Lavoisier gescheitert.

Die Gefangenen erörterten ihren Freitod. Lavoisier lehnte ihn ab:

"Selbstmord ist Schwäche. Unsere wirklichen Richter werden nicht im Tribunal sitzen, auch nicht in der Menge, die uns beschimpfen wird, sondern es wird die Nachwelt sein."

Ihrer war er sicher.

"Ich darf mich über mein Schicksal nicht beklagen", schrieb er seiner Frau aus der Haft, *"meine Laufbahn war erfolgreich. [...] Ich habe meine Aufgabe erfüllt und glaube, mein Name wird geachtet werden."*

Tatsächlich wurden schon im nächsten Herbst vom General Bonaparte die Prozesse gegen die Hauptzollwächter revidiert, die Hingerichteten rehabilitiert und ihre Besitztümer an die Erben zurückerstattet.

In seinem letzten Sommer hatte Lavoisier für das *Wissenschaftliche und Technische Konsultationsbüro* ein Memorandum über Bildungspolitik der Zukunft verfaßt. Es begann mit dem obligatorischen Schulunterricht der Kinder, den er zur *"Pflicht der Gesellschaft"* erklärte, und entwarf ein genau detailliertes Schulsystem in vier Stufen. Die oberste sollte mit eigenen Laboratorien, Werkstätten und Bibliotheken eine experimentelle Basis der Ausbildung ermöglichen. Vier wissenschaftliche Gesellschaften sollten im Verbund die Weiterbildung der Erwachsenen besonders in mathematischen und technischen Kenntnissen gewährleisten. Für Industrie und Landwirtschaft der Zukunft seien gebildete Wissenschaftler erforderlich.

"Nicht den nenne ich Wissenschaftler, der sich auf seinem Gebiet ein Maximum an Kenntnissen angeeignet hat, sondern der mit solchen Kenntnissen durch selbständige Forschung unser Wissen mit neuen Erkenntnissen zu erweitern vermag. [...]

Die Männer aber, die ihr Leben der Erforschung neuer Entdeckungen widmen, müssen frei und unabhängig sein. Folglich muß ihr Lebensunterhalt gesichert sein. Dafür hat die Gesellschaft zu sorgen. [...] Wissenschaftler und Künstler müssen von äußeren Umständen unabhängig sein. Es ist nur gerecht, wenn jeder, der seine Zeit und ganze Existenz dem Wohle der Gesellschaft widmet, von dieser einen entsprechenden Gegenwert für seine Mühe erhält. [...] Diese Leute sollen nur forschen und publizieren. Denn Entdeckungen sind mühsam und selten, sie erfordern schwere Arbeit und anstrengendes Nachdenken und können nicht auf Bestellung produziert werden."

Das klingt nach dem Wunsch für kommende Generationen von Entdeckern, nicht mehr von Fermen, Pulververwaltungen und Banken leben zu müssen. Es klingt nach Entschuldigung und Bedauern, aber auch nach Einsicht.

Nach einer marktwirtschaftlichen Lösung dieses Problems klingt es nicht. Es ruft nach dem Staat.

Der Fall dieses Antoine Laurent de Lavoisier ist aufschlußreich. Er kann uns vieles lehren. Gesetzt, wir wollen überhaupt noch lernen.

Damit endet mein Protokoll.

Die nächsten folgen in Bälde, aber unregelmäßigen Abständen, *ad libitum.*

Abiram → Abram

E-mail an Prof. Dr. M'Baïkaïkel in New York City

Liebste Lu,

Die Reaktionen auf Reguleits Attacke sind ganz unvorstellbar aggressiv. Die meisten pöbeln und drohen nur, wären also auch für Dich völlig unbrauchbar.

In der Schwemme dieser Pamphlete und Sottisen, die natürlich beweisen, wie sehr das genau ins Schwarze getroffen hat, finden sich nur sehr wenige Stimmen, die sich bereit erklären, darüber nachzudenken. Wohl die interessanteste kam als *e-mail* aus Tübingen und versteckt deren Autor hinter dem Pseudonym Ivo Bürdil.

Ich schicke Dir heute erst mal seine Ouvertüre, der noch ein zweiter Teil nachfolgen soll. Vielleicht ist ja einiges darin für Dich verwendbar. Sollte die Fortsetzung rechtzeitig kommen und sich lohnen, bekommst Du auch sie sofort. Oder soll ich sie einzutreiben versuchen? Aber vielleicht sollte am Anfang nur der Waffenhandel stehen – oder?

Ich umarme Dich zitternd: Dein Abram

(der gerade gelesen hat, daß der Erzvater Abraham ursprünglich so oder Abiram hieß = *Der Vater ist erhaben*. Erst in Hebron gab Gott dem 99jährigen stattdessen den Namen Abraham = *Vater der Menge*. Der bin ich nicht. Auch nicht Martin Luthers *"Vater vieler Völker"*, von dem die heutige ökumenische Bibel *"sogar Könige abstammen"* läßt: nein, danke. Aber erhaben ist Gott mit Sicherheit: also Dein Abram).

Anlage:

Null zu null

E-mail an Dr. Friedhelm Reguleit in Lübeck

Ivo Bürdil M.A., Philosophenweg 14, 72076 Tübingen

Sehr geehrter Herr Doktor Reguleit,

auf Ihren provokanten *Offenen Brief* im Internet reagiere ich so verspätet,
weil ich zuvor die öffentliche Reaktion beobachten und dann einbeziehen
wollte. Sie hat mich ebensowenig überrascht wie hoffentlich auch Sie.

Denn natürlich gibt es eine überwältigende Mehrheit in diesem Lande, deren
höchstes Vergnügen darin besteht, mit Augen und kauenden Mündern das
Umherlaufen allzumeist mittelmäßiger Läufer, am liebsten auch noch in den
beträchtlichen Verkleinerungen einer elektronischen Täuschungsveranstal-
tung (= TV) zu verfolgen. Oder das stundenlange Hin und Her eines frauen-
faustgroßen, leicht flaumigen und absolut fortschrittslosen Bällchens zu ob-
servieren: gleichfalls meist in der besagten elektronischen Täuschungsverklei-
nerung TV. Eventuelle Nuancen bleiben unbestritten, aber letztendlich uner-
heblich und sind schon morgen früh in nationalem Ausmaß vergessen.

Auch das so gierig wie lammfromm geduldig abgewartete Resultat dieser
Veranstaltungen, das nur aus zwei Zahlen in variantenarmem Proporz besteht, ist andern Morgens, spätestens andern Nachmittags nicht mehr erin-
nerlich und wird gegen neueste Sensationen ebenderselben Qualität ausgetauscht: eins zu zwei, drei zu zwei, null zu null, derlei.

Das alles ist, ich muß es für einen Ungläubigen wie Sie wiederholen, das allerhöchste Vergnügen fast der gesamten Nation. Wer es angreift, macht sich
eines Vergehens schuldig, wie es in früheren Epochen der Hochverrat war: es
ist sogar wieder mal der Landesverrat von *"vaterlandslosen Gesellen"*.

Kein Wunder also, daß eine allerbreiteste Masse über Ihre Fragestellung ausser Rand und Band geraten ist. Von allen Medien, die durch solche Volksem-
pörungen einzig zu überleben vermögen, unermüdlich angestachelt, tobt die
Masse. Sie kocht, sie schäumt. Sie möchte Sie lynchen. Nicht ausgeschlossen, daß sie das noch tut.

Denn der Taifun an wütenden Leser- oder Zuschauerbriefen und Kommentaren in Internet, Tageszeitungen, Magazinen und sämtlichen Fernsehkanälen
ist, um bei meteorologischen Metaphern zu beharren, nur die Spitze eines
Eisbergs von globalen Dimensionen. Illiterat und heimtückisch wird an

Stammtischen, Theken, in Kegel-, Sport- und sonstigen Vereinen, in Saunen
und Kasernen, auf Camping-Plätzen und bei Mitgliedervollversammlungen
jedweder Art ein Süppchen für Sie gekocht, das toxisch sein dürfte. Tanghobányi höchstpersönlich hat es inzwischen gewürzt und abgesegnet. Das bedeutet: ein Volk befindet sich im Aufstand gegen Sie und gegen einige wenige, allzu vereinzelte Gesinnungsgenossen.

Zu denen, Sie merken es, zähle ich auch mich. Ich tue es geheim und inoffiziell: aus Angst vor dem Volkszorn, den ich mir nicht leisten kann. Ich hoffe
zu Gott, Sie können es. Allerdings fürchte ich, daran zweifeln zu müssen.

Dem sehr bewußten Stil Ihres *Offenen Briefes* entnehme ich zwar, daß Sie
das alles so wollen. Gleichwohl ist er auch in beängstigendem Maße naïv.

Sie scheinen, wenn Sie den Sport im Fernsehen attackieren, nicht zu wissen,
was dieses Medium ohnehin soll und anzurichten den Auftrag offiziell sank-
tionierter Mehrheiten hat. Ich war lange genug in dieser Branche, um genau
zu wissen, wovon ich Ihnen berichte.

Aber ebendeshalb muß ich mich der unöffentlichen *E-mail* bedienen und das
allgemeine Schlachtfeld des Internet meiden.

Was ich Ihnen hier schreibe, muß unser Geheimnis bleiben. Ich unterschreibe
es auch mit einem hierfür eigens erfundenen *nom de plume,* der in Wahrheit
ein *nom de guerre* ist und wechseln wird.

Die heute nur auftaktartige Ankündigung dessen, was ich Ihnen in Wahrheit
dringend zu sagen mich politisch, moralisch, sogar biologisch verpflichtet
fühle, signiere ich als

Ihr sehr tief verbundener Geistesbruder

Ivo Bürdil

P. S.: Die Fortsetzung dieser *e-mail* wird Sie und sich durch tarnenden zeitlichen Abstand schützen, dann aber mit einer Parole zu erkennen geben, die
dem Vokabular meines heutigen Textes entstammt. *Conserva epistulam,* also!

Jacke = Hose

Interview in den "Tagesthemen" der ARD mit dem Kunstkritiker Anatol Dörrfisz

"Tagesthemen":
Herr Professor Dörrfisz, im Wettbewerb der Städte Detroit und Pittsburgh um den gerichtlichen Zuschlag zu einer Nutzung ihrer verstrahlten Innenstadt als Plastikdeponie sind Sie in Ihrer Eigenschaft als global anerkannter Kunstkritiker gebeten worden, der zuständigen Zweiten Instanz eines amerikanischen Verwaltungsgerichtes in der nächsten Woche ein Gutachten vorzulegen. Was wird in diesem Gutachten zu lesen sein? Aber bitte kurz.

Dörrfisz:
Erstens: Schon der Ausdruck Deponie ist falsch. Ein Ort, an dem Plastiken gesammelt und ausgestellt werden, ist keine Deponie, sondern ein Museum. Das war schon in meiner ungarischen Heimat so, ganz nah vom berühmten Plattensee. Schauen Sie, schon als Kind habe ich dort immer am liebsten -

"Tagesthemen":
Alles klar. Nun hat die Stadt Pittsburgh aber geltend gemacht, daß sie über das Sterbehaus einer inzwischen mehrheitlich vergessenen italienischen Entertainerin namens Leonore Muse verfüge und insofern für die Entsorgung aller Arten von Kunstplastik ebenso prädestiniert sei wie Detroit als ehemalige Autostadt für alle Arten von Kraftfahrzeug-Plastik. Was halten Sie in Ihrem Gutachten von solch einem splitting? Bitte kurz.

Dörrfisz:
Erstens: Schon die Bezeichnung dieser Entertainerin als Muse ist falsch, Sie hieß Duse mit D wie dürftig und war Schauspielerin, aber keine gute. Ich habe sie nie gesehen. Aber auf der Höhe ihres sogenannten Ruhmes hat sie sich umschulen lassen, um in den Lazaretten des Ersten Weltkrieges als Krankenschwester zu arbeiten. Sowas tut eine gute Schauspielerin nicht. Eine gute Schauspielerin spielt eine Krankenschwester, aber sie wird keine.

*Außerdem hieß sie nicht Leonore, sondern Ellinor, mit E wie Eva. Auch
meine eigene Frau heißt übrigens Eva. Aber manchmal nenne ich sie -*

"Tagesthemen":
*Alles klar. Nun hat Professor Tanghobányi gestern in Nairobi bekannt ge-
geben, er seinerseits werde sich für Pittsburgh als globale Entsorgungsde-
ponie von Kunstplastik mit der Maßgabe einsetzen, daß auch jede Art von
Designer-Plastik weltweit ausschließlich dort und nicht in Detroit endgela-
gert wird. Das dürfte gerade im Falle von Kraftfahrzeugplastik zu komplizierten Rechts- und Auslegungsstreitigkeiten führen. Wo zieht Ihr Gutachten die Grenzen zwischen Kunst, Design und Kraftfahrzeugen? Bitte wieder
ganz kurz.*

Dörrfisz:
*Also erstens: Joshua Tonghabarnyi hat mich gerade angerufen. Wir sind
seit Jahrzehnten gute Freunde. Ich habe ihm klipp und klar gesagt, daß die
Duse eine mittelprächtige Schauspielerin war, aber keine Bildhauerin. Ein
Skulpturenmuseum in ihrem Sterbehaus wäre also vollkommen sinnlos.
Mein Freund Joshua wird seine gestrige Meinung widerrufen.*

"Tagesthemen":
*Nun wächst ja inzwischen die Fraktion derer, die Plastik gar nicht deponie-
ren, sondern lieber verbrennen wollen.*

Dörrfisz:
*Das ist Jacke wie Hose. Ich erinnere nur an die Bücherverbrennungen, was
haben wir damals nicht alles verbrannt, und heute haben wir so viele Bücher wie noch nie. Nein, nein: das bringt gar nichts. Alles Jacke wie Hose.*

"Tagesthemen":
*Zum Schluß noch eine ganz persönliche Frage mit der Bitte um eine beson-
ders kurze Antwort: Herr Professor, wie beurteilen Sie als Gutachter die
Zusammenhänge zwischen innerstädtischen Plastikdeponien und der Verbreitung von OIRU?*

Dörrfisz:
*Erstens: Der EURO ist eine Tatsache. Zweitens: Über Tatsachen spekuliere
ich prinzipiell nicht.*

"Tagesthemen":
Aber glauben Sie, daß eine solche Anhäufung von Plastik in riesigen Mengen die Ausweitung von OIRU beschleunigen wird?

Dörrfisz:
Das ist Mumpitz. Riesig oder nicht: mein Freund Joshua hat mir eben gerade streng vertraulich eine Diagnose seiner Forschungsgruppe mitgeteilt. Sie lautet: Plastik ist keimfrei. Ich habe ihm geantwortet: "Mein lieber Joshua, wer mit dem Wasser des Plattensees getauft ist, weiß das schon seit Jahrhunderten. Nur hieß es damals nicht keimfrei, sondern unvergänglich." Jede Plastik, riesig oder nicht, ist Kunst. Also, wenn sie gut ist. Und gute Kunst ist unvergänglich. Basta. Und damit fünftens und letztens: Diese Duse war mit Gabriele d'Annunzio liïert, einem erstklassigen Poëten, aber treulosen Liebhaber und Freund von Mussolini: alles Leute mit schlechtem Geschmack, also weg damit! Aus diesem Grunde votiert mein Gutachten gegen Pittsburgh und für Detroit. Punctum und Ende der Sendung.

"Tagesthemen":
Das nun nicht gerade, meine Damen und Herren: wir haben unser Gespräch mit diesem eigenwilligen Experten aus Sicherheitsgründen kurz vor der Sendung in Lugano aufgezeichnet. Seine Stellungnahme ist natürlich sehr subjektiv.

Schädel + Schamanen

Internet: Protokoll IV aus der Arche N

Dies ist das vierte Protokoll aus der Arche N .

Mein Name ist Konstantin Alexéjewitsch Tolstoi. Bevor ich herkam, war ich in verschiedenen politischen Ämtern tätig.

Ich möchte hier an unser voriges Protokoll anschließen. Felix Lux hat uns da von einem Genius berichtet, der so geldgierig war, daß ihm dafür der Kopf abgeschlagen wurde.

Kopf ab!

Aber vielleicht wurde ihm der Kopf auch eher deshalb abgeschlagen, weil er solch ein Genius war. Einen Genius haben die Leute normalerweise nicht allzu gern. Sie lieben es vielmehr, ihre Besten einfach umzubringen. Ich denke da nicht nur an Kennedy und Rabin, an Sadat und Martin Luther King. Auch an Gandhi und Rosa Luxemburg. An García Lorca und Ken Saro-Wiwa. An Che Guevara und Rudi Dutschke. Und Olof Palme. Und Zoran Djindjić. An Walther Rathenau und Robert Blum. An Thomas Becket, jenen legendären Erzbischof von Canterbury, und den persischen Religionsstifter Mirza Ali Muhammad. An Jeanne d'Arc und Giordano Bruno. Iulius Cæsar und Jesus von Nazareth. Aber auch an Sokrátes. Auch an Osiris und an Baldur, den Gott des Lichtes. Auch an Ádonis. An Bruder Abel.

Aber am liebsten töten sie ihre Köpfe durch Enthauptungen. Als müsse ebenjener Körperteil oder Ort beseitigt werden, wo das Besondere, das Abnorme, dieses Überragende stattfand, das all die andern in den Schatten stellte. Denn das Abschlagen ihrer besten Köpfe war Lust und Brauch nicht nur jener völlig entfesselten und enthemmten Französischen Revolutionäre, die sogar ihre eigenen Ideologen, ihre eigenen Anführer, ihre Theoretiker, Philosophen und Poëten guillotinierten: Danton, Robespierre, St. Just, André Chénier, all die andern. Lavoisier. Es war auch nicht nur Lust und Brauch der entmenschten Nazis und Bolschewiken. Nicht erst die Geschwister Scholl und der 17jährige Helmut Hübener wurden geköpft, nein, schon Friedrichs des Großen Jugendfreund, jener unselige preußische Leutnant und Generalssohn Hans Hermann von Katte, schon Oliver Cromwell, schon Thomas Münzer, dieser frühe deutsche Sozialist, und Thomas Morus, dieser frühe englische Sozialist, auch der 16jährige Konradin oder *Konrad der Junge*, letzter Stauferherzog, auch Cicero, auch Johannes der Täufer und Sankt Georg, der Drachentöter, wohl auch der Apostel Paulus. Dessen Haupt wurde jedenfalls Jahrhunderte lang in der Römischen Lateransbasilika zur Schau gestellt wie auch der Kopf seines Kollegen Petrus: lauter Zeugen von Martyrien - oder auch Trophäen?

Als Trophäen nämlich, wissen wir aus den Legenden in der *Prosa-Edda* des isländischen Gelehrten Snorri Sturluson im 13. Jahrhundert, sammelten Kelten und Protokelten die abgeschlagenen Köpfe ihrer Feinde, um sich mit deren geheiligter Kraft vor übernatürlichen Mächten zu schützen.

Wo man jedoch die Köpfe nicht lebendig abschlagen konnte, begnügte man sich *nolens volens* auch mit den Schädeln der toten Genies und Heroën. Sie wurden begehrt, entwendet, entehrt, beseitigt, vernichtet. So lechzte schon Hektor danach, dem erniedrigend entblößten Leichnam des heimtückisch ermordeten Pátroklos - immerhin Liebling Homers und Magnet aller griechischen, mancher troïschen Sympathien, diesem Superstar der Kriegsgeschichte und Homoërotik - im Tode auch noch den Kopf abzuhacken:

" ... das Haupt von der Schulter zu haun mit schneidendem Erze
Und den geschleiften Rumpf vor die troischen Hunde zu werfen"
(*"Ilias"*, *VII.* Gesang, Vers 126f.).

Die Geschichte der Menschheit ließ sich hiervon stimulieren. Schon Brutus, der die römische Republik vor der Diktatur bewahren wollte, wurde noch im Tode nur deshalb enthauptet, damit der Kaiser Augustus seinen Kopf in Rom der Statue Cæsars zu Füßen legen konnte.

Ebenso wurde auch der Kopf eines Mannes abgeschnitten, dessen These *"Ich denke, also bin ich"* alle diejenigen, denen das Denken schwerer fiel, allzusehr gedemütigt haben mochte: René Descartes. Auch Joseph Haydn erlitt dieses Schicksal. Auch Schiller, Deutschlands Idol. Vielleicht auch Raffaël, vielleicht auch Leibniz. Bestimmt der preußische Husarenmajor von Schill aus *"Lützows wilder, verwegener Jagd"* beim Aufbegehren seines Freicorps gegen Napoleon.

Aber sogar einem unmilitanten Sensualisten und Schriftsteller wie Wilhelm Heinse, diesem *"letzten Barockmenschen"* aus dem Umfeld der Homophilen Jacobi und Gleim, ließ noch zwei Jahre nach seinem Tode 1803 sein letzter Lebenspartner, der prominente Anatom und Physiologe Samuel Thomas von Soemmerring, den testamentarisch zugesprochenen Schädel exhumieren und samt *"matschiger Hirnmasse"* in goldgefaßtem Glasreliquiar mit der Aufschrift *"poeta summus"* seiner Bibliothek einverleiben: als *"Heiligtum"*.
Denn in Berlin und Dresden, berichtete im selben Jahre 1805 die *"Kaiserlich und Kurpfalzbairisch privilegierte Zeitung"*, waren damals die Schädel sonderlich wertgeschätzter Personen, *"unter Glasglocken und Mahagonikäst-*

chen gesetzt, schon ein Ziermöbel auf den Büreaus und Schreibetischen der Damen und Herren geworden".

Alle diese Köpfe also wurden ihren Eigentümern noch im Tode gestohlen. Dem Einstein später noch speziell das Gehirn. Dem Redner Cicero auch noch extra die Zunge. Dem Mozart auch noch der ganze Leichnam. Ebenso Charlie Chaplin. Noch manchem mehr.

Der Talmud weiß, daß schon der tote Esau von seinen Söhnen ohne Kopf bestattet wurde, weil Neffe Joseph, Sohn von Zwillingsbruder Jaakob, das abgetrennte Haupt bei Adam und Abraham in Hebron begrub.

In jenem Hügel Golgata, der in Jerusalem seinen Namen aus *gulgulta*, der aramäischen Bezeichnung eines Schädels ableitet und auch die Form eines menschlichen Kopfes habe, soll nach Meinung der *Alten Kirche* der Schädel Adams bestattet liegen. Also muß wohl auch der schon von seinem Leibe abgetrennt worden sein: nur von wem damals? Die altjüdischen *"Zioni"* wissen immerhin, daß dieser allererste Tote noch von Gott persönlich bestattet wurde: vielleicht also auch enthauptet? Aber warum? Auch schon etwa wegen seines raren Gangliengehaltes? Oder gar von Kain, seinem eigenen Sohne, diesem Fachmann?

Noch im Irak des so fortschrittlich 21. Jahrhunderts köpfen islamistische Chauvinisten ihre amerikanischen Geiseln: um diese angeblich telegen und global als Verlierer zu schänden oder zu entehren; aber vielleicht ja auch nur, um sich deren überlegenes Wissen anzueignen, wie man reich wird.

Ich möchte heute von einem Schamanen erzählen, dem es auch so erging wie Adam und all den andern Geköpften, der aber trotzdem als unvergeßlicher Sieger in die Menschheitsgeschichte eingegangen ist.

Schutzgeister

Viele unserer sibirischen Stämme haben eine alte und lebendige Schamanentradition, zum Beispiel die Tschakassen, die Orotschen, die Tubalaren, die Telëuten, die Kamtschadalen, die Jukagiren, die Korjaken und Samojeden, die Ostjaken und Tschuwanen, die Tungusen, die Schorzen, die Golden und Tofalaren, die Tschuwaschen und Tscheremissen, die Wotjaken und Kaman-

dinen, die Mordwinen, Karagassen und Lamuter, die Tschuktschen im aller-
äußersten Nordosten, ich glaube, auch die Giljaken, die Kumandinzen, die
Wogulen und Telengiten, die südsibirischen Burjaten und Mongolen -

aber am Unterlauf der Ljena mehr noch als viele andern die Jakuten, jenes
sonderlich alte und mongolide Hirtenvolk der Turkfamilie, ursprünglich im
Urjanchai am Jenissei zu Hause, dann am Baikalsee, seit mehr als siebenhun-
dert Jahren nun schon in der ehrwürdigen russischen Provinz Jakutsk, wo es
die kältesten Stellen der Erde gibt; der Boden taut dort in den wenigen wär-
meren Monaten nur oberflächlich auf. Deshalb sagen diese Jakuten, sie leben
"weit im Norden an der Wurzel der schrecklichen Krankheiten". Und um die
zu heilen also, gibt es dort so viele Schamanen.

Mit Schamanen helfen sich die Völker gegen eine Welt, die sie nicht verstehen. Darum müssen Schamanen außergewöhnlich nervöse, außergewöhnlich
sensible und auch sonst überhaupt absolut außergewöhnliche Persönlichkeiten sein, die eben anders geartet sind als der allgemeine Durchschnitt.

Einer von denen hieß Ogusar-Ojun. Ojun ist das jakutische Wort für einen
männlichen Schamanen, und Ogus heißt der Stier. Aber nicht jeder Stier ist
ogus. Ogus ist der junge, der tapfere, der aufrichtig ehrliche, auch harte und
strenge Stier mit brünstiger Stimme und speziell vom Lande. Solch ein Stier
war dieser Ogus.

Tatsächlich war auch sein Schutzgeist, wie jeder Schamane ihn unabdingbar
zum Schamanisieren benötigt, ein Stier. Deshalb verwandelte sich dieser
Ogus auch selbst oft in solch einen jungen und tapferen Stier: besonders
wenn er wieder mal eine Seuche zu bekämpfen hatte. Sein Körper lag dann
meist reglos auf seiner Schlafbank, aber sein Ich kämpfte in Gestalt eines
Stieres gegen den Geist der betreffenden Seuche. Dieser Stier war dann blau
gescheckt und meist der Sieger über die Seuche. Allerdings war der Stier für
die alten Jakuten, die sich selbst in ihren Heldenliedern lieber nach ihrer wahren Heimat Urjanchaier nennen, auch eine hohe Gottheit.

Wenn also dieser göttlich bullige Ogusar-Ojun schamanisierte, wuchs ihm
manchmal plötzlich sogar ein Stierhorn mitten aus der Stirn, und er wühlte
die Erde auf wie ein Stier. Er wußte, daß sein Schutzgeist dann auf seiner

Seite war und ihn beseelte. Manchmal brüllte er dann auch mit so brünstiger Stimme wie ein Stier: mitten beim Trommeln oder Singen.

Dieser Ogus war nämlich ein gottbegnadeter Sänger und Trommler. Ich meine, alle Schamanen singen, anders geht es gar nicht. Oft entdecken sie ihr Schamanentum gerade durch ihr zwanghaftes Singen. Eigentlich singen aus ihnen die Geister, von denen sie besessen sind. Darum ist dieses Singen auch oft so prophetisch. Denn die Geister kennen natürlich die Zukunft.

Das Geistesgeschöpf

Bei Ogus fing das an, als er sieben Jahre alt war. Anfallartig und krampfhaft mußte er singen. Genau wie seine Mutter: auch die begann mit sieben Jahren zwanghaft erregt zu singen. Mit neun wurde sie dann Schamanin. Sie vererbte ihre Gaben an Ogus, ihren einzigen Sohn. Das ist dort so Tradition. Wenn jemand öffentlich zu singen oder auch nur poëtisch zu improvisieren beginnt, wissen alle, daß der Geist eines Vorfahren in ihn eingegangen ist.

Bei Ogus war es aber vielleicht nicht nur der Geist seiner Mutter. Die hatte diesen Sohn nämlich als Jungfrau zur Welt gebracht. Im Westen kennt man das sonst nur von der Gottesmutter Maria. Aber in Sibirien werden viele Schamanen von Jungfrauen geboren. Ihre Kinder werden dann als *"ungeschlechtlich"* bezeichnet. Der Vater ist meistens irgend ein Geist. Aber Ogus hatte sogar den lichten Ürüng Ajy-Tojon zum Erzeuger. Dieser Name bedeutet *"Weißer Schöpfer"* und bezeichnet den Obersten Himmelsgott, der den Jakuten wohlgesinnt ist und ihr ganzes Leben leuchtend vorherbestimmt.

Der also höchstpersönlich soll diesen Ogus *"mit Segenswünschen und Gesängen"* auf diese Mittlere Welt hinuntergelassen haben. Da konnte der nur noch mit brünstiger Stierstimme weitersingen. *"Lieder singt er wie strömende Wolken"*, sagten die Leute in seinem Dorf, und andere: *"Er stimmt ein Liedchen an wie steigender Rauch"*.

Er tat das natürlich beim Schamanisieren, um sich durch einen Gesang gebührend in Trance zu versetzen oder um bei Beschwörungen die jeweils angesprochenen Geister mit hymnenartigen Lobgesängen günstig zu stimmen.

Auf solche Weise hatte Ogus schon so manche Seuche gebannt, aber auch so manche Weissagung gesungen, die sich später bestätigt hatte.

Aber er sang auch sonst oft. Er liebte es, seiner Mutter, die in allem sein Vorbild war, oder einer ganzen Gemeinschaft die Texte und Melodien vorzutragen, die ihm einfielen. Und die Gemeinschaft liebte es, ihm zuzuhören. Sie bat ihn oft um solche Unterhaltung. Denn Ogus war ein Meister auch der Verskunst. Er beherrschte die strengen Regeln der jakutischen Poësie wie kein anderer und war ein einfallsreicher Virtuose ihrer beiden obersten Gesetze, des Stabreims am Zeilenanfang und jener spezifisch turksprachigen Vokalharmonie, die in einer Zeile jeweils nur helle oder nur dunkle Vokale duldet. Darin brillierte Ogus. Auch in einem bestimmten Wechsel von betonten und unbetonten Silben in all seinen Hochzeits- und Liebesliedern, Wiegen- und Totenliedern oder Kriegs- und Arbeitsgesängen, Landschafts- und Heimatliedern, meist im Hexameter, das er sogar selbst erfunden hatte.

Aber am beliebtesten waren seine Olongcho. Das sind große Heldenepen, die oft auch von Göttern, Geistern oder früheren Schamanen erzählen und das bisweilen in ganzen Zyklen oder Serien tun. Aber im Olongcho geht es nie um Einzelfälle, sondern immer um das Typische und Immerwiederkehrende im Jakuten- oder Menschenleben. Ogus pflegte mit einem solchen Olongcho am frühen Abend zu beginnen und dreizehn oder vierzehn Stunden lang ohne Unterbrechung bis in den frühen Morgen hinein vorzutragen. Manchmal dauerte es sogar drei Tage hintereinander: mit kurzen Pausen zum Essen und Schlafen. Dann ließ er sich von seinen Adepten helfen, und sie trugen solch ein Mega-Olongcho gemeinsam vor: teils chorisch, teils aber auch mit verteilten Rollen. So wurde aus dem Epos ein Drama und aus dem Schamanen vollends ein Schauspieler. Dessen Verwandlungskünste und Fähigkeiten, sich in Ekstasen hineinzusteigern, beherrschte Ogus ohnehin wie kaum ein anderer. Er konnte sogar mit verschiedenen Stimmen sprechen und begleitete seine Darstellung auch mit mimischen und gestischen Effekten.

Bei alledem vergaß er aber nie, seinen Text oder Vortrag mit erotischen Anspielungen und sexuellen Gesten zu würzen, auch darin war er ein vielbeglotterter Meister.

Seine Zuhörer, die ihm stets atemlos lauschten und hingerissen verstummten oder auch schluchzend zu weinen begannen, konnten oft beobachten, wie er beim Singen mit geschlossenen Augen auch selbst mitgerissen wurde und sich so veränderte, daß er nicht mehr wie Ogus aussah. Er war dann von einem geheimnisvollen, übernatürlichen Glanz umgeben wie von einer Aura. Dafür liebten und verehrten sie ihn. Er genoß tatsächlich dieselben Sonderrechte wie sonst nur Schmiede und Ärzte.

Aber sein Lohn bestand einzig aus dem Ruhm, der Erste Sänger, der Erste Dichter, der Erste Schauspieler zu sein, sowie aus gastlichster Bewirtung. Geld zu nehmen, verschmähte Ogus. Er hielt sich weder für käuflich noch für bezahlbar. Er nannte seine Talente Geschenke des Himmels, die er weiterverschenke.

Zu den Beschenktesten gehörte auch sein Pferd, das mit jedem Sprung einen ganzen Tagesmarsch zurücklegen konnte: von den Gesängen seines bulligen Herrn war dieses Tier so inspiriert, daß Gräser, Sträucher und Bäume, die es im Vorbeihasten berührte, mit verschiedenen Stimmen zu singen oder auch zu jammern und zu heulen begannen, je nachdem; trat es faules Holz nieder oder stieß es Steine zur Seite, fingen auch die alle nicht nur zu singen, sondern auch zu lachen und zu tanzen an.

Einmal hat Ogus dieses Pferd dann in einem Beschwörungsliede besungen, wie sonst nur Homer das getan hat:

*"Sangbegabt und reich an Liedern vieler Art und vieler Form,
Halte aus, mein Pferd, die Reise, wenn der Weg dich führt nach Westen
In das Land unreiner Geister voll von Listen der Dämonen!"*

Manchmal verwandelte er dieses inspirierte Pferd auch mit einem einzigen Peitschenhiebe in einen Stier, also in sich selbst. Das waren dann rare Glücksmomente.

Trommeltrance

Aber für solche magische Metamorphose mußte er lange getrommelt haben. Die Trommel ist meist das einzige Instrument eines jakutischen Schamanen. Sie ist sein Ein-und-Alles. Ohne die Trommel könnte kein sibirischer Schamane schamanisieren. Mit der Trommel versetzt er sich selbst in Trance. Mit der Trommel verscheucht er die bösen und lockt er die hilfreichen Geister. Bei seinen Reisen ins Jenseits reitet er auf seiner Trommel. Sie ist dann sein Pferd.

Sein ganzes Schamanenleben beginnt mit der eigenhändigen Herstellung einer solchen Trommel. Er sucht in Begleitung von neun jungen Männern an der Grabstelle eines früheren Schamanen jene Birke auf, mit der sein ganzes Leben so eng verbunden ist, wie es auch die Trommel sein soll, sein wird. Dann hängt er seinen Rock ins Geäst und bindet ihn da fest. Darunter schlachtet er ein Opfertier, besprengt die Birke mit dessen Blute, dann mit Schnaps und begleitet alles das mit Zaubersprüchen. Erst hiernach wird aus der Birke, die aber keinen Schaden erleiden oder absterben darf, ein angemessenes Stück Holz herausgeschlagen und mit Segenswünschen besprochen. Es wird dann sofort über Feuer erhitzt und zu einem Reifen gebogen. Wenn das Holz sich gefügig erweist, wird das Leben des Schamanen glücklich sein.

Bei dieser Arbeit scherzen die neun Jünglinge so ausgefallen wie irgend möglich, auch derb und zotig. Denn bei der Einweihung dieser Trommel wird der Schamane später alles wiederholen müssen, was sich bei ihrer Anfertigung zugetragen hat. Da heißt es also vorsorgen für unvergeßliche Späße und Gelächter.

Kaum ist der ovale Trommelleib fertig gebogen, bereiten die Neun ein Fell zum Bespannen vor. Immer stammt es von jenem Tier, dessen Seele der Schutzgeist des Schamanen ist. Also ließ Ogus seine Trommel mit der Haut eines Jungstiers bespannen, die vorher von den jungen Burschen mit Stöcken und Segenssprüchen gegerbt worden war. Das Eisen für die Halterung der Trommel wurde dem Instrument eines Schamanen-Ahnen entnommen, der Schlegel aus Mammutzahn geschnitten und mit einem Handgriff versehen hatte, in den ein Menschenkopf hineingeschnitzt war.

Wenn die Trommel fertig ist, ähnelt sie einer Brust und muß belebt werden. Diese Belebung der Trommel ist ein großes Fest der ganzen Sippe. Aber nur für die Männer. Frauen sind von diesen Riten ausgeschlossen. Erst wenn jeder Mann sie geschlagen hat, darf der Schamane seine Trommel benutzen. Ihr Klang erinnert noch an Geburtswehen. Darum besprengt sie ihr Schamane mit Opferbier und läßt sie ihr ganzes bisheriges Leben sowohl in jener Birke als auch im betreffenden Stierleib und die besonderen Umstände ihrer Verwandlung in eine Trommel aus seinem eigenen Munde erzählen.

Nachdem die Trommel auf diese Weise belebt worden ist, klingt sie zunächst wie ein Kind, das an seiner Mutter saugt, und gelobt so treue Dienste. Erst hiernach kann sie alle Geister rufen, auch die Geister der Quellen, der Flüsse, der Seen, der Gebirge und bestimmter magischer Orte, die Geister der ganzen Landschaft. Sie alle versammeln sich in der Trommel. Davon wird die Trommel immer schwerer. Sie schwankt am Arme des trommelnden Schamanen hin und her. Trotzdem trommelt er immer lauter. Denn als Sammelplatz kosmischer Geister hat seine Trommel jetzt kosmische Kräfte. Sie kann den ganzen Kosmos zum Ausdruck bringen, wird zu dessen Abbild, vermittelt dessen Energien.

Aber die Seele der Trommel ist das Wesen des betreffenden Gegenstandes, das der Schamanisierende nicht kennt, nicht beherrscht und das er mit seinem Schamanisieren zu beschwören versucht. Er muß die Fremdheit dieses Wesens überwinden. Dann ist seine Beschwörung gelungen. Dann ist die Seuche besiegt.

Dafür muß er mit gekreuzten Beinen auf einer Filzdecke sitzen und lange trommeln. Er muß die Trommel auch dreimal um sich selbst drehen. Manchmal versucht die Seele der Trommel dabei zu fliehen. Dann jagt er sie mit den Händen, drückt sie in seiner Faust, steckt sie in den Mund und kaut sie. Das dauert lange. Dann spuckt er die gekaute Seele der Trommel wieder in die Trommel zurück und schlägt die Trommel von unten. Danach dreht er die Trommel um und leckt das Trommelfell, also seinen Schutzgeist. Dann setzt er sich auf dieses Trommelfell und singt:

"Heilung werden bringen wir, ich und du, mein Pferd und Trommel,
Allen Menschen, die da stammeln, den Jakuten, Urjanchaiern,
Allen Menschen, die da leiden, in Verfehlung tief gefallen;

Kündung kündendem Schamanen, dem Schamanen, dem berühmten,
Dieses sei du, kühne Trommel, Wundertrommel, Trommelpferd!"

Dabei trommelt er pausenlos weiter. Wenn keine Trommel zur Hand ist, tut es auch eine Pfanne aus der Küche. Dann trommelt er auf der Pfanne weiter. Er trommelt auch weiter, wenn er zu tanzen beginnt. Dabei dreht er sich in der Richtung, aus der das Unheil zu kommen scheint. Denn sein ganzes Tanzen bedeutet: dort hingehen. Tanzen ist das Symbol für eine Fahrt, eine Reise des Schamanen. Auch seine Jenseitsreisen, ob nun in die obere oder die untere Welt, beginnen immer mit einem Tanz. Dann steigert sich seine Trance zur Absence: er ist weg. Das zeigt sich, indem er auf dem Höhepunkt des Tanzens, des Trommelns, seiner Ekstase zu Boden fällt und liegen bleibt. Dann verläßt seine Seele ihren Körper und begibt sich auf die gewünschte Geistreise.

Aber davon berichte ich beim nächsten Mal. Von Schamanen zu erzählen, verzehrt die Kräfte.

Damit endet mein heutiges Protokoll. Die nächsten folgen in Bälde, aber unregelmäßigen Abständen, *ad libitum*.

(Team-Übersetzung der Arche N aus dem Russischen)

OIRU = OIRU

Interview im "heute"-Journal des ZDF mit der Staatssekretärin im Bundesgesundheitsministerium

"heute"-Journal:
Frau Staatssekretärin, die Sterbestatistik der Seuche OIRU steigert ihre Rekorde fast täglich. Nun hat die Weltgesundheitsbehörde heute bekannt gegeben, daß sie dieser gnadenlosen Epidemie nach langen internen Auseinandersetzungen eine neue Bezeichnung gegeben hat. Halten Sie das für sinnvoll?

Staatssekretärin:
Aber *selbstverständlich. Warum nicht? Schauen Sie, OIRU war uns allen
bislang vertraut als Abkürzung für* Omaha Infection Remains Uncurable -

"heute"-Journal:
Das hieß nochmal für unsre Zuschauer und Zuschauerinnen - ?

Staatssekretärin:
Gott ja, also diese Infektion aus Omaha bleibt unheilbar, so in etwa.

"heute"-Journal:
Richtig. Und wie ist nun die neue Bezeichnung?

Staatssekretärin:
*Ja, Moment mal, soweit ich es schon auswendig kann, so plötzlich: ich
glaube* Overkill Items Remain Unknown. *Oder so ähnlich.*

"heute"-Journal:
Das hieße für unsre Zuschauer und Zuschauerinnen?

Staatssekretärin:
*Gott ja, das ist schwer zu übersetzen, also alle einzelnen Fakten dieses
Overkill, also dieser Vielfachtötung, bleiben nach wie vor unbekannt.*

"heute"-Journal:
Genau. Und wie ist da die neue Abkürzung?

Staatssekretärin:
OIRU.

"heute"-Journal:
Nein, die neue?

Staatssekretärin:
Ja, die neue heißt OIRU.

"heute"-Journal:
Moment mal. Also genauso wie die alte?

Staatssekretärin:
Wieso das denn? Ach so. Ja, natürlich. Warum auch nicht? Ich meine, OI-

*RU ist OIRU, absolut tödlich, ja? Da sollte man nicht das Image wechseln.
Das Publikum muß doch wissen, woran es ist.*

"heute"-Journal:
*Und was ist durch diese Veränderung der Bezeichnung überhaupt erreicht
worden, ich meine: bewirkt? Letztendlich?*

Staatssekretärin:
*Na, hören Sie mal. Jetzt wird OIRU nicht mehr als unheilbar bezeichnet,
nur noch als unbekannt, ein ganz fundamentaler Unterschied: nicht mehr
unheilbar! Nur noch unbekannt. Vielleicht auch mal heilbar, irgendwann:
ein Hoffnungsschimmer.*

"heute"-Journal:
*Dafür ist aus der amerikanischen Stadt Omaha ein Overkill geworden, was
Sie selbst mit Vielfachtötung übersetzen. Könnte das nicht eine Panik auslö-
sen?*

Staatssekretärin:
*Ganz im Gegenteil. Denn Panik herrscht sowieso schon. Nein, die Frage
nach dem Schuldigen wird damit erst mal ausgeklammert. Diese Bezichti-
gung der Stadt Omaha als Infektionsherd war ja wirklich unhaltbar.*

"heute"-Journal:
*Das kann nur jemand sagen, der andere, neuere Informationen über die
Herkunft dieser gnadenlosen Seuche hat. Wer hat sie nun tatsächlich einge-
schleppt? Wo kommt sie her?*

Staatssekretärin:
Da gibt es zur Zeit verschiedene Theorien, von denen noch keine -

"heute"-Journal:
Sie spielen jetzt auf die Serben an. Haben die Serben uns das eingebrockt?

Staatssekretärin:
Wie kommen Sie denn darauf?

"heute"-Journal:
Oder doch die Türken?

Staatssekretärin:
Nein, die Türken ganz bestimmt nicht. Dafür verbürge ich mich. Ich habe doch selbst ein türkisches Patenkind.

"heute"-Journal:
Oder die Asylanten? Ganz allgemein?

Staatssekretärin:
Der Begriff der Asylanten ist mir viel zu pauschal für eine so ungeheure Beschuldigung. Da empfehle ich doch eine etwas sensiblere Differenzierung. Ja?

"heute"-Journal:
Frau Staatssekretärin, es soll unter Feministinnen und Feministen auch der Verdacht geäußert worden sein, OIRU sei auch unter seinem neuen Namen eine spezifisch männliche Seuche, also von Männern verschuldet. Was halten Sie davon?

Staatssekretärin:
Ebensoviel wie von der männlichen Schutzbehauptung, sie sei von Schwulen verschuldet.

"heute"-Journal:
Das war deutlich. Frau Sekretärin, mit diesen kompetenten Statements zum Thema "OIRU neu" sind wir alle einen großen Schritt weiter: vielen Dank nach Berlin.

Kopf ohne Leib

*Sonderbeilage der Wochenzeitung 'ZEITGEIST'
mit einer Gegendarstellung von Dr. Wilm Siebenfuss-Köpfle, Schriftführer und Vizepräsident des Friedrich-von-Schiller-Gedächtnisstätten e. V.
Marbach/Weimar*

Graf Tolstoi hat im IV. Protokoll aus der ominösen Arche N über Internet verbreitet, daß dem Leichnam Friedrich von Schillers der Kopf abgehackt worden sei. Das ist so nicht richtig.

Richtig ist, daß es um Schillers Leichnam viele Gerüchte, Legenden und Verleumdungen gegeben hat, die teilweise sogar in die seriöse Literatur Eingang gefunden haben.

Richtig ist, daß es umsomehr allen solchen Fehlinformationen entgegenzuwirken und die eindeutigen Resultate einer zweihundert Jahre lang verantwortungsbewußten Schillerforschung beim Namen zu nennen gilt.

1. Schillers Tod

Richtig ist, daß Friedrich von Schiller am späten Nachmittag des 9. Mai 1805 in Weimar gestorben ist.

Am 10. Mai erfolgte zunächst die Leichenschau durch den behandelnden Arzt, Geheimen Hofrat und Großherzoglichen Leibmedicus Dr. Wilhelm Ernst Christian Huschke.

Anschließend erstellte Professor Ferdinand Karl Christian Jagemann, Porträtmaler der Weimarer Herzogsfamilie, seine weltbekannte Kreidezeichnung *"Schiller auf dem Totenbett"*.

Hiernach hat Johann Christian Ludwig Klauer, Sohn des namhaften Bildhauers Gottlieb Martin Klauer, die berühmte Totenmaske abgenommen.

Erst nachmittags konnte dann Hofrat Dr. Huschke die Obduktion des Leichnams durchführen. Sein oft zitierter Sektionsbericht für Großherzog Carl August von Sachsen-Weimar hat später vielfach als Basis für Schillers postume Anamnese gedient und gipfelte im Satze

"Bei diesen Umständen muß man sich wundern, wie der arme Mann so lange hat leben können".

Augenzeuge und Konsiliarius der Leichenöffnung war Dr. med. Wilhelm Christian Gottfried von Herder, ältester Sohn von Schillers Kollegen Johann Gottfried Herder und erst vor einem halben Jahr zum Hofmedicus ernannt. Er hat der Schwägerin des Verstorbenen, Karoline von Wolzogen, deren Hausarzt und Freund er war, bestätigt, daß Schiller selbst im Falle einer nochmaligen Genesung

"nicht länger als ein halbes Jahr gelebt und schwere Beängstigungen erduldet haben würde".

Vielleicht noch am selben 10. Mai, weil

"der Zustand der Leiche eine schnelle Beisetzung nötig machte" ("Zeitung für die elegante Welt" am 21. Mai 1805),

eher aber doch erst am folgenden 11. Mai wurden Schillers sterbliche Überreste eingesargt. Rechnungsbelege dokumentieren einen kostspieligen Eichensarg mit Beschlägen, eisernen Handgriffen und metallenem Namensschild.

Den Rest dieses Tages füllte eine liebevolle Organisation des Leichenzuges.

In Weimar gab es damals keine hauptamtlichen Leichenträger. Der Transport eines Toten zum Friedhof war ein tradiertes Privileg der Handwerker-Zünfte. Selbst fürstliche, auch großherzogliche Leichen, auch der tote Goethe wurden von örtlichen Handwerkern zu ihrer letzten Ruhe getragen. Folglich sollte Schillers Leiche durch die Weimarer Schneider oder Tischler vom Sterbehause an der Esplanade zum Friedhofe befördert werden.

Aber ein glühender Verehrer des Dichters, Carl Leberecht Schwabe, damals 26 Jahre alt, Sohn eines Weimarer Bürgermeisters, auch Geheimen Regierungsrates und inzwischen selbst bereits Kommissionssekretär bei der hiesigen Regierungskanzlei, intervenierte gegen dieses Brauchtum. Wohl auf Veranlassung seiner Braut Luise Friederike Schmidt, von deren Vater nämlich Schiller sein Haus an der Esplanade gekauft und deren ältere Schwester Maria Henriette erwähnten Hofmedicus Dr. Gottfried von Herder geheiratet hatte, bezeichnete der jugendliche Verwaltungsjurist diese ehrwürdige Tradition im vorliegenden Falle als *Nationale Schande* und ersetzte die bereits bestellten Schneider durch etwa zwanzig junge Künstler, Akademiker und Beamte des gehobenen Dienstes, die diese ungewohnte Verrichtung vielleicht in angemessenerem Geiste, aber ohne hinlängliche Muskelkräfte übernahmen.

Unter solchen Umständen also fand Schillers Beisetzung in der Nacht vom 11. zum 12. Mai 1805 statt.

2. *Die Beisetzung*

Bestattungen zu nachtschlafener Uhrstunde waren in Weimar damals schon seit mehr als vierzig Jahren jenes Herzoglich dekretierte Privileg,

"daß unsere Ministres, wirkliche Räthe und Cavaliers, ingleichen denen von Adel [...] frey stehen soll, ihre Toden zur Abendzeit bey Fackeln oder Laternen, mit oder ohne Conduct, beysetzen [...] zu lassen und daß [...] den Titular-Räthen, Secretarien und allen anderen geist- und weltlichen Bedienten bey hohen und niederen Collegiis, auch Ämtern [...] anders nicht als gegen die in das Waysenhaus zu erlegende Dispensations-Gelder gestattet seyn soll, ihre Leichen Abends bey Laternen mit oder ohne Conduct begraben zu lassen" (Weimarer Begräbnisordnung vom 1. Juni 1763, § 6).

Von diesem Vorrechte, eine so begünstigte *"Abendleiche"* beizusetzen, machten nachweislich auch die trauernden Hinterbliebenen zum Beispiel des Großherzogs Carl August, auch der Großherzogin Luise, des Generalsuperintendenten Vogt, des Ministers und Geheimen Regierungsrates Christian Gottlob von Voigt, auch Herders und sogar von Goethes Ehefrau Christiane Gebrauch. Sie alle wurden unter exklusivem Verzicht auf Tageslicht und *"mit oder ohne Conduct"* bestattet.

Auch Schiller gehörte also zu diesen Privilegierten. Daß er das ohne *Conduct* und ohne *"alles Gepräng, ganz in der Stille und aufs einfachste"* tat, war ein Wunsch seiner Witwe, die sich diesbezüglich auf eine letzte *"Anordnung"* des Sterbenden selbst berief.

So trugen denn die erwähnten Auserwählten Schillers Sarg durch das nächtliche Weimar: vom Sterbehaus in der Esplanade, heutigen Schillerstraße durch die Frauentorstraße, über den Marktplatz, durch die Kaufstraße, an Herders Stadtkirche vorüber und durch die Jakobstraße bis zum Jakobsfriedhof. *"Kein Mensch war vor dem Hause oder in den Straßen zu erblicken"*, hat Schwabe davon überliefert.

Ein anderer Sargträger, Schriftsteller Stephan Schütze, damals mit 34 Jahren einer der ältesten, berichtete später, *"daß es allen schwer ist. Alle klagen; jeder glaubt, den schlimmsten Platz zu haben. Die Pausen werden immer länger. Ich finde endlich einen, der mich ablöst".*

So ungut wäre die Stimmung der Tischlerzunft schwerlich gewesen.

Daß tatsächlich niemand, auch kein Familienangehöriger dem Sarge auf seinem vermeintlich letzten Wege folgte, gehörte zu den damaligen Weimarer Usancen. Seine Anteilnahme an einem Todesfalle erwies man seinerzeit besser durch Anwesenheit andern Tages bei der kirchlichen *"Kollekte"* oder Trauerfeier als durch eine nächtliche Begleitung des Sarges.

Ebenden also stellten die ehrenamtlich strapazierten Intellektuellen in schwarzer Kleidung und mit weißen Handschuhen auf dem Jakobsfriedhof vor dem Eingang zum sogenannten *"Landschaftskassen-Leichengewölbe"* ab. Totengräber Johann Heinrich Bielke, ein honoriger Amtsnachfolger seines verdienstvollen Vaters, öffnete zuerst die breite Flügeltür zum Vestibül dieses Gruftgebäudes, in dessen Zentrum dann eine Falltür und ließ ungesäumt unter Mitwirkung seiner drei Gehilfen den Sarg an starken Seilen in die unterirdisch und nächtlich dunkle Gruft hinunter. Dann schloß er so Fall- wie Gebäudetür. Der feierliche Chorgesang der *"Ganzen Schule, erster Klasse"*, der nur für sonderlich hochstehende Verstorbene bemüht und mit 24 Talern teuer bezahlt zu werden pflegte, beëndete diese Beisetzung Friedrich von Schillers.

Auch ein Geistlicher war da nicht zugegen. Denn schon seit mehr als dreißig Jahren hatte sich der Weimarer Klerus herzoglich ausbedungen, bei nächtlichen Bestattungen nicht fungieren zu müssen. Stattdessen hielt schon am Nachmittage desselben 12. Mai 1805 der Generalsuperintendent Vogt in der Jakobskirche jene *"Collekte"* ab, segnete da den *"frostig"* und *"kurz, aber nicht erbaulich"* gepriesenen Toten und hielt eine Rede, die Goethes Adlatus Riemer als *"Salbaderei"* bezeichnete, deren Vogt *"sich zu schämen hat"*. Vorher und nachher wurde aus Mozarts *"Requiem"* musiziert. Die Kirche war nun überfüllt.

3. Das *"Kassengewölbe"*

Auf diese Weise vervielfachten die Weimarer ihre Huldigung, die schon in der Unterbringung von Schillers Gebeinen just im *"Landschaftskassen-Leichengewölbe"* deutlich zum Ausdruck gelangte. Dieses nämlich, das der Volksmund einfach *"Kassengewölbe"* nannte, war seinerzeit ein sonderlich exklusiver Beisetzungsort auf dem "Gottesacker" der Jakobskirche.

Dieser Friedhof aus dem 12. Jahrhundert war Weimars älteste und noch zu Schillers Zeiten einzige, also schon längst überforderte Nekropole. Namentlich jenes *"Hochadelige Gewölbe unter dem Turm zu Sankt Jakob"*, wo alle Toten von Rang und Stand, deren Familien über keine eigene Gruft verfügten, ihre letzte Ruhe fanden, war so überfüllt, daß es keine neuen Leichen mehr aufnehmen konnte.

In dieser Notlage wurde schon seit gut einem halben Jahrhundert auch jene damals vakante Beisetzungsstätte genutzt, die der Herzogliche Land-Rentmeister Christoph Jenichen 1713 für sich und seine Angehörigen in der südöstlichen Mauerecke von Sankt Jakob hatte bauen lassen: einen zierlichen kleinen Mausoleumstempel im Stile der Renaissance und mit unterirdischem Gewölbe für die Toten seiner Familie. Aber Bauherr Jenichen, der seit acht Jahren als oberster Verwalter sämtlicher herzoglichen Einkünfte tätig und derzeit gerade für den Neubau der Jakobskirche wirtschaftlich verantwortlich war, wurde überführt, diese seine Familiengruft mit Geldern finanziert zu haben, die eigentlich für die Rekonstruktion des Gotteshauses bestimmt waren. Er kam für drei Jahre ins Gefängnis und wurde anschließend des Landes verwiesen.

Zur Deckung seiner hinterlassenen Schulden fiel die beschriebene Familiengruft an den Fiskus: die sogenannte *Landschaftskasse*. In ihrer Funktion als Weimarisches Finanzamt vermietete sie seit 1742 Stellplätze in diesem Mausoleum gegen eine einmalige Gebühr von 1 Louisdor. Sie behielt sich aber die Auswahl und *"ausdrückliche Bewilligung"* der hier deponierten Leichen als eine *"Vergünstigung"* vor und reservierte das Gewölbe exklusiv für Angehörige des Brief- oder Dienstadels, ferner für Hofbeamte, Offiziere, Hofdamen, Exzellenzen und sonstige Würdenträger ohne eigene Familiengruft, aber mit dem standesgemäßen Anspruch, nicht in der Erde zu vermodern, sondern in gewölbten und zugänglichen Gemäuern, *"unvermischt mit dem gleichma-*

chenden Erdenstaub, dem Tag der Auferstehung entgegenzuschlummern" (Prof. Max Hecker, 1935).

Bald schon galt dieses *"Kassengewölbe"* neben den schließlich 78 Familiengrüften selbigen Gottesackers als besonders vornehm und begehrt. Die Liste der hier beigesetzten Mitglieder erster Weimarer Familien nennt, unter anderen, vergleichbar hochrangigen, etwa beide Eltern von Goethes Charlotte von Stein, die Herzoglichen Favoriten Friedrich Wilhelm von Lichtenberg, Husarenkommandeur, und Moritz von Wedel, ferner den Herzoglichen Oberhofmarschall Hartmann von Witzleben, einen Reichsfreiherrn von Thüna, je eine Reichsgräfin von Marschall und von Gianing, eine Oberhofmeisterin der Herzogin, Mitglieder der Adelshäuser von Kalb, von Rheinbaben, von Oppel, von Nostitz, von Tettau, von Schardt, von und zu Egloffstein, von Koppenfels (die Schwiegereltern von Goethes Intimus Heinrich Meyer) und die legendär "gnomide" Hofdame Luise ("Thusnelda") von Göchhausen sowie Bürgermeister Carl Christian August Paulssen samt Gattin und Leitende Funktionäre der Landschaftskasse selbst.

Für die sterblichen Überreste des erst kürzlich geadelten Hofrats Dr. von Schiller, der über keine eigene Familiengruft verfügte, konnte es auf diesem Friedhof und in dieser Stadt keinen andern standesgemäßen Ort als dieses hochangesehene Kassengewölbe geben.

4. Das Einzelgrab

Gleichwohl erhoben und mehrten sich nach und nach die protestierenden Stimmen seiner Verehrer, auch huldigungslustiger Angereister, denen es nicht genügte, ihres Nationalpoëten vor verschlossener Gemeinschaftsgruft zu gedenken. Chorisch äußerte sich der Wunsch nach einer Separierung dieses großen Künstlers, für dessen Gebeine rein gesellschaftliche Kriterien nicht mehr ausreichend schienen. Wohl zunächst die Weimarer Erbprinzessin Maria Pawlowna aus dem Hause Romanow, also Zarentochter wie -schwester, Enkelin Katharinas der Großen und mütterlicherseits württembergische Adressatin von Schillers Festspiel *"Die Huldigung der Künste"*, regte eine entsprechende Isolierung seines Sarges an.

Aber Schillers Witwe wartete lieber auf jenes gesamtdeutsch entworfene Benefizkonzept, das der Schriftsteller Rudolf Zacharias Becker aus Gotha schon knappe zwei Monate nach Schillers Beisetzung als Herausgeber des *"Kaiserlich privilegierten Reichsanzeigers"* vom 6. Juli 1805 unter dem Titel *"Wollen wir Schillern nicht ein Denkmal stiften?"* veröffentlichte. Dort regte die anonyme Zuschrift vermutlich einer schwäbischen Landsmännin die gemeinsame und zeitgleiche Wohltätigkeitsvorstellung eines Schillerdramas an allen deutschen Theatern an und kalkulierte so einen Reinertrag von sechzigtausend Gulden zugunsten eines Schiller-Denkmals in seinem Geburtsort Marbach. Becker selbst übernahm die Realisierung dieser Idee, setzte sie für Schillers Geburtstag gleich im Todesjahre 1805 an und ließ diverse Zeitungen das Projekt publik machen und diskutieren.

Ihm assistierte schon am 3. Februar 1806 der kurerzkanzlerische Staatsrat und Dichter Christian Graf von Benzel-Sternau mit seiner Gedenkveranstaltung im Regensburger Theater: *"Schillers Feier. Seinen Manen durch seinen Geist"*. In deren Buchausgabe *"mit einem Bericht vom Fortgange des Planes, dem verewigten Schiller ein Denkmal der Nationaldankbarkeit zu stiften"*, schlug Becker vor, die angestrebte Kollekte zum Erwerb eines Landgutes *"in womöglich romantischer Gegend"* zu verwenden, es *"Schillersruhe"*, *"Schillershain"* oder *"Schillers Ehre"* zu nennen und als Gedenkstätte über seinem Grabe wie auch als Fideïkommiß und Residenz seiner Nachkommen zu nutzen.

Schon im September 1805 lagen von den Bildhauern oder Architekten Döll in Gotha, Ruhl in Kassel und Weinbrenner in Karlsruhe insgesamt fünf Pläne für ein solches Denkmal vor.

Für seine Verwirklichung gingen aber im Laufe von fünf Jahren, vornehmlich von den Benefizvorstellungen in Berlin, Lübeck, Riga und Regensburg, insgesamt nur 8307 Taler bei der Witwe ein, die das Geld zu einem Zinssatz von fünf Prozent in Sankt Petersburg anlegte. *"Hamburg hat verhältnismässig weit weniger getan"*, ließ Freund Körner sie wissen, *"Leipzig wenig und Dresden gar nichts"* (am 31. Mai 1806).

Aber diesem Projekt galt die ganze Sympathie der Witwe, die schon gute anderthalb Jahre nach Schillers Tode in einem Briefe vom 21. Dezember 1806
an ihr Nenn-"Brüderchen" Fritz von Stein präzisiert hatte:

*"Ich möchte die heiligen Überreste unsres Geliebten auf dem Eigentum sei-
ner Hinterlassenen wissen. [...] Soll ich es erleben, so würde ich kein Be-
sitzrecht als ein Eigentum ansehen können, wo ich nicht auch, was mir noch
von ihm übrig blieb, bewahren und bewachen könnte".*

Aber *"Die unglücklichen Kriegsstürme, die über das Vaterland einbra-
chen"*, entschuldigte später ihre Schwester Karoline von Wolzogen, *"störten
die Ausführung dieses schönen Plans"*. Er wurde durch einen besseren ersetzt, als nach den bezichtigten Napoleonischen Kriegen, seit 1818, in Weimar der neue Friedhof *"vor dem Frauentor"* angelegt wurde.

Schon im Mai jenes Jahres verfügte Schillers Witwe, nunmehr selbst schon
51 Jahre alt, daß ihre Kinder,

*"wenn ich sterbe, ehe es mir gelungen ist, das Grab ihres geliebten Vaters
selbst an einem einzelnen, dazu allein bestimmten Platz zu errichten, sie
alsdann, wenn sie für mich einen Ruheplatz bereiten, es so einrichten lassen, daß die Reste des geliebten Vaters neben den meinigen ruhen".*

Dreizehn Jahre nach Schillers Tod schien sie zur Umbettung seiner sterblichen Überreste fest entschlossen. Am 12. Dezember 1818 schrieb sie ihrem
Sohne Ernst:

*"Was mich geistig hält, ist der geliebte Ruheplatz des teuren Vaters, dem
ich noch eine andere Gestalt geben muß, womöglich auf einem andern Ort
und Platz."*

Eine vielbeachtete Pressepolemik zwischen Berliner *"Gesellschafter"* und
Weimarer *"Literarischem Wochenblatt"* machte dann 1819 und 1820 Schillers Beisetzung im Kassengewölbe abermals als unbefriedigendes Provisorium öffentlich bewußt:

"solange bis die Frau Witwe anderweit über den Leichnam verfügen wird".
Aber: *"Es ziemt uns nicht, die im stillen gehegte, ohne Zweifel sehr ach-
tungswerte Absicht der zartfühlenden Witwe voreilig zu enthüllen".*

Doch viele Weimarpilger, die enttäuscht vor dem vergitterten Kassengewölbe standen und sich nach einem Anblick der letzten Ruhestätte ihres Nationalpoëten sehnten, wünschten sich das lauthals anders.

5. Die Umbettung

Das alles scheint das zuständige Landschaftskollegium hinlänglich beunruhigt zu haben, um seinen Landschaftskassenregistrator Johann Christian Gottlieb Stötzer, der schon vor nunmehr fünfzehn Jahren diese Behörde bei Schillers nächtlicher Beisetzung vertreten hatte, zu einem Lokaltermin in ihr Kassengewölbe auszusenden. Dort vervollständigte der das lückenhafte Totenbuch mit der Auflistung aller hier beigesetzten Personen, hielt aber erst nach mehr als neun Wochen für seine Behörde schriftlich fest, daß das eigentliche Gruftgewölbe unterhalb der Falltür laut Auskunft des Totengräbers Bielke so überfüllt sei, daß es *"zusammengeräumt"* werden müsse.

Trotzdem ließ die Behörde noch mehr als fünf Jahre ins Land gehen, ohne irgend tätig zu werden. Sie mag sich zunächst nicht für zuständig erachtet haben, da die Aufsicht über sämtliche Weimarer Grabstätten Sache des Oberkonsistoriums war, das sie seinerseits an die untergeordnete Gotteskastenkommission delegiert hatte.

Noch im selben Jahre 1820 berichtete die Augsburger *"Allgemeine Zeitung"* am 19. Dezember, daß nun sogar in Frankreich, dessen Ehrenbürger Schiller ja gewesen war, mit einer Aufführung seiner königsmörderischen *"Maria Stuart"* Gelder für eine andere, bessere Ruhestätte gesammelt würden, weil in seinem Deutschland *"der große Mann stracks vergessen sei"*.

Das las damals auch Johann Andreas Streicher, Schillers Jugendfreund und inzwischen eingeheirateter Fabrikant von europäisch namhaften Klavieren in Wien. Prompt schrieb er seinem Musikfreunde Christian Friedrich Schmidt, der seit fünf Jahren Geheimer Regierungsrat bei der Weimarischen Landesregierung war, und ließ sich von diesem die unveränderte Unterbringung von Schillers Gebeinen in jenem kollektiven Kassengewölbe bestätigen.

Dieser selbe Streicher, der 21jährig Schillers Fluchthelfer und Begleiter nach Mannheim, sieben Wochen lang in Oggersheim auch Bettgenosse des 23jährigen *"Räuber"*-Autors war und diesem mit seinem Gelde für ein geplantes Musikstudium noch gleich den ganzen eigenen Lebensweg aufgeopfert hatte,

dieser selbe Streicher also hatte inzwischen unter dem Titel *"Schillers Flucht von Stuttgart und sein Aufenthalt in Mannheim von 1782 bis 1785"* ein heute klassisches Dokument aller Schiller-Biografen wohl geschrieben, aber noch nicht veröffentlichen wollen. Das versuchte er nun, in die Wege zu leiten, *"damit für den eingehenden Betrag Schiller ein ordentliches Grabmal errichtet werden könnte"*. Gleichzeitig scheint er weiterhin mit Regierungsrat Schmidt korrespondiert und diesem *"mit Brandbriefen gegen Weimar"* gedroht zu haben, *"wenn Schillers Gebeine nicht zutag gefördert werden"*.

In Streichers Auftrag informierte Schmidt nun so brieflich wie mündlich seinen Jugendfreund Carl Leberecht Schwabe, der seinerzeit für Schillers angemessene Sargträger Sorge getragen hatte. Seit ebendiesem selben Jahre 1820 war Schwabe Bürgermeister der Stadt Weimar. Als solcher gehörte er auch zu den drei Mitgliedern der zuständigen Gotteskastenkommission. Wohl in beiden Funktionen spähte er auf dem neuen Friedhof *"vor dem Frauentor"* einen geeigneten Platz für Schillers Gebeine und deren angelockte Wallfahrtspilger aus:

"auf dem höchsten Punkt des Gottesackers, daß jeder Fremde [...] schon von der Ferne aus das Grab des geliebten Dichters erblicken [...] und sich der Grabstätte nähern konnte".

Die Witwe, inzwischen schon 56 Jahre alt, weihte 1823 ihren Sohn Ernst ein:

"Auch habe ich einen Plan: ein Grab auf dem neuen Kirchhofe, der unter Sorgfalt des neuen Bürgermeisters Schwabe sehr gut angelegt wird; dort habe ich den Platz bestimmt, wo der geliebte Vater ruhen soll, auch ich, und noch zwei Plätze für die Schwestern oder einige Freunde".

Ihre eigene Schwester Karoline (von Wolzogen) bestätigte noch runde zehn Jahre später in ihrer Schiller-Biografie:

"Als ein neuer Kirchhof in Weimar angelegt wurde, wollte meine Schwester einen Platz kaufen für Schillers Sarg, neben dem sie selbst einst zu ruhen wünschte. Der brave Bürgermeister Schwabe [...] erbot sich im Namen der Stadt zu freiwilliger Einräumung eines Platzes; ein kleiner Hain sollte

*an einem Hügel angelegt werden, und ein schöner, würdiger Ruheplatz
wurde ausgedacht".*

Der Stadtrat beschloß, ihr das auserkorene Gelände zu schenken und dort
auch ein Denkmal zu errichten.

Bürgermeister Schwabe, just seit Schillers 15. Todestage auch noch Großherzoglicher Hofrat, nutzte ferner sein eigens erwähntes *"freundschaftliches
Verhältnis"* zu Philipp Christian Weyland, seit 1818 Präsident jenes Land-
schaftskassenkollegiums, dessen Eigentum das beanstandete Kassengewölbe
immer noch war, und beantragte Schillers definitive Umbettung.

Sein offizielles Motiv war die vermeintlich bevorstehende *"Zusammenräumung"* der überfüllten Gruft und die hiermit gegebene Gefährdung der Schillerschen Gebeine. Da aber eben zu dieser Zeit das Kassengewölbe für weitere
Beisetzungen kaum noch genutzt und wie der ganze Jakobsfriedhof durch den
neuen Kirchhof *"vor dem Frauentore"* ersetzt zu werden begann, ist diese
Begründung durch spätere akademische Autoren wie Welcker, Froriep,
Scharf und andere zurecht bezweifelt worden. Vielmehr mag jener

*"mir hundertfältig ausgesprochene Wunsch vieler Verehrer Schillers, zu
wissen wo sein Sarg sei",*

den ambitionierten neuen Bürgermeister zu dieser Initiative bewogen haben.
Der angesprochene Weyland jedenfalls beauftragte nun schließlich seinen
Steuerregistrator Heinrich Juffa, jenen Landschaftskassenregistrator Johann
Christian Stötzer ein zweites Mal zu einer Ortsbesichtigung ins Kassenge-
wölbe auszusenden: diesmal aber mit konkreterer Order.

In seinem Bericht vom 5. Dezember 1825 legte Stötzer nunmehr abermals
dar, wie mit der monierten Überfüllung dieser Gruft

*"die Gelegenheit sich darbietet, daß der Sarg des Hofrats Schiller aus die-
sem Gewölbe wieder herausgehoben werden soll".*

Er bat nun auch selbst, *"diese Gelegenheit zu benutzen".*

6. „Moder und Fäulnis"

Schon vier Tage später wurde Stötzer persönlich vom Landschaftskassenkollegium mit der vorgeschlagenen *"Zusammenräumung dieses Kassenbegräbnisses"* beauftragt: *"sobald es die Witterung erlaubt"*.

Diese scheint das erst drei Monate später gestattet zu haben. Denn erst im März 1826 wurde Stötzer endlich von seiner Behörde angewiesen, gemeinsam mit seinem Kollegen Juffa dafür zu sorgen,

daß *"die in besagtem Erbbegräbnisse ruhende sterbliche Hülle des seligen Herrn Hofrats Friedrich v. Schiller entnommen und an einem passenden Orte des neuen Gottesackers gelegt werden soll, damit das Andenken dieses so hoch verdienten Mannes [...] durch ein Denkmal geehrt werde"*

und daß *"der unter vielen andern befindliche Sarg, worin die sterbliche Hülle des seligen Herrn Hofrats v. Schiller ruhete, ausgehoben und zu dem vorangedeuteten Zweck einstweilen in die obere Halle des Gewölbes gestellt werde, um zu seiner Zeit in Bereitschaft zu stehen"* (Juffas und Stötzers Protokoll vom 13. März 1826).

Tatsächlich trafen sich am Nachmittage dieses 13. März 1826 Bürgermeister Schwabe, dessen jüngerer Bruder Hofrat und Leibmedicus Dr. med. Friedrich Wilhelm Schwabe, Oberbaudirektor Coudray, die beiden Landschaftskassenregistratoren Juffa und Stötzer, der Hofadvokat Karl Robert Aulhorn sowie Schillers Diener, der jetzige Kanzlist Rudolph, und Totengräber Bielke mit einem Gehilfen vor dem Kassengewölbe, aus dessen unterirdischer Gruft nunmehr Schillers Sarg, ganze 21 Jahre nach seiner Beisetzung im Mai 1805, zutage befördert werden sollte.

Da der Sarg sich aber am vermuteten Platze nicht auffinden ließ, wurde die Aktion am Morgen des übernächsten 15. März fortgesetzt: nunmehr schon auf Schwabes eigene Verantwortung, ohne Genehmigung der Landschaftskasse, aber unter Mitwirkung auch noch von Bielkes Gehilfen Wagenknecht, Sommer und Meitz.

Doch statt des gesuchten Sarges fand sich unterhalb jener Falltür nur, was Schwabe später

"ein Chaos von Moder und Fäulnis und einzelner Stücke Bretter"

nannte. Tatsache war,

"daß in dem Gewölbe sehr große Verwesung herrschte, denn von den Särgen war kaum einer mehr transportabel. Fast alle zerfielen in Stücke"
(Schwabe),

weil *"in einem Gewölbe wie diesem [...] so sehr die Fäulnis herrsche und aller Luftzug fehle"* (Tischlermeister Heinrich Gottlieb Engelmann, der Schillers Sarg seinerzeit gefertigt hatte, ihn nun aber auch nicht mehr wiederfinden konnte).

Sogar das Großherzoglich zuständige Sächsische Oberkonsistorium stellte fest,

"daß dieses Grabgewölbe [...] überaus an Feuchtigkeit leidet, so daß die meisten der darin beigesetzten Särge [...] vor Feuchtigkeit und Nässe [...] schon zerfallen oder doch dem Zerfallen nahe sind".

Dieses selbe Schreiben, das vom Oberkonsistorialdirekor Heinrich Karl Friedrich Peucer unterzeichnet wurde, machte am 16. April 1826 die Gotteskastenkommission, *"welcher die Aufsicht über den Jakobsfriedhof und dessen Begräbnisgewölbe zunächst zusteht"*, für die monierten Zustände verantwortlich und verlangte deren Stellungnahme binnen vierzehn Tagen.

Die Gotteskastenkommission bestand damals nur aus ebendiesem Peucer selbst, ferner aus Bürgermeister Schwabe, Generalsuperintendent D. Röhr und dem Stadtrichter Justizrat Weber. Letzterer, dem in solchen Angelegenheiten das erste Votum zustand, antwortete nicht jene ultimativen 2, sondern erst 27 Wochen später, am 23. Oktober 1826, mit einem Hinweis auf die Unzuständigkeit ihrer *"Unterbehörde"* für eine

"Beaufsichtigung des I n n e r n der Grabgewölbe", die einzig *"Sache des Besitzers eines Grabgewölbes, hier des Landschafts-Collegii"* sei. Selbiges Schreiben war nicht nur von Weber, sondern auch vom Generalsuperintendenten D. Röhr und Bürgermeister Schwabe unterzeichnet.

Dieser hatte aber bereits am zweiten Tage der angestrebten Bergung von Schillers Sarge, also schon vor mehr als sieben Monaten an jenem 15. März 1826, einsehen müssen,

"daß es schlechthin unmöglich sei, Gewißheit und Wahrheit darüber zu erlangen, welches hier die irdischen Überreste Schillers seien"

und den Totengräber Bielke daher dienstlich angewiesen,

"alles Fortarbeiten in Räumung der Gruft zu unterlassen".

Das ganze Unternehmen schien gescheitert. Schon am 1. April 1826 schilderte Oberkonsistorialsekretär Karl Gottlieb Hetzer in einem Bericht für das Oberkonsistorium eine Ortsbesichtigung des ausgeräumten Kassengewölbes und hielt fest:

"Beim Nachsuchen nach dem Schillerschen Sarg sind nun mehrere Särge zerfallen, und es ist an der einen Seite ein ganzer Haufen Bretter von den Särgen aufgeschichtet [...] und es sind einige Köpfe mit in die Vorhalle gelegt worden". Auch *"die noch erhaltenen Särge hat man [...] aus dem Grabgewölbe herausgewunden und in die Vorhalle gesetzt".*

Nicht zuletzt hierauf mag sich das Votum des Generalsuperintendenten und Großherzoglichen Oberhofpredigers D. Johann Friedrich Röhr beziehen, der in jenem verspäteten Oktoberschreiben der Gotteskastenkommission schließlich mitteilte,

"daß er mit dem hiesigen Publikum großen Anstoß an dem Zustande genommen habe, in welchem sich der obere sichtbare Raum jenes Gewölbes nach stattgefundener Nachsuchung befunden habe",

so daß er *"Herrn Präsidenten Weyland ersuchen müsse, die Gattertüren des Gewölbes mit ein paar Brettern vernageln zu lassen, um den widrigen, fast empörenden Anblick zu beseitigen, welchen unordentlich und bunt untereinander dastehende Särge, umgeben von allerlei Verwesungszeichen, dem Auge in einem Maß dargeboten, daß sich jeder Gefühlvolle des Worts erinnern mußte: Lasset die Toten in Ruh!"*

Da aber damals der ganze umliegende Jakobskirchhof schon seit acht Jahren einer Trümmerstätte glich, weil mit Eröffnung des neuen Friedhofes *"vor dem Frauentor"* viele Leichen auf den neuen Gottesacker überführt, ihre alten Grabstellen also eingeebnet und ihre bisherigen Gruftgebäude eingerissen wurden, ohne daß der Generalsuperintendent an dieser sehr viel spektakuläreren Ruhestörung solchen Anstoß nahm wie erst sein Nachfolger Köhler 1835 (*"eine Stätte der Unehre für unser Weimar"*), fühlte Bürgermeister Schwabe sich durchaus ermächtigt, Röhrs Einwände einzig gegen seine punktuelle Aktion kurzer Hand zu ignorieren.

7. Der Schädel

Im Dilemma nun, die Unauffindbarkeit von Schillers Gebeinen zu akzeptieren und die ganze Aktion abzubrechen oder aber, sei es in veränderter Gestalt, hartnäckig weiterzuverfolgen und zu anderem Ende zu bringen, entschloß sich dieser passionierte Schillerverehrer zu Letzterem.

Um aber die rumorende Empörung über pietätlos zutage geförderte morsche Särge und anonyme Leichenteile zu respektieren, sah er sich abermals, wie schon als Jüngling vor 21 Jahren, seinem Heros Schiller zuliebe zu einer eigenmächtigen Initiative genötigt. Der inzwischen 47jährige begriff, daß er

"als Laie in der Anatomie aus einem Haufen Totengebeine ja auch nicht herausfinden konnte",

welche von ihnen vormals Schillers Körper gebildet hatten. Also berief er sich nun darauf,

"daß der Kopf der Sitz geistiger Tätigkeit und geistigen Wirkens ist",

und bestellte den Totengräber mit seinen drei Tagelöhnern sowie den Ratsdiener Christian Knabe als seinen eigenen Gehilfen abermals ins Kassengewölbe: diesmal aber lediglich zur Schädelsuche, ohne sonstige Funktionäre oder Zeugen und, um keinerlei weiteres Aufsehen zu verursachen, erst nach Mitternacht. Alle Anwesenden mußten sich zu absoluter Verschwiegenheit verpflichten und einzeln, auch ohne Laterne, *"in größter Stille"* erscheinen.

"Das Scheußliche des Aufenthalts in dieser lang nicht geöffneten, nur mit dem heftigsten Modergeruch angefüllten Totengruft unter herumliegenden Schädeln und Totengebeinen läßt sich nicht beschreiben" (Schwabe).

Drei Nächte und jeweils zwei oder drei Stunden lang, beginnend am 18. März 1826, wurden so alle 23 Schädel geborgen, die es nach Schwabes Berechnung derzeit im Kassengewölbe gab. Am 20. März 1826 trug Ratsdiener Knabe sie alle in einem Sack zu Bürgermeister Schwabes Wohnung.

Dort fand nun in den nächsten Tagen und Wochen ein Vergleich dieser 23 Schädel untereinander, vor allem aber mit jener Totenmaske statt, die Ludwig Klauer seinerzeit vom Antlitz des eben verstorbenen Schiller abgenommen hatte. Die hierbei fälligen Messungen und Untersuchungen wurden von den Ärzten Hofrat Dr. Wilhelm Ernst Christian Huschke, Obermedizinalrat Dr. Ludwig Friedrich von Froriep und Hofrat Dr. Friedrich Wilhelm Schwabe, dem jüngeren Bruder des Bürgermeisters und Leibarzt der späteren Herzogin Maria Pawlowna, vorgenommen. Diese drei Mediziner, denen ihr Nachfahre Joachim-Hermann Scharf knappe anderthalb Jahrhunderte später von seinem Hallenser Anatomen-Lehrstuhl aus bestätigte, daß sie *"mit Bandmaß und Begeisterung ausgerüstet"* waren, einigten sich recht bald und problemlos auf einen Schädel, der mit der Totenmaske frappant übereinstimmte und offenkundig Schillers Kopf gewesen war.

Kanzler von Müller, Landschaftskassenpräsident Weyland und Kanzlist Rudolph als Schillers Diener wurden hinzugezogen und schlossen sich dem Votum der Ärzte an. Hierbei fiel mitentscheidend ins Gewicht, daß unter all den zutage geförderten Schädeln einzig dieser auserkorene noch über *"schöne, wohl erhaltene Zähne"* und ein fast vollständiges Gebiß verfügte: er *"hatte a l l e Zähne bis auf einen"*. Allen andern Schädeln hingegen *"ermangelten die Zähne bis auf einzelne Stifte entweder ganz, oder sie waren doch höchst unvollständig"* (Schwabe). Der hierzu befragte Ex-Diener Rudolph, inzwischen immerhin in der erbprinzlichen Schatullverwaltung der Großfürstin Maria Pawlowna tätig, bestätigte, Schiller habe *"seine Zähne ganz vollständig mit ins Grab genommen"*. Das gab Sicherheit.

Um aber jeden Irrtum auszuschließen, lud Schwabe alle Einwohner Weimars oder seiner Umgebung, die Schiller noch persönlich gekannt hatten, ein, dessen aufgefundenen Schädel zu verifizieren. Viele kamen. Jeder wurde einzeln in ein Zimmer geführt, wo alle 23 Totenköpfe nebeneinander lagen und mit der Klauerschen Totenmaske verglichen werden konnten. Ausnahmslos alle Besucher waren derselben Meinung. So konnte Schwabe sich schließlich auf 79 zuverlässig kompetente Voten berufen und Kanzler von Müller insofern in einem Brief an Goethe über *"erprobte Überreste"* berichten.

Auch Goethe selbst erkannte Schillers Schädel *"mit tiefster Rührung"* wieder und soll sich dabei gleichfalls auf die Zähne bezogen haben. Für ihn, habe

Schwabe überliefert, war besonders *"die horizontale Stellung der Zähne"*, dann aber auch *"dieser eigentümliche horizontale Streifen an der oberen Zahnreihe"* beweiskräftig. Goethe selbst hat hierüber nichts notiert. Aber ein gewisser Dr. E. Hallmann aus Berlin behauptete noch 1845 in der *"Allgemeinen Preußischen Zeitung"* zu wissen, *"der Schädel Schillers sei von Goethe an der ihm bekannten Bildung der Stirn und des Gesichts erkannt worden"*.

Aber auch Großherzog Carl August schloß sich seinerzeit der allgemeinen Ansicht an. Auch Schillers Schwägerin Karoline von Wolzogen, jene mitgeliebte Schwester seiner Frau.

Nur Schillers Witwe konnte nicht gefragt werden. Sie hatte schon am 31. Mai 1824 Weimar verlassen und war zunächst zu ihrem Sohn Karl nach Reichenberg bei Backnang gereist. Inzwischen aber hielt sie sich schon seit einem Jahr in Köln bei ihrem Sohne Ernst auf, der dort Appellationsgerichtsassessor war. Daher fehlte sie auch, als Schwabe schließlich nach beendeter Identifikation des Schädels ihre Schwester Karoline von Wolzogen mit Friedrich von Müller, Kanzler der Landesregierung und Goethes Intimus, am 27. Mai 1826 auf den Neuen Friedhof führte. Er zeigte ihnen

"den Platz, den ich zum weitern Begräbnisplatz für Schillers irdische Überreste gewählt hatte, teilte ihnen meine Ansichten mit, und sie waren mit diesen sowie mit der Wahl des Platzes durchaus einverstanden".

Schon andern Tages dürfte Müller auch Goethe hierüber informiert haben. Denn dessen Freund Sulpiz Boisserée, gerade in Weimar zu Besuch, notierte an diesem 28. Mai 1826 in seinem Tagebuche: *"2 Uhr bei Goethe. Kanzler von Müller wegen Schillers Begräbnis"*.

Nur zwei Tage nach jener Ortsbesichtigung auf dem Neuen Friedhof, am 29. Mai, informierte nun auch Karoline von Wolzogen ihren Neffen Ernst von Schiller endlich über Suche und Fund im Kassengewölbe und die geplante Umbettung des Schädels. Vertröstend oder selbst vertröstet hoffte sie da noch:

"Man will nun suchen, die Gebeine zusammenzufinden". Aber: *"Alles soll in der Stille geschehen. Auch wußte man die ganze Sache geheimzuhalten, da*

es freilich ein Vorwurf ist, die heiligen Überreste in einem öffentlichen Gewölbe so schlecht verwahrt zu haben."

Auch ihre Schwester, Schillers Witwe, solle unbedingt verschont bleiben: *"Die Mutter müßte es nie wissen. Wenn etwas in Flugschriften davon herumgeträtscht wird, muß es ihr verborgen bleiben."*

Aber schon am 10. Juni 1826 instruierte Schwabe nun endlich auch Witwe Charlotte von Schiller in Köln,

"daß mein Bemühen um Auffindung der teuern Überreste von dem glücklichsten Erfolg gekrönt worden ist".

Er verschwieg ihr zwar, daß es sich hierbei nur um den Schädel handelte, versprach aber, gleich nach der Rückkehr von seiner bevorstehenden Badereise *"die fragliche Angelegenheit ganz nach den Euer Exzellenz vorgetragenen und von Ihnen genehmigten Ideen"* zu realisieren.

Ähnlich unbestimmt muß er sich Karoline von Wolzogen gegenüber geäußert haben. Denn diese teilte noch Anfang Juni 1826 ihrem Neffen Ernst mit:

"Schwabe schrieb mir gestern, daß man die Gebeine Deines Vaters nun gefunden habe [...] und daß kein Zweifel darüber mehr obwalten könne. Er geht auf vier Wochen nach Ems."

Bald danach, am 20. Juni, reiste Schwabe, der nach all den Strapazen seiner Leichensuche nachhaltig erkrankt war, zu besagter Kur nach Bad Ems ab. Von hier aus unternahm er Ende Juli einen Abstecher nach Köln, um sich dort mit Schillers Sohn Ernst zu treffen. Kurz zuvor nämlich, am 9. Juli 1826, war dessen Mutter, Charlotte von Schiller, im Alter von fast sechzig Jahren in Bonn gestorben und dort auch beigesetzt worden.

So konnte Schwabe nun nur noch ihrem Sohne schonungslos über die Suchaktion im Kassengewölbe referieren, *"wovon er gar nicht, wenigstens nicht genau, unterrichtet war"*. Schon wenig später jedenfalls gab Ernst in einem Brief an Bruder Karl all sein neues Wissen detailgetreu weiter, fügte aber hinzu:

"Man hofft, nun auch die übrigen Gebeine zu sammeln."

So wurde die Situation wohl noch beschönigt.

Schwabe hatte Ernst da auch um eine Identifikation des väterlichen Schädels seitens der Familie gebeten. *"Ehe ich mich indessen zu einer Anerkennung entschließe"*, versicherte der Eingeladene seinem älteren Bruder, *"werde ich die Sache wohl prüfen und Leute hinzuziehen, von denen ich überzeugt bin ... "*. Er war wohl noch mißtrauisch.

Nur drei Tage später, am 3. August 1826, tauchte aus Weimar auch noch der Kanzler Friedrich von Müller bei Ernst von Schiller in Köln auf. Er lud ihn offiziell zur Umbettung des väterlichen Schädels nach Weimar ein und fragte den Sohn,

"auf welche Weise wir die Überreste meines Vaters beerdigen zu lassen wünschen, d. h. ob in bloßer Erde oder in einem gemauerten Behältnisse".

Müller berichtet, *"daß Frau von Wolzogen sich für erstere Art geäußert"*.

"Ich bin auch dafür", ließ Ernst von Schiller noch am selben 3. August auch Schwabe wissen, *"sowie auch meine hier anwesende Schwester, indem wir glauben, daß man der Bestimmung der Natur, daß die irdischen Überreste des Menschen sich mit ihr wieder vereinigen sollen, nicht entgegenarbeiten dürfe"*.

Auch die beiden andern Geschwister schlossen sich dieser Meinung an.

Da Ernst von Schiller in Aussicht stellte, sich ab 6. September in Weimar aufzuhalten, wurde die somit gemeinsam beschlossene Beërdigung von Schillers Schädel für den 15. September 1826 festgesetzt.

Einen Augenblick lang schienen alle zufrieden.

8. Das Bibliotheksdepot

(Fortsetzung in der nächsten Ausgabe von "ZEITGEIST")

Mythen ohne Modem

Datendiskurs im Virtuellen Olymp

Gekicher im Ultraschallbereich.

(Weitere Impulse werden zwischen Dateien der Beteiligten elektronisch ausgetauscht, sind aber derzeit mangels eines speziellen Mythenmodems nicht wahrnehmbar.)

Plastik-Pegel

Meldung der Deutschen Globus-Welle

Der *Deutschen Globus-Welle* liegen heute folgende Angaben zu den täglichen Plastikstandsmeldungen vor:

Detroit   27
Recife   26
Surabaja   23
Bangalore   23
Hiroschima   22
Nagasaki   21
Ruhrgebiet   16
und Pittsburgh   13

Die Zahl der Erstickungstoten auf diesen Plastikkippen hat sich inzwischen drastisch auf insgesamt 8 726 erhöht. Diese Angabe ist ohne Gewähr.

Besessene Besitzer

Leserbrief von Helmut Rungenpulz M. A. im „Pommernkurier"

Prof. Dörrfisz hat in mehreren klugen Interviews zuerst in den Tagesthemen, dann in Hörfunk und Printmedien, nun auch hier im „Pommernkurier" mit einem feinen Wortspiel auf den tiefen Zusammenhang von EURO und OIRU hingewiesen.

Als gesamtpommerscher Heimatchronist bin ich bei den Recherchen zu meinem nächsten Pommernbuch auch auf Daniel Eramarts Kirchengeschichte von Pommern gestoßen. Dort ist im 52. Kapitel des III. Buches nachzulesen, daß das Städtchen Friedberg in der Neumark, die ja von der Bundesregierung leider 1991 endgültig an Polen abgetreten wurde, schon 1593 von solch einer rätselhaften Seuche heimgesucht wurde. Sechzig Friedberger jeglichen Alters und Geschlechts, sogar der Pfarrer mitten in seiner Sonntagspredigt, wurden von heimtückischen Anfällen und Zuckungen geschüttelt, die man damals ratlos als *Dämonische Besessenheit* bezeichnete.

Aber kaum verebbte diese Epidemie in Friedberg, brach sie im Winter 1594 bereits im entfernten Spandau vor den Toren Berlins aus. Sechs robuste Männer, heißt es, konnten dort einen solchen Besessenen nicht bändigen.

In beiden Fällen aber, in Friedberg wie in Spandau, fand man unerklärlich herumliegende oder ausgestreute Gold- und Silbermünzen, die zum Einsammeln verlockten. Aber *"wer sie aufhob"*, überliefert Eramart glaubhaft, *"der wurde allsogleich von der Krankheit befallen"*.

Schon vor gut vierhundert Jahren gab es hier daher Wortspiele, die *besitzen* mit *besessen* so zu vertauschen pflegten wie wir nun seit Dörrfisz EURO mit OIRU.

Jüdisch-buddhistisch !

Diplomatische Note des Iran an den Vatikan

Teheran, Datum der Übergabe

Sehr geehrte Monsignori und Exzellenzen,

Mitarbeiter unseres Geheimdienstes haben vor wenigen Wochen einen rätoromanisch verschlüsselten Brief abgefangen, der aus dem schweizerischen Sils ins thailändische Pitsanulohk unterwegs zu sein vorgab: Grund genug, ihn von unsern Experten dechiffrieren zu lassen.

Dabei stießen sie anhand der angetroffenen Eigennamen auf Hinweise, die eine islamische Regierung ebenso beunruhigen müssen wie eine katholische.

Wir erlauben uns daher, Ihnen beiligend die Kopie des rätoromanischen Originals zu überreichen, und stellen Ihnen eine eigene Expertise anheim.

Angesichts der offenkundigen Brisanz dieser Angelegenheit wollen wir Sie aber im Geiste einer guten Zusammenarbeit vorsorglich auch die Auffassung der Iranischen Regierung wissen lassen.

1. Mordechai Levi ist eines der vielen Pseudonyme des jüngst ermordeten israëlischen Verteidigungsministers, der vermutlich von Gegnern aus den eigenen Reihen beseitigt wurde, weil er einer Friedenspolitik im Nahen Osten nicht genügend Widerstand entgegensetzte und daher als Verräter des jüdischen Alleinanspruches galt.

2. Dr. Joshua Tanghobányi und sein Engagement in der Nahostpolitik dürften Ihnen hinlänglich bekannt sein und bedürfen hier keines iranischen Kommentars.

3. Folgerichtig ergibt sich unmißverständlich, daß es sich bei erwähnter *"Stadt, um die es uns vorrangig oder eigentlich symbolisch geht"*, eindeutig um Jerusalem handelt.

Damit dürfte die angedeutete Brisanz der ganzen Angelegenheit evident sein.

4. Mit jener *"sonderlich kleinen"* Andamaneninsel, auf der es eine Bar namens *"Crazy House"* gibt, kann nach unseren Ermittlungen einzig Go Pih Pih gemeint sein, das im südlichen Thailand auf halber Strecke zwischen den Touristenzentren Puhgett und Krabih liegt. Nach Auskunft unserer dortigen Glaubensbrüder ist diese Insel nicht zuletzt exponiertes Ferienziel koreanischer und japanischer, vor allem aber chinesischer, also jedenfalls buddhistischer Reisegruppen und Gruppenreisen.

So erschließt sich auch das brieflich erwähnte Treffen im *"Crazy House"*, dessen Besitzer sich übrigens von der überwiegend islamischen Inselbevölkerung durch ein allzu starrsinniges Festhalten am Buddhismus unterscheidet, als eine nur *"sogenannte Zufallsbegegnung"*. Sie dürfte tatsächlich alles andere als zufällig gewesen sein und in Wahrheit Kontakte zu scheinbar ebenso zufällig anwesenden Japanern, sicher aber zu Chinesen gesucht und gefunden haben. Damit sind die brieflich erwähnten *"Reflexionen"* und *"Visionen"* unter Mond und Kokospalmen als jüdisch-buddhistische Agitation ausgewiesen.

Die Tragweite dieser Analyse liegt auf der Hand und wird durch den angeforderten *"Fundus"* buddhistischer Geisterhäuschen, die im Engadin serienmässig nachgebaut werden sollen, nur erhärtet.

Andere Erkenntnisse islamischer Geheimdienste bestätigen, daß Israël jegliche Friedenspolitik durch ein neues Konzept zu ersetzen beabsichtigt. Dabei sollen die Heiligen Stätten sowohl des Islam wie auch des Christentums durch eine Überflutung des Landes mit jenen buddhistischen Geisterhäuschen außer Kraft gesetzt werden, die der israëlischen Politik dienlich sind und zugleich einer vielleicht japanischen, bestimmt aber rotchinesischen Invasion die Tore öffnen. Israëls Bezugspartner sind also nicht mehr Palästinenser und Araber oder Europäer und Amerikaner, sondern chinesische Kommunisten.

In Washington scheint man das zu billigen oder im Interesse neuer eigener Märkte sogar zu fördern.

Diesem zwingenden und sehr beunruhigenden Verständnis des scheinbar rätoromanischen Briefes entspricht auch dessen verdächtige Devise *"Keinen Blick je zurück!"*. Damit sollen Islam und Katholizismus als Rückschritt gebrandmarkt und aus der Zukunftsgestaltung des Nahen Ostens ausgeschlossen werden.

Die Identität des Briefempfängers im buddhistisch sonderlich militanten Pitsanulohk wird von dortigen Vorkämpfern für Islamische Gottesstaaten derzeit ermittelt.

Die Identität des angeblichen Giovanni Blaugold hat sich unseren Nachforschungen bislang verschlossen. Seine angegebene Adresse in Sils ist eine Irreführung. Ein Postfach namens Blaugold gibt es dort zwar, aber nur unter dem jüdischen Vornamen Abraham statt Giovanni. Die angefragte Schweizerische Post verschanzt sich scheinheilig hinter ihrem Datenschutz. Vielleicht ist es da dem Vatikan über seine einflußreichen Glaubensbrüder in Washington eher möglich, einen israëlisch-chinesischen Verschwörer ausfindig zu machen, der sich hier eines Pseudonyms bedient.

Die früheren Verdienste des Vatikans wie namentlich des Heiligen Vaters persönlich um die erfolgreiche Bekämpfung des Weltkommunismus sind im Iran und in allen Islamischen Staaten unvergessen.

Wir sehen Ihrer Reaktion auf diese jüdisch-maoïstische Provokation mit aufgeschlossenem Interesse entgegen.

(Unleserliche Unterschriften)

(Deutsche Übersetzung von Clemens Schmitz nach der italienischen Fassung des Vatikanischen Dolmetscherbüros in Castelgandolfo)

Kapital : Küsse

Brief an eine Mutter. *Zweiter Teil*

Detlev Kremer, z. Zt. OIRU-Station, Städtisches Krankenhaus, Düsseldorf

Erst heute kann ich meinen angefangenen Brief an Dich fortsetzen. In der Zwischenzeit ging es mir zu schlecht.

Zunächst also will ich, um mein Versprechen wahrzumachen, auf Deine letzten, sämtlich noch unbeantworteten Briefe eingehen. Sie sind so verlogen, daß ich schon wieder kotzen könnte. Aber ich will versuchen, Dir anhand von Textstellen zu erklären, was Du in Deinem Leben für Scheiße gebaut hast.

Fast am unglaublichsten ist Deine Ansichtskarte:

Lieber Detlev!

*Warum dieses Ausrufezeichen? Doch wieder nur ein Versuch, mich zu maß-
regeln. Aber weiter:*

Ich wünsche Dir ein gnadenreiches Weihnachtsfest. Segen u. Kraft mögen
Dir vom Christkind, unserm Herrn u. Heiland, zuteil werden.

Lächerlich.

Das Wunder d. Medizin soll sich i. neuen Jahr an Dir erfüllen -

*Du bist wohl nicht ganz dicht. Flüchtest vor der Realität und läufst uner-
füllbaren Wünschen hinterher: bloß um der Wahrheit auszuweichen.*

Laß Deine Gedanken an frühere Weihnachten zurück schweifen, als wir alle
noch zus. feierten, u. freue Dich d. schönen Zeit.

*Weihnachten war bei uns fast immer komplett zerstritten, der Inbegriff an
Haltlosigkeit in einer Familie, die sich nichts zu sagen hatte und nur be-
schimpfte. Dabei waren Deine Mittel, wie immer, Keifen, Dagegenschreien,
Immerlauterwerden, Gesichtverziehen, Plärren, Heulen, ins Taschentuch
Rotzen und Hochgezogenes Reinspucken, voller Selbstbedauern, oder gleich
ein paar in die Fresse. Dieses Bild überwiegt in meiner Erinnerung an
Weihnachten.*

*Aber nun zu Deinem nächsten Brief. Da wird also endlich die Kapitalfrage
besprochen.*

Lb. Detlev!
Gestern war ich auf der Sparkasse u. habe mit Hrn. Koch alle Möglichkeiten
durchgesprochen. Erstens riet er mir zu teilen: sehr wichtig, da d. Belastung
z. Zt. ganz auf dem Hause liegt u. dadurch ein Zugriff Deiner Bank auch auf
unsere Teile möglich wird.

*So. Aber als seinerzeit das Testament gemacht wurde, war es für Euch gar
keine Frage, alles in dieser unseligen Erbengemeinschaft beieinander zu
lassen. Warum? Tiefes Mißtrauen zu den eigenen Kindern. Und Euer Anspruch, noch über das Grab hinaus, alles beeinflussen, immer noch in unserm Leben herumstochern zu können. Damit wir bloß nichts "versaufen,
verspielen oder verhuren" (Deine Lieblingsworte). Daß wir vielleicht ganz*

normal damit umgehen, ist Euch gar nicht in den Sinn gekommen. Weil Ihr uns von Kindheit an nicht ernst genommen habt.

Mein lb. Detlev, das hat jetzt mit Deiner Krankh. gar nichts zu tun, das sind doch gz. vernünftige Wege ohne Wenn u. Aber. Wenn Du Geschäftsmann sein willst, würdest Du mir das v. selbst vorschlagen.

Aber daß die Belastung meiner Bank nun auf dem ganzen Hause liegt: wem ist das denn zu verdanken? Doch nur Eurem Mißtrauen. Das müßt Ihr jetzt teuer bezahlen.

Ich war auch b. Notar, der sagte das gleiche: erst mal trennen. Dann geht bei Insolvenz nur Deine Wohnung verloren u. nicht das gz. Haus, das von Vater mühsam Geschaffene.

Na, basta: dann fiele Euer schlechtes Denken wieder ganz auf Euch zurück!

Dein Bruder ist aber gar nicht fürs Aufteilen der Erbengemeinschaft. Das war auch Vatis Ansicht: das sei viel zu teuer.

Ja, heute. Heute ist dieses Teuer nur das Deckmäntelchen für Euer Miß-trauen zu mir und für die Fortdauer dieser miesen Erbengemeinschaft.

Ein anderer Vorschlag des Notars hieß abtreten: also abgeben - das würde keine Steuern kosten. Es wäre doch ein Wahnsinn, das Finanzamt daran zu beteiligen!

Wahnsinn ist, daß Du Dir ausrechnest, was das Finanzamt bekäme, falls ich nicht jetzt schon alles an Dich überwiese. Das zeigt nur, was Dir in die-sem Stadium meiner Krankheit am wichtigsten ist: ein paar müde Cents. Ich schüttle mich vor Ekel.

Lb. Detlev, ich hoffe, Du hast ein Einsehen und gibst mir Einblicke in Deine Unterlagen.

Sonst noch was?

Für d. Festtage lege ich Dir was z. Naschen bei u. einen Scheck: f. 1 bes. Wunsch oder f. Einkäufe z. d. Feiertagen. Stärke Dich, wie sieht Dein Blutw. aus?

Den Scheck habe ich damals sofort zerrissen - warum wohl?

Ich bin z. Zt. erkältet, also melde Dich bitte, ich warte so sehr.

Recht lb. Grüße u. Küsse v. Deiner D. lbd. Mutti

Der Gedanke an Deine Küsse würgt mich im Halse: weil Dich nicht interessiert, ob ich von Dir geküßt werden will. Du hast immer mit Gewalt versucht, meinen Mund zu erreichen. Ich konnte den Kopf wegdrehen, wie ich wollte - irgendwie hast Du es immer geschafft.

Mir wird schlecht. Ich muß mich hinlegen.

Sollte ich weiterschreiben können, beantworte ich auch noch Deine restlichen Briefe.

Bei + in

S. M. S. aus Sils nach New York City

Hals- und Beinbruch, mein liebster LouLou! Avanti! Sei mutig! Sei stark! Du bist es. Denk an Reguleit und Bürdil! Denk' an uns beide! An uns alle. Ich bin bei Dir. Ich bin in Dir. Mit all meinen Daumen. Ich bin schamlos und küsse alle Deine Daumen – AB

Fischvergiftung ← Fußballfernsehen

Mitschnitt einer Rede von Louïse M'Baïkaïkel vor der Vollversammlung der UNO (Ausschnitt)

Meine Damen und Herren,

als Vertreterin der *Republik Tschad* begrüße ich nachdrücklich die Initiative unserer Kollegen der australischen Delegation, angesichts der globalen Diskussion von Sportübertragungen im Fernsehen die Vollversammlung der *Vereinten Nationen* zu ihrer heutigen Sondersitzung einberufen zu haben.

Meine Damen und Herren: diese Diskussion, die inzwischen nicht nur die Medien, sondern weltweit auch Parlamente und Regierungen, in vielen Ländern sogar große Bevölkerungsmehrheiten zu leidenschaftlichen Auseinandersetzungen veranlaßt hat, wurde - Sie alle wissen das - ausgerechnet von Deutschland in die Wege geleitet, also ausgerechnet einem Lande, das schon bei der Olympiade von 1936 die Grenzen zwischen Sport, Rassismus und Krieg unmerklich zu vernebeln und aufzuheben suchte, einem Lande also, das schon vor über einem halben Jahrhundert den sogenannten *Volkssport* erfand und förderte, ihn als völkische *Leibesertüchtigung* verbrämte, um desto ungestörter seine paramilitärischen Kriegsvorbereitungen treffen zu können. Aus dem *Volkssport* wurde dann bald im sogenannten *Totalen Kriege* jener Jahre der *Volkssturm*, also eine so totale Mobilmachung auch aller Immobilen, wie sie sonst wirklich nur der Sport vermag.

Nach dem Zusammenbruch der Nazidiktatur wurde dieser Mißbrauch des Sportes in Deutschland nur scheinbar beseitigt. Mit neuen, mit zivilen und pseudo-demokratischen Etiketten versehen, entstand dort seit den Fünfziger Jahren eine unvorstellbare Vielzahl von Turn- und Sportvereinen, Fußball-, Segel- und Kegelclubs, die damals alle im Dienste des Kalten Krieges standen und im Falle eines sowjetischen Überraschungsangriffs als erstes militantes Bollwerk gegen den Kommunismus zum Einsatz gelangen sollten. Nicht zufällig pflegten sie alle ihren sogenannten *Sportsgeist* mit Chauvinismus gleichzusetzen oder auch zu verwechseln.

Die nächste deutsche Olympiade, 1972 in München, bewies der Welt, wie treffsicher die Deutschen auf unliebsame Araber zu zielen, sie aus dem Hinterhalt kaltblütig totzuschießen vermochten: Sport wieder als Arena eines rassistischen Krieges, diesmal im Nahen Osten.

(Unruhe im Plenum.)

Meine Damen und Herren, mit voller Absicht spitze ich das alles so zu, um die Leistung eines deutschen Zeitgenossen, jenes Herrn Dr. Friedhelm Reguleit aus Lübeck, nur umso deutlicher dagegen absetzen und würdigen zu können. In einer Zeit, da sogar vermeintlich seriöse Opernsänger und Politiker sich so naïv wie gierig in den Dienst einer Völkerverhetzung einspannen lassen, wie sie sich hinter so beschönigenden Tarnnamen wie *Fußball* oder einfach *Sport* verbirgt, ist die Einzelinitiative dieses Dr. Reguleit nur umso höher zu bewerten. Leider ist Dr. Reguleit vorige Woche an einer Fischvergiftung verstorben. Da er dem friedlichen Zusammenleben der Völker einen ganz beispiellosen Dienst erwiesen hat, darf ich Sie bitten, sich zu einer Gedenkminute für diesen Märtyrer des Friedens von den Plätzen zu erheben.

(Schweigeminute des Plenums.)

Ich danke Ihnen.

(Das Plenum setzt sich wieder.)

Meine Damen und Herren: Friedhelm Reguleit hat der Öffentlichkeit global die Augen geöffnet, indem er eine Debatte auslöste, die den Zusammenhang von Geschäft und Krieg nicht länger verheimlichen will. Meine Damen und Herren: als Frau wie als Afrikanerin plädiere ich für eine einstimmige Ächtung aller Sportübertragungen im Fernsehen und empfehle eine entsprechende Resolution an alle Regierungen und Parlamente der hier vertretenen Nationen.

Ich begründe meinen Antrag wie folgt:

In zunehmendem Maße ist Sinn und Ziel aller sportlichen Tätigkeiten, wie sie das Fernsehen weltweit zugänglich macht, einzig und allein der Sieg. Sieg bedeutet Sieg über einen andern. Der Sieger wird ausgezeichnet, geehrt und verherrlicht, damit der Verlierer nur umso leidenschaftlicher verachtet werden kann. Als Afrikanerin weiß ich, wovon ich hier rede. Wir Afrikaner waren Sieger, und wir waren Verlierer. Meist im Kampf gegen andere Völker. Denn ganz besonders großer Popularität erfreuen sich Wettkämpfe, Meisterschaften und sogenannte *Spiele,* wenn sie sich *International* nennen können. Dann ermöglichen sie es, nicht nur Mannschaften, sondern ganze Nationen zu glorifizieren oder zu diskriminieren.

Diese Ethik, die die Welt erbarmungslos in Sieger und Besiegte aufteilt, ist ein letzter Versuch gewisser Interessengruppen, die verhängnisvolle Ära des Nationalismus nur ja nicht zu überwinden. Nationalismus ist das Gegenteil von *Vereinten Nationen*. Nationalismus bedeutet *Unvereinte Nationen*, die sich gegeneinander abgrenzen und bekämpfen, schließlich bekriegen.

Was aber sind das für Interessengruppen, die an diesem veralteten, diesem mißlungenen, diesem historisch so gescheiterten Modell einer nationalistisch gesplitteten Erdbevölkerung immer noch hartnäckig festhalten?

Meine Damen und Herren, auch auf die Gefahr hin, morgen an einer Fischvergiftung zu sterben, rufe ich Ihnen allen die Wahrheit der *Republik Tschad* zu. An kriegerischen Auseinandersetzungen zwischen Völkern, die vom Sport auf künstliche Weise zu Gegnern, dann zu Feinden manipuliert werden, kann niemand interessiert sein als einzig und allein die Rüstungsindustrie. Sie nämlich kann überhaupt nur überleben, wenn ganze Nationen sich gegenseitig zu töten versuchen. Darum finanziert sie weltweit nicht nur den Sport, sondern vorrangig auch die umstrittenen Fernsehübertragungen namentlich von Internationalen Sportwettkämpfen. Sie nennt das *Sponsorn* und verharmlost es so. Sie tritt dabei meist auch nicht selbst in Szene, sondern läßt Scheinfirmen oder Strohmänner agieren.

In Wahrheit machen Rüstungskonzerne die Fernsehzuschauer, also die Völker, also die Menschheit nicht nur kriegsbereit, sondern auch kriegsbedürftig. Schon im Stadion reden die Zuschauer über das Fußballspiel wie über einen Krieg. Umsomehr im Fernsehen macht Sport die Menschen gierig nach Krieg, macht sie lüstern nach Krieg. Den Nachbarn endlich in die Pfanne hauen, in Stücke schlagen, abstrafen, unschädlich machen, erledigen, beseitigen, liquidieren, entsorgen zu dürfen: und zwar vor den Augen der ganzen Welt. Eine Wollust. Eine Endlösung.

Wir alle wissen, meine Damen und Herren, daß schon die Hooligans in den Stadien der Welt für ihre vorbereitenden, ihre einstimmenden Schlägereien und Randale, für Mord und Totschlag anständige Honorare kassieren: und von wem? Von der Rüstungsindustrie.

(Starke Unruhe im Plenum.)

Auf alle angemessenen Vorhaltungen nun, meine Damen und Herren, kontern diese Zuhälter des Völkermordes mit dem Argument, daß im antiken Griechenland die originalen *Olympischen Spiele* wie auch sonstige sportliche

Wettkämpfe ihren Ursprung in Leichenspielen hatten, die zu Ehren Verstorbener veranstaltet wurden: solchem Kult diene nun auch ihre heutige Wiederzusammenführung von Sport und Totschlag.

(Anhaltender Tumult im Plenum.)

(Deutsche Fassung aus dem UN Protokoll Übersetzungsbüro Madeleine Schlumberger)

Effekt: egal
SMS aus Sils nach New York City

Brillant, Lulu! Reguleit dankt für *standing ovation*. Chapeau. Welche Resonanz *après*? Egal: Ohren steif! Halte durch! Beachte Fanpost von Lebegott Göng! Mach weiter, meine Süße. Ich küsse Dich überall. Dein schamloser Daumen-Abbé

Transvestiten-Trance
Internet: Protokoll V aus der Arche N

Dies ist das Fünfte Protokoll aus der Arche N

oder eigentlich eher der zweite Teil des Vierten Protokolls.

Graf Konstantin Tolstoi berichtet Weiteres von jenem sibirischen Schamanen Ogus:

Dieser Ogus war inzwischen ein sehr bedeutender Schamane geworden, einer der bedeutendsten, die es bei den Jakuten jemals gab.

Das mag mehrere Gründe gehabt haben.

Der Muttersohn

Fast am wichtigsten war wohl das stete Zusammenleben mit seiner Mutter.
Sie war ihm nicht nur Mutter und Muse, musische Mutter und mütterliche
Muse, nicht nur schamanische Kollegin, sondern vor allem und in allem seine
Lehrerin. Sie lehrte ihn Handwerk, Finessen und Meisterschaft ebenso des
Schamanisierens wie auch des Singens. Denn nicht grundlos wurde sie *"Die
Stimmkünstlerin"* genannt: Ses-Sánatkadinı. Ihr Spezialgebiet waren Olongcho, jene endlosen Heldenepen, deren Länge sie selbst nur nach der Anzahl
von Werst zu messen pflegte, die man beim Erzählen zurücklegen könne.
Ogus hielt dagegen und dachte sich ein Olongcho aus, mit dessen Darbietung
er einen ganzen Monat füllen würde. Man sieht: er war ihr Meisterschüler,
sie seine Meisterin, auf die er hörte, die er bewunderte, der er folgte. Er fühlte
sich ihr tief verbunden und verpflichtet, er war auf niemanden sonst so fixiert
wie auf sie. Er wollte auch so werden und eines Tages so sein wie sie.

Sogar in seiner Kleidung und Haartracht strebte er das an. Denn daß Schamanen häufig Berdaschen sind, ist ja bekannt. Ihr Hang zum Geschlechter-
tausch, der manchmal sogar als Verpflichtung empfunden wird, beginnt nicht
selten mit der Imitation eines gegengeschlechtlichen Vorbilds. Daher trägt jeder männliche Schamane bei den Jakuten eine Mädchenjacke mit aufgeheffte-
ten Frauenbrüsten aus Metall, flicht und frisiert sein langes Haar auf weibliche Art. Das tut da jeder schamanisierende Mann. Es steigert sein Ansehen
und verleiht ihm die Aura des Besonderen, des Heiligen. Also erhöht es seine
Macht.

Aber Ogus übernahm dann auch noch zusätzlich viele Einzelheiten von Kostüm und Frisur seiner Mutter. Da es erwiesen ist, daß Transvestiten die
tüchtigsten und effizientesten, also auch meistgeschätzten Schamanen sind,
unterstützte und leitete die Mutter alle seine Verkleidungen. Sie erklärte ihm,
daß das auch ganz im Interesse seines Schutzgeistes lag, der ja ein Stier war.
Das Virile dieses Stieres fand an solchen Weiblichkeiten seines Schützlings
Gefallen und die pure Lust.

Auch das also lernte Ogus von dieser bedeutenden Mutter. Sie wußte alles über Geister und Götter der Oberen wie der Unteren Welt und lehrte es ihren Sohn. Auch die Geschlechtlichkeit der Götter und Geister in Oberer und Unterer Welt. In beiden Bereichen pflegen sie die Befriedigung ihrer sexuellen Gelüste und erproben alle nur denkbaren, alle machbaren Spielarten. Namentlich der Inzest ist da bei Göttern und Geistern in allen Varianten sehr beliebt. Auch den also lernte Ogus von seiner Mutter. Längst stand nämlich fest, daß ein Schamane durch den Inzest mit seiner Mutter noch besser schamanisierte und in allen Dörfern nur umso mehr verehrt wurde. Denn jede Abweichung von der Norm läßt auf Kontakte zum Übernatürlichen schließen. Wer sowas kann und tut, steht außerhalb der Gesetze, aber oberhalb.

Das traf nun also auch auf die zu, die nicht nur Sohn und Mutter waren, sondern auch Mann und Frau wie Ogus und *Die Stimmkünstlerin.*

Folgerichtig lernte er hieraus noch sonstige sexuelle Gott- und Geistwohlgefälligkeiten bei schamanischen Riten. Kultische Prostitution mit Frauen wie Männern diente der Heilsvermittlung. Patienten oder Gläubige waren von göttlicher Präsenz im Körper eines so großen Schamanen wie Ogus vollkommen überzeugt. Ein möglichst intimer Kontakt mit seinem göttlich besetzten Leibe mußte gewißlich Hilfe und Heilung für alle Nöte bringen. Da konnten Opfergaben oder andere Geschenke, sei es in Form von Spenden und Geldbeträgen nur dienlich sein. Ogus verwendete solche Honorierungen seiner schamanistischen Promiskuität zur Unterstützung der Allerbedürftigsten.

Leibeslust

Es konnte nun nicht ausbleiben, daß Frauen ihn darum baten, einen bestimmten mütterlichen Erdgeist zu beschwören, der sie mit *dschalyn* erfüllen sollte. *Dschalyn* ist nichts anderes als geschlechtliche Begierde, an der es diesen Frauen mangeln mochte.

Diese Beschwörung war ein großes Fest mit opulenter Bewirtung und hieß offiziell *"Das Nehmen der geschlechtlichen Leidenschaft vom Geist der Erde für Mensch und Vieh"* oder auch *"Das Herabbringen der Vermehrungskraft".* Sie fand unter üppig fruchtbaren Eicheln einer mächtigen Eiche statt,

die mit breiten Ästen und ausladenden Wurzeln an den Weltbaum erinnern
sollte, wie er Obere und Untere Welt miteinander verbindet.

Dort wurden nebeneinander drei kunstvoll gedrechselte und beschnitzte Pfähle zu Ehren des beschworenen Frauengeistes in die Erde gerammt und mit
blühenden jungen Birkenzweigen umzäunt. Darüber wurde eine Schnur aus
schwarzen und weißen Haaren gespannt, an der die Geschenke für den Erdgeist befestigt wurden: bunte Läppchen, Büschel von Pferdehaaren und kleine
Nachbildungen von Maulkörben für Kälber. Rings um diese Szene wurde ein
konisches Zelt errichtet, mit Birkenrinde bedeckt und von einem Zaun umgeben.

Dann kam Ogus mit seiner Trommel. Er wurde von dreimal neun Jungfrauen
und dreimal neun fleckenlosen Jünglingen begleitet. Alle 54 hatten frische
Birkenzweige in den Händen. Ogus setzte sich mit gekreuzten Beinen auf seine Filzdecke und begann zu trommeln, immer wilder. Er begann zu tanzen.
Die 54 Reinen mit ihren Birkenzweigen tanzten um ihn herum. Er geriet in
Trance, hängte sich das mächtige Horn eines Agali-Bockes um und brüllte
mit brünstiger Stimme wie ein Stier. Er stampfte auch wie ein Stier und
wühlte die Erde auf wie ein Stier. Er bekam blaue Flecken. So blaugescheckt,
wühlend, brüllend und pausenlos trommelnd bat er den mütterlichen Erdgeist,
dschalyn zu spenden. Begann dann Ogus, sich im Kreise zu drehen, plötzlich
wie ein Pferd zu wiehern und Lockrufe auszustoßen, mit denen man sonst eine Pferdeherde heimholt, wußten alle: er hat *dschalyn* in Empfang genommen. *"Choruu!"* schrie er, immer wieder: *"Choruu! Choruu!"*

Als Antwort begannen die versammelten Frauen, spitze Schreie auszustoßen
und zu wiehern, wie nur Stuten es tun: *"Innä-sasach! Innä-sasach!"*, genau
wie Stuten. Dabei stürzten sie sich auf Ogus, führten über ihm die wildesten
Kopulationsbewegungen aus und warfen ihn möglichst zu Boden. Da wuchs
ihm dann plötzlich irgendwo ein mächtig ragendes Stierhorn aus dem Leibe.
"Innä-sasach! Innä-sasach!"

Die zuschauenden Ehemänner mußten dann ihren Schamanen mit Gewalt befreien. Ogus erhob sich, pfiff gebieterisch und beschrieb mit dem Trommelschlegel einen Kreis. Sofort beruhigten und setzten sich die Frauen. Die Kor

pulenteren unter ihnen waren in Schweiß gebadet und hatten kupferrot er-
hitzte Gesichter.

Diesen Ritus wiederholte der Schamane nach angemessenen Pausen noch
zweimal in dieser selben Nacht. Die Frauen wurden dabei immer wilder und
entledigten sich kreischend ihrer Kleidung. Beim dritten Male warfen sie sich
nackt auf ihren Ogus.

Einige Ehemänner schlugen dann ihre entfesselten Frauen. Das schien aber
dazu zu gehören und steigerte nur die allgemeine Wildheit.

Diese Séance mit ihren Wiederholungen dauerte eine ganze Nacht lang von
Sonnenuntergang bis Sonnenaufgang.

Mit solchen Beschwörungen von *dschalyn* wurde Ogus noch populärer als
mit seiner kultischen Prostitution.

Aber diese Volkstümlichkeit verlangte ihren Preis.

Die Schamanenehe

Denn je beliebter er bei den Jakuten aller umliegenden Dörfer wurde, umso
mehr vermied seine Mutter den gemeinsamen Inzest. Sie war im Laufe der
Jahre nicht nur älter, sie war auch immer männlicher geworden. So wie ihr
Sohn sich immer weiblicher kostümierte und gebärdete, so glich sie selbst mit
Einsetzen ihrer Wechseljahre immer mehr einem Krieger. Sie schnitt ihr langes Haar ab, kleidete sich wie ein Mann und lernte, mit Speer und Gewehr zu
hantieren. Sie sagte, ihr Schutzgeist wünsche das so.

Mit sonorem Bariton erzählte sie eines Morgens ihrem Sohn, als der sich gerade mit der Brennschere seine schulterlangen Haare ondulierte, sie habe vergangene Nacht von einer Hochzeit geträumt.

"Aber ich bin doch schon verheiratet", sagte Ogus.

"Aber nur mit deinem Schutzgeist", wußte die Mutter.

"Aus welchem Grunde denn sonst", stach Ogus zu, *"habe ich so eine schöne
Frau aus mir gemacht? Doch nur für meinen Stier, damit er mich begehrt
und begünstigt."*

"Mit ihrem Schutzgeist sind die meisten Schamanen verheiratet", belehrte ihn die Mutter hartnäckig, *"deshalb können sie aber ruhig auch noch eine Frau heiraten. Zum Beispiel Ajgyr."*

Ajgyr war die scheue und immer in sich gekehrte Tochter ihres Nachbarn zur Linken, erst kürzlich von einer weiten Reise ins Ausland zurückgekehrt und seitdem auch eins der 27 Mädchen, die mit Birkenzweigen in den Händen Ogus zu eskortieren pflegten, wenn er allgemein für weibliche Geschlechtslust sorgte.

Sonst tanzte sie gern allein, wenn es nicht allzu kalt war, ganze Tage in den Birken, die so aufreizend flüsternd und wispernd genau an der Grenze zwischen ihrem väterlichen und dem nachbarlichen Anwesen des blauen Stieres und seiner immer bulliger werdenden Mutter standen und denen Ogus bisweilen Opfer zelebrierte.

"Ich weiß", sagte er jetzt zu seiner Mutter, *"daß du schon lange ein Auge auf Ajgyr geworfen hast. Sie ist ja auch wirklich so schön und zart wie eine junge Birke. Kaum zu unterscheiden, wenn sie da tanzt. Aber warum heiratest du sie dann nicht selbst?"*

Das wäre bei den Jakuten durchaus möglich gewesen.

"Wir heiraten sie beide", bestimmte die Mutter, öffnete ihre Männerhose und zeigte ihm den getrockneten Wadenmuskel eines Rentieres, den sie sich schon als Dildo an ihrem Gürtelbande befestigt hatte. *"Das ist mein braver Gastroknemius"*, ergänzte sie lachend, *"aber ich will auch Kinder von Ajgyr, und die machst du uns dann mit deinem dicken Stierhorn."*

Dem Ogus verschlug es nun doch die Sprache. Bei seiner Mutter hatte man niemals ausgelernt.

"Und Ätiri-Maj?", wandte er ein. *"Der steigt doch der Ajgyr schon lange nach und schleicht um ihr Birkenwäldchen."*

"Aber nur wenn seine Bienen da schwärmen. Sonst ist er sehr viel lieber in seinem Nadeldickicht. Denn hat er die Ajgyr schon geheiratet? Nein. Also ist sie noch zu haben."

Wieder einmal, auch im fernsten Sibirien: wer zu spät kommt, den bestraft das Leben.

"Aber Ajgyrs Vater", hangelte Ogus sich weiter, *"der besitzt die größte Herde weit und breit. Solch ein Tojon wird für seine einzige Tochter ganz andere Heiratspläne haben."*

"Das stimmt", schlug die Mutter zurück. *"Am liebsten würde er dich selbst heiraten."*

"Ja, aber nur", sagte Ogus, *"weil er sich noch viel mehr Glück von meinem mächtigen Schutzgeist erhofft."*

"Jeder erhofft sich Glück. Aber reg dich nicht auf: du singst ihm viel zu viel. Wir haben das alles erörtert. Er braucht eine Frau, die im Hause und in den Ställen zupackt, keine Sängerin. Darum will er dich wenigstens an seine Tochter binden: die mag nichts lieber als Musik, und dein Schutzgeist könnte dann auch ihn begünstigen."

"Aber mein Schutzgeist ist wahnsinnig eifersüchtig", behauptete Ogus zu Recht oder Unrecht, *"und duldet keinerlei Rivalen. Ich kann nur tun, was er mir persönlich befiehlt."*

"Dann heiratest du Ajgyr. Kein anderer als dein Schutzgeist hat mir heute Nacht im Traum unsere Hochzeit verkündet."

Also fand diese Hochzeit statt.

Die Hochzeit

Aber eingeleitet wurde sie erst mal mit einer angemessenen Freite. Wirklich lauerte Ogus der Ajgyr auf, sobald sie bei ihren Birken war. Er begrüßte sie höflich. Er verneigte sich vor ihr. Er streichelte sie auch. Aber nicht mit groben Händen. Er streichelte sie mit den sanften und lockenden Tönen seiner Kithára. Das war eine altasiatische Kreuzung aus subarktischer Kantele und indischem Sitar. Er hatte sie selbst gebaut, und ihre Klänge waren so überirdisch, daß Ajgyr ihnen mit Tränen in den Augen lauschte, sie dann aber nicht mehr ertrug und wortlos davonflog.

"Na, wie war es heute in den Birken?", fragte ungeduldig die neidische Ses-Sánatkadını. *"Was habt ihr alles gemacht, ist sie nicht gut?"*

Aber Ogus wich solchen Fragen mit einem Liedertext aus, den er gerade erfunden hatte:

"Die Birken gleichen einer Schar von Mädchen.
Sie halten sich an den Händen und kichern:
'Dieser Bursche da ist hübsch!'
'Aber der da ist auch hübsch!'
'Und der da erst: der ist noch viel hübscher!'
Dann erschrecken sie und flüstern:
'Hat uns vielleicht jemand gehört?'
Sie lassen ihre Hände los
und laufen in verschiedenen Richtungen auf und davon.
Die Birken gleichen einer Schar von Mädchen."

Aber Ses-Sánatkadını hatte in dieser Angelegenheit keinen Sinn mehr für poëtische Metaphern:

"Das habe ich mir gedacht. Aber so kommen wir nicht weiter. Ihr Vater hat jetzt beschlossen: beim nächsten Vollmond findet die Hochzeit statt."

Da gab es keine Ausflucht mehr. Denn bei den Jakuten wird die Verwandtschaft der Ehefrau höher geachtet als die eigene. Schon dem Vater einer Braut konnte da nicht mehr widersprochen werden.

Die Hochzeit dauerte drei Tage und drei Nächte.

Viel Vieh aus den Herden des Brautvaters war geschlachtet worden. Und alle Nachbarn kamen. Alle waren da und waren vergnügt. Alle lachten. Jeder machte was Lustiges. Um die Wette. Viele spielten was: manche Blindekuh. Manche das Fangspiel, manche das Tretspiel. Manche das Springspiel, sprangen umher: von einem Bein, von beiden Beinen; hüpften auf einem Bein wie ein Reiher. Manche spielten Häschen und manche das Elchspiel, indem sie ihre Füße so voreinander setzten wie Elche. Alle schrien vor Lachen. Aber manche maßen auch ernsthaft ihre Kräfte: beim Tauziehen mit Stöcken; oder als Ringkämpfer. Oder beim Wettrennen, im Doppellauf. Oder sogar beim Pferderennen. Es war sehr spannend. Und die erzählen konnten, erzählten alte

Geschichten. Die singen konnten, trugen neue Lieder vor oder besangen die Versammelten. Denn alle waren da.

Nur einer fehlte: Ätiri-Maj, der Imker - obwohl er Ajgyrs nächster Nachbar zur Linken war und denselben Vater hatte wie Ogus. Ohne Begründung oder Entschuldigung war dieser Halbbruder des Bräutigams einfach nicht erschienen. Aber jeder wußte, daß er Ajgyr liebte und sie nun nicht als Frau seines Halbbruders sehen wollte: die eigene Braut nun als Schwägerin.

Sowieso war er ein Sonderling mit seinen Bienenstöcken, deren Honig er für Totenopfer und zum Einbalsamieren von Leichen verkaufte. Das kam von seiner Mutter, die von Geistern der Unterwelt abstammte und ihren Säugling schon mit Nektar genährt hatte statt mit Muttermilch. Später hatte sie den Vaterlosen weit weggegeben und am Schwarzen Meer von einem weisen Kentauren zum Imker, Heiler und Propheten ausbilden lassen. Als er mit solchen Fähigkeiten wiederkehrte, ließ er sie jedem zugute kommen. Auf solchem Umwege wurde er selbst zum Schamanen.

Trotzdem war er umstritten. Er galt als egozentrisch und ehrgeizig. Die wilde Leidenschaftlichkeit des Vaterlosen erschreckte manchen und wurde ebenso respektiert wie gefürchtet. Aber das hing auch mit seinen Bienen zusammen, die nicht nur wohltätig und heilkräftig waren, sondern auch so gefährlich und unberechenbar wie ihr Herr. Auch geschlechtlich ebenso unklar. Denn weswegen hatte er Ajgyr nicht längst geheiratet, sie mit Milch und Honig verwöhnt? Oder sei es mit Nektar und Honig?

Und nun kam er einfach nicht zu ihrer Hochzeit. Kein gutes Omen.

Leider gab es bei dieser Hochzeit von Ogus und Ajgyr noch ein anderes böses Omen. Die Hochzeitsfackeln, von Mutter *Ses-Sánatkadinı* in verschwenderischer Anzahl rings um den ganzen Festplatz aufgestellt, wollten nicht recht brennen. Sie kokelten, qualmten und zischten

"in tränenschaffendem Rauche
Unaufhörlich",

wie noch der fremdsprachige Ovid das später beschrieb, ließen

"in keinem Schwung sich entflammen",

sondern gingen aus, eine nach der andern. Jeder wußte, was das bedeutet: diese Ehe werde nicht lange dauern. Keiner erwähnte das, und alle lachten nur umso hysterischer.

Ogus selbst trug gleichwohl ein neues Hochzeitslied vor. Es handelte davon, wer im Hause der Mächtigere sein soll: die Frau oder der Mann. Darüber mußten alle noch viel mehr lachen. Aber die Melodie dieses Liedes war so schön, daß sie allerlei Getier anlockte, besonders Vögel, als wollten sie sie lernen.

Besuch

Da erschien plötzlich ein junger Fremder. Er trug nur einen Schuh, erklärte das als kluge Technik, im Modder seiner magnesischen Heimat nicht auszurutschen, und fragte dann prompt nach Ätiri-Maj, ausgerechnet. Denn der war am Schwarzen Meer bei jenem weisen Kentauren sein Mitschüler gewesen und hatte ihm vom Brauchtum der Jakuten erzählt: auch von der Fähigkeit der Schamanen, weibliche Geschlechtsbegier zu wecken. Ob hier ein gewisser Schamane anwesend sei, der ein Meister der 32 Künste sei und Orpos heiße oder so ähnlich? Er selbst komme übrigens aus Jolkós in Thessalien und sei ein griechischer Prinz.

In die atemlose Stille hinein, die da entstanden war, sagte Ogus, sein Name sei Ogus.

"Oder Ogos", sagte der junge Prinz mit seinem griechischen Akzent: "Jedenfalls ein Sohn des Weißen Schöpfers, richtig?"

Alles erstarrte.

Bei ihnen in Griechenland heiße der Apollon. Es gehe nämlich um ein Goldenes Fell, das er einholen müsse. Er habe eigens ein großes Schiff bauen lassen und alle seine Freunde gebeten, ihn auf dieser Exkursion zu begleiten. Sie seien schon 54, genau wie hier die jungen Leute mit den Birkenzweigen.

Ogus wußte sofort, daß der Grieche mit diesem Goldenen Fell das Schamhaar einer Blondine meinte.

"Ohne dieses Goldene Fell kann ich nämlich nicht König werden", bemäntelte er.

Die Blondine soll herrschen, dachte sich Ogus. Aber er schwieg.

"Wir waren schon abfahrbereit, da sagte Cheiron, mein wissender Kentaur, der sogar Götter unterweist und selbst die Lyra spielt: ohne diesen hyperboreïschen Orgeus dürfe ich nicht fahren. Nur solch ein Meister der 32 Künste könne uns vor den Seirenen retten. Darum bin ich hier. Ich lade dich ein zu dieser Reise."

"Ich bedanke mich für diese Ehre", sagte Ogus. *"Tatsächlich reise ich viel. Reisen sind sozusagen mein Beruf. Lauter Dienstreisen sozusagen. Also unterscheiden sie sich von Abenteuerreisen. Zum Beispiel dadurch, daß mein Körper zu Hause liegen bleibt wie tot und schläft."*

Der Prinz hielt das für einen hyperboreïschen Scherz und lachte sicherheitshalber.

"Dann bin ich frei, ihn zu verlassen und in die fernsten Gegenden zu reisen. Meist begleitet mich dabei mein Schutzgeist. Denn die ganze Welt ist von Geistern erfüllt. Sie leben auf den Bergen und in den Wäldern, in der Taiga und in den Tundren, in der Erde und jedem Gewässer, in Tieren und Pflanzen, besonders gern in Bäumen, auch in leblosen Gegenständen, in den Wolken und im Himmel, auf der Sonne, dem Monde und allen Sternen. Sie sind überall. Sie begleiten unsern ganzen Lebenslauf. Es gibt gute und böse Geister: wir nennen sie die oberen und die unteren. Die unteren sind besonders zahlreich. Sie behindern oder fördern jede einzelne Unternehmung unseres Lebens und haben dahe- - MAGNETISCHE STÖRUNG IM INTERNET ¶ BITTE GEDULD ¶ AUTOMATISCHE REGULATION ¶ *- efördern oder hindern sie auch deine Suche nach diesem Goldenen Fell, je nach dem.*

Auf einer Reise, wie du sie mir vorschlägst, kann ich mich mit den Geistern deines Unternehmens treffen und auseinandersetzen, sie beschwören, sie bekämpfen, sie zu beeinflussen versuchen, sie überlisten, je nach dem. Da-

bei gewinne ich ein Wissen, das ich sonst nicht haben kann. Dieses Wissen macht stark und kann Unternehmungen gelingen lassen. Das ist der Sinn meiner Reisen. Das ist eine Reise, wie ich sie Dir anbieten kann."

"Vielen Dank", sagte der verwirrte junge Prinz auf griechisch, *"und kriege ich dann das Goldene Fell?"* Er konnte es nicht erwarten.

"Das kann ich dir sagen, wenn ich von meiner Reise zurück bin. Einverstanden?"

"Einverstanden. Donnerwetter."

Reisevorbereitungen

Nur wenige Tage später öffnete Ogus eines Abends nach Einbruch der Dunkelheit seine Zöpfe zu schulterlang wallender Haarflut und legte seinen kostbaren Schamanenrock an. Das Rentierfell, das hierfür nach strengen Ritualen zugeschnitten und -genäht wurde, war nach innen gewendet. Dieser Schamanenrock reichte bis zur halben Wade, hatte von den Hüften abwärts schmale Streifen und stand vorn offen, so daß der reich verzierte Brustlatz wie auch der Schamanengürtel mit seinen vielen magischen Steinen, Amuletten, Talismanen und Fetischen gut sichtbar waren. An diesem Leibgurt befestigte Ogus auch sein *Channar*, eine kleine Damenhandtasche, die ebenfalls mit weiblichen Brüsten aus Eisen garniert war und beim Schamanisieren auch als Schutzschild gegen die Stöße böse gesonnener Geister diente.

Der ganze Schamanenrock war mit Zierat aus Eisenblech und Kupfer beheftet. Da gab es kleine Figuren von Menschen und allerlei Getier sowie einzelne Körperteile: Rippen, abermals Frauenbrüste und Hände, deren sechs Finger auf das Außergewöhnliche eines Schamanen verwiesen, ferner von Fischen die Unterkiefer als Symbole unterirdischer Geister und auf den Ärmeln Platten und Federn aus Eisen, die Vogelflügel bezeichneten und dem Schamanen auf seiner Reise das Fliegen ermöglichten. Sonne, Mond und Erde, alle gleichfalls aus Eisen, weil das die Geister fürchten, signalisierten den universalen Radius des Schamanisierens und wurden von zahllosen Glöckchen umrahmt, aber auch von Ketten, die das unerschütterbare Festhalten am Schamanentum bekunden, sowie von kleinen Sägen, die aus allen Schwierigkeiten zu befreien helfen. An Borten und Ärmeln, auf Brustlatz und Stirnband symbolisierten Ornamente aus gläsernen Perlen die männlichen und weiblichen Genitalien, warum auch immer. Auf der Rückseite dieses Rockes war am unteren Saume der *ulwej* befestigt: eine Figur, die die siebente Seele des Menschen bedeutete.

Aber zum krönenden Abschluß hängte Ogus sich *Jpäp-Ämägät* um, eine andere Menschenfigur aus Eisen, die den Geist des Wahnsinns verkörperte, wie er in Ekstase oder Trance den Schamanen befallen muß, damit das Gewünschte gelingt. Er erst macht diesen ganzen Schamanenrock zum leibhaftigen Schutzgeist, der seinen Träger mit der Macht und den Kräften all jener abgebildeten Dämonen durchdringt und ihm übernatürliche Fähigkeiten verleiht. Für Sibirer ist dieser Rock ein lebendiges Wesen mit solchen Namen wie *itik* oder *timir* oder *dürbü* oder *kio*, auch *dilbinsa*, was *Schöner Eisenpanzer* bedeutet. Er wird ergänzt durch eine Haube, die aus Rentierfell genäht und mit auffallend grellbuntem Stoff überzogen ist.

Dann legte Ogus jenen eisernen Mützenschirm aus uralten Zeiten um, der ihm seinen Spitznamen *Timir-Tscharaptschylaach* eingebracht hatte: *Der einen eisernen Mützenschirm über den Augen trägt.* Damit sollten Mensch und Tier vor der lebensbedrohlichen Energie seiner schamanisierenden Augen geschützt werden. Der Fransenschleier vor seinem Gesicht soll ihn selbst vor dem Anblick von *ijä-kyl*, seiner reisenden Seele, bewahren.

Nunmehr angemessen gekleidet, ergriff er noch Pferdeschwänze, mit denen er zum erfolgreichen Beschwören der Geister später um sich schlagen mußte.

Dann breitete er vor dem Herdfeuer seine Filzdecke aus und legte seine Armbrust drauf, die ihm gegen feindliche Schamanen als Selbstschußfalle dienen sollte. Ihr Abzug verkörperte die Seele seiner Frau.

Er trat zu Ajgyr, die ihm von weitem zuschaute, und sagte: *"Du bist neugierig. Aber Frauen, die menstruieren, dürfen sich dem Feuer nicht nähern, vor dem schamanisiert wird. Auch nicht der Trommel des Schamanen. Du hast mir doch gesagt, daß du gerade menstruierst. Oder doch nicht? Aber Frauen dürfen sowieso nicht im Raume sein, wo mein Körper liegt, wenn die Seele auf Reisen ist."*

"Und deine Mutter?", trotzte Ajgyr.

*"Meine Mutter ist Schamanin, du nicht. Also geh. Was immer du hören
oder empfinden magst: du darfst hier nicht hereinkommen, du darfst nicht
schauen, nicht lauern, das ist lebensgefährlich."*

Ajgyr gelobte Fügsamkeit und ging hinaus.

Jetzt setzte Ogus sich vor den Herd, wendete sein Gesicht dem Feuer zu, dessen Geist sich die Jakuten als ergrauten Greis denken, und bat ebenden im
Gebet um angemessene Reinigung:

*"Du ehrwürdig graubärtiger Wundertäter! Erfülle alle meine Wünsche!
Alle! Jeden! Erhöre mich! Erfülle alles! Alles, alles erfülle!"*

Er wedelte mit den Pferdeschwänzen. Dann spuckte er dreimal aus, setzte
sich mit gekreuzten Beinen auf die Filzdecke vor der Feuerstelle und gähnte
dreimal.

Mit rhythmischem Zupfen der Sehne seiner Armbrust begann er dann, sich zu
stimulieren.

Dann sang er:

"Ihr, die Ihr den Sturm der Meere haltet, Ihr Götter:
die Ihr auf hohen Bergen und in dichten Wäldern lebt!
Wenn wir im Zelt der Jurte sitzen, seid Ihr uns nie gefährlich.
Wenn wir draußen sind, seid Ihr kein Hindernis.
In dunkler Nacht gebt Ihr Licht
und in der Mittagshitze kühlenden Schatten.
Alles Böse vernichtet Ihr rings um uns her
und laßt nur das Gute an uns heran.
Ihr Beschirmer unserer Häupter
und Ihr Spender unserer Nahrung:
Ihr laßt die Lichtstrahlen in unsere Jurte dringen,
und noch durch den schwarzen Schornstein zeigt Ihr uns
die Sonne!"

Sein Gesang war anfangs leise, monoton und elegisch, wurde dann wild und
immer wilder, unbändig wild und laut, von wilden Schreien unterbrochen, die

wie Falken- oder Habichtschreie klangen, später wie Habicht- oder Adler-
schreie. Dann klang sein Weitersingen wie das Klagen der Möwen, dann wie
das Krächzen der Raben, dann wie das Lachen der Tauben. Es wurde immer
lauter und ungestümer. Längst wurde er schon von seinem Trommeln begleitet und angefeuert, schließlich übertönt. Er ritt auf seiner Trommel und trommelte immer schneller. Dabei klangen und bimmelten oder schepperten bei jeder Bewegung die Schellen und Glöckchen an seinem Rock. Das trommelte
und klingelte und klagte oder krächzte oder lachte oder sang oder schrie in einem Chaos von Tönen, das sich immer mehr steigerte. Schon trommelte er
wie ein Besessener. Mittenhinein in die Synkopen seines Trommelns gähnte
er. Oder er seufzte. Oder rief was. Rief schon die Namen bestimmter Geister,
von denen er sicher war, daß sie sich gar nicht rufen lassen. Erst dann war es
möglich, selbst auf die Reise zu gehen: überall hin. Jeder Weg zu jedwedem
Platze auf, über und unter der Erde stand ihm jetzt offen.

Dabei trommelte er weiter. Dabei keuchte er im Trommelrhythmus. Dreimal
drehte er die Trommel um sich selbst. Schließlich sprang er auf und begann
zu tanzen. Mit wilden, grotesken Bewegungen und Gesten, mit Sprüngen und
maßlosem Stampfen und Scharren schon völlig außer sich. Er riß sich jetzt
auch die Kleidung vom Leibe: den Schamanenrock, das Fellhemd, Stiefel und
Socken, die obere Hose. So tanzte er halb nackt und jenseits aller Bindungen.
Dabei trommelte er weiter. Dabei sang er weiter. Er trommelte und tanzte
oder tanzte und trommelte und sang. Dabei wurde die Trommel immer
schwerer und schwankte an seinem Arm. Er selbst begann zu schwanken.
Endlich fiel er zu Boden und blieb liegen, als sei er tot.

Noch im Fallen bemerkte er aber, daß Ajgyr ihm, hinter einem Birkenstamm
versteckt, die ganze Zeit unerlaubt zugeschaut hatte.

Doch seine Reise zum Blonden Fell konnte das nun nicht mehr aufhalten. Seine Seele war schon unterwegs.

Als Erstes schnitt diese körperlos reisende Seele sich selbst den Kopf ab. Sie
befestigte ihn am obersten Ast einer Birke, damit seine Augen von dort alles
überblicken konnten, was geschehen sollte.

Sie sahen gleich eingangs, wie Ogus sich mühelos in einen sehr virilen griechischen, eigentlich schon thrakischen Heros mit goldenen Flügeln verwandelte.

Als solcher begab er sich an den Strand des magnesischen Pagasaí, wo Schiff und Besatzung nur noch seiner warteten, um endlich in See stechen zu können.

Was auf dieser Seereise geschah, war so gewaltig, daß es jetzt jeden Leser überrumpeln würde. Ich erzähle es darum lieber erst nach einer angemessenen Erholungspause. Damit endet mein heutiges Protokoll.

Die nächsten folgen in Bälde, aber unregelmäßig, *ad libitum.*

(Team-Übersetzung der Arche N aus dem Russischen)

Zu ZOR

Bulletin der Weltgesundheitsbehörde

Aus dringend gebotenem Anlaß werden neue Erkenntnisse zu Ausbruch
und Verlauf der immer noch rätselhaften Krankheit OIRU (*Overkill Items
Remain Unknown*) bekannt gegeben.

Demnach ist eine Infektion schon im Frühstadium an gewissen physiognomischen Veränderungen zu erkennen. Hierzu zählen plötzliche Spitznasigkeit; plötzliches Doppelkinn, auch bei Jugendlichen; stumpfer, trotzdem flackernder Blick; extreme und hartnäckige Blässe des Teints auch unter starker Sonnen- oder Solareinwirkung; verbittert abwärts zeigende Mundwinkel und ein hiermit verbundener abrupter Verlust des Lachvermögens.

Ferner kann als gesichert gelten, daß der atypische sogenannte Ballon-Effekt einzelner aufgeblasener Körperzellen schon bald nach der Primärinfektion das Gehirn befällt. Die dortige Ballonierung von Ganglien und Synapsen hat eine bisher unbekannte Art von Realitätsverlust zur schnellen Folge: jede Einschätzung von Situationen und Personen scheint bald wirklichkeitsfremd und abwegig. Sie entfernt sich jedenfalls von allen tradierten, von allgemein üblichen Bewertungen und ist überwiegend so negativ oder destruktiv, daß eine erste Studie hierzu bereits von einem spezifischen OIRU-Wahnsinn spricht und ihn als Schrumpfgehirn oder auch Zerebrales OIRudiment bezeichnet. Die offizielle Abkürzung hierfür ist ZOR *(Zerebrales **OIR**udiment)*.

Die Zahl der OIRU-Toten hat inzwischen global die Millionengrenze deutlich überschritten. Die tägliche Zuwachsrate an Seuchenopfern ist in der letzten Woche um 36% angestiegen. Mit einem weiteren massiven Wachstum ist schon in wenigen Tagen zu rechnen.

Die Weltgesundheitsbehörde empfiehlt allgemeine Vorsicht und Hygiene sowie den Verzicht auf Risiken aller Art.

An weiteren Verbesserungen von Diagnose und Therapie wird weltweit fieberhaft gearbeitet. Der Konzern Tanghobányi hat angemessene Geldpreise für die Entdeckung des Erregers in Aussicht gestellt.

Sukkothai = Ravenna

Thailändischer Brief aus Sukkothai nach Pimaai

Meinem Großen Bruder, den ich vermisse:

er möge offen für alles Gute sein! Wie geht es meinem Großen Bruder?

Ich denke, an einem Ort wie Pimaai kann es ihm nur besser gehen. Ich bin auch sicher, daß seine Forschungen da Fortschritte machen, die ihn beflügeln.

Ich selbst habe meine Arbeiten in Pitsanulohk inzwischen zum Abschluß gebracht und bin nach Sukkothai übergesiedelt. Genauer gesagt, ich wohne im modernen Sukkothai und arbeite täglich von früh bis abends im historischen Baan Myang Kao oder Sih Satschanahlai. Mehr denn je bin ich von der Idee besessen, daß die weltberühmte Statue *Pra Buddhah Tschinnaraht* unseres Tempels *Pra Sih Rattanah Mahataht* in Pitsanulohk durchaus keine späte

Blüte dessen ist, was wir den Stil von Sukkothai zu nennen pflegen. Gerade ihre einzigartige Flammenaura *summ ryang käo* spricht dagegen, auch ihr Material. Denn in Sukkothai wurde, wie ich gerade zur Zeit noch einmal nachprüfe, niemals vergoldete Bronze verwendet, auch keine unvergoldete.

Natürlich ist alles immer in Bewegung, alles entwickelt sich weiter, also auch der Stil von Sukkothai, und letztlich gehört auch in der Kunst natürlich alles mit allem zusammen, und alles ist eine einzige Einheit, für deren gemeinsamen Nenner es viele Namen, aber nur ein Gefühl gibt: das hat man eben oder hat es nicht.

Insofern ist *Pra Buddhah Tschinnaraht* in Pitsanulohk natürlich auch eine Fortsetzung von Sukkothai, aber auch nur insofern. Ausschlaggebend für Verwandtschaft scheint mir der Geist zu sein, den eine solche Arbeit ausstrahlt und dem sie entstammt. Obwohl nur runde hundert Jahre jünger, begegnet mir die Statue in Pitsanulohk nicht nur mit einem anderen, sondern geradezu mit konträrem Geiste. Sie ist üppig, opulent und ungemein dekorativ; sie betont das Äußere, will beeindrucken und tut es auch eminent; sie ist theatralisch und lärmt; sie behauptet lauthals, daß für diesen Sitzenden Buddha des Königs Loe Thai, der richtig noch in Sukkothai, noch nicht in Ajuttajah regierte, das Prachtvollste noch nicht prachtvoll genug war, sondern an Pracht noch übertroffen werden mußte. Diese Figur demonstriert schon Rekordsucht, sie denkt in Superlativen, also in Kategorien der Macht.

Eben das nun finde ich weder im klassischen Sukkothai mit all seinen Tempeln und Statuen noch auch in den weitverstreuten Architekturen der benachbarten Schwesterresidenz Sih Satschanahlai. Dort ist alles ernsthaft, leise, seriös, und eher nach innen gekehrt; eher milde, behutsam und zärtlich; nichts will prächtig sein oder prunkvoll; alles ist schlicht und so einfach wie möglich; es geht um innere Fragen und Werte, um erste und gültige Definitionen von Buddhismus in Thailand, was das eigentlich ist oder sein will, ein dämmerndes Sonnenaufgangsglück eben, und niemals um Repräsentanz, Imposanz, niemals um das, was die Engländer als *show* bezeichnen.

Pitsanulohk ist für Zuschauer konzipiert; in Sukkothai hingegen ging es um die Identität von Buddhismus in Thailand.

Mein Großer Bruder hat längst bemerkt, daß ich mit alledem noch unterwegs
bin. Meine Beweise sind noch nicht schlüssig genug. Noch ist das alles mehr
ein Gespür. Ich werde noch lange brauchen.

Mein Großer Bruder erinnert sich sicherlich noch unsrer ersten Europareise
vor einigen Jahren und was wir damals in Florenz empfanden: wie entsetzt
wir da waren. Wir wußten damals noch nicht, was dort Renaissance und was
Romanik war, hatten aber kurz zuvor das wunderbare Ravenna besucht. Die
dortige Ehrlichkeit und uneitle, ungeplante Schönheit eines lautlosen Ernstes,
der schon von Meditationen des Orients beeinflußt gewesen sein mag, wurde
im so viel sinnlicheren Florenz von ungemein hübschen Äußerlichkeiten, von
Schmuck und Zierat, von einer höchst spektakulären Oberflächlichkeit verdrängt und ersetzt, wie sie uns damals schockierte.

Mein Großer Bruder weiß das alles noch sehr viel genauer als ich und versteht umso besser, wie ich in unserer eigenen Kultur das Gefälle von Sukkothai und Sih Satschanahlai nach Pitsanulohk empfinde. Alles und jedes ist gut
und berechtigt, aber eben durchaus nicht dasselbe. Nur darum geht es mir.
All die feinen Unterschiede.

In der Anlage findet mein Großer Bruder einen rätselhaften Brief, der mich in
rätoromanischer Sprache aus der Schweiz erreichte. Es hat viele Wochen ge-
dauert, ihn angemessen übersetzen zu lassen, und gelang auch erst anhand je
einer italienischen und englischen Zwischenfassung.

Wie ich ihn nun auf Thai verstehe, soll ein buddhistisches Geisterhäuschen
ins Engadin geschickt werden. Der Grund ist mir unklar. Der Verfasser dieses Briefes scheint mich auf Go Pih Pih getroffen zu haben, als ich mich dort
von einer Internationalen Kunsthistoriker-Tagung erholte, die ich im benachbarten Puhgett nur mit einer akuten Magenverstimmung überstanden hatte.
Ich erinnere mich, wie sehr es mich damals amüsierte, daß sich auf dieser
winzigen Insel, die überwiegend von Moslems bewohnt wird, die tägliche Invasion asiatischer Touristengruppen aus zwei heterogenen, zwei konträren
Kontingenten zusammensetzte, die eine Grundspannung heutiger Politik- und
Gesellschaftssysteme verkörperten oder zumindest symbolisierten: Japaner
und Chinesen, also jeweils Musterschüler von Kapitalismus und Kommunismus. Zur Besichtigung der Korallenriffe saßen sie einträchtig nebeneinander

in den Glasbodenbooten und schlossen unbedacht Freundschaften, tauschten *E-mail*-Adressen und die Nummern ihrer mobilen Telefone aus.

Jede dieser beiden Gruppierungen wurde von den ansässigen Mohammedanern, die dort so bigott sind wie in jeder Diaspora, gerade nur knapp bis zum schnellen Inkasso auf ihrer Insel geduldet und doppelt verachtet: die Chinesen sowohl als Chinesen wie auch als Kommunisten; die Japaner gleichermaßen als Japaner und als Kapitalisten; beide überdies drittens auch noch als Buddhisten.

Indifferenteren Europäern gegenüber habe ich damals wiederholt mein Amüsement über diesen dortigen Fokus der derzeit weltbewegenden Strömungen zu formulieren versucht: alles das auf einer der allerkleinsten und autolosen Inseln zusammengedrängt, *in nuce* sozusagen, aber eben auch *in pace*.

Einer dieser damaligen, längst vergessenen Formulierungsversuche trägt nun die exotische Frucht dieses Briefes aus Sils. Wenn ich ihn recht verstehe, animiert er mich, für den Buddhismus irgendwo zu missionieren. Mein Großer Bruder weiß, wie sehr eine jegliche Spielart von Missionierung meinem Verständnis von Buddhismus widerspricht. Da ich aber respektiere, daß es buddhistische Strömungen gibt, die das weniger strikt handhaben als ich, beziehe ich heute meinen Großen Bruder ein. Seine wissenschaftliche Entscheidung für die Architektur in Pimaai habe ich schon immer als eine Öffnung auch gegenüber anderen Formen von Buddhismus verstanden. Denn Pimaai ist ohne jene Kamenn nicht denkbar (die übrigens in Europa komischerweise immer noch Khmer genannt werden, weil kein einziger dortiger Journalist oder Politiker, geschweige Wissenschaftler zur Kenntnis nimmt, daß am Ende manches asiatischen Wortes ein gesprochener n-Laut durch geschriebenes R repräsentiert wird und daß zwischen zwei Konsonanten wie K und M immer ein Vokal, meist unser kurzes A eingeschoben wird, ohne daß das groß im Schriftbild erscheint: eigentlich doch sehr einfach und leicht zu verstehen; es scheint sie aber zu überfordern. Klammer zu:).

Pimaai also als architektonischer Zwilling zum kambodschanischen Tempel in Angkor und seinerzeit mit diesem fernen Wunderbau der Kamenn über dreihundert sperrige Dschungelkilometer hinweg durch eine befestigte Straße verbunden, verfügt ja sogar meines unzulänglichen Wissens auch noch über hinduïstische Ornamente, ist ohnehin gute hundert Jahre älter als Sukkothai und insofern vielleicht noch authentischer.

Wer also an solchem Orte und mit solcher Kunst so beschäftigt ist wie mein Großer Bruder, mag über die Selbstbescheidung unseres Buddhismus andere Ansichten gewonnen haben. Vielleicht werden in Pimaai auch bisweilen Diskussionen mit den Kollegen aus Tibet oder dessen Exil geführt, deren Geistliche ja inzwischen exzessiv, global und skrupellos missionieren.

Ich selbst halte das für wenig überzeugend und möchte einen der verhängnisvollsten Fehler anderer Religionen hier nicht allzu gern imitiert sehen.

Aber falls mein Großer Bruder das anders einschätzt, hält er es vielleicht auch für richtig und wünschenswert, einem ihm nicht bekannten Schweizer *"Freunde für heitere Tage"* zu antworten oder antworten zu lassen. *"Keinen Blick je zurück!"* ist ja an sich nicht falsch und vieldeutig auslegbar, ein *dschao tih baan* im Engadin oder wo immer noch kein Schade.

Ein kleiner Bruder aber vermißt seinen Großen Bruder immer und vergißt ihn nie. Sehr viel Glück wünscht ihm sein kleiner Bruder Linn.

(Übersetzung aus dem Thailändischen von Gerd Hake nach einer englischen Rohfassung von Rungrat Tschannakunn.)

Zickzack

Sonderbeilage der Wochenzeitung 'ZEITGEIST'
mit einer Fortsetzung der Gegendarstellung von Dr. Wilm Siebenfuss-Köpfle, Schriftführer und Vizepräsident des Friedrich-von-Schiller-Gedächtnisstätten e. V. Marbach/Weimar

8. Das Bibliotheksdepot

Im Sommer 1826, gute 21 Jahre nach Schillers Tod, waren seine Angehörigen, der herzogliche Hof und die Stadt Weimar überein gekommen, seinen vermeintlichen Schädel, wie er im Massengrabe des sogenannten Kassengewölbes ausgemacht worden war, nunmehr separat auf dem neuen Weimarer Friedhof in einem angemessenen Erdbegräbnis zu bestatten.

Da aber intervenierte plötzlich Großherzog Carl August persönlich, der noch kürzlich die Suche nach Schillers Gebeinen im Kassengewölbe mißbilligt hatte. Nun aber wollte er dem wiedergefundenen Schädel einen Ehrenplatz ausgerechnet in seiner *Großherzoglichen Bibliothek* anweisen. Karoline von Wolzogen schrieb am 15. August an ihren Neffen Ernst in Köln: *"Der Großherzog hat mich fragen lassen, was ich darüber dächte."* Sie fügte hinzu: *"Ich bin dafür! Eine so einzige Organisation ist der Nachwelt immer merkwürdig."* Ernst von Schiller scheint die Entscheidung bis zu seinem nahen Weimarer Aufenthalt vertagt zu haben und reiste am 24. August aus Köln ab.

Daher verfehlte ihn ein Brief, den ihm Andreas Streicher am 16. August in Wien geschrieben hatte, um *"seine Einwilligung zur Herausgabe meiner kleinen Schrift sowie zu einem würdigen Grabmal zu erhalten"*. Mit einem Postscriptum vom 13. September schickte er dann noch eine Abschrift dieses unbeantwortet gebliebenen Briefes an Ernst von Schillers Weimarer Adresse. Obwohl es für diesen Oggersheimer Bettgenossen Friedrich Schillers

"immer leichter ist, mit einem Manne etwas in Ordnung zu bringen als mit einer Frau",

hatte er sich schon am 30. August, um ganz sicher zu gehen, brieflich auch noch an Schillers Schwester Christophine Reinwald in Meiningen gewendet. Er glaubte, Schillers Sarg sei noch immer

"in dem Gewölbe einer Sterbekassengesellschaft unter dreißig bis vierzig andern versteckt, so daß es unmöglich ist, zu ihm zu gelangen oder ihn nur zu sehen. / Man sagt, daß diese ungeheure Vernachlässigung die Schuld der Witwe sei."

Nun diese tot sei, wolle er mit dem Verkaufserlös seines Buches, dessen Herausgabe durch *"mancherlei Schwierigkeiten ins Stocken"* geraten sei, nunmehr endlich ein angemessen *"ordentliches, würdiges"* Grabmal finanzieren.

Im September bat der selbst auch schon 60jährige Streicher dann noch den Weimarer Regierungsrat Christian Friedrich Schmidt um eine Fürsprache bei Schillers Sohn: *"damit ich einmal ein zuverlässiges, festes Ja oder Nein erfahre"*.

Spätestens am 6. September in Weimar eingetroffen, ließ Ernst von Schiller noch von da aus den rührigen Jugendfreund seines Vaters wissen, was hier inzwischen beschlossen und geschehen war:

Am Nachmittag des 8. September 1826 begab sich Ernst von Schiller in Bürgermeister Schwabes Wohnung, um den immer noch daselbst aufbewahrten und *"erprobten"* Schädel seines Vaters als solchen zu verifizieren. Obwohl er bei dessen Tod selbst erst neun Jahre alt war, scheint er nach nunmehr 21 Jahren keine Probleme gehabt zu haben, dies zu tun. Nicht ohne sich allerdings auf das Votum jener 79 Zeugen zu berufen, bestätigte er am 17. September dann auch öffentlich, daß

"die Identität dieses Schädels als unzweifelhaft herausgestellt zu betrachten ist".

Für ihn und alle, besonders dringend aber offenbar für Großherzog Carl August erhob sich nun

"die Frage, wo und auf welche Weise dieser teure Überrest aufbewahrt und erhalten werden sollte" (Ernst von Schiller).

Noch am selben 8. September jener Identifikation des Schädels durch den Sohn ließ der Großherzog seinen Kanzler Friedrich von Müller brieflich nun auch bei Goethe anfragen,

"ob es nicht am würdigsten wäre, wenn Schillers Schädel, statt in die verhüllende und zerstörende Erde versenkt zu werden, lieber für immer auf der Bibliothek, in einem besonderen, anständig einzurichtenden Behältnis aufbewahrt würde".

Die Familie sei nicht abgeneigt, aber der Großherzog, *"der durchaus nicht eingreifen, nur als Privatmann seine ohngefähre Ansicht aussprechen will"*, wünschte Goethes Meinung hierüber zu vernehmen, *"indem Er sich derselben fügen zu wollen im voraus erklärt"*.

Noch selbigen Mittags holte sich der Kanzler persönlich Goethes Stellungnahme ab. Sie blieb unüberliefert, ist aber den folgenden Ereignissen abzulesen.

Am Sonntag, dem 17. September 1826, wurden früh morgens achtzehn höhere Verwaltungsbeamte, Hofchargen und Bibliothekare vom Kanzler Friedrich von Müller kürzestfristig, aber gleichwohl schriftlich zu einem *"stillen Akte der Pietät"* noch am selbigen Vormittage um 11 Uhr in den Inneren Saal der Großherzoglichen Bibliothek, heutigen *Anna-Amalia-Bibliothek* am *Platz der Demokratie*, bestellt:

"Es möchte wohl passend sein, wenn wir schwarz erschienen, wiewohl in Stiefeln."

Vier der so plötzlich Gebetenen waren verhindert, die andern kamen und trafen außer dem einladenden Kanzler auch auf die Söhne August von Goethe und Ernst von Schiller. Dessen Frau und Tochter, aber auch seine Schwestern, von denen jedenfalls die jüngere sich erreichbar in Weimar aufhielt, sowie auch Schillers emsige Schwägerin Karoline von Wolzogen fehlten. Auch jeglicher Geistliche fehlte.

Die siebzehn Männer versammelten sich im Bibliothekssaal, umstanden dessen ovale Tafel und blickten zur marmornen Schillerbüste von Dannecker auf, die der Großherzog erst vorgestern für zweihundert Dukaten von der zögernden Familie erworben und hierher hatte transportieren lassen. Nun stand sie, der berühmten Goethebüste von Alexander Trippel direkt gegenüber, auf einem hierfür angefertigten Piedestal und trug einen frischen Lorbeerkranz.

Eingangs sangen Mitglieder des Hoftheaters unter Leitung des Komponisten eine Kantate, die der anwesende Bibliothekar Prof. Dr. Friedrich Wilhelm Riemer, Goethes Adlatus, gedichtet und Johann Nepomuk Hummel vertont hatte.

Dann sprach Ernst von Schiller im Namen seiner Familie. Er würdigte die Bemühungen des anwesenden Bürgermeisters Schwabe,

"von den durch die Zeit in Verwirrung und Unkenntlichkeit geratenen irdischen Überresten meines Vaters vor der Hand [!] *diesen Schädel heraufzubringen"*,

und erwähnte, daß *"ein natürliches Gefühl sowohl den hinterbliebenen Angehörigen Schillers als auch dessen Freunden es anfänglich wünschenswert erscheinen ließ, dieses Haupt dem Schoße der Erde wiederzugeben"*;

gleichwohl würden sie alle nun *"der erhabenen Ansicht Seiner Königlichen
Hoheit des Großherzogs weichen, nach welcher dieser merkwürdige und
teuere Schädel der gänzlichen Zerstörung entzogen und der Mit- und Nachwelt dauernd erhalten werden sollte"*.

Hierauf übergab Ernst von Schiller den väterlichen Schädel, der in blaues Papier eingehüllt und versiegelt war, dem Geheimen Kammerrat August von
Goethe, den er als *"stellvertretenden Sohn des [...] geliebtesten Freundes
meines Vaters"* bezeichnete.

August von Goethe nahm Schillers Schädel an Vaters Statt entgegen, der hier
seine *"Großherzogliche Oberaufsicht über die Unmittelbaren Anstalten für
Wissenschaft und Kunst"* hätte wahrnehmen sollen, aber kurzfristig hatte ab-
sagen müssen. Sein Sohn nun überbrachte den väterlichen Wunsch,

*"die noch außer diesem teuren Haupt vorhandenen Reste des zu früh Ge-
schiedenen nach erfolgter genauer Anerkennung ebenfalls [...] h i e r
aufbewahrt zu sehen"*.

Dann öffnete er das entgegengenommene Paket und reichte den zutagetre-
tenden Schädel an Prof. Dr. Riemer als den zuständigen Hausherrn der Bibliothek weiter, der ihn im Postament unterhalb der Danneckerbüste nieder-
legte und einschloß. Den Schlüssel händigte er dem Kammerrat von Goethe
zum Verbleib bei dessen Vater aus.

Abschließend nannte Kanzler Friedrich von Müller diese Matinee einen *"heiligen Vorgang"*, der eine *"heilige Reliquie in dieses stille Asyl der Forschung und Betrachtung niederlegt"* und den sich *"tausend edle Gemüter
seit Jahren ersehnt"* haben, um nun auch *"ein sichtbares Denkmal [...]
sich erheben zu sehen"*; es werde hinfort *"frommen Wallfahrten zum Ziele
dienen"*.

Schon nach einer Stunde gingen die Siebzehn wieder auseinander.

9. Das Skelett

Aber bald gab es öffentliche Proteste gegen eine Deponierung von Schillers
Kopf an diesem Orte, auf diese Weise und unter Ausschluß des Publikums.
Der österreichische Autor Moritz Saphir fragte sofort in seiner *"Schnell-
post"*,

*"ob der Schädel, den man auf gut vandalisch in der Bibliothek zu Weimar
aufstellte, wirklich Schiller ist?"*

Goethe aber, inzwischen 77jährig, notierte in seinem Tagebuche noch am
selben 17. September 1826:

"Gegen Abend Herr Kanzler. Verabredung wegen des Weitern" und am 19.
September *"Herr Kanzler von Müller [...] das Weitere ratend"*.

Solches "Weiteren" wegen forderte Kanzler von Müller schon einen Tag später, am 20. September, den Prosektor Schröter brieflich auf, sich gemeinsam
mit dem Museumsschreiber Färber *"in diesen Tagen bei Herrn Minister von
Goethe anzumelden, der eine dringende und wichtige Angelegenheit mit Ihnen beiden zu besprechen hat"*.

Aber noch ehe diese Geladenen erscheinen konnten, ließ der Kanzler mit
Schreiben vom 21. September und im Auftrage Ernst von Schillers nunmehr
auch Goethe wissen, was Andreas Streicher aus Wien auch wieder in seinem
jüngsten Briefe an den hiesigen Regierungsrat Schmidt in Vorschlag gebracht
hatte. Müller, der Streicher als *"Enthusiasten"* ironisierte, war mit Schillers
Sohn der Meinung, daß Streichers angekündigte Broschüre über *"Schillers
Flucht von Stuttgart ..."* samt einverleibten Schillerbriefen an den Jugendfreund in die geplante Ausgabe von Schillers Briefen oder aber in die nächste
Edition der Werke Schillers aufgenommen werden könnte. Mit seinem Honorar könne der rührige Autor dann ein Schiller-Monument auf dem Weimarer
Friedhof finanzieren helfen, für das die Benefizerträge der deutschen Theater
auf ihrem Petersburger Konto immer noch auf eine dringend benötigte Ergänzung warteten.

Auf diesen Vorschlag des listigen Kanzlers antwortete Goethe, in dessen
Haus immerhin ein Streicher-Flügel benutzt wurde, noch am selben 21. September in wenigen Zeilen, daß man *"mit dem verrückten Wiener sich nicht*

weiter einlassen sollte, weil dabei nichts Vernünftiges herauskommen kann". Er mag gespürt haben, wie da ein Rivale in der Freundschaft zu Schiller ihn und sie alle in Weimar *mores* lehrte.

Ernst von Schiller hat, noch von Weimar aus, auf Streichers Brief vom 16. August 1826 geantwortet und ihm am 10. Oktober 1826 die Bibliotheksfeier beschrieben. Hierauf scheint Streicher nicht mehr reagiert zu haben:

"weil der Vorgang mit dem Schädel seines Vaters mich zu sehr angewidert hat. O Tempora!!!" (am 14. Februar 1827 aus Wien an den Musikverleger P. J. Simrock in Köln).

In Weimar indessen hatte Goethe nach seiner schnöden Absage an Streicher jenes *"Weitere"* seiner eigenen Pläne verfolgt:

Christian Friedrich Schröter, ursprünglich Chirurg, dann Aufseher des Anatomischen Kabinetts der Universität Jena, daselbst nun schon seit sieben Jahren Prosektor im Pathologischen Institut und von seinem Vorgesetzten, dem Universitäts-Procurator Goethe, da seit langem als kundiger Anatom geschätzt, war inzwischen Müllers brieflicher Einladung vom 20. September 1826 gefolgt und in Weimar eingetroffen.

In seiner Begleitung befand sich wunschgemäß Johann Michael Christoph Färber, vormals Bibliotheksgehilfe in Jena, wo er seinerzeit dem dortigen Professor Schiller bisweilen begegnet war. Später arbeitete er als Diener bei Schillers Schwägerin Karoline von Wolzogen in Weimar und war als solcher auch aushilfsweise an Schillers Sterbebett behilflich. Schiller starb außer in Diener Rudolphs auch in Färbers damals 27jährigen Armen. Anschließend dürfte dieser auch bei Autopsie und Einsargung der Leiche zugegen, wenn nicht gar dienlich gewesen sein. Inzwischen war er 48 Jahre alt und Museumsschreiber in Jena.

Dieses Gespann nun fand sich unverhofft von Goethe damit beauftragt,

"die irdischen Überreste des im Kassengewölbe seit 21 Jahren ruhenden verewigten Hofrats Friedrich v. Schiller zutage zu fördern".

Am Samstag, dem 23. September 1826, stiegen sie daher *"in den Nachmittagsstunden in die besagte Gruft "*. In ihrem Abschlußprotokoll vom 28. September 1826 fixierten sie dann: *"Auf diese Geschäfte, welche mit höch-*

*ster Sorgfalt und Ruhe betrieben wurden, waren fünf Tage zu verwenden,
nämlich von Sonnabend (dem 23. dieses Monats) Mittag bis Mittwoch (den
27.) abends, wo die Gebeine in das eigens dazu bereitete Behältnis [...]
gelegt waren. [...] Nach hohem Befehl wurden selbige auf Großherzogliche Bibliothek geschafft, um gereinigt und geordnet zu werden."*

Sie selbst waren mit ihrer Leistung zufrieden: *"Das Resultat unserer Bemühung war höchst erfreulich; denn obgleich keine Spur des Sarges mehr zu
entdecken war, so fanden sich doch nicht allein alle Hauptstücken des Skeletts, sondern auch ein bedeutender Teil der kleinern Gliedmaßen desselben, wie aus beiliegendem Verzeichnis hervorgeht."*

Tatsächlich fügten sie in deutscher und lateinischer Sprache eine Liste aller
aufgefundenen wie auch der wenigen fehlenden Knochen des Schillerschen
Skeletts hinzu. Goethe studierte, verifizierte und signierte sie am 30. September *illius*, ließ aber schon zwei Tage vorher, am 28. September, den Kanzler
von Müller wissen, daß

*"die heiligen Reste, über unser Hoffen und Erwarten, nahezu vollständig
zusammengebracht und beigelegt worden".*

Diese Information jedoch sollte wohl dennoch auch ein Geheimnis bleiben.
Sogar sein Schreiben an den Großherzog noch vom selben 28. September
1826 beschrieb und belegte nur jene feierlich vollzogene Niederlegung des
Schädels, wie der Fürst sie gewünscht hatte, und ließ den (*"mit blauem Merino ausgepolsterten"*) Interimssarg mit Schillers Gebeinen nunmehr im selben
Bibliotheksgebäude dieses Landesvaters unerwähnt.

Schon eine Woche später, am 6. Oktober 1826, wurde Bürgermeister Schwabe vom Großherzog mit dem *Ritterkreuz des Ordens der Wachsamkeit oder
vom Weißen Falken* ausgezeichnet: unausgesprochen, aber wohlverstanden
für seine Verdienste um Schillers Gebeine.

Am 10. November 1826, an Schillers Geburtstag also, schrieb Goethe seinem
Intimus Sulpiz Boisserée, der sich noch am 28. Mai desselben Jahres den
"Skandal um Schillers Leiche" in seinem Tagebuche notiert hatte:

*"Nur so viel sag ich noch im Vertrauen, daß für den Augenblick nicht allein
der Schädel, sondern die sämtlichen Knochenglieder, durch abwägenden*

*Fleiß unserer vergleichenden Anatomen zusammengebracht, nun auf Groß-
herzoglicher Bibliothek in einem anständigen Gehäuse ordnungsgemäß niedergelegt sind."*

10. König Ludwig I. von Bayern

Diese gepriesene, wenn auch vertraulich geheime Ordnung währte freilich nur
bis zu Goethes eigenem nächsten Geburtstag, dem 28. August 1827. Dem zu
Ehren nämlich hatte König Ludwig I. von Bayern, erst seit zwei Jahren gekrönt und 41 Jahre alt, seinen anstehenden Staatsbesuch in Weimar just so
terminiert, daß er dem nunmehr 78jährigen hier persönlich das *Großkreuz
des Ordens der Bayerischen Krone* verleihen konnte.

Aber dieser musisch interessierte und poëtisch selbst aktive Monarch, dessen
Verse gar von Goethe gebilligt wurden, war ein passionierter Verehrer gleichermaßen Schillers. Nun in Weimar, suchte er die Spuren auch dieses seines
verstorbenen Idols auf. Kanzler von Müller hat das in einem eigenen Gedicht
festgehalten, für das kein Geringerer als Goethe *"zum näheren Verständnis"*
eine Erläuterung geschrieben hat. Da heißt es denn von diesem *"Könige der
Musen"*:

*"Ein innigstes Anliegen aber war es ihm, Schillers Wohnung zu betreten.
Hier, von der bürgerlich umfangenden Enge gerührt, hörte man ihn beteu-
ern, es sei zweifach bewundernswert, wie Schiller in so eingeschlossenen
Räumen so großartig-freie Schöpfungen habe hervorrufen können: er würde
diesen trefflichen Mann, hätt er ihn noch am Leben gefunden, sogleich nach
Rom in die Villa di Malta versetzt und ihm zur Pflicht gemacht haben, das
so herrlich angefangene Drama 'Die Malteser' in den klassischen Räumen
auszuführen."*

Carl Julius Zwierlein, Hofsekretär des Hofmarschallamtes, berichtete am 28.
September 1827 seinem Jugendfreunde Ernst von Schiller, wie in dessen Va-
terhaus an der Weimarer Esplanade der König von Bayern *"in der höchsten
Bewunderung Deines Vaters gedacht und Stellen aus seinen unsterblichen
Werken deklamiert"* habe.

In seinem eigenen Gedicht *"Auf Goethe und Schiller / im Jahre 1827"* bewunderte dieser König den Ersteren mit distanziertem Respekt, aber -

"Aber dich, mein Schiller, Edler, Reiner,
Hätt dich, Herzlichen ans Herz gedrückt;
Groß und gut dabei wie du war keiner -
O wie hätte es mich hoch beglückt,
Selig meine Seele es entzückt!"

Aber *"das Merkwürdigste"*, kolportierte noch Zwierlein, *"war ihm der Schädel des größten Mannes auf der Bibliothek"*. So dringlich hatte er *"die Bibliothèque und daselbst Schillers Schädel sehn"* wollen, daß Großherzog Carl August persönlich ein Billet an Hausherrn Goethe schreiben mußte: *"Letzteres kannst Du nur möglich machen"*. Denn einzig Goethe verfügte über die Schlüsselgewalt zu jenem Büstensockel mit der heiklen Einlage.

So wurde denn das Schließfach im Postament geöffnet. Der bayrische König sah den Totenkopf seines Helden und war verstimmt über solche Trennung von Haupt und Gliedern. Er mag sich auch das Skelett in seiner Kiste haben zeigen lassen. Denn ungeschminkt beanstandete er auch die Unterbringung dieser Reliquien in so profanem Depot: *"wie Münzen oder ähnliche Raritäten"* eines Museums.

Er drang auch auf einen angemesseneren Ruheplatz, reiste schon nach zwei Tagen aus diesem Weimar wieder ab und dichtete:

"Nicht berühren durft' ich deine Lippe,
Knüpfen nicht der Freundschaft ew'gen Ring.
Sehen konnte nur ich das Gerippe,
Das die schönste Seele einst umfing,
Den betrauern, der so früh verging."

Später ergänzte er großzügig Streichers Spende für das Stuttgarter Schillerdenkmal und förderte ebenso großzügig das Standbild Schillers und Goethes vor dem Weimarer Hoftheater.

Durch ihn mag Goethe im Sommer 1827 begriffen haben, was Schiller zu Weimarer Lebzeiten alles hatte entbehren müssen, und widmete noch zwei

Jahre später diesem Wittelsbacher die Buchausgabe seines Briefwechsels mit Schiller: weil ihm bewußt war,

"wie sehr demselben das Glück, Ew. Majestät anzugehören, wäre zu wünschen gewesen. [...] Durch allerhöchste Gunst wäre sein Dasein durchaus erleichtert, häusliche Sorgen entfernt, seine Umgebung erweitert, derselbe auch wohl in ein heilsameres besseres Klima versetzt worden, seine Arbeiten hätte man dadurch belebt und beschleunigt gesehen, dem höchsten Gönner selbst zu fortwährender Freude und der Welt zu dauernder Erbauung".

Deutlicher konnte des Großherzogs Carl August Umgang mit Schiller wohl schwerlich angeprangert werden.

11. Die Fürstengruft

Aber auch dieser Landesvater selbst mag unter dem Einfluß der bayrischen Beanstandung in sich gegangen sein. Denn nur einen knappen Monat später ließ er Goethe am 24. September 1827 wissen, daß

"so verschiedentlich über die Aufbewahrung der Schillerschen Relikten (seines Kopfes und Skeletts) auf hiesiger Bibliothèque hin und her geurteilt und meistens wohl mißbilliget"

werde, weshalb er es

"für ratsam halten möchte, selbige in dem Kasten, in welchem sie liegen, inclusive des Hauptes, von welchem vorher noch ein Abguß zu nehmen wäre, in die Familiengruft einstweilen setzen und aufheben zu lassen, welche ich für mein Geschlecht auf dem hiesigen neuen Friedhof habe bauen lassen, bis daß Schillers Familie einmal ein anderes darüber disponiert".

Das sah nun wie Allerhöchste Gnade und demonstrative Begünstigung aus, aber unterwarf sich gleichwohl doch auch Goethes Votum:

"So du hiermit einstimmst, so werde ich dem Hofmarschallamte die Anweisung geben ... ".

Goethes Zustimmung erfolgte prompt, schon andern Tages, aber kommentarlos lakonisch:

"Ew. Königlichen Hoheit höchst erwünschter Anordnung gemäß wird das bewußte teure Haupt zur Form genommen."

Noch heute spürt man da den Mißmut durch.

Trotzdem muß der Hofbildhauer Johann Peter Kauffmann, ein Schüler Antonio Canovas, ungesäumt mit der Abformung von Schillers Schädel beauftragt worden sein. Denn schon wenige Tage später, am 28. September 1827, notierte sich Goethe im Tagebuch: *"Kaufmann fuhr im Abgießen fort"*.

Noch selbigen Tages orderte er bei Oberbaudirektor Coudray den nunmehr benötigten *"Sarkophag"*.

Sechs Wochen später, am 14. November, war der Hofbildhauer fertig: *"Kaufmann brachte einen Abguß des Schillerischen Schädels"*.

Da auch der braune, mahagoniartig gebeizte und polierte Eichensarg, den Clemens Wenzeslaus Coudray eigens nach Goethes Anweisungen entworfen hatte, bereits hergestellt und die speziell bei der Königlich Preußischen Eisengießerei in Berlin fabrizierten Eisenbuchstaben für dessen Kennzeichnung mit dem Namen SCHILLER zu Häupten des Toten geliefert waren, konnte der Prosektor Schröter aus Jena wieder einbestellt werden, der dann am 17. November 1827 in Anwesenheit von Goethes Sohn, Oberbaudirektor Coudray, Bibliothekar Prof. Riemer und Bibliotheksdiener Christian Abraham Römhild

"die irdischen Überreste aus dem Interimssarg in die neue würdigere Behausung translozierte, zuerst den Kopf, sodann nach der Ordnung die übrigen Gebeine".

Ferner hielt der Bibliothekssekretär Theodor Kräuter auch noch fest, daß im gepolsterten Innern des Sarges eine Unterlage aus Seegras und duftenden Kräutern ebenso *"mit dunkelrotem Battist-Musselin ausgeschlagen"* wie *"auch eine Matratze mit gleichem Überzuge gemacht"* war, *"um a u f die Überreste gelegt zu werden"*.

Nachdem der Sarg geschlossen und in vier Schlössern auch abgeschlossen worden war, blieb er in der Ersten Abteilung des Bibliotheksarchivs (*"einem gewölbten Gemache zu ebener Erde"*), wohl dem heutigen Lesesaale, stehen. *"Eine Stunde später"*, überlieferte Kräuter, *"fuhren Seine Exzellenz der Herr*

Staatsminister v. Goethe an, um das Äußere des Sarkophags in Augenschein zu nehmen, und geruheten Hochdero Beifall darüber auszusprechen".

In dessen eigener Sprache liegt hierzu vor: *"Um 12 Uhr das Geleistete zu sehen"*, *"Mich persönlich an Ort und Stelle in Kenntnis gesetzt"*. Er nahm auch den Schlüssel zu den vier Sargschlössern an sich.

Gleichwohl mußte der neue Nobelsarg mit seinem vielstrapaziert geduldigen Inhalt noch weitere zehn Tage warten, bis Kanzler von Müller aus München zurückgekehrt war und seit dem 5. Dezember weitere Vorbereitungen veranlassen konnte. Am 6. Dezember verfügte dann der Großherzog die Überführung der Gebeine für Sonntag, den 16. Dezember 1827, noch vor Tage, auch

"daß die ganze Handlung zur Vermeidung alles Aufsehns ganz in der Stille geschehen solle und nur in Gegenwart weniger, besonders genannter Personen".

Am bezeichneten Tage also wurde früh um halb sechs Schillers Sarg aus dem Bibliotheksarchiv in die Fürstengruft auf dem Neuen Friedhofe überführt. In der Bibliothek blieb nur ein Abguß des Schädels zurück.

Sechs *"gewöhnliche Leichenträger"* transportierten den Sarg vom heutigen *"Platz der Demokratie"* und *"am Park vorüber durch die Ackerwand"*, sechs Handwerksmeister, die für die Bibliothek zu arbeiten pflegten und auch an der Herstellung des Schillerschen Sarkophages beteiligt gewesen waren, begleiteten den Zug durch das nachtdunkle Weimar als Laternenträger. Dem Sarge folgten Goethes Sohn in Vertretung seines Vaters, Oberbaudirektor Coudray, geistiger Vater dieses Sarkophages ebenso wie auch der ganzen Fürstengruft, ferner Bibliothekar Prof. Dr. Riemer mit Bibliothekssekretär Kräuter und Bibliotheksdiener Römhild sowie Hofsekretär Zwierlein, *"sämtlich in schwarzer Kleidung"*.

Unterwegs wechselten sich die Handwerksmeister *"aus Verehrung für den großen Verblichenen"* mit den Leichenträgern ab, ohne diesmal von Hofrat Schwabe desavouiert und durch junge Intellektuelle ersetzt zu werden.

In der ebenerdigen Kapelle des fürstlichen Mausoleums wurde der kleine Trauerzug in Vertretung des abwesenden Hausherrn von dessen Hofmarschall, Karl Emil Freiherrn Spiegel von und zu Pickelsheim, empfangen. Dieser wurde eskortiert von Kanzler von Müller, Bürgermeister Hofrat Schwabe, Oberkonsistorialdirektor Peucer und Schloßkastellan Steiner samt einigen Tagelöhnern, diesmal aber auch vom Generalsuperintendenten D. Röhr.

Sie alle folgten nun dem Sarge in das unterirdische Grabgewölbe, wo der Sarkophag an vorbestimmtem Platze im südöstlichen Winkel der Halle auf die Zinkplatten dreier steinerner Konsolen dergestalt niedergesetzt wurde, daß das Gesicht des Toten gen Sonnenaufgang gerichtet war. Der Deckel des Sarges wurde noch einmal geöffnet und die dunkelrot bezogene Auflage bis etwa zur Leibesmitte gelüftet. Der Hofmarschall rekognoszierte die Gebeine als den Hofrat von Schiller, und auch Bürgermeister Schwabe hielt ausdrücklich fest,

"daß es derselbe Schädel war, den ich in dem Gotteskastengewölbe als den Schillerischen [...] aufgefunden hatte".

Hierauf wurde das Gerippe wieder bedeckt, der Sarg geschlossen und mit einem Lorbeerkranz geschmückt. Freiherr von Spiegel erklärte den Leichnam für somit übernommen, und August von Goethe empfing den Sargschlüssel,

"da derselbe bei der 'Unmittelbaren Anstalt und Oberaufsicht für Wissenschaft und Kunst', bei seinem Vater also, verwahrt bleiben" sollte.

Hiermit war die Überführung beendet, und die Anwesenden zerstreuten sich.

August von Goethe informierte noch am selben 16. Dezember 1827 nunmehr auch die Familie Schiller über diesen neuen Ruheplatz. In einem Briefe an Sohn Ernst in Köln teilte er mit, daß

"heute morgen um fünf Uhr die Translokation von der Bibliothek in die Fürstengruft bewerkstelligt"

worden sei. Einen Monat später schrieb Schwägerin Karoline von Wolzogen, die, wiewohl in Weimar, zur Überführung nicht geladen worden war, an denselben Empfänger: *"Es ist gut gemeint, also dankenswert".*

Goethe aber belobigte noch zwei Wochen nach gelungenem Vollzuge den Organisator Kanzler von Müller: *"Es ist gar schön, daß dieses wunderliche Geschäft vor Ende des Jahres noch auf eine so löbliche Weise vollbracht worden".*

Den Schlüssel zum Sarge verwaltete er noch fast drei Jahre. Erst nach einem Blutsturz im Herbst 1830 protokollierte der über Achtzigjährige, daß der Schlüssel zu Schillers Sarg nunmehr

"auf Großherzoglicher Bibliothek aufbewahrt und, vielleicht im dritten Zimmer des Kunstkabinetts in dem Chinesischen Schranke, in welchem sich bereits die Gipsmaske Schillers und dessen Porträt von Jagemann, beide gleich nach seinem Ableben gefertigt, befinden, oder sonst an einem passenden Orte reponiert werden solle".

Damit händigte er den Schlüssel in einem versiegelten, beschrifteten und persönlich signierten Umschlag dem Bibliothekssekretär Friedrich Theodor Kräuter aus.

Von gewünschtem Platze in der Bibliothek soll dieser Umschlag mit dem Sargschlüssel ungeöffnet erst 63 Jahre später, am 23. Februar 1893, dem Großherzoglichen Hofmarschallamte übergeben worden und in dessen Depositenkasten zunächst aufbewahrt, dann aber auch verschollen sein.

Aber jene letzte Ruhe, die Schillers Gebeine nun in der Fürstengruft endlich gefunden haben sollten, währte nicht lange. Schon nach einem halben Jahr gesellte sich mit fürstlichem *pompe funèbre* sein Großherzog, Carl August von Sachsen-Weimar-Eisenach, zu ihm, keine zwei Jahre später dessen Gemahlin, die Großherzogin Luise. Zwei weitere Jahre später wurde auf großherzogliches Geheiß auch Goethes Sarg, der wie ein Zwilling des Schillerschen aussah, dicht neben diesen gestellt. Nun waren sie endlich und dauerhaft wieder beisammen. Vermutlich spätestens jetzt wurde Schillers Sarg aus dem ursprünglich südöstlichen Winkel der Halle in die nordöstliche Ecke umgeräumt: in die Nähe des Eingangs.

Jetzt herrschte hier scheinbar wirklich Ruhe: dreißig Jahre lang, bis der Sarg der Herzogin Ida 1852 hinzukam. Im nächsten halben Jahrhundert wurde die Ruhe dann insgesamt noch zwölfmal durch Neuzugänge aus der Großherzoglichen Familie aufgeschreckt, zum letzten Male 1905. Seit 1918 gab es hier keine regierenden Herzöge mehr. Nun schien in ihrer aller Grabmal endgültig Stille einzutreten.

12. *Der Luftschutzbunker*

Aber im September 1944 leitete Fritz Sauckel, Gauleiter und Reichsstatthalter in Thüringen wie auch Initiator des nahegelegenen Konzentrationslagers Buchenwald am Ettersberge, erste Gespräche mit Goethe-Gesellschaft und Herzogsfamilie über eine vorsorgliche Auslagerung der beiden Klassiker-Särge ein, um sie vor anglo-amerikanischen Bomben zu schützen. Die Goethe-Gesellschaft, die damals von den Professoren Dr. Anton Kippenberg und Dr. Hans Wahl geleitet wurde, war dagegen. Für den Fall einer Bombardierung und Zerstörung der Fürstengruft hielt sie einen späteren Erdhügel mit der Beschriftung *"Hier ruhen Goethe und Schiller"* für eine gleichwertige Gedenkstätte.

Die Großherzogliche Familie hingegen, die inzwischen auf ihrer schlesischen Latifundie Heinrichsau residierte, aber auch in so veränderten Zeiten noch als justiziable Eigentümerin der Fürstengruft samt ihren Särgen zu gelten hatte, erteilte am 27. September 1944 ihre Zustimmung zum Abtransport. Ihre Bitte, auch den Sarkophag *"des Dichterförderers und Freundes Großherzog Carl August"* zu evakuieren, wurde nationalsozialistisch ignoriert.

Auf Veranlassung von Gauleiter Sauckel persönlich ordnete Walter Schmidt, Polizeipräsident von Weimar und SS-Standartenführer, nunmehr an, daß Goethes und Schillers Särge gegen den Willen und ohne das Wissen von Goethe- wie Schiller-Gesellschaft am 11. Dezember 1944, also fast auf den Tag genau 117 Jahre nach Schillers Überführung in die Fürstengruft, klammheimlich und bei weiträumig abgesperrtem Gelände von hier entfernt und, wieder einmal

"in aller Stille",

aber erstmals von einer Polizeiformation nach Jena in den Luftschutzbunker des dortigen Magdelstieges verbracht wurden. Da sich jedoch die Bunkertüren dort als zu schmal erwiesen, wurde der Polizeitransport in den geräumigeren Bunker der Jenenser Knebelstraße umgeleitet. Der Goethe-Gesellschaft gab Sauckel lediglich zu wissen, die Särge seien *"an sicheren Ort in einer Stadt in der Nähe von Weimar"* verbracht worden.

Diese Geheimniskrämerei mochte in kurzsichtig liebedienerndem Untertanengeiste mit einem Presse-Erlaß des Dr. Goebbels zusammenhängen, der im Anschluß an den undienlich dämlichen Aktionismus der Generalsgemahlin Mathilde Ludendorff und ihres aufsehenerregend polemischen Buches über Schillers Ermordung durch jüdische Freimaurer schon 1936 unter Androhung von Publikationsverbot und Strafverfolgung *"zum Schutze des deutschen Volkes"* verfügt hatte:

"Erörterungen über Schillers Tod sind verboten; alle Literatur darüber ist beschlagnahmt worden."

Aber vielleicht fürchteten die Mächtigen auch, mit einer öffentlichen Evakuierung der beiden Klassikersärge ihre militärische Schwäche und die tatsächlich eingetretene Gefährdung durch feindliche Bombardierungen einzugestehen. Fast scheinen sie mit einer Zerstörung Weimars gerechnet zu haben. Denn während die beiden Särge evakuiert wurden, mußten Häftlinge des Konzentrationslagers Buchenwald von Schillers gleichfalls irgendwo ausgelagertem Schreibtisch eine Doublette bauen. Vielleicht waren ja just Jura Soifer, Ernst Wiechert und Eugen Kogon damit befaßt, wer weiß! Noch fünfzig Jahre später jedenfalls konnte eine Archivarin der *Stiftung Weimarer Klassik* die handwerklich ganz überraschend hohe Qualität dieses makabren Nachbaus gar nicht leugnen.

Anders aber als dieses deutlich bedrohte Weimar galt Jena auch in jenen Tagen noch als Luftschutzort Erster Ordnung und verfügte daher über speziell stationierte Luftschutzeinheiten wie auch den Luftschutzsanitätsdienst mit einer bombensicheren Sanitätsrettungsstelle in ebendiesem Luftschutzbunker der Knebelstraße. Dort war der Leitende Luftschutzarzt Dr. med. Werner Knye als *"Führer des Luftschutzsanitätsdienstes"* im Range eines Stabsarztes nunmehr auch für die beiden angelieferten Dichtersärge dienstlich verantwortlich.

Deren hiesiger Verbleib war zunächst als Provisorium gedacht, da sie im März 1945 nach Weimar zurückgebracht und dort in einem Stollen jener zwölf Meter tiefen Höhlen gelagert werden sollten, die im Ilm-Park von Eiszeitmenschen vor 140 000 Jahren zeugen, auf dem Höhepunkt von Schillers Freundschaft mit Goethe als Kiesgruben ausgeschachtet und nunmehr als

NS-Bombenbunker auch für die Weimarer Bevölkerung eingerichtet wurden. Ein gutes halbes Jahrhundert später wurden sie als archäologisch-geologisches Untertage-Museum neu erschlossen und mit ihrer magisch anmutenden Akustik auch für spezielle Konzerte und Klanginstallationen genutzt.

In jenem vorgesehenen März 1945 aber wurden die beiden Dichtersärge keineswegs dorthin überführt. Stattdessen näherte sich ebenjetzt die Kriegsfront der Alliїerten, und der Standort Jena sollte gegen sie verteidigt werden. Daher wurden just in jenen Sanitätsbunker der Knebelstraße fünfhundert Panzerfäuste, fünfzehntausend Schuß Infanteriemunition und eine militärische Funkstelle deponiert.

Leitender Luftschutzarzt Dr. Knye, damals 34 Jahre alt und frühes Mitglied der NSDAP, aber aus dem Sanitätssturm der SA als deren Scharführer inzwischen in den Dienst des neutralen *Roten Kreuzes* übergewechselt, verwahrte sich gegen so gefährlichen Mißbrauch seiner Sanitätsrettungsstelle wie nun auch des Asyls der beiden anvertrauten Dichtersärge. In einer heftigen Kontroverse mit seinem Vorgesetzten SS-Sturmbannführer Walter Schulze, der als Polizeidirektor von Jena zugleich dortiger Luftschutzkommandant, zudem auch Chef des SS-Abschnittes XXVII war, bestand Dr. Knye auf der Zugehörigkeit seiner Dienststelle zum *Roten Kreuz*, das die Genfer Konvention einzuhalten habe und eine Sanitätsstelle nicht als Munitionslager zu mißbrauchen gestatte. Eigenmächtig ließ er die bedrohliche Munition entfernen.

Etwa gleichzeitig begannen die amerikanischen Truppen, Thüringen zu besetzen und sich Jena bedenklich zu nähern. Gauleiter Sauckel, selbst bereits auf der Flucht, ordnete daher am 12. April 1945 die Sprengung und Verbrennung der beiden Dichtersärge an: damit diese

"Nationalheiligtümer unter keinen Umständen in die Hände des barbarischen Feindes fallen" und nach Amerika verschleppt werden.

Als Dr. Knye den hierfür eingeteilten Instandsetzungsdienst die Sprengung der Särge tatsächlich vorbereiten sah, entschloß er sich zu deren abermals heimlicher Rettung. Er ließ die Särge, die inzwischen in Segeltuch eingehüllt und daher als solche nicht mehr kenntlich waren, von sechs Sanitätssoldaten treppauf in einen fensterlosen Depotraum des ersten Stockwerks im selben

114

Bunker transportieren, dort als Nachschubkisten hinter Medikamentenschränken und Röntgengeräten aufeinanderstellen und unter Verbandsmaterial verstecken. Den Schlüssel zum Sicherheitsschloß in der Tür dieses Raumes
nahm Knye persönlich an sich und floh damit auf das Landgut seiner Schwiegereltern in der Nähe von ebenjenem Kahla, das in Schillers Eheleben wiederholt eine Rolle gespielt hatte.

Denn inzwischen hatte ihn Polizeidirektor und SS-Sturmbannführer Schulze
aufgrund seiner eigenmächtigen Entfernung der eingelagerten Waffen- und
Munitionsbestände aller Ämter enthoben und von einem Standgericht wegen
Sabotage und Meuterei in Abwesenheit zum Tode verurteilen lassen.

Er hatte auch die ungesäumte Durchführung der vorgesehenen Sprengung
von Goethes und Schillers Gebeinen angeordnet. Aber der eingeteilte Sprengtrupp konnte die beiden Särge nicht finden, die Amerikaner standen kurz vor
Jena, und Polizeidirektor Sturmbannführer Schulze wurde auf der Flucht erschossen.

Am 13. April 1945 wurde Jena von amerikanischen Streitkräften erobert. Sofort begab sich Dr. Knye, noch in der Uniform eines Sanitätsoffiziers, zum
provisorischen amerikanischen Stadtkommandanten, informierte diesen über
den Aufenthaltsort der beiden Dichtersärge, wurde aber als Polizeivertragsarzt, der nominell dem Reichsführer der SS Heinrich Himmler unterstanden
hatte, verhaftet und in das umfunktionierte ehemalige Konzentrationslager
Buchenwald deportiert, das damals als Sammelstelle internierter Nazi-Funktionäre diente. Die beiden Dichtersärge waren derzeit für den angesprochenen
kommandierenden Offizier der kämpfenden Truppe nicht von Belang oder Interesse. Als wenig später ein eingeweihter Freund Dr. Knyes dessen Hinweis
auf die versteckten Sarkophage in englischer Sprache wiederholte, wurde er
als Geistesgestörter abgewimmelt.

13. Der US-Kondukt

Erst als am 26. April 1945 der jüdisch emigrierte Schriftsteller und Goethe-
Biograf Emil Ludwig als Sonderbeauftragter des Generals Eisenhower und
Korrespondent eines amerikanischen Pressesyndikats nach Weimar kam, um

dort einen Kranz auf dem Sarge seines Heroën Goethe niederzulegen, erfuhr
er schon vom Kastellan des bombengeschädigten Goethehauses am Frauenplan: *"Die Särge sind weg"*.

In mühsamer Recherche auf eigene Faust gelang es Ludwig bereits am 27.
April, die beiden Särge in ihrem Versteck aufzuspüren, das aber nur mit einem Dietrich der Polizei geöffnet werden konnte. Goethes Sarg stand aufge-
bockt auf dem Sarge seines Freundes, aber dergestalt seitenverkehrt, daß
Goethes Kopf auf Schillers Füßen und Schillers Kopf unter Goethes Füßen
lag. In so verfänglicher Position hatten sie ausgerechnet in einer Straße, die
nach Schillers Rivalen Ludwig von Knebel bei ihrer parallelen Freite um
Charlotte von Lengefeld benannt war, dem Zusammenbruch des Hitler-Rei-
ches in jedenfalls symbolischer Genüßlichkeit entgegengewartet.

Emil Ludwig informierte sofort den zuständigen Jenenser Stadtkommandanten Lieutenant Colonel Robert L. Perry und beschrieb das alles später in der
amerikanischen, aber deutschsprachigen Emigrantenzeitung *"Aufbau-Recon-
struction"* vom 27. Juli 1945:

*"So hatte ein Nazi die Särge Goethes und Schillers verschleppt, ein zweiter
wollte sie vernichten, ein dritter hatte sie gerettet, ein aus Deutschland Ver-
bannter hatte geholfen, sie wiederzufinden, und eine alliierte Behörde wird
mit einer Zeremonie die Heiligtümer dem deutschen Volke wiedergeben."*

Das geschah am 12. Mai 1945: auf den Tag genau 140 Jahre nach Schillers
erster Beisetzung in jenem Kassengewölbe des Weimarer Jakobsfriedhofs.
Auch dieses terminpräzise Dacapo erfolgte wieder plangemäß

"in aller Stille"

und unter Ausschluß jeder Öffentlichkeit: nur 25 Teilnehmer wurden seitens
der Besatzungsmacht genehmigt. Sie rekrutierten sich aus Funktionären der
Stadtverwaltung, der politischen Parteien, von Goethe-Gesellschaft und
Schiller-Stiftung, der Großherzoglich Sächsischen Schatullverwaltung als
dem Hausherrn sowie einigen geladenen Gästen.

Aber Planung, feierliche Gestaltung, Überwachung und Leitung der ganzen
Rückführung lagen in den Händen von Major William M. Brown, der damals
sechs Wochen lang amerikanischer Stadtkommandant von Weimar war. Als

der Direktor des Goethe-und-Schiller-Archivs in den ersten Maitagen diesen feindlichen Machthaber um die Erlaubnis bat, die beiden aufgefundenen Särge wieder zurückzuholen, antwortete dieser:

"Nein, das werden Sie nicht tun. Das werde ich tun. Ich werde sie selbst in einer Trauerparade auf Lafetten herüberbringen und von einer Schwadron eskortieren lassen. Sie werden nur die Bevölkerung Weimars einladen, sich auf dem Friedhof einzufinden und Zeuge zu sein, wie die 'Barbaren' den großen Geistern des deutschen Volkes huldigen". (Zitiert nach Dr. Fritz Behr, ehemaligem Buchenwald-Häftling und 1945 Oberbürgermeister von Weimar: *"Aus den ersten Nachkriegsmonaten 1945"*).

Major Brown hatte deutsche Sprache und Literatur studiert, eine Examensarbeit über Goethes *"Faust"* geschrieben und war mit den Weimarer Klassikern wohlvertraut. Der zivile Universitätsprofessor für Psychologie und Pädagogik hatte sich als Besatzungsoffizier in Deutschland um seinen jetzigen Posten in Weimar ausdrücklich beworben.

Umso entrüsteter über die nationalsozialistische Unterstellung eines Diebstahls der Särge durch seine Landsleute, fühlte er sich verpflichtet, sein Oberkommando über diese Ehrensache zu informieren. Da der Krieg jedoch in diesen ersten Maitagen offiziell noch gar nicht beëndet war, untersagten ihm seine Vorgesetzten die US-militärische Ausgestaltung und bestanden auf Ausschluß einer möglicherweise allzu emotionalisierten Öffentlichkeit.

Aber Brown ließ es sich nicht nehmen, persönlich in jenen Jenenser Bunker zu fahren und den Rücktransport durch eine eigenhändige Kranzniederlegung auf den beiden Särgen einzuleiten. Auf zwei Kleinlastwagen seines *Civilian Vehicle Pool* und angeführt von einem Personenwagen mit Major Brown und einem US-Soldaten, fuhr der kleine Konvoi über das napoleonische Jenaër Schlachtfeld von 1806, dann Goethes und Schillers oftbenutzten Reitweg entlang nach Weimar, das die Rückkehrer zuerst mit seinem Ettersberge und dessen Konzentrationslager Buchenwald, dann mit den Wäldern und Höhen von Belvedere begrüßte. In Weimar selbst passierte die Kolonne das Goethe-und-Schiller-Archiv, Carl Augusts Stadtschloß, Goethes frühe Wohnung am Burgplatz und seinen Stadtgarten, bevor die Särge wieder in der Fürstengruft eintrafen.

In deren ebenerdiger Kapellenhalle sagte dann der *commanding officer* Prof.
Dr. Brown in amerikanischer Militäruniform, aber deutscher Sprache, wie
sehr der unterstellte Diebstahl dieser Särge durch die Armee der Vereinigten
Staaten eine Beleidigung des amerikanischen Volkes darstelle. Es gebe auch
Tausende amerikanischer Soldaten, denen die Namen Goethe und Schiller so
viel bedeuteten, daß ihrer ganzen Armee die heutige Rückführung dieser Särge zu höchster Ehre gereiche. Er persönlich rechne sich seine Mitwirkung als
Gunst des Schicksals an und halte sie für das größte Ereignis seines Lebens.
Abschließend rezitierte er den originalen Wortlaut von Iphigenies *"Über allen Gipfeln ist Ruh"* und wünschte allen Herzen der ganzen Welt den Frieden
dieser Verse.

Gemeinsam mit einem salutierenden Soldaten seiner Militärregierung erwies
er dann den beiden toten Dichtern seines Kriegsgegners die Ehre einer
schweigenden Gedenkminute zu zweit.

Weimarer Arbeiter trugen danach die beiden Särge treppab zu ihren früheren
Standorten. Ein Flugblatt der Stadtverwaltung informierte die Weimarer Bevölkerung.

14. Die Goethe-Schiller-Gruft

In der Fürstengruft herrschte nun nach all den faschistischen und postfaschi-
stischen Turbulenzen wieder absolute Ruhe - aber nur für knappe zehn Jahre.
Inoffiziell sogar schon seit 1952, auch *formaliter* dann seit 1955 wurde dieses Mausoleum in einem nunmehr für sozialistisch erachteten Staatswesen
seines feudalen Namens und Charakters beraubt und zur *"Goethe-Schiller-
Gruft"* umfunktioniert. Zu diesem Behufe wurden die beiden namengebenden
Dichtersärge jetzt auf ein gemauertes Doppelpodest an der Westwand versetzt und dort opernhaft illuminiert. Diese Zentrierung ging mit einer Umräu-
mung von mehr als vierzig Särgen der Herzogsfamilie Hand in Hand, die
sämtlich in die Unauffälligkeit einer verdunkelten Peripherie, teils auch in re-
spektlose Stapelschichtung verbannt wurden.

Aber zugleich mit dieser antifeudalen Neuordnung durch ein pseudo-kommu-
nistisches Regiment wurde auch eine Profanierung des ursprünglich christlich

konzipierten Gebäudes vollzogen. Altar und Kruzifix, sonstige religiöse Insignien und liturgische Gegenstände wurden bilderstürmerisch entfernt.

Unter so veränderten Umständen und an neuem Standort also verharrten die beiden Sarkophage weitere vierzig Jahre in einer Ruhe, die nur von immer größeren Touristengruppen Tag für Tag gestört wurde.

Aber 1994 wurden im Rahmen anderer politischer Umwälzungen die beiden Särge wieder an ihre ursprünglichen Plätze zurückverlegt. Dort ruhen sie nun schon wieder viele weitere Touristenjahre lang im Kreise der zurückgeräumten Herzogssärge und unter dem Dache der gründlich restaurierten, auch wieder rückbenannten Fürstengruft.

15. Das Dementi

Mit diesem chronologischen Rechenschaftsbericht dürfte nunmehr hinlänglich erwiesen sein, daß jegliches Gerücht, Schillers Leichnam fehle der Kopf, auf trügerischem Sande gebaut oder Resultat einer Diffamierung ist. Trotz aller Umwege, Wirren und Wechselfälle der Geschichte darf gerade Schillers Schädel für besonders aufmerksam umsorgt, auch wohlerhalten gelten und hat im Sarkophage der Fürstengruft an Goethes Seite seine endgültige Ruhe gefunden. Alle gegenteiligen Behauptungen müssen von jeder verantwortungsbewußten Forschung nachdrücklich ins Reich sensationslüsterner Legendenbildung oder Verleumdung verwiesen werden.

Hexen & Co.
Datendiskurs im Virtuellen Olymp

Homerisches Gelächter im Ultraschallbereich: nicht enden wollende Lachsalven.

(Weitere Impulse zwischen Dateien der Beteiligten werden elektronisch

ausgetauscht, sind aber mangels eines speziellen Mythenmodems noch immer nicht wahrnehmbar.

Teilnehmer sind mit Sicherheit einige Kraftfahrzeugdämonen, der Heilige Nikolaus, ein dschao pih oder Geisterhausengel, ferner Beelzebub Lotto, vielleicht auch einige Werbewichte, zwei Zahlenhexen, mehrere Plastikscheißer und das gambische Zauberweib Sumussu sun-gana niamorodjote.)

Ferraras Filmgift

Fernsehsendung "Unser Professor weiß Bescheid"

Moderator: *Herzlich willkommen, Herr Professor von Gutezeit, zu unserer 84. Sendung "Unser Professor weiß Bescheid".* Heute soll es nun um das leidige Thema OIRU gehen –

(Telefonklingeln.)

- aha, und schon höre ich unsern ersten Zuschauer anrufen: ja, halloh? Hören Sie mich?

Zuschauerin (unsichtbar): *Ja, guten Tag, hier spricht Ellinor Wiesmaier in Pirmasens. Herr Professor, ich wüßte gern, ob das stimmt, was man jetzt überall hört und liest: daß diese Seuche OIRU durch Geldmünzen übertragen wird? Stimmt das auch medizinisch?*

Professor: *Tja, Frau Wiesenmeier, das fragen wir uns heute alle. Schön, daß Sie es so mutig aussprechen. Eine gute Frage. Ich glaube, da lassen wir einfach mal einen kleinen Film einspielen, den wir zufällig gerade zur Hand haben. Er versetzt uns in die schöne Toscana der Renaissance, also gute fünfhundert Jahre zurück und spielt im damaligen Schloßgarten eines jungen Edelmannes. Wir schauen einfach kurz mal rein: Film ab!*

Der Film zeigt einen schönen Jüngling in opulentem Kostüm von 1492. Er singt seiner schönen jungen Begleiterin gerade eine Kanzone seiner Zeit vor und begleitet sich selbst auf einer Laute.

Ein Page kommt und überreicht ihm einen Brief.

Der junge Edelmann unterbricht seinen Gesang, öffnet den Brief und sagt: *Entschuldigung, das ist ein Brief von meinem Onkel Giovanni, Giovanni Pico della Mirandola, dem berühmten Philosophen. Er hält sich gerade am Hofe des Herzogs von Ferrara auf, mit dem seine Schwester, also meine Tante, glücklich verheiratet ist.*

Die Angesprochene sagt *Oh, toll, Gianfrancesco! Und was schreibt er dir?*

Gianfrancesco (weiterhin in die Lektüre des Briefes versunken): *Moment mal. O Gott. Soll ich dir vorlesen, was er hier schreibt?*

- Ja, bitte!

- Also gut: Ferrara, den 2. Juli 1492. Lieber Gianfrancesco undsoweiter, undsoweiter ... Jetzt kommt das Entscheidende, paß auf:

"Alle irdischen Reichtümer sind eine heimliche Seuche. Je mehr wir uns an ihnen ergötzen, umso mehr vergiften sie uns."

- O Gott.

- Und gerade hat mir dieser selbe Onkel sein ganzes Vermögen vererbt. Jetzt weiß ich auch, warum: wir sind vergiftet!

Die beiden jungen Leute umarmen sich in panischem Schrecken.

Professor von Gutezeit: *Ja, vielen Dank, so weit also unser Film aus der Renaissance. Aber Sie haben gehört, Frau Wiesenmüller: schon damals also war Reichtum absolut giftig und hatte eine unheimliche Seuche zur Folge. Das ist nichts Neues.*

Moderator: *Ist Ihre Frage damit beantwortet? Hallo, Frau Wiesmaier? Hallo? Aufgelegt. Solche bitteren Wahrheiten sind natürlich nicht sehr populär, Herr Professor.*

(Telefonklingeln.)

UN-Person

SMS aus New York City nach Sils

Ringsherum hier Apokalypse, Fegefeuer, Hölle. Ich überlebe nur mit sofortiger Abrahams-Post. Laß mich nicht allein. Ich kralle Dich. Not- und Sonderküsse - Dein LuLu

Computer-Kompost

Meldung der Deutschen Globus-Welle

Der *Deutschen Globus-Welle* liegen heute folgende Angaben zu den täglichen Plastikstandsmeldungen vor:

Hiroschima 67 (= + 45)
Detroit 59 (= + 32)
Recife 58 (= + 32)
Taipeh 57 (= + 57)
Ruhrgebiet 52 (= + 36)
Hong Kong 49 (= + 49)
Kairo 48 (= + 48)
Surabaja 47 (= + 24)
Bangkok 46 (= + 46)
Nagasaki 46 (= + 25)
Kalkutta 45 (= + 45)
Bangalore 45 (= + 22)
Pittsburgh 43 (= + 30)

Frankfurt/Main   41 (= + 41)
Penang   38 (= + 38)
Lyon   36 (= + 36)

23 weitere Städte mit einem Plastikstand unter 35 Plastibel auf ihren City-Deponien blieben in unserer heutigen Statistik unberücksichtigt.

Die Zahl der registrierten Erstickungstoten auf diesen innerstädtischen Plastikkippen hat sich inzwischen auf insgesamt 87 236 Personen erhöht. Diese Angabe ist ohne Gewähr. Die Dunkelziffer dürfte weit höher liegen, da die meisten der aufgelisteten Städte ihre Citykippen mittlerweile auch für sämtliche Computerabfälle freigegeben haben. Damit gelangt auch radioaktiv verstrahltes Material in großen Mengen in die Innenstädte, deren Bevölkerung noch immer nicht restlos evakuiert werden konnte.

Ein Ende dieser Todesspirale wird nur von den Verfechtern einer Plastikverbrennung in Aussicht gestellt. Sie haben sich inzwischen international zu organisieren begonnen und kündigen Kampfmaßnahmen an.

Hintermann im Hintergrund

Einschreiben nach New York (mit Empfangsbestätigung)

Prof. Dr. Lebegott Göng, Hainbundstraße 5, D-37085 Göttingen

Miss Prof. Dr. Louïse M'Baïkaïkel
United Nations
Delegation of the Republic Tschad
New York, N.Y.
USA

Sehr geehrte Frau M'Baïkaïkel,

mit großer Freude und Bewunderung habe ich dem Internet Ihr Plädoyer gegen Sportübertragungen im Fernsehen entnommen. Der bevorstehenden Debatte und Abstimmung einer UNO-Vollversammlung über Ihren mutigen Vorschlag einer weltweiten Ächtung solcher Sendungen sehe ich gespannt, aber skeptisch entgegen. Besonders die beantragte Resolution an Regierungen und Parlamente dürfte schwerlich überall dort die erforderliche Mehrheit finden.

Im übrigen glaube ich befürchten zu müssen, daß es sich bei diesen strittigen Sportübertragungen im Fernsehen um noch sehr viel Gefährlicheres handelt als lediglich die von Ihnen namhaft gemachten Marktinteressen der Rüstungskonzerne. Allzulange bin ich Mitglied in Rundfunkrat und einschlägigen Aufsichtsräten gewesen, um die wahrhaften Hintergründe besagter Katastrophe durchschauen zu können.

Ich erlaube mir daher, Ihnen beiliegend den originalen Wortlaut meines letzten Briefes an Friedhelm Reguleit zu überreichen, den Sie vor der UNO-Vollversammlung zurecht als Pionier und Märtyrer unseres Kampfes gewürdigt haben. Er hat meine Zeilen vermutlich nicht mehr in seiner *E-mail* vorfinden und lesen können. Nach seiner Ermordung wurden auch sie beschlagnahmt und in entstellenden Auszügen, auch polemisch verändert und inhaltlich verfälscht von den Medien mißbraucht. Einer Fischvergiftung bin ich selbst wohl nur durch das rettend gewählte Pseudonym meiner heutigen Beilage entgangen.

Sehr verehrte Frau M'Baïkaïkel, ich hoffe sehr, mit diesen und den beigefügten Zeilen Ihr Interesse finden und Ihrer Sache auch jetzt noch dienen zu können. Denn sie enthalten ein Material, das bei öffentlichen Debatten oder interner Überzeugungsarbeit von Sprengkraft sein müßte. Wenn es noch irgend Rettung geben sollte, muß sie mit Informationen, Klarsicht und Solidarität beginnen.

Mit der Versicherung meines großen Respekts für Ihren Mut
und mit den besten Wünschen für Ihre unvermeidbar bevorstehenden Kämpfe

bin ich Ihr sehr ergebener

Lebegott Göng

(Dieses Einschreiben kehrte aus New York mit dem Aufdruck "Dienstlich geöffnet und geprüft" und mit dem postalischen Vermerk "Empfänger unbekannt verzogen" zu seinem Absender nach Göttingen zurück, wo aber in der angegebenen Hainbundstraße 5 ein Prof. Dr. Lebegott Göng nicht zu ermitteln war. Nach gesetzlich vorgeschriebener Liegezeit wurde die Sendung auf Grund ihrer politisch inzwischen brisant gewordenen Anschrift an die Kriminalpolizei überstellt, die sie in ihrem sicherheitsdienstlichen Übersetzungsbüro aus dem Englischen ins Deutsche übertragen ließ. Eine Überprüfung dieses Textes ließ dann wegen Belanglosigkeit eine Aushändigung an die Staatsanwaltschaft nicht geboten erscheinen. Er wurde aber angemessen registriert und archiviert.

Die Beilage galt als "bereits veröffentlicht und insofern bedeutungslos".)

TV wie Taktische Volksentmündigung

E-mail an Dr. Friedhelm Reguleit in Lübeck

Fiorello Gontard, Rütlistraße 17, St. Gallen / Schweiz

Sehr geehrter Herr Doktor Reguleit,

unter verändertem *nom de guerre* und mit zeitlichem Abstand wie angekündigt trete ich heute also erneut und mit dem Versuch einer Formulierung dessen an Sie heran, was hinter all den unlängst verurteilten Sportübertragungen des Fernsehens tatsächlich steht.

Sportübertragungen haben im Fernsehen nur scheinbar einen Sonderstatus. In Wahrheit sind sie lediglich ein einzelner Bestandteil des Programms neben vielen andern, die sämtlich und einheitlich demselben übergeordneten Konzept zu dienen haben. An der Ausarbeitung eben dieses übergeordneten Konzeptes bin ich in jüngeren Jahren und, zugegeben, allzu naïv persönlich beteiligt gewesen: ich muß mich also als Mitschuldigen, darf mich als Kronzeugen bezeichnen und weiß authentisch, wovon ich Ihnen berichte. Ich könnte es auch beeiden.

In frühen Fernsehphasen, als ein Francis Durbridge noch die Straßen zu leeren und den Verkehr zum Erliegen zu bringen vermochte, war eine bestimmte Kaste von Einflußreichen und Machtbesessenen bereits hellsichtig, findig oder windig genug und imstande, Potenz und Radius dieses damals neuen Mediums richtig einzuschätzen. Intellektuelle und Künstler, selbst Journalisten waren dazu damals noch nicht in der Lage und nur dankbar, so ein nettes neues Spielzeug unverbindlich mitbenutzen zu dürfen. Sie verscherbelten damals unser aller Zukunft.

Besagte Kaste aber war Meister aller Machenschaften und saß mit teuren Krawatten, opulenten Spesen und schwarzen Aktenkoffern, auch mit Entwürfen für ihre künftige Weltherrschaft, im übrigen aber ohne sonderliche Talente bereits in Vorstandsetagen und Aufsichtsräten, in Bankdirektorien und sonstigen präsidialen Gremien jedweder Art.

Aber damals brauchte das Geld noch, anders als heute, politischen Segen und Schutz. Also saß diese Kaste der Untalentierten bald auch in den Fraktionen, den Vorständen und Präsidien der politischen Parteien und beteiligte sich, penibel laut Grundgesetz, an der nunmehr angesagten *"politischen Willensbildung des Volkes"*.

Sie taten das unbegabt, doch auf vermeintlich demokratische Weise, nämlich mit Mehrheitsbeschlüssen. Aber Mehrheiten lassen sich organisieren. In unsichtbar bleibenden Geheimverbindungen sprachen die Mitglieder dieser Kaste quer durch alle Fraktionen und Interessenverbände die erforderlichen Majoritäten vorsorglich ab. Das alles lief wie geschmiert.

Es gab auch nur eine Gefahr: daß das Volk solche Mehrheits- und Willensbildung der Nullen durchschaute oder verhinderte. Also durfte es nichts davon erfahren. Es mußte blauäugig bleiben.

Das mußte geregelt und abgesichert werden: zum Machterhalt der Kaste. In zahllosen Medienkonferenzen zunächst der politischen Parteien, dann auch, personell entsprechend gefiltert, in Finanzierungsgremien und Programmausschüssen wurde eine Strategie entworfen, die seither in den Fernsehprogrammen vieler Jahrzehnte nicht nur konsequent verwirklicht, sondern auch noch ausgebaut, permanent verbessert und unabänderlich betoniert worden ist. Das Ziel dieser Strategie brauchte nie direkt verbalisiert zu werden, weil es auch wortlos seine nötigen Mehrheiten hatte: die Entmündigung des Bürgers, die Verblödung des Volkes. Inzwischen ist sie seit vielen Jahrzehnten voll im Schwange.

Denn nur ein verblödetes, also uninformiertes und völlig kritikloses Volk konnte dann so gegängelt werden, daß es jeweils mehrheitlich wählte, was jene Kaste beschlossen hatte und wollte. Vor allem wählte es sie so immer wieder blindlings in seine diversen Regierungen mit hinein. Das konnte es nur als programmierter Idiot.

Allein diesem übergeordneten Basiskonzept dient das Fernsehen also seither auf allen seinen Kanälen und mit allen Programmen. Sportübertragungen sind da kein Sonderfall, nur für solche Dauerverdummung der Manipulierten sonderlich praktisch, teils auch billig und sehr effizient.

So und nicht anders, weiß ich, muß auch die von Ihnen so verdienstvoll angeprangerte Inflation der Sportübertragungen eingeordnet werden.

Deren wirkliche *crux* sind also die vielen Mehrheitsbeschlüsse, die das alles möglich machten. Mit Mehrheitsbeschlüssen kann man ein Volk tyrannisieren. Man kann Terror ausüben. Oppositionslos. Denn jeder Einspruch von Minderheiten steht in diesem System auf verlorenem Posten. Ich war persönlich an allzu vielen Mehrheitsbeschlüssen beteiligt und schuldig, um nicht zu wissen, wie sie bewerkstelligt werden. Man nennt das dann Überzeugungsarbeit. In Wahrheit werden Majoritäten, wie man sie braucht, auf künstliche Weise erstellt: indem man überredet oder einhandelt, eintauscht, oft auch nötigt, erpreßt und besticht oder kauft. Einzig deshalb liegt zwischen Antrag und Abstimmung meist ein so unverhältnismäßig großer Zeitraum. Man benötigt ihn für solche Mehrheitsbeschaffung. Das ist demokratischer Alltag.

Sehr verehrter, lieber Herr Doktor Reguleit:

wie kann man das alles verhindern, vermeiden, verbessern oder retten? Einzig und allein durch eine Reform des Mehrheitsprinzips. Es ist eine Autorität, die überwiegend Schaden zufügt. Wie schon Schiller, immerhin Ehrenbürger der

Französischen Revolution und Republik, noch postum als Warnung hinterließ: *"Mehrheit ist die Dummheit"*. Sie zu entmachten, ist die einzig verbliebene Chance der Demokratie.

Bitte lassen Sie mich wissen, wie Sie auf meine heutigen Informationen reagieren, die leider nicht frei von Emotionen sind. Aber ihr Gegenstand regt mich allzu sehr auf.

Gewünschten Falles schicke ich Ihnen natürlich auch gern meine Theorien über letzte Chancen einer Rettung der Demokratie. Nur brauche ich Ihre Ermutigung, Ihren Zuspruch, Ihr Interesse.

Lassen Sie uns zusammenstehen!

Und seien Sie vorsichtig!

Das bittet Sie inständig einer, der froh ist, daß es Sie gibt, und der Ihre Feinde kennt.

Ihr heutiger Fiorello Gontard

P.S. Auch Goethe übrigens erblickte früh die Gefahren jeder Mehrheitsherrschaft:

"Nichts ist widerwärtiger als die Majorität: denn sie besteht aus wenigen kräftigen Vorgängern, aus Schelmen die sich akkomodieren, aus Schwachen die sich assimilieren und der Masse, die nachtrollt, ohne nur im mindesten zu wissen, was sie will."

Damit hat er zugleich auch jener besagten Kaste schon das Rezept für ihren Mißbrauch geliefert: genau so verfährt sie nämlich.

Später als Greis, in *"Wilhelm Meisters Wanderjahren"*, hat er das, ohne seine Meinung im Laufe eines langen Lebens prinzipiell zu ändern, mit den Worten seines dortigen Friedrich (Schiller?) immerhin konzilianter oder vorsichtiger formuliert:

"Wegen der Majorität haben wir ganz eigne Gedanken; wir lassen sie freilich gelten im notwendigen Weltlauf, im höhern Sinne haben wir aber nicht

viel Zutrauen auf sie. Doch darüber darf ich mich nicht weiter auslassen."
(Drittes Buch, Elftes Kapitel).

Ich darf es. Darum tut es dieser Brief.

D. O.

Tod + Teufel

Internet: Protokoll VI aus der Arche N

Dies ist das sechste Protokoll aus der Arche N:

Mein Name ist Bendix Winterstein. Bevor ich herkam, war ich Gartenarchitekt in Donaueschingen.

Ich möchte eine Geschichte festhalten, die uns unser Freund Dong hier vor einigen Tagen erzählte.

Sie hat sich in seinem Heimatdorf Saithai zugetragen, das im südlichen Thailand zwischen Krabih und Ao Naang liegt. Dort gab es drei Freunde, von denen jeder auf andere Weise verstanden hatte, sein Glück zu machen.

Rih besaß mit seinen 26 Jahren bereits mehrere Schnellboote, die er teuer an Touristen vermietete;

Karimm war 24, hatte ein günstig gelegenes Grundstück seines Vaters noch günstiger verkauft und das Geld in verschiedene schon florierende Geschäfte gesteckt;

Seng hingegen war erst 21 und verkaufte Rauschgift.

Alle drei waren früh auf den Geschmack gekommen, Geld zu besitzen, und wollten daher noch mehr davon haben. Sie spielten also regelmäßig im Lotto, bisweilen auch mit gutem Erfolg.

Aber sie gewannen nicht immer. Das ärgerte sie. Sie brauchten das Geld auch wirklich für ihren Lebenswandel. Als wieder einmal eine Ziehung bevorstand,

129

beschlossen sie daher nachzuhelfen. Sie fuhren nach Ranong. Das ist ein Ort
im sogenannten südlichen Rüssel des Landes, jenem Isthmus von Krah, wo
Indischer und Pazifischer Ozean nur noch vierzig Kilometer Erde zwischen
sich haben, die sie gewaltsam zusammenpressen. Da herrschen entsprechend
große Spannungen.

Außerdem ist es nicht weit zur burmesischen Grenze. Da wird Opium ge-
schmuggelt, und Menschen verschwinden. Grausamkeiten herrschen da, Bru-
talitäten, Nöte und großer Kummer: eine ungute Gegend, wo sich Gelichter
versammelt.

Dorthin also fuhren die drei Lottospieler, weil es da einen Mann namens Wipunn gab. Der wußte, hieß es, was sonst niemand weiß. Er konnte die Zukunft im Vorhinein verändern und Glück verschaffen. Wie er das machte,
blieb sein Geheimnis. Aber manchem hatte er so schon zu Reichtum verholfen. Deshalb verlangte er sehr viel Geld für seine Beschwörung.

Rih, Seng und Karimm aber waren sparsam. Also nahmen sie noch vier gute
Freunde mit, um Wipunns Honorar durch sieben teilen zu können: Deng und
Bao, Pann und Jahjah.

Als magische Sieben fuhren sie in Sengs großem Auto zu diesem Wipunn
nach Ranong.

Was dort geschah, bleibt geheim: eine Art Dämonenbeschwörung oder
Schwarze Magie, eine Schwarze Messe, eine Satansverschreibung, ein See-
lenverkauf, weiß der Teufel, irgendsowas, ein fauler Zauber. Zwischen den
pressenden Ozeanen im engen Rüssel. Auch keiner von denen, die es später
noch konnten, hat jemals verraten, was Wipunn da zelebrierte oder tat und
versprach.

Anschließend gaben sie Zahlen, die Wipunn ihnen angeraten hatte, im Wett-
büro ab.

Auf der nächtlichen Rückfahrt in Sengs großem Auto verunglückten sie bei
der Ortseinfahrt in ihr heimatliches Saithai. Karimm und Seng waren tot, sofort. Rih starb auf dem Wege ins Krankenhaus.

Die vier andern waren schwer verletzt. Noch mehrere Tage später konnte einzig Jahjah von der Polizei vernommen werden. Es gab nämlich keinen zwei-

ten Wagen am Ort dieses Unfalls, der sich mitten auf guter Straße und bei bestem Wetter ereignet hatte. Jahjah bestätigte im Verhör, daß es keinerlei Kollision gegeben habe, und wurde anschließend von seinen Freunden separiert, obwohl die alle noch im Koma lagen. Trotzdem wurden auch sie isoliert und polizeilich wie ärztlich permanent überwacht.

Dergestalt unabhängig voneinander behauptete später jeder von ihnen, kein zweites Auto sei in diesen Unfall verwickelt gewesen. Auch sei kein Baum, keine Planke, kein Tier, kein Ast gestreift, berührt, getroffen, überfahren worden. Es habe an hellichtem Tage plötzlich einen schweren Schlag gegeben, gegen die Windschutzscheibe, aber unsichtbar, dann sei der Wagen auseinander geflogen. In tausend Teile.

Alle vier Zeugen konnten sich gut erinnern. Ihr Kurzzeitgedächtnis war völlig intakt.

Sie überlebten auch alle und wurden geheilt.

Ihre Lottowette war sehr erfolgreich. Aber keiner von ihnen wollte das gewonnene Geld besitzen. Sie ließen es zum Jackpot verfallen.

Denn jeder der vier hielt den schrecklichen Unfall für die Strafe eines Geistes, der nach dem Rechten gesehen hatte. Sie billigten das und veränderten ihr Leben und ihren Freundeskreis. Jetzt gehörte auch Linn dazu: der ältere Bruder unseres Freundes Dong, der uns das alles hier erzählt hat.

Nur Bao erzählte diesem Linn eines Nachts von diesem Unfall. Die andern erwähnten ihn nie, aber respektierten seitdem die Geister.

Auch unser Dong hier tut das mit Überzeugung. Er sagte, wir seien die ersten, denen er selbst diesen Vorfall berichtet habe.

Ich aber bin der Meinung, es sollten ihn möglichst viele kennen.

Damit endet mein Protokoll.

Die nächsten folgen in Bälde, aber unregelmäßigen Abständen, *ad libitum*.

Stehen oder sitzen

Briefentwurf; nicht abgeschickt

Dieter Negletzki, Hans-Böckler-Siedlung 11, 45883 Gelsenkirchen

An den Herrn Präsidenten des Deutschen Bundestages
Bundestag der Bundesrepublik Deutschland
Reichsplenarbere
???? Berlin

Sehr geehrter Herr Bundestagspräsident,

in den Debatten des deutschen Parlamentes, dem Sie als unser oberster
Volksvertreter vorstehen, wurde in den letzten Wochen und Monaten wiederholt der Begriff des Neides thematisiert: eines Neides der kleineren Fraktionen auf die größeren, der Opposition auf die Koalition, auch noch der Os-
sis auf die Wessis oder der Steuerzahler auf die Hinterzieher, meist jedoch eines Neides der Ärmeren auf all die armen Reichen.

Hieran finde ich persönlich auffallend und interessant, wie sich da ein Phänomen und Begriff der Psychologie fast unbemerkt in die parlamentarische und
allgemein politische Auseinandersetzung eingeschlichen hat.

Ich registriere das umso erfreuter, als es meinen eigenen Beobachtungen im
Zusammenhang mit einer vielfach vertagten Gesetzesvorlage durchaus entspricht.

Ich meine damit die geplante Einführung eines generellen Verbotes für alle
Nichtfrauen, ihr Wasser auf dem Hoheitsgebiet der Bundesrepublik Deutschland jemals noch irgendwo im Stehen abzuschlagen.

Ich bin der absolut wohlbegründeten Meinung, daß auch dieser Gesetzent-
wurf oder schon die Idee dazu auf elementaren und tief im Unterbewußten
akkumulierten oder wuchernden Neidgefühlen basiert.

Solche irrationale Mißgunst kennen wir zum Beispiel als Neid der Hellhäutigen auf die Dunklerhäutigen oder als Neid der Rechtshänder auf die Linkshänder oder auch als Neid der Antisemiten auf die Juden, der Bürger von Sodom auf die Engel bei Lot, überhaupt von Materialisten auf Spirituelle, aller Mehrheiten auf Minderheiten, der Heterosexuellen auf Schwule und "Pervertierte", aller Talentlosen auf die Begabten, auch generell der Männer auf Frauen oder Mütter.

Daß es seitenverkehrt einen solchen Neid generell der Frauen und Mütter auch auf die Väter und Männer gibt, stelle ich in Frage. Ich selbst bezweifle das.

An diesem interessanten und durchaus analysebedürftigen Punkte jedoch einer prinzipiellen Neidlosigkeit von selbstgenügsamen, sei es gar selbstzufriedenen Frauen gegenüber allen Männern fördert nun die geplante Gesetzesvorlage einen vermutlich folgenschweren Umbruch zutage. Denn sie muß ja, wie sie zur Zeit geplant ist, einzig und allein auf einer ganz neuen Dimension von Frauenneid beruhen.

Unzweifelhaft handelt es sich hier um einen evolutionistisch völlig überraschenden Neid von sitzend Pinkelnden auf alle stehend Pinkelnden. Also kann es nur die Spielart eines Neides von Frauen auf Nichtfrauen sein: also eine arg profanierte oder inflationierte, eine anatomisch degenerierte, ergo korrumpierte Variante von klassischem Penisneid.

Sie als Penisträger, Herr Bundestagspräsident, wären in dieser Situation sicher gut beraten, sich noch rechtzeitig vor der anstehenden Debatte eines vorschriftsmäßigen Pißverhaltens der Deutschen über das sehr komplexe Phänomen des Penisneides hinlänglich informieren zu lassen.

Daher erlaube ich mir, Ihnen heute beiliegend ein wissenschaftlich seriöses Literaturverzeichnis nur mit den einschlägig anerkanntesten Publikationen zum Befunde eines pathologischen Penisneides zu überreichen. Schon der Umfang dieser Bibliografie aus den Forschungsberichten der Tanghobányi-Stiftung demonstriert die verfängliche Komplexität diese

Achtung ↔ Ächtung

dpa-Pressemeldung

Bei der Vollversammlung der *Vereinten Nationen* in New York ist es heute
zu einer überwältigenden Abstimmungsniederlage für die beantragte Ächtung
von Sportübertragungen im Fernsehen gekommen.

Auch die vorgeschlagene Resolution, die weltweit Regierungen und Parlamente auf dahinter stehende Industrie-Interessen aufmerksam machen sollte,
wurde mit fast absoluter Mehrheit gegen nur sieben Enthaltungen abgelehnt.

Beide Anträge waren seinerzeit von der *Republik Tschad* eingebracht worden, in deren Delegation es infolgedessen bereits zu tiefgreifenden personellen
Umschichtungen gekommen ist.

Auch der Tschad selbst stimmte gegen seinen eigenen Antrag, weil dieser,
lautete heute in New York die offizielle Begründung, nur das Täuschungsma-
növer eines verkappten Transsexuellen gewesen sei.

Vererben : Erben

Brief an eine Mutter. *Dritter Teil*

Detlev Kremer, z. Zt. OIRU-Station, Städtisches Krankenhaus, Düsseldorf

*So, es kann wieder weitergehen mit meinem Versuch, Deine liegen geblie-
bene Post zu beantworten: mal sehen, wie lange ich es diesmal aushalte.*

*Denn Deine vielen Abkürzungen erschweren alles noch unnötig und zwin-
gen mich zu mühsamem Entziffern oder Erraten. Ich empfinde sie auch als
geradezu beleidigend. Sie zeigen, wie viel Zeit und Aufmerksamkeit Du für
mich aufzubringen Lust hast: alles eingeschränkt, gehetzt und verkleinert;
immer nur das eben Allernötigste. Ich kenne zeitlebens keine andern Briefe*

von Dir. Meist sind sie auch noch seitlich am Rande beschrieben: ein Zeichen ganz besonders schlechten Stils.

Aber Du kommst mal wieder gar nicht auf die Idee, daß solche Zuwendungen eher Zumutungen sind. Ich empfinde sie nicht als Wertschätzungen, sondern als Frechheiten - vom Briefpapier mit dem aufgedruckten Namen Deines neuen Mannes ganz zu schweigen.

Hat uns die Kulturgeschichte nicht gelehrt, was ein Brief ist?

Aber weiter in Deinen Briefen dieser Art:

Lb. Detlev, Geschäfts- u. Privatvermögen muß auseinander.

Aha. Aber sag mal: wo ist denn mein Privatvermögen? Wo ist denn mein Erbe, das ich vom Geschäftskapital so dringend trennen soll? Ich kenne nur meine paar Düsseldorfer Habseligkeiten, aus dem Nichts beschafft und mühsam aufgebaut, aber absolut nichts Verfügbares. Denn auf meinem Erbe sitzt meine Mutter wie eine habgierige Glucke und rückt nichts raus.

Lb. Detl., zufällig kaufte ich d. letzte Heft v. "Capital" mit wichtigen Informationen über Erben und Vererben am Finanzamt vorbei. Da liest man, wie clevere Menschen es schaffen, Geschäfte zu machen und trotzdem nichts von ihrem Geld abzugeben.

Deine Informationen aus "Capital" sind ja umwerfend: Du blöde Kuh (Vokabel aus dem Eheleben meiner sich liebenden Eltern)!

Wir haben da z. wenig Erfahrung, sollten uns aber v. solchen Winken leiten lassen u. nicht zusehen, wie wir bei Insolvenz - und im Geschäft geht das oftmals schneller, als Du es erwartest - Opfer unserer eigenen Untätigkeit werden. Falls Du finanziell, d. h. von Aufträgen also die Möglichkeit siehst, eventuell eine GmbH. zu gründen, wärst Du ja mit dem Privaten so heraus.

Und hätte einen Betreibungsaufwand von sechs- bis achttausend Euro mehr als jetzt. Also noch mehr Arbeit.

Aber es kann doch nicht Sinn und Zweck Deiner Arbeit sein, alles aufs Spiel zu setzen.

Sondern eine Bilanzierungspflicht zu haben, die mich bei jeder Rechnungs-
buchung zwingt, die Mehrwertsteuer sofort ans Finanzamt abzuführen:
egal, wann und ob die Rechnung je bezahlt wird. Lies mal schön weiter im
"Capital", aber etwas genauer und gründlicher als Deine Kirchenzeitung!

Ich will doch für Dich nur d. Beste. Also sei vernünftig u. gib nach. Ich habe
schlaflose Nächte.

Was: wegen Geld hast Du schlaflose Nächte? Na, dann bleib mal schön
wach!

Lastet nicht genug auf uns? Die Bürde drückt.

Was denn für eine Bürde? Die Bürde Deines falschen Lebens?

Jetzt hat Volker d. Anfang f. 1 Eigenheim gemacht. Ich freue mich so darüber. Er wird es schon schaffen.

Hübsch, wie Du ihn hängen läßt. Auch er könnte es leichter haben durch
den Einsatz unseres Hauses. Aber nein, sagst Du ganz liebevoll, er wird es
schon schaffen, und schaust kuhäugig zu (wieder aus dem Vokabular unse-
rer Eltern - ach nein, da hieß es: "Gaff nicht so wie eine saublöde Kuh, der
die Augen rausfallen!").

Ich weiß nicht, was Du mit Vaters andern Worten anfängst, die er mir auf
dem Sterbebett in Deiner Anwesenheit sagte: "Ich wollte euch helfen, damit
ihr es leichter habt als ich. Aber ich sehe, daß es so nicht richtig war, denn
keiner von euch lebt in diesen Wohnungen. Also falls du es mal für deinen
Weg und dein Leben brauchst, dann nimm deine Wohnung, klatsche sie vor
den Arsch, und betrachte das Geld als Hilfe und als mein Erbe an dich."
Originaltext Vater: erinnerst Du Dich? Nein, Du erinnerst Dich natürlich
nicht, und durch die Erbengemeinschaft hast Du d. wunderbare Möglich-
keit, Dich von keinem einzigen Stein in Deinem Hause jemals zu trennen.

Oder erinnerst Du Dich noch, wie ich vor drei Jahren das Kapital von Dir
erpressen mußte, indem ich Dir meine Krankheit offenbarte? Und erinnerst
Du Dich, als es um eine Übernahme der aufgekündigten Bürgschaft von
Frau Mette ging: wie Du da ausgeflippt bist und Dich keifend geweigert
hast, meine Bank wegen einer Kapitaldeckung von 25.000 € an unser Haus
ranzulassen, weil Du von mir noch 10.000 € für kaputt gefahrene Autos zu

bekommen hättest. Erinnerst Du Dich? Und erinnerst Du Dich auch, wie viele Autos Du selbst kaputt gefahren hast, ohne das anzurechnen? Ich glaube, da kommen wir auf einiges mehr. Ich bewundere Dich.

Lb. Detl., es sind noch Schulden abzuzahlen, und der Zinssatz wird sich ab März erhöhen, die Laufzeit ist rum. Trotzdem bin ich bereit, die 25.000 € abzuzahlen, sie sind bereits eingetragen. Die Zinsen werde ich dann beim Finanzamt geltend machen.

€ 20.000 gebe ich Dir privat u. glaube, Dich so nicht benachteiligt zu haben.

Hauptsache, Frau Kremer kann ruhig schlafen! Mir wird wieder übel, ich muß ins Bett. Sollte ich noch weiterschreiben können, beantworte ich auch den Rest.

Komm du : komm du

Telefongespräch. *Gerichtlich genehmigter Abhörmitschnitt im Archiv der Kriminalpolizei (Ausschnitt)*

Ferngespräch zwischen rauhem Diskant und sonorem Baß:

- ... bei Nacht und Nebel, Abe: wie ein Juwelendieb.

- Sei froh.

- Als hätte ich jedem von ihnen die Mutter geschlachtet.

- Viel schlimmer, Junge: den Fetisch.

- Noch viel schlimmer: die Sponsoren.

- Eigentlich doch super, Lulu. Total ins Schwarze getroffen. Ich meine, größer konnte Dein Erfolg bei dieser UNO doch gar nicht sein.

- Naja, du: aber folgenlos. Die Schuldige ist jetzt weg ...

- Sei doch froh.

- ... und den Rest verdrängen sie einfach, Abram! Machen weiter wie bisher.

- Et vous, Madame?

- Ich habe jetzt endlich Zeit für uns.

- Auch für unser Ding?

- Na, erst mal für Dein Ding.

- Na, dann komm her.

- Nee, komm du.

- Nee, komm du.

- Komm du.

- Komm du. - *(Abruptes Ende des polizeilichen Mitschnitts.)*

Gegendarstellung : Gegendarstellung

Serie des Wochenmagazins "Spektrum"
mit einem Offenen Brief des Tübinger Privatdozenten Dr. Sigurd Wanne-
bach an den Friedrich-von-Schiller-Gedächtnisstätten e. V. Marbach /
Weimar (Erste Folge)

Sehr geehrter Herr Siebenfuss-Köpfle,

in Ihrer aufschlußreichen Gegendarstellung zu Tolstois Behauptung einer
Enthauptung des toten Schiller stoße ich auf eine ganze Sequenz von Aus-
künften, die zwar bei Traditionalisten weit verbreitet, aber gleichwohl zumindest umstritten sind oder sogar den Tatsachen grob widersprechen.

Da eine Erscheinung wie Schiller ja gerade in der heutigen Zeit immer wichtiger, vielleicht auch hilfreicher und wegweisender zu werden scheint, sind es
vermutlich bald auch die Umstände seines Sterbens und Todes.

Ich erlaube mir daher im Folgenden, alle Anfechtbarkeiten Ihrer verdienstvollen Gegendarstellung aufzulisten und in chronologischer Reihenfolge um
den fälligen Widerspruch überlieferter Dokumente zu ergänzen.

Um hiermit das Interesse auch eines größeren Publikums zu erreichen, wird
meiner Erwiderung nicht nur die obligate Publikation in unsern einschlägigen
Fachorganen, sondern auch die Gestalt eines *Offenen Briefes* zuteil.

Ich setze Ihre Zustimmung voraus und begrüße Sie hochachtungsvoll als

Ihr Sigurd Wannebach

1. Gottfried von Herder

Die Teilnahme Dr. von Herders als eines Zeugen der Obduktion von Schillers
Leiche ist mehr als fraglich.

Das Sektionsprotokoll erwähnt ihn weder, noch ist es je von ihm gegenge-
zeichnet worden. Es gibt auch keinerlei schriftliches Zeugnis dieser Mitwirkung, sondern nur die Auskunft seiner Patientin Karoline von Wolzogen, die
das aber erst ein Vierteljahrhundert später niederschrieb. Herders nur von ihr
zitierte medizinische Prognose, Schiller hätte höchstens noch ein halbes Jahr
überleben können, macht seine Anwesenheit eher unwahrscheinlich. Denn der
Befund des obduzierenden Dr. Huschke schildert Schillers innere Organe in
einem Zustand, der jegliches Weiterleben vollkommen ausschloß - es sei
denn, der referierende Augenzeuge war ein medizinischer Laie.

Dr. von Herder, der an Goethes 25. Geburtstag geboren, an Schillers letztem
Geburtstag zum Hofmedicus ernannt worden war und fast auf den Tag genau
ein Jahr nach der strittigen Autopsie, schon am 11. Mai 1806 im Alter von
nur 31 Jahren starb, hat auch keinerlei Hinweis auf diese Mitwirkung oder
Zeugenschaft hinterlassen.

2. Schillers Einsargung

Die überstürzte Einsargung von Schillers Leiche ist verdächtig.

Sie wurde primär von jenem Tischlermeister Heinrich Gottlieb Engelmann,
damals 34 Jahre alt, bezeugt, der 21 Jahre später, als 55jähriger also, anläß-

lich von Schwabes Suche nach Schillers Gebeinen im vermoderten Kassengewölbe aussagte,

"die Beerdigung habe, wie er sich sehr deutlich und klar erinnere, sehr schnell geschehen müssen, weil die Leiche sehr übergegangen gewesen".

Hieraus haben ganze Generationen von Germanisten flugs auf heiße Witterung rückgeschlossen. Die aber lag, in jener ersten Hälfte eines thüringischen Monats Mai, durchaus noch nicht vor. Sie wird auch von keinem Zeitzeugen behauptet. Vielmehr scheint es windig, wechselnd bewölkt, nicht eben regnerisch, aber keineswegs schwül oder heiß gewesen zu sein.

Der Publizist Johann Wilhelm von Archenholz, damals 62 Jahre alt und zuvor Königlich-Preußischer Hauptmann, bestätigt in seinem Hamburger Wochenblatt *"Minerva"* (Juniheft 1805), daß

"diese Übereilung mit der Beerdigung [...] durch keine warme Witterung notwendig gemacht wurde!"

Speziell zu diesem Dictum gibt es vom kompetenten Zeugen Carl Leberecht Schwabe die überlieferte Marginalie *"Aber aus anderem Grunde!!!"*

Welcher Grund mag das sein?

So sich abnorme Fettleibigkeit des Toten wie auch dessen Vergiftung als Ursachen ausschließen, scheint nur die erwähnte Autopsie der Auslöser für eine Zersetzung sein zu können, die rasches Einsargen gebot. Jedenfalls deutet das Prof. Max Hecker so, der für seine ebenso sorgsame wie vorsorglich antisemitisch eingefärbte Publikation über *"Schillers Tod und Bestattung"*, 1935, immerhin jene *"Goethemedaille für Kunst und Wissenschaft"* erhielt, die früher der Reichspräsident von Hindenburg, ihm nun aber Reichskanzler Hitler schon persönlich verlieh.

Allerdings widerspricht Prof. Hecker auch jenem Tischler Engelmann und rechnet vor, daß Schillers Beisetzung 54 Stunden oder zweieinhalb Tage nach seinem Tode vorbildlich dem *Fürstlich Sachsen-Weimarisch Obervormundschaftlichen Mandat* vom 1. Juni 1763 entspreche, demzufolge eine Frühjahrsbestattung wie diese *"nicht über den dritten Tag hinaus verschoben werden solle"*.

Weshalb also fühlte der Sargschreiner Engelmann sich damals so gehetzt? Wer hat ihn gedrängt, daß diese Einsargung und Beisetzung *"sehr schnell geschehen müsse"*?

Diese Frage ist nach wie vor offen.

3. Schillers Sarg

Die Einbettung des toten Schiller in einen resistenten Eichensarg ist nicht hinlänglich erwiesen.

Prof. Hecker, der das lauthals behauptet hat, beruft sich dabei nicht nur auf die vorliegenden Rechnungen, deren Preise und Währung runde 130 Jahre später nicht eben hieb- und stichfest ins Zeitgenössische zu übersetzen sein mögen, sondern auch auf das Votum von Schillers Diener Georg Gottfried Rudolph, der sich noch 21 Jahre später als 47jähriger zwar zu erinnern meinte, daß Schillers Sarg *"vom eichenen Holze und mit eisernen Handhaben"* und *"auf dem Sarge ein kleines Schild befindlich"* war.

Aber dieser Kronzeuge fügte ausdrücklich hinzu:

"Doch will und kann ich diese meine Angabe keineswegs verbürgen."

Solche Vorsicht scheint begründet, weil sich schon zwei Tage später jener Sargtischler Engelmann, der auch Bezirksvorsteher war, seinem Bürgermeister Schwabe gegenüber erinnert, die ganze Einsargung

"sei mit möglichster Kostenersparnis geschehen, darum er auch einen sehr einfachen Sarg fertigen müssen, auf welchen seines Wissens nicht einmal ein Schild gekommen sein würde".

Dem widersprach dann nur wenige Wochen später Schillers Schwägerin Karoline von Wolzogen in einem Brief an ihren Neffen Ernst von Schiller, indem sie auffällig defensiv ein Namensschild erwähnte,

"den ich machen ließ".

Wieso sie?

Noch 1935 erklärte auch Prof. Hecker die Aussage des Sargtischlers platterdings und ohne Gegenbeweise für *"unrichtig"*. Er ignorierte dabei die Akten des Weimarer Oberkonsistoriums, die 1826 Engelmanns Aussage festgehalten hatten, er

"glaube jedoch, daß es ein Brettersarg gewesen".

Auch jener nicht eben allzu zuverlässige Autor namens Hugo Meyer, der 1910 unter dem Decknamen Ernst Hellwig eine *"Historische Erzählung"* über *"Schillers Ende"* publizierte, behauptet da zu wissen, daß Tischler Engelmann einen kostbaren Eichensarg sogar gratis angeboten habe, von Heinrich Voß *junior* jedoch bedeutet worden sei, für drei Taler und sechs Groschen einen einfachen, schwarz gestrichenen Tannensarg zu liefern.

Diese Auskunft mag angezweifelt werden. Aber angeblich pflegen solche Tannensärge in luftlos feuchten Einkellerungen tatsächlich höchstens fünf Jahre ihrer Zersetzung widerstehen zu können. Eichensärge halten meist sehr viel länger.

Noch schwerer jedoch fällt da eine Unterlassung ins Gewicht. Kanzlist Rudolph, seinerzeit Schillers Diener, hatte seine eigene unsichere Auskunft über Schillers Sarg durch einen Hinweis auf Pastor Dornstedt, inzwischen in Döbritschen, ergänzt,

"welcher damals im Auftrag der v. Schillerschen Familie alles besorgt hat".

Diesen Pastor Dornstedt hat aber niemand befragt: warum nicht?

Also ist Schillers schnell vergänglicher und anonymer Tannensarg ebenso Legende geblieben, wie aber auch der kostbare Eichensarg mit Namenschild es ist.

Die aus alledem bisweilen abgeleitete Vermutung, Schiller habe seine Familie in solcher Armut zurückgelassen, daß schon bei seiner Beisetzung einschneidend gespart werden mußte, dürfte gleichfalls ins Reich allzu melodramatischer Legendenbildung gehören. Großherzog Carl August hat Schillers Witwe sofort dreihundert Taler jährlich zugestanden, Gönner Dalberg, inzwischen Kurfürst in Mainz, gar sechshundert Taler. Für Schillers Söhne, im Augenblick der Verwaisung elf und acht Jahre alt, wurde jeweils bis zu ihrem 20. Geburtstag eine Erziehungsbeihilfe von zweihundert Talern beschlossen.

Auch Verleger Cotta stellte gleich brieflich jede gewünschte Summe zur Verfügung, annullierte Schillers hinterlassene Schulden und schrieb der Witwe schon gleich im Sterbemonat zehntausend Gulden gut, die aber erst nach einem Jahr beansprucht wurden. In Berlin veranlaßte Iffland an Schillers erstem Todestage eine Benefizvorstellung der *"Braut von Messina"* zugunsten der Witwe, und von 1812 bis 1825 zahlte ihr der Verleger Cotta Honorare in Höhe von insgesamt 30 000 Talern aus.

Falls Schiller also in einem billigen und schnell vergänglichen Tannensarge beigesetzt worden sein sollte, geschah das keineswegs aus Armut.

4. "Organisation des Leichenzuges"

Von einer *"liebevollen Organisation des Leichenzuges"* kann nach Lage der Dinge wohl schwerlich die Rede sein.

Zwar wäre das *formaliter* Sache der Witwe gewesen. Diese aber, Charlotte von Schiller, damals 38 Jahre alt und Mutter von vier Kindern, darunter einem Säugling, scheint es schon während Schillers letzter Krankheit, die nur acht Tage dauerte, an üblicher Zuwendung fehlen gelassen zu haben.

So delegierte sie die unübersehbar erforderlich werdenden Nachtwachen am Bette des Moribunden an Diener und Freunde, ohne sich selbst daran je zu beteiligen. Später rechtfertigte sie das mit der vermeintlichen Leichtigkeit dieser Erkrankung. *"Seine letzte Krankheit war für ihn nicht so ängstlich"*, schrieb sie kurz nach seinem Tode an den Freund Prof. Fischenich. *"Ich habe ihn oft kränker gesehen!"*

Aber seiner älteren Schwester Christophine gab sie zu, daß der Sterbende nachts, also in ihrer Abwesenheit und in Anwesenheit der Nachtwache ausgerufen habe *"Du von oben herab, bewahre mich vor langem Leiden!"*, und bilanzierte lakonisch: *"Dieses Gebet ist schön erfüllt worden"*.

Seiner jüngeren Schwester Luise berichtete sie stattdessen, wie er noch in Fieberfantasien (nur dann?) von ihr Medikamente angenommen habe und wie sogar ihre Schwester, Karoline von Wolzogen, *"mit treuer Liebe ihn pflegen half"*.

Während Schiller an jenem späten Nachmittage starb, war Charlotte zwar im Hause, aber nicht im Zimmer, sondern *"um ihn nicht zu wecken, in der Nebenstube mit meiner Schwester"*. Als dann *"der Mensch"*, wohl jener Aushilfsdiener Färber, *"den wir an das Bett gesetzt hatten, da wir hinausgingen, uns rief"*, will Charlotte den Sterbenden eben noch rechtzeitig angetroffen haben, um von ihm noch erkannt, verklärt angelächelt und geküßt worden zu sein. *"Tröstlich war es ihm doch gewiß, von mir in dem letzten Moment noch umgeben zu sein"*.

So und ähnlich retuschierte sie in ihren Briefen an seine beiden Schwestern, an Freund Fischenich und "Brüderchen" Fritz von Stein die tatsächlichen Vorgänge. Denn ebenjener Aushilfsdiener, Johann Michael Färber, der noch 21 Jahre später nach Schillers Gebeinen suchen half, hat seinem Sohne Alexander eine Schilderung von Schillers Tode hinterlassen, die alle Beschönigungen der säumigen Witwe Lügen straft.

Demnach ist Schiller in den Armen seiner beiden Diener Rudolph und Färber gestorben. Frau und Schwägerin kamen erst, als er schon tot war. Denn sie wurden erst gerufen, nachdem die beiden Bediensteten zuerst vergebliche Wiederbelebungsversuche unternommen, dann Schreibfedern, Teile seines Zopfbandes und Haare des verehrten Toten als Souvenirs oder Reliquien entwendet und eingesteckt hatten. Diese Leichenfledderung hat Färber so schonungslos überliefert, daß sie glaubhafter scheint als die Euphemismen der schuldbewußten Witwe.

Wohl ebendeshalb hat Charlotte die beiden Schwestern ihres Mannes um strikte Geheimhaltung der Sterbevorgänge ihres Bruders gebeten. Der Einspruch von Augenzeugen sollte vermieden werden.

"Von den letzten Stunden unseres Verewigten laß uns gegen andere Menschen schweigen", bat sie die Schwägerin Luise, *"sie sind mir zu heilig"*.

Und zu Christophine und deren Mann:

"Ich spreche mit niemand über die letzten Momente unsres Geliebten als mit Menschen [...], die meine alten Freunde sind. Versprecht es mir auch, meine Freunde!"

Sogar die Germanisten vieler Generationen haben dann zweihundert Jahre lang dieser Bitte entsprochen.

Aber Charlotte von Schiller hatte sich beim Sterben ihres Mannes nicht nur verspätet, sie scheint den Leichnam dann auch allzubald alleingelassen zu haben. Schon am 13. Mai 1805 jedenfalls, dem vierten Tage nach Schillers Ableben, schrieb Schwager Wilhelm von Wolzogen an dessen Verleger Cotta: *"Die ganze Familie ist in meinem Hause. Seine Frau liegt krank darnieder."*

Aber schon am Morgen desselben 13. Mai begegnete ihr der junge Johann Heinrich Voß, Schillers Favorit, und wunderte sich: *"Ich habe sie doch ziemlich gefaßt und wohl gefunden. Sie sprach mit Ruhe von der vorletzten Krankheit, wo ich bei ihm zu wachen pflegte ... "*. Von einer eigenen Krankheit der Witwe ist da nicht die Rede. Auch zwei Tage später nicht: *"Die Hofrätin ist oft trostlos, manchmal getröstet und ruhig. [...] Sie wohnt bei der Frau v. Wolzogen."*

Am selben 15. Mai schrieb die fünfzigjährige Prinzessinnen-Erzieherin Henriette von Knebel ihrem Bruder Karl, vor fünfzehn Jahren noch Schillers Rivale in der Gunst der jungen Charlotte: *"Wir sind fast täglich bei der Schillern, deren Schmerz zwar tief, aber doch sanft ist"*.

Und Hofdame Luise von Göchhausen, die bald schon Jahre lang das Kassengewölbe mit Schiller teilen sollte, referierte bereits am 10. Juni 1805 nach Dresden: *"Die brave Witwe erholt sich, beträgt sich verständig und zeigt mehr Kraft, als man ihr vielleicht zutraute."*

Trotzdem scheint sie schon am Morgen dieses selben 10. Mai samt Kinderschar zu den Wolzogens geflüchtet zu sein. Henning Fikentscher jedenfalls, so akribischer Rekonstrukteur aller Vorgänge um Schillers Tod wie kaum jemand sonst und entsprechend unbeachtet geblieben, kam noch 1990 in seinen Untersuchungen zum *"Heutigen Stand der Forschung über Friedrich Schillers sterbliche Reste"* zum schwer widerleglichen Schlusse, daß Witwe samt Schwester und Kindern, gar mit Personal so schnell das Sterbehaus verließ, daß sie dort weder den Zeichner Jagemann noch den Töpfer Klauer noch auch den Sektor Dr. Huschke und den Sargtischler Engelmann am 10. und 11. Mai an Schillers Leichnam miterlebt habe.

Zeitlebens sei ihr auch weder Jagemanns weltberühmte Zeichnung von
"Schiller auf dem Totenbett" noch auch Klauers umstrittene Totenmaske je
zu Kenntnis oder Gesicht gekommen, obwohl Wolzogen, Ehemann ihrer einzigen Schwester Karoline und zur Zeit des Geschehens selbst noch auf Reisen, beide Arbeiten schon am 12. Mai in seinem Briefe an den Verleger Cotta
erwähnte. Der Witwe gegenüber, die als einzige rechtlich befugt war, das alles zu genehmigen, blieb es offenbar verheimlicht. Vielleicht ebendeshalb
wurde sie so überstürzt vom Tatort all dieser Vorgänge und Verrichtungen
entfernt. Als Schwabe mit seinen auserwählten Trägern am 12. Mai kurz
nach Mitternacht Schillers Leiche abholen kamen, fanden sie das Haus jedenfalls offen und vermutlich leer vor. Niemand ließ sich sehen, der ihnen den
Sarg übergeben oder ausgeliefert hätte.

Aber, gibt Fikentscher zu: *"Unbekannt ist, wer oder was Charlotte dazu gebracht hat, das Trauerhaus und Schillers Leiche zu verlassen und zu v.
Wolzogens umzuziehen."*

Deren Hausherr Wilhelm war zur Zeit aller dieser Ereignisse in Leipzig und
kehrte erst in derselben Nacht vom 11. zum 12. Mai nach Weimar zurück.

Auch der junge Carl Leberecht Schwabe war auf Reisen gewesen, kam aber
schon am Nachmittage des 11. Mai noch rechtzeitig genug zurück, um wegen
der Leichenträger unverzüglich bei der Witwe im Trauerhause vorstellig zu
werden.

*"Sie ließ mich aber nicht vor, und auf mein weiteres, zweites Anmelden, mit
dem Zusatz, daß ich wegen dem heutigen Begräbnis ihres Gatten, das doch
schon noch diesen Abend erfolgen sollte, sie nur einen Augenblick zu sprechen dringend bitten lasse"*, sagte ihm Diener Rudolph, *"sie sei so sehr in
ihren Schmerz versunken, daß sie mich nicht sprechen könne"*.

Den Ort ihrer Versenkung sparte Rudolphs Diskretion aus, aber alles Erforderliche habe der Oberkonsistorialrat Günther zu besorgen übernommen.

Dieser D. Wilhelm Christoph Günther, auch als Hofprediger seit wenigen
Jahren der Nachfolger Herders, ist später nur noch in die Annalen eingegan-
gen, weil Goethe ihn nach Ablauf seines Trauerjahres für Schiller um die
Trauung mit Christiane Vulpius in ebenjener St. Jakobskirche bat, zu der

auch, nur wenige Meter entfernt, das Kassengewölbe samt Schillers Gebeinen damals gehörte.

Nun aber vom jungen Schwabe wegen besagter unüblich intellektueller Sargträger angesprochen, wurde dieser Oberkonsistorialrat, dem sein Besucher eine *"eisige Rinde um das Herz"* anmerkte, auch durch jenen sphinxhaft abweisenden Satz bekannt, den Schwabe der Nachwelt überliefert hat:

"Es ist schon alles geordnet, und es soll alles in der Stille geschehen; auch sind schon die Träger bestellt."

Zweihundert Jahre lang haben orthodoxe Exegeten diese Äußerung einhellig so verstehen wollen, daß jener so profan behelligte Gottesmann sich somit als Erfüllungsgehilfen der Witwe ausgewiesen und lediglich deren Wünsche erfüllt habe. Namentlich die *"höchste Stille bei der Beerdigung"* soll von diesem Günther als *"Wille der Schillerschen Familie"* bezeichnet worden sein.

Erst jene unselig manisch-polemische Mathilde Ludendorff verwies 1928 zurecht auf Schwabes eigene gegenläufige Behauptung, Frau von Schiller

"füge sich den Anordnungen des Oberkonsistoriums".

Dem entspreche freilich genau auch Rudolphs überlieferte Äußerung über jenen Oberkonsistorialrat Günther:

"Was dieser anordne, werde die Schillersche Familie gutheißen".

Hieran schließt Fikentschers Eingeständnis an:

"Unbekannt ist der Auftraggeber des Oberkonsistorialrates Günther."

Nun aber wird verständlich, was Prof. Dr. Friedrich Wilhelm Riemer, Goethes Adlatus und Direktor der Herzoglichen Bibliothek in Weimar, schon am Tage all dieser Vorgänge, an diesem selben 11. Mai 1805, an Friedrich Johannes Frommann, Verleger in Jena, Begründer des deutschen "Börsenvereins" und engen Freund des Hofpredigers Günther, in dieser Sache schrieb:

"Fremde haben das Geschäft der Bestattung über sich genommen."

Wer diese Fremden waren, wußte oder sagte Riemer nicht: vielleicht weil er wußte, daß Frommann es ohnehin wußte.

Aber gleichfalls *"Fremde"* anstelle der zuständigen Witwe müssen auch jene Todesanzeige formuliert haben, die schließlich am 15. Mai 1805 im *"Weimarischen Wochenblatt"* unter der Rubrik *"Beerdigt in der Stadtgemeinde"* die Bevölkerung darüber informierte, daß Schiller gestorben und vor drei Tagen bereits beigesetzt worden sei. Dessen zweiter Vorname, *Christoph*, nämlich ist dabei irrtümlich gegen *Carl* verwechselt worden: ein Fehler, der schwerlich seiner Witwe unterlaufen sein dürfte.

Diese wünschte vielmehr auch keinerlei Nachruf auf Schiller. Ihr eigenes Gedicht *"Klage um Schiller"* entstand erst 1815: ganze zehn Jahre später, als sie auch ein *"Trinklied für Deutsche"* schrieb und nach geeigneten Themen für ihren poëtischen Zeitvertreib Ausschau hielt.

Aber schon kurz nach Schillers Tode verteilte seine Frau großzügig die persönliche Habe des Verstorbenen. Freund Voß berichtete schon im Juli 1805: *"Sein Stehpult, an dem er neun Jahre gearbeitet, hat mir die Hofrätin geschenkt, ferner seine beste Tabakspfeife"*, auch seine Tasse und eine Haarsträhne; das Stehpult ließ er, als er ein Jahr später nach Heidelberg zog, irgendwo in Weimar stehen: *"ich wollte es mitnehmen, allein da es sich nicht zerlegen ließ, war es unmöglich"* (im Dezember 1806 an die Witwe); später erwarb es der König von Bayern.

Nein, von einer *"liebevollen Organisation"* kann bezüglich weder des Leichenzuges noch aller andern angefallenen Verrichtungen nach Schillers Tode die nachsichtig verklärende Rede sein.

5. Heinrich Voß *junior*

Der Austausch der Schneider gegen junge Künstler und Akademiker als Schillers Leichenträger war das Verdienst nicht ausschließlich jenes Carl Leberecht Schwabe. Dieser hat das zwar gern so dargestellt, und der Friedrich-von-Schiller-Gedächtnisstätten e. V. übernimmt es sorglos.

Aber zumindest als Schwabes Helfer oder Mitarbeiter fungierte da entscheidend der damals 25jährige Johann Heinrich Voß *junior*, Sohn des gleichnamig senioren Homer-Übersetzers, aus dem Lande Hadeln in den Elbmarschen.

Als er Schiller kennenlernte, war er 21 Jahre alt und in Jena Student der Theologie wie Philologie, aber schon seit sechs Jahren auch ein Protégé, später gar sonderlich wohlgelittener Jünger Goethes. Dieser hatte ihm nicht ganz legal zum Doktortitel, dann auch zu einer ersten Stellung als Gymnasialprofessor für alte Sprachen in Weimar verholfen.

Als Voß daher Ende April 1804 nach Weimar übersiedelte, fühlte er,

"daß ich ein wenig schwul in Weimar einfuhr",

und einem Studienfreunde gestand er:

"Ich kann dir nicht sagen, wie schwul ich anfangs wurde, als ich mich in Weimar präsentieren sollte."

Da die Erläuterung eines Herausgebers seiner vielen Briefe, meist an Jugendfreunde, dieses *Schwul* sei das heimatlich niederdeutsche *Schwül*, keinen rechten Sinn ergibt, sei in der Not hier erlaubt, es getrost in anachronistisch heutigem Sinne zu verstehen. Denn dieser jüngere Voß, den seine Mutter zärtlich *Xanthos*, den Blonden oder Blondchen, nannte, war Zeit seines 43-jährigen Lebens immer nur mit angehimmelten Männern befreundet und starb 1822 als unverheirateter Ordinarius für Geschichte und Philosophie der Universität Heidelberg.

Die einzige Frau in diesem Leben war seine Mutter, mit der ihn bis zu seinem Tode eine überaus enge Beziehung verband. Der berühmte Vater, dessen Famulus und blindlings ergebenes Dacapo er war, beherrschte ihn eher mit einem positiven Trauma. Jedenfalls lebte er 37 Jahre seines Lebens als Lieblingskind bei seinen Eltern.

In deren Haushalt entwickelte er auch seine vielen manuellen Geschicklichkeiten, aber nicht nur beim Tapezieren und in vielerlei Handwerk, sondern auch im Stricken und Häkeln, im Schokoladekochen und Flechten von Kanaribauern, als Klavierstimmer, Buchbinder und Betreuer der Hausuhr wie auch des diversen Geflügels. Eigens für seine Mutter drechselte er ein Spinnrad.

Alle diese Fertigkeiten verbanden sich mit einem breiten Spektrum geistiger Interessen und Talente, auch mit medialen und telepathischen Fähigkeiten, aber auch mit körperlichen Labilitäten, die ihn zeitlebens kränkeln ließen.

Nur umso zarter und sensibler war seine Psyche, umso bescheidener und weicher sein ganzes Naturell, und nur umso mehr empfand er, laut seinem Monografen Hans Gerhard Gräf,

"eine tiefe Sehnsucht nach dem, was ihm mangelte: Männlichkeit, Gesundheit, Kraft, Größe".

Wann immer er Männern mit diesen Eigenschaften begegnete,

"gab er sich hin, berauscht, in schwärmerischer Entzückung" (Gräf).

Das tiefe Bedürfnis nach Heldenverehrung ließ diesen geborenen Bewunderer und anschmiegsamen Ekstatiker sein ganzes Leben lang potente Idole lieben, denen begeistert zu verfallen er die sinnlichste Lust verspürte.

Fast mehr noch als bei seinem angehimmelten Guru Goethe, der ihn freilich ungewöhnlich nah an sich heran ließ (*"Goethes Liebe habe ich"*), schmolz er in der Freundschaft des jüngeren und leichter zugänglichen Schiller beseligt dahin. Dessen Besuche bei seinen Eltern in Jena erwiderte der junge Voß gelegentlich auch in Weimar. Auf gemeinsamen Spaziergängen *"verlangt"* Schiller,

"daß ich ihn fleißig besuchen soll. Du kannst denken, daß ich mir sowas nicht zweimal sagen lasse" (an einen Studienfreund).

Erst eher nachmittags, dann auch abends, manchmal gar täglich, auch zu den Mahlzeiten war er bei den Schillers zu Gaste.

"Ich mache mir manchmal Vorwürfe, daß ich so oft komme, und kann es doch nicht lassen."

Seine Besuche ritualisierten sich:

"Ich sehe Schiller sehr oft; regelmäßig alle Mittwoche, Sonnabende und Montage nachmittags anderthalb Stunden, aber außerdem noch manchmal des Abends entweder bei ihm oder bei Goethe oder bei der Wolzogen" (an einen andern Freund).

Wenn Schiller krank war, wurde da aus dem Gast gern ein Krankenpfleger, der

"täglich und oft mehrere Tage hindurch stündlich" (an einen andern Freund)

am Krankenbett behilflich war. Er übernahm auch Nachtwachen, hat

"in einem Zeitraum von zehn Tagen vier Nächte bei ihm gewacht",

zählte diese *"zu den schönsten meines Lebens"* und schlief bisweilen

"zu seinen Füßen, indem ich [...] den Kopf auf seine Bettdecke legte".

An denselben Freund:

"Von diesen Nächten wollte ich dir Tage lang erzählen".

So hatte dieser Voß *"den vertrautesten Umgang"* mit Schiller, war

"ein Jahr lang sein steter Gefährte gewesen"

und nannte diese Zeit später seinen *"Lebensmai"*, wie er einem *"einmal und nicht wieder"* blühe. Denn

"als Schiller noch lebte, hatte ich keine Wünsche".

Schon damals jubelte er in zahlreichen Briefen allen seinen Freunden zu, daß Schiller

"meine ganze Seele füllt. Ich denke nur an ihn bei Tag und Nacht."

Auch:

"Ich denke ja an nichts in der Welt lieber als an diesen Heiligen."

Und:

"Der Mann, lieber Abeken, hat mein ganzes Herz, und ich muß wohl eingestehen, was Riemer mir einmal sagte: 'Voß, du bist ganz verliebt in deinen Schiller!' "

Immer öfter nun in diesen Briefen nannte er Schiller

"den Geliebten [...], vor dessen Herz ich kein Geheimnis hatte"

und für den er *"grenzenlose Liebe"* fühlte.

Als er den Kranken einmal *"so sanft und ruhig"* schlafen sah,

"hatte ich eine so kindische Freude, daß ich mich kaum zurückhielt, ihn auf das herzlichste zu küssen".

Später hielt er sich weniger zurück und

"konnte es oft nicht lassen, wenn ich fortging, ihm einen herzlichen Kuß auf seinen Mund zu drücken".

Bei nächtlicher und champagnerselig enthemmter Rückkehr von einem Maskenball

"nahmen wir den zärtlichsten Abschied [...], und dabei haben wir uns wohl zwölfmal geküßt".

Aber zu solchen Küssen gehören zwei.

"Schiller hat es auch gewußt, wie unendlich ich ihn lieb hatte, und deswegen war ich ihm auch nicht gleichgültig."

Sondern:

"Schiller ist mir auch recht sehr gut (das hat er mir neulich selbst gesagt)"

und war *"ein zärtlicher Freund"*. Er öffnete dem ekstatischen Favoriten und astrologischen Mit-Skorpion sein Haus (*"Ich darf nun zu ihm kommen, so oft ich will"*) und erkundete detektivisch dessen 25. Geburtstag, denn er sei

"doch wohl der Nächste, um auf Sie Anspruch zu machen".

Er bedachte ihn mit Geburtstagstisch, Champagner und einer Widmung seines druckfrischen *"Wilhelm Tell"*:

"Seinem geliebten Heinrich Voß".

Aber mehr noch: der strikte Eremit, der bisweilen monatelang nicht das Haus verließ, folgte allein in seinem letzten Lebensjahr den Verlockungen dieses jungen Freundes zu *"Redouten und Picknicks"* oder Maskeraden ganze sieben Male:

"Da war der Mann wie ein Jüngling von 20 Jahren, so ausgelassen, fröhlich, so unbefangen in seiner Freude, so offen, teilnehmend, liebreich [...] und hatte keine Scheu, das auf dem großen Saale vor 500 philisterhaften Angaffern zu äußern".

Besonders hoch mag es auf jenem Maskenball zu Ehren der Großfürstin Maria Pawlowna nur eine Woche nach Schillers 45. Geburtstage, der sein letzter

sein sollte, in Gesellschaft von Voß und vier andern jungen Männern herge-
gangen sein:

*"Der Champagner setzte ihn gerade in die Stimmung, in der er das Lied an
die Freude muß gemacht haben. [...] Kuß, Händedruck, Miene voll Herz
und Seele [...] er häufte eins auf das andere."*

Voß schilderte das brieflings bald danach seinem Studienfreunde Bernhard
Rudolf Abeken und erwähnte auch, wie Schillers Frau es auf diesem Feste

*"überdrüssig geworden, länger da zu bleiben. Sie schickte nacheinander
drei Abgesandte zu Schiller, um ihn zu bitten, sie nach Hause zu begleiten.
Das stand aber dem Schiller gar nicht an; er sagte bei der letzten Botschaft: 'Man will mich durchaus fort haben, aber man soll durchaus seinen
Willen nicht haben!' Da haben wir zusammen gesessen bis drei Uhr ... "*

Schon andern Tages trafen sich Schiller und Voß im Theater wieder.

*"Da sagte er mir: 'Nun wollen wir bald einen vernünftigen Champagner auf
meinem Zimmer haben; und', raunte er mir leise ins Ohr, 'da wollen wir
u n t e r   u n s sein', wobei er [...] auf seine Frau und die Frau von Wolzogen deutete, die dabei saßen. Zugleich erzählte er mir, es wäre gar schön,
wenn man auch im Schauspiel, auf athenische Weise, ein Stück aufführte,
wo bloß Männer zugegen sein dürften."*

"Die unglückliche Ehe aus Delikatesse" von Friedrich Ludwig Schröder war
solch ein Stück wohl eher nicht. Schiller sah es, in Gesellschaft ausgerechnet
seiner ehemals umschwärmten Schwägerin Karoline von Wolzogen, am 1.
Mai 1805. Voß holte ihn nach der Vorstellung ab, fand ihn in seiner Loge bereits mit Schüttelfrost fiebernd vor und hat ihn dann noch

"durch den Abend seines Lebens in die finstere Todesnacht hineingeleitet"
(an Freund Niemeyer).

Nur acht Tage später war Schiller dann tot.

Schon einen Tag vorher soll Voß, ganz im Unterschied zu Schillers Frau, das
Nahen dieses Todes deutlich gesehen und ihn dem Schriftsteller Stephan
Schütz bereits angekündigt haben.

Als das Befürchtete eingetreten war, schrieb Voß *"Ich bin wie ein Verwaister"* und mag damit haben sagen wollen, daß er sich wie verwitwet fühle. Umso entsetzter erfuhr er vom Turnus der Schneiderzunft als vorgesehenem Leichenträger.

Anders als Carl Leberecht Schwabe, der sich im Nachhinein selbst als den einzigen Initiator jenes Austauschs der Schneider gegen die jungen Intellektuellen dargestellt hat, schrieb Friedrich Wilhelm Riemer, Goethes Adlatus und Teilnehmer jener letzten beschwingten Champagnerrunde mit Schiller noch vor wenigen Monaten, in einem prompten Brief an den Jenaër Verleger Frommann über jene geplante Verpflichtung der Schneider und fuhr fort.

"Der junge Voß, indigniert darüber, warb andere Träger an, deren sich auch genug fanden."

Diese Initiative eines allerengsten Freundes scheint heute glaubhafter als die jenes sehr viel entfernter stehenden Verwaltungsangestellten Schwabe. Freilich war dieser im Gegensatz zum Ostfriesen Voß in Weimar heimisch und mit den hiesigen Bräuchen und Persönlichkeiten besser vertraut als ein kürzlich erst Zugewanderter. Schwabe mag also jenes Rundschreiben verfaßt haben, das aber jedenfalls Voß zu den dreizehn Auserkorenen hintrug. Deren Auflistung unter der Chiffre *S. c. o.* (wohl *sub cura omni* = streng vertraulich) beginnt immerhin mit Voß selbst, als wolle er mit gutem Beispiel vorangehen. Neben seinem Namen hat er notiert: *"Ich werde mich einstellen"*.

Das hat er dann auch getan - und vielleicht bereut. Denn

"die Herren hatten alle im Gefühl des Mitleids und der Ehre", berichtete Riemer, *"nicht daran gedacht, ihre Schultern zu fragen, und es ist ihnen sehr sauer geworden. [...] Voß selbst, so stark sein Wille war, so schwach war seine Kraft ... "*.

Aber *"dieser Mann"*, schrieb Voß selbst am Tage danach dem Jenaër Professor Griesbach,

"durfte nur von solchen beerdigt werden, die auch seinen Verlust schmerzlich zu fühlen wußten. Das ist geschehen ... ".

Es waren, schrieb er seinem Bruder Wilhelm,

"gewiß lauter solche, die es würdig waren, den Verstorbenen zu lieben".

Liebe als Kriterium auch noch im Angesicht des Todes also. Später pries das Jean Paul, dessen *"vertrautester Seelenfreund"* und sogar Testamentsvollstrecker derselbe Voß dann war, als dieses sonderbaren Jüngers *"Johanniskraft der Liebe".*

Wohl ebendeshalb teilte Heinrich Voß selbst seinem Freunde Niemeyer noch fünfzehn Monate nach diesem Abschiede mit:

"Von der Beerdigung laß mich schweigen".

Schon dieser lakonische Satz erhellt, wie wenig solch ein kompetenter und authentischer Augenzeuge die heutige Auslegung jener Beisetzungsvorgänge durch Herrn Dr. Siebenfuss-Köpfle geteilt hätte.

Im selben Briefe vom 12. August 1806 ging dieser Voß sogar noch einen Schritt weiter. Er verglich Schiller, der ihn da nach mehr als einem Jahr noch ebenso beseligte wie zu Lebzeiten, mit Baldur, den er als Gott der Güte bezeichnete. Er verschwieg dabei oder aber setzte als bekannt voraus, daß in der germanischen Mythologie dieser Lichtgott heimtückisch ermordet wurde. Diese Passage fehlt, vielleicht ebendeshalb, in den meisten Ausgaben dieses ansonsten häufig abgedruckten Briefes vom gründlich gebildeten Heinrich Voß. Aber umso aufschlußreicher dürfte sie gerade deshalb sein.

" 'Voß', sagte mir neulich der kleine Ernst", berichtete auch ein Brief vom 22. Mai 1805 über Schillers jüngeren, vielleicht ahnungsvollen Sohn, *" 'zieh doch in unser Haus, du kannst in Papas Zimmer wohnen'*: als Wissender? *"Da habe ich den Jungen mit Tränen in den Augen recht herzlich geküßt."*

Es hat diesen Voß dann nicht mehr lange in Schillers Weimar gehalten. Schon nach Ablauf des Trauerjahres ging er als Universitätsprofessor nach Heidelberg. Auch Goethe konnte ihn nicht halten. Von Schillers Witwe, nicht zuletzt immerhin auch seiner Schülerin im Spanischen, hat er sich nicht einmal verabschiedet: *"es war"*, bat er sie brieflich um Entschuldigung, *"als wenn eine unsichtbare Hand mich zurückhielte".*

Im Heidelberger Hörsaal las er sonderlich begeistert über Orpheus, den er eingangs als Argonauten schilderte. *"Was kann schöner sein"*, schwärmten seine Briefe an Charlotte von Schiller, *"dann der Wettgesang zwischen Or-*

*pheus und dem Kentauren Cheiron, bei dem der kleine Achilles die Zither
spielen lernt"*, und ihn begeisterte, *"wie die Raubtiere, von den Zaubertönen
herbeigelockt, halb vor der Höhle stille stehen, halb fliehen möchten; und
wie die Vögel [...] in wollüstiger Ermattung die Schwingen hängen lassen"*
(am 28. August 1807, also dem 58. Geburtstag seines andern Orpheus: Goethes).

Der junge Professor unterschlug in diesem Brief, daß über Orpheus berichten
ganz unweigerlich auch über dessen Besuch im Totenreich und seinen verrä-
terischen Verzicht auf Ehefrau Eurydike, seine Männerlieben und jene Ermordung durch rasende Ehefrauen sprechen heißt. Den Heidelberger Studenten dürfte er das schwerlich vorenthalten haben.

Aber für seine Briefadressatin ergänzte er stattdessen, daß dieser griechische
Poët, den er für den historischen Autor orphischer Texte hielt, *"allgemein
von den Deutschen gelesen zu werden verdiente"*: oder meinte er damit endgültig seine orphische Ikone Schiller und deren hinterlassene Texte?

Denn Schillers Tod, hat er später gestanden,

"blieb das einzige große, erschütternde Ereignis meines Lebens".

Noch am ersten Jahrestage seines Anwerbens liebevoller Sargträger resümierte er in einem Briefe an Freund Abeken:

"Schiller ist mir wie eine in mir festgewurzelte Idee".

Damit er das nicht nur diesem längst vergessenen Manne aus Ostfriesland ist,
habe ich das alles so ausführlich dargelegt.

6. "Abendleichen"

(Fortsetzung im nächsten Heft von "Spektrum")

Eingreifen eingreifen

Datendiskurs im Virtuellen Olymp

Wüstes Gejohle im Ultraschallbereich.

(Inzwischen konnte elektronisch hochgerechnet werden, daß es ein spezielles Mythenmodem zur Wahrnehmung olympischer Interpulsare bereits in drei- bis fünftausend Jahren geben wird. Das dürfte global eine derzeit noch unvorstellbare Revolution humaner Denkvorgänge zur Folge haben.

Der Redaktion vorliegender Kommunikationen ist es aber auf künstlerische Weise natürlich jetzt schon möglich, die Impulse der beteiligten Datenträger in beliebige Sprache umzusetzen und bekannt zu geben.

Der fragmentarisch nachstehende Datenaustausch findet an einem virtuellen Treffpunkt für Geister und Dämonen statt. Auch heute herrscht hier unverkennbar ein ebenso lebhaftes wie formloses Kommen und Gehen von Potenzen, die sich autark zumindest gerieren. Ihr anfänglich wüstes Gejohle im Ultraschallbereich bezog sich, scheinbar kontrovers und ausserhalb chronologischer Abläufe, teils offenbar auf die Rede der Delegierten aus dem Tschad vor der Vollversammlung der UNO, teils wohl auch auf die Information jenes griechischen Prinzen durch den sibirischen Schamanen, teils aber auch auf eine brisante Briefstelle des jungen Doktor Voß.

Leider ist das Ganze zunächst nur als bruchstückhaftes Stimmengewirr zugänglich):

- ... *eigentlich milbenartige* ...

- ... *oder eben auch gar nicht* ...

- ... *in toto* (oder Toto?) ...

- ... *wieso untere untere untere* ...

- ... *Milben im Frühstadium* ...

- ... *Sportkriege auszubauen* ...

- ... dermaßen winzig ...

- ... einfach auszurotten ..

- ... vonwegen Abendleichen ....

- ... sozusagen unsichtbare ...

- ... Morgen-, Mittags-, Abendleichen ...

- ... Milbenmassaker und basta ...

- ... was der schon von Baldur ...

- ... eine gründliche industrielle Selbstvernichtung vorzuziehen ohne eine aufwendige Rüstung extra auszu ...

- ... Taiga und Tundra wirklich unversch ...

- ... eingreifen eingreifen was warum nicht ...

- ... völlig überflüssige Winzlingsge -

- ... ohnehin blind und schwerhör –

(Abrupter Abbruch der artistisch elektronischen Kontakte.

Noch kurzes, aber sehr schrilles Pfeifen, dann knisterndes Ätherrauschen, dann gar nichts mehr, endlos.)

Münzen : Noten

Pressekommuniqué des Weltwirtschaftsgipfels

Neueste Erkenntnisse der Weltgesundheitsbehörde über mögliche Übertragungswege der Weltseuche OIRU *(Overkill Items Remain Unknown)* veranlassen den Weltwirtschaftsgipfel der führenden Industrienationen zu folgender Entschließung:

In Absprache mit Weltbank, Internationalem Währungsfond (IWF) und Finanzministern der führenden Industrienationen hat der Weltwirtschaftsgipfel beschlossen, ab sofort und in allen Ländern der Erde jede Form von Hartgeld aus dem Verkehr zu ziehen, da ein medizinisch begründeter Verdacht besteht, daß der OIRU-Erreger in erster Linie durch Geldmünzen verbreitet wird.

Regierungen, die sich aus nationalen Interessen diesem Beschluß des Weltwirtschaftsgipfels widersetzen und an ihrem bisherigen Münzsystem festzuhalten beabsichtigen, müssen mit einem totalen Wirtschaftsboykott nicht nur der führenden Industrienationen, sondern auch sämtlicher anderer Länder und Wirtschaftsblöcke rechnen, die sich dem heutigen Verbot von Hartgeld anschließen.

Eine entsprechende Empfehlung wird gleichzeitig den Vereinten Nationen überreicht.

Da die Sterbeziffer von OIRU-Opfern weltweit bereits rund fünf Millionen, die Dunkelziffer sogar schon sieben bis acht Millionen beträgt, soll der heutige Beschluß, auf Hartgeld zu verzichten, strikt und mit allen Konsequenzen realisiert werden.

Besitzer von Hartgeld können es binnen drei Monaten gegen Papiergeld eintauschen. Um die Problematik von Kleinstbeträgen zu vermeiden, wird empfohlen, alle entsprechenden Preise und Rechnungssummen ab sofort nach oben aufzurunden.

Global sollen sämtliche Geldmünzen umgehend eingeschmolzen oder nachweislich eingestampft werden. Auch ein Aufbewahren zu Sammelzwecken soll gesetzlich verboten und mit empfindlichen Papiergeld- oder Freiheitsstrafen geahndet werden.

Münzsammlungen sind gegen Quittung abzuliefern.

(Deutsche Fassung des Dolmetscherbüros beim Weltwirtschaftsgipfel der führenden Industrienationen)

Tibet : Palästina

Aktennotiz des Israëlischen Geheimdienstes zur Vorlage beim Minister-
präsidenten

Betrifft: Iranisch-vatikanischen Notenwechsel
Kennwort: Blaugold

1. Am ganzen vorliegenden Notenwechsel zwischen Teheran und Heiligem Stuhl kann einzig die verdächtigte Stadt als zutreffend bezeichnet werden: es geht in der Tat um Jerusalem. Insofern scheint ein fortgesetztes Augenmerk seitens israëlischer Regierung und Spionageabwehr dringend geboten.

2. Im übrigen entbehren die Auslegungen zumal des Vatikan jeder geheimdienstlichen Seriosität. Diese iranischen Spekulationen über israëlisch-chinesische Kontakte als eine Aktion zu deuten, die wirtschaftlich und militärisch gegen Paraguay gerichtet ist, dürfte klinisch eine *paranoia senilis* oder aber der nur allzu willkommene Vorwand für eine baldige Südamerika-Reise des schwer heimwehkranken Papstes sein.

3. Die iranische Revolutionshypothese einer jüdisch-kommunistischen Weltverschwörung ist gleichfalls diplomatischer Dilettantismus und auch durch keinerlei chinesische Interessensbekundungen gedeckt.

4. Dennoch spielt bei diesem rätselhaften schweizerisch-thailändischen Kontakt, der nur einen Umweg mit vermutlich interlinearen und außerasiatisch nicht decodifizierbaren Geheiminformationen darstellen dürfte, der Imperialismus Pekings eine primäre Rolle. Denn die gewaltsame Besetzung Tibets durch China hat ja den Dalai Lama nicht nur ins indische Exil getrieben, sondern auch in eine zwanghafte pseudo-buddhistische Missionierungsarbeit weltweit. Tatsächlich sind die Tibetaner derzeit ein ebenso landloses Volk wie die Juden jahrhundertelang. Das sollen natürlich auch sie nicht bleiben, und vom Lande Palästina mögen inzwischen auch diese Himalaja-Mönche erfahren haben, daß es sich zur Nutzung durch andere Völker bestens eignet. Überdies dürfte die Aussetzung des Moses-Kindes in der Thorah auch jener obligaten Suche nach einem infantilen Nachfolger des schwer heimwehkranken Dalai Lama gerade in unserem Lande gewisse Chancen einzuräumen scheinen; Herodes würde insofern plausibel mit Peking gleichgesetzt.

In diesem Zusammenhang ist ein Geheimtreffen unseres offiziell ermordeten ehemaligen Verteidigungsministers mit dem Dalai Lama in Bangalore bemerkenswert, zumal ebendort jene rätselhafte Palmblattbibliothek angeblich authentische Zukunftsprognosen der Akascha-Chronik parat hält. Ermittlungen über die Tagesordnung dieser inoffiziellen Konferenz legen eine Okkupation zunächst der Westbank, dann auch Jerusalems durch tibetanische Lama-Hirten nahe. Deren Militärpotential ist aber derzeit unbedeutend.

5. Erkenntnisse über eine Person namens Giovanni Blaugold liegen dem Geheimdienst derzeit nicht vor. Es dürfte sich um eine Fiktion und vorsätzliche Irreführung durch deutsche oder amerikanische Agenten im Dienste Tibets handeln. Eine entsprechend diskrete Anfrage in Deutschland wartet derzeit noch auf Antwort.

(Geheimdienstliche Übersetzung aus dem Hebräischen von Menachem Reinlender)

Geistreise mit Gesang

Internet: Protokoll VII aus der Arche N

Dies ist das Siebente Protokoll aus der Arche N

oder auch der dritte Teil des Vierten Protokolls.

Graf Konstantin Tolstoi berichtet Weiteres von jenem sibirischen Schamanen Ogus auf seiner Geistreise an den Strand des magnesischen Pagasaí, wo Schiff und Besatzung des griechischen Prinzen aus Jolkós nur noch seiner warteten, um endlich in See stechen zu können:

Schnellboot mit Supercrew

Das Schiff hieß *"Rapid"*, war das allererste Langschiff überhaupt, eine Sonderanfertigung mit vielen Verzierungen oder Extras und aus jenem Holz, das nicht faulen kann. Denn die Göttin Athene persönlich hatte es mit einem kybernetischen Eichenbalken ausgestattet, den sie aus dem heiligen Orakelhain in jenem westlich fernen Dodóna holte, wo die klassische Arche Deukalíons, des griechischen Noah, einst gelandet war, und eigenhändig eine selbständig sprechende Warnanlage in den Bug dieses riesigen Schiffes eingebaut. Noch sein Rhapsode Apollonius folgerte:

"Darum ward es ja auch von allen Schiffen das beste,
Die sich rudergetrieben in Meergewässern erprobten".

So konnten die Griechen sich damit erstmals aufs offene Meer hinaus wagen und die Jungfernfahrt eines technischen Wunderwerkes starten, das mit ganzen 50 Rudern von der Elite griechischer Heroën betrieben werden sollte.

Fast jeder von denen war Göttersohn wie Ogus und ebenso unbefleckt empfangen oder zumindest aus göttlicher Familie und auf seinem Spezialgebiet jeweils Weltmeister, sei es an Kraft, an Weitsicht, Voraussicht, Wandelbarkeit, an Geschwindigkeit, Mut: ein Team nicht von Spitzenkräften, sondern von Wunderkindern oder Genies, von Übermenschen, in vielen Fällen als Gebrüder oder sogar Zwillinge noch verdoppelt. Eine Arche von 54 ausgewählten Normensprengern.

Ihrer aller Ungeduld, endlich jenes *Goldene Fell* zu holen, wurde von Ogus noch gezügelt, indem er sie anhielt, zunächst seinem *Weißen Schöpfer* oder ihrem Apollon einen Altar zu bauen und zwei rötliche Stiere zu opfern, dann auch zum Geiste aller Schiffe und zu jenen Meergeistern zu beten, die die reichsten sind, Gewänder aus Seegras tragen und erschreckende Schreie ausstoßen.

Trotzdem waren sie nach alledem zu 54 nicht imstande, ihr Schiff ins Wasser zu bringen und flott zu machen. Ogus begriff, daß es sich hier um eine Reise handelte, für die dieses Schiff mit all seiner Ausstattung und Schnelligkeit gar nicht das geeignete Vehikel war. Es rührte sich nicht vom Fleck.

"Da hob mit der Linken", erinnerte sich später Apollonios, *"Ogus die Leier
empor, um einen Gesang zu erproben"*. Er begleitete den Gesang auf seiner
Balalajka, jener russischen Kreuzung aus paläoasiatischer Kithára und sume-
rischer Lyra, und sang –

*"Sang, wie einst die Erde, das Meer und droben der Himmel
Sich zu einer Gestalt miteinander vereinigt"*.

Tatsächlich hiermit weckte er die *"Rapid"*, sie folgte seinen Tönen und glitt
elegant ins Wasser, fuhr auf und davon, während Ogus noch immer und weiterhin sang: afrikanische Leser werden das kennen; auch in ihrer Heimat wek-
ken die Eingeweihten ihre schlafenden Boote mit Liedern und Trommelwir-
beln zur Ausfahrt und singen sie nach glücklicher Heimkehr wieder in Schlaf.

Aber auf jenem griechischen Wunderschiffe wurde das Singen des jakutischen Gastes zum eigentlichen Fahrzeug dieser Reise. Es wurde auch zu ihrem Stigma, und noch der späte Homer bezeichnete dieses Fahrzeug als *"all-
besungen"*. Erst dieses Singen ließ die Heroën auch ihre unzählbar vielen Gefährdungen überstehen.

Dabei handelte es sich nämlich nicht etwa nur um einen einzelnen Eisberg.

SOS

Es gab andere Strandungen und bedrohliche Felsen genug, auch widrige
Meerengen wie die berühmt unpassierbare von Skýlla und Chárybdis und
widrige Winde, Orkane und Flauten, die zu Irrfahrten zwangen, und all die
andern *"Irrsale des Meeres"*.

Aber es gab auch sechsarmige Riesen und Dämonen, Schlangen und Drachen, Hárpyien und schießende Vögel, die sämtlich besiegt und getötet oder
vertrieben werden mußten. Bei fast jeder Rast oder Landung gab es außerdem Feinde, Verfolger, Entführer und Kannibalen, mit denen allen es zu
Kämpfen, Gemetzeln oder ganzen Schlachten kam. Es gab auch verhängnisvolle Irrtümer, Krankheiten, Seuchen und Gebrechen, Verluste, gar Todesfäl-
le.

Immerhin kamen sie auch am Acherusischen Vorgebirge vorbei, das der Achéron spaltet: jener Fluß, der in die Unterwelt führt und den die Verstorbenen auf ihrem Wege dorthin überqueren müssen. Fast wäre auch die *"Rapid"* mit ihren Helden da hineingesegelt. Denn diese ganze Seefahrt, die schier endlos dauerte und eine früheste Art von Weltumrundung bedeutete, wurde mehr und mehr zur Lebensreise, war also jeden Augenblick dem Tode nah.

Zu begreifen war nichts mehr.

Da hatte Ogus viel zu tun, seine Geister gnädig zu stimmen: auf daß sie diesem ganzen Unternehmen und seinen ratlosen Protagonisten gewogen sein mochten. Allenthalben auf der ganzen Reise ließ er seinem väterlichen Weissen Schöpfer Ürüng-Ajy-Tojon oder dem Apollon der Griechen als Schutzherren ihres Schiffes Altäre errichten und opfern oder Dankesfeste widmen. Die thrakische Insel Thyniás, wo dieser Gott auf seinem Wege zu den Hyperboreërn ihnen sichtbar selbst erschien, riet Ogus singend, ihm zu weihen, und auf Kreta, der letzten Station ihrer Rückfahrt, ließ er ihm mit dem Ehrennamen *"Der Leuchtende"* ihrer aller Dank für die gelingende Reise abstatten.

Aber auch andern Gottheiten der Griechen veranlaßte er sie zu opfern, ihrem Zeus, ihrem Kriegsgott Áres und gleich anfangs am Strande der dolonischen Insel des Kýzikos auf einem eigens erbauten Altar sogar allen zwölf Obersten oder Olympischen Göttern Griechenlandes gleichzeitig.

Schon vorher auf der Insel der atlantischen Eléktra hatte er es für dringend geboten gehalten, die ganze griechische Heldenmannschaft in ihre eigenen urmännlich phallischen Mysterien von Samothráke, dem thrakischen Samos oder turkischen Semenderek, einzuweihen, und nach glücklicher Passage durch die bedrohlichen Symplegaden ließ er sie nach einem Brandopfer für ihren *Weißen Schöpfer* um eine glückliche Heimkehr beten, dann einander feierlich ewige Eintracht und gegenseitigen Beistand in allen Nöten geloben. *"Wir wollen sein ein einzig Volk von Brüdern, / In keiner Not uns trennen und Gefahr."* Sie schworen sich das in archaïschem Griechisch.

Trotzdem hieß er sie beim Vorübersegeln an jener acherusischen Einfahrt zum griechischen Hades allen ihren und seinen Göttern und Geistern jedwe-

der Unterwelt ein inständig empfundenes Opfer bringen, auf daß diese Fahrt
zum sonnig Goldenen Felle noch keine echte Jenseitsreise werde.

Musische Magie

Aber mehr als alle diese geistlichen Aktionen, für die Ogus aufmerksam sorgte, mehr noch unterstützte, diente, sicherte, schützte, bewahrte, rettete, befreite, erlöste sie alle aus jedweder Not und Gefahr etwas anderes: das war die
Musik ihres spirituellen Lotsen, sein Gesang, zur Lyra oder pur, auch die
Klänge seiner puren Lyra ohne Gesang. Ogus erfuhr hier täglich, welche magischen Kräfte in seinem Musizieren verborgen lagen. Er lernte es als jenes
väterliche Geistes- und Gottesgeschenk, das es war, in ganzem Umfang begreifen.

Denn singend besänftigte er jetzt die wütendsten Stürme, den tobendsten See-
gang, die schläfrigsten Flauten, die drohendsten Ungeheuer. Alles fügte sich:
gebannt von der Sanftmut seiner Töne, denen nichts und niemand zu widerstehen vermochte. Seine Kumpane nannten ihn den Erfinder der Sphärenhar-
monie. Das hielt er für übertrieben. Aber beschwören konnte er die, das
stimmte.

Vielleicht am deutlichsten wurde es allen, als sie jene Symplegaden passieren
mußten, die bis dahin für unpassierbar galten. Denn diese beiden Felseninseln
schwankten seit Äonen aufeinander zu und voneinander weg. Wer zwischen
sie geriet, wenn sie zusammenschlugen, wurde unrettbar zermalmt, wenn
nicht vorher schon von der Raserei des wütend zusammengepreßten Meeres
verschlungen. Thassilo von Scheffer hat die Beschreibung des Apollonios
Rhódios so übersetzt:

" ... Schon trieben die Felsen wieder einander
Beide entgegen und krachten zusammen. Da spritzte die Salzflut
Brausend empor und glich einer Wolke. Es heulte entsetzlich
Rings das Meer, und laut erschollen die Räume des Äthers.
Unter den zackigen Klippen erdröhnte in Grotten und Klüften
Donnernd das brausende Meer in der Tiefe, und hart auf die Riffe
Schoß der weiße Gischt empor von den brandenden Wogen".

Aber als Ogus sich mit seinen Gefährten diesem gnadenlosen Spektakel näherte und mit mütterlich geschulter Stimme zur Kantele seines väterlich göttlichen Geistes zu singen begann, hielten selbst diese beiden ruhelosen Felsen inne, hörten ihm zu, gebannt, und ließen ihn passieren. Sie lauschten auch seinem entschwindenden Gesange hinterher und waren so befriedet, daß sie seither nie wieder zusammenschlugen oder schwankten. Endgültig waren sie so zur Ruhe gekommen.

Heute kann man sie noch im südlichen Thailand betrachten, wo sie in der Bucht von Pang Ngah auf einer winzigen Insel direkt beieinander und reglos, aber so schräg und magnetisch einander zugeneigt dastehen, daß sie dort *Kao ping gann* heißen: *die zueinander strebenden Berge.* So sind sie da auch der leibhaftige, der versteinerte, materialisierte, der fixierte Gesang des Ogus.

Solche Zauberkraft machte diesen Gesang und seinen Sänger zur Legende. Aber er selbst wußte tief in seinem Innern, daß sein eigentlicher Wert für diese ganze Welt- und Lebensreise der fünfzig Besten ganz woanders lag. Er lag nicht im Spektakel, nicht in den Sensationen und Rekorden, sondern in ihrer aller gemeinsamem Alltag. Er lag im stunden- und tage-, manchmal gar nächtelangen Rudern der enormen Fünfzig. Ihren Ruderschlägen, die alles in Bewegung hielten und vorwärts brachten, gab sein ebenso stunden- und tage-, manchmal gar nächtelanger Gesang zur Leier den lebenswichtigen Takt. Er hielt die Fünfzig mit ihren Rudern zusammen. Er gab ihnen Ordnung, Form und Struktur. Er gab ihnen jene Eintracht und Harmonie, ohne die hier gar nichts gedeiht und am Leben bleibt. Noch Apollonios bestätigte:

"Also nach der Leier des Orpheus schlugen die Leute
Mit den Rudern das Brausen des Meeres, es wogte gewaltig.
Beiderseits hob sich schäumend empor die bläuliche Salzflut;
Fürchterlich rauschte sie auf beim Schlage der kräftigen Männer".

Aber ohne die Formatierung seiner Musik wäre alles aus dem Ruder gelaufen und hätte im Chaos geendet. Sie war jener Motor, den es damals noch nicht gab. Sie gab den Pferdestärken der Muskelkräfte erst einen Zweck und ihren Sinn.

Nur bei gelegentlich ausnehmend günstigen Winden hatte er Pause. Sonst
sang er immer. Sein Singen war das gemeinsame Elixier, ihrer aller Leben,
Über- und Weiterleben.

Phrauenphallen

Sein Singen half auch zuverlässig gegen jene ärgsten Bedrohungen, deren erste ihnen schon gleich zu Anfang auf der Insel Lēmnos entgegentrat. Dort
lebten nämlich nur Frauen. Deren abgrundtiefe Unfrömmigkeit war mit einem
so abstoßenden Körpergeruch bestraft worden, daß ihre Männer sie mieden
und sich stattdessen lieber thrakische Neben- oder Ersatzfrauen hielten. Aus
Eifersucht wurden diese Ehebrecher daher in ein und derselben Nacht von
ihren verschmähten Hauptfrauen ebenso ermordet wie auch alle ihre gemeinsamen Söhne und *"alles, was männlich"* war, gleich mit. (Einzig der greise
König war von seiner Tochter heimlich in einer Arche dem Meer übergeben,
illegal gerettet und seiner Retterin gerade durch dieses unangebrachte Mitleid
zum Verhängnis geworden.)

Aber nun fehlten diesen Mörderinnen auf Lēmnos die Männer. Auch zum
Pflügen. Als die *"Rapid"* nun mit fünfzig Mannen in ihrem Hafen ankerte,
sahen sie ihre Chance und beschlossen daher einstimmig, ihren Irrtum zu re-
vidieren. Sie gaben vor, von ihren treulosen Ehemännern samt Söhnen und
Dienern schmählich verlassen worden und nun umso hilfsbedürftiger zu sein.
Ihre Ehebetten stünden also pflügenden Gästen gern zur Verfügung.

Einzig Heraklés widerstand und blieb mit Hýlas, seinem Liebling, und einigen anderen Gesinnungsgenossen an Bord. Alle andern folgten begierig dem
lockenden Angebot, auch Ogus. Der aber ahnte in den Umarmungen seiner
Lemnierin einen brunnentiefen Zusammenhang mit dem aufmüpfig spionie-
renden Belauern seiner Ajgyr hinter ihrer Birke. Bei diesen Frauen mit ihren
schwarzen Haaren war auch keinerlei Goldenes Fell zu erobern. Die ganze
Reise stand auf dem Spiele. Denn schon waren fast alle Männer willig, jeden
Wunsch dieser Frauen zu erfüllen und als Ehesklaven, auch Pflüger hier auf
Lēmnos zu bleiben. Ogus begriff die Gefahr und erhob sich von seiner Ge-
spielin, trat ins Freie und begann, so laut zu singen, daß es in sämtlichen Lot-

terbetten gehört werden mußte. Es wurde dort auch verstanden, und binnen kurzem ruderten sie alle auf und davon.

Die nächste Attacke war erfolgreicher und folgenschwerer. In Kíos, wo der Fluß Rhýndakos aus dem arganthonischen Gebirge ins Meer fließt, ging Hýlas, der knäbisch junge Liebling des Heraklés, an Land, um seinem Geliebten frisches Quellwasser zu suchen. Bis er es fand, war es Nacht geworden, aber der Vollmond ließ ihn im Waldesdickicht die blitzende Quelle Pegaí entdekken. Kaum jedoch beugte er sich über sie, um das begehrte Wasser zu schöpfen,

*"Schlang von oben die Nymphe den linken Arm um des Jünglings
Nacken, den zarten Mund zu küssen, und dann mit der Rechten
Zog sie am Arm ihn nieder; er sank in die wirbelnde Tiefe".*

Er schrie vor Angst. Apollonios hat uns den Vorfall ausführlich geschildert. Aber keiner der schlafenden Gefährten, nur die Liebe seines wachend wartenden Heraklés hörte ihn, der ihm sofort zur Hilfe eilte. Doch nirgends fand er seinen Hýlas mehr im Waldesdunkel. Er suchte stundenlang, vergeblich. Denn jene Nymphe hatte seinen Hýlas nicht nur entführt, sondern stracks auch gleich verführt und geheiratet. Der verzweifelte Heraklés rief die ganze Nacht lang nach ihm und irrte durch die Wälder.

Bei Tagesanbruch mußte die *"Rapid"* ohne ihren stärksten Helden weiterfahren. Das spaltete auch die Mannschaft in Gegner und Befürworter einer Fortsetzung ohne ihn. Der purpurn beflügelte Kálaïs zum Beispiel, der sich für die Weiterreise aussprach, mußte dieses Votum später büßen.

Aber eine Nymphe hatte den stärksten Mann der Welt, dessen Namen später fantasievolle Etymologen mit *"Der mit dem großen Penis"* übersetzten, im Herzen getroffen und ganz ohne Penis ausgestochen.

Ogus begriff. Er wußte, daß jene Nymphe eine Schwester seiner Ajgyr war. Vorsicht war geboten. Rechtzeitig ließ er der Göttermutter Rhéa einen Altar errichten und ein schmeichelndes Bildnis aus Rebenholz weihen. Aber als sich die *"Rapid"* auf dem Kaspischen Meere dem Mündungsdelta des Thermódon näherte, beschwor nun Ogus auch alle andern griechischen Göttinnen und jakutischen Dämoninnen um gnädige Winde. Denn zwischen den 96 Ar-

men dieses kaspischen Flusses lebten die Amazonen, brustamputierte Kriege-
rinnen, in ihrem hochmilitanten Frauenstaat, der nur einmal jährlich, zur offiziell anberaumten Fortpflanzung, den Besuch von Männern duldete, aber alle
hieraus resultierenden Nicht-Töchter mitleidlos verbannte.

Die Gebete des Ogus wurden erhört, und im schnellen Vorüberrudern sahen
die griechischen Helden jene männerfeindlichen Männinnen hochgerüstet und
kampfbereit, vielleicht auch fortpflanzungslüstern zwischen ihren Flußarmen
stehen und nach ihnen Ausschau halten. Ogus griff triumphierend in seine
Saiten und begann, ein Dankeslied, nicht zuletzt an die Zaubergöttin Hekáte
zu singen, die auch die Mutter der ersehnten Blondine des Goldenen Felles
war und mit ihren sechs Armen, drei Köpfen und Schlangenhaaren den Bei-
namen *Ántaia* trug: *Die Begegnerin.*

Aber manche Begegnungen bleiben besser unbegegnet.

Auch die mit den Chálybes. Denn auch dieses große Küstenvolk südöstlich
des Schwarzen Meeres konnte gefährlich werden. Es lebte ohne Ackerbau
und Viehzucht, ohne *"erfreuende Früchte"* oder Herden *"auf tauigen Wiesen"*, entsetzt sich noch Apollonios Rhódios in seinen *"Argonautica"*:

"Nein, sie graben nur harten und steinigen Boden,
Lebensunterhalt zu tauschen, und jeder
Morgen bringt neue Plage; in dunkle, wolkige Schwaden
Und in Rauch gehüllt, erdulden sie drückende Mühsal".

Denn sie lebten von Erzgewinnung, Metall- und einer Eisenverarbeitung, die
sie sogar erfunden haben sollen. Selbst der Name dieses Volkes erklärt sich
metonym: *chálys* ist das griechische Wort für Stahl. Schon Aißchýlos, Heró-
dot und Xenophõn im 5. Jahrhundert vor Christos erwähnen oder schildern
diese Stahlproduzenten, und noch runde vierhundert Jahre später beschreiben
Strabon und schließlich Vergils *"Æneïs"* deren Lebensumstände so:

" ... Metallmassen, Chalyberarbeit,
glühen und sausen in Gruben, es faucht in den Öfen das Feuer".

Diese Chályber waren Bergarbeiter und Rüstungsschmiede, entsprechend
kriegerisch und führten ihr staubiges, rußiges Leben meist unbekleidet. Solche Nacktheit mochte Folgen, wie Apollonios sie auch noch bei den östlich

benachbarten, zeitweise dominanten Mossýnern schildert, ganz unvermeidlich machen:

*"Was nämlich wir zu Hause erledigen, machen die Leute
Draußen hier ungescheut und mitten auf offener Straße.
Scham vor dem Liebeslager kennt keiner im Volke, wie Schweine
In der Herde und ohne sich irgend um Zeugen zu kümmern,
Mischen sie auf dem Boden sich mit den Frauen in Liebe".*

Aber solche Vermengung von Sittenlosigkeit oder hemmunsgloser Zeuge- wie Zeigelust mit bösen Aggressionen und Geschäft mit dem Tode mag einer der Gründe sein, daß dieses Volk in sonderlich großer Dämonenfurcht lebte. Ihr übliches Männerkindbett nämlich, wie es auch Basken, Indianer, Korsen und andere mutterrechtlich bestimmte Völker in prähistorischen Zeiten praktizierten, sollte wohl ursprünglich allenthalben die feindlichen Geister täuschen und sie vom Neugeborenen abzulenken trachten. Marco Polo hat solche Couvade auch noch in China, in Assam, Borneo und Guiana beobachtet.

Apollonios jedoch meldet uns von diesen Chálybes:

*"Wenn die Frauen daselbst den Männern Kinder gebären,
Legen die Männer sich stöhnend zu Bett mit umwundenen Häuptern,
Und die Gattinnen pflegen die Männer mit reichlicher Speise
Und bereiten ihnen die warmen Bäder zum Kindbett".*

Eine Begegnung mit solchem Volke also blieb dieser Mannschaft um Ogus einzig durch dessen Singen dienlichst unbegegnet.

Auch die mit Deméter, Göttin aller bürgerlichen Ordnung und Gartenarbeit, blieb es. Schon als der spähende Lynkeús im Mastkorb fern am Horizont deren Insel und Palast aus den Fluten auftauchen sah, ließ Ogus im Nu *"das linke Steuer ein wenig drehen"* und hinlänglich rechts an dieser nächsten Falle mit ihren *"lockenden Geschenken"* vorüberziehen. Freilich wußte nur er, daß das heilige Tier dieser vielbespotteten *"Schreckensmutter der Antike"* ausgerechnet die Biene war.

So unterblieb sehr weise auch noch diese Begegnung.

Nur: derlei gelingt nicht immer. Auf der Rückfahrt mußten sie auf ihrer Strecke zwischen den Inseln Eléktris und Drepáne auch an jenem Eiland vo-

rüber, das Anthemóëssa heißt und auf dem die Seirenen, Töchter der Muse
des Tanzes, Terpsichóra, ihre Opfer erwarteten, wenn sie im Hades, wo sie
zu Hause waren, Ausgang hatten. Dann saßen sie auf den blumigen Strand-
wiesen dieses blühenden Inselchens, das vielleicht aber auch Sizilien oder
Kreta oder Capri oder Es Vedrá vor Ibiza war, inmitten der bleichenden Gebeine ihrer sämtlichen Opfer und sangen. Kein vorüberrudernder Mann konnte dann ihren betörenden Sirenenklängen widerstehen. Aber wer an Land
ging, wurde von diesem Trio unter gnadenlosen Gesängen ermordet und verzehrt. Da gab es kein Entrinnen.

Eigens Göttermutter Héra als Beschützerin der Frauen, Stifterin von Ehen
und Hüterin ehelicher Zucht und Sitte, aber leider auch über Meer und Wind
eine mächtige Herrscherin, deren Stimme deshalb so laut ist wie die von fünfzig Männern, sorgte für allerdienlichste Zephire und friedlichste See, so daß
das schnelle Schiff jener fünfzig männlichen Verweigerer unweigerlich auf
dieses Eiland der Seirenen Kurs hielt. Ogus wußte noch, daß er gerade wegen
dieser argen Gegensängerinnen vom Kentauren seines Auftraggebers auserkoren worden, diese wilde Reise zu begleiten und zu retten. Nun also flogen
sie den Seirenen entgegen.

Noch konnte man im Gegenwinde ihre Kanzone gar nicht hören, wohl aber
schon die drei Lockvögel sehen, wie sie da scheinheilig zwischen Blumen
saßen und sangen. Ihr befremdliches Aussehen war für Ogus heimisch vertraut. Denn sie waren aus Frauen- und Vögelleibern zusammengemischt wie
so manche Schadensdämonin im jakutischen Sibirien nicht minder: Mädchen-
köpfe, Vogelfedern, Flügel mit Frauenhänden, Hennenrümpfe, andere Hárpyien. Siegessicher saßen sie da und sangen, erfolgsverwöhnt und kannibalisch.
Jetzt konnte man sie auch schon hören.

Ihr Gesang war nachtigallenhaft betörend und süß, war berauschend, verzau-
bernd, verführerisch, süchtig machend und lockend. Er rief. Schon sprang
Bútes, ein erster junger Grieche, über Bord, um an diesem Strande noch vor
seinen vielen Rivalen der Erste zu sein. Denn weitere wollten schon folgen.
Da erhob sich Ogus.

Als Meister aller 32 Künste schlug er in sein Saitenspiel wie nie zuvor und
entlockte ihm asiatische Kitharenklänge, ägyptische Lyratöne, griechische

Phorminxakkorde, russische Balalajkavibrati, hebräische Kinnorlamenti und babylonische Harfenglissandi. Und er sang.

Er sang um sein Leben, aber verfünfzigfacht. Ebenjener Zephyr nun, der sie so gnadenlos just noch hergeschoben hatte, trug jetzt diesen verfünfzigfachten *cantus firmus* ans Gestade der argen Seirenen. So wurde deren eigenes Terzett zum ersten Male übertönt; es versagte, verflog und unterlag. Die griechischen Männer hörten es nicht mehr. Sie sahen nur noch, wie sich die drei gefiederten Daimoninnen sang- und klanglos von einem Felsen ins Wasser stürzten und ertranken. Denn sie durften nur leben, bis jemand ihnen überlegen war und widerstand.

So wurde Ogus zum Befreier der Seefahrt von dieser Geißel. Seine Griechen jubelten. Aber einzig er selbst wußte tief im Herzen, was ihm da gelungen war: allen Mißbrauch seiner Kunst zu besiegen und aus der Welt zu schaffen. Wirklich hatte das vor diesem Ogus noch keiner geschafft. Seit ihm nun wissen alle, die es wissen wollen, daß es möglich ist.

Freilich war das in manchen Augen eine Schuld, die Sühne oder Strafe verlangte. Die folgte auf dem Fuße.

Phrauenphallen 2

Neun Tage und Nächte lang machte die verärgerte Héra die *"Rapid"* nun zum Spielball eines Orkans, der trieb sie, wohin sie nicht sollte und völlig in die Irre. Da half auch kein Singen mehr: es verwehte ungehört in diesem gnadenlosen Sturme.

Der warf sie schließlich an das Wüstenufer der libyschen Syrten, wo das schnelle Schiff unrettbar in eine versumpfte Bucht geriet, aus der es nicht mehr herausfand. Alles Manövrieren half nichts mehr, sie saßen fest.

An Land war alles menschenleere, tier- und pflanzenlose Wüste, hoffnungs- und aussichtslos. Das Ende schien gekommen. Schon legten die Ersten sich gefügig zum Sterben nieder. Apollonios schien dabei zu sein:

*"Mitleidswürdige Tränen entrannen ihnen, sie schlangen
Liebend umeinander die Arme, um jeder dann einzeln
Niederzusinken im Sande und dort den Geist zu verhauchen"*.

Da griffen in erbarmungs- und schattenloser Mittagshitze drei libysche Dämoninnen, halb göttliche Heroïnen in Ziegenfellen und mächtige Schutzgeister Afrikas, ein: scheinbar hilfreich. Aber sie trieben die Demütigung dieser Männer nur noch auf die Spitze und rieten mit menschlicher Stimme und in Form eines schwer entschlüsselbaren Orakels, das Schiff, diese extralange und meererprobte *"Rapid"*, mit ihren Armen durch die Wüste bis hin zu fernen Gewässern zu tragen. Wie bitte? Aber waren schon unsichtbar, nur noch zu hören. Halluzinationen? Fata Morgana der Gehöre?

Ratlos und tölpelhaft folgten die willenlos gewordenen Männer dieser weiblichen Geisterlist und schulterten ihre mörderische Last,

*"Trugen mit Kraft und Mut durch Libyens sandige Öde
Hoch in den Lüften das Schiff und was zu dem Schiffe gehörte"*.

Zwölf Tage, zwölf Nächte lang schleppten sie, Ahnen jenes brasilianischen Fitzcarraldo, ihr schwergewichtiges Schiff durch die libyschen Ausläufer der Sahara. Wer das schon konnte, erkannte da auch jenes Weimarer Huckepack der siebengescheiten und neunmalklugen Elite mit Schillers gewichtigen Gebeinen in ihrer späteren kleinen Tannen- oder Eichen-Arche.

Aber am neunten Tage erlahmten den gefolterten Saharaspediteuren die Kräfte. Sofort griff Ogus zu seiner subarktischen Kantele und verzauberte die in eine hawaiïsche Ukulele. Wer aber konnte hier noch deren exotische Tremoli genießen? Wer hörte hier zu, wer war überhaupt noch da? Also erweiterte er ihre planetarische Anzahl von sieben Saiten eigens auf die Neun der griechischen Musen und so auf das Format deren tröstlicher Harmonien. Aber niemand vernahm sie hier.

Trotzdem begann er zu singen, vielleicht schon zum Abschied, elegisch und selbstisch.

Da schauten drei winzige Pflanzentriebe wie Augen aus den uferlosen Dünen und lauschten ihm genüßlich. Ogus sang nur umso beseelter. Die drei Triebe schossen unter solcher Stimulanz rasant zu jungen Bäumen auf: einer Ulme, einer Pappel und einer Birke, die sich mitsammen, in Menschenhöhe, als Hesperiden oder Atlasnymphen, hiesige Baum- und Quellengeister, entpuppten und diese fünfzig möglichen Gespielen zwar drangsalieren und beherrschen, aber nicht unwiederbringlich verlieren wollten. Lẽmnos schreckte und lehrte sie das.

Erst Goethe, ein deutscher Wiedergänger des Ogus, hat später in seinem faustischen Arkadien den Gesang dieser Baumnymphen notiert, wie sie auch *"im Hintergrunde / Tiefer Asphodelos-Wiesen"* und *"Unfruchtbaren Weiden zugesellt"* ihr Schicksal beklagen:

"Welchen Zeitvertreib haben wir?
Fledermausgleich zu piepsen,
Geflüster, unerfreulich, gespenstig. [...]
Wir in dieser tausend Äste Flüsterzittern, Säuselschweben
Reizen tändelnd, locken leise wurzelauf des Lebens Quellen
Nach den Zweigen; bald mit Blättern, bald mit Blüten überschwänglich
Zieren wir die Flatterhaare frei zu luftigem Gedeihn ... ".

Also erinnerten sie den Ogus ungut an die Birken seiner argen Ajgyr, zeigten den Verdurstenden scheinheilig eine nahe Felsenquelle, den Gelabten dann tückisch den nächsten Weg zum Tritonischen See oder heute *"geologischen Graben"* des Schott El Dscherîd mit seinen Oasen im südlichen Tunesien. Auch Heraklés habe gestern noch gerade diese Richtung eingeschlagen.

Nur umso gestärkter zogen die Männer mit ihrer entfremdeten Bürde ihm nach. Mehr als einmal glaubte der purpurbeflügelte Kálaïs, weit vor sich den verloren gegangenen Heraklés zu sehen, wie ein Bauer *"am Neumondstage vermeint, die Scheibe zu schauen"*. Aber jeweils war das wohl eher eine landesübliche Fata Morgana seines brüderlichen Schuldbewußtseins als ihr entschwundener Gefährte leibhaftig, der ihnen so verloren blieb wie für ihn selbst sein Hýlas, jenes andere unvergeßliche Nymphenopfer.

Denn schließlich am Tritonischen Salzsee oder Schott El Dscherîd mit ihrer noch immer geschulterten Galeere, fühlten die Tölpel sich abermals von Weibern genarrt: dieser See war ohne Ausgang zum Meer, da half kein tagelanges Suchen. *"Rapid"* war endlich gewassert, aber nunmehr gefangen - ringsum endlose Wüste.

Erst als Ogus ihren Dreifuß des Weißen Schöpfers Apollon den afrikanischen
Lokalgeistern opferte, erschien ein hilfreicher Mann, der göttliche Tríton,
Sohn des Poseidón persönlich und Herrscher hiesigen Strandes, mit nicht nur
Delphinschwanz, sondern auch Hörnern und Ohren des Stieres und gewunde-
ner Muscheltrompete, auf der er zu blasen, das Meer musikalisch zu befehli-
gen vermochte: ein Kollege und anderer Musensohn.

Eben als Sohn eines Gottes, der immerhin jenes schöne Mädchen Kainís
durch einen Beischlaf in den Jüngling Kaineús zu verwandeln vermochte, half
dieser Tríton nun auch den verzweifelten Objekten weiblicher Tücke gern und
von Mann zu Männern aus der Not ihres Wüstenschiffes und ließ sie einen
abgründig tiefen Ausgang aus dem Labyrinth dieses geologischen Grabens
entdecken.

Doch ehe sie da in die Freiheit ruderten, verloren sie noch an diesem letzten
Tage in der maghrebinischen Wüste den Mópsos, ihren hier arbeits-, also rat-
und kopflos gewordenen Auguren, durch den Biß einer Schlange im Dünen-
sande. Nur Ogus wußte, daß diese Schlange aus einem Blutstropfen des *Gor-
góneion*, eines abgeschlagenen Kopfes der so entsetzlichen und schlangen-
haarigen wie schlangenumgürteten, aber jungfräulichen Médusa, Schwester
jener Birken- und Pappel-Hesperiden, entstanden war, als ihr griechischer
Mörder Perseús ihn über Libyen transportierte.

Mópsos fiel also einem späten Racheakt dieser schrecklichen Jungfrau oder
auch aller verärgerten Frauen zum Opfer und sühnte für alle, versöhnte so.
Nach seinem Tode begünstigte und beflügelte ein belebender Südwind die
letzte Etappe ihrer rapiden Heimkehr.

Aber Ogus wußte gleichfalls, daß aus einem anderen Blutstropfen dieser selben sterbenden Gorgó, nur aus ihrem Schoße, damals ebenjener Pégasos erwachsen war, den er seit dessen Einsatz gegen die Amazonen stets unsichtbar
zu reiten pflegte, wenn er sang. So sah oder ahnte er Zusammenhänge und
Verwobenheiten, auch von Kunst und Grauen, auch von Männermacht gegen
Frauenmacht, ohne sie freilich begreifen, geschweige deuten zu können. Da
half auch kein Geist.

Blonde Begegnung

Das alles wurde überdies noch umso unbegreiflicher, als auf all den Stationen des Rückweges dieser Geistreise oder dieses Geschlechtergemetzels nicht nur das Goldene Fell, sondern eben auch jene Blondine, um die der junge griechische Prinz aus Jolkós ja ausfahren wollte, schon mit an Bord oder mit in der Wüste war. Enkelin des griechischen Sonnengottes und Tochter, Schülerin, auch schon Priesterin jener Zauber- und Unterweltsgöttin Hekáte, war sie selbst eine Magierin und für alle Geister, die Ogus mobilisierte, um ihrer habhaft zu werden, ein leichtes Spiel gewesen.

Diese jakutischen Dämonen hatten sich mit ihren griechischen Kollegen und denen aus dem exotischen Lande der Blondine an eine Art *Runden Tisch* gesetzt und beraten, wie am besten über alle die Grenzen und Entfernungen hinweg diese junge blonde Frau in solchem Maße mit der Begierde *dschalyn* versehen werden konnte, daß der Auftrag gebende junge griechische Prinz nur noch zu erscheinen brauchte.

Auf manche geheimnisvolle Weise, die sie auch Ogus nicht verrieten, machten besonders ihre Mutter Hekáte, *"die Begegnerin"*, und Héra, die göttliche Kuppelmutter und Heiratsvermittlerin der Griechen, ihre Sache schon im Vorhinein wirklich gut.

Als der Freier, selbst blond und außergewöhnlich schön, mit seinem vielstrapazierten Ruderboot dann endlich eintraf und sich in Begleitung des Ogus dem väterlichen Palaste der ersehnten Fellbesitzerin näherte, hüllte die eine dieser beiden Regisseurinnen ihn in schützenden und dramaturgisch dienlichen Morgennebel ein, die andere postierte den elternlos kindlichen Hilfsgott Éros in Gestalt einer Rinderbremse hoch in den Lüften über dem auserkorenen, wohlinszenierten Treffpunkte. Beide sorgten auch gemeinsam dafür, daß ihr Schützling an diesem Morgen den üblichen Tempeldienst schwänzte und einfach lieber zu Hause blieb.

Denn als wichtigste Taktik verwendeten diese beiden Maitressen *de plaisir* das probate Mittel der Überraschung. Die Prinzessin war lüstern, aber vollkommen uneingeweiht, und ihr Freier glaubte sich auf dem Wege zu ihrem Vater, um von diesem das Goldene Fell zu erbitten.

Er tappte und tastete durch wabernden Frühdunst, durch den er nur mit Hilfe seines jakutischen Lotsen hindurchfand. Aber plötzlich lichtete sich der Nebel - und die beiden Kandidaten standen dicht voreinander.

Im selben Augenblick schoß der allmächtig unwiderstehliche Éros einen ebenso beschaffenen Pfeil aus seiner apollinischen Armbrust der jungen Frau direkt ins Herz. *"Da schrie sie"*. Niemand, auch sie selbst nicht, wußte, ob das ein Schmerzens- oder schon ein Lustschrei war.

Zugleich verlor sie ihr Gedächtnis und vergaß alles sonst, was nicht diesen Mann betraf, dessen Schönheit sie nur wieder und wieder seufzen und stöhnen ließ.

"Wie heißt du?", fragte sie der Schöne.
"Médeia."
"Ich heiße Jáson."
Sie stöhnte nur waidwund.

Nach langem wechselseitigem Betrachten sagte der Prinz, er komme, ihren Vater um das Goldene Fell zu bitten. Da brach sie in schamlos jubelndes Lachen aus, das so ansteckend war, daß auch er nur noch schamlos lachte. So standen sie voreinander und lachten schamlos.

Dann schlug sie ein baldig nächstes Treffen im Tempel der mütterlichen Hekáte vor und führte ihn zunächst zu ihrem Vater, der Gäste am liebsten für potentielle Räuber seines Thrones hielt. Die Tochter kannte seine mörderischen Bedingungen, die der schöne Fremdling ohne Geister- oder Götterhilfe weder erfüllen noch überleben konnte. Während sie im Tempel auf ihn wartete, betete sie zur mütterlichen Göttin um Rat und Beistand. Dann scharte sie ihre zwölf Jungfrauen wie eine Leibwache um sich, öffnete ihr fülliges blondes Haar und bebte so dem Angehimmelten mit riesiger goldener Mähne, aber deshalb nicht etwa ungeschützt entgegen.

"Gleich wie der Sirius hoch aus der Flut des Okeanos aufsteigt,
Der zwar herrlich erscheint und wunderprächtig zu schauen,
Dennoch aber den Herden Gefahr und Übel bereitet" -

- so auch kam dann ihr Prinz ganz zerknirscht. Angesichts all der väterlichen Auflagen war er ohne jede Hoffnung. Es war aussichtslos. Da erwachte in ihr

die mütterliche Helferin, und sie tröstete ihn mit dem Hinweis, daß ihr Name
ja *"Die Erfindungsreiche"* bedeute, *"die immer Rat wisse"* und gegebenen
Falles sogar den Mond und die Sterne zu fesseln verstehe. Also verhieß sie
nun magische Unterstützung mit Zaubermitteln, entließ ihre zwölf Bewache-
rinnen und gab ihrem Prinzen so nicht nur Mut, sondern auch gute Gelegenheit und ihre ganze Sympathie, die da schon Liebe war.

Ogus hielt sich nun gleichfalls für überflüssig und ließ die beiden mit ihren
wohlgelenkten Geheimnissen, Gefühlen und Leibern allein, ging selbst die
fremde Stadt besichtigen. Gleich auf deren Kirkaiïschem Acker, dem dortigen
Friedhof, fühlte er sich wohlig an seine jakutische Heimat erinnert, denn just
wie da hingen auch hier nun alle Leichen an den Bäumen. In rohe Stierhäute
eingenäht, waren sie mit Seilen und Ketten im Astwerk biegsamer Trauer-
weiden befestigt und den Winden zum Austrocknen alles Vergänglichen überlassen. So nehmen die Seelen keinen Schaden wie beim Verbrennen oder Begraben und belassen auch Feuer oder Erde in ihrer Reinheit.

Früher war das rund um den Globus bei sämtlichen Völkern so üblich, namentlich lange noch bei Indianern wie den Sioux, hier auf dem Kirkaiïschen
Felde schon nur noch für männliche Leichen. Einen Mann zu verbrennen, galt
hier als Frevel, machte schuldig. Frauen hingegen durften nicht an die Bäume, mußten in die Erde. Bei den Jakuten wiederum herrschte da noch Chancengleichheit.

Hier jedoch war, was Christen später ihren Gottesacker nannten, jener zau-
bermächtig dämonischen Kirke geweiht, deren eigener Name einen exotischen
Vogel bedeuten und sich vom ägyptischen Horusfalken ableiten dürfte: dem
Symbol jener Wiederauferstehung der Toten, wie sie im Namen dieses Vogels
auch die Nekropole im ägyptischen Memphis verkündete. Auch diese magische Kirke hier lebte auf einer Toteninsel, die den klagenden Namen Aiaia
trug. War man unverhofft in Ägypten?

Als die Nacht hereinbrach, kehrte Jáson benommen, aber wohlinformiert und
begehrlich vom Tempel der Hekáte zurück und befolgte nun alle priesterlichen Instruktionen seiner Médeia. Er nahm ein Bad im nächtlichen Flusse,
schachtete eine Grube in Kreisform aus, errichtete einen Scheiterhaufen, ver-
brannte darauf ein hierfür geschlachtetes weibliches Lamm, träufelte süßen

Bienenhonig in eine sakrale Schale und brachte hiernach in schwarzer Gewandung der Hekáte ein Opfer dar: bat sie um Hilfe.

Da erschien die Angerufene jählings persönlich aus ihrer Höhle, dreiköpfig, sechsarmig, schlangenhaarig und in dreifacher Gestalt, umgeben von bellenden Unterweltshunden und Drachen mit brennenden Eichenästen im Rachen. Die Erde bebte, und alle Flußnymphen heulten. Aber die Stammmutter aller Magie entließ den möglichen Schwiegersohn mit der Gewähr, seine Gebete erhören zu wollen.

Der entfernte sich vorschriftsgemäß, ohne noch einmal zurückzublicken. Das war das A und das O für jedes Gelingen: kein Blick je zurück.

Erst hiernach salbte er Leib und Waffen mit einem Öl, das Hekáte aus jenem Blute gewonnen hatte, wie es aus der Leber des Prometheús getropft war. Es verlieh einen Tag lang übermenschliche Kräfte in allen schwellenden Gliedern und jedweden Schutz vor Eisen und Feuer. So beschützt und gewappnet, stellte sich Jáson den ausbedungenen Stieren, in denen Ogus sofort zwei feindliche Schamanen erkannte, die seine ganze Reise mißlingen zu lassen trachteten. Er erkannte sie an ihren eisernen Hufen, feurig flammenden Nüstern und ihrer maßlosen, qualmenden Wut. Und einer der beiden war Ätiri-Maj, der Honigmann und sein stiefbrüderlicher Rivale bei Ajgyr.

Während Jáson diese beiden Stiere ins ausbedungene Eisenjoch zu zwingen und mit ihnen den ausbedungenen Acker des Areïschen Feldes für die ausbedungene Saat von Drachenzähnen zu pflügen versuchte, erkannte der beobachtende Ogus, daß der Blondschopf diesen beiden rasenden Schamanen auf gar keinen Fall gewachsen war. Als Ogus daher eingreifen, selbst zum blaugescheckten Stiere werden wollte und zu seiner Armbrust griff, überkam ihn eine schamanische Impotenz. Er war es nicht imstande.

Augenblicklich wußte er, daß dies die Folge von Ajgyrs verbotenem Lauern hinter der Birke, ihrem Zuschauen an der Feuerstelle war. Sie stand auch jetzt und hier noch zwischen Ätiri-Maj und ihrem Ehemann, hinderte diesen in bigamistischem Fremdgange, jenen zu töten.

Der Augenblick war kritisch.

Die ganze Reise des Ogus zum Goldenen Felle schien zu scheitern.

Da griff Göttermutter Héra, die in erotischen Rivalitäten und ehelichen Seitensprüngen so sonderlich Bewanderte, ein. Oder war es Ajesit, die jakutische
Göttin des Glückes? Oder beide? Jedenfalls eine oder jede von ihnen schickte
der Médeia, die eben benommen, beseligt und aufgewühlt von all dem Neuen
den Tiefschlaf der nur noch Bedürftigen, der heillos Begehrenden schlief, einen Traum.

Ihr träumte, Jáson wolle gar nicht das Goldene Vlies, sondern sie als Gemahlin im fernen Thessalien. Also bekämpfte und bezwang an Stelle des halb
schon Unterliegenden sie selbst nun mit Hilfe der Göttermutter die schamanischen Stiere ihres Vaters. Sie zwang sie mit all der Wahrheit eines Traumes
ins ausbedungene Eisenjoch und zum ausbedungenen Pflügen des Areïschen
Ackers für die ausbedungene Aussaat von Drachenzähnen. Ihr Vater aber
wollte Jásons nur so ermogelten Sieg nicht gelten lassen. Also entschied sich
die Träumende endgültig für den Fremden und entfloh mit ihm ihrem Elternhause.

Mit einem anderen Schrei erwachte Médeia aus diesem Traume und eilte zum
vorschnellen Siegesfeste ihres Freiers, riet dem zu schleunigster Flucht aus
diesem brenzlig oneirischen Scheinsieg.

"Und mein Goldenes Fell?"

Also doch keine Ehe: ein trügerischer Traum?

Also bot sie ihm ihre Hilfe beim Einholen jenes Felles an und verlangte dafür
vor allen Zeugen sein Eheversprechen. Das gab er mit einem Schwur bei Hekáte und Héra.

Einzig der streitbare Ídas, immerhin Bruder des luchsäugig weitgesichtigen
Lynkeús und nach Heraklés der Stärkste in Jásons Gefolge, protestierte empört gegen so viel weibliche Macht und Einflußnahme, auch Nötigung:

"Sind wir als Weiberknechte hergekommen?"

Nur wenige stimmten ihm zu, auch nur leise.

Also zeigte Médeia diesem Jáson nach seinem Jawort den Weg zu ihrem Goldenen Felle und ließ es ihn greifen.

Das war freilich heikel. Darum baten die beiden nunmehr Verlobten den Ogus um seine Begleitung und Hilfe. Sie gingen selbdritt zu Fuß einen Schlängelpfad, Ogus vorneweg und ohne sich ja nach dem Brautpaar umzuschauen.

Morpheus ohne M

Endlich erreichten sie, hoch am Flusse gelegen, ein Kastell. Es war mit Bollwerk und Türmen befestigt, von sieben Mauern mit goldener Brustwehr umringt und nur durch drei eiserne Tore zu betreten, die fest verschlossen waren. Médeias magische Formeln versagten.

Erst als Ogus der Hekáte allerorten eigene Mysterien versprach, widerstanden auch diese Eisentore nicht länger. Der Zugang zum inneren Haine eröffnete sich. Die ersten Strahlen des Sonnenaufgangs erhellten ihn just. In seiner Mitte breitete sich mächtig eine gewaltige Eiche aus. Sie galt als geheiligt und leuchtete im Lichte des frühen Morgens, aber nun auch des Goldenen Vlieses, das in ihren Zweigen hing wie eine strahlende Wolke und rings von goldenen Eicheln umkränzt war:

" ... Es glich einer Wolke, die morgens
Von den leuchtenden Strahlen der steigenden Sonne gerötet".

Das Trio stand wie geblendet. So golden war alles im ersten Sonnenlichte. Alles war Sonnenlicht. Ogus begriff. Er sah, wie die zahllosen Eicheln dieses Vlies umzingelten und ägyptisch beschnitten umzüngelten, aber niemals erreichten. Das Vlies war unnahbar. Es war das Goldfell eines geflügelten Widders, der Chrysómallos hieß, der sprechen konnte und seinen eigenen Opfertod gefordert hatte. Im Widderkult wird alles Männliche verehrt und huldigend beschworen: alles Zeugende, Produzierende, das Schöpferische, Solare, schon als Abbild des Weltenschöpfers. Die Sonne als täglich neuer Welten- und Lebensschöpfer.

Ogus begriff, daß sie weder im Kaukasus waren noch in Mexiko. Sie waren in Ägypten. Oder einer ägyptischen Kolonie. Denn sie waren in einem ägyptischen Sonnentempel. Diese blonde Médeia war die Enkelin des ägyptischen Sonnengottes. Er begriff: der Griff nach diesem Goldenen Vliese mit seinen

Falkenflügeln war auch der Griff nach der Sonne. Wer es besaß, wurde täglich und immer wiedergeboren. Wer wiedergeboren wurde, war nicht sterblich. Dieses Goldfell war das ewige Leben.

Wie der Stier als Symbol der Lebenskraft Ka (oder turkisch-jakutisch Buga, auch Ogus), so galt hier der Widder als jene Geistseele Ba, die auch an den Bäumen des Kirkaiïschen Falkenackers noch in hängenden Leichen den Tod überdauerte.

Wußte all das dieser Jáson, dieser blauäugig glupschende Blondschopf und Muskelprotz? Oder sah er nur einzig all diese offen züngelnden Eicheln und wollte begierig der Erste sein? Schon grapschte er tölpelhaft tollkühn nach dem goldenen Leuchten. Da brüllte was auf.

Jáson prallte zurück. Da fauchte und zischte was überlaut. Schlangenhaft vielfach in zahllosen Windungen rings um den Stamm dieser Heiligen Eiche gewunden, den überlangen Hals weit durch deren üppiges Astwerk geflochten, bewachte da diesen solaren Widder- und Mannespelz ein Drache, selbst von der Sonne golden getarnt und reglos, aber schlaflos wachenden Auges. Wieder brüllte er, daß noch am fernen Lýkosstrome alle Völker es hörten.

"Wöchnerinnen erwachten, betäubt vom Schrecken, und schlangen,
Düsterer Ahnung voll, fest um die Kinder die Arme".

Klar: dieses Widder- und Lebensfell war so nicht zu haben. Wieder scheiterten alle magischen Beschwörungs- und Beschwichtigungsformeln der Priesterin. Der Drache rührte sich nicht. Doch fauchte er weiter und behielt das Trio im rast- und lidlos offenen Auge. Alles war aussichtslos.

"Wie wenn dichte Schwaden von Rauch über brennendem Walde
Qualmend sich erheben und hohe Wirbel entsteigen
Einer nach dem andern und höher und höher von unten
Sich dann rasch empor in schwebenden Wölbungen winden:
Also wälzte sich auch das Untier zahllos gewunden,
Hochgekrümmt und bäumend daher in schuppigem Panzer".

Da wußte Ogus, daß seine große Stunde geschlagen hatte. Jetzt galt es. Er griff in die Harfensaiten seiner Balalajka, und zu den innigsten Vihuelaklängen seiner Crwth oder Chrotta begann er zu singen, aber nicht irgendwas. Er konzentrierte sich ganz auf den geistigen Vorgang und schamanisierte innerhalb seines übergeordneten Reiseschamanisierens. Er sang einen Dankgesang an die Sonne, an ihre täglich allmorgendliche Wiederkehr, an ihre belebende Wärme, ihr belebendes Licht, ihr Belebendes, Leben Erzeugendes, Leben Bewahrendes. Er sang einen Dankgesang an das Leben. Der war still. Er war in sich gekehrt und kniete wie sein Sänger. Auch das Pärchen kniete nieder. Denn dieser Gesang war nur Demut. Und hatte Anmut und Würde der Demut. Auch ihre Bescheidenheit und Seligkeit. Und konnte kein Ende finden, weil solche Dankbarkeit keins hat. Er rühmte, für immer und ewig, er rühmte.

Dabei gähnte er zwischenhinein nach Schamanenart.

Das alles ermüdete selbst diesen Drachen: von dessen Spezies es doch heißt, daß sie taub sei. Diese Schwingungen trafen sein nur kalt durchblutetes Herz und erwärmten es, machten es friedlich, dann schläfrig. Auch dieser Drache gähnte. Dann schlief er ein. Er schlief offenen Auges, aber schlief.

Doch Ogus hörte nicht auf zu singen. Aber während er weitersang, gab Médeia, die den berechnenden Überblick nie verlieren konnte, dem auch schon gähnenden Jáson ein ungeduldiges Zeichen. Ogus assistierte ihr: schamanisierend und singend erfand und variïerte er den subarktisch-paläosibirisch sonnenbedürftigen Wortlaut *"Mutter, gib mir die Sonne!"* Immer wieder anders und neu, immer wiederholend: *"Mutter, gib mir die Sonne!"*

Schließlich begriff der Bräutigam, erhob sich und holte das Goldene Vlies aus den Eicheln.

Der Drache weilte in Morpheus' Armen, träumte daselbst von seiner heimatlichen Unterwelt, wo auch soëben wieder die Sonne übernachtet hatte, und von der finsteren Muttergöttin Hekáte, aus deren Haupthaar er in jungen Tagen für diese Welt entrissen worden war. So erinnerte er den Ogus oder wer immer Träume zu lesen verstand, daß zur Welt dieser Sonne auch jene Antiwelt gehört, die man die Unterwelt des Hades nennen konnte oder der jakutischen Abaasy oder des finnischen Tuonela oder auch den Orcus. Nur und einzig wer dort überlebte, war wahrhaft unsterblich. Erst dort erwies es sich. Dort fand die Probe auf jedes Exempel statt. Das raunte dieser Drache im Schlummer dem Ogus zu, indem er tief und summend brummte, als trenne er

ihm das sägend und behaglich schmackhafte M vom Namen des Traumgottes
Morpheus ab: *"Mmmmmmm"*: M auch wie Médeia.

Diese, ganz wieder Tochter des Hélios-Sohnes und bedrohlichen Königs der
Antiwelt, auch auf dessen gnadenlos nahende Rache gefaßt, drängte die andern zum Aufbruch. Sie eilten zur *"Rapid"*. Jetzt ging Jáson voran. Er hielt
das Goldene Vlies wie eine Trophäe vor sich, die ihm den Rückweg durch
das Zwielicht der Morgendämmerung erhellte. Sie hing ihm vom Halse bis zu
den Füßen hinunter und leuchtete. Ihr Widerschein ließ auch Antlitz und
Blondschopf ihres Trägers golden erstrahlen. Über und über schien er vergoldet.

So traf er bei seinen ängstlich harrenden Gefährten ein, die nur das giganti-
sche Drachenbrüllen vernommen hatten. Jetzt drängten sich alle begierig, mit
eigenen Händen dieses Fell zu berühren, darin zu kraulen, es zu streicheln,
denn *"es strahlte wie Blitze des Zeus"*. Aber Jáson verwehrte gattenhaft
strikt jedes Grapschen und gebot eine schnelle Abfahrt.

Médeia ging mit an Bord und zwischen die fünfzig Rudermänner.

Kaum waren sie alle auf See, erblickte sie schon die Flotte ihres Vaters, die
sie in ganzem Aufgebote verfolgte. Zwar halfen Héra und Hekáte mit günstigen Winden und einem Regenbogen als Wegweiser, aber ein Täuschungsma-
növer wurde zur Falle, und die Verfolger holten sie ein. Die Lage der Ver-
folgten war militärisch aussichtslos. Ihre Diplomaten handelten daher einen
Kompromiß aus: das Goldene Vlies bleibe an Bord, aber Médeia werde zu-
rückgegeben.

Die belauschte das, raste und plante, in ihrem Schiffe Feuer zu legen, sich
selbst und alle zu vernichten. Das verwarf sie aber zugunsten einer List, mit
der sie ihren Bruder Ábsyrtos, der die väterliche Flotte kommandierte, scheinbar kollaboratorisch zu einem heimlichen Treffen lockte. Dabei ermordete
und zerstückelte sie ihn, trank dreimal von seinem Blute und spie es absurd
wieder aus, *"wie Meuchelmörder sich rechtlich vom Morde entsühnen"*, und
warf dann die zahllosen kleinen Leichenteile ins Meer.

Ihre Rechnung ging auf. Die Verfolger wurden bei bewegter See mit dem Zu-
sammenklauben ihres Kommodore so lange aufgehalten, daß die *"Rapid"* mit

all ihren Besten entkam. Aber nach deren mühsamer Wanderung durch die libysche Wüste endlich wieder zu Schiffe, wurden sie bei der Rast auf der gastlichen Insel Drepáne schon kurz vor dem Heimathafen doch wieder von der Flotte ihrer Verfolger entdeckt und gestellt.

Ein Gemetzel drohte, das ihr Gastgeber, König Alkínoos, ein klassischer *appeaser*, ihnen allen und seinem eigenen Volke der Phaíaken ersparen wollte. Aber wie?

Seine listige Frau, mit Médeia ohnehin in schwesterlich konspirativem Verbunde, stimmte *pro forma* deren ausbedungener Auslieferung an die väterlichen Verfolger zu: so sie noch Jungfrau, insofern noch minorenn sei; andernfalls habe ihre Verbindung mit Jáson als Ehe, also als unauflöslich zu gelten und von jedermann respektiert zu werden. Um aber ein heikles Examen ihrer Unberührtheit besser zu verhindern, wurde, gleich hier auf Drepáne, diesem Potjomkinschen Dorfe, eine Hochzeitsfeier mit offizieller Entjungferung in der Hochzeitsnacht aus dem Boden gestampft. Zwar zögerte Jáson, weil er wußte, daß hier auf Drepáne jene Sichel versteckt war, die auf griechisch δρεπάνη oder eben *drepáne* hieß und mit ebender schon Krónos, titanischer Göttervater, seinen eigenen Erzeuger Uranós seinerzeit entmannte und stürzte. Seitdem wurde diese Insel hier einfach Drepáne oder eben Sichel genannt: also Vorsicht!

Jáson war mittlerweile auf alles gefaßt, aber willigte dennoch oder ebendaher in den Notausgang dieser Eheschließung ein: Ogus leitete die Zeremonie mit rituellem Dankesopfer für den apollinischen Weißen Schöpfer Ürüng-Ajy-Tojon ein, bat den hierbei auch um eine weitere Reinigung des Brautpaars von seiner Blutschuld am Ábsyrtos und intonierte dann persönlich den offiziellen, ehestiftenden Hyménaios oder Hochzeitsgesang.

Erst als er während der Hochzeitsnacht, die nun tatsächlich auf dem Goldenen Felle stattfand, im Kreise der fünfzig Supermänner am Höhleneingang Wache hielt, erschien diesem Ogus im Halbschlaf sein eigener jakutischer Schutzgeist und offenbarte, daß er just vor einer Grotte seines Rivalen sitze: jenes Honigerfinders und stiefbrüderlichen Imkers Ätiri-Maj, dessen Namen die Phaíaken hier zu Arístaios verstümmelten. Er habe diese Höhle seiner Tochter geschenkt, die auf einer Flucht hier lange Obdach gefunden.

Einer Tochter? Dieser Kinderlose? Ogus begriff oder ahnte was.

Andern Morgens sang er dem jungen Paare noch schnell ein obligates Glückwunschlied. Die Hochzeitsreise der Weltenbummler, verkündete Jáson, sollte aus einem langen Honigmonde auf dieser Insel der gastlichen Phaíaken bestehen, bis die Belagerer sich eines Tages einsichtig trollen würden.

Also brach Ogus allein auf.

Denn alle Probleme und Widrigkeiten dieses ganzen Unterfangens waren behoben. Alle latenten oder virtuellen Gefährdungen waren mit Geistes- oder Götterhilfe aus der Welt geschafft, alle potentiellen Gegner besungen oder besiegt, und das Blonde Fell war gewonnen und zum Fleische erweckt. Geistig, energetisch und emotional war alles vorgeklärt und erprobt wie in einem elektronischen Simulator. Dieser blonde hellenische Barfüßerprinz brauchte bloß noch hinzufahren und das Ersehnte abzuholen wie ein hinterlegtes Paket aus der Aufbewahrung.

Was es ihm später noch alles bescheren oder einbrocken wird, muß er dann selbst erfahren oder zu überleben trachten. Das tat dieser Jáson dann auch, und seine wundersame *Rapid* wurde anschließend gar als Sternbild der riesigen *Argo Navis* an den südlichen Himmel und in die Nachbarschaft jenes *Großen Hundes* versetzt, zu dem auch der populäre Sirius gehört. Noch im frühen 3. Jahrhundert vor unserm christlichen Kalender bedichtete das der Hellene Áratos, ein selbst vielbesungener *"Kenner funkelnder Sterne"* und Knaben aus dem kilikischen Sóloi, mit einem Verse seiner himmlischen *"Phainómena"* so:

"Mit dem Heck voran wird Argó vom Schwanz des Großen Hundes gezogen".

Für alles das und sowas jedoch war Ogus als exotischer Psychopomp nun nicht mehr zuständig.

Erschöpft und verausgabt brachte er auf Kap Taínaron seinem lichten Ürüng-Ajy-Tojon noch ein einsames persönliches Dankesopfer, verwandelte sich vom Thraker wieder zum Jakuten, kehrte aus all der Sonne wieder in den sibirischen Schnee, in die Jurte zurück, in der er geboren wurde und bisher lebte, ließ seine Seele dort ihren Kopf aus dem Birkenwipfel holen und setzte ihn wieder auf. Zwar bemerkte er, daß dieser Baum seine Blätter hängen ließ, doch kehrte Ogus in seinen immer noch quasi leblos am Boden des Zeltes liegenden Körper zurück. Immerhin hatte Ajgyr ihn in der Zwischenzeit wenigstens nicht verschoben. Dann wären Wiederfinden und Rückkehr für ewige Zeiten unmöglich gewesen.

Kaum also wieder in seinem angestammten Leibe, tauchte in seinen Ohren von fern ein Gesang auf, der von vielen Stimmen gemeinsam kam, aber monoton klang und immer lauter und deutlicher wurde:

"Unser Schamane wird leben!
Unser Schamane macht uns frei!"

Ogus hörte ihm zu und begann, seinen Körper wieder zu fühlen, ihn zu benutzen, zu bewegen.

"Er kommt zu sich", sagte ein Bariton. Ogus befand, daß es die Stimme seiner Mutter war.

"Es sind jetzt sieben Tage."

Als er die Augen aufschlug, sah er als Erstes draußen jenen kleinen Hain junger Birken, unter denen er mit seiner Kantele um Ajgyr geworben hatte. Aber die Zweige dieser Birken hingen jetzt leblos hinunter, ihre Blätter waren schwarz und vertrocknet. Die Birken waren verdorrt.

Sofort wußte Ogus: Ajgyr ist tot.

Er blieb noch lange liegen und überlegte.

Erst hiernach stand er langsam auf.

An dieser Stelle machte der Graf Tolstoi eine längere Pause, dann sagte er: *"So. Was dann geschah, erzähle ich in einem der nächsten Protokolle. Wir melden uns wieder, aber ganz unregelmäßig und zwanglos,* ad libitum.*"*

(Team-Übersetzung der Arche N aus dem Russischen)

Verstrahlt / erstickt

Meldung der Deutschen Globus-Welle

Die *Deutsche Globus-Welle* hat ab sofort ihre regelmäßigen Plastikstandsmeldungen eingestellt, weil die Plastibelzahl in den meisten City-Deponien
inzwischen die Kapazitäten der Meßgeräte erheblich übersteigt.

Ohne daher noch weitere Einzelwerte bekanntzugeben, wird künftig lediglich
eine Liste jener Metropolen publiziert, deren Innenstädte durch eine Ablage-
rung von Plastik- und Computermüll stark vertrahlt sind und gemieden werden sollten. Das ist zur Zeit jedoch nur in den folgenden Städten der Fall:

Hiroschima, Recife, Detroit, Kairo, Kalkutta, Pittsburgh, Taipeh, Ruhrgebiet, Hong Kong, Bangkok, Nagasaki, Bangalore, Penang, Lyon, Frankfurt
am Main, Surabaja, São Paulo, Mexico City, Manila, Bukarest, Washington,
New Delhi, Schanghai, Athen, Jakarta, Murmansk, Barcelona, Chicago, Sin-
gapur, Nowosibirsk, Tokio, Istambul, Bombay, Carácas, New Orleans, Kyoto und Sydney.

Diese Liste wird täglich aktualisiert und ist auch im Internet abrufbar. Für ihre Vollständigkeit kann keine Gewähr mehr übernommen werden.

Die Zahl der erstickten Personen auf diesen Plastikkippen ist noch nicht genau zu ermitteln. Die Tanghobányi-Institute gaben einen Schätzwert von etwa 637 000 Toten bekannt. Die *Statistischen Behörden* der UNO halten derzeit etwa das Doppelte für wahrscheinlicher.

Wegen starken Verwesungsgeruches zumal in den tropischen Ballungszentren haben die Anhänger einer Plastikverbrennung inzwischen vielfach zu ille-
galer Selbsthilfe gegriffen und auf diversen City-Deponien Feuer gelegt. Dadurch sind zahllose unkontrollierbare Schwelbrände entstanden, deren ge-
sundheitsschädliche Folgen von den Gegnern dieser Methode für unabsehbar
gehalten werden. Sie drohen mit gerichtlichen Schritten.

Auch kriegerische Auseinandersetzungen zwischen den verfeindeten Gruppierungen werden nicht mehr ausgeschlossen.

Allgemein gilt das Problem zur Zeit noch für ungelöst.

Moslems : Märkte

Rätoromanischer Brief nach Izmir (ohne Briefkopf, ohne Datum)

Lieber Freund für heitere Tage,

seit unserer Genfer Zusammenarbeit, die ich in besonders angenehmer Erinnerung habe, ist nicht nur sehr viel Wasser den Hellespont hinaufgeflossen; trotz aller unserer Bemühungen ist unverdrossen auch allenthalben weitergeschossen und weitergebombt worden.

Aber Sie leben jetzt in der Stadt Homers, der den Krieg ja nicht nur genüßlich besungen, sondern auch für etwas Naturgegeben-Gottgewolltes gehalten hat. Gerade insofern hat er ihn allerdings auch zum Anlaß genommen, überalterte Gottheiten, die sowas wollen konnten, anzugreifen und ihren Sturz in die Wege zu leiten oder zu beschleunigen.

Nichts Geringeres, meine ich, ist auch heute unser aller Aufgabe.

Umso lieber also schreibe ich in Ihr posthomerisches Smýrna und hoffe auf jenen dort immer noch lebendigen *genius loci*; umso inbrünstiger aber bitte ich auch Sie selbst um Ihre ganz persönliche Mitarbeit oder Hilfe.

Es geht um folgendes:

Mein asiatischer Freund Linn, den ich seit etlichen Jahren kenne und schätze, verfügt über vielfach erprobte telepathische, auch prophetische Fähigkeiten. Vor so manchem Debakel unserer Welt hat er rechtzeitig gewarnt, ohne freilich jemals einschlägig beachtet worden zu sein. Natürlich kämpft dieser überzeugte Buddhist auch nie um Beachtung.

Linn nun ließ mich neulich beiläufig wissen, der nächste Krieg werde wohl nur scheinbar zwischen USA und Oman, in Wahrheit aber zwischen USA und Islam erfolgen. Das mag Kenner der Szenen nicht überraschen. Trotzdem träumt die Welt, scheint mir, diesem Tage X entgegen, ohne darüber nachzudenken, was solch ein Krieg zum Ausdruck bringen und was er bewirken würde.

Besonders der Islam als der Hauptbetroffene scheint mir da fahrlässig indolent zu sein, indem er sich damit begnügt, unmündige Massen anhand von frühmittelalterlichen Ritualen zu fanatisieren und deren Ekstasen, so möglich, nuklear zu bewaffnen.

Dabei nimmt er es kurzsichtig in Kauf, einen Mehrfrontenkrieg zunächst zu schüren, dann auch zu führen. Die USA genügen da noch nicht. Auch gegen Israël wird gerüstet und polemisiert, auch gegen die UNO, gegen Europa und NATO, auch gegen islamische Nachbarn und vermeintliche Feinde in den eigenen Ländern: je mehr, desto besser; also kopflos. Wie Napoleon; wie Hitler: programmierte Verlierer.

Zu einer geistigen Analyse von Situation und Fernziel sehe ich nirgends auch nur einen Ansatz. Und die ist überlebenswichtig, vielleicht für den ganzen Planeten.

Denn in der Tat dürfte dem Islam in der bevorstehenden und dringend notwendigen Auseinandersetzung mit einem System und einer Denkweise, die wir uns längst als *Amerika* ungenau zu bezeichnen angewöhnt haben, praktisch die Schlüsselrolle zufallen.

Nur praktisch; denn theoretisch sind da alle Religionen der Welt natürlich gleichermaßen gefordert. Aber das Christentum ist ausgelaugt und korrumpiert; das Judentum leidet an seinem Schisma zwischen amerikanisch kommerzialisierter Profanierung einerseits und einer halsstarrig verkalkten Nabelschau andererseits, die nicht weiterblicken kann als von der Mea Shearim bis zur Klagemauer; und der Buddhismus, für mich persönlich als Konzept die eindeutig größte Chance, verweigert grundsätzlich jeglichen Kampf.

Also wird der militante, der vitale und ehrgeizige Islam zum Hoffnungsträger. Aber er sollte sich seiner großen religiösen und spirituellen Verantwortung auch als Wortführer der andern Religionen bewußt werden und in seine Rolle als geistiger Kontrapunkt zum gnadenlosen Amerikanismus oder zur total entfesselten Marktwirtschaft unserer Tage hineinzuwachsen versuchen statt sich in algerischen Selbstzerfleischungen, iranischen Machtkabalen, ira-

kisch blutigen Kopflosigkeiten oder in Geiselmorden und heimtückischen
Flugzeugentführungen zu erschöpfen. Für den Außenstehenden scheint er dabei vergessen zu haben, daß er primär eine Religion ist. Mekkareisen und
sonstige Ritentreue seien jedermann selbstverständlich unbenommen, genügen
heute aber nicht mehr, um die Welt zu retten. Die interessante Auflage des
Propheten, einen Gottesstaat zu bilden, scheint im Augenblick vor lauter
Staatenbildung allzuoft Gott zu übersehen.

Religionskriege haben sich deutlich überlebt, das muß ich einem Moslem wie
Ihnen nicht erläutern. Aber gegen jedwede Irreligiosität könnten sie leider allzu bald noch einnmal akut werden. Dann müssen alle Religionen sich zusammenschließen und gemeinsam über neue, zeitgemäßere Mittel nachsinnen
oder, besser, schon nachgesonnen haben.

Bitte verstehen Sie diese Äußerungen nicht als Kritik am Islam. Ich weiß, wie
empfindlich Moslems auf die unberechtigte Überheblichkeit aus andern Religionen reagieren, und kann das nur allzu gut verstehen. Denn natürlich ist es
viel zu oberflächlich, das komplexe Gebäude des Islam nur mit Figuren wie
Muammer Al Ghadafi, Ayatollah Khomeini, Saddam Hussein oder Ossama
Bin Ladin gleichzusetzen, die ihrer Religion vielleicht weniger genutzt haben
als gegebenenfalls beabsichtigt. Es hieße auch Millionen ernsthaft frommer
Moslems ignorieren, die ohne Schlagzeilen und umso religiöser leben.

Meine Zeilen sind also weniger Beanstandungen als vielmehr der Versuch einer Analyse und leiden darunter, daß ich hierfür gar nicht kompetent bin. Also begebe ich mich auf die Suche nach einem so klugen wie überzeugten, so
gebildeten wie vorurteilsfreien Mohammedaner, der mir und vielleicht auch
seinem Islam dabei behilflich sein könnte, die historische Weltaufgabe dieser
Religion in naher Zukunft zu definieren. Er sollte möglichst kein Araber sein,
weil deren Fixierung auf Israël jeder Klarsicht im Wege stehen muß. Sie ver-
zetteln sich dort in einer überschätzten Nebensache.

Dabei stünden gerade in diesem Raume die Chancen für eine globale Ökumene als potentes Gegenkonzept zur mörderischen Marktwirtschaft ungewöhnlich günstig. In Jerusalem, nur als Beispiel, haben kürzlich die wenigen
Buddhisten, die dort wohnen, damit angefangen, öffentlich sichtbar ihre Geisterhäuschen aufzustellen, ohne daß es deswegen von islamischer, jüdischer

oder christlicher Seite zu nennenswerten Randalen gekommen ist. Für mich ein sehr hoffnungsvolles Signal. Wir brauchen heute weder Richtungskämpfe noch chauvinistische Alleinansprüche, sondern Religion wie auch immer in einer religionslos gewordenen Welt, die so nicht fortbestehen kann, das verkündet und zeigt sie uns täglich. Der Jubel von Millionen Dürstenden, der dem Papst auf allen seinen Reisen entgegen brandet, zeugt davon, was die Menschheit heute will und braucht. Die könne nämlich, gab mir kürzlich noch auf der südaustralisch gegenfüßlerischen Phillip-Insel vor Melbourne sogar ein junger amerikanischer Apologet des Marktes zähneknirschend zu, ihren radikalen Religionsverlust nicht länger verkraften: habe sie doch nicht nur all ihre traditionell gewachsenen Gemeinsamkeiten dem Alleinsein vor ihren Fernsehgeräten geopfert, sondern hierbei auch gleich noch all ihre genuïnen Religionen den kommerziell verhurten Evangelien oder Sackgassen dieser Glotze.

Natürlich kann da eine globale Re-Religiosierung vorläufig nur ein utopisches Fernziel sein. Aber auf dem Wege dorthin muß zunächst ein geeigneter einzelner Ort als konkretes Signal, als Symbol, als kompetente Station gefunden und weltweit sichtbar ausgebaut werden. Das Unchauvinistische eines solchen Musterplatzes könnte an der beispielhaften Geschichte der Schweiz, an der Pionierzeit der *Vereinigten Staaten von Amerika*, an Schmelztiegeln wie Buenos Aires und Melbourne studiert werden, wo jeweils jedermann willkommen war, der den gemeinsamen Prinzipien treu sein wollte.

Solche Gemeinsamkeit hätten wir heutzutage, zum Beispiel eben in Jerusalem, so präzise wie kaum je zuvor in der vorbehaltlos an Gott orientierten Absage an den Terror der Marktwirtschaft. Die Händler und Wechsler aus dem Tempel jagen: wo könnte man das authentischer als in Jerusalem, und wer könnte das da heute besser als ein anderer Sultan Saladin? *"Nathan der Weise"* muß da endlich fortgeschrieben werden, nur ungleich rigoroser und nicht als literarisches Märchen, sondern als gesellschaftliche Realität.

Mit einem Wort: kennen Sie, wissen Sie einen mutigen guten Moslem, der mir und seiner Religion da helfen könnte? Natürlich wären Sie selbst mir der liebste, aber ich respektiere selbstverständlich, daß Sie unabkömmlich sind.

Geben Sie in mein Postfach ein kleines, aber möglichst verheißungsvolles Signal

Ihrem wirklich sehr verbundenen Abraham Blaugold + Luigi

(Deutsche Übersetzung von Dr. Urs Burckhardt)

Freies Feuilleton

Telefongespräch. Gerichtlich genehmigter Abhörmitschnitt im Archiv der Kriminalpolizei (Ausschnitt)

Ferngespräch zwischen sämigem Bariton und sonorem Baß:

- Ja, halloh?

- Guten Tag. Hier spricht Manfred Geppelsam. Erreiche ich bei Ihnen Herrn Professor Göng?

- Wen, bitte?

- Herrn Professor Dr. Lebegott Göng aus Göttingen.

- Nein, leider nicht.

- Aber können Sie mir vielleicht sagen, wo ich Herrn Professor Göng erreichen kann?

- Nein, tut mir leid. Sie haben sich wohl verwählt.

- Und wie ist es mit Herrn Gontard?

- Wie bitte?

- Erreiche ich bei Ihnen Herrn Fiorello Gontard aus Sankt Gallen?

- Nein, ich glaube wirklich, Sie haben da eine falsche Nummer ge-

- Naja, es geht nämlich um das Manuskript mit seinen *"Theorien über letzte Chancen einer Rettung der Demokratie".*

- Rettung der was?

- Der Demokratie. Er hat es in einem Brief an den vergifteten Herrn Reguleit erwähnt.

- Wie bitte? Woher wissen Sie denn das?

- Aus einer Kopie an Frau Professor M'Baïkaïkel, die inzwischen aber selbst für verschollen gilt. Im Tschad oder sonstwo. Er hat ihr dieses Manuskript sozusagen angeboten. Deshalb frage ich jetzt -

- Aber woher wissen Sie das alles?

- Eher zufällig. Ich bin bei Recherchen in der Mordsache Schiller durch ein *link* auf sogenannte "teilszugängliche" Archivmaterialien der Kriminalpolizei gestoßen und -

- Ach, sind Sie Germanist?

- Nein, ich habe zwar Germanistik studiert, aber -

- Und in welcher Funktion recherchieren Sie jetzt Schillers Ermordung?

- Als Freier Mitarbeiter einer Feuilletonredak –

*(**Abrupte Beendigung des Telefongesprächs.***

***Oder auch Ende des polizeilichen Mitschnitts.**)*

Magie und Manie

"heute"-Journal im Zweiten Deutschen Fernsehen (Ausschnitt)

Moderatorin:

... Zum heiteren Wochenendausklang, meine Damen und Herren, nun noch ein kleiner Streifzug in die bizarren Bereiche einer etwas zwielichtigeren Welt, als Warnstreiks, Krankenkassenbilanzen und Arbeitslosenstatistiken es bis hierher waren.

Jene rätselhaften Berichte, die uns im Internet seit geraumer Zeit aus einer sogenannten Arche mit zusammenhanglosen Informationen versorgen und ganz schön ratlos machen, finden in zunehmendem Maße ein spektakuläres Medienecho und erfreuen sich entsprechend großer Publikumsresonanz.

Die Vorstellung, daß sich dort ein weltliches Konklave außergewöhnlicher Intelligenzen im Anflug vielleicht sogar aus exterrestrischen Dimensionen unserer Erde nähert, hat sich von anfänglichem Erschrecken mittlerweile zu einer Art Hoffnungsschimmer entwickelt. Dr. Tanghobányi ließ von seinem Persönlichen Sprecher in Wellington gestern ausdrücklich mehrfach den Begriff eines Rettungsankers verwenden.

Umstrittener denn je ist aber inzwischen die Auslegung der vieldeutigen Abkürzung in der offiziellen Bezeichnung dieser etwas esoterischen Klausur von Intellektuellen. Der Buchstabe N in *"Arche N"* wurde schon vielfältig, aber noch ergebnislos zu dechiffrieren versucht. Eine Flagellanten-Sekte in Nebraska glaubt sogar an eine zyklische Wiederkehr der authentischen Arche Noah selbst und verkündet den bevorstehenden Weltuntergang. Aber im Augenblick überwiegt noch die akademische Deutung dieses Buchstabens N als *"Arca Numinosa"*: die göttliche Arche.

Das Publikumsinteresse, das durch sensationslüsterne Schlagzeilen der Boulevardpresse noch zusätzlich angeheizt worden sein dürfte, ist namentlich nach einem jüngsten Beitrag dieser Arche aus Thailand entflammt. Da ging es um Schwarze und Weiße Magie, um die reichlich ominöse Spiritualität in einem hemmungslosen Cocktail aus Horror, Moral, Kapitalismuskritik und Kinderglauben. Aber Internet und zahlreiche Redaktionen werden von ihren Lesern seither mit der Schilderung angeblich selbsterlebter Parallelfälle überschwemmt.

Wir befinden uns also gegenwärtig mitten in einem Boom des Gespensterglaubens und überlassen daher den Abschluß dieses "heute"-Journals dem angemessenen Zeitgeist einer Wetterhexe: ...

Korrektur der Korrektur

Serie des Wochenmagazins "Spektrum"
mit der Fortsetzung eines kritischen Offenen Briefs des Tübinger Privat-
dozenten Dr. Sigurd Wannebach an den Friedrich-von-Schiller-Gedächt-
nisstätten e. V. Marbach / Weimar (Zweite Folge)

6. "Abendleichen"

Schillers Beisetzung zu nächtlicher Stunde war nicht nur jenes beschriebene
Privileg von Standespersonen.

Sie fand nämlich nicht, wie von Dr. Siebenfuss-Köpfle behauptet,

"in der Nacht vom 11. zum 12. Mai 1805"

statt, sondern am 12. Mai zwischen null und ein Uhr, also in der sogenannten
Geisterstunde nach Mitternacht. Keine einzige all der andern aufgelisteten
"Abendleichen" wurde zu dieser Uhrzeit bestattet. Denn kein frommer Christ
betrat seinerzeit um diese Stunde einen Friedhof.

Trotzdem gab es sehr wohl auch solche mitternächtlichen Beisetzungen. Sie
hießen *"Freybeerdigungen"* und wurden nur Hingerichteten, Selbstmördern,
Landstreichern und Findelkindern, in Kriegsjahren auch Seuchentoten und
notfalls Gefallenen zuteil. Sie alle wurden aber nicht nur zwischen zwölf und
ein Uhr nachts bestattet, sondern auch ohne Geläut und Geleit, ohne Geist-
lichkeit, ohne Kränze, Blumenschmuck oder sonstige Zeichen der Liebe und
Trauer. In Weimar wurden sie in der östlichen Ecke jener nördlichen Erweite-
rung des Jakobsfriedhofs, die "Neuer Gottesacker" hieß, formlos in die Erde
versenkt. Ferner wurde keiner von ihnen ins kirchliche Beërdigungsregister
eingetragen, sie alle blieben für immer unerwähnt. Zeitgenosse Goethe hat
solches Brauchtum noch in den letzten Sätzen seines *"Werther"*-Romanes dokumentiert, wo es von Selbstmörder Werther heißt:

"Handwerker trugen ihn. Kein Geistlicher hat ihn begleitet."

Einer solchen Freybeërdigung glich in den meisten Punkten auch Schillers mitternächtliche Beisetzung.

Allerdings wurde sie im Kirchenregister vermerkt: als einzige in Weimar - jedenfalls zwischen 1803 und 1822.

Henning Fikentscher hat für Weimar im gleichen Zeitraum 4310 Tages-, aber nur fünf Nachtbestattungen ermittelt und ein Verhältnis von 1 : 862 errechnet.

Auch insofern also war Schiller dann doch auch hierin ein Sonderfall.

7. *Selbst so gewollt*

Die Behauptung, Schillers Beisetzung unter allen diesen Umständen sei ausdrücklicher Wunsch der Witwe oder gar des Toten selbst gewesen, hält sich nun runde zweihundert Jahre in vielen, gar den meisten Schiller-Monografien.

Tatsächlich aber ist uns kein einziges schriftliches Zeugnis überliefert, das solche Theorien hinlänglich belegte. Witwe Charlotte hat nicht die geringste Andeutung hinterlassen, daß sie selbst, geschweige ihr Mann das alles eben so gewünscht hätte. Hingegen liegen, wenn auch erst aus ihren späteren Lebensjahren, mehrere gleichlautende Belege vor, daß sie für sich und Schiller ein Doppelgrab in der Erde, wenn nicht gar ein Familiengrab auch noch für Kinder oder Freunde ersehnte.

Wie also hat sich dann die Legende ihrer sogestalten Beisetzungswünsche bilden können?

Von eventueller, heute aber unüberprüfbarer, also auch unbeweisbarer Gerüchteflüsterei von Mund zu Munde abgesehen, liegen einzig zwei mögliche Quellen vor, aus denen sich solches Gerede allenfalls hätte nähren können.

Eine dieser Quellen ist die Schiller-Biografie von Charlottes wohlinformierter, aber bisweilen mutwilliger Schwester, der Baronin Karoline von Wolzogen, die auf der vorletzten Seite besagten Buches behauptet,

"auf verschiedene Anträge zu einer andern Bestattung ging meine Schwester nicht ein".

Damit betonierte sie jenes Gerücht, eben Charlotte als juristisch einzig Befugte habe es so und nicht anders gewollt. Freilich begründet die Wolzogen diese Behauptung mit jenen Benefizvorstellungen, die an allen deutschsprachigen Theatern das erforderliche Geld für eben eine andere Bestattung noch sammeln sollten. Aber die Idee dieser Kollekte kam erst zwei Monate nach Schillers Tode auf und kann eventuelle Entscheidungen zwei Tage nach seinem Ableben noch nicht beeinflußt haben.

Überdies erschien die zitierte Publikation seiner Schwägerin erst 1830, als die so beschuldigte Schwester jener Autorin schon seit vier Jahren tot war und sich gegen Unterstellungen nicht mehr wehren konnte. Henning Fikentscher, der die Gabe hat, zumindest in dieser Angelegenheit Gras wachsen zu hören, hat, immerhin schwer widerlegbar, darauf aufmerksam gemacht, daß Karoline von Wolzogen über ihre Schwester Charlotte vielleicht

"so schrieb, wie das am Weimarer Hofe gern gehört wurde und den verstorbenen Carl August von allem Verdacht reinigte".

Unlogisch ist diese Verdächtigung von Fikentscher durchaus nicht, aber einzig zwingend ebensowenig.

Noch diffuser erweist sich im Nachhinein jene andere der beiden erwähnten Quellen dieser Legendenbildung: Grubers Schiller-Biografie, die, schon im Todesjahr, 1805 in Leipzig erschien.

Autor Johann Gottfried Gruber, damals 31 Jahre alt und Privatdozent für Philosophie und Ästhetik in Jena, später Professor, auch Prorektor in Halle und verdienstvoller Begründer der *"Allgemeinen Enzyklopädie der Wissenschaft und Künste"*, publizierte seinen fast romanhaften *"Friedrich Schiller. Skizze einer Biographie und ein Wort über seinen und seiner Schriften Charakter"* ohne allzu akribische Recherchen und eher aus zügig marktspekulativem Opportunismus. Dem leibhaftigen Schiller war er nur vor vier Jahren einmal flüchtig in einem Leipziger Hotel begegnet. Als entsprechend unzuverlässig entlarvten daher schon seine Zeitgenossen dieses Buch. Wohl ebendeshalb ließ Gruber es auch vorsorglich anonym erscheinen, gab ihm die Form sanktioniert subjektiver Briefe an einen Freund und bemühte bisweilen sogar noch andere Briefsteller, die aber ebenso anonym blieben. Entsprechend *"froh, daß ein anderer hier die Feder für mich geführt hat",*

druckte er unter dem pseudo-aktuellen Datum des 13. Mai 1805 einen Brief aus Weimar ab, der also vier Tage nach Schillers Tode vor Ort geschrieben worden zu sein vorgibt, aber dennoch seither als Fiktion des Autors Gruber selbst gilt.

In diesem Pseudo-Briefe also findet sich eine Schilderung von Schillers letzten Stunden, wie sie keiner der andern Zeugen erlebt oder je bestätigt hat:

"Gegen Mittag ward er ruhiger und fiel in einen leisen Schlummer, aus welchem er noch einmal zum Bewußtsein auf kurze Zeit erwachte, welche er zum schmerzlichen Abschied und zu der Anordnung benutzte, daß man seine Leiche ohne alles Gepräng, ganz in der Stille und aufs einfachste zur Erde bestatten möge. [...] Seiner eignen Anordnung zufolge sollten ihn Handwerker tragen ... "

Diese melodramatische und inzwischen für unseriös gehaltene Darstellung wurde gleichwohl ungeprüft vom österreichischen Johann Schwaldopler (1806) bis zum NS-genehmen Max Hecker (1935) in zahllosen Schiller-Arbeiten nacherzählt.

Sie alle übersahen dabei geflissentlich jene vielsagenden Stellen in den Briefen der Witwe, die schon im ersten Monat nach Schillers Tode an Freunde schrieb:

"Er ahnte nicht die nahe Trennung, wenigstens sagte er mir es nicht" (an Fritz von Stein)

und, noch einmal:

"Seine letzte Krankheit war für ihn nicht so ängstlich [...]. Ich hatte ihn oft kränker gesehen!" (an Prof. Bartholomäus Fischenich).

Auch die stets bestinformierte Hofdame Luise von Göchhausen teilte damals solch ein Wissen ihrem Briefpartner Karl August Böttiger mit:

"Er selbst hat nicht geglaubt zu sterben, wenigstens äußerte er nichts davon, selbst die Seinigen glaubten kaum an eine nahe Gefahr" (10. Juni 1805).

Gespräche mit Schiller selbst über seine Beisetzungswünsche offenbaren sich hierin als pure Fiktion.

Grubers Gegenbehauptung kann seiner Lust an gutverkäuflicher Rührseligkeit entsprungen sein. Er kann sich damit freilich auch, wie der argwöhnische Fikentscher mutmaßt, als Handlanger in den Dienst seines Freundes oder gar Auftraggebers, des ominösen Legationsrates Friedrich Justin Bertuch gestellt haben.

Was aber könnte diesen angesehenen Weimarer Pressezaren und Großunternehmer, der überdies auch Schwiegervater des Obermedizinalrates Dr. von Froriep war, bewogen haben, solche Art der Beisetzung als Herzenswunsch des Beigesetzten selbst auszugeben?

Fragen über Fragen, lieber *Friedrich-von-Schiller-Gedächtnisstätten e. V.*!

8. Wolzogen

Es ist nicht wahr, daß Angehörige seinerzeit einen Toten nicht zum Friedhof zu begleiten pflegten.

Nicht nur Goethes vergleichbarer Kondukt mit nahezu sovieltausend Trauergästen, wie Weimar damals Einwohner hatte, darunter mehr als zweihundert Honoratioren widerlegt das. Selbst im Falle Schillers gibt es ein Gegenbeispiel.

Kronzeuge Carl Leberecht Schwabe hat in seinem Bericht über Schillers Beisetzung geschildert, wie er selbst und das Kollegium seiner gecharterten Leichenträger sich nach dem Absenken des Sarges in die Gruft des Kassengewölbes gerade entfernen wollten,

"als eine hohe, in einen weiten Mantel tief verhüllte Männergestalt, die zwischen den dem Gewölbe nahen Grabhügeln gespensterartig herumirrte und ihre innigste Teilnahme an dem, was eben vollbracht worden war, durch ihre lebendigen Bewegungen und lautes Schluchzen zu erkennen gab, unser aller Aufmerksamkeit auf sich zog".

Schon neun Tage später, am 21. Mai 1805, verkündete die Leipziger *"Zeitung für die elegante Welt"* ein Brieffragment aus Weimar mit der Enthüllung:

"Niemand ist der Leiche als Trauernder gefolgt als der Schwager des Verstorbenen, Baron Wolzogen".

Auch in Schwabes zitiertem Beisetzungsbericht, von dem es drei Fassungen aus den Jahren 1805, 1826 und 1827 gibt, der aber erst 1852 von seinem Sohne veröffentlicht wurde, heißt es, unter welcher dieser Jahreszahlen nun auch immer, von jenem Schluchzenden zwischen den Gräbern:

"Es war dieses, wie wir nachher im Fortgehen erst entdeckten, der Geheime Rat v. Wolzogen."

Dessen Frau, Karoline von Wolzogen, hat noch 1830 in ihrer Schiller-Biografie bestätigt:

"Mein Mann war auf die Unglücksnachricht, die ihn in Naumburg traf, herbeigeeilt; er kam noch an, um sich dem Trauerzuge auf dem Kirchhof anzuschließen."

Letzteres konnte er zwar nicht, weil es einen Trauerzug nicht gab. Den erfand Schillers Schwägerin ein Vierteljahrhundert später: vielleicht aus Schuldbewußtsein. Ihr Mann, der sie auf diesen Fehler hätte aufmerksam machen können, war da schon 21 Jahre tot.

Dieser Wilhelm Friedrich Ernst Freiherr von Wolzogen und Neuhaus war drei Jahre jünger als Schiller und fünf Jahre lang dessen Schulkamerad auf der Herzoglichen Militärakademie in Stuttgart. Dort lernte der 22jährig heiß umstrittene Autor der skandalierenden *"Räuber"* auch Wilhelms Mutter kennen: Henriette Freifrau von Wolzogen, damals 36 Jahre alt und Witwe des Reichsfrei- und Pannerherrn Ernst Ludwig von Wolzogen und Neuhaus, Erb- und Gerichtsherrn auf Bauerbach und Oberharles. Mutig begleitete sie Schiller auf seiner zweiten illegalen Reise zum Mannheimer Theater und bot schon ein halbes Jahr später dem obdachlosen Flüchtling ein geheimes Asyl in ihrem thüringischen Gutshause Bauerbach an.

Während Schiller dort unter dem politisch schützenden Pseudonym "Dr. Ritter" an *"Kabale und Liebe"* schrieb, bekam die Familie von Wolzogen in

Stuttgart Verwandtenbesuch aus Rudolstadt: die gleichfalls allzu früh vaterlos gewordene Familie von Lengefeld.

Witwe Louise von Lengefeld war über ihre Mutter, eine geborene Wolzogen, und speziell über deren Bruder, Wilhelms verstorbenen Vater, eine Nichte nun auch der Witwe Henriette, aber trotzdem zwei Jahre älter als diese Tante.

Louise von Lengefeld brachte bei diesem Besuche ihre beiden Töchter, Karoline und Charlotte, mit, die also die Nichten der fünf Wolzogen-Kinder waren. Onkel Wilhelm von Wolzogen, damals zwanzig Jahre alt, verliebte sich prompt in seine ebenfalls zwanzigjährige Nichte Karoline von Lengefeld, die da aber aus wirtschaftlichen Interessen schon dem acht Jahre älteren und wohlhabenden, aber ungeliebten, dennoch mitreisenden, nach und nach schwarzburg-rudolstädtischen Hof-, Legations- und Konsistorialrat Friedrich Wilhelm Freiherrn von Beulwitz versprochen und also unerreichbar war.

Kaum waren die Lengefelds samt diesem Beulwitz in die Schweiz weitergereist, kehrte Henriette von Wolzogen mit ihrer minorennen Tochter Charlotte nach Bauerbach zu ihrem pseudonymen "Dr. Ritter" zurück. Aus dessen Mäzenatin, auch Gläubigerin war da längst eine *"mütterliche Seelenfreundin"* geworden:

"Wir wollen durch wechselseitigen Anteil und den zärtesten Bund schöner Empfindungen", schrieb er ihr, *"die Glückseligkeit dieses Lebens erschöpfen [...]. Nehmen Sie keinen Freund mehr in Ihrem Herzen auf."*

Aber Henriette wußte, was sie ihrem Stande, ihren Kindern, ihren Jahren schuldig war und änderte höchst praktisch einfach die Etiketten:

"Fahren Sie fort, meine Teuerste", antwortete ihr Schiller, *"mich Ihren Sohn zu nennen, und seien Sie versichert, daß ich das Herz einer solchen Mutter zu schätzen weiß."*

Aber schwerlich wollte er damit die leiblichen Söhne Wilhelm, Karl, August und Ludwig von Wolzogen verdrängen. Doch wie mehrfach in seinem Leben übertrug Schiller auch diesmal eine Passion, die nicht erfüllt werden konnte, kurzer Hand auf eine verfügbarere Projektionsfläche nahebei. Die hieß auch in diesem Falle Charlotte, war Henriettes Tochter und Wilhelms Schwester, damals 17 Jahre alt und für Schiller *"noch ganz wie aus den Händen des Schöpfers, unschuldig",*

freilich einem Leutnant Franz Karl Philipp von Winckelmann, ebenfalls aus
der Stuttgarter Karlsschule, romantisch zugetan. In Schillers Augen war

*"noch kein Hauch des allgemeinen Verderbens am lautern Spiegel ihres Ge-
müts".*

Bruder Wilhelm bat Schiller, auf die Verliebte acht zu geben. Schiller tat das,
indem er sich, von Eifersucht stimuliert, selbst in sie verliebte. Hiervor floh
er nach Mannheim und in die dortige Theaterarbeit zurück.

Fast ein Jahr später tauchte dort auf ihrer Rückreise aus der Schweiz nach
Rudolstadt jene Frau von Lengefeld mit ihren beiden Töchtern und dem Baron von Beulwitz auf und wollte hier, als Verwandtschaft der Wolzogens, einen Freund dieser Familie kennenlernen: den berühmten Schiller. Die unange-
kündigte Begegnung scheiterte, bestand fast nur aus einer flüchtigen Verab-
schiedung, muß aber in Schiller die Sehnsucht nach den fernen Wolzogens in
einem Maße wiederaktiviert haben, daß er schon am nächsten Tage bei Mutter Henriette um Charlottes Hand anhielt:

" ... könnte ich Sie beim Wort nehmen und Ihr Sohn werden".

Schon eine Woche später erklärte er diese *"törichte Hoffnung"* für einen
"närrischen Einfall" und bat um Entschuldigung.

Erst drei Jahre später sah er die Wolzogens wieder. Einen Besuch bei seiner
Schwester in Meiningen nutzte er zu einem Abstecher ins nahe Bauerbach,
wo Freund und Mit-Skorpion Wilhelm gerade seinen 25. Geburtstag feierte.
Schwester Charlotte war mit ihrem neuerworbenen Ehemann, dem Hildburg-
hausener Regierungsrat August Friedrich Franz von Lilienstern, zugegen.

Schiller, der damals gerade in Weimar Fuß zu fassen versuchte, lud Freund
Wilhelm ein, ihn dorthin zu begleiten. Als Verwandter seiner dortig angebete-
ten Freundin Charlotte von Kalb, die Schiller durch Wilhelms Mutter kennen-
gelernt hatte und die ebenso eine geborene Marschalk Freiïn von Ostheim war
wie auch Mutter Henriette selbst, hätte ein Wolzogen den bürgerlich schwäbischen Feldschersohn und Bäckerenkel da auch am Hofe und in der Gesellschaft dienlich aufwerten können.

Wilhelm sagte unter der Bedingung zu, daß sie unterwegs in Rudolstadt Station machten: bei seiner Cousine Lengefeld, deren Tochter Karoline, inzwischen Freifrau von Beulwitz, er immer noch liebte, mit der er korrespondierte und die er im Schutze des berühmten Poëten nun unverfänglich wiedersehen wollte.

So sollte jeder der beiden Freunde eine Liebesaffäre des andern begünstigen helfen.

Aber dazu kam es nicht. Denn infolge dieses Rudolstädter Aufenhaltes bei den Lengefelds löste sich Schiller zunehmend von der komplizierten Charlotte von Kalb. Er

"kann nicht anders, als Wilhelms guten Geschmack bewundern"

und verliebte sich gleichfalls in Wolzogens angehimmelte Karoline, die diese Liebe prompt erwiderte.

Als verehelichte Baronin Beulwitz war sie aber auch für diesen dekorativen Poëten nicht disponibel. Daher projizierte Schiller nach erprobtem Muster auch diese Leidenschaft wieder auf ein erreichbareres Objekt nahebei: auf Karolines jüngere Schwester, eine nunmehr dritte Charlotte.

Da aber Karolines Ehe mit dem nüchternen Landjunker Beulwitz nur eine sei es wohldotierte Formalität ohne lebendige Realität war, bildete Schiller einen mehrjährigen Liebesfrühling lang mit beiden Schwestern eine amouröse Triole. Alle erfreuten sich ihrer - nur der unattraktive Wilhelm von Wolzogen nicht.

Mit diesem lebte der Kontakt erst wieder auf, als dessen Mutter Henriette 43-jährig starb. Schiller kondolierte ihm expreß und allerfreundschaftlichst:

"Ach! sie war mir alles, was nur eine Mutter mir hätte sein können"

und folgerte hieraus:

"Alle Liebe, die mein Herz ihr gewidmet hatte, will ich ihr in ihrem Sohne aufbewahren [...] . Wir wollen einander wie Brüder angehören."

Damit bot er Wilhelm das Du an, das er sonst weder mit seinem Lebensintimus Körner noch auch später je mit Goethe teilte, das dieser Wolzogen nun aber postwendend aufzugreifen sehr geneigt war.

Aber schon vorher lud Schiller diesen mutterlos Gewordenen auch ein:

"Kommen Sie hieher in unsere Arme [...] . Ihre hiesigen Freunde sehnen sich herzlich danach, Ihnen etwas zu sein."

Eben den lockenden Plural hörte der Verwaiste aus dieser Einladung nur umso sensibler heraus:

"Dieses wußte ich schon vorher, daß ich in Eurer Mitte alles finden würde, was ich hier vermißte - Teilnahme - und eben deswegens fühlte ich meine traurige Lage doppelt stark, daß ich mir diesen Trost versagen mußte."

Stattdessen lud er Schiller ohne die zusätzlich deprimierenden Frauen zu einem Männertreffen in Straßburg ein. Aber Schiller kränkelte, und der im Stich gelassene Wolzogen floh ins ferne und revolutionäre Paris, wo er für seinen Herzog von Württemberg als Legationsrat einen geheimen Beobachterposten einnahm. Aber wohl nur nach Rudolstadt berichtete er von da aus, *"daß zur Ehre der Menschheit die Bastille nicht mehr ist"*.

Schiller stellte ihm *"für politische Artikel"* aus Paris seine Zeitschrift *"Thalia"* zur Verfügung und ging indessen selbst nach Rudolstadt zu den Lengefelds.

Anderthalb Jahre später heiratete er schließlich Charlotte von Lengefeld mit der Maßgabe, auch danach noch jenes Trio mit der geliebteren Karoline fortzusetzen. Aber endlich am Ziel ihrer Wünsche, machte Charlotte diesem demütigenden Spiele nun resolut ein Ende, und ihre Schwester mußte sich trollen.

Schon schrieb der eingefangene Schiller an Bruder Wolzogen nach Paris:

"Warum können wir nicht miteinander leben?"

und hielt nach geeigneten Positionen für den Freund in Jena und Weimar Ausschau. Denn:

"In unsrer Mitte sollst Du gewiß nie unglücklich sein."

Auch:

"Du gehörst zu uns, und ich trenne Dich nicht mehr von meinen künftigen Hoffnungen."

Er bereitete auch schon seine Ehefrau auf dieses neue Trio vor:

"Ich wünschte, daß er um uns leben könnte",

und die fügsame Charlotte lockte brieflich ihren jungen Onkel in Paris:

"Da Dich Schiller liebt, Du ihn, bist Du mir noch einmal so lieb. [...] Du mußt mit uns leben in der Zukunft, und es wird gehen, gewiß."

Inzwischen suchte die von diesen beiden Männern geliebte Karoline, die seit ihrer unguten Bindung an den ungeliebten Beulwitz an Zuckungen des Gesichtes litt, nach Ersatz: zuerst beim 45jährigen *"Goldschatz"* Carl Theodor Reichsfreiherrn von Dalberg, katholischem Kirchenfürsten, illuminatem Reichspolitiker und kurmainzischem Statthalter in Erfurt, dann in wildem Zickzack bei Schillers 27jährigem Jenenser Studenten, Krankenpfleger und Hausfreund Gustav Behaghel von Adlerskron aus Friedrichsort bei Dorpat, ehemaligem Rittmeister der Sankt Petersburger Garde, während die inzwischen Dreißigjährige in Bad Cannstatt zur Kur weilte. Dieser glücklose Galan, der sich selbst *Le Bon*, den Karoline ihren *"Trabanten"* nannte, kehrte ins heimatliche Livland zurück, als Schiller gerade mit erstmals schwangerer Ehefrau seinen ersten und letzten Besuch in der schwäbischen Heimat machte. Prompt zog die eben im Stich gelassene Karoline zu ihnen nach Ludwigsburg. Schwester Charlotte stand kurz vor der Niederkunft und konnte sich nicht recht wehren.

Just da aber kehrte Wilhelm von Wolzogen aus Paris zurück und wurde von der wurzellosen Karoline in ihrer Not nun endlich mit offenen Armen empfangen. In "wilder" Gemeinsamkeit und absolut skandalierend reisten die beiden in die Schweiz ab, um da jenes biblische Muster schon der Patriarchen zu erfüllen, daß nur ein Onkel der rechte Geliebte sein kann: leibhaftig wie auch etymologisch (hebräisch *dud = dod*).

Nun riet auch der bisher so zögerliche Schiller dem Ehepaar Beulwitz klar zur Scheidung.

Schon einen Monat nach deren Vollzuge heiratete nunmehr in Bauerbach der 32jährige Wolzogen seine gleichaltrige Nichte Karoline, deren Gesicht von Stund' an prompt zu zucken aufhörte. Daß er ihr leiblicher Onkel war, störte dabei niemanden. Daß er kurz zuvor noch die etwa 22jährige Wilhelmine Schwenke, seit acht Jahren Karolines treu ergebenes Hausmädchen, geschwängert hatte, störte noch weniger. Das störte auch seine glückliche Ehefrau nicht, die ihre wertgeschätzte Zofe nach deren Niederkunft mit einem Sohne Friedrich Adolf wieder in Ehren aufnahm, in den nächsten 54 Jahren nur umso freundschaftlicher an sich band und sogar zur Erbin ihres vermutlich aufschlußreichen literarischen Nachlasses machte, der aber spätestens seit dem Tode der 91jährigen Wilhelmine am Weihnachtsabend 1871 in Langendernbach bei Pösneck verschollen ist.

Als zusätzliche Pflegerin übrigens war diese *"gute Schwenkin"* auch mit im Hause gewesen, als Schiller starb.

Nichts von alledem jedoch war der Grund, warum Schiller dieser Hochzeit seiner beiden Freunde fern blieb, sondern stattdessen erstmalig vierzehn Tage lang Goethes Hausgast war. Doch sein "Bruder" Wilhelm war nun plötzlich auch sein Schwager und sein Onkel. Das aber fand die Zustimmung dieses drei Jahre älteren Neffen mitnichten. In ganz und gar überraschender Offenbarung schüttete Schiller da plötzlich bei Vater und Mutter, die das seit langem nicht mehr gewohnt sein mochten, sein durch diese Heirat schmerzlich enttäuschtes Herz aus:

"teils weil ich immer noch gehofft hatte, sie rückgängig zu machen" (mit welchem Ziele?), *"teils weil sie mir in so vielem Betracht fatal ist. [...] Diese zwei Leute schicken sich gar nicht zusammen und können einander nicht glücklich machen. Aber wem nicht zu raten ist, dem ist nicht zu helfen. Ich bekümmere mich nicht mehr darum. Diese Geschichte hat meine Schwägerin und mich ziemlich gegen einander erkältet"*:

Schiller war rechtschaffen eifersüchtig auf den schließlich erfolgreichen Rivalen.

Da es um diesen aber nach dem Tode seines württembergischen Herzogs Karl Eugen beruflich und pekuniär miserabel stand, Karoline auch noch bald einen Sohn gebar, der ebenso Adolf getauft wurde wie ja schon jener stiefbrüderliche "Bastard" der Schwenke, bewarb sich der vormals Herzoglich Württembergische Legationsrat nunmehr in Weimar um höfische Dienste, wurde dort freilich abgewiesen.

Erst durch Schillers Fürsprache bei Goethe wurde Wolzogen, mittlerweile 34 Jahre alt, hier Kammerherr, dann Kammerrat und zog nach Weimar. Er bewährte sich und wurde dort Mitglied des Ministeriums und Wirklicher Geheimer Rat. Als es seiner Diplomatie gelang, den Weimarer Erbprinzen mit der russischen Zarenschwester Maria Pawlowna zu verheiraten, wurde er deren Oberhofmeister, stieg im *Geheimen Conseil* zum Leiter des Auswärtigen, einer Art Außenminister, auf und hatte in Schillers Augen *"den ersten Posten am Hof"*. Bei Abwesenheiten des Großherzogs vertrat er diesen gar.

Insofern war er auch mächtig genug, die Nobilitierung seines Schwagers und Neffen zu betreiben, die diesem dann immerhin Zugang bei Hofe verschaffte und ihrer beider schwesterliche Ehefrauen gesellschaftlich wieder gleichstellte.

Seine Ehefrau Karoline aber, die nunmehrige Freifrau von Wolzogen, war in Weimar mit Bezug auf Schwager Fritz vollends nur noch die ältere Schwester der Frau Hofrätin von Schiller, sonst nichts.

Nur daß die ehelich chronisch Unerfüllte schon nach ihrem ersten Weimarer Jahre in Schillers *"Horen"*, aber pseudonym einen eigenen Roman veröffentlichte, der *"Agnes von Lilien"* hieß und für diesen Namen seiner Titelheldin also heimlich oder unterschwellig Schillers Lieblingsblumen verwendete: weiße Lilien. Deren Farbe mochte sich schließlich im Vornamen chiffrieren, der in seinem griechischen Ursprung Reinheit und Keuschheit bezeichnet.

Und daß Schiller seine erste Tochter, deren Geburt noch zwei Jahre später ihre Mutter fast das Leben kostete, nach der Autorin dieses Lilien-Romanes, seiner eigentlich sehr viel geschätzteren Schwägerin und Tante benannte: Karoline. Vielleicht hatte er ja auch schon seinen ersten Sohn nach ihr benannt: Karl.

Und als Goethe im Spätherbst 1801 einen exklsuiven Club ins Leben rief, der *Cour d'amour* hieß und sich aus sieben Paaren zusammensetzte, die im Alltag eben gerade keine Paare waren oder es nicht sein durften, wurde Schiller da immerhin, wohl auf Goethes Betreiben, ausgerechnet mit dieser Karoline von Wolzogen gekoppelt oder verkuppelt. Schillers Frau mag beschwichtigt oder abgelenkt worden sein, indem sie selbst die Partnerin ihres nunmehr vakanten Schwagers Wolzogen wurde. In solcher Paarung über Kreuz mag auch nach Art des späten Rokoko ein vermeintlich unverfänglich spielerischer Charakter leichter zu bewahren oder vorzutäuschen gewesen sein.

Wilhelm indes quittierte das alles, indem er während seiner Weimarer Ehejahre, die seine Karoline als *"Paradies"* und *"irdisches Glück"* verklärte, auch noch ein anderes Hausmädchen schwängerte, das mit einer Tochter niederkam. Herangewachsen, heiratete dieses Kind seinen ebenfalls unehelichen Halbbruder, jenen Friedrich Adolf vom Hausmädchen Wilhelmine Schwenke, und zeugte mit dem drei Kinder, die also mütter- wie väterlicherseits nur ein und denselben Großvater hatten: Wilhelm von Wolzogen. Doch der war da schon lange genug tot, um nicht mehr mitzuerleben, wie hier das soziale Souterrain den vorgelebten Inzest der Beletage nur umso resoluter nachvollzog.

Ehefrau Karoline jedoch hatte sich schon zu seinen Lebzeiten, aber auch noch über seinen Tod hinaus an Wilhelms Mitarbeiter, dem jungen Diplomaten von Mühlmann, als ihrem *"ami"* schadlos gehalten, der 1822 *"in seinen besten Jahren"* als *"verdienstvoller und allgemein geschätzter"*, aber anderweitig verheirateter Regierungsrat im selben Wiesbaden starb wie 13 Jahre vor ihm auch schon Wilhelm von Wolzogen (schrieb der Frankfurter Johann Karl von Fichard, vormals Tischgast, am 3. Juli 1822 an Schillers Witwe).

Aber am 6. Dezember 1826 schließlich, also nur wenige Tage vor der Überführung von Schillers Gebeinen in die Fürstengruft, wurde Eva Marie Schwenke, das älteste jener drei Geschwisterkinder und doppelten Wolzogen-Enkel, von der nachsichtigen oder einsichtigen Stiefgroßmutter Karoline, die kurz zuvor ihren einzigen eigenen Sohn bei einem Jagdunfall ausgerechnet in Bösleben, nicht lange davor und danach auch ihre Mutter und ihre einzige Schwester, eben Frau von Schiller, verloren hatte, an Kindesstatt angenommen und später reichlich dotiert.

Aber der doppelte Großvater dieser Eva, eben Wilhelm Freiherr von Wolzogen und Neuhaus nun, der dergestalt drei Jahrzehnte lang Schillers Leben begleitet, geteilt und bisweilen entscheidend beeinflußt hatte, irrte also in der

Geisterstunde jenes 12. Mai 1805 schluchzend zwischen den Gräbern des Weimarer Jakobsfriedhofs umher, während der Sarg seines Freundes, Bruders, Schwagers, Neffen und Rivalen im Kassengewölbe versenkt wurde. Obwohl damals selbst bereits schwer lungenkrank, bewies er damit für alle Zeiten, daß es auch unter damaligen Weimarer Bedingungen und Bräuchen sehr wohl möglich war, einer mitternächtlichen Beisetzung beizuwohnen, sofern man das nur wollte.

Er bewies auch, daß alle, die das nicht taten, es lediglich unterließen, weil sie es nicht wollten.

Aber warum nicht? Generell verboten war es durchaus nicht.

Freilich durch Geheimhaltung erschwert. Viele, die vielleicht hätten kommen mögen, hatten nichts davon erfahren.

Aber 32 Jahre später erschien in Stuttgart zugunsten des dortigen Schiller-Denkmals, das einzig von den Verkaufserträgen des Streicher-Buches nicht finanziert werden konnte, eine Anthologie von Gedichten und Prosatexten zu Ehren Schillers. Sie trug den Titel *"Schillers Album"* und enthielt auch einen Bericht des Weimarer Obermedizinalrates und Direktors des Weimarer Medizinalwesens, Dr. med. Ludwig Friedrich von Frorieps, derzeit 58 Jahre alt.

Froriep, der elf Jahre vorher auch an der Identifikation von Schillers ausgebuddeltem Schädel maßgeblich beteiligt und in dieser Sache wohl auch Goethes Berater, vorher gar Leibarzt des Königs von Württemberg gewesen, inzwischen auch noch Schwiegersohn und Mitarbeiter des Pressezaren Bertuch, insofern also vollends ein seriöses Mitglied der Weimarer Gesellschaft war, gab nun preis, wie er vor 41 Jahren ebenfalls just an einem 12. Mai als Student in Jena Schillers persönliche Bekanntschaft gemacht und dann auf den Tag genau neun Jahre später wieder an einem 12. Mai, nun aber schon als Professor für Chirurgie und Gynäkologie in Halle, besucheshalber in Weimar gewesen und an Schillers nächtlicher Beisetzung teilgenommen habe.

War also gar nicht Wolzogen, sondern dieser Prof. Dr. von Froriep jene *"hohe, in einen weiten Mantel tief verhüllte Männergestalt, die zwischen den Grabhügeln gespensterartig herumirrte"*? Vielleicht. Allerdings waren laut Frorieps spätem Bericht außer ihm selbst auch noch *"ein mir Unbekannter*

*die einzigen, welche dem Sarge folgten - wie ich nachher gehört habe,
Schillers Schwager, Herr v. Wolzogen".*

Dieser Text aus *"Schillers Album"* wurde auszugsweise auch im *"Frankfurter Konversationsblatt"* vom 9. März 1838 abgedruckt und provozierte dort einen fast schon verdächtig vehementen Protest von Ex-Bürgermeister Schwabe.

Allerdings leugnete dieser weder Frorieps damalige Anwesenheit noch auch daß der vielleicht jene *"tief verhüllte"* Männergestalt gewesen sein könnte. Er verübelte Froriep lediglich die Behauptung, er und Wolzogen seien als einzige dem Sarge gefolgt. Denn jene vermutlich *circa* zwanzig jungen Künstler und Akademiker, die den Sarg auf Schwabes Veranlassung trugen,

"lösten einander im Tragen immer ab. Acht trugen, und die übrigen folgten".

Also folgten immer etwa zwölf.

"Nur seine bekannte Eitelkeit", warf Schwabe nun Froriep vor, lasse ihn die Gefolgschaft so unstatthaft reduzieren.

"Auch Herr v. Wolzogen folgte dem Sarg nicht",

sondern einzig Schwabes Fähnlein.

So will es auch die sorgsam gehätschelte Legende seither.

Denn auch die Überlieferung Anton Genasts, damals höchst reputierten Schauspielers und Regisseurs am Weimarer Hoftheater, er selbst, sein kurischer Regiekollege Johann Heinrich Becker und die Schauspieler Malkolmi, Graff, Unzelmann, Haide, Oels und Wolff seien dem Sarge zwar nicht gefolgt, aber *"vorangegangen"*, hätten auch beim Tragen geholfen, wird von der offiziellen Schillerforschung im Dienste einer schaurig-hübschen Legende so resolut und lakonisch als *"fälschlich"* verworfen, daß noch Conrad Ferdinand Meyer später im fernen Zürich jene Verklärungsidee seines jungdeutschen Kollegen Karl Gutzkow, zeitweise auch Generalsekretärs der Weimarer Schillerstiftung, in seinem populären Gedichte über *"Schillers Bestattung"* romantisch verbrämen und 1882 erscheinen lassen konnte:

" ... und kein Geleit!
Als brächte eilig einen Frevel man zu Grab.
Die Träger hasteten. Ein Unbekannter nur,
Von eines weiten Mantels kühnem Schwung umweht,
Schritt dieser Bahre nach. Der Menschheit Genius war's."

Der war mit Sicherheit dabei.

Aber eher ohne kühnen Mantelschwung.

9. Die Bielkes

(Fortsetzung im nächsten Heft von *"Spektrum"*)

Milbenartige : Milbenopfer

Datendiskurs im Virtuellen Olymp

(Jack, der Betriebswirtschafts-Zombie, referiert und blendet sich dabei langsam in akustisch wahrnehmbare Frequenzen ein):

... so daß ich meine ganze Einleitung zu einem generellen Verbot zusammenfassen muß, irgendwelche Schädlingsbekämpfungen für legitim zu halten. Es gibt hier grundsätzlich keinerlei Ungeziefer, das vernichtet werden müßte.

(Aufkommendes Gelächter im Auditorium.)

Mit einer Ausnahme allerdings: den Blinden Milben. Aber Vorsicht: Blinde Milben haben mit allen sonstigen Milbenarten gar nichts gemein. Sie werden nur so genannt, weil sie ebenso winzig sind und gleichfalls Allergien auslösen. Das haben wir alle schon qualvoll kratzend zur Kenntnis nehmen müssen. Ja, unser ganzer Kosmos ist unübersehbar hochallergisch gegen diese Blinden Schmarotzer.

(Applaus.)

Blind ist übrigens eine allzu beschönigende Bezeichnung ihrer allgemeinen Hilflosigkeit. Denn sie sind auch schwerhörig, gefühlskalt und weitgehend ohne jeden Riecher. Tatsächlich überleben sie nur durch eine sehr spezielle Fähigkeit, ihre gänzlich unterentwickelten Sinnesorgane durch ein unerschöpflich scheinendes Arsenal von Prothesen zu ersetzen, die sie selbst als Werkzeuge, Gerätschaften, Maschinen oder Waffen bezeichnen. Einzig in deren Erfindung und Herstellung sind sie unvergleichliche Meister.

(Proteste im Publikum.)

Da ihre Intelligenz sich aber in der Massenproduktion solcher mechanischer Hilfsmittel völlig erschöpft, verwenden sie sie in ihrer Blindheit vorrangig gegen sich selbst. Zum Beispiel sägen sie mit Vorliebe alle Äste ab, auf denen sie selbst Platz genommen haben und sich vermehren.

(Gelächter.)

Denn umso verheerender ist natürlich die Ausbreitung dieser wenig lebensfähigen Spezies. Je größer jedoch ihre Populationen allenthalben werden, desto aggressiver bekämpfen sie zunächst mit besagter Technik alle andern Lebewesen ringsum. Tatsächlich ist ihr Fernziel unverkennbar die Ausrottung aller vermeintlichen Rivalen im sogenannten Wettbewerb um schwindende Lebensräume und Ressourcen. Hierbei sind sie sogar überraschend erfolgreich.

(Proteste.)

Ebendarum also wurden diese Blinden Milben, seitens der Obersten Instanzen vermutlich sowieso nur ein vages Experiment zwischendurch, mittlerweile zu einer Selbstvernichtung freigegeben, die bereits voll im Gange ist.

Nur scheint sie sich allzu langsam zu vollziehen und die bestehenden Gefahren insofern nicht hinlänglich zu bannen. Das eben dürfte wohl auch der Grund sein, warum wir als Kustoden einer kosmischen Hygiene nunmehr aufgerufen sind, mit unsern Mitteln einzugreifen und bei diesem Artensuizid nachzuhelfen.

(Anhaltender Applaus.)

Dieser Auftrag ist zwar ehrenvoll, aber umso prekärer, als besagte Parasiten mit all ihren hochdramatischen Defiziten in Lernfähigkeit und logischem Denken nunmehr zusätzlich zu selbstmörderischen Aktionen stimuliert oder provoziert werden müssen. Denn äußere Gewalt soll auch hier wieder nur im Notfall und als letztes Mittel zum Einsatz kommen.

Bis dahin hat also jeder einzelne von uns sich als aufgefordert und verantwortlich zu fühlen, gangbare Methoden vorzuschlagen, mit denen diese Blinden Milben in ihrer Dummheit möglichst effizient dazu gebracht werden können, sich einzeln oder gleich in großen Mengen ein- für allemal selbst zu liqui ...

(Das Referat des Betriebswirtschafts-Zombies hat sich während seines letzten Satzes aus den akustisch wahrnehmbaren Frequenzen ausgeblendet.)

N = NN ?

Quiz der "SCHILD"-Bürgerzeitung

"Wer oder was ist N.?": unsere Redaktion weiß das leider auch nicht. Aber einem investigativen Journalismus, wie wir ihn gnadenlos verfechten, bleibt letztlich nichts verborgen.

Also schreiben Sie uns schon jetzt Ihren Tip. Wer oder was ist das N in dieser "Arche N", die uns im Anflug auf die Erde so verwirrende Texte in unser Internet schickt? Wie verstehen Sie persönlich dieses N? Unter den richtigen Einsendungen entscheidet das Los.

Wahlweise können gewonnen werden:

I.   Die Teilnahme an einer Weltraumexkursion.
II. Ein ganzjähriger Urlaub auf einer Südseeinsel.
III. Ein gleichwertiger Aktienfond.
IV. Die Hauptrolle in einer Fernsehserie (mit Aufnahmen in aller Welt).

An dieser Stelle unserer Zeitung veröffentlichen wir ab heute in unregelmäßigen Abständen jeweils zehn Ihrer ausgefallensten, lustigsten oder verblüffendsten Lösungsvorschläge.

Heute kommen hier unsere positiven, unsre optimistischen und hoffnungsvollen Lese- oder SCHILD-Bürger/innen zu Wort, die sich von dieser Arche noch sowas wie eine Rettung versprechen.

*Auf die Frage **"Wer oder was in der Arche N ist N?"** waren dies ihre besten Antworten:*

1. Nazareth
2. Neubeginn
3. Neuschwanstein
4. NATO
5. Naturwissenschaften
6. New Age
7. Nirwana
8. Nuhs *(griech. Geistwesen: d. Red.)*
9. NASA
10. Natur

Non + ultra

SMS aus Bandiagara / Mali nach Sils

Komplimente für Medienrummel. En nun als Popstar: wie Nena oder Nike. Oder Nennwert oder Nonsense? No, never: wie Neuesjerusalem oder Nächstenliebe oder Notre Dame (des fleurs!) oder notre Nommo und notre Nay in N'Djaména oder Nymphomane oder Notstand oder Nachtlager oder nachsteigen oder Nacktkultur oder Nagaika(peitsche!) oder *Nur nicht aus Liebe weinen! Never walk alone!* Nur Nöte. Nötige nun nur noch - na? - NN ('n Neutrum?)!

Kaufen kaufen

Brief an eine Mutter. *Vierter Teil*

Detlev Kremer, z. Zt. OIRU-Station, Städtisches Krankenhaus, Düsseldorf

So, es kann weitergehen: mal sehen, wie lange diesmal.

Beide Anrufbeantworter sind von Dir vollgesprochen, schon vor Weihnachten in Deinem ewig vorwurfsvollen Ton, am Zweiten Weihnachtsfeiertag dann als Vollvorwurf: "Schon der Zweite Feiertag, und du hast es nicht nötig, dich zu melden!"

Vielleicht hättest Du mal Deine vielzitierten Mutterinstinkte befragen sollen. Denn was war wohl? Schon am 13. Dezember sollte ich sofort in die Klinik, ohne Verzögerung. Aber es ging nicht. Mit starken Schmerzen bin ich nach Frankfurt geflogen, um im Hotel Intercontinental meine letzte Vorlage zu machen und das Ganze endlich verabschieden und wenigstens die Entwurfsrechnung ausstellen zu können. Mit allerletzter Kraft kratzte ich im Hotel meinen Charme zusammen und versuchte, wenigstens mein Gesicht zu wahren. Nach der Vorlage flog ich sofort zurück. Johnny holte mich am Flughafen ab und brachte mich sofort in die Klinik.

Da liege ich seitdem, auch Heilig Abend, mutterseelenallein (hoppla, was ist denn das für ein Begriff?). Das war schon mal ein Testlauf für den letzten Weg, den man ja bekanntlich allein geht. Du siehst, wieder einmal nur verlebt, versoffen und verhurt. Daneben schaffe ich es aber sogar noch, sterben zu üben. Pflichtbewußt!

Das habe ich von Vater gelernt. Auch das Durchhalten in jedem Schmerz. Darum habe ich auch immer, immer nur an mir und meinem Fortkommen gearbeitet. Das müßtest Du eigentlich allmählich wissen. Aber nein: wieder nur Mißtrauen!

Noch aber zum Rest Deiner unbeantworteten Briefe:

Lb. Detl., vor 5 Jahren waren wir zus. in Rom. Es waren schöne Tage - obwohl ich wunde Füße hatte u. 1 Tag das Bett hüten mußte.

Kaputte Füße. Die sind Dir in Erinnerung geblieben. Immer stehen die negativen Dinge an erster Stelle. Weil Du eine negativ denkende Frau bist. Es war ja alles so schlimm.

Trotzdem erinnere ich mich gern daran.

Trotzdem erinnerst Du Dich gern daran. Wie großzügig. Jetzt zeichne ich Dir unsere Romreise mal in meiner Sicht auf.

Vorgeschlagen hatte ich sie, weil ich Weihnachten nach Vaters Tod auf keinen Fall bei Dir zu Hause verbringen wollte, und ausgerechnet Rom, weil ich es kenne, Dir was zeigen und vieles in unserm Leben symbolisch erklären konnte durch diese "Ewige" Stadt: für uns, für Dich die nächste Nähe zu Gott. Kunst, Kultur, Aura, Schönheit, Unvergänglichkeit; Ablenkung von Vaters Tod; zeigen, daß es weiter geht, wie es in dieser Stadt mit Tausenden von Toden aller Art immer weiter gegangen ist; Lebensfreude; bereit sein, wieder aufzustehen und weiterzugehen.

Und was bekam ich dafür geboten? Eine Frau, die schon ab Florenz nur keifte, daß ihr kalt ist, daß sie nicht laufen will, geschwollene Füße hat und daß es für heute genug ist. Die sich kein einziges Mal über die Schönheit von Landschaft oder Bauwerken freute, nie die Geschichte in sich aufsog. Statt dessen wurde ständig geheult, geplärrt, ins Taschentuch gerotzt, das Gesicht verzogen. Ständig hieß es, ich sei hart zu Dir; Vater habe schon immer gesagt, wie viel Leid ich Dir antue. Eine einzige Selbstbemitleidung: es gehe Dir nur schlecht.

Und nur Dir. Denn daß neben Dir Dein Sohn bereits selbst den Tod vor Augen hatte, bereits selbst auf dem Wege ins Sterben war: das hast Du da vor lauter Schmerz um Dich selbst gar nicht mitbekommen.

Zwar wußtest Du es damals auch noch gar nicht. Aber Du sagst doch immer, eine Mutter spüre alles: was es auch sei. Aber wohl nur den eigenen Schmerz. Diese Reise war die Hölle für mich. Seitdem steht für mich fest, daß ich nie wieder mit Dir verreise.

Es waren Stunden der Gemeinsamkeit, wie ich sie liebe.

Wie Du sie liebst.

Hedi Schwaritzki rief letzten Sonntag bezw. Samstag abend an und fragte auch nach Dir. Ein ital. Deseyner sei 1 Herzinf. erlegen - auch noch jung, 38 J., Du solltest es nicht übertreiben und Dir Ruhe gönnen bezw. Schlaf. Sie fragte nach dem Geschäftlichen? Meine Antw.: "Detlev hat es nicht leicht".

Könntest Du ihr nicht auch mal sagen, daß Du es mir mit keinem einzigen Pfennig leichter machen willst. Schön zu sehen, wo Euer gemeinsames "Ihr sollt es leichter haben als wir" inzwischen hingeführt hat. Herzlichen Dank.

Von Gertrud gestern 1 Brief erhalten. Ich hatte ihr im letzten Brief ein Foto v. d. Hochzeit mitgeschickt. Sie läßt grüßen und sagt, Du siehst so traurig aus, ob Du noch krank seist. Mir liefen die Tränen.

Komisch, daß Gertrud feststellt, ich sehe traurig aus. Meine Mutter hat das bis heute nicht kapiert: hilft mir nicht, stützt mich nicht, fordert nur: egal, was. Saugen, saugen, saugen. Aber schön, daß Du noch weinen kannst: mal ganz was Neues.

Gestern waren wir in Solingen. Anita machte 1 Imbiß + Glas Sekt. Dann fuhren wir einkaufen. Wir kauften Tisch + Stühlchen f. Torsten. Für Martina kauften wir 1 gr. w. Tischdecke. Günter kaufte f. Anita 1 schönes Nudelholz. Für mich kaufte er 1 größeres Wolltuch über meinen bl. Mantel. Ich kaufte mir Parf. von La Roche. Für Günter kaufte ich 2 schöne Krawatten. Dann kauften wir noch 1 silbernen Leuchter auf d. Vertiko in Deinem alten Zimmer u. etwas zum Naschen f. Dich. Laß Johnny in 1 Stunde der Muße bei 1 guten Tasse Kaffee an den Süßigkeiten mitgenießen. Macht Euch mit Plätzchen u. Pralinen einen gemütl. Nachmittag bei Kerzenlicht.

Du bist wohl nicht mehr ganz dicht mit Deinen lächerlichen Süßigkeiten andauernd: ich bin keine vier oder sechs mehr.

Lieber Detl., w. genießen d. letzten Tage i. Fuerteventura b. herrl. Sonnenschein. Temp. 23°-25° C. Wir bedauern, nicht zus. sein z. können, u. a. auch mit Vati. Ansonsten viel Gestein hier u. karg das Land. Nur d. Tourismus bringt d. Blüte.

Kürzel, Wetterbericht, bla-bla-bla, aber erkannt, wo die Kohle herkommt.

Von einer Schulkameradin mußte ich erfahren, daß Du im Fernsehen warst. Von Karl Fuchs, daß Du mit 1 Modell in der Zeitung zu sehen warst. Karl meinte: "Der Detlev hat's geschafft und ist durch."

Aber von Kindesbeinen an habt Ihr nur an mir rumgenörgelt.

Frau Patzek, 87 J., haben wir verabschiedet.

Herzlichen Dank für diese Mitteilung. Tod, Friedhof, Beerdigungen: ich weiß, daß Du diese Veranstaltungen liebst. Schön ist es auch immer, wenn Du auf etwas hindeutest und sagst "Ich liebe dies!" oder "So etwas liebe ich nicht!"

Herzlichen Glückwunsch zum Geburtstag und alles Gute. Leider bist Du sooo weit weg, u. das tut weh.

Ich bin nur froh, daß Du weit weg bist. Deine Nähe bereitet mir Unbehagen.

Genieße, lb. Detlev, die Stunden, jetzt bist Du noch in der Lage. Vergiß nicht: der Frühling ist eine bunte Jahreszeit u. hat wunderbare Tage; den Vogelstimmen verzückt zu lauschen u. Dich an Blütendüften berauschen - das ist Frühlingserwachen zugleich schöne Dinge machen, Pläne konstruieren u. keine Träume einfrieren. Gönn Deinem Herzen Heiterkeit, sage Zukunft statt Vergangenheit.

An Deiner Stelle hätte ich auch Angst, mich mit der Vergangenheit zu konfrontieren. Es würde gewaltig zu stinken anfangen. Also lügt Euch mal weiter schön in Eure Zukunft hinein.

Auf Dein Privatkonto habe ich Geld überwiesen, das Du sicherlich brauchen kannst.

Ich will keine Almosen auf mein Privatkonto. Bitte erspare das mir und Dir.

Wie sieht Deine Geschäftslage aus? Hast Du Aufträge? Nächste Woche muß ich die Unterlagen für die Einkommensteuer zusammenlegen. Die Zinsen sind auf fast 10% gestiegen.

Schon wieder das Thema Geld.

Ich will sie f. 1 Jahr festlegen. Aber genug v. d. Neuigkeiten.

*Schön, daß Du mich mit sonstigen Neuigkeiten über Deine Profite ver-
schonst.*

Tante Mechthild teilte mir mit, daß Du in Paris warst. Ich schluckte. Vielleicht kannst Du das verstehen. Hoffentlich hast Du da schöne Tage gehabt?
Warst Du privat dort oder geschäftlich?

*Von zehn Tagen in Paris waren acht geschäftlich. Für mich selbst in der
Normandie, am Meer nur zwei: jaja, wir haben schon immer gesagt, daß
Detlev ein Luftikus ist und blauäugig durch die Weltgeschichte gondelt;
wann wird er endlich kapieren, daß das Leben ernst gemeint ist?*

Grüß bitte Frau Mette. Ich hoffe, Du bist nicht mehr so kühl zu ihr. Es ist
doch schade, wenn Du alle lb. Bekannten so fallen läßt.

*Ich bin weder kühl noch lasse ich jemanden fallen. Ich sehe nur in extre-
men Situationen alles etwas deutlicher, zumal wenn Geld und Ideale im
Spiel sind. Diese mütterliche Freundin und großzügige Christin hat sich in
ein habgieriges, keifendes altes Weib verwandelt, das mich als falschen
Hund bezeichnet, weil ich ihre Bürgschaft bis heute noch nicht streichen
lassen konnte.*

*Einer meiner Gründe hierfür ist meine fürsorglich liebende Mutter, die ja
noch 10.000 € für kaputtgefahrene Autos von mir verlangt. Daß mir mein
Erbe noch zu Lebzeiten zusteht, will sie gar nicht wissen. Und daß ihr Sohn
sehr viel eher tot sein wird als alle andern, interessiert sie auch nicht weiter, denn sie betet ja, basta.*

*Aber ich hätte es auch ohne sie geschafft, da kam der Golfkrieg. Kein
Abendkleid wurde mehr geordert, nichts ging mehr. Die großen Umsätze
aus meiner Arbeit steckte ich wieder ins Atelier, um Ausbildungs- und Ar-
beitsplätze zu erhalten: leichtlebig, wie ich bin.*

*Frau Mette mit ihrer Bürgschaft ist da nur ein lebender Beweis für mensch-
liche Kleinlichkeit und Katholizismus. Mich kotzen solche Frauen an. Immer verdrehen sie die Wahrheit, mischen sich in alles ein, was sie nichts
angeht, und meinen, ihre Eierstöcke seien der Anbeginn der Welt. War es
nicht auch eine Frau, die das Unglück über die Welt brachte? Und warum?*

Die Bibelstelle wird Dir ja nicht unbekannt sein. Nichts ist schlimmer als diese Geschöpfe. Ich kann nur froh sein, daß ich schwul bin.

Günter schließt sich meinen Wünschen an. Er ist im Keller u. färbt Marina z. Zt. die Haare.

Schön, daß ich auch noch erfahre, daß Günter im Keller ist und Marina die Haare färbt: sehr wichtig zum vermutlich letzten Geburtstag Deines Sohnes.

Heute, lieber Detl., schicke ich Dir 1 lb. Pfingstgruß: 1 Pf. Kaffee, Plätzchen u. Trüffeln. Laß es Dir gut schmecken. Geld habe ich Dir aufs Privatkonto überwiesen, damit Du Dir was Schönes z. Essen einkaufen kannst, stärk Dich.

Anbei die Papiere v. d. Sparkasse. Bitte unterschreibe alle Seiten, aber dort, wo ich auch unterschrieben habe, u. schicke sie umgehend unterschrieben zurück.

Montag wird unser kl. Haus gestrichen, dann das große. Gleichzeitig wird d. Terrasse abgerissen, da sie etwas abgesackt ist. So hört d. Sorgen nicht auf. Es ist so schwer, d. Leute dafür z. bekommen. Da denke ich oft, wenn doch Detl. auch so viele Aufträge hätte wie die, aber d. Modebranche hat gr. Lükken, u. d. Industrie drückt Euch auf d. Seite.

Darf ich Dich zwischendurch auf Deine geliebten Abkürzungen aufmerksam machen?

Heute ist Muttertag. Vati überraschte mich an diesem Tage immer mit Päonien. Er gab viel Geld dafür aus. Noch heute zehre ich davon. Und vor 32 Jahren kam er z. Muttertag und herzte mich, wir waren glücklich über unsern Sohn, der zart und fein war. Und nun meldet er sich auch heute nicht. Vati würde sich im Grabe umdrehen. Ich kann es nicht begreifen. Gerade Du, der immer für Mutti so viel übrig hatte. Denk nur, wie wir beide immer wöchentlich auf dem Markt einkauften: Gemüse - Butter - Milch - Käse - Wurst/Aufschnitt - Fischstand usw. Ist alles bald nur noch Erinnerung?

Wie geht es Dir gesundheitlich? Frau Leppschieß meinte letztens: "Ich wage gar nicht, nach Detlevs Befinden zu fragen". Wir hatten beide die Grippe mit Fieber und Husten, der noch nicht ganz überwunden ist. Außerdem habe ich zu hohe Fettwerte, 295, zu hohen Blutdruck und zeitweise Blutzucker, 135 mg %, morgen lasse ich deshalb ein Tagesprofil machen. Das Schicksal, das uns packt, ist hart genug. Wir tragen u. knappsen alle daran, auch Volker, Günter und ich.

Da ich nächste Woche in Solingen bin, schicke die Unterschriften bitte dorthin.

Du tust mir in der Seele leid, mein lb. Junge, aber bitte melde Dich. Ich habe Sehnsucht nach Dir, verstehst Du das? Hast Du i. d. Verg. in all den Jahren Deine Wünsche nicht erfüllt bek.? Wir machten alles möglich. An Essen und Kleidung wurde nie gespart. Was hat Mutti dem kleinen u. großen Detlev wegweisend zugeredet, u. alles umsonst. Ein Leben lang Hilfe u. Stütze gegeben, u. nun d. Dank.

Nur zu gern würde ich am heutigen Muttertage z. Grabe meiner lb. Mutter gehen. Es ist aber zu weit, und so schmücke ich heute ihr Bild.

Aber laß mich nicht warten auf die Unterschriften für die Spark.

Sag mal, kannst Du nicht filtern, was Deinem Jungen jetzt helfen könnte und was Du vielleicht weglassen könntest?

Heute habe ich bereits eine Aufforderung v. d. Spark. erh., die unterschriebenen Ausfertigungen zurückzureichen. Nur deshalb rief ich Dich an, und Du legst sofort auf. Lb. Detl., hast Du noch Gefühle? Was hast Du eigentlich? Dein Verhalten ist nicht rechtens. Verg. Jahr habe ich Dir Vorschläge unterbreitet, und Du gehst mit keinem Wort darauf ein. Nun sagt mir der Notar, daß ich alles zur Teilung der Eigentumswohnungen vorbereiten soll. Bis z. Ende d. Woche soll alles so weit vorber. sein, daß ich unterschr. kann. Der Anfang ist also gemacht. Es wird aber lange dauern - Notar - Gericht - Eintragung. Es hätte schon alles klar sein können. Aber die Verzögerung hast Du selbst verursacht.

Es ist sehr wichtig, jetzt zu trennen. Sonst gehen Deine Belastungen noch auf Volker und mich über. Und der Zinssatz ist einfach zu hoch.

Nun bitte ich Dich: unterschreibe! Vati hat es Euch überschrieben, aber damit sind auch Pflichten entstanden. Ich versuche wirklich, gerecht zu sein. Ich wollte die Trennung bis heute nicht, sondern vernünftig damit umgehen. Daß

Du durch Deine Krankheit in einer so mißlichen Lage bist, bedaure ich sehr. Vertrau auf Deine Ärzte. Vielleicht schaffst Du noch den Absprung. Gibt es noch einen Strohhalm für Dich und mich?

Es grüßt u. küßt Dich

Deine Mutter, die Dich liebt.

Und vergiß die Unterschriften nicht!

Du solltest Dir mal Gedanken machen, wieso ich Deine Briefe nicht so lese, wie Du es gern hättest. Da stimmt doch etwas nicht zwischen Dir und mir. Meinst Du nicht, daß die Zeit reif ist, Dich zu befragen:"Was habe ich falsch gemacht???"!!!

Aus diesem Grunde will ich Dir nun ein paar Punkte meines Lebens zu erklären versuchen.

Aber nicht mehr heute. Ich bin zu kaputt. Die Auseinandersetzung mit Dir und Deinen Sparkassenformularen verzehrt meine letzten Kräfte. Vielleicht also demnächst mal. Bis dann.

Lug und Trug

*Serie des Wochenmagazins "Spektrum"
mit der zweiten Fortsetzung eines kritischen Offenen Briefs des Tübinger Privatdozenten Dr. Sigurd Wannebach an den Friedrich-von-Schiller-Gedächtnisstätten e. V. Marbach / Weimar (Dritte Folge)*

9. Die Bielkes

Die erwähnten Weimarer Totengräber jener Zeit waren wohl durchaus nicht nur *"honorig"* und *"verdienstvoll"* (wie Dr. Siebenfuss-Köpfle sie rühmt).

Johann Heinrich Bielke, der Schillers Leichnam 55jährig ins Kassengewölbe hinabließ und 76jährig wieder ausbuddeln half, war 26 Jahre lang amtlich bestallter Totengräber in Weimar. Als solcher war er Schüler seines Vaters und

Vorgängers, Johann Tobias Bielkes, eines gelernten Strumpfwirkergesellen, der 46 Jahre lang die Weimarer Leichen beigesetzt hatte. Als Schiller starb und bestattet werden mußte, war Vater Bielke schon tot und der Sohn seit vier Jahren allein im Amte.

Das Kassengewölbe, das vom kompetenten Julius Schwabe übrigens keineswegs als zierliches Renaissance-Mausoleum, sondern als *"kleines, düsteres Gebäude"* mit schwarzem Spitzdach, aber ohne jegliche Verzierung, auch ohne Fenster beschrieben wird und das inzwischen schon 63 Jahre lang verstorbene Standespersonen aufnahm, hatte als originäre Familiengruft eine Grundfläche von 3,25 mal 4,42 Metern oder 14,37 Quadratmetern und bot somit Platz für nicht mehr als höchstens sieben Särge: fünf parallel und zwei quer. Die jahrzehntelange Verwendung als Massengruft machte es also erforderlich, daß hier die eintreffenden Särge in solchen Siebenerformationen dreischichtig über- und aufeinandergestapelt wurden. So konnten hier theoretisch jeweils höchstens 21 Särge gleichzeitig deponiert werden. Da aber für die Verrichtungen der *"Meister Bielke"* innerhalb der Gruft noch Platz bleiben mußte, durfte nicht einmal diese Zahl erreicht werden, ohne daß Abhilfe geschaffen wurde.

Schon Schiller war 1805 die 53. Leiche, die hier untergebracht wurde, aber Bielke *junior* dazu veranlaßte, in seiner Totenliste zu notieren: *"ist nun wieder voll"*.

Hierzu verhalfen jeweils teils Feuchtigkeit, Luftlosigkeit und Materialverschleiß, indem die untersten Särge im Laufe von Jahren unter dem Gewicht der aufgebockten langsam zerfielen. Taten sie das nicht termingerecht zum Eintreffen des Nachschubs,

"so wurde", überliefert uns Oberkonsistorialsekretär Karl Gottlieb Hetzer in seinem Bericht vom 1. April 1826, *"nach Versicherung des Totengräbers durch Einhacken der Särge nachgeholfen"*.

Die hierbei herausfallenden oder freiwerdenden Gebeine wurden dann jeweils im Erdreich des Gruftbodens eingegraben oder verscharrt und festgetreten. Dieses offiziell sobezeichnete *"Zusammenräumen"* nannten die Bielkes selbst meist *"Versenken"*, weil die betroffenen Knochen in die Masse der nicht mehr identifizierbaren Gebeine früher bestatteter Personen einverleibt, eingefügt oder eben versenkt wurden. Dieses Versenken war nur anfangs oder begrenzt und nur so lange möglich, wie Sarg- und Leichenreste noch nicht überhand nahmen. Denn die drei Versenkungsgruben, die August von Froriep 1911 im fetten und kieselhaltigen Boden der Gruft entdeckte, waren viel zu klein für das Eingraben menschlicher Reste in größeren Mengen:

"Was man da hinein hätte 'versenken' können, war nicht der Rede wert" (Froriep).

Also konnten die Knochen aus den zertrümmerten Behältnissen mehrheitlich nur zwischen den noch nicht zerhackten Särgen verteilt oder gestapelt werden. Genügte da der Platz auch nicht mehr, wurden die sperrigen Überreste, berichtet immerhin Bielkes Dienstherr, der Bürgermeister Schwabe, hinaustransportiert und in der Grube eines der drei nordöstlichen Friedhofswinkel *"eingescharrt"*. Sie wurden, wußte noch 1852 auch Schwabes Sohn Julius, dicht am Häuschen des Totengräbers *"in einem Winkel des Totenhofes in einem gemeinsamen Loche untergegraben"*.

Einzig die zwielichtige Mathilde Ludendorff hat diese Vorgänge auch unabhängig von Schillers Gebeinen, auch also im Hinblick auf all die andern Betroffenen beanstandet:

"Särge in dieser Weise aufeinander zu türmen, daß die unteren von den oberen in diesem faulen Kellerloche zertrümmert werden und dann noch obendrein den Unfug des Einhackens durch den 'Meister Bielke' zu gestatten, das sind ganz außergewöhnlich ungeheuerliche Zustände", *"die wir nicht nur nicht einem Schiller, sondern gar keinem einzigen Menschen als Bestattungsort wünschen"*.

Aber Prof. Max Hecker, der mit seinem NS-belobigten Buch über *"Schillers Tod und Bestattung"* die Ehre der deutschen Klassiker zu retten bemüht war, korrigierte zeitgenössische Amtsträger und Augen- wie Ohrenzeugen noch runde hundert Jahre später mit der schwer widerlegbaren Behauptung, im Boden des Kassengewölbes sei die Erde so lehmig und felsig, daß Bielke bei Platzmangel unausweichlich gezwungen gewesen sei, jeweils mindestens einen Toten auszumachen,

*"dessen armer Leib am vollständigsten der Verwesung anheimgefallen war:
er nahm die entfleischten Knochen aus ihrem Behältnis, um sie hier oder
dort beiseite zu legen".*

Solches Beiseitelegen hier oder dort sei zwischen Schillers Beisetzung und
der Suche nach seinem Schädel doch immerhin ganze sechs Male mit mindestens dreizehn Särgen so erfolgt.

Schon gleich der erste Anwärter nach Schillers Unterbringung, der englische
Maler und Zeichner Charles Gore, Esquire und Günstling der Herzogin-Mutter Anna Amalia, machte nur zwanzig Monate später eine solche Prozedur
erforderlich. Bielke notierte in der amtlichen Totenliste:

"Den 24. Januar 1807 habe ich in diesem Begräbnis 4 - 5 Leichen versenkt."

Die genaue Anzahl konnte schon er selbst genausowenig präzisieren wie die
Namen der "Versenkten". Vielleicht war da ja auch schon Schiller dabei, wer
weiß. Das vermutete immerhin auch schon jener Oberkonsistorialsekretär
Hetzer, wenn er am 1. April 1826 in seinem Bericht für das Oberkonsistorium festhielt, Schillers Sarg habe sich *"aller angewendeten Mühe ungeachtet nicht vorgefunden, so daß die Vermutung entstehen muß, daß derselbe
durch die öfter beliebte Nachhülfe zerstört worden ist".*

Auch Schillers späterer Präparator August von Froriep hielt es für möglich,
daß schon 1810 oder -11, also nur fünf bis sechs Jahre nach ihrer Beisetzung,

"die Gebeine des Dichters in der Gruft verstreut"

worden seien.

Mathilde Ludendorff griff 1936 solche Vermutung auf (*"Schillers Sarg ward
[...] sogar zu früh eingehackt"*) und faßte resolut zusammen:

*"Noch ehe dieser Sarg durch zwei Schichten anderer Särge zertrümmert
wurde, wurde er von 'Meister Bielke' so gründlich eingehackt, daß nach 21
Jahren weder von seinem Sarge noch von seinen Gebeinen etwas an Ort
und Stelle lag und zu erkennen war".*

Immerhin hatte Bielke selbst seiner Notiz über jene Versenkung zugunsten
des Malers Gore 1807 noch den aufschlußreichen Satz hinzugefügt:

"Dafür bekommen von Gores 10 Kronthaler."

Solche Angaben über vermeintliche Trinkgelder, auch geringere Beträge, finden sich mehrfach in seiner Liste. Prof. Hecker hat auch hierfür Verständnis:

"Darum erhielt wohl der Totengräber ein nicht unbeträchtliches Trinkgeld, damit er für den neuen Sarg Platz schaffe."

Nicht selten ließ er sich auch auf solche Weise bestechen, obwohl durchaus noch genügend Platz vorhanden und eine *"Versenkung"* der Verwesten gar nicht vonnöten war. Im Zeitraum nach Schillers hiesiger Beisetzung geschah das jedenfalls in den Jahren 1807 bis 1811 bei sämtlichen Bestattungen in diesem Zeitraum. Für einen guten Obolus wurden da jeweils mehr Leichen *"versenkt"* als bestattet: und vermutlich nicht immer nur die aufgelöstesten. Denn seit 1788, als die einzig offizielle "Zusammenräumung" des Kassengewölbes auf Anordnung des Landschaftskassen-Direktoriums stattgefunden hatte, waren die Bielkes hier in ihrem autarken Treiben von keinerlei Behörde mehr kontrolliert worden. So hatten sie freie Bahn. August von Froriep hat vorgerechnet, daß von 1806 bis 1826 ganze 17 Särge entfernt wurden, aber nur zehn hinzukamen, so daß sich der Bestand insgesamt um sieben Särge sogar vermindert habe. Mit welchem Ziele?

Aber 1971 wies Fritz Donges in den *"Mitteilungen der Berliner Gesellschaft für Anthropologie, Ethnologie und Urgeschichte"* glaubhaft nach, wie Frorieps Liste anhand der Bielkeschen Totenbücher, genau gelesen, ergibt, *"daß trotz aller Versenkungen und Überführungen ab 1794 bis 1826 fast stets m e h r Särge in der Gruft gestanden h ä t t e n, als man bestenfalls überhaupt hineinstellen konnte"*. Was also sollte da verschleiert werden? So manches Verschwinden?

Henning Fikentscher, dessen Untersuchung von 1990 zum *"Heutigen Stand der Forschung über Friedrich Schillers sterbliche Reste"* eine solche tituläre Bestandsaufnahme weit überschritten, nämlich auf eigene Faust so akribisch recherchiert, auch einfallsreich resümiert hat wie schwerlich eine andere Publikation zu diesem Thema zuvor,

dieser Fikentscher also, seines Zeichens Mediziner und Anthropologe aus naturwissenschaftlich renommierter Familie mit leibhaftigen Goethekontakten, hat auch die diversen Protokolle von Schwabes Suchaktion nach Schillers Schädel wie auch August von Frorieps spätere Darstellung minutiös unter seine Lupe genommen. Dabei ist ihm aufgefallen:

1. *"Als Bürgermeister Carl Lebrecht Schwabe im März 1826 mit einigen Herren der Stadtverwaltung in die Kassengruft stieg, um Schillers Gebeine zu bergen, da fanden die Herren zunächst eine geordnet liegende Sechserreihe von Särgen. Bei deren Anlüften jedoch gingen die Bretter auseinander, und zu ihrer Verwunderung sahen die Herren weder Müll noch Knochen darin, so daß sie glaubten, die Gebeine seien v o r dem Holze spurlos vergangen. Unter diesen leeren Särgen standen aber sechs wohlerhaltene Särge ... "*

Tatsächlich referierte damals auch Stadtschreiber Aulhorns *Amtlicher Bericht der städtischen Behörde* über diese erste Durchsuchung des Kassengewölbes an jenem 13. März 1826, wie Steuerregistrator Juffa aus dem Verzeichnis in den mitgebrachten Landschaftskollegialakten

"diejenigen Personen, deren Leichen kurz vor und kurz nach der Schillerschen beigesetzt worden, zu benennen"

unternahm.

"Allein der auch gegenwärtige Totengräber Bielke", protokollierte Aulhorn, *"bemerkte sofort, daß die Särge keineswegs mehr in der Ordnung, in welcher sie beigesetzt worden, stünden, vielmehr seien sie bei der letzten Leichenbeisetzung sehr untereinander gesetzt worden"*.

Warum?

Warum wurden die Neuzugänge nicht einfach obenauf placiert, was auch leichter gewesen wäre?

2. *"Erst 1911 wurde der Sachverhalt"*, hat schließlich Fiketscher begriffen, *"durch Prof. von Frorieps Ausgrabung klar. Von über 70 Beisetzungen, von denen 64 feststellbar waren, war nur ein einziger Ohrring zu finden."*

Fikentscher listet dann auf, was *"in Gräbern und Grüften aus der Zeit um 1800"* den Toten meist mitgegeben oder belassen wurde:

"Ohr- und Fingerringe, Halskettchen, Anhänger, Goldzähne, Platinprothe-
sen, vergoldete Crucifixi, goldene Busennadeln, Zungen-Mariengroschen,
Augenthaler, Bernsteinhalsketten, Psalmbuch-Silberbeschläge usw.".

Von alledem fanden Schwabe 1826 und Froriep 1911 bei all den Leichen zumal auch weiblichen Geschlechts und aus wohlhabenden, überwiegend aristo-
kratischen Familien einzig jenen besagten einzelnen goldenen Ohrring.

Froriep fand auch nur noch ein einziges Namensschild, wie es den Särgen um
1800 gemeinhin mitgegeben zu werden pfegte: das der Kammerratswitwe
Henriette Johanne Ludecus von 1791. Aber diese Namensschilder waren immer aus Kupferblech und insofern ein Geldwert.

Fikentscher folgert hieraus verführerisch:

"Die Totengräber Bielke und Sohn sowie deren Vorgänger vor 1755 sind
Leichenfledderer gewesen",

und

"die sonderbare Sargordnung mit den knochenfreien Särgen obenauf" habe
nur *"eine fortgesetzte Leichenberaubung verdecken"* sollen.

Fikentscher rekonstruiert überzeugend:

"Sobald 1 - 4 Särge lange genug abgelagert waren, wurden sie gegen die
zuletzt gekommenen umgetauscht, die noch keine 10 Jahre gelegen hatten.
Bei den älteren waren in der Zeit die Nägel abgerostet. Die Deckel wurden
abgenommen, die Särge auf die Seite gelegt, die Knochen herausgerollt und
zwischen die Särge geworfen. Nun konnte der Sargmüll (aus Käferlarven,
verrotteten Hobelspänen, Sargauskleidung und Bekleidungsstücken) nach
Schmucksachen durchsucht und den Knochen hinterhergekippt werden.
Dann wurden die Sargdeckel aufgelegt und so der Anblick einer wohlgeord-
neten Gruft wiederhergestellt."

Diese Theorie wird nicht nur vom faktischen Mangel an Namensschildern,
jedwedem Schmuck oder sonstigen Wertgegenständen in diesem Kassengewölbe belegt, sondern auch von Bürgermeister Schwabes Bericht, wie einer
von Bielkes Mitarbeitern beim nächtlichen Durchwühlen der Gebeine nach
Schillers Schädel

"eine kleine Partie lebendiges Quecksilber, etwa wie ein preußischer Taler im Umfange" fand, *"das hellglänzend wie Silber dalag"*,

so daß der fündige Tagelöhner, der zu Bielkes eingespielter Mannschaft gehörte, jählings ausrief: *"Ein Schatz, ein Schatz!"* Er mochte solche Funde an diesem Orte gewohnt sein.

Schwabe aber schloß daraus nur auf das *"Merkurialmittel"* eines Syphilitikers unter diesen hochrangigen Toten und übersah das auffällige Defizit an echten Schätzen. Sonst wäre mindestens Bielke *junior* nach damals geltendem Weimarer Strafrecht stracks zum Tode verurteilt und hingerichtet worden. Hierfür genügte seinerzeit jeder Diebstahl eines Gegenwertes von fünf Gulden, im Wiederholungsfalle schon bei geringerem Schätzpreise.

Aber statt solcher Beschuldigung erhob sich nach Schwabes Aktion im Gruftgewölbe mancherorts ein ganz anderer Verdacht, der zuerst in Karoline von Wolzogens Brief vom 29. Mai 1826 an Schillers Sohn Ernst festgehalten wurde. Da wird der Weißenfelder Rechtsanwalt und Dramatiker Adolf Müllner mit der Nachricht zitiert,

"Schillers Sarg sei gestohlen. Es wird bald in allen Blättern darüber geschwatzt werden".

Tatsächlich wurde dieses Gerücht dann von einem *"Herrn v. Burkhardt"* ausgerechnet in der Leipziger *"Hebe. Zeitung für heitere und ernste Unterhaltung"* vom 7. Oktober 1826 unter dem Titel *"Ist Schiller aus seiner Gruft gestohlen?"* aufgegriffen und publiziert. In seinem *"Reisejournal"* schildert da dieser Autor ein mitgehörtes Gespräch zwischen Gästen einer Mittagstafel im *"Römischen Kaiser"* zu Erfurt und versucht, den kolportierten Leichenraub glaubwürdig zu machen.

Noch gute fünfzehn Jahre später griff im April 1842 das Stuttgarter *"Morgenblatt für gebildete Leser"* diese Legende auf und berichtete in seinen "Weimarer Skizzen": angeblich erschienen

"in einer stillen, finstern Nacht verhüllte Männer auf dem alten Gottesakker, drangen in das Kassengewölbe und nahmen Schillers Gebeine mit sich fort. Es seien Freunde und Verehrer des großen Dichters aus Württemberg

gewesen; darum könne man suchen, soviel man wolle, die Überreste Schillers finde man doch nicht".

Weder die Landschaftskasse als Hausherr noch das Oberkonsistorium oder dessen Gottesackerkommission als zuständige Aufsichtsbehörden, geschweige der bestechliche Bielke selbst hat diese Unterstellung je dementiert. Für alle Zeiten blieb sie unkommentiert und ist es noch heute.

Eine nicht minder verdächtige Erfahrung hatte da schon etliche Jahre vor Schwabes Schädelsuche auch der spätere König Ludwig I. von Bayern gemacht, als er, noch Kronprinz, aber schon glühender Schillerverehrer, irgendwann zwischen 1815 und 1825 am Weimarer Kassengewölbe auftauchte, um dem Sarge seines Idols Reverenz zu erweisen. Totengräber Bielke habe das schon damals mit der Begründung verhindert, dieser Sarg

"sei nicht mehr ausfindig zu machen".

Nicht zuletzt diese vielschichtig rätselhafte Auskunft mag den verdienstvollen Berliner Zahnarzt und Schillerforscher Fritz Leo Hildebrandt noch 1950 in seiner wegweisend sorgfältigen Publikation *"über Schillers Zähne und Zahnerkrankungen"* vermuten lassen:

"Soweit seine Tätigkeit als Totengräber mit den Vorgängen im Kassengewölbe genannt wird, kann man sich oft des Eindrucks nicht erwehren, daß Bielke über Schillers Sarg - vielleicht auch über die Leiche und den Schädel Schillers - viel mehr wußte, als er sagte und kaum jemals bekannt werden wird."

10. *"Ganze Schule, erster Klasse"*

Schillers Beisetzung im Kassengewölbe wurde keineswegs, wie gleichfalls von Dr. Siebenfuss-Köpfle behauptet, durch einen *"feierlichen Chorgesang der 'Ganzen Schule, erster Klasse' "* beëndet.

Die oft zitierte und kontrovers ausgelegte Angabe, daß Schiller damals

"mit der Ganzen Schule, erster Klasse à 24 Taler 12 Groschen und 3 Pfennig in das Landschaftskasse=Leichengewölbe beigesetzt"

worden sei, ist dem Wortlaut jener Todesanzeige entnommen, die drei Tage nach dieser Beisetzung im *"Weimarischen Wochenblatt"* erschien, dort aber nur ein wörtlicher Nachdruck der obligaten Eintragung im Totenbuch der hierfür zuständigen Kirche *Sankt Peter und Paul,* der späteren Herderkirche, war.

Prof. Max Hecker hat in seinem Buch über *"Schillers Tod und Bestattung"* die damaligen Weimarer

"Bestattungen nach sozialen Gesichtspunkten in vier streng gesonderte Rangordnungen"

nachgezeichnet. Demnach gab es dort Leichenbegängnisse

"mit der ganzen Schule erster Klasse",
"mit der ganzen Schule zweiter Klasse",
"mit der großen halben Schule"
und *"mit der kleinen halben Schule".*

Schillers Beisetzung *"mit der ganzen Schule erster Klasse"* entsprach den damaligen Usancen *"bei Personen höchsten Ranges".* Zu denen gehörte Schiller auf Grund seines Doktortitels und als Fürstlich Sachsen-Meiningischer Hofrat, also *"Hochwohlgeborener Herr".*

Die Angehörigen einer Leiche dieses obersten Ranges hatten innerhalb des Kanons einige Freiheiten in der Ausgestaltung der Trauerfeierlichkeit. So konnten sie zum Beispiel vier Leichenmarschälle bestellen, die dem Trauerzuge voranschritten, extra honoriert und mit Wein und Kuchen bewirtet werden mußten. Davon wurde im Falle Schillers kein Gebrauch gemacht.

Ferner konnte bei *"ganzer Schule erster Klasse"* die Anzahl der Leichenträger fakultativ auf zehn oder aber zwölf *"Kandidaten"* festgelegt werden, die so genannt wurden, weil hierfür meist Seminaristen oder Gymnasialprimaner eingeteilt wurden. Nur auf besonderen Wunsch der Hinterbliebenen konnten sie durch eine Handwerkerzunft ersetzt werden, wie es im Falle Schillers geschehen sollte. Da waren dem Auftraggeber, wer immer das gewesen sein mag, Schneider oder Tischler willkommener als Studenten und Abiturienten.

Er scheint auch von jenem andern Brauchtum dieser Bestattungsklasse Abstand genommen zu haben, das vorsah:

"der ganze, aus den Gymnasiasten gebildete Sängerchor begleitet die Leiche mit Gesang zu Grabe".

Vielleicht schon wegen der mitternächtlichen Uhrstunde wurde von einer solchen Rekrutierung singender Kinder abgesehen. Oder sie wurde gar nicht gewünscht.

Jedenfalls wird von keinem der Anwesenden eine solche Grabmusik überliefert. Kronzeuge Schwabe notierte vielmehr ausdrücklich:

"Kein Trauergesang [...] unterbrach die Stille der Mitternacht",

und Stephan Schütze erwähnte Schüler nur als Laternenträger.

Nein, die Formulierung *"mit der Ganzen Schule, erster Klasse"* bezeichnete bei dieser Bestattung nichts anderes als jene einschlägige Gebührenklasse, die seit dem Weimarer Leichenpatent von 1763 bei solcher Benennung und ohne Rücksicht auf Sonderwünsche des Auftraggebers mit jedenfalls 24 Talern und 13 Groschen in Rechnung gestellt zu werden pflegte.

11. Müllers Geheimnis

Bei der Hinterlegung von Schwabes Schiller-Schädel im Büstensockel der Herzoglichen Bibliothek sprach abschließend Kanzler Friedrich von Müller, die "graue Eminenz" des Weimarer Hofes, nicht nur jene zitierten Sätze vom *"heiligen Vorgang"* um diese *"heilige Reliquie"* und ihr nunmehr *"sichtbares Denkmal"* im Dienste an *"frommen Wallfahrten".*

Nein, dieser bestinformierte, wohlbedachte und eher vorsichtige Staatsdiener und Geheimnisträger orakelte zu dieser nunmehr großherzoglich anberaumten Installation des Schädels im Bibliothekssaal die sphinxhaften, aber vielbesagenden Worte:

"Wenig Vertrautesten nur konnten die wichtigen Gründe, die mannigfachen Hindernisse klar und offenbar werden, die einem solchen Unternehmen bis jetzt entgegenstanden. Doch der Tag der Erfüllung ist angebrochen: jene Gründe sind erledigt, jene Hindernisse gehoben, und die heiligen Manen empfangen ihr längst bestimmtes Opfer."

Welche Gründe? Welche Hindernisse? Opfer wofür? Das alles bleibt rätselhaft - wird aber wenigstens nicht mehr geleugnet (wie vom Prof. Hecker und der Legion seiner Vor- und Nachbeter immer noch).

Goethe freilich scheint gewußt zu haben, welche Geheimnisse sich hinter Müllers mysteriösen Worten verbargen. Denn zwei Tage bevor sie gesprochen wurden, schrieb er bereits, am 15. September 1826, an den Freund Sulpiz Boisserée:

"Von einer merkwürdigen, beinah geheimen Feier zu Schillers Andenken nächstens das Mehrere. Einiges darüber wird schon im Publikum verlauten; wie es aber eigentlich zusammenhängt, ist nicht leicht zu erforschen."

Auch heute noch nicht.

Aber Busenfreund Boisserée erwies sich im fernen Stuttgart wohl eingeweiht, als er, nur einen Monat später, in seinem Antwortbrief von den *"widerwärtigen Gefühlen"* berichtete, die ihn auch bei dieser Schädelfeier wieder

"im stillen gequält haben. Es ist gut, daß die Sache vorüber ist und daß unsere alles vermengende Zeit in ihrem windesschnellen Umtrieb die Wunderlichkeiten bald überdeckt, welche sie zum Vorschein bringt".

Da wußte noch jemand mehr, als er schriftlich zugab.

12. Streichers Publikation

Mit Andreas Streichers entsetztem Verstummen nach Ernst von Schillers Bericht über die Schädelplacierung in der Weimarer Bibliothek waren die Kontakte zwischen ihm und der Familie Schiller noch keineswegs beendet.

Knappe zwei Jahre später, im Frühjahr 1828, überreichte der durchreisende Autor das Manuskript zur *"Ersten Abtheilung"* jenes Schiller-Buches, an dem er seit acht Jahren arbeitete, dem federführenden Schiller-Sohn Ernst, der inzwischen als Landgerichtsrat in Trier lebte. Dieser schickte das Manuskript, *"welches ich mit großem Vergnügen gelesen"*, absprachegemäß an Schillers Schwester Christophine Reinwald weiter, bei der es Streichers Sohn im Laufe des Sommers zur Fertigstellung wieder abholte.

Ernst von Schiller ließ die Tante auch seinen Wunsch wissen, *"der dahin geht, daß Herr Streicher sein Manuskript unter Bedingungen, die er selbst aufstellen möge, m i r überließe, um es, so wie es ist, und unter seinem Namen, in die Gesamtausgabe der väterlichen Werke aufzunehmen".*

Das schrieb er auch dem Autor persönlich in einem *"sehr herzlichen Brief"*, der Streicher im übrigen wissen ließ, seine

"Erzählung sei zu wichtig, als daß man solche nur bruchstückweise in die Biographie verflechten könnte, welche Frau von Wolzogen herausgeben will".

So intrigierte Neffe Ernst aus interfamiliären Gründen gegen das offenbar geplante Plagiat dieser *"nach und nach äußerst schätzbaren Quellen"* durch seine Tante Karoline.

Streicher aber wollte von beiden Integrationsabsichten der Schillerfamilie nichts wissen. Ihn könne, schrieb er im Juli 1828 an Christophine Reinwald,

"nichts in der Welt vermögen, die Schrift zu meinem Nutzen herauszubringen":

er wollte sie nicht verkaufen. Stattdessen entwickelte dieser selbstlose Freund, der auch Beethoven und die jüngste Bach-Tochter, Regina Susana, finanziell unterstützte, den Plan, mit dem Erlös seines Buches einen Schiller-Preis zu stiften.

Auf die Offerten der Familie Schiller scheint Streicher gar nicht mehr reagiert zu haben. Er begriff sie wohl als Versuche, die autonome Publikation seines Buches zu verhindern.

Einzig Christophine Reinwald unterstützte sein Projekt mit dienlichen Materialien aus Schillers Kindheit und Elternhaus. Freilich sah auch sie sich dabei den Repressalien der übrigen Familie ausgesetzt und sollte Streichers Darstellung der Stuttgarter und Mannheimer Ereignisse inhaltlich zu beeinflussen und zu verändern versuchen.

Als Streicher 1833 im Alter von 71 Jahren starb, waren nur zwei von drei geplanten *"Abtheilungen"* seines Buches fertig. Sie erschienen postum erst

1836 und nach fast einjährigen Auseinandersetzungen seiner Erben mit dem Verlage Cotta, der nach wie vor Änderungswünsche der Schillers auftischte.

Diese beiden nunmehr endlich veröffentlichten *"Abtheilungen"* beziehen sich exklusiv auf die vier Jugendjahre, in denen

"selten ein Tag verging, an dem er Schillern nicht gesehen oder auf kurze Zeit gesprochen hätte".

Was so in Stuttgart begann, wo Schiller ihn bekanntlich eingeladen hatte,

"so oft zu ihm zu kommen, als er nur immer wolle",

setzte sich auf der gemeinsamen Flucht, später im gemeinsamen Bett von Oggersheim, auf der Fußwanderung nach Frankfurt und schließlich in Mannheim fort, wo sie bis zu Schillers nächster Flucht, zu den Körners in Leipzig, dasselbe Quartier bewohnten. In dieser Zeit hat Streicher dem depressiven Freunde vielleicht gar das Leben gerettet, jedenfalls weitgehend dessen Existenz finanziert, indem er auf seinen eigenen Plan, bei Philipp Emanuel Bach in Hamburg Komposition zu studieren, endgültig verzichtete und nach Schillers Abreise, selbst mittellos in Mannheim zurückgelassen, sein Leben dort mühselig als Klavierlehrer fristete.

Erst durch seine spätere Hochzeit mit Nanette Stein, einer Schülerin Mozarts, die die Klavierfabrik ihres Vaters von München nach Wien verlegte, lernte Streicher, auch ohne Schiller zu leben. Seiner Einladung nach Wien ist dieser nie gefolgt.

Aber noch ganze zehn Jahre nach ihrem Mannheimer Abschied, bei dem sie gelobten, sich erst zu schreiben, wenn der eine irgendwo Minister oder der andere irgendwo Kapellmeister sei, antwortete Schiller in Weimar dem Freunde nach Wien:

"daß Sie meiner mit Liebe gedenken und mir ein gleiches gegen Sie zutrauen, rührt mich innig, lieber Freund, und ich kann Ihnen auch von meiner Seite mit Wahrheit gestehen, daß mir die Zeit unsres Zusammenseins und Ihre freundschaftliche Teilnahme an mir, Ihre gefällige Duldung gegen mich und Ihre auf jeder Probe ausharrende Treue in ewig teurem Andenken bleiben wird".

Tatsächlich zählte ein so wohlinformierter Experte wie Fritz Jonas, der Schillers ganzen Briefwechsel edierte, diesen Andreas Streicher neben Goethe, Körner, Humboldt und Cotta zu den fünf besten Freunden in Schillers Leben. Schiller selbst schrieb eben in der Zeit ihres engsten *"Zusammenseins"* sein Gedicht *"Teufel Amor"*, das Streicher, aber auch er selbst für besonders gelungen hielt und das er dem Freunde in Oggersheim oft genug vorlas, um uns von diesem nach unwiderbringlichem Verlust des Manuskriptes wenigstens noch mit zwei erinnerten Zeilen überliefert zu werden:

"Süßer Amor, verweile
Im melodischen Flug".

Streicher bedankte sich für solchen Vortrag damals mit melodischem Klavierspiel, nach beider Tode dann mit jenem Büchlein *"Schillers Flucht von Stuttgart und sein Aufenthalt in Mannheim"*, das noch heute als klassisches Dokument eines glaubwürdigen Zeugen gilt.

Aus dem Verkaufserlös wurde nach dem Weimarer Debakel jenes Stuttgarter Schiller-Denkmal finanziert, das dort noch heute vor dem Theater steht.

Die geplante dritte *"Abtheilung"* seines Buches mit einer abschließenden Charakteristik Schillers hat Streicher, durch Schillers Familie und die Weimarer Machenschaften eher gelähmt als beflügelt, nur fragmentarisch hinterlassen. Sie wurde erst 122 Jahre nach dem Tode ihres Autors und genau 150 Jahre nach dem Ableben ihres Gegenstandes erstmalig veröffentlicht: 1955.

13. Das Skelett

Jenes Skelett jedoch, das der Jenaër Prosektor Schröter mit Hilfe des Museumsschreibers Färber aus den Knochen des Kassengewölbes zusammenstellte und als das Schillersche ausgab, muß noch im späten Nachhinein samt und sonders angezweifelt werden.

Einem aufmerksamen und anatomisch hinlänglich vorgebildeten Leser ihrer pseudowissenschaftlich zweisprachigen Auflistung aller aufgefundenen wie auch der fehlenden Knochen hätte auch damals schon auffallen müssen, daß dieses Verzeichnis geschickt manipulierte und verschleierte.

So läßt zum Beispiel die Angabe von sieben vorhandenen Halswirbeln, acht vorhandenen und vier fehlenden Brustwirbeln, vier vorhandenen und einem fehlenden Lendenwirbel leicht überlesen, daß das Rückgrat dieses präsentierten Skeletts insgesamt fünf Lücken, also ganze zehn blinde Anschlüsse aufwies und daß eine Zusammengehörigkeit der vorgelegten Wirbel so also gar nicht beweisbar war.

Ferner fiel durch eine anatomiebedingte Strategie dieser Liste nicht sofort auf, daß weder ihr *Habet* noch das *Debet* über Hüftbeine, Manubrium oder Brustbeinhandgriff und Zungenbein verfügte. Sie alle waren weder hier noch da, also gar nicht vorhanden. Auch Handwurzelknochen und Speichen fehlten. Sogar der Atlasknochen, der den entscheidenden Zusammenhang von Schädel und Wirbelsäule nachwiese und für jegliche Knochensuche der ausschlaggebende Ansatzpunkt, die unabdingbare Voraussetzung gewesen wäre, war nicht gefunden worden.

Die Behauptung, drei schillerisch authentische Fingerglieder und ein einzelnes echtes Zehenglied seien aufgespürt und identifiziert worden, dürfte angesichts vieler Hunderter solcher Knochen im durchgewühlten Kassengewölbe die Grenze zur Scharlatanerie erreichen. Dasselbe trifft auf die Notierung von 23 angeblich echten Rippen zu, die in einem Massengrabe wie diesem Kassengewölbe schwerlich auszumachen gewesen sein dürften.

Ein kritischer Fachmann wie Henning Fikentscher hat außerdem überzeugend nach- und vorrechnen können, daß Schröters protokollierte Behauptung,

"alle Hauptstücke des Skelettes" und *"ein bedeutender Teil der kleinern Gliedmaßen desselben"*

hätten sich auffinden lassen, nicht den Tatsachen entsprach. Vielmehr seien nur etwa drei Viertel der langen Röhrenknochen und drei Siebentel der übrigen Knochen als überhaupt vorhanden aufgelistet. Mehr als die Hälfte aller Bestandteile eines vollständigen Skeletts hätten gefehlt.

Daß die vorhandenen vormals auch wirklich zu Schillers Körper gehört hätten, sei umso fragwürdiger, als rechnerisch nur vier bis fünf Prozent all der anonymen Knochen im Kassengewölbe von Schillers Gerippe herstammen konnten. Dabei geht Fikentscher noch von 23 Leichen in dieser Gruft aus.

Tatsächlich waren es wohl fast dreimal so viel, so daß Schillers Anteil an all dem eingelagerten und durcheinander gewirbelten Gebein sogar bestenfalls wohl noch sehr viel niedriger war.

Natürlich muß einem so professionellen Anatomen wie diesem Prosektor Schröter allerspätestens beim Anblick der geschilderten drei Kubikmeter Gruftmüll im Kassengewölbe klar gewesen sein, daß die übernommene Aufgabe gar nicht oder allenfalls nur in einem erheblich längeren Zeitraum zu bewältigen sei. Schon die Bestimmung von mindestens viertausend, eher noch sehr viel mehr meist frei herumliegenden Einzelknochen, die allesamt hätten zutage gefördert, umgelagert und an geeignetem Orte ihren vormaligen Eignern zugeordnet werden müssen, wäre ein Pensum für viele Monate oder Jahre gewesen. Es hätte sich durch die erforderliche Befragung der Hinterbliebenen von mindestens neun der hier bestatteten Leichen nach deren Sterbealter, Körpergröße, Krankheiten, Mißbildungen *et cetera* noch wesentlich erweitert.

Schröter aber eröffnete in seinem Abschlußprotokoll nicht eben unironisch,

"auf diese Geschäfte, welche mit höchster Sorgfalt und Ruhe betrieben wurden, waren f ü n f Tage zu verwenden, nämlich von Sonnabend (den 23. dieses Monats) Mittag bis Mittwoch (den 27.) abends".

Hierbei fällt auf, daß er in dieser Zeitangabe zunächst die Fünf bereits durch Unterstreichung (oder gesperrte Schrift) in ihrer ganzen Absurdität verdeutlichte, ferner indirekt wissen ließ, daß nicht einmal sie ganz den Tatsachen entspricht. Denn in jenen vorgewerkschaftlichen, aber christlich umso orthodoxeren Zeiten war der einbeschlossene Sonntag mit Sicherheit kein Arbeitstag, sondern *Tag des Herrn* und mithin ein Feiertag, der auch Anatomen, zumal bei einer Arbeit an Leichenteilen, zu heiligen geboten war.

Außerdem mußte jedenfalls Gehilfe Färber am Montag ebendieses Zeitraumes auch noch an der Beisetzung seines vorgesetzten Bibliothekars an der Universitätsbibliothek Jena, jenes eben verstorbenen Prof. Georg Gottlieb Güldenapfel, teilnehmen, so daß sich die insgesamt verfügbare Arbeitszeit noch weiterhin verkürzte. Fritz Donges behauptete noch 1971: *"Sie waren nur einen Nachmittag im Kassengewölbe".*

Aber ohnehin war ja dem geachteten Experten Schröter mit jenem Bibliotheks- oder Museumsschreiber Färber keineswegs ein anatomisch kompetenter Mitarbeiter an die Seite gestellt, wie Prof. Hecker das noch runde 110 Jahre später mit seinem skrupellosen Plural von *"den Jenaer Anatomen"* beschönigend vortäuschte. Färber war ungelernter Gehilfe seines Bruders in der Jenaër Bibliothek, wo er gelegentlich dem damaligen Prof. Schiller begegnet sein könnte und wohl auch Goethe hinlänglich auffiel, um bisweilen für persönliche kleine Hilfsdienste herangezogen zu werden, bevor er, 26jährig, von Schillers Schwager Wolzogen als Diener nach Weimar geholt wurde. Aus dieser Position heraus half er allenfalls eine Woche lang an Schillers letztem Krankenbette aus und wurde dort zum vermutlich einzigen wirklichen Zeugen von Schillers Sterben.

Da alles dies entsprechend bekannt war, kann es heute wie damals nur als pure Ironie oder subalterne Liebedienerei zu verstehen sein, wenn Schröter die Anwesenheit eines so unübersehbar dilettantischen Mitarbeiters im Kassengewölbe innerhalb seines Abschlußprotokolls wahrheitswidrig damit legitimierte,

"daß einem der Unterzeichneten, welchen obige Geschäfte übertragen waren, das Glück beschieden gewesen, dem verewigten Schiller mehrere Jahre lang persönlich nahe zu stehen".

Auch deshalb, log oder spottete Schröter, werde es

"zur unumstößlichen Gewißheit, daß hier kein Irrtum obwalten könne, indem nach anatomischen Kennzeichen und lebendiger Erinnerung an die Persönlichkeit Schillers dieses Geschäft mit höchster Gewissenhaftigkeit und Überzeugung vollführt wurde".

Insofern also sei das vorgelegte Protokoll ihrer beider Bemühungen *"höchst erfreulich"*, und beide, so Schröter wie Färber, bezeugten *"nach Pflicht und Gewissen"* mit ihrer Unterschrift unter dem begleitenden Protokoll *"die strengste Wahrhaftigkeit obiger Angaben".*

Dem widersprach erst 1971 Fritz Donges in jener Berliner Anthropologen-Zeitschrift:

"Daß das Protokoll Schröter-Färber insgesamt eine glatte Fälschung ist, ergibt sich u. a. daraus, daß kein Mensch (bis zum Jahre 1935) jemals davon Kenntnis erhielt."

Henning Fikentscher, der auch jene protokollarisch beigefügte Knochenliste kompetent zu lesen und zu beurteilen vermochte, bezeichnete noch knapp zwanzig weitere Jahre später Schröters gesamte Aktion im Kassengewölbe und beim Knochenpuzzle als *"Eulenspiegelei"*, aber auch als *"feiste Lüge"*, sein Protokoll sei *"ein einziger Schwindel"*.

Schon 1924 nannte Schiller-Forscher Hans Gerhard Gräf jene ganze Rekonstruktion von Schillers Skelett *"so peinlich und abscheulich (wie sie es jedem zartfühlenden Deutschen sein sollte)"*, und Mathilde Ludendorff, nicht nur rassistisch fanatische Demagogin, sondern immerhin auch Ärztin, bezeichnete sie vier Jahre später als ein *"törichtes Unterfangen"* im Dienste einer *"Beruhigung der Gemüter"*; selbst ihr dezidierter Widersacher, der allzugern euphemistische und verharmlosende Übertüncher Prof. Hecker, kritisierte damals jenes *"bedenkliche Unterfangen, zu dem Schädel die andern Gebeine aufzusuchen"*:

"wir aber schauen nur mit Unbehagen zu".

Wie aber schaute Schröters Auftraggeber zu: Goethe?

Scheinbar arglos und zufrieden. Denn schon am Tage des protokollarisch gemeldeten Vollzuges ließ er den eingeweihten Kanzler von Müller wissen, daß

"die heiligen Reste, über unser Hoffen und Erwarten, nahezu vollständig zusammengebracht und beigelegt worden" seien.

Dieser anatomisch so interessierte wie gebildete Goethe, der sich in Jena von keinem Geringeren als dem Rigenser Prof. Justus Christian Loder, bedeutendstem Anatomen seiner Zeit und immerhin auch Leibarzt Herzog Carl Augusts, persönlich hatte unterweisen und als offiziellen Vorgesetzten des dortigen Anatomischen Kabinetts sogar an praktischen Sezierübungen beteiligen lassen,

dieser selbe Goethe, dessen diverse osteologische Aufsätze im Zweiten Heft seiner Zeitschrift *"Zur Morphologie"* erschienen und der noch heute zumin-

dest als autonomer Auch- oder Wiederentdecker jenes Intermaxillarknochens
oder Zwischenkiefers namens *os Goethei* gilt,

dieser selbe Goethe hatte nur zwei Tage nach Erhalt jenes scheinheiligen
Knochenverzeichnisses keinerlei Hemmung, es an diesem 30. September
1826 auf undurchsichtig indifferente Weise zu verifizieren und also definitiv
zu genehmigen: *"Durchgesehen von J. W. v. Goethe"*.

Das legte sich freilich nicht fest und war sphinxhaft vieldeutig.

Trotzdem erhielt so diese obskure Liste alle höchsten Weihen der Wahrhaftigkeit oder Authentizität und galt seither als sakrosankt.

Doch mehr noch: eben an Schillers 67. Geburtstage schrieb Goethe seinem
engen Freunde Sulpiz Boisserée

*"im Vertrauen, daß für den Augenblick nicht allein der Schädel, sondern
die sämtlichen Knochenglieder, durch abwägenden Fleiß unserer vergleichenden Anatomen zusammengebracht, nun auf der großherzoglichen Bibliothek in einem anständigen Gehäuse ordnungsgemäß niedergelegt sind"*.

Hat Goethe sich von einem Schröter also übertölpeln lassen? Viele glauben
das, selbst der gern argwöhnische Fikentscher.

Aber sie übersehen, daß Goethe sich acht Jahrzehnte lang stetig eher mißtrauisch, eher hellsichtig und hellhörig, eher röntgenscharf durchblickend und
klarsichtig als naïvlich und allzu gutgläubig erwiesen hat. Jedenfalls die Notiz für Müller, aber sogar die Nachricht für Intimus Boisserée mag vorsätz-
lich vernebeln und die eigentlichen Absichten dieses strikten Geheimniskrä-
mers und Verschweigers in Gestalt einer offiziellen Lesart verschleiern. Dafür spricht nicht zuletzt im Briefe an Boisserée der Einbezug des allzu wohl-
bekannten Ignoranten Färber unter die *"vergleichenden Anatomen"*. Da wurde in vielleicht allzu kritische Augen planvoll und prophylaktisch Sand gestreut.

Denn es ist schwerlich vorstellbar, daß einem Goethe angesichts jenes Kassengewölbes und der zutage getretenen dortigen Zustände das vollkommen
Utopische, vollkommen Illusorische einer solchen Auffindung bestimmter Gebeine nicht einsichtig und jeden Augenblick bewußt gewesen sein sollte.

Schon ein Laie wie Bürgermeister Schwabe hatte das schnell erkannt. Wie sollte Goethe da so tapsig in die Irre gehen?

Es gibt nirgends, auch nicht in Tagebüchern oder Briefen, den geringsten dokumentierten Hinweis auf Goethes geheimste Pläne in dieser Angelegenheit, auch nicht auf seine Absprachen mit jenen *"vergleichenden Anatomen"* aus Jena, die in ihrem Protokoll immerhin verrieten, dieses ganze Abenteuer der Knochensuche nur auf sich genommen zu haben,

"um dem hohen Verlangen Genüge zu leisten".

Freilich hatte Kanzler von Müller schon in seinem einladenden Schreiben an Färber betont: *"Aus guten Gründen ist zu wünschen, daß nicht viel in Jena über diese Reise verlautbare; Sie brauchen ja nur [...] zu sagen, Herr v. Goethe verlange Sie in einer Privatangelegenheit zu sprechen".*

Erst sehr viel später, erst 1971, begriff Fritz Donges: *"Schröter-Färber bekamen einen geheim zu haltenden Auftrag von höchster Staatsstelle, bei dem das Ergebnis von vornherein feststand: Das Skelett Schillers m u ß t e gefunden werden."*

In solchem Sinne können wir heute nur Hypothesen aufstellen:

1. Goethe wünschte Unmögliches. Schröter lieferte es mit Hilfe von Betrug, den Goethe nicht durchschaute.

Unwahrscheinlich.

2. Goethe wünschte Unmögliches. Schröter lieferte es mit Hilfe von Betrug, den Goethe sehr wohl durchschaute, gleichwohl hinnahm.

Aber warum?

3. Goethe wünschte Unmögliches. Schröter bezeichnete es als solches. Sie einigten sich auf gemeinsamen Betrug.

Nicht ausgeschlossen.

4. Goethe wußte schon vorher, daß er von Schröter Unmögliches verlangen und dieser das verweigern mußte. Also schlug er ihm selbst den Betrug vor, der insofern primär sein eigener Betrug war.

Am wahrscheinlichsten.

Hieraus ergibt sich zwingend die Frage nach Goethes Motiven.

Entweder: in der Einsicht, daß Schillers Gebeine unauffindbar und unwiederbringlich verloren sind, war es Goethe lieber, ein Symbol dieses Leibes vor Augen zu haben als dessen spurloses Verschwinden unterwürfig hinzunehmen. Poëtisches Aufbegehren also gegen unsere Auflösung ins Nichts.

Oder aber: Goethe wollte nicht sich selbst, sondern die Umwelt beschwichtigen - wen immer er darunter verstand. Sein Herzog, dessen Hof, die Hinterbliebenen des Toten, die Gemeinde der Schillerverehrer, die allgemeine Öffentlichkeit und Nachwelt oder sonstige Interessenten: sie alle konnten so glauben gemacht werden, daß mit dem sachkundig aufgespürten Skelett zum Schädel die ganze nach wie vor zwielichtige Angelegenheit um die Beisetzung von Schillers sterblichen Resten nunmehr ein seriöses und allgemein befriedigendes Ende gefunden habe.

Nur er selbst in all seiner 77jährigkeit und dieser auch nicht mehr ganz junge, vielleicht gar unter Eid gestellte Prosektor, dessen graphologisches Psychogramm ihn zumindest dem Spurensucher Fikentscher als durchaus rechtschaffen und glaubwürdig ausweist, würden das Geheimnis wissen und in ihre Gräber mitnehmen. Selbst der herzogliche Freund und dessen nahestehender, all-einbezogener Kanzler, selbst Busenfreund Boisserée und Schillers Sohn - keiner von ihnen allen wurde eingeweiht: in diesen klassischen Schelmenstreich.

Mundus vult decipi: war es das?

Loslos, faßfaß!

Datendiskurs im Virtuellen Olymp

(Beim elektronisch künstlichen Aufblenden bis in wahrnehmbare Fre-

Papimant, der altindische Schädigungsschratt (mitten in seiner Laudatio):

... energisch der Meinung, daß wir beim Bewerten von Maßnahmen zur Be-
kämpfung Blinder Milben vorrangig darauf achten sollten, ob die betreffen-
de Technik auch angemessen ausbaufähig ist.

Daher scheint mir die Grundidee, diese Parasiten irgendwie süchtig zu ma-
chen, so effektvoll wie kaum etwas sonst. Jede Sucht macht kurzsichtig, und
so erblindete Blinde führt sie unweigerlich in den Abgrund.

Dabei erweist sich das uferlos breite Spektrum ihrer Süchte als besonders
ergiebig. Allein die Passion für Narkotika aller Art hat die Gesamtzahl der
Blinden Milben schon bemerkenswert reduziert und dürfte sich auch in Zu-
kunft als brauchbar und erweiterbar herausstellen. Dasselbe gilt natürlich
für Freßsucht, Habgier, Konsumtrieb, Kaufzwänge, Streßmasochismus und
all die andern untherapierbaren Obsessionen.

(Geraune im Plenum.)

Aber unserm Auftrag am dienlichsten scheint mir das Doppelpack von Ge-
schwindigkeitsrausch und jener milbentypischen Versessenheit zu sein, sich
unausgesetzt von A nach B, dann von B nach A zu bewegen.

(Intelligentes Gekicher.)

Hierbei sind bisher wahrscheinlich schon so viele Blindmilben auf der
Strecke geblieben wie bei keiner andern Methode sonst, und sie scheinen
das selbst gar nicht zu bemerken.

Jedenfalls erfinden sie unverdrossen immer schnellere, ergo immer gefähr-
lichere, immer tödlichere Instrumente zur Fortbewegung und sind inzwi-
schen mit ihren sogenannten Raketen auch selbst gar nicht mehr imstande,
zwischen Vehikel und Waffe überhaupt noch zu unterscheiden. Das dürfte in
Zukunft durch Interstellarraketen, demnächst dann auch intergalaktisch zu
bislang ungeahnten Populationsreduzierungen oder Vernichtungspotentia-
len führen, die sich eben durch diese Koppelung von Übergeschwindigkeit

mit Orientierungsverlust ergeben und in den Weiten ihres Universums vollends unbemerkt, unbetrauert und unerinnert bleiben werden.

Da es sich aber auch hierbei um eine Sucht handelt, die nur gesteigert, nicht aber wieder abgelegt werden kann, schlage ich hiermit ihren Erfinder, unsern Delirien- und Betäubungsdämon, mit seinem ganzen Team als Prämienkandidaten dieser Blindmilbenrazzia vor. Hierfür nominiere ich also unsern Jerry Fitzgerald.

(Applaus und Buhrufe.)

Pokunt:

Ich bin dagegen. Ich bin der Verderbliche Pokunt, den alle Schoschonenstämme in Wyoming, Idaho und Nevada bei ihren Verfolgungen anrufen. Ich bin nicht für Jerry F. Ich bin für Jimmy B.

Jimmy Brewster hat nämlich den Blinden Milben das Analysieren ins Erbgut gemogelt. Dadurch sind sie imstande, alles und jedes in seine Bestandteile zu zerlegen: den ganzen Kosmos, Sonnen und Monde, aber auch ihren eigenen Planeten mit Pflanzen und Tieren, Wasser und Luft, sogar sich selbst. Sie zerlegen auch ihre eigenen Gedanken und Gefühle. Auch ihre klitzekleinen Körper: mit Skalpellen, Röntgen- und Laserstrahlen. Sogar mit Wörtern.

Alles nehmen sie auseinander, numerieren die Einzelteile, lösen auch die noch weiter auf, bis alles kaputt ist und sezieren dann sogar noch diesen Scherbenhaufen aus Atomen, Neutrinos, Protonen, Molekülen, Elektronen, Monaden, Ionen, Mikroben und Viren, bis alles definiert ist und nichts mehr funktioniert.

(Gelächter.)

Denn wie all diese Einzelteile schließlich harmonieren und zusammenspielen, das bleibt diesen Blinden Milben natürlich auf immer und ewig durchaus verschlossen.

Für diesen zuverlässig eingeborenen Zerstörungstrieb nominiere ich also Jimmy Brewster, unser Zerstäubungs-, Pulverisierungs- und Atomisie-

rungsmonster, als Kandidaten des Ersten Preises in unserm aktuellen Pogrom. Applaus für Jimmy B., bitte!

(Applaus und Pfiffe.)

Mulukwansi (sofort):

Veto. Einspruch. Veto. Ich protestiere. Ich bin eine Fliegende Hexe aus Papúa-Neuguinea und protestiere.

Denn das beste Mittel zur Vernichtung dieser Blinden Milben, viel effizienter als Suchten und Analyse, ist immer noch der Krieg.

(Gemurmel im Plenum.)

Wie das geht? Krieg ist eine Erfindung der Blinden Milben, sich selbst in großen Mengen abzuschlachten. Möglichst ohne jeden erkennbaren Grund. Einfach so. Jeder Vorwand ist ihnen dafür recht. Sie lieben das wie kaum was andres. Schon seit Jahrtausenden.

Freilich hängt dieses Kriegführen eng mit ihren technischen Errungenschaften zusammen. Denn ohne entsprechendes Werkzeug, das sie Ausrüstung oder mit liebevollem Kosenamen einfach Rüstung nennen, sind solche Massenmassaker gar nicht durchzuführen.

Tatsächlich gibt es diese Kriege erst seit einem gewissen technischen Niveau. Vorher tat keine Blinde Milbe einer andern was zuleide, und in Ewigem Frieden wuchs ihre Anzahl ins Grenzenlose. Bald war ihr ganzer Planet von wimmelnden Milben überschwemmt.

(Das Plenum schüttelt sich in hörbarem Abscheu. Einzelne Ekel- und Entsetzensschreie in hysterischem Diskant.)

Da hatte Freddy Washington, unser Skyline-Trickster, den rettenden Einfall, nachdem er über die Riesenzwillinge Otos und Ephialtes gelesen hatte, die schon neunjährig drei griechische Gebirge aufeinanderzutürmen planten, "damit der Himmel ersteigbar wäre". Aber stattdessen erschossen sie sich gegenseitig, vorgeblich bei der Jagd.

Hierauf gab Freddy W. den blinden Wichten die Idee ein, sich Türme zu bauen. Auch dabei entwickelten sie natürlich sofort ganz erstaunliche Fertigkeiten. Zunächst versuchten sie dieses ihr neues lotrechtes Glück mit einem architektonischen Finger, den sie vorsichtshalber erst mal ihrer Gottheit widmeten und als Kirchturm bezeichneten.

Als das vorläufig gut ging, schossen rund um den Globus allenthalben diese vermeintlich gotischen Gottesfinger in den Himmel und fungierten da eigentlich erst mal als Probeballons. Ihrer aller vermeintlicher Erfolg jedoch stimulierte die Blinden Milben dann schon bald zu einer kecken Verdoppelung ihrer Provokation nach Art der ägyptischen Obelisken und in Gestalt von Zwillingstürmen, wie man sie dann schon bald an ihren berühmtesten Kathedralen in Paris und Köln oder Chartres und Quedlinburg, wenig später dann auch schon an ihren profitabelsten Banken zum Beispiel in Frankfurt am Main bestaunen konnte.

Nach und nach aber wurden aus diesen Kirchtürmen, ob nun einfach oder doppelt, bisweilen Glockentürme, aus den Glockentürmen gern Leuchttürme, aus denen wiederum Wachttürme abgeleitet, und bald schon reckten sich auch ganze Bataillone unverhohlener Wehrtürme oder Befestigungstürme, Stadtmauertürme, Bergfriede oder Belfriede, also Berchfriten, dann auch Aussichtstürme, Funktürme, Fernsehtürme und schließlich sogar Wohntürme fragend oder auch schon drohend und besitzergreifend gen Himmel.

Der Himmel in seiner Grenzenlosigkeit gab einige Meter nach und rückte hilfsbereit ein wenig aufwärts, duldete also diese vermeintlichen Huldigungen oder phallisch koketten Provokationen.

(Gekicher.)

All das wurde noch hingenommen. Die Wichte türmten sich.

Da heizte unser listiger Freddy W. diese törichten Emporkömmlinge weiter an, indem er, ganz beiläufig und eher leise, nur ein einziges Mal im Vorüberstreifen zu einem ihrer zahllosen Türmer sagte: "Na und?"

Schon waren sie nicht mehr zu halten und legten nun hemmungslos los.

(Einzelne Zwischenrufe: Loslos! O Gott!)

*Jetzt hatten sie auch keinerlei Skrupel mehr, mit solchen Türmen unverhoh-
len den Himmel anzugreifen, der ja damals noch zum Greifen nah eine
himmlische Erde berührte. Zwar glauben die westafrikanischen Dogon heute noch, daß in prähistorischer Frühzeit ihr Achter Häuptling diesen hand-
lich tiefen Himmel noch zu retten versuchte, indem er ihn eigenhändig an-
hob. Nur umso gieriger jedoch wollten da die Blinden Milben, heißt es, mit
ihren Hochbauten gar in den Himmel eindringen, ihn besetzen und erobern,
von dort oben über alles andre herrschen und verfügen.*

*Mühelos waren sie sich hierin einig und begannen in ihrer Metropole mit
einem ersten solchen Bau. Humorig nannten sie ihn damals aus Reibungs-
gründen einfach Himmelsraspel, aber da sie ihrer Metropole derzeit den
Namen Babylon gaben, handelte es sich also in Wahrheit um den berühmten Turmbau von Babel.*

(Kritisches oder begriffsstutziges Gemurmel.)

*Irgendwie aber muß den Blinden Milben dabei schon etwas mulmig gewor-
den sein, denn aus Sicherheitsgründen errichteten sie für den Notfall ganz
in der Nähe von diesem Babylon gleich noch ein geklontes Double ihres
Turmes: denn sicher ist sicher, und der Kölner Dom ist schließlich immer
noch der Kölner Dom, die Deutsche Bank die Deutsche Bank.*

(Skeptische Zwischenrufe.)

*Wirklich schoß also solch ein Zwillingsgetürm mit zahllosen Geschossen
wahrhaft himmelstürmend und unaufhaltsam aus dem babylonischen Mut-
terboden. Der Himmel in seiner grenzenlosen Güte gab noch ein letztes Mal
etwas nach und distanzierte sich damit unübersehbar und definitiv von dieser aufdringlichen Baustelle. Die aber stockte nun flugs nur noch auf.*

*Da endlich verhängten die Häuptlinge des Himmels einen Baustopp, der
freilich wahrhaft göttlich ausfiel.*

(Rhetorische Generalpause mit entsprechender Spannung im Pool.)

*Denn dieser Baustopp bestand einfach daraus, daß die wimmelnden winzi-
gen Bauarbeiter, Architekten und Handwerker sich plötzlich nicht mehr
verständigen konnten. Was sie bisher sich in ein' und derselben Sprache
ungehindert mitzuteilen pflegten, teilte sich jählings in ganze siebzig ver-*

*schiedenartige Idiome auf, die nun gegenseitig nicht mehr zu kommunizie-
ren vermochten.*

(Schütteres Gelächter nimmt im Folgenden homerische Ausmaße an.)

*Zunächst schien sich nur die Bezeichnung ihres Projektes aufgespalten zu
haben. Was bisher einfach* Turm *hieß, nannten jetzt manche plötzlich* turris,
andre tour, *andre* torre, *andre* torn, *sehr viele aber* tower. *Das ließ sich ja
irgendwie noch wiedererkennen. Aber plötzlich sagten einige* campanile, *einige* campanario, *aber andre* clocher, *andre* kyrktorn, *die Inder* stupah, *die
Thais* tschedih, *die Kambodschaner* prang, *die Sri Lankesen* dagoba *und die
Chinesen sowas Einfaches wie* Pagode. *Jetzt wurde es kritisch.*

*Ausgangspunkt jedoch für eine allgemeine Verwirrung war schließlich aus-
gerechnet die bisher so launige Bezeichnung ihrer Himmelsraspel. Mutwil-
lig nannte sie jemand jetzt stattdessen* Wolkenkratzer, *ein anderer, völlig
unpoëtisch, einfach* Hochhaus, *ein dritter, erfolglos,* Punkthaus, *ein anderer*
Turmhaus, *einer gar* Casa de altos, *ein weiterer* gratte-ciel, *dann plötzlich
einer* skyscraper, *gleich ein anderer aber, besserwisserisch,* skyskrapa, *wieder ein anderer, umständlich,* edificio di molti piani, *dann einer, unbegreiflich lispelnd,* edificio alto, *ein anderer Lispler aber* rascacielos, *ein ein-
wandfreierer Artikulierer doch lieber* maison élevée, *manche Beckmesser
wieder* gratta cielo, *andre, schon leicht aggressiv,* gratacels, *die Naïveren
kurzer Hand* höghus, *die Exaltierteren hingegen* immeuble-tour, *und exo-
tisch schlitzäugige Dunkelhäuter mit auffallend kreisrunden Nasenlöchern
sagten ebenso schwerverständlich wie hartnäckig immer wieder* tyhkrafah,
*was gen Sonnenuntergang wirklich niemand mehr begreifen und gutheißen,
geschweige nachsprechen konnte.*

*Nun war die ganze Atmosphäre hochvoltig aufgeladen und gespannt. Alle
redeten aufgeregt durcheinander, und niemand verstand was. Das nervte
natürlich.*

*Als läge es an ihren unterentwickelten Ohren, fingen die Blinden Milben
nun an, sich ihre Mitteilungen zuzurufen, dann ungeduldig und vorwurfs-
voll zu brüllen. Sie schrien sich nur noch an.*

(Einzelne Imitationen dieses piepsigen Milbengebrülls im Olympischen Pool.)

Jedoch vergeblich.

*Denn als sich dann schließlich eine dieser Schreienden Milben von ihrer
ursprünglichen* Himmelsraspel *über* Wolkenkratzer *und* skyskrapa *irrtümlich auch noch zur Redewendung* Wolkenkuckucksheim *verstieg und eine
andere sich das mit* luftslott, *die nächsten gleich mit* castle in the air *oder*
castello in aria, *drei anmaßend herrische Iberier aber mit* castillo en el aire
*übersetzten, nannte eine weitere Blindmilbe solch ein Luftschloß folglich
lauthals und geringschätzig einfach* Château en Espagne *und gab damit den
entscheidenden Startschuß für Nationalismen und kriegerische Auseinandersetzungen.*

(Zwischenruf: Olé!)

*Tatsächlich legten ihre siebzig Sprachen nunmehr den Grundstein für sieb-
zig Nationen, die darauf stolz waren, nur noch so und nicht mehr anders zu
sprechen, die 69 übrigen also gar nicht mehr verstehen, sondern nur noch
verachten zu können. Hierdurch inspiriert, entwickelten sie jetzt noch zahllose immer unzugänglichere Idiome, Dialekte und Mundarten, fühlten sich
jedoch unverzüglich zugleich auch alle so verunsichert und gefährdet, daß
sie zum Mittel schonungsloser Beseitigung oder Ausrottung aller Fremd-
sprachigen griffen und sich reihum gnadenlos Kriege erklärten.*

(Als höhnischer Zwischenruf die Salve eines Maschinengewehrs.)

*Naja, da ging es dann zunächst noch mit Vorliebe um die wechselseitige
Zerstörung ihrer Türme und Wolkenkratzer oder Wolkenkuckucksheime und
nationalen Luftblasen. Denn schon der Prophet Jesaja hatte ja zu Olims
Zeiten (13, 19) geweissagt:*

"Also soll Babel, das schönste unter den Königreichen, die herrliche Pracht
der Chaldäer, umgekehrt werden von Gott wie Sodom und Gomorrha".

*Vom Turmbau zu Babel ist daher heute südlich von Bagdad nur noch ein
Wassertümpel mit Schutt zu besichtigen, von so chauvinistisch verklärten
Gotteshäusern wie der Frauenkirche in Dresden und der Michaëlskathedra-
le in Coventry ganze Jahrzehnte lang nur noch fotogene Ruinen, von der
Kaiserlichen Gedächtniskirche in Berlin ein aufmüpfig-wehleidig gehät-
scheltes Trümmersymbol und von jenen nachempfundenen Zwillingstürmen*

des nationalbewußten World Trade Center in New York City einzig ein Brachfeld, das sich bescheiden oder scheinheilig einfach Ground Zero nennt und winzig wimmelnde Scharen von reisenden Konsumenten anlockt, die extra ausgezogen sind, das Fürchten zu lernen.

Aber in jenem toskanischen Pisa, wo man die allgemeine Unbildung der Blinden Milben zu messen und gnadenlos preiszugeben pflegt, ist seit Jahrhunderten eben die permanente Einsturzgefahr eines "Schiefen Turmes" für Abertausende Blinder Milben ein gruselig attraktives Menetekel ihres permanenten Verfalls und baldigen Unterganges.

(Spontaner Applaus.)

Was freilich sehr viel mehr zählt als alle diese einstürzenden Turmbauten, ist jene endlose Kette nationalstaatlicher Kriege, die seit Einführung der Babylonischen Sprachverwirrung zu einem ebenso endlosen Aderlaß der Milbenpopulationen geführt hat. Ihr Schlachtenregister von Troja bis Falkland oder Falludschah wäre, senkrecht geschichtet, sicher ihr allerhöchster Turmbau.

Doch jene ungewöhnlich langen und sonderlich brutalen Massaker namens Weltkrieg kamen erst in Mode, als ein übermütiges Milbenensemble in Berlin jenen linckischen Astronautenschlager kreïerte, dessen schamloser Text unmißverständlich einen neuen deutschen Weltraumimperialismus verherrlichte: "Schlösser, die im Monde liegen". Seither sind die Blinden Milben sämtlich außer Rand und Band. Sie schunkeln sich von einem solchen Weltkrieg zum nächsten.

Da sich hierbei auch Kriegsgerät und Rüstungsindustrie in einer spiralig grandiosen Aufwärtsentwicklung ihrer Vernichtungspotentiale befinden, hat die Aussicht auf eine baldige kriegerische Endlösung dieser Blinden Milben durchaus reale und berechtigte Chancen.

Aus diesem Grunde also schlage ich Freddy W., unsern genialen Trickster for Skylines and Skyskrapers, als den Inspirator aller himmelstürmenden Großmannsträume speziell bei Winzlingen nunmehr zum Spitzenkandidaten für die ausgesetzte Vernichtungsprämie vor. Es gibt keinen Würdigeren.

(Lange anhaltender Applaus mit Bravorufen, *"Encore"*-Chor, skandierendem
"Fred-dih"-Gebrüll und *standing ovation*: die Nominierung eines allerbesten
Blindmilben-Liquidators scheint vollzogen.)

Pinke-Pinke

Pressekonferenz der Bundesministerin für Finanz- und Gesundheitswesen (Ausschnitt)

Die Ministerin:

... sehe ich mich leider gezwungen, auch noch folgende Informationen hinzuzufügen:

Erstens: Die weltweit erfolgreich vollzogene Abschaffung aller Arten von Hartgeld hat das angestrebte Ziel in der Bekämpfung des grassierenden OI-RU-Erregers leider nicht ganz erreichen können. Seit dem durchgeführten Verzicht auf Münzen als Zahlungsmittel hat sich die Zahl der Neuerkrankungen an OIRU global sogar drastisch erhöht und um etwa 17,689 Prozent zugenommen.

Zweitens: Da aber dennoch weiterhin sämtliche Forschungsberichte der einschlägig operierenden Institute unleugbar Zusammenhänge zwischen Geldverkehr und Infektion bestätigen, hat das Internationale Kollegium aller Finanzminister in Absprache mit Weltbank und Weltwährungsfond beschlossen, eine nächste Stufe globaler Währungssanierung durchzuführen.

Drittens: Die meisten bislang entwickelten Varianten von Kunststoffen scheinen sich für die Übertragung zumindest klassischer Krankheitserreger gar nicht oder nur kaum zu eignen. Daher ist weltweit der Austausch von Papiergeld gegen Plastikscheine bereits eingeleitet worden. Er wird zügig durchgeführt und soll fließend erfolgen. Die Bevölkerungen werden aufgefordert, ihn in ihrem eigenen Überlebensinteresse zu unterstützen und alle Arten von Papiergeld möglichst schnell gegen Plastik einzutauschen.

Viertens: Kritiker dieser Maßnahme weisen darauf hin, daß in Australien, wo schon seit vielen Jahren ausschließlich Plastikgeld verwendet wird, die Raten an OIRU-Erkrankungen überdurchschnittlich hoch liegen. Dennoch hält die Mehrheit aller Sachverständigen einen umgehenden Verzicht auf papierene Infektionsträger für unverzichtbar.

Auch wir haben daher entsprechend veranlaßt, daß ab sofort ...

Landauf, landab

Briefentwurf; nicht abgeschickt

Dieter Negletzki, Hans-Böckler-Siedlung 11, 45883 Gelsenkirchen

An die Vizepräsidentin des Deutschen Bundestages
Frau An ???
Bundestag im Reichstag etc.

Ber

Sehr geehrte Frau (Vize-?) Präsidentin,

ich nehme die neuerliche Vertagung der Bundestagsdebatte über die entsprechende Gesetzesvorlage gern zum Anlaß, um Ihnen rechtzeitig vor der Abstimmung die fundierten Bedenken einer Nichtfrau vorzutragen, die es tatsächlich immer noch vorzieht, im Stehen zu pinkeln. Ich bekenne mich sogar dazu.

Ich kenne und respektiere alle Gegenargumente, die ich mit Interesse studiert und experimentell erprobt habe. Viele sind überzeugend. Ich bin sicher, daß sie auch in der Bundestagsdebatte zu gegebener Zeit in aller Ausführlichkeit und Intoleranz zur Sprache kommen werden.

Da nach Lage der Dinge und Zusammensetzung des Parlamentes aber die Motive einer Nichtfrau, die sich zum Pinkeln im Stehen bekennt, nicht zu

Worte kommen oder aber niedergebrüllt werden dürften, erlaube ich mir, sie Ihnen schriftlich und mit der Bitte vorzulegen, daß Sie für einen mündlichen Vortrag im Bundestagsplenum persönlich Sorge tragen wollen. Denn die Fraktion der Nichtfrauen, die nach wie vor noch heimlich oder trotzig im Stehen pinkeln, ist landauf-landab eine absolute Minderheit, das bitte ich gerade Sie als Parteimitgliedin der Grünen demokratisch zu bedenken. Ihre voraussehbare parlamentarische Mehrheit wage ich, in diesem speziellen Falle als nicht repräsentativ zu bezeichnen.

Gerade Sie als Frau und Minderheitin oder Weibliches Glied

Um Verleumdungen und Redeverboten vorzubeugen, möchte ich vorsorglich darauf hinweisen, daß ich weder Mitglied noch Anhänger einer reaktionären Partei oder sonstigen rechtsradikalen Gruppierung bin. Auch mit CDU oder FDP sympathisiere ich kaum je. Ich bedaure vielmehr, daß ich im Falle eines parlamentarischen Vortrages meiner Argumente just in diesen Kreisen vermutlich die meiste Zustimmung finden werde.

Das würde dann durchaus auf einem Irrtum beruhen. Denn Männer wie zum Beispiel Tang

FFFff.

dpa-Pressemeldung

Im Umfeld jenes jählings verstorbenen Dr. Friedhelm Reguleit, dessen kläglicher Versuch eines Boykotts von Sportübertragungen im Fernsehen seinerzeit eine weltweite Solidarität aller Fußballfreunde und deren vielbeachtete Demonstration zugunsten globaler Medienpräsenz zur Folge hatte, braut sich offenbar postum eine obskure Anhängerschaft mit dubiosen Zielsetzungen zusammen.

Der abgetauchte Göttinger Universitätsprofessor Lebegott Göng, der in seinem schweizerischen Exil auch unter dem Pseudonym Fiorello Gontard agitiert, scheint in Komplizenschaft mit der transsexuellen Louise M'Baïkaïkel, jener abgewählten UN-Delegierten aus dem Tschad, eine unheilige Allianz zu organisieren, die über eine unpopuläre Sportfeindlichkeit noch weit hinaus geht und sich in politischem Zwielicht bewegt.

In einschlägigen Geheimzirkeln kursiere, heißt es, zur Zeit eine Kampfschrift mit deutlich antidemokratischen Tendenzen. Das Zentrum dieser Kreise scheint, vorgetäuscht oder wirklich, im schweizerischen Graubünden zu liegen, das schon vor mehr als zweihundert Jahren in Schillers *"Räubern"* als das *"Athen der Gauner"* zu zweifelhaftem Ruhm gelangte.

In einer ersten Stellungnahme warnte Dr. Joshua Tanghobányi die internationale Öffentlichkeit vor solchen restaurativen Wiederbelebungsversuchen an autoritären Staats- und Gesellschaftsformen *"von vorvorgestern"*. Zugleich distanzierte er sich erneut von jeder Sportkritik und betonte den *"unverbrüchlichen Zusammenhalt von Fußball, Fortschritt und Finanzen"*.

Seine Geschäftspartner und deren Gesinnungsgenossen tragen jetzt als Erkennungszeichen oder Emblem ein *Button* mit dem Fanal *FFF*:

Fußball, Fortschritt und Finanzen.

Cave canem !

SMS aus Sils nach Bandiagara / Mali

Hexenjagd via dpa. Take care. Yellow press ante portas. Wechsel schnell das Bäumchen, liebster Lou! Ich küsse Deine Schlünde rundum – Dein Abram

Rühmen, das ist's

Internet: Protokoll VIII aus der Arche N

Dies ist das achte Protokoll aus der Arche N

oder auch der dritte Teil des Vierten Protokolls.

Graf Konstantin Tolstoi berichtet Weiteres von jenem sibirischen Schamanen Ogus:

Verwitwet

Als Ogus von seiner Geistreise zum Goldenen Vliese in sein jakutisches Heimatzelt zurückkehrte und dort feststellen mußte, daß inzwischen nicht nur ihr Birkenhain, sondern auch seine Ehefrau Ajgyr selbst gestorben war, brachte er das sofort mit ihrem unerlaubten Belauern seines Schamanisierens und Zuschauen vor der Feuerstelle, dann auch mit jener schamanischen Impotenz auf dem Areïschen Acker in Verbindung. Derlei hatte es hier mit neugierigen Frauen schon des öfteren gegeben.

Da aber trat seine Mutter Ses-Sánatkadını zu ihm. Mit schwarzer Gewandung und verweinten Augen bekundete sie ihre Trauer um die Geliebte oder gemeinsame Gattin. Sie erzählte, was geschehen war:

"Kaum war deine Seele zum Goldenen Fell unterwegs, ging Ajgyr wie üblich unter ihre Birken, um dort zu tanzen. Da überfiel sie aus einem Hinterhalt Nachbar Ätiri-Maj. Er warf sie gewaltsam zu Boden und würgte sie, um ihren Widerstand zu brechen: sie sich gefügig zu machen. Aber sie trat ihn, entfloh in meine Arme und erzählte mir alles. Ich tröstete sie angemessen.

Aber als Ätiri-Maj von diesem Gewaltakt nach Hause kam, hatten die Oberen Geister zur Strafe alle seine Bienenvölker an einer plötzlich grassierenden Seuche dahinsterben lassen. Jede tote Biene gab ihm einen Stich in sein Herz. Er sann auf Rache.

Du weißt doch, daß er mütterlicherseits mit dem Herrn der Unterwelt verwandt ist, der ja nicht zufällig 'Der Honigliche' genannt wird und von Ätiri-Maj mit Bienenhonig beliefert wird, um sich die tägliche Bitternis seines Totenreiches mit dem klebrigen Seim dieser ambisexuellen Tiere zu versüssen. Diesem Arsan Duolan mußte Ätiri-Maj nun das Ausbleiben seines ge-

rade fälligen Lieblingsdesserts erklären. Er scheint es Ajgyr angelastet zu haben.

Denn die ging ahnungslos am nächsten Morgen zum Tanzen unter ihre Birken, aber nicht am Schauplatz des gestrigen Überfalles, sondern weiter unten am Fluß, wo es einen Eingang zur Unterwelt gibt. Dort trat die Tanzende plötzlich auf eine versteckte Schlange, die in den Knöchel ihres linken Fußes biß. Kein schwesterlicher Hilfsgeist konnte sie noch retten. Sie starb unter kurzen Qualen.

Die Schlange war natürlich niemand anders als der honigliche Arsan Duolan selbst, der sie für das plötzliche Defizit an Todessüße bestrafen wollte. Oder es durch ihren Besitz zu kompensieren trachtete. Du weißt ja, daß er immer, wenn er in unsere Mittlere Welt hinaufsteigt, die Gestalt einer Natter annimmt.

Als Ätiri-Maj nun erfuhr, daß Ajgyr tot sei, schamanisierte er und unternahm eine Reise in die Unterwelt. Aber vergeblich. Sein mächtiger Vetter Arsan Duolan riet ihm nur zu einer sehr sonderbaren Art von Totenopfer.

Ätiri-Maj befolgte diesen Rat und baute vier Altäre 'vor Tempeln von Göttinnen' und ließ das geheiligte Opferblut aus dem Halse von vier makellos gewachsenen Jungstieren (ogusar) auf sie entströmen. Vier Tage später säte er Lethaïschen Mohn und schlachtete als weiteres Totenopfer für dich, mein Ogus, ein schwarzes Lamm, für Ajgyr selbst aber nur ein Kälbchen. Nicht sie war sein Problem, denn dem Arsan Duolan war sie viel süßer als der Honig jeder anderen Biene. Nein, deinen Zorn, mein Stierlein, deine Rache fürchtete er einzig. Dich wollten die beiden mit all dem Verlust von Ogusblut besänftigen oder schwächen und ungefährlich oder wehrlos machen, austricksen."

"Töten", wagte Ogus, das ängstlich Umschriebene auszusprechen: *"ein analogistischer Ritualmord in effigie."*

"Warte. Aber gerade als er von all dem vier- oder sechsfachen Blutvergiessen nach Hause unterwegs war", erzählte zielstrebig Ses-Sánatkadinı einfach weiter, *"schwirrten plötzlich Bienen um seine süßlich blutverklebten Hände. Er folgte ihnen und entdeckte in den aufgeschlitzten Bäuchen der vier Op-*

ferstiere, 'wie Bienen in den zerflossenen Gedärmen schwirren, zwischen geborstenen Rippen hervorschäumen, in unendlichen Wolken dahinziehen, sich schon im Baumgipfel ballen und an biegsamen Zweigen als Traube herabhängen'."

So schildert Vergil viel später jene damals durch Ätiri-Maj entstandene oder geförderte Bugonie, wie man im Westen seither ein solches Entstehen von neuem Bienenleben aus toten Leibern zu bezeichnen pflegt.

"Ätiri-Maj", resümierte Ses-Sánatkadını, *"begriff das als Zeichen für gelungene Sühnung seiner Missetat an deiner Biene Maja oder Melissa und glaubte sich jetzt sicher vor deiner Rache, mein Junge. Ist er das wirklich?"*

Ses-Sánatkadını hielt inne und wartete gespannt auf eine Reaktion ihres tief gekränkten Sohnes.

Der aber schwieg. Was er hinter ausdruckslosem Asiaten-Antlitz dachte, war dies: *"Meine Mutter verheimlicht oder beschönigt, verharmlost was. Die Szene im Birkenhain verlief ganz anders. Aigyr entfloh ihr nicht, sondern genoß sie. Genüßlich gab sie sich dem Unhold hin. Der kannte nun aber nicht nur ihren Leib und dessen Schwelgen, sondern ebenfalls, schon seit langem, auch ihr birkenhaft ewiges Weiter-Geflüster. Deshalb mußte die vetterliche Schlange sie beißen: um sie als Zeugin zu beseitigen."*

Daß auch Ses-Sánatkadını diese spannende illegale Paarung halb eifersüchtig und halb genüßlich aus dem Unterholz der Birken beobachtet hatte und bezeugen könnte, das wußte nicht Ätiri-Maj, wohl aber ihr Sohn. Der Schamane Ogus: der kannte seine Mutter gut genug, um ihre Gedanken lesen und ihre Lügen durchschauen zu können. Er wußte auch genau, was nun folgen würde.

Schon folgte es auch:

"Du mußt sie zurückholen", flötete *Die Stimmkünstlerin.*
"Warum grade ich?" konterte der Jungstier.
"Weil du mit ihr verheiratet bist."
"Das bist du auch. Du liebst sie sogar, ich nicht."
"Aber du weißt, daß ich das nicht kann."
"Du bist genauso Schamanin wie ich Schamane: also."

"Ich kann die Geister nur rufen und locken. Dann kommen sie vielleicht und besetzen mich so, daß ich von ihnen besessen bin. Du kannst das nicht. Aber auf die Reise gehen und die Geister besuchen: das kann ich nicht. Du kannst es. Also geh."
"Aber Tote zurückzuholen, ist fast unmöglich."
"Stimmt: nur fast. Du hast es schon getan. Und ihr Vater erwartet das jetzt von dir."
"Nur du erwartest es von mir."
"Ihre ganze Sippe erwartet es von dir. Die ganze Provinz erwartet es von dir."
"Und wenn ich aber nicht gehe?"
"Du gehst. Alle Jakuten erwarten das von dir. Und daß du mir mit Ajgyr zurückkehrst. Komm bloß nicht ohne sie zurück!"
"Und wen soll ich gegen sie eintauschen? Ohne Ersatz geht da gar nichts. Wen also soll ich an ihrer Stelle sterben lassen? Na?"
"Na, den Ätiri-Maj natürlich. Keine Ausreden mehr. Du gehst."

Sie ging seine Trommel holen.

Er malte sich den Verlauf seines weiteren Lebens aus, falls er jetzt standhaft blieb und die geforderte Jenseitsreise verweigerte.

Als er sich das hinlänglich ausgemalt und plastisch vorgestellt hatte, kam die Mutter mit seiner Trommel.

Ab ins Jenseits

Er griff zu seiner runden Eisenplatte mit dem zentralen Loch. Sie stellte die Erde dar. Das Loch in der Mitte war das Symbol für eine Öffnung, durch die der Schamane in die Unterwelt abtauchen, auch goëtisch eine begleitete Person hin oder her eskortieren kann. Diese runde Eisenplatte hängte Ogus sich jetzt um. Da gab seine Mutter Ruhe.

Ogus öffnete seine Zöpfe wieder zu schulterlang wallender Haarflut und legte seinen Schamanenrock mit den Eisenbrüsten und all seinen Amuletten, Figürchen, Glöckchen und eisernem Getier an. Aber zusätzlich hängte er sich diesmal auch einen eisernen Polar- oder Prachttaucher um. Dieser Vogel, der länger tauchen kann als jeder andere See- oder Lappentaucher, ist dem Schamanen überall untertan und befolgt dessen Befehle. Eine Reise in die Unterwelt gibt der Schamane durch die nachgeahmten Bewegungen dieses Polartauchers zu erkennen. Ogus beherrschte auch täuschend echt das bellende *"Wukwuk-wuk"* und das weinerliche Klagen dieses Vogels, der als heilig gilt.

Aber vorher verzehrte er noch einige Hanfsamen und halluzinatorischen Fliegenpilz, inhalierte auch stimulierende Dämpfe, um sich für seine fantastische Reise zu sensibilisieren.

Wieder wedelte er mit den Pferdeschwänzen, spuckte und gähnte, saß vor der Feuerstelle, zupfte die Sehne seiner Armbrust und trommelte. Wieder trommelte er sich in Ekstase. Wieder sang er dazu, wieder schrie er. Er wand sich hin und her, sprang auf, lief erregt in der Jurte umher, ahmte dem Polartaucher nach, wie er taucht, und heulte wie der, lief dann ins Freie, sprang auf sein Pferd und ritt in die Steppe hinaus zu seinem Schamanenbaum, einer heiligen Eiche mit duftendem, durchsichtigem Harze und einer Rinde, die niemals trocknete oder platzte. Ihre Krone trug die siebenschichtige Oberwelt des Himmels, aber ihre Wurzeln führten direkt in die Unterwelt und waren dort die Behausung jener scheuen Wesen, die ihren Mund unterhalb des Kehlkopfs haben. Dort mußte er jetzt hin.

Vor diesem Baume also bewegte er sich wieder heulend wie ein Taucher, dann warf er sich auf die Kniee und begleitete mit der Trommel sein gesungenes Gebet:

"Ich habe mich reisefertig gemacht.
Ich bin erschienen.
Ich bin bereit hinabzutauchen
Über die hohe Schwelle
Des großen Herrschers Arsan Duolan,
Die Kniee zu beugen
Vor seinen drei dunklen Schatten,
Zu beten und bitten.
Ich bin bereit hinüberzuschreiten
Über die hohe Schwelle ... "

Diese Bereitschaft bekundete er durch ein Trommeln, das außer Rand und Band geriet. In seinem Großhirn tobten unkontrollierbare Visionen. Endlich stürzte er unter der Heiligen Eiche zu Boden und ließ seinen Leib dort leblos liegen.

Seine Seele kletterte sofort in das Geäst dieses Welt- oder Lebens- und Schicksals- oder Schamanenbaumes. Dort überrieselte ihn ein frischer feiner Milchregen. Eine unsibirisch warme Brise kam auf, die Eiche knarrte, und die Itschi-Geisterherrin dieser Landschaft erschien mit aufgelösten Haaren und bloßen Brüsten. Die rechte bot sie dem Ogus sofort zum Trinken an. Der sog mit einem Zuge so viel Milch heraus, daß die Itschi erbleichte und ihm die linke Brust reichte. Er saugte auch die leer, und die Lippen der Itschi wurden blau. Sie sagte *"Genug"*. Er erhob sich und fühlte sich hundertfach gekräftigt.

"Das Feuer soll dich nicht verbrennen", segnete ihn die Itschi, *"das breite Wasser dich nicht entführen, der Stein dich nicht abstumpfen. Besiege alle Feinde und Widersacher!"*

Dann verschwand sie in der Erde.

Ogus folgte ihr singend. Aber jetzt sang er nur noch, um sich Mut zu machen.

Im Hades

Singend gelangte er zu jenem schwarzen Gebirgsschlund, der ohne jede Auffahrt oder Zufurt die Pforte zur Unterwelt bildete. Es war jener kesselförmige und *avernisch* genannte Krater, in dem Abbilder und Träume mit Erinnerungen und Erlebnissen zu einem unentwirrbaren Pfuhl vermengt zu werden pflegten.

Schon schlug ihm da das dreifache Gebell des eisernen und ewig schlaflosen Wächterhundes aus dessen drei Köpfen entgegen und verfünfzigfachte sich an den Hängen des schwarzen Gebirgsschlundes ringsum zu einem blutgierigen Brüllen der ganzen Schlucht.

Ogus hörte auf zu singen, der Hund aber nicht, aus seiner dreifach kläffenden Gurgel so laut zu bellen, als habe er fünfzig Gurgeln. Weil Ogus aber dessen Schlangenschwanz, den Schlangenkopf auf seinem Rücken und überhaupt den ganzen Hund als Schlange sah, verwandelte auch er sich selbst in eine schwarze Schlange. Als solche mochte er hier zum Hause zählen und konnte den rabiaten Wachhund zunächst mit dem obligaten Honigkuchen bestechen, dann in jenes *"von Schauern der Finsternis umdüsterte"* Dickicht passieren, wo die Bäume aus Eisen waren, klirrend nach unten wuchsen und gröhlten. Auch Unterholz und schneidend scharfes Riedgras waren nun aus Eisen und schrien durch die Dunkelheit. Hier und da sah er einzelne jener scheuen Wesen sich verstecken, die ihren Mund unterhalb des Kehlkopfs haben.

Selbst nun auch schon eisenfarbig, versuchte Ogus, sich kreuz und quer durch schwarze Eisenberge, stets abwärts, durchzuschlängeln, bis er in das Binnendelta der fünf Flüsse geriet, die versumpft und schlammig, gleichwohl Ströme waren, so daß er sie als Landschlange nicht überqueren konnte. Hier wurden die Schatten verstorbener Seelen von einem schreckenerregend schmutzigen alten Fährmann übergesetzt, den zu bemühen Ogus zu mißtrauisch war.

Darum verwandelte er sich aus der Schlange in einen Fisch und durchschwamm so den trägen, den morastigen *Fluß des Leidens*, den wild verschilften, den lehmigen *Fluß des Klagens*, den *Fluß des Feuers* und den neunarmig mündenden, stürmisch wogenden *Fluß des Hasses*, bis ihn der *Fluß des Meeres* schließlich in den schauerlich brodelnden Ozean der Unterwelt schwemmte: da schwammen nicht Störe, sondern verdorrte Männer und Mütter, nicht Hechte, sondern erfrorene Jünglinge, Helden, auch Bräute, und statt der vielen kleinen Fische eines solchen Weltmeers nur lauter, lauter tote Kinder. Ogus schwamm durch eine Leichensuppe, einen Leicheneintopf.

Erstmalig zweifelte er an seiner Fähigkeit, die angetretene Geistreise durchzuhalten. Er sehnte sich nach einer Rückkehr in seinen leblos liegengebliebenen Körper unter dem mächtigen Lebensbaum. Aber als er sich eine Rückkehr in seinen leblosen Körper unter dem Lebensbaume und ein weiteres Leben im Hause seiner Mutter vorstellte, entschloß er sich sofort, seine Reise fortzusetzen.

Um sich Mut zu machen, auch um sich selbst nicht zu verlieren, sang er wieder. Ein singender Fisch? In all dem Getöse ringsum, so hoffte er, würde ihn niemand beachten. Denn pausenlos kläffte der Wächterhund, brüllte jene Schlucht und schrie der ferne Kraterpfuhl, es gröhlten und klirrten die Bäume, kreischte das Riedgras im röhrenden Unterholz; das südliche Bergland krächzte wie hundert Raben, das nördliche stieß schrille Schreie aus wie hundert sterbende Schwäne, das östliche gellte wie hundert brünstige Adler, und das westliche Bergland insistierte hartnäckig wie hundert Kuckuckschöre. Dazu stöhnten und seufzten, klagten und jammerten, ächzten und wimmerten ganze Sippen und Generationen von unsichtbar Leidenden und Gequälten. Es war ein rechter Höllenlärm. Fisches Nachtgesang, war er sicher, ohnehin auf jenem *"Lied der Toten"* seines eigenen Wiedergängers Novalis basierend, wurde da mühelos übertönt.

Da sah er zum Ufer hin just unter drohend gelockertem Eisenfelsen abgemagert und verhärmt im Flusse jenen König stehen, der vom Göttertische einst Nektar und Ambrosia entwendet und seinen Untertanen gespendet hatte. Das Wasser reichte jetzt diesem Honigsüchtigen bis zum Kinn. Ihn schien zu dürsten, denn er wollte trinken. Aber das Wasser wich ihm jedesmal aus. Da griff er nach dem Zweig eines Obstbaumes, der vom Ufer mit üppig reifen Früchten lockte. Aber die honigsüßen Früchte wichen ihm aus wie das Wasser, wieder und wieder.

Doch als Fischlein Ogus an ihm vorübersang, unterbrach der ausgemergelte Bienenkönig sein ewiges Greifen nach Früchten und Wasser, vergaß seinen Durst, seinen Hunger, seine ewige Todesangst und hob mit erfreutem Antlitz den Kopf, schaute und horchte diesem singend enteilenden Fische nach.

Der sah sich plötzlich von einem Schatten verfolgt. Er erkannte jenen schmutzigen alten Fährmann, der seine Arbeitsstelle verlassen hatte und ihm hinterher gerudert kam, kreuz und quer im Labyrinth dieses tausendarmigen Binnen-Deltas. Wollte er ihn fangen, herausfischen, ködern? Nichts dergleichen geschah. Auch keine Reuse, kein Netz, kein Käscher wurde sichtbar. Keine Harpune kam. Nur der Schatten des rudernden Fergen blieb ausdauernd über ihm: aber friedlich und sanft, eher hingegeben, wie magnetisch angezogen.

Auch an den Ufern der Flüsse und Arme, die er passierte, sah Ogus ein Weben und Wallen von nahenden Schatten und luftigen Schemen, von Schimären, Phantomen, Lemuren und körper- wie blutlosen Geistern und Seelen, ein
wogendes Kommen und Nähern an allen Gestaden des Deltas, unendliche
Scharen, *"Gedräng im Orkus, Bewegung"*, wie auch Wiedergänger Schiller
sich sehr viel später noch deutlichst erinnern konnte, *"auf ihn eindrängende
Larven"*, zu Tausenden, strömten von überall her, auf ihn zu, ihm entgegen,
ihm nach, in lauschender Haltung, wie horchend, vielfach die Hand an ent-
schwindender Ohrmuschel, einen Fingerschatten der andern Hand an verwe-
senden Lippen, Ruhe erbittend zum Hören, ganz Ohr, ganz unersättlich,
hochkonzentriert und beglückt, mit unsichtbar gespitzten Ohren, gefesselt,
versunken und völlig beseligt. Manche weinten vor Rührung und Glück. Viele weinten. Ganze Unmengen weinten. Und folgten ihm. Zogen hinter ihm
her. Und begleiteten ihn. Eskortierten ihn. Selig.

Aber Ajgyr war nicht darunter.

Und noch bezog Ogus das alles durchaus nicht auf sich. Er hielt es für Zufall
oder Ritus, für Brauchtum, Usancen der Unterwelt, hiesig Normales.

Bis er das Wasser verlassen und nunmehr den Arsan Duolan suchen wollte,
um den zu erweichen er ja einzig hier war. Indem Ogus an Land ging, wurde
der Fisch wieder Menschengeist. Aber keinen in seinem abertausendköpfigen
Gefolge überraschte das. Jeder hatte den Fischleib als Tarnung durchschaut.
Nun drängten die Abertausende sich um ihn und schmachteten ihn an.

Auch 49 Schwestern, vormals fünfzig virile Königstöchter, die in ein und derselben Hochzeitsnacht ihre 49 Ehemänner oder als plötzliche Gebrüder ihre
lieblich leiblichen Vettern kaltblütig ermordet hatten, nun am Ufer standen
und mit 49 Sieben das Wasser des Deltas in ein riesiges Faß ohne Boden
schöpften, hörten erstmals auf zu schöpfen, ließen erstmals die 49 Siebe sin-
ken, legten sie nieder, lehnten lauschend an ihrem leeren Bottich und
schmachteten zu 49 den fremden Sänger an.

Der verwahrloste Ferge, ihm immer noch auf den Fersen, machte sich endlich
zum Sprecher all der Schmachtenden und flehte den Ogus inständig an, nur ja
weiterzusingen. *"Und die du hier siehst, sind nur die Minderheit von denen,
die das wünschen. Die überwiegende Mehrheit ist unsichtbar."*

"Auch Ajgyr", dachte Ogus.

"Für uns alle", drängelte der Ferge: *"sing weiter!"*

"Sing weiter, sing weiter, sing weiter!" echote es verwehend aus einer Legion ganz stimmloser Kehlen.

Dann herrschte atemlos gespannte Stille. Der allgemeine Höllenlärm war dem Gesange dieses Ogus zu Ehren verstummt. Niemand stöhnte und wimmerte mehr. Sogar die brüllende Schlucht und der schreiende Kraterpfuhl schwiegen. Gleich dreifach schwieg auch aus klaffenden Hälsen der ewig kläffende Wächterhund und wartete lechzend auf ein Weitersingen dieses Gastes.

In all der Stille fing es an zu schneien. Aber es schneite keinen sibirischen Schnee, sondern Reptilien: schwarze kleine Eidechsen, untermischt mit einem Matsch aus weißen kleinen Fröschen, dann mit einem Hagel durchbohrend harter Wasserkäfer. Sie alle knallten aufs eiserne Gestein ringsum, blieben liegen und gingen sofort in Verwesung über.

Niemand achtete darauf.

Alles wartete auf die Antwort des Ogus.

"Ich singe weiter", sagte der endlich, *"wenn ihr mich zum Arsan Duolan geleitet."*

Längst lippenlos, summten sofort Millionen ihm ihre Bereitschaft zu.

"Dschilbegan!" rief der dreckige Ferge, *"Den Weg zum Fürsten, aber dalli!"*

Ein Ungeheuer materialisierte sich. Es hatte neun Köpfe mit glockenförmig kecken, breitkrempigen und geflügelten Reisehütchen, saß auf einem undefinierbaren Tier mit vierzig Hörnern und setzte sich schlingernd selbander in Bewegung, indem es einen Zauberstab als Peitsche benutzte.

Ogus folgte diesem Psychopompos mit neuem Gesange. Nun aber auch schon mit *"Saitenklang durch das stille Reich"*, erinnert sich Schiller.

Auch jener Ferge und all die Schemen und Phantome folgten, aber die 49 mörderischen Königstöchter nur mit ihren brüderlich schmachtenden Blicken und Tränen.

Die Kolonne zog durch felsige Ödnis. Auch die Felsen waren hier aus Eisen.
Manche waren glühend heiß. Auf ihnen wälzten sich angefesselt Verbrennen-
de unter Decken aus Würmern. Ogus ging singend vorbei, und aufhorchend
unterbrachen sie ihr Wälzen und weinten heiße Tränen.

Einigen Frauen hingen um Hals und Handgelenke Eisensteine, die so schwer
waren, daß sie sie nicht tragen konnten. Als Ogus vorbeisang, vergaßen sie
ihr Zusammenbrechen und schauten ihm schimmernd verschwimmenden Auges nach wie rechts und links am Wege auch all die durchbohrten Männer mit
ewig steckenden eisernen Pfeilen in Brust und Unterleib - verschwimmend
schimmernden Auges.

Ein anderer Mann, einst Städtebegründer und König, so klug, daß er selbst
Götter überlistet und den Tod gefesselt, also entmachtet, die Menschheit vom
Sterben befreit und verewigt, schließlich selbst hier in der Unterwelt sich fin-
tenreich Urlaub nach oben ausbedungen und diesen mißbraucht, also endlos
verlängert hatte: dieser kreative Intellektuelle wälzte nun hier trotz all seiner
Klugheit und Fantasie alltäglich, allnächtlich einen eisernen Felsblock berg-
auf bis zum Gipfel, von wo er dann jeweils wieder hinunterkullerte, von keiner List mehr zu bremsen, und das ergebnislose Aufwärtsstemmen begann
dann aber- und abermals.

Aber als Ogus jetzt singend passierte, pausierte auch dieser Klügste der Klugen und setzte sich - erstmals, beseligt und lauschend - auf seinen überlisti-
gen Eisenfelsblock als wie auf einen Thron. Saß selig umsungen da und saß.

Eine alte Frau hingegen, die niemand kannte und ansprach, stand in all dieser
Ödnis da und goß seit ewiger Unzeit aus sieben Krügen gepanschte Milch hin
und her, aus einem Krug in den andern, für immer. Auch sie unterbrach das
erstmals und lauschte mit offenem Munde und rinnenden Tränen dem Gesange dieses Sängers, beseligt.

Nicht weit von ihr lag ein Riese auf eisenfelsigem Boden und über ganze
neun Hufe steinigen Landes breitbeinig, weitarmig angefesselt, und zwei Kö-
nigsgeier zerfleischten ihm hackend die Leber, die aber nachwuchs, unverzüglich und schnell, so daß die Geier sie wieder und wieder und immer zu
hacken und zu zerfleischen bekamen. Aber als Ogus vorbeiging und sang: da
hoben sogar diese Geier ihre gierigen Königsschnäbel und hackten nicht län-

ger, zerfleischten auch nicht, sondern lauschten, jählings gesättigt und *"des Liedes voll"*.

Ein weiterer Mann, vormals König, der die Gattin des Obersten Gottes der Oberwelt freventlich begehrt und statt ihrer, schon willenlos, eine wabernde Wolke begattet, so die kummervollen Kentauren gezeugt hatte, war jetzt hier unten auf ein ewig rollendes Feuerrad gebunden. Dieses ewig rollende Rad nun hielt erstmals inne, als Ogus singend vorbeiging, und kam beseligt zum Stillstand: selbst es, dieses Ding.

Da wurde es noch dunkler als bisher schon. Denn Ogus ging zu seiner Linken an einem horizontlos weiten Felde aus Kieselsteinen vorüber, die spitzer als jede Speerspitze waren, vor Erhitzung feurig rot erglühten und Männern wie Frauen in schmutzigen Lumpen und unüberschaubar großer Anzahl zur folternden Bettstatt dienten, auf der sie sich blutend und ruhelos, pausenlos, endlos wälzten: das waren die Reichen dieser Welt mit allen denen, die auf ihren Reichtum vertrauten und sich der Armen nie zu erbarmen pflegten.

Aber zu seiner Rechten passierte Ogus da in all der Düsternis einen See, in dem Eiter und Blut mit Unrat blasig quirlten, brodelten und allen Wucherern oder Zinseszinsraffkes da mittendrin bis zum zitternden Kinn, zum schreiend geöffneten Mund hinauf blubberten.

Ogus überwand sich tapfer, plünderte sein ganzes Repertoire, sang Volkslieder, Liebeslieder, Heimatlieder, Frühlingslieder, Kampf- und Wiegenlieder, auch Totenlieder, alles querbeet, und dieses Singen bildete, weiß Schiller noch nach Jahrtausenden genau, *"einen Lebenskreis um ihn her, daß er, ein Lebendiger, jugendlich Blühender, ungefährdet durch die Schatten geht, obgleich immer von neuen Scheusalen bedroht"*. Denn all seine Kunst wurde auch von diesem monströsen Auditorium so begierig eingesogen wie Bergluft von Erstickenden.

Vor Pluton

Aber dieses endlos scheinende musikalische Spießrutenlaufen zwischen ewig Gemarterten und momentan Erlösten endete jählings an einer makabren Barrikade. Sie blockierte jedes Weitergehen, war für Wiedergänger Schiller be-

reits der *"Thron des stygischen Königs"* und bestand in ihrem Zentrum aus
einem riesigen popgrünen Ei. Es zitterte leicht und wurde zu beiden Seiten
von je drei hilfsbereiten Männern und Frauen flankiert. Dahinter gruppierten
sich animalische Monster. Eins spie Feuer aus drei Köpfen und war zu je einem Drittel Löwe, Ziege und Schlange; ein anderes war gar zur Hälfte
Schlange, aber zur andern Frau und döste vor sich hin; ein drittes hatte wechselnd viele Köpfe und stieß aus jedem bedrohlich giftgrüne Atemwolken aus;
ein viertes wechselte ständig überhaupt seine eigene Anzahl und vermischte
dabei Mädchen- mit Vogelleibern; aber mitten hinter dem riesigen zitternden
Ei thronte jene *Begegnerin*, die Ogus schon bei ihrer Tochter Médeia angetroffen hatte und die dort Hekáte hieß: auch hier nun wieder sechsarmig und
in dreifacher Gestalt mit je einem Löwen-, Pferde- und Hundekopf, umgeben
von Unterweltshunden und Drachen mit brennenden Ästen im Rachen.

Dschilbegan, jenes neunköpfige Ungeheuer mit Reisehütchen und Zauberstab auf vierzighörnigem Reittier und bis hierher dem Ogus ein Lotse oder
Psychopompos, beschleunigte sein Schlingern, gesellte sich mit neunfach
wohligem Schmatzen zum Hofstaat rings um das zitternde Ei und signalisier-
te damit Ankunft.

"Erstaunen, allgemeines", notierte sich Schiller, *"über das Abenteuer"*.

Ogus verstummte, als er sich diesem Hofstaate gegenübersah: *"alles geisterhaft"*, laut Schiller, *"gierig, farb- und gestaltlos"*. Es verschlug diesem Sänger tatsächlich die Stimme. Er verbeugte sich nur vorsorglich und versuchte
dann, mit der eigens sobezeichneten *Begegnerin* aus alten Tagen einen Au-
genkontakt. Aber mit welchem ihrer sechs Augen? Jedes schaute auch gerade
in eine andere Richtung und leugnete jegliche frühere Bekanntschaft. Oder
hatte sie längst vergessen.

Ogus wußte sofort, daß die drei schwarzen Leibwächter links vom Ei die hiesigen Totenrichter waren. Sie hatten aufgeblähte Wasserköpfe mit wächser-
nen Glatzen und sehr pockennarbigen Gesichtern, waren aber am Leibe vom
Fleische gefallen, nur Haut und Knochen, bespannte Gerippe mit flatternden
Gliedern an ausgeleierten Bändern, avancierte Lemuren und Einzelgänger mit
elektronisch akribischen Briefwaagen wie Pulswärmer um die schlenkernden

Handgelenke und mit tellergroß leeren Augenhöhlen, die fragten und fragten, aber nichts erkannten. Sie waren geblendet.

Das rechtseiïg weibliche Trio hingegen war ein berühmtes Team: drei verschworen gemeinsam operierende Schwestern. Sie hießen *Die Grollenden* oder *Die Verübelnden*. Wiedergänger Schiller hat sie so in Erinnerung:

"Ein schwarzer Mantel schlägt die Lenden,
Sie schwingen in entfleischten Händen
Der Fackel düsterrote Glut,
In ihren Wangen fließt kein Blut.
Und wo die Haare lieblich flattern,
Um Menschenstirnen freundlich wehn,
Da sieht man Schlangen hier und Nattern
Die giftgeschwollnen Bäuche blähn."

Diese Bäuche waren bläulich. Die Gesichter der *Verübelnden* waren unterhalb der Vipern ebenso entfleischt oder abgenagt wie auch die Arme. Ihrer aller Zähne blieben dauerhaft gefletscht, die Zungen hingen hechelnd heraus. Doch nur in ihrer knochigen Linken hielt jede jetzt eine qualmig blakende Fackel, in der Rechten hingegen jede eine neunschwänzig bebende Peitsche.

Ogus wunderte sich über die Anwesenheit dieser *Verübelnden*. Meist schwärmten sie wütend und rasend um den Globus, spürten gnadenlos Verwandtenmorde auf, straften sie unbarmherzig mit Wahnsinn. Auch vollstreckten sie Flüche, gleichfalls global. Was also wollten sie heute hier? Sie starrten ihn ruhig an. Aber ihre 27 Peitschenschwänze zitterten vor Wut.

Auch die großkopfeten Totenrichter starrten ihn gähnend und mit ihren blinden Tellerhöhlen an. Ihre Briefwaagen tickerten und piepten leise an den schlenkernden Gelenken.

Eine nie gekannte Stille allgemeiner Erwartung herrschte.

Der Arsan Duolan war inmitten seines Hofstaates immer noch nicht zu erblicken. Aber ganz deutlich spürte Ogus seine Anwesenheit, seine scharf gespitzten Lauschangriffe.

Zu seinem Glück wußte Ogus vom Heraklés, der ihm auf gemeinsamer Reise zum Goldenen Felle von seinem eigenen Aufenthalt in der Unterwelt berichtet hatte, daß man den Arsan Duolan, den er in seinem Griechisch als Pluton bezeichnete, nichts bitten sollte. Menschliches Flehen vernahm er gar nicht erst. Gebete erreichten ihn nicht, aber machten ihn trotzdem wütend. Was also tun? Denn der große entscheidende Moment war gekommen. Ogus war ratlos.

Also beriet er mit seinem Schutzgeist: *"Sing weiter!"*

Also hub Ogus erneut zu singen an. Er sang jetzt, um Zeit zu gewinnen, ein jakutisches Kinderlied mit vierundzwanzig Strophen. Rings die Schemen und Phantome schluchzten alsbald. Auch der Ferge heulte jetzt haltlos. Auch der eiserne Wächterhund jaulte wie ein entfernt verwandter Wolf über die ganze Unterwelt hin. *Die Verübelnden* staunten reglos.

Bei der vierten Strophe weinten selbst die leeren Augenhöhlen der Totenrichter. Bei der siebenten endlich sogar *Die Verübelnden.* Sie weinten zum ersten Male in ihrem zeitlos ewigen Rächerleben. Sie weinten nicht über die Kinderweise. Sie weinten über die Weise, wie Ogus sie sang. Sein Gesang traf hier alle ebendort, wo ihnen früher das Herz geschlagen hatte. Jetzt spürten sie, wie es ihnen hier fehlte.

Das allgemeine Schluchzen wurde darum immer stärker und lauter, spitzte sich zu bis ins Unerträgliche.

Dadurch platzte das zitternde Ei. Ihm entstieg der Arsan Duolan. Er sah aus wie ein Zwilling oder Double jenes Vorbesitzers des Goldenen Vlieses, Médeias Vater. Sein einziges Auge starrte mitten auf der Stirn wie ein erfrorener See. Trotzdem blinzte es unter einem einsamen Lide, das wie ein Schmiedemeißel hämmerte und zuckte. Darüber hatten sich zwei zottige Brauen nach Art von kämpfenden Bären ineinander und zu einem schuppig verfilzten Dache verflochten, das die Form eines Zirkumflex hatte und von Flechten durchwachsen war. Unter dem Auge war der Nasenrücken so wuchtig und scharf wie der Rückenknochen eines ausgehungerten Stiers. Ein grüner Rotz, den er ständig wegzulecken versuchte, hing ihm daraus hervor wie ein räudiges Hasenfell. Die leckende Zunge sah aus wie eine geschwollene Milz, hatte Überlänge und war grün. Sie kam aus einem manisch gähnenden Rachenschlunde mit sieben ebenso grünen und messerscharfen Zähnen und rhythmischem Auspuff von schwefeligem Dampf. Unter diesem Schlunde und Schlote wu-

cherte eisgrau ein stark verlauster Vollbart nach Art eines durchgescheuerten
Bärenfells, das als Brustwärmer diente. Aus dem Nabel ragte ein lackschwar-
zes drittes Bein und aus der Herzgrube eine überdimensionierte Hand, die mit
Eisenkuppen an den krummgekrümmten Fingern speziell der Raffgier dieses
Obersten Abaasy vorbehalten war. Mit den Pfoten der übrigen Arme, die in
regelmäßigen Abständen unsichtbar wurden wie auch der ganze Unterleib,
drückte er sich allenthalben rebhuhngroße Eitertropfen aus furienhaft fun-
kelnden Furunkeln und verschmierte sie geisterhaft.

Ogus inspizierte das alles mit Wißbegier.

"Sieh da, ein Künstler", sagte Arsan Duolan nach gemächlicher Pause und in
ironischem Falsett, *"ein Musikus und Rattenfänger: sieh da!"*

Ogus verbeugte sich wie unter einem Ritterschlage und wertete so die mokan-
ten Etikettierungen seines Daseins eigenmächtig auf. Er bedankte sich wie für
Ehrenzeichen, und der Oberabaasy konnte nun nicht mehr zurück.

"Ein Sänger, Seelentröster und Poët dazu", setzte er also notgedrungen und
halb gereizt, halb aber auch belustigt drüber. *"Ein Meister der 32 Künste.
'Knieend aus dem Markte der Maden / hob er das Goldene Vlies'*, rezitierte
er rilkekundig. *"Mein Kompliment."*

Ogus verneigte sich noch tiefer und provozierte so nur umso mehr einen Fort-
gang mit Steigerung.

"Aber das ist graue Vorzeit", sagte Arsan Duolan leicht verächtlich, *"längst
passé. Und jetzt?"*

Diese Frage war als Fallstrick gestellt, das durchschaute Ogus sofort und
blieb die leicht gemacht fällige Bitte wie auch jede andere Antwort einfach
schuldig. Er schwieg stattdessen mit gesenktem Haupte und spielte so den
Ball wieder dem Arsan Duolan zu, dem dieses Ping-Pong zu behagen begann:

"O sage, Dichter, was du tust?"

Zäsur.

" - Ich rühme."

Ein anerkennender Pfiff aus exotischer Körperöffnung, dann der reibungslos zelebrierte Dialog zweier Rilke-Experten:

"Aber das Tödliche und Ungetüme,
wie hältst du's aus, wie nimmst du's hin?"

" - Ich rühme."

"Aber das Namenlose, Anonyme,
wie rufst du's, Dichter, dennoch an?"

" - Ich rühme."

"Woher dein Recht, in jeglichem Kostüme
in jeder Maske wahr zu sein?"

" - Ich rühme."

"Und daß das Stille und das Ungetüme
wie Stern und Sturm dich kennen?"

" - weil ich rühme."

Pause.

Dann, voll zwielichtiger Anerkennung, nickte der Abaasy:

"Rühmen, das ist's! Ein zum Rühmen Bestellter ... "

Ogus, gewitzt:

"Nur wer die Leier schon hob
auch unter Schatten,
darf das unendliche Lob
ahnend erstatten."

Der Oberabaasy schüttelte den Kopf und reichte Ogus zwar überfallartig schnell, aber doch privileghaft auf überdimensionierter Herzhand einen schwarzen Eisenteller mit fladenförmigem Mohnbrot, das all seine andern Hände eilig brachen und vielarmig servierten:

"Nur wer mit Toten vom Mohn
aß, von dem Ihren,

wird nicht den leisesten Ton
wieder verlieren."

Ogus wußte, wie gern sich die Sterblichen vieler Völker dazu verführen lassen, Mohnenes zu verspeisen. Aber er wußte auch allzu gut, daß hierorts
schon der allerkleinste Bissen davon genügte, ihn mit den opiatischen Kräften
dieser Pfllanze zu beruhigen, zu betäuben, einzuschläfern, zu vergiften und
so für ewig zu binden und festzuhalten. Darum lehnte er dankend ab und bestätigte die letzten Worte des Oberabaasy mit höflichem Widerspruch:

"Nicht sind die Leiden erkannt,
nicht ist die Liebe gelernt,
und was im Tod uns entfernt,

ist nicht entschleiert.
Einzig das Lied überm Land
heiligt und feiert."

Pause.

"Donnerwetter", murmelte Arsan Duolan im Diskant und stieß Dampf aus.
"Aber du bist nicht Rilke."

"Aber Rilke hält sich für mich."

"Novalis auch schon."

"Eben. Und: 'Name ist Schall und Rauch.' "

" 'Gefühl ist alles', du geballter Faust, ich weiß."

"Aber nur wenn Genie dazukommt."

Jetzt entstand eine Pause, die so groß war, daß Ogus befürchten mußte, zu
weit gegangen zu sein und die ganze Partie verloren zu haben.

Aber unter dem *"Eindruck seiner Rede"* von so heilig feierndem *"Lied überm
Land"* und somit tatsächlich völlig in der *"Macht der Leier"*, referiert noch
Schiller, wendete Arsan Duolan sich endlich zu seinem Hofstaate um und
sagte leise: *"Wir sind besiegt."*

Alle nickten liebedienernd. Oder befreit: in dieser Nacht vom 8. zum 9. Mai?

Ogus unterdrückte jedwede Reaktion und erwartete geduldig die sichtbar werdende Wendung ihres Gespräches. Er war auf jede abgefeimte Tücke gefaßt.

"Du hast mich belogen", sagte ihm Arsan Duolan sanft und vorwurfslos. *"Du bist nicht hier, um zu rühmen. Du bist hier, um deine Frau zurückzuholen: Ajgyr. Aber hier gibt es keine Ajgyr. Ajgyr heißt hier Argiópe. Das heißt* Die mit dem finsteren oder hellen Blick. *Sie hat noch viele andere Namen. Aber 'Name ist Schall und Rauch'."*

" 'Gefühl ist alles' ", schmeichelte Ogus, der Aufmerksame.

"Als Heraklés hier war", plauderte der Oberabaasy, *"nannte er sie Praxidíke, aber Theseus sagte Persephóne zu ihr oder Hagna. Das heißt bei den Griechen "Herrin" und paßte am besten. Denn Argiópe ist nicht deine Frau, sie ist meine Frau. Herrin der Unterwelt. Mein Kosename für sie ist Eurydíke:* Die weithin Richtende. *Aber nur wenn ihr oben Sommer habt, hat sie Ausgang nach oben. Dieser Ausgang ist ein Freigang. Sie kann machen, was sie will. Aber wenn bei euch die Bodenfröste beginnen und alles abstirbt, hole ich sie immer zurück. Unweigerlich. Unabänderlich."*

Indem er das sagte, fing er an zu züngeln wie eine Schlange.

Ogus wußte, daß der nächste Sommer vor der Tür stand, und rezitierte daher schnell noch einmal seinen universellen, seinen selbst hier akkreditierten Wiedergänger:

"Wir, wir unendlich Gewagten, was haben wir Zeit!
Und nur der schweigsame Tod: der weiß, was wir sind
und was er immer gewinnt, wenn er uns leiht."

Er betonte das letzte Wort mit Nachdruck und Hintersinn: *leiht!*

"Eins zu null", sagte Arsan Duolan leicht lauernd.

"Eigentlich schon zwei zu null", nutzte Ogus fast todesmutig seinen zugestandenen Vorsprung.

"Meinetwegen", lachte der Oberste Abaasy und zeigte drohend seine sieben grünen Messer im dampfenden Ofenschacht. *"Den nahen Sommer kann sie*

wieder bei dir und deiner schwulen Mutter verbringen." Er wußte alles. Sicher von Ätiri-Maj. *"Abgemacht. Du kannst jetzt gehen."*

Ogus zögerte natürlich.

"Du hast mein Ehrenwort."

Ogus zögerte noch sehr viel deutlicher.

"Du kannst sie jetzt nicht sehen", erklärte Arsan Duolan fast väterlich gütig, *"es wäre dein Ende. Darum ist sie unsichtbar. Niemand darf sie hier anschauen. Das ist hier Gesetz. Das weltberühmte 'Gesetz der ArgióPe'. Auch wer ihr opfert und zu ihr betet, tut es mit abgewandtem Gesicht. Bei allen Völkern. Ihren Anblick erträgt ihr gar nicht. Dabei bleibt es. Also geh."*

Ogus sah keinen Ausweg mehr und setzte sich unwillig in Bewegung, da fügte Arsan Duolan noch hinzu: *"Das gilt für den ganzen Rückweg. Kein Blick je zurück. Du darfst sie erst oben wieder sehen. Also dreh dich bloß nicht um, unterwegs. Aber du kennst ja solche Verbote aus tausendundeinem Märchen. Hast ja auch deiner Ajgyr das Gucken genauso verboten, als du dich mit den hübschen griechischen Lümmeln tummeltest. Das ist hier ebenso streng, du 'verweichlichter Spielmann'!"*

Donnerwetter: er hatte sogar Platon gelesen.

"Wenn du auf deinem Wege nach oben nur ein einziges Mal zurückschaust, bleibt Eurydíke bei mir: und zwar für immer. Nun geh aber endlich wirklich! Der Dschilbegan zeigt dir den Weg zum Ausgang. Bis zum nächsten Mal, du Rühmer, auf bald!"

Die ganze Unterwelt hielt den Atem an: nichts regte sich, nichts muckste. Was würde nun geschehen?

Ogus verneigte sich stumm und folgte dem schlingernden Dschilbegan mit seinem Neunerhütchen und Zauberstabe auf vierzighörnigem Reittier.

Auf diesem absoluten Höhepunkte der Spannung machte der effektbewußte Dramaturg Tolstoi einen Einschnitt, dann eine längere Pause und sagte schließlich: *"So. Was dann geschah, erzähle ich in einem der nächsten Pro-*

(Team-Übersetzung der Arche N aus dem Russischen)

Feuer-Fronten

Meldung der Deutschen Globus-Welle

Der *Deutschen Globus-Welle* liegt heute folgende Meldung des Katastrophendienstes vor:

Auf den Plastikdeponien im Zentrum von Surabaja, Nowosibirsk und Detroit haben sich die kürzlich gemeldeten Schwelbrände zu akuten Feuersbrünsten von verheerenden Ausmaßen entwickelt.

Die lokalen Feuerwehren, die hier erneute Brandstiftungen durch die organisierten Gegner dieser Deponien für wahrscheinlich halten, haben sich angesichts dieser gigantischen Flammenmeere für machtlos erklärt und ihre Bemühungen eingestellt.

Auch eine baldige Ausdehnung dieser Brände auf die umliegenden Wohngebiete sei nicht mehr zu verhindern. Die dortigen Einwohner wurden aufgefordert, möglichst umgehend ihre Häuser zu verlassen, da sich schwarze Rauchschwaden, die vermutlich hochgradig toxisch sind, unter der Einwirkung häufig wechselnder Winde in meterhohen Fronten über die gesamte Umgebung erstrecken.

Ein Ende dieser Brandkatastrophen ist auf Grund der immensen Ausdehnung der jeweiligen City-Deponien vorläufig noch lange nicht in Sicht. Auch die Zahl der Verbrennungs-, Erstickungs- und Vergiftungs-Opfer ist derzeit noch unabsehbar. Die Regierungen haben sämtliche Feuerstellen in weitem Umkreis zu Notstandsgebieten erklärt.

Die organisierten Gegner einer solchen Plastikverbrennung haben zum Schutze der Deponien in anderen Städten global gegen solche Feuerlegungen protestiert und juristische Schritte eingeleitet.

Auf die Ergreifung von Brandstiftern wurden in vielen Ländern nationale Geldprämien ausgesetzt.

Die *Medienbüros Dr. Tanghobányi* haben sich von solchen Verbrennungsaktionen ausdrücklich distanziert und von jeglicher Nachahmung abgeraten.

N = NN II

Quiz der "SCHILD"-Bürgerzeitung

Wer oder was ist das N in Arche N, die uns im Anflug auf die Erde so sonderbare Texte in unser Internet schickt? Wie verstehen Sie persönlich dieses N?

Heute kommen hier unsere humorvollen, unsere sinnenfrohen Lese- oder SCHILD-Bürger zu Wort, die sich von der Frauenfeindlichkeit in dieser Arche vielleicht ein paar einschlägig süffige kleine Ferkeleien versprechen. Warum auch nicht?

*Auf unsere Frage **"Wer oder was in der Arche N ist N?"** waren dies ihre besten Antworten:*

1. *Nette Neffen*
2. *Nur Nackedeis*
3. *Nichtnormale*
4. *Nudistenclub*
5. *Nahschnellverkehr*
6. *Nummernboys*
7. *Naturburschen*
8. *Naschkatzen*

9. Nudelschlecker
10. Nüßchenknacker

*Unter richtigen Einsendungen entscheidet das Los. **Unsere Preise: 1. Teilnahme an einer Weltraumexkursion; 2. Ganzjähriger Urlaub auf einer Südseeinsel; 3. Gleichwertiger Aktienfond; 4. Hauptrolle in einer Fernsehserie.** - Änderungen vorbehalten.*

Ibrahim oder Terach ?

Kurdischer Brief nach Sils-Baselgia / Graubünden (Grischun)

Izmir, am Tage der Ankunft Ihres Briefes

Lieber Freund nicht nur für heitere Tage: bitte auch für all die andern!

Ihren interessanten Brief habe ich mit sehr viel Sympathie gelesen. Denke doch auch ich mit sehr viel Herzenswärme an unsere gemeinsamen Aktivitäten und Spaziergänge am blühenden Ufer des Genfer Sees und in Ihrem Engadin zurück. Es war auch bewegend, nach so langer Zeit wieder einmal Ihr bestrickendes Rätoromanisch zu lesen.

Natürlich teile ich Ihre verführerischen Ansichten, was eine dringend benötigte Solidarität aller Religiösen angeht: gerade in diesen Zeiten eines globalen Terrors der Sodomiten oder Materialisten.

Überrascht, aber überzeugt und gern folge ich auch Ihren klugen Argumenten, warum sich eine solche Union oder Volksfront der Frommen möglichst von einem federführenden Islam animieren und aktivieren lassen sollte.

Denn eine solche Liga mit allen, *"die jüdisch, christlich oder sabäisch sind, die an Gott glauben [...] und Gutes üben"*, empfiehlt uns unser Koran schon gleich mit seiner zweiten Sure (Vers 59), bestätigt dann, wir Moslems seien *"ein Mittelvolk"* zwischen Juden und Christen (Vers 137), und wiederholt das unter namentlicher Berufung auf Abraham, Moses und Jesus auch noch in der 3. Sure (Vers 78): *"Wir unterscheiden zwischen keinem von ihnen"*.

In der 4. Sure warnt uns unser Kur'an: *"Sagt nicht zu einem, der euch Frieden bietet: du bist kein Gläubiger"* (Vers 96), und in der 9. Sure läßt er uns die Gläubigen nicht an ihren Konfessionen erkennen, sondern unterschiedslos und einheitlich als

"die Sichbekehrenden, die Gottverehrenden, die Rühmenden, die Wallfahrenden, die Sichbeugenden, die Niederfallenden, die Billigkeit Gebietenden, die Verwerfliches Verhindernden und die die Bestimmung Gottes Beobachtenden" (Vers 113).

Er läßt uns Heutige auch schon wissen, daß Wucherer *"die vom Satan Besessenen"* seien, und *"Gott vernichtet den Wucher"* (2. Sure, Verse 276 und 277). *"Frevler seid ihr"* (Vers 86), sofern ihr dem Goldenen Kalbe dient, und fromm nur, wer *"seinen Besitz hingibt an Anverwandte, Waisen, Arme, Wandrer, Bittende und für Gefangene"* (Vers 172). Wer jedoch *"Wucher nehmen"* und *"das Vermögen anderer Menschen in Frevel verzehren"* wolle, sei ungläubig und verdiene *"qualvolle Strafen"* (4. Sure, Vers 159).

Hieran sehen Sie, lieber Freund in all Ihrer Heiterkeit, wie sehr auch unser islamisches Fundament tatsächlich allen islamistischen Fundamentalisten widerspricht und Ihren eigenen gläubigen Ideen durchaus entspricht und Vorschub leistet.

II: Jerusalem

Auch was Ihren Wunsch nach einem Bollwerk gegen den gottlosen Merkantilismus unserer Tage angeht, teile ich als überzeugter Moslem Ihre Sympathie für die religiöse Komplexität gerade eines Ortes wie dieses al-Quds-esh-Sharif, unseres *"edlen Heiligtums"*, und seiner mythisch christlichen Austreibung von Wechslern und Händlern aus dem jüdischen Tempel.

So sehr das zwar unser aller Vorbild sein muß, habe ich da aber doch zugleich auch einige Bedenken. Haben uns doch selbst hebräische Geschichtsschreiber darauf hingewiesen, daß die authentische Kultstätte schon der Juden zunächst gar nicht dieses Jerusalem war, sondern ein geodätischer Punkt

auf dem westjordanisch palästinensischen Berge Gerizim, gar nicht weit von
Sichem, dem heutigen Nablus. Erst um 1000 vor Ihrem Christos verlegte König David das jüdische Zentrum ins frisch eroberte Jerusalem. Streng Orthodoxe verübeln ihm das noch heute.

Denn diese irrationale, diese so betörend spirituelle und vielschichtig heilige
Stätte, die die Juden als ihr Jeruschalajim oder *"Stadt des Friedens"* bezeichnen, hat sich im Laufe vieler Jahrhunderte und einiger Jahrtausende in allzu
chauvinistische Verhärtungen oder auch orthodoxe Blockaden verbissen, aus
denen sie sich vorläufig angemessen zu befreien wohl schwerlich imstande
sein dürfte.

Aus den überirdischen Inspirationen eines sei es "himmlischen" *Yerushala-
yim shel Ma 'ala* sind da durch klerikale Funktionäre und reaktionäre Schrift-
gelehrte aller Art und Konfession wirklich arge Verkrustungen und geistliche
Arroganzen entstanden, die eine authentische Religiosität im Sinne moham-
medanischer, wohl auch christlicher und jüdischer Gläubigkeit längst sabo-
tiert und korrumpiert, also eigentlich, ohne es zu wollen oder auch nur zu bemerken, nachhaltig vernichtet haben. Straßenschlachten, Bombenanschläge,
Selbstmordkommandos und Racheaktionen der vermeintlich Gläubigen haben
diesen vormals so gesegneten und begnadeten *locus amœnus* als einen Ort
des Schreckens, auch der Dummheit und Bosheit, der Machtgier und Mord-
lust gebrandmarkt, so daß er vorläufig von lauter negativen Energien gezeich-
net und allzu blutrünstig stigmatisiert sein dürfte. Er hat Verwundungen mit
chronischem Phantomschmerz davongetragen, die wohl Jahrhunderte benöti-
gen werden, um zu vernarben.

Nein, just einem Freunde gottwohlgefälliger Heiterkeit muß ich wirklich ab-
raten, dieses geschändete und mißbrauchte Jerusalem zum erlesenen Schauplatz einer globalen Ökumene oder gar Neuen Religiosität machen zu wollen.
Es würde sie vermutlich auch gar nicht annehmen, sondern nur verachten und
verwerfen oder mißlingen lassen.

III: Baha'i

Schon vor rund anderthalb Jahrhunderten nämlich verlegte Mirza Hussein Ali
(1817-1892), Meisterschüler jenes in Persien 25jährig hingerichteten Wan-

derpredigers Mirza Ali Muhammad, dessen 1844 in Schiraz neugegründete Religionsgemeinschaft, den Bahaïsmus, zuerst in den Irak, dann in die Türkei und nach eigener Festungshaft schließlich ins Gelobte israëlische Land: hier jedoch ausdrücklich nicht nach Jerusalem, sondern ins christlichere Akko. Ebendort offenbarte er sich 1863 als Propheten, nannte sich selbst hinfort *Baha'u'llah* oder *"Das Licht Gottes"* und seine Lehre, hiervon abgeleitet, *Baha'i*. Bis zur Jungtürkischen Revolution von 1908 im ganzen Orient und seit 1979 exklusiv im Iran erneut verfolgt, wurde sie hier sogar noch 1983 gänzlich verboten.

Aber schon 1953 hatte sie in Israël, südlich von Haifa am Berge Karmel, im sogenannten *Persischen Garten* ihren Tempelbau vollenden, ein Grabmal für ihren Propheten Baha'u'llah errichten und um ein *"Haus der Universalen Gerechtigkeit"* ergänzen können, die alle seither als Zentrum ihres inzwischen global verbreiteten Bahaïsmus dienen. Denn in Israël wurden sie als Heilige Stätten bestätigt und deren Botschaft als vierte Staatsreligion offiziell anerkannt.

Von hier aus missionierte dieser neue Glaube in aller Welt und hatte schon 1978 in mehr als hundertfünfzig Ländern mehrere Millionen Anhänger, rund fünfzehntausend Bethäuser und fünf repräsentative Tempel, davon einen seit 1964 im hessischen Langenhain gar nicht weit von Ihrem Graubünden.

Trotzdem, mein heiterer Freund, ist dieser Baha'i recht eigentlich unbekannt geblieben.

Dabei entspricht sein Evangelium weitgehend haargenau dem, was Sie, mein Heiterer, jetzt für Ihr Jerusalem planen.

Denn von unübersehbar islamischer Herkunft, aber ohne eine Kaste von Funktionären oder geistlichen Würdenträgern, gar ohne Priester, hat Baha'i sich den Inhalten und Riten auch der übrigen monotheïstischen Weltreligionen geöffnet, um so eine Einheit der Konfessionen, gar der ganzen Menschheit zu verkünden und vorzuleben. Im *Kitab al-as-das*, dem *Heiligen Buche* der Bahaïsten, sind Texte aus Bibel, Kur'an und Torah, aber auch aus der *Bhagavadgita* der indischen Hindus wiederzufinden.

Mit solchem Synkretismus strebt Baha'i eine neue Weltordnung an, die auf universalem Frieden und globaler Gerechtigkeit basieren soll. Mit Vernunft und Wissensdrang sollen Vorurteile und jegliche Diskriminierung, auch der Frauen, bekämpft und alle internationalen Konflikte durch ein Weltgericht geschlichtet werden, das sich eines fernen Tages möglichst sogar einer utopisch einheitlichen Weltsprache bedienen sollte.

"Baha'i bedeutet Glauben an Wahrheit und Weisheit", definieren seine Anhänger, *"für die aber keinerlei Religion ein Monopol besitzt"*.

Auf dem Wege dorthin sei jeder einzelne wahre Bahaïst durchaus gewillt, sich mit einem ehrenhaft ehrlichen Leben für Frieden und Fortschritt, für ein sozial orientiertes Weltbürgertum und absolute Loyalität zu jedwedem Gastlande einzusetzen. Wer das nicht richtig finde, müsse im Auftrage Gottes "überwunden" werden: aber keinesfalls gewaltsam oder kriegerisch.

Sie sehen, lieber Freund, in all Ihrer Heiterkeit könnten Sie unverzüglich Mitglied dieses Baha'i werden und mich dann anschließend zu missionieren versuchen.

Leider aber demonstriert uns diese Vierte Israëlische Staatsreligion zugleich, wie althergebracht unsre eigenen heutigen Ideen sind und wie unlösbar auch die derzeit scheinbar so aktuellen Probleme weiterhin bleiben dürften.

Aber wir können von diesen Missionaren, die da am Berge Karmel ja keineswegs erfolglos sind, auch lernen, daß man für vorbildlichen Synkretismus so klassische Sanktuarien wie Westliche Tempelmauer, al-Aksa-Moschee und Golgatha gar nicht benötigt. Eben hierauf will ich Sie nun mit meinen restlichen Zeilen ausdrücklich hinweisen, um Ihre wenig aussichtsreiche und vielleicht sogar irreführende Fixierung auf dieses jerusalemische al-Quds zu möglichen anderen Zielen umzulenken.

Die Geschichte beweist uns nämlich ebenso beiläufig wie nachdrücklich, daß sie Projekte wie das Ihrige nicht nur ohne solche vorgegebenen Heiligtümer und religiösen *sight-seeing*-Ziele, sondern auch frei von jedweder konfessionellen Organisation sehr wohl zu verwirklichen imstande ist, indem sie auf nichts Geringeres als den sogenannten *common sense* oder die Vernunft des einfachen Volkes baut. Wie das? Hier einige Beispiele lediglich aus der abendländischen Geschichte:

IVa: Alexandría

Im ägyptischen El Iskandariya, Ihrem hellenischen Alexandreia, das im Jahre 332/331 noch vor Ihrem Christos im Westen der Nilmündung durch den makedonisch fleischesbrüderlichen König Alexander, den sogenannt Großen, begründet wurde, war im ersten Jahrhundert neuer Zeitrechnung aus einer ptolemäischen Handelsmetropole die kultivierteste Stadt der ganzen griechischrömischen Welt geworden. Es hatte ganze 2 400 Tempel, zahllose heilige Haine und in zehn Sälen mit etwa fünfhunderttausend Papyrosrollen eine Bibliothek, die die bedeutendste ihrer Zeit, zuvor ein Heiligtum zu Ehren der griechischen Musen, für jedermann öffentlich zugänglich war und zu den *Sieben Weltwundern* zählte. Ihr Direktor war schon gegen Ende des 2. Jahrhunderts vor Christos kein Geringerer als jener Apollonios gewesen, der die ältest erhaltenen *"Argonautica"* niederschrieb und uns als Emigrant in Rhódos oder eben *Rhódios* die Reisewege Jásons mit seiner rapiden *Argó* überliefert hat.

Aber seine rund fünfhunderttausend Miteinwohner in Alexandreia waren nur teils Ägypter, großenteils auch Juden oder kamen aus Griechenland, Sizilien, Syrien, Babylon, Arabien, Persien, Karthago, Kleinasien, Gallien, Italien und Spanien in diese Residenz so bibliophiler Pharaonengenerationen. Die meisten dieser Immigranten oder Zuwanderer bewohnten eigene Stadtteile, aber heirateten häufig andersgläubige Nachbarinnen und vermischten sich sonstwie querbeet.

Also behaupteten sich hier auch all die importierten Religionen nebeneinander oder verschmolzen gar problemlos ineinander. Symbolfigur solcher religiösen Toleranz war Serapis, ein pragmatisch synthetisches Artefakt aus ägyptischen Kulten für Osiris und die Heiligen Apisstiere, aber zugleich auch aus bewußten Reminiszenzen an die griechischen Gottheiten Zeus und Pluton mit ihrem drei- oder fünfzigköpfig schlangenschwänzigen Kerberos. Dieser künstliche Ser-Apis also, oft sogar Zeus-Serapis genannt, wurde auch mit dem ägyptischen Amun und dem griechischen Poseidón kombiniert und mit jener ägyptisch archaïschen Muttergöttin Isis verheiratet.

Denn dieser so synthetisch synkretistische Serapis, lese ich beim Religionswissenschaftler Joseph Grafton Milne, war

*"das Ergebnis einer Gruppe von Philosophen und Priestern, die aus allen
Quellen schöpfte und all die Vorstellungen und Attribute zusammenfügte,
die von Nutzen sein würden".*

Der entsprechende Serapis-Tempel, wie es ihn bald in ganz Ägypten gab,
zählte in Alexandría selbst zu den wichtigsten Bauwerken dieser kunstbewuß-
ten Metropole.

Gleichwohl wurden hier unbehindert und unverachtet auch der Jahwe der
Thorah, der zoroastrische Ahura Mazda, in yoghischen Kulten gar buddhistische und hinduïstische Gottheiten angebetet, trotzdem alljährlich mit animi-
stischen Riten auch dem göttlichen Nil geopfert.

Doch im ersten Jahrhundert Ihrer neuen Zeitrechnung importierte die römische Besatzung zuerst auch noch die Verehrung ihrer Gottkaiser, dann sogar
die eher orientalischen Kulte der Kybéle und ihrer kastrierten Priester,
schließlich, fast gleichzeitig, jenes neue Christentum, das sich hier freilich
notgedrungen flexibler und anpassungsfähiger, weniger orthodox verbreitete
als anderwärts und sich mit sonstigen Kulten, nicht zuletzt mit griechischer
Philosophie zu den diversen koptischen Kirchen entwickelte.

Denn Religionen und Sekten vermischten sich in Alexandría unentwirrbar
auch mit philosophischen Schulen und Systemen zu jenem spezifisch alexan-
drinischen Synkretismus, der immerhin mit seiner vielschichtigen Hermetik
noch lange das europäische Bewußtsein beeinflußte.

IVb: Harran

Lieber Freund an sämtlichen Tagen: was da in Ihrem Alexandría damals so
beispielhaft gelang, daß Sie es hoffentlich heute noch als prominente Bestäti-
gung Ihres eigenen spirituellen Impulses empfinden, war aber nicht einmal
ein glücklicher Sonderfall. Denn kennen Sie zum Beispiel Haran? Oder Harran: diese längst vergangene und verwehte, aber legendäre Stadt im nordwest-
lichen Mesopotamien oder Süden der heutigen Türkei, nur runde sechzig Kilometer von Urfa entfernt? Ihr Name Haran erinnert arabische Ohren noch

heute entfernt an Haram: *"Das, was heilig ist"*. Denn hier, an dieser Kultstätte des semitisch akkadischen Mondgottes Sin, war der Chaldäer Abram, Ihr eigener Namensvetter immerhin und Erster Patriarch der alttestamentarischen Genesis (und als Ibrahim überdies auch Prophet in unserm islamischen Kur'an), wenn nicht überhaupt zu Hause, so doch jedenfalls, sei es als Kleinviehnomade, zeitweilig wohnhaft, natürlich nicht allein:

denn auf seinem Wege aus dem ur-alten Ur nach Kanaan mit einer Zwischenstation eben in diesem Haran oder Charan wurde er zunächst von seiner Ehefrau Sarai und deren Bruder Lot begleitet, die ihm auch Nichte und Neffe, nämlich Kinder seines Halbbruders waren, der ebenfalls Haran hieß. So wichtig mag dessen Vater Tharah die Stadt dieses Namens gewesen sein.

Aber dieser Tharah oder Tarach der Genesis und Terach der Kabbalah war der Vater nicht nur jenes Haran, sondern, in anderer Ehe, eben auch Abrahams, den er daher auf seinem Wege nach Kanaan begleitete: jedenfalls bis nach Haran.

Dort wie schon überall vorher folgte dieser Terach seinem argen Dienstherren Nimrod *"auf den Wegen der Awoda Sarah"*: einem Götzendienst oder hohlen Ei, das den Menschen nur Äußerlichkeiten erkennen, alles Verborgene oder Geheime aber übersehen läßt und von der Thorah deshalb für das Allerschädlichste gehalten wird. Folgerichtig inkarnierte sich dieser Terach dann auch noch in jenem leidgeprüften Ijob (oder lutherischen Hiob).

Doch ebendieser selbe

"Terach ist es, der als erster Geld macht",

beruft sich noch 1976 in Bern der Chasside Fischl Weinreb aus dem galizischen Lwiw auf die Schrift *Schalscheleth ha-Kabbalah* und definiert diese damalige Novität ganz wunderbar so:

"Geld ist etwas, das selbständig bestehen kann. [...] Geld löst sich vom Ding, es ist eine willkürliche Schöpfung. Geld mißt den Wert der Dinge, und dieser Geldwert stellt sich im Bewußtsein der Menschen vor den Schöpfungswert. [...] Der Mensch hört nicht mehr die Sprache der Dinge, da die Sprache des Geldes immer lauter wird. [...] / Der Mensch lernt wegzusehen vom Sinn jedes Dinges, der ihm von der Schöpfung her eigen ist. Er

achtet nicht mehr auf das Ding als Zeichen und verarmt, indem er in Prei-
sen denkt und reagiert. Das Geld wird ihm zur Geißel, die ihn peinigt und
zu immer rascherer Gangart antreibt, weg vom Ursprung. Geld macht den
Menschen beziehungslos" (aus *"Wie sie den Anfang träumten"*, Seite 110).

Ist das nicht wunderbar beschrieben?

Dem entspricht genau so wunderbar, daß jener römische Bankier und Krösus
Crassus *"der Dicke"*, der als Prætor die Revolte der Armen und Rechtlosen
unter dem Thraker Spartacus unbarmherzig niedergeschlagen hatte, als Tri-
umvir nunmehr neben Cæsar und Pompeius eben in diesem Harran oder
schon Karrhæ des Gelderfinders Terach eine so entscheidende Niederlage
Roms gegen die südostiranischen Parther herbeiführte, daß er das selbst mit
all seinem Gelde nicht überlebte.

Doch vielleicht hat ja gerade Terach, der als Erfinder solchen Geldes auch
Verteidigungsminister oder militärischer Oberbefehlshaber des Tyrannen
Nimrod im argen Ninive war und jeden Monat einem andern Götzen der
Awoda Sarah, jenes hohlen Eies materieller Äußerlichkeiten, opferte, die Ka-
rawane seines frommen Sohnes Ibrahim ausgerechnet in ebendiesem Haran
Halt machen lassen.

Denn Harran war eine Karawanserei inmitten jenes legendären *Fruchtbaren*
Halbmondes, zwischen Persischem Golf und Totem Meere wohl der ältesten
Kulturlandschaft der Erde, und direkt an der Handelsstraße gelegen, die den
Indischen Ozean via Bagdad und Aleppo, via Damaskus und Jeruschalajim
mit Alexandría und dem Mittelmeer verband, also lohnende Profite in jenem
neuerfundenen Gelde verhieß.

Aber Abraham, der schon die Götzen seines Vaters zertrümmert hatte und ein
Meisterschüler jenes Noach aus der Arche war, lehrte drei Jahre lang, weiß
das altjüdisch chronikalische Quellenbuch *"Seder ha-Doroth"* oder *"Die*
Ordnung der Geschlechter", die Einwohner dieses Charan an der Handelsstraße lieber *"die rechten Wege"* und jenen *Ki-dush ha-Schem*, eine Heili-
gung des Gottesnamens, die Weinreb als Chasside noch 1976 so erklärte:

"Man zeigt in seinem Leben, daß diese zeit-räumliche Wirklichkeit nur Sinn hat, wenn man sie mit der anderen, im Menschen lebenden Wirklichkeit zu einer Einheit verbindet" (*"Wie sie den Anfang träumten"*, Seite 113).

Kurz vorher hatte sich in Cambridge der Mediävist Peter Dronke ausgerechnet den griechisch-schamanistischen Orpheus-Mythos mitsamt seiner Hadesfahrt auf sehr ähnliche Weise erklärt:

"Die Ahnung, daß Diesseits und Jenseits keine unvereinbaren Gegensätze, sondern dieselbe Welt sind, die sich [...] als größeres Ganzes erkennen läßt, kann einen von hier nach drüben gehen, dann wiederkehren und andere zurückholen lassen" (*"The Return of Eurydike"*, 1962).

Aber kaum war Abrahams ahnungslos mammonhöriger Vater im Alter von 205 mosaïschen Lebensjahren eben in diesem eher immateriell gesprenkelten Charan gestorben wie runde 1800 Jahre später auch noch sein merkantiler Wiedergänger Crassus aus Rom, da zog sein gottesfürchtiger Sohn, eben Abraham, selbst 75jährig, mit den Seinen und *"allen Seelen, die sie erworben hatten in Haran"* (1. Buch Mose, 12. Kapitel, Vers 5), ins palästinensische Kanaan weiter und wurde dort vollends, was Thorah und Bibel und Kur'an uns in ökumenischer Ehrfurcht von ihm überliefern.

Was da in jener Diaspora gleich anfangs diesem Abraham und seiner Sippe widerfuhr, würde meine Erzählung und Argumentation an dieser Stelle allzusehr unterbrechen, um hier eingefügt zu werden. Da es aber gleichwohl von größtem Belang ist und vom argen Sodom als einem Gegenkonzept sozusagen zu Alexandría und Haran berichtet, füge ich es diesem Briefe später in Gestalt eines Anhangs noch hinzu.

Denn nur kurze zwei Generationen später war jenes Charan für die beschriebene chaldäische Familie aus Ur schon wieder überlebenswichtig: Abrahams fastgeopferter Sohn namens Isaák oder Jizhak oder Ishak konnte nämlich seinen eigenen jüngeren Sohn, jenen listigen Jaakob oder Ya'kub, vor dessen überlistetem Zwillingsbruder Esau nur noch retten, indem er ihn nach Harran zu Laban schickte. Der war von Vaters Seite Jaakobs Vetter, von Mutters Seite sein Onkel und sollte künftig auch noch zwiefach sein Schwiegervater werden: denn Labans Töchter hießen Lea und Rahel und waren Jaakobs Nichten und Kusinen, wurden auch noch seine Ehefrauen und mit Hilfe ihrer beiden Mägde endlich sogar die Mütter seiner berühmten zwölf Söhne von Ruben bis Joseph, aber ohne je eine einzige Erektion ihres Vaters Jaakob, dieses wahren Gotteswunders und vollkommenen Menschen der alten Juden also.

Das alles aber ereignete sich, und sie alle also fanden sich, lebten, liebten und vermehrten sich mit oder ohne Erektion in diesem mesopotamischen Charan an der syrisch-türkischen Grenze.

Eben Charan war dann schließlich auch der Ort, wo der intellektuelle Jaakob seinen schlichteren Onkel, Vetter, doppelten Schwiegervater und allzu sparsamen Arbeitgeber Laban mit dem weltberühmten Trick der buntgescheckten Schafe und Ziegen überlistete oder prellte und kaufmännisch dermaßen übervorteilte, daß jeder Eingeweihte sofort das finanzielle Genie seines Urgroßvaters, jenes Gelderfinders Terach, unwiderstehlich durchschlagen sah.

Zugleich aber mag der gewitzte Jaakob allen gottwohlgefälligen und frommen Nachkommen seines abrahamitischen Stammes in ebenjenem magischen Charan mit diesen weder schwarzen noch weißen, sondern eben mosaïsch *"sprenkligen, gefleckten und bunten"* Schafen und Ziegen in schlitzohrig kalkulierter Überzahl und Überlebenskraft ein Muster oder generell das Prinzip dafür geliefert haben, daß alles Vermischte und Diskrepante, alles vielschichtig Zusammengewürfelte auch auf geistigem und geistlichem Gebiete in alle Ewigkeit vitaler und stärker, dauerhafter und sehr viel effizienter ist als alles Monogene oder einfältig Monokausale.

Wohl eben deshalb hat sich bei erblühendem Christentum, das allenthalben immer orthodoxer und intoleranter wurde, so mancher alexandrinische Synkretist in ebendieses Charan oder jenes eng benachbarte Edessa, das heute türkische Urfa, abgesetzt, wo im späten 2. und frühen 3. Jahrhundert nach Eurem Christos der bedeutende spirituelle Guru Bardesanes, ein christlicher Mentor jenes babylonisch-persischen Religionsstifters Mani, tätig war, dessen sobenannter Manichäismus die Materie bereits für böse, den Geist jedoch für rein hielt, damals schon die parsischen, buddhistischen, jüdischen und christlichen Heilslehren zu integrieren trachtete und deren Propheten, eben Zarathustra, Buddha und Jesus, aber auch jenen legendären Thot-Hermes oder Hermes Trismegistos und nicht zuletzt gar Platon als *"Herolde des Guten in der Welt"* pries und zelebrierte.

Die Bedeutung Platons übrigens dürfte spätestens *anno Domini* 529 in besagte Orte des syrisch-türkischen Grenzbereichs durchgedrungen sein, als der staatschristlich orthodoxe Kaiser Ostroms mit fanatischer Brutalität die Akademie in Athen zu schließen befahl und deren Mitglieder gen Osten, teils in dieses Charan flüchteten, um dort eine neue hellenistische Akademie zu gründen, die da bis ins 10. Jahrhundert hinein noch fortbestand.

Parallel jedoch blieb dieses Charan auch in solchen platonischeren Zeitläuften jedenfalls seit dem 8. Jahrhundert gleichwohl noch immer einer babylonisch beheimateten Astralreligion und dem Mondgott geweiht, der es nach wie vor beschützen sollte, nunmehr aber nicht mehr akkadisch Sin hieß, sondern ägyptisch-griechisch Thot-Hermes oder Hermes Trismegistos und als solcher also Magie, Alchemie, Astrologie sowie alles repräsentierte, was mondlichtig diffus sein mochte und *"mit wundertätigen Kräften und ebensolcher Weisheit zu tun hatte"* (Abul Ela Affifi, *The Influence of Hermetic Literature on Moslem Thought*, 1953).

Doch auch noch 1975 bestätigte der englische Historiker Robert Browning in seiner Biografie des römischen, aber synkretistischen Kaisers Julian Apostata, daß dieser auf seinem Persischen Feldzug mit ganzem Heere gerade nicht im christlichen Edessa, sondern mehrere Tage lang in diesem Harran oder Karrhæ Station machte: denn deren Einwohner müssen *"eine sonderbare, ganz nach innen gewandte Gemeinschaft gewesen sein, die sich bewußt von der Umwelt abwandte"* und eine ursprünglich babylonische Astralreligion kultivierte.

Aber da war die ganze Gegend um jenes nahe Edessa oder Urscha oder Urhai, das, um Christi Lebenszeit für kurze 350 Jahre gar Metropole des autarken Königreichs Osrhoëne, vorher und nachher aber mitsamt seinem Umland persisch, griechisch, römisch und wiederum persisch kontrolliert wurde, längst schon christlich, überwiegend nestorianisch und schon früh zur Residenz katholischer Episkopate geworden. Etwa um 300 soll der palästinensisch geborene Bischof Eusebius, immerhin Autor der ersten christlichen Kirchengeschichte, ebenhier eine mysteriöse und mystische Korrespondenz zwischen König Abgar "dem Schwarzen" von Osrhoëne und Jesus von Nazareth aufgespürt haben. Ihr Thema sei der *"Aussatz"*, also die Lepra oder das damalige OIRU jenes Königs gewesen.

Just jedoch diesem Schauplatz so heterogener Erfahrungen und Erkenntnisse also auch auf religiösem Hoheitsgebiete konnten noch 1997 die Religionshistoriker Michael Baigent aus Neuseeland und Richard Leigh aus Chicago gemeinsam bestätigen: der Name dieses inzwischen längst erodierten Charan habe

"in der jüdischen, christlichen und islamischen Tradition noch immer einen ehrwürdigen Klang".

Ja wirklich, mein heiterer Freund, auch noch bei den späteren Moslems hatte dieses scheckige Charan unseres Ibrahim seit 641 einen so guten geistlichen Leumund, daß zum Beispiel noch *anno Domini* 830 der abbasidische Kalif von Bagdad auf einer Durchreise ebenhier von einer Sekte sogenannter *Harianer* dazu provoziert wurde, seine sunnitische Abgrenzung von Gläubigen gegen Ungläubige auch für dieses offiziell islamisch gewordene Charan zu aktivieren. Demnach galt einfach jeder sogenannte "Schriftbesitzer" als gläubig. *Gläubiger Schriftbesitzer* aber war jeder, dessen religiöser Prophet im Kur'an so respektvoll erwähnt wird wie, nur zum Beispiel, Zarathustra, Buddha, Moses und Jesus. Folglich galten nun auch die Parsen, Buddhisten, Juden und Christen in Charan ebenso als Gläubige wie die herrschenden Moslems.

Aber in so buntgescheckter Religiosität entstanden natürlich auch viele großzügige Zwischen- oder Spielräume für so manche sonstige, weniger genau definierte Spiritualität oder Hermetik. Hier in Charan ausgerechnet, heißt es, sei auch jenes berühmt-berüchtigte Buch *Ghajat Al-Hakim* oder *Picatrix* entstanden, das auf deutsch das *"Ziel der Weisen"* verkündet und als klassisches Lehr- und Handbuch aller astrologisch lunaren Magie noch bis ins 19. Jahrhundert hinein von den Christen verteufelt wurde.

Denn im *"hermetischen Menschen"* erstrebte es als Verschmelzung von Makro- und Mikrokosmos jenen *"Meister von Himmel und Erde"*, der *"die himmlischen Geister auf Erden hinabzuziehen"* vermochte, um sie *"dazu zu bringen, in ein materielles Objekt (einen Talisman) einzutreten, das darauf-*

hin genau definierte magische Kräfte besaß" (David Pingree, *Some of the Sources of the Ghayat Al-Hakim*, 1980).

Dieser *Picatrix* also wurde eben in unserem mittlerweile moslemisch dominierten Charan des 7. bis 11. Jahrhunderts mit hermetischen Texten auch aus Alexandría, Edessa, Syrien, Griechenland und dem vorislamischen Arabien zu jenem esoterischen Kodex verbunden, der einen allzu chauvinistisch-orthodoxen Islam durch seine spirituellen Elemente zu liberalisieren und kulturell zu erweitern wußte.

Die Anhänger jener besagten Sekte der *Harianer* jedoch bezogen sich auf ihre Herkunft aus dem jemenitischen Saba, nannten sich daher hinfort *Sabäer*, beriefen sich auf die vermeintlichen Texte jenes lunar ominösen Hermes Trismegistos, waren also dezidierte Hermetiker und wurden eben als solche von den islamischen Autoritäten in diesem buntgescheckten Charan als Gläubige durchaus anerkannt.

So waren und blieben also die geistlichen Sitten hier allgemein flexibel und tolerant genug, um sich nach viereinhalb moslemisch dominierten Jahrhunderten *anno Domini* 1097 unter dem Eindruck und Einfluß jener Kreuzritter des Gottfried von Bouillon für ein halbes Jahrhundert relativ problemlos abermals christlich zu orientieren, sich nach *anno Domini* 1144 freilich wiederum islamisch auszurichten und nacheinander ägyptisch, byzantinisch, mongolisch, turkmenisch, noch einmal persisch und letztendlich türkisch regieren zu lassen.

Das alles also ereignete, entwickelte und tolerierte sich überwiegend in westaramäischer oder altsyrischer Sprache und über mehrere Jahrtausende hinweg in diesem obskuren Charan und Edessa ohne all die spektakuläre Dramatik und blutige Hysterie des von Ihnen favorisierten Yerushalajim. Es war zwar durchaus ein Sonder-, deshalb aber keineswegs ein Einzelfall. Lesen Sie bitte weiter.

IVc: Córdoba

Als nämlich unser Islam kulturell, also auch geistlich, also auch politisch in Hochblüte stand und der christliche Kalender Ihr spätes 10. Jahrhundert schrieb, war das phönizisch gegründete Córdoba im nördlichen Andalusien nicht nur seit zweihundert Jahren die Hauptstadt der moslemisch bestimmten, also fast der gesamten Iberischen Halbinsel, sondern auch die größte Metropole Europas.

Als Residenz des westlichen Kalifats hatte sie vierhundert Moscheen, aber mit ihren siebzig öffentlichen Bibliotheken und ungefähr 400 000 Büchern das neben Bagdad und Kairo bedeutendste Institut dieser Art in der ganzen damaligen Welt. Das hatte zur Folge, daß hier *La Mesquita*, die größte Moschee und heutige Touristenattraktion, sich im 12. Jahrhundert auch zur ersten Universität Europas entwickelte und geistige, auch geistliche Freiräume zuließ oder gar erschloß, in denen auch Christen mit ihren Kirchen, Klöstern und Schulen, auch Juden mit ihren Synagogen wohl gelitten waren und von überall her willkommen geheißen wurden. Schon im 9. Jahrhundert monierte der Bischof von Córdoba, daß seine christlichen Schäfchen hier besseres Arabisch als das gebotene Latein zu schreiben wußten.

So integriert war man in diesem maurischen Córdoba ineinander. Die Religionen bekriegten sich nicht jerusalemitisch, sondern inspirierten sich wechselseitig und praktizierten auch hier wieder fruchtbaren Synkretismus.

IVd: Palermo

Etwa gleichzeitig war auch das byzantinische Sizilien islamisch und somit hermetischer Schmelztiegel komplementärer Kulturen und Religionen geworden. Zweihundert Jahre später wurde es normannisches Königreich, das speziell in seiner phönizisch gegründeten Hauptstadt Palermo alle christlichen, islamischen, jüdischen und hermetischen Kulte, Kulturen und Kenntnisse nicht nur gelten ließ, sondern auch dienlich zu kombinieren wußte.

Das alles wurde dort zwei weitere Jahrhunderte später durch den staufischen Monarchen Friedrich II. auf eine weithin leuchtende Spitze getrieben, indem sich dieser geniale Mann zum deutschen König, römischen Kaiser, König von Sizilien und sogar, mit friedlich gewitzten Mitteln, zum König von Jerusalem krönen ließ. Auch dort in unserm Al-Quds war dieser musische und hermetische Freigeist also sehr viel erfolgreicher als all die vorausgegangenen Kreuzritter mit ihren blutigen Kriegen: *"ganz einfach"*, pointierte das Egon Friedell,

"durch gütliche Verhandlung mit der arabischen Regierung. Es stellte sich sehr bald heraus, daß der Sultan ein ebenso feingebildeter, wohlerzogener und einsichtsvoller Kavalier war wie der Kaiser, und es kam sehr bald zu einer für beide Teile günstigen Lösung des Palästinaproblems".

Dazu fehlen uns heute freilich, sehr lieber Freund im heiteren Engadin, ein Hohenstaufen-Friedrich ebenso wie ein solcher arabischer Sultan. Also lassen Sie uns lieber weiterhin nach Plätzen wie diesem Palermo suchen, wo Friedrich II. seinen Musenhof entfaltete und die diversen Religionen und Spiritualitäten seiner Zeit nebeneinander gewähren ließ.

"In Palermo", weiß auch die sechsbändig *"Große Weltgeschichte"* der Zürcher *Stauffer Publishers* über diesen Staufer und seine Ära, *"lebten Christen, Mohammedaner und Juden, Lateiner und Griechen eng beieinander. In dieser bunten Umgebung war er zum Relativisten und Skeptiker geworden und öffnete nun als König in einer bisher unbekannten Toleranz allen Einflüssen die Tore. In seinem Reich erhoben sich neben christlichen Kirchen jüdische Synagogen und Gebetstürme der Mohammedaner. Er unterhielt an seinem Hof einen Kreis von Gelehrten, der sich aus Christen und Nichtchristen zusammensetzte".*

Nur scheint dieser geniale Kopf das alles weniger aus Respekt so zugelassen und gefördert zu haben als eher aus Kritik an den Unzulänglichkeiten in jeder einzelnen der großen Religionen. Immerhin wird ihm nachgesagt, für die ärgsten Betrüger der ganzen Humangeschichte ausgerechnet Moses, Jesus und Mohammed gehalten zu haben.

Das mag begründet haben, warum sein persönlicher Lebensstil jede dieser Kulturen hedonistisch um die beiden andern ergänzte. Er mag sich da eine Vollständigkeit oder Totalität ersehnt oder auch geschaffen haben, die nichts mehr ausschließen sollte - die weitgefächerte Hermetik seiner Epoche schon gar nicht.

IVe: Toledo

Als seinen Hofastrologen und Magier holte er sich daher um 1220 jenen Michaël Scotus ausgerechnet aus dem römisch gegründeten Toledo, jener Residenz zunächst des Westgotenreiches, im 11. Jahrhundert eines arabischen, dann ein halbes Jahrtausend lang des kastilischen Königs. Reste also gotischer, maurischer und christlicher Sakralarchitektur sind im eklektischen *Mudéjar*-Stil erhalten und bezeugen so auch hier ein synkretistisches Zusammenwirken von Kontrasten. Zumal als katholische Metropole begünstigte Toledo eine harmonische und friedliche Symbiose der Christen mit den zahlreich anwesenden Arabern und Juden.

V

Teurer Freund in all Ihrer liebenswerten Heiterkeit: Alexandría und Charan oder Córdoba, Palermo und Toledo sind Beispiele, die sich mit Sicherheit von gebildeteren Briefpartnern endlos ergänzen ließen. Vornehmlich in kleineren, unprominenten, abgelegeneren und politisch oder historisch sozusagen bedeutungslosen Orten, gar auf dem Lande waren die Bevölkerungen, die nicht aufgehetzt oder sonst das Opfer scheinbar übergeordneter Interessen wurden, meist friedvoll, tolerant und spontan praktizierende Synkretisten ohne jede theologisch exklusive Theorie. Will sagen: jenes ersehnte und für Jerusalem angestrebte harmonische Zusammenleben gläubiger oder frommer Menschen divergenter Konfessionen hat es in reichem Maße, vermutlich sogar mehrheitlich gegeben und gibt es gewiß auch heute noch.

So halte ich zum Beispiel das New York vor jenem fatalen 11. September 2001 für einen solchen Schmelztiegel, wo sich Christen, Juden, Buddhisten, Moslems und diverse Sektierer problemlos gelten, beten und leben ließen. Ich denke mir, das war und ist auch jetzt noch global das Normalere und weiter Verbreitete, Häufigere. Negative Schlagzeilen machen auch hierin meist nur die wenigen unguten Kollisionspunkte oder konfessionell verbrämten Kriege.

Aber ich will die reale Situation nicht verharmlosen. Natürlich steht auf diesem Gebiete eine Auseinandersetzung an, die dringend geführt werden muß und nicht länger verschoben werden darf: die von Ihnen angesprochene Auflehnung oder Empörung gegen den sodomitisch dominierenden Materialismus unserer Tage; die militante Verweigerung jeder weiteren Gefolgschaft dieser abgrundtief unguten Fehlentwicklung und Teufelsverstrickung - also der Protest eines jeden heutigen Ibrahim gegen diese pekuniäre Unterdrückung und monetäre Nötigung durch Terach.

Wirklich muß unsereins hierbei eiligst eine Initiative ergreifen, und mir leuchtet durchaus ein, was Sie da über die Verantwortung und Führungspflicht des Islam formulieren. Sie sind sehr klug.

Leider jedoch ist mir derzeit weit und breit keine mohammedanische Persönlichkeit bekannt, der ich eine so weltbewegend wichtige Aufgabe zutrauen würde. Sie kommt der Quadratur des Kreises gleich.

Die sie derzeit bei uns vielleicht lösen könnten, sind aber über dieselben Mißstände noch sehr viel empörter als Sie und ich, daher so aggressiv und gewaltsam, daß ihre Gläubigkeit nicht eben die sein dürfte, die wir uns beide zum Heil der Menschheit vorstellen.

Ich verspreche Ihnen aber, meine Augen hinfort auf die Suche zu schicken, und hoffe mit Ihnen zu Allah, einen solchen Mann schon bald zu entdecken. Ich würde ihn dann sofort veranlassen, mit Ihnen direkt in Verbindung zu treten und alles Erforderliche zu erörtern.

Bis dahin bitte ich Sie, noch Geduld zu haben, aber Pläne zu schmieden.

Und grüßen Sie bitte Freund Luigi, dessen Mitunterschrift mich wirklich sehr gefreut hat - wie mag es ihm gehen? Ist er noch in New York?

Ich bin Ihnen wirklich sehr verbunden.

Ihr Ahmet

(Wir haben uns doch seinerzeit geduzt?)

Post scriptum: Nun folgt noch der angekündigte Anhang über das kanaanitische Sodom.

S'dom & Adama

Mit seinem Weiterzuge von Charan nach Kanaan glaubte jener Abraham zunächst, als gehorsamer Sohn nur Wunsch und Reisepläne seines kürzlich verblichenen Vaters Terah zu erfüllen, dessen ganze Sehnsucht es gewesen war, *"daß er ins Land Kanaan zöge"* (Genesis, 11, 31).

Denn die dortigen Kanaaniter stammten alle von jenem Kanaan ab, der der jüngste Sohn von Cham oder Ham, also Enkel vom Noah aus der Arche und insofern für jeden Semiten Verwandtschaft war (11, 10-26), dem gesamten Lande seiner Nachfahren aber von der syrischen Küste bis zum heutigen Gaza-Streifen und bis nach Sodom und Gomorrha an der südlichen Spitze des *Toten Meeres* den eigenen Namen gab: eben Kanaan.

Etymologisch leitete dieser Name sich von einem dortigen Worte für Purpur ab, der da eins der kostbarsten, also lukrativsten Handelsgüter war. Denn jener Kanaan war Kaufmann, kannte daher, gab der Chasside Fischl Weinreb noch 1981 preis, *"nur das kausale Prinzip, die mathematische Gleichung"* und folgte einer einzigen Devise: *"die kaufmännische Bilanz muß stimmen"*.

Ahnherr wie auch Volksstamm Kanaan verehrten also primär *"die Leistung und die Entlohnung"*. Folglich konnten beide *"auch nur Knecht sein. Nur wer frei ist"*, resümierte noch derselbe Weinreb aus Lwiw in seiner *"Legende von den beiden Bäumen"*, und wer daher *"offen steht, Überraschungen anzunehmen oder zu schenken, kann Herr sein"*.

Aber diese Knechte des Gewinns in Kanaan wußten da ebensowenig wie ihr ferner Verehrer Terah aus Ur, daß Gott schon längst beschlossen hatte, sie zu verfluchen. *"Fluchen ist auf Erden"*, weiß Weinreb, *"sinnlos Machen"*. Gott erklärte ihren ganzen geschickten Handel, ihr gesamtes blühendes Wirtschaftsleben für sinnlos.

Ich denke mir, daß das besonders auch mit ihrem Purpurgeschäft zusammenhing. Denn der Purpur wurde damals mühsam aus Purpurschnecken gewonnen und vorrangig zum Färben von Stoffen verwendet, aus denen die Vorhänge im Tempel, die Bekleidung von Götterbildern und der Priesterornat, also lauter sakrale Kultelemente hergestellt wurden. Purpur ist noch heute die Farbe der Kardinäle und das strikte Gegenteil von profan. Sich daran zu bereichern, war allzu verwerflich.

Aber Gott verflucht so Verwerfliches nicht nur, er bietet ihm gnadenreich auch Rettung an. Deshalb mußte der gläubige Abram in dieses Kanaan der Geldgier, um es davon zu erlösen, *"und sollst ein Segen sein"* (Genesis 12, 2).

Zunächst aber war es nur ein Schrecken, und der zugewanderte Abram fand hier keinen einzigen Ort, an dem er bleiben mochte. Weil aber jenes Haran und seine lange Wanderschaft aus Ur ihn *"sehr reich an Vieh, Silber und Gold"* (13,2) hatten werden lassen, ergriff nun auch ihn zunächst dieser Krämergeist der Kanaaniter, und er begann, sich mit seinem mitgewanderten Neffen Lot, der gleichfalls sehr reich geworden war, um Weidegründe, Herden und Hirten zu streiten: *"denn ihre Habe war groß, und sie konnten nicht beieinander wohnen"* (13,6).

Weinreb erklärt mit altjüdischen Thorahkommentaren, daß Lot, dieser Sohn des Halbbruders Haran, *"der Schlangen-Teil im Menschen"* sei: also *"jener Teil, der materiell am weitesten entwickelt ist"*. Weil jedoch *"der ganze Mensch Abraham in diese neue Welt zieht, geht auch Lot, der niedrige Teil, mit"* (*"Der göttliche Bauplan der Welt"*, Bern 1978, Seite 214).

So vorprogrammierten Konflikt jedoch löste dieser Abram durch seinen weisen Vorschlag: *"Scheide dich doch von mir"*, denn *"wir sind Gebrüder"*. Damals begriff das niemand. Es dauerte knappe fünf Jahrtausende, bis ein Poët und Niedersachse namens Ernst Jünger verkünden konnte: *"Selbst in unseren schrecklichsten Feindschaften liegt noch eine tiefe Brüderlichkeit"*.

Bruder Lot hielt also kontroverse Ausschau und entdeckte *"die ganze Gegend am Jordan"* als *"wasserreich"* und einen *"Garten des Herrn"*, den die ökumenische Bibelübersetzung 1982 gar als *"paradiesisch"* bezeichnet.

Also *"schied sich ein Bruder von dem andern"* (13,11): Abram siedelte im nördlicheren Hebron und Lot im südlichen Sodom.

Dieses hebräische S'dom oder S^edom, arabische Sadum und griechische Sódoma oder Sodómon, das unserm heutigen *Toten Meer* in der rabbinischen

Literatur noch den Namen eines *Meeres von Sodom* gab, galt dem antiken Juden- und Christentum, aber auch noch den Kommentaren des Koran als der sprichwörtliche Ort einer extremen menschlichen Verderbnis. Jüdische Thorah und biblische Genesis, aber auch die Geschichtsbücher und Propheten des *Alten Testaments*, die Evangelisten und sogar noch der Koran überliefern übereinstimmend, daß die Einwohner dieses Sodom ein hoffärtig sorgloses Leben im Überflusse führten, daher stolz und überheblich, korrupt und diebisch, böse und sündig, *"üble Leute und Missetäter"* (Sure 21,74) waren. Sie verweigerten Hilfe, unterdrückten Minderheiten, aber führten Kriege und begingen Sünden, die daher *"rot wie Scharlach waren"* (Jesaja 1,18): *"eure Hände sind voll Blut"* und diese Sodomiter allesamt in Gottes Augen *"Mörder"* (Jesaja 1, 15 und 21).

Leider waren sie aber schon damals kein Einzelfall. In ihrer Nachbarstadt Gomorrha ging es genauso zu. In den umliegenden Ortschaften Adama und Zeboïm genauso, und *"in der ganzen Gegend"* da am südlichen Zipfel jenes Meeres von Sodom genauso. Aber sehr viel später beklagt noch der Evangelist Matthäus, daß in Kapernaum oder Kafarnaum am fernen See Genezareth die Leute noch sehr viel gottloser waren als die in Sodom. Und schon der Prophet Ezechiël warf das just den Samaritern vor, aber auch den Leuten sogar in Jerusalem. Dasselbe taten auch der Prophet Jeremias (über *"die Bürger zu Jerusalem wie Gomorrha"*, 23,14) und die *Offenbarung des Johannes*, wenn sie Jerusalem als *"geistlich Sodom"* (11,8) bezeichnet. Aber die Propheten Jesaja (1,9f.) und Amos (4,11) verglichen ganz Israël und seine Obrigkeiten mit jenen argen Sodomitern, Jesaja später (13,19) auch noch jene *"herrliche Pracht der Chaldäer"*: das sündige Babylon.

Aber erst knappe viertausend Jahre später begriff Friedrich Weinreb in Amsterdam oder Zürich, daß dieses Sodom ein Symbol generell für *"materielle Entwicklung"* und *"eine Welt der Zweiheit"* darstellt, die jeden Versuch einer rettenden *"Einswerdung"* mit ihrem Schöpfer nur noch für ihren Untergang hält.

Damit hat Weinreb uns in diesem Sodom unseren globalisierten Planeten zu erkennen gelehrt. Für dessen materialistische Dualisten sei auch typisch:

"Was nicht mit den Maßstäben von Sodom gemessen werden kann, besteht einfach nicht. Sodom will von außen nichts annehmen" ("Bauplan", Seite 219).

Das erklärt auch, wie falsch die christliche Tradition den Begriff der Sodomie definiert und läßt uns die legendären Ereignisse im sodomitischen Hause Lots mit ganz anderen Augen sehen.

Hierfür müssen wir uns aber jene tiefe Mißbilligung vergegenwärtigen, mit der ein Gott wie Gott dieses ungute Treiben der Ökonomen in Sodom zur Kenntnis nahm. *"Ihre Schuld schreit zum Himmel"*, sagte Er (Genesis 18, 20) und warnte sie. *"Ihr Machthaber von Sodom!"*, sprach Er mit dem Munde seines Propheten Jesaja, *"Macht Schluß mit Eurem üblen Treiben; hört auf, vor meinen Augen Unrecht zu tun!"* (Jes. 1, 10 + 16).

Aber da Er den Überblick bis zu Marktwirtschaft, Globalismus, *World Trade* und noch weit darüber hinaus hat, beschloß Er, schon an Sodom und Gomorrha ein erstes Exempel zu statuieren und so zu demonstrieren, *"wie es allen Sündern ergehen wird"* (2. Petrus 2,6).

Daher schickte Er Engel nach Sodom. Sie sahen aus wie zwei unauffällige Männer, aber wir Moslems wissen, daß diese beiden Männer in Wahrheit drei Erzengel waren: Dschibril, Mikal und Isrāfil. Oder eben auch Gabriël, Michaël und ein *"Herr der Posaune"*.

Sowas kennen wir sonst nur vom Tode des Pátroklos, den vor Troja drei Männer erschlugen, die in Wahrheit nur zwei waren. Doch *"von jenen drei, die zwei waren"*, fragt der aufmerksame Karl Kerényi in seinen *"Orpheus-Präludien"* direkt den Homer, *"welche zwei waren eins?"*. Aber einer von denen war der Apollon: ein Gott. Also wissen wir nicht, wie oft auch uns dergleichen begegnet, daß wir zwei sehen, die drei sind, weil ein *"Herr der Posaune"* oder Gott dabei ist.

Zu Sodom jedoch wurde dieses Engelstrio in Gestalt eines Männerpaares just bei jenem Lot vorstellig, der aber dort ja Zugereister oder -gewanderter, ein Asylant, ein Ausländer oder Gastarbeiter war. Lot nahm diese anderen Fremden mit aller gebotenen Gastfreundschaft auf und bewirtete sie angemessen.

Das sprach sich in Sodom sofort herum. Denn Fremde waren dort nie sehr willkommen. *"Wer Gäste empfängt"*, erklärt uns das Fischl Weinreb, *"zeigt seine Neigung zur Verbindung mit einer andern Welt"*.

Insofern verstieß nun die Gastlichkeit dieses chaldäischen Lot ganz gravierend *"gegen den Geist von Sodom"* (*"Bauplan"*, Seite 219). Also zogen die Leute von Sodom geschlossen zum Hause dieses Exoten mit seinen Fremden und umzingelten es regelrecht. Denn sie waren allesamt erschienen: *"Jung und Alt, das ganze Volk aus allen Enden"* (Genesis 19,4). Es war ein kompletter Volksauflauf, eine Bürgerversammlung, ein Plenum, eine Demonstration, die zur Razzia, zum Pogrom zu entarten drohte.

Denn Lot wurde aufgefordert, seine beiden Gäste herauszuholen und auszuliefern: auf daß *"wir sie erkennen"* oder *"mit ihnen Verkehr haben"*.

Ausländer Lot, dem das Gastrecht ein oberstes Gesetz und Sprache wie Brauchtum dieser Sodomiten noch fremd war, mißverstand ihre Forderung zunächst und legte sie noch im Sinne sexueller Gelüste aus. Darum überwand er all seine Vatergefühle und bot diesen scheinbar brünstigen Miteinwohnern zur Sättigung ihrer Wollust lieber seine eigenen beiden Töchter an, die eben mannbar, aber noch Jungfrauen waren. Von allen diesen jungen und alten Männern aus Sodom, dachte er, müßten doch wohl etliche auch für unberührte junge Mädchen zu interessieren sein: *"Macht mit ihnen, was ihr wollt"* (Genesis 19,8), eine wahrhaftig generöse Offerte.

Aber diesen Männern stand der Sinn nicht nach Jungfrauen. Er stand ihnen auch nicht nach Männern und überhaupt nicht nach Wollust. Darum verübelten sie dem Lot dieses selbstlose Angebot und legten es prompt politisch aus: *"Du bist der einzige Fremde hier und willst uns Vorschriften machen?"* Das empörte sie so, daß sie sich verrieten: *"Wohlan, wir wollen dich übler plagen denn jene"*.

Jetzt war klar, daß sie auch jene beiden Engel nicht genießen, sondern plagen und brechen, zerbrechen, vergewaltigen wollten. Sie wollten sie demütigen und schänden, notzüchtigen und massakrieren. *"Und sie drangen hart auf den Mann Lot"* oder *"überfielen ihn"* (19,9). An geschlechtliche Liebe dachte da keiner von ihnen mehr, nur noch an Mord und Totschlag.

Wir Heutigen können nicht wissen, ob sie in jenen beiden Gästen des Lot die drei Engel erkannt hatten oder auch nur ahnten und witterten. Ich denke mir, daß sie hierfür viel zu unsensibel, talent- und gottlos waren. Ich schließe mich eher Weinrebs chassidisch-kabbalistischer Meinung an, daß jenes wie jedes Sodom einfach

"Gäste aus anderen Welten nicht duldet; einzig und allein ihre Maßstäbe dürfen angewendet werden. Dem Andersartigen wird der grausamste Tod zugedacht, die schmachvollste Ausstoßung, und wenn [...] dennoch ein solcher Gast hereinschlüpft, wird der Unerwünschte in die sodomischen Maße gezwängt; und das heißt nichts anderes, als daß er seinen Geist aufgeben muß" (*"Leben im Diesseits und Jenseits"*, Bern 1994, Seite 74).

So also standen damals und stehen heute noch alle Sodomiten als Erfinder und Urbilder oder Prototypen von Fremdenhaß und Rassismus vor uns. Aber ihre Sodomie sogar gegen Engel ist insofern zugleich auch die denkbar extremste Form von Profanismus: radikaler Antispiritualismus, also Unfrömmigkeit – "aufgeklärte" Gottlosigkeit. Sodomiten sind also demnach nicht nur alle nationalistischen Chauvinisten, sondern auch so diesseitig intolerante Geister oder aufgeklärte Puristen wie zum Beispiel Descartes und Karl Marx, Adorno und Lenin oder ganze Heerscharen ihrer Jünger, Adepten, Gefolgsleute, Nachfolger.

Nur umso energischer griffen daher schon damals jene Engel ein, retteten ihren bedrohten Gastfreund Lot in sein eigenes Haus hinein und schlugen die Verfolger *"mit Blindheit"*: *"so daß sie die Tür nicht mehr finden konnten"*.

Seither werden sündige, böse oder allzu aufgeklärte Menschen der Marktwirtschaft synonym auch vielfach als *Blinde Milben* bezeichnet. Das hat mit ihrem Sodomitentum zu tun.

Jene Schutzengel aber im Hause Lots sorgten da zunächst für die Sicherheit ihres Gastgebers und seiner Familie, indem sie ihm sofort zu fliehen rieten: *"Errette deine Seele, und sieh nicht hinter dich!"*

Erst hiernach zerstörten sie in ihrem göttlichen Auftrage Sodom, Gomorrha und *"die ganze Gegend"*. Sie scheinen da einen Vulkan wie auch ein Erdbeben aktiviert zu haben, denn es regnete Schwefel und Feuer *"und kehrte die*

Städte um". Sie *"wurden zerstört, ihre Bewohner getötet und das Land verwüstet, so daß nichts mehr darauf wuchs"* (19,25). Noch Abram in seinem fernen Bergland von Juda sah über Sodom, Gomorrha und Jordanland *"eine Rauchwolke aufsteigen wie von einem Schmelzofen"* oder Krematorium.

Damals war das noch ungewohnt. Darum erstarrte auch Lots Ehefrau, als sie wider besseres Wissen entsetzt auf all die Zerstörung zurückschauen wollte, zur Salzsäule, die dort heute noch besichtigt werden kann.

Aber schon das *Deuteronomium* hielt fest, daß Gott alles sündige Land dort in alle Ewigkeit

"mit Schwefel und Salz verbrannt hat, daß es nicht besät werden kann noch etwas wächst noch Kraut darin aufgeht"; wo dennoch Wein gedeiht, ist er giftig (5. Mose, 29,22 + 32,32).

Aber rund zwölfhundert Jahre später verhieß der Prophet Jesaja (13, 19) dem babylonisch gottlosen Bagdad eine Zerstörung eben wie die von Sodom und Gomorrha, und noch weitere achthundert, *summa summarum* also ganze zweitausend Jahre später wußte auch der Apostel Petrus, daß jene sündigen Städte dort *"zu Asche gemacht, umgekehrt und verdammt"* worden seien (2. Petrus 2,6). So gründlich war dieses Strafgericht: und so nachhaltig. Schon *ground zero*.

Lexikalisch wird dieses heimgesuchte Sodom heute auf dem Grunde jenes Meeres vermutet, das damals noch sodomisch, später *Asphaltsee*, seit Pausanías um 150 nach Christos aber nur noch *tot* genannt wird. Die Araber nennen es lieber *"Bahr Lut"*: *Lots Meer*.

Heute liegt dieses ganze Land dort fast vierhundert Meter unterhalb des Weltmeeresspiegels und ist nicht nur die tiefste, sondern mit ihrer ganzjährig durchschnittlichen Temperatur von rund 40 Grad Celsius auch die allerheißeste, also ungastlichste Gegend dieses ganzen gastlichen Planeten. Noch 1925 erklärten rekognoszierende deutsche Wissenschaftler sie kategorisch für unbewohnbar.

Dennoch gibt es da aber inzwischen einen neuen Ort, der erinnerungsselig wieder Sodom heißt. Aber er ist ein Imitat, eher eine Warnung und besteht weniger aus humanem Lebensraum als aus Chemie und Industrie: einer gigantischen und abschreckend lebensfeindlich oder tödlich anmutenden Verdunstungsanlage jener weiteträumigen *"Dead Sea Works Ltd."*, die nicht mehr mit prächtigem Schneckenpurpur, sondern für industrielle Zwecke mit Chloriden, Bromiden und Phosphaten ihre profitablen Geschäfte machen.

Weil Gott jedoch in Seiner allwissenden Voraussicht verhindern wollte, daß Juden wie Christen und Moslems diese ganze hiesige Begebenheit späterhin falsch kolportieren und nur als Anlaß ihrer eigenen sodomitischen Pogrome gegen Gleichgeschlechtliche oder sonstig Andersartige und mißliebige Exoten mißbrauchen, schob Er einen geistlich-poëtischen Riegel vor. Er wollte jenen Fehldeutungen vorbeugen, die Sein ganzes Strafgericht über Sodom und Gomorrha nur damit begründen, daß jene legendären Sünder dort mit Tieren oder unter Männern vermeintlich *"widernatürliche Unzucht"* begangen hätten.

Dagegen hätte Er nämlich, vielfach belegbar, nur wenig oder gar nichts einzuwenden. Weil in Seinen Augen nichts Natürliches jemals zugleich auch widernatürlich sein kann. Widernatürliches gibt es gar nicht erst. Es gibt nur Natürliches. Anderes hat Er gar nicht gemacht.

Darum bediente Er selbst sich der seinerzeit allerwidernatürlichsten Unzucht, um sie unmißverständlich und mit allem denkbaren Nachdruck als natürlich zu sanktionieren und freizusprechen. Er ließ es nämlich wohlwollend zu, daß der gottwohlgefällig gerettete Lot von seinen beiden gottwohlgefällig geretteten und immer noch jungfäulichen Töchtern in einer Berghöhle ihres Flüchtlingslebens nach allen Regeln erotischer Künste verführt wurde. Beide wurden sie schwanger von diesem Inzest mit ihrem eigenen Vater, gebaren Söhne und nannten den einen Moab, den andern Ben-Ammi, das bedeutet ganz unverhohlen *"Sohn meines Verwandten"*.

Gott demonstrierte da also ganz unübersehbar, daß Ihm solche *"widernatürliche Unzucht"* nur allzu recht oder aber unwichtig war, indem Er diese beiden Produkte allerärgster Inzucht zu Stammvätern zweier Völker machte, die sich östlich des Jordan viele Jahrhunderte lang mit den Israëliten auseinandersetzten: Moabiter und Ammoniter. Noch im *Deuteronomium* gebietet Gott, diese beiden Völker weder zu bekämpfen noch je anzugreifen:

"Denn auch von ihrem Land werde ich euch nichts geben. Sie sind die Nachkommen Lots, und ich habe ihnen ihr Land als bleibenden Besitz gegeben" (5. Mose 2, 9 + 19).

Kein Strafgericht des Himmels also züchtigte solche "sodomitischen" Sünder. Es hatte nur auf die Raffkes gezielt.

(Aus der türkischen Übersetzung von Yüksel Eyüboglu ins Deutsche übertragen von Stefan B. Gülersoy-Fritzsche.

Koranzitate deutsch von Lazarus Goldschmidt, Berlin 1920/Wiesbaden 1993, Bibelzitate deutsch von Martin Luther 1534 oder Deutscher Bibelgesellschaft 1982)

Na gut oder grade

SMS aus Sils nach Bandiagara / Mali

Höfliche Absage aus Izmir. Was nun? Dann eben ohne Jerusalem? Oder jetzt erst recht nach Jerusalem? Jetzt erst recht lauter Liebe und Küsse samt sämtlichen Konsequenzen, meine Lu: schamlos, gierig und sehnsüchtig – Abram

Sie oder er

Internet: Protokoll IX aus der Arche N

Dies ist das neunte Protokoll aus der Arche N

oder auch der vierte Teil des Vierten Protokolls.

Graf Konstantin Tolstoi berichtet Weiteres von jenem sibirischen Schamanen Ogus und dessen Versuch, in der Unterwelt seine Ehefrau Ajgyr freizu-

*rezitieren. Gerade hatte Arsan Duolan, der dortige Ober-Abaasy, sie unter
der weltberühmten Bedingung freigegeben, daß Ogus sich auf seinem Rück-
wege bloß nicht nach dieser "Eurydíke" umwende.*

Der heisere Sänger

Ogus hatte diese scheinbar leicht erfüllbare Auflage mit einer stummen Ver-
neigung quittiert und folgte nun gehorsam seinem Lotsen Dschilbegan, der
sich mit obligatem Neunerhütchen und Zauberstab auf vierzighörnigem Reittier rätselhaft schlingernd in Bewegung setzte.

Aber ihr Rückweg unterschied sich vom Herweg durch einen Umweg. Ganz
unverkennbar sollte er möglichst lange dauern, damit die Versuchung, sich
nach Ajgyr umzuwenden, möglichst viele Chancen bekam. Denn natürlich
wünschte sich Arsan Duolan, daß er diesen Ogus zum ungehorsamen Umschauen provozieren könne, um dadurch einen verhaßten Vertrag mit der
Oberen Götterwelt zu entkräften. Einzig diese Vereinbarung nämlich entführte ihm jeden Sommer seine Eurydíke: ein demütigendes Zugeständnis.

Arsan Duolan setzte nun darauf, daß auch Ogus, wie jeder andere Sterbliche
das täte, einer Zusage des Ober-Abaasy mißtrauen und ihre Einhaltung noch
unterwegs kontrollieren würde: ob Ajgyr, deren Schritte natürlich überhaupt
nicht zu hören waren, ihm auch wirklich folge; denn Mißtrauen war auch für
Arsan Duolan die einzige Basis, die er von menschlichem Miteinander kannte.

Er setzte ferner darauf, daß Ogus sich grade durch ein solches Verbot zum
Verstoß dagegen unwiderstehlich verführt fühlen würde: schon als chronisch
Oppositioneller, der er war.

Aber dem Ogus war es ein Leichtes, dieser Versuchung zu widerstehen. Ohnehin wußte er, daß er bei solchem Umwenden seine Ajgyr in all ihrer hiesigen Unsichtbarkeit gar nicht erblicken würde. Sie oben wiederzusehen, würde
auch früh genug sein.

Sie gingen und gingen. Sie gingen im eisigen Schweigen einer allgemeinen
Hochspannung.

Ogus wollte singen, aber ihm fiel nichts ein.

Ihm fiel nur ein, was er als Boëthius sehr viel später dazu sagen sollte:

"Diese Fabel, sie gilt für euch,
Die ihr aufwärts zum höchsten Tage
Euren Geist zu geleiten strebt.
Wer zur Höhle des Tartarus
Seine Blicke hinunter beugt:
Was er Köstliches mit sich führt,
Schwindet, sieht er die Schattenwelt."

Das fiel ihm plötzlich ein, als er nicht mehr singen konnte.

Dann begriff er, daß Arsan Duolan in all seiner unappetitlichen Abscheu-
lichkeit auch ein Weiser war, ganz deutlich auch Sympathien für ihn, den
Sänger, empfunden hatte. Die Aufforderung, nicht zurückzuschauen, konnte
auch als die kluge Lebenserfahrung verstanden werden, daß ein unten rückwärts Schauender alles bisher Gewonnene unweigerlich verliert.

Oder vielleicht auch so: seine Ehe mit Ajgyr war Vergangenheit, nach der
noch weiterhin Ausschau zu halten, müßig war.

Was aber sah er statt dessen vor sich? Jedenfalls nicht gerade Ajgyr.

Schon fiel ihm da ein Lied ein. Er wollte es singen, um sich den langen Umweg mit seinen vielen Theorien zu verkürzen, aber die Stimme versagte ihm,
schlug nicht an, er war heiser. Irgendwas würgte ihn im Halse. Was mochte
das sein? Die Rückkehr in einen abgeschlossen beёndeten Lebensabschnitt?
Denn die wenigen Ehetage und -nächte verlockten nicht unbedingt zur Fortsetzung. Nie hatte diese Nymphe das Verlangen, das sie schwellend zu wek-
ken verstand, auch zu stillen gewußt. Dabei war sie selbst von jener gleichfalls unstillbaren und belästigenden Unersättlichkeit, die andern Orts sinnvoll
als Nymphomanie bezeichnet wird.

Windsbräute

Mit Kálaïs war das an Bord der *"Rapid"* und an so manchem Ankerplatz seiner Geistreise zum Goldenen Felle doch ganz anders gewesen. Der war ihm
schon bei seinem Eintreffen an jenem Strande des magnesischen Pagasaí un-

ter all den herkulischen jungen Griechen und Göttersöhnen sofort durch seine
purpurroten Flügel aufgefallen, deren Färbung sich bei ihrem allerersten
Blickkontakt sofort vibrierend verstärkte. Sehr viel später erfuhr er von diesem Kálaïs, daß auch seine eigenen Schwingen ihre goldene Tönung in diesem Augenblick vibrierend verstärkt hatten. Seither schwang da von Geflügeltem zu Geflügeltem eine noch lange unausgesprochen bleibende, aber nur
umso tiefere, umso erregtere und visionärere Sympathie und Hochspannung
hin und her. Eigentlich waren sie von Anfang an sofort ein Paar.

Kálaïs fühlte sich von diesem faszinierenden Exoten und Eroten anheimelnd
an den heimischen Phánes oder Pan erinnert, der gleichfalls eine so brünstige
Jungstierstimme hatte, an seinen Schultern goldene Flügel trug und deshalb
"Der Leuchtende" hieß; auch er war so aufreizend mannweiblich in einem.

Für Ogus aber erhöhte sich der Reiz dieser Begegnung ins desto Mystischere,
als er schon bald an Bord ihrer schwimmenden Enklave einen Doppelgänger
seines Kálaïs antraf. Natürlich hielt er ihn auf den ersten Blick für den schon
tief Verbundenen selbst, um aber auf den zweiten Blick enttäuscht das bereits
obligat gewordene Erröten des Purpurnen zu vermissen. Flugs jedoch war
Kálaïs zur Stelle und rettete Situation wie Zuneigung, indem er dem Ogus
aus Jakutsk seinen Zwillingsbruder Zétes vorstellte.

Ihre Zwillingschaft war so eineiïg wie keine je zuvor oder nachher. Weil niemand auf dem Schiff sie unterscheiden konnte, wurden sie nach ihrem Vater
Boréas, dem thrakischen Könige der Winde und speziell jenes kühlenden Fall-
windes aus den nördlichen Gebirgen, von jedermann immer nur pauschal
"Die Boreaden" genannt. Tatsächlich waren sie unzertrennlich, andere Dioskuren und glichen sich nicht nur aufs Haar, das übrigens rötlich war und mit
den Flügeln harmonierte. Dem bruderlos aufgewachsenen und insofern besonders bruderbedürftigen, auch brudersüchtigen Muttersöhnchen Ogus ver-
doppelte sich angesichts dieses zwiefachen Geliebten unverzüglich auch der
Herzschlag. Schon schlug sein Herz für beide. Da aber väterlicherseits die
beiden jene Eós, die vielzitiert rosenfingrige Göttin der Morgenröte, zur
Großmutter hatten, pflegten nun in seiner Gegenwart auch die Flügel des Zétes ihr köstliches Purpur schnell zu vertiefen. Es war ihnen angeboren, und
Ogus gab es auf, sie noch auseinanderhalten zu wollen.

Aber er nannte sie beide, anders als eben jedermann und alle Welt, in sämtlich akuten Fällen treu und standhaft immer nur Kálaïs. Mit wem von ihnen er auch zusammen sein mochte: für ihn war es Kálaïs. Für ihn war sein zwiefacher Kálaïs eine göttlich begnadete und gesegnete Doppelnatur mit zwei Seiten, Aspekten oder Teilen einer nur aufgespaltenen reichhaltig üppigen Einheit und Fülle.

Den beiden Jünglingen war es recht, auf diese Weise auch durch ihre erste Liebe nicht voneinander getrennt, eher sogar noch tiefer miteinander verbunden oder vereint zu werden. Dem Ogus aber addierte sich auch dieses Glück seines Herzens und Leibes zu einem Zwilling.

Tatsächlich war er selig wie selten zuvor. Seliger auch als jeder undoppelt Liebende sonst. Besonders versagten ihm die Kniee ihren Dienst, wenn er seinen doppelten Kálaïs mit weit ausgebreiteten Purpurflügeln über die Kämme und Wellen des Meeres oder auch der Kornfelder so dahinfliegen sah wie jene halbgeschwisterlichen Stutenkinder seines pferdelüsternen Vaterwindes:

"Diese, so oft sie sprangen auf nahrungsprossender Erde,
Über die Spitzen des Halms hinflogen sie, ohn' ihn zu knicken;
Aber so oft sie sprangen auf weitem Rücken des Meeres,
Liefen sie über die Wogen, nur kaum die Hufe benetzend"
(Homers *"Ilias"*, XX, 226ff.).

Gleich ihnen also erreichte auch Kálais in seinem Duo ganz unvorstellbare Spitzengeschwindigkeiten und schien da absolut schwerelos. Anmut und Würde in Person. Oder eben in zwei Personen.

Dasselbe galt an Land bei allen Wettkämpfen, wo er im Doppellauf antrat und dank seiner Purpurflügel von niemandem zu schlagen war: ein Weltmeister.

Abends am Feuer erzählte er dann mit zwei Mündern, daß diese dienlichen Flügel nicht angeboren, sondern erst zeitgleich mit dem rotblonden Bartwuchs gesprossen seien: Attribute oder sekundäre Merkmale seiner schwellenden Männlichkeit also ebenso wie auch seiner Göttlichkeit. Ogus erbat sich die Erlaubnis, diese virile und numinos kolorierte Beflügelung anfassen und streicheln zu dürfen. Während er das tat und genoß, erzählte Kálaïs ihm stürmisch seufzend von seinem Leben in der väterlichen Burg auf dem Berge Pángaion am Ende der Welt: *"wo die Welt verriegelt ist"*, aber der paradiesisch verwunschene *Alte Garten* des Phoibos Apollon liege und üppig wuchere.

Schon fast keuchend erklärte Kálaïs dem jakutischen Ogus, wer das war, Apollon: Gott des Gesanges, der Musik und Gebieter der neun Musen. Schutzgott aller Künste. Auch Gott der Harmonie und der Ordnung. Des Gesetzes und Rechtes. Des Friedens. Der Weisheit und aller Orakel, aller Propheten. Auch Heilgott. Lichtgott wie der jakutische *Weiße Schöpfer* und Vater. Auch Sonnengott. Für Männer aber in all seiner heilenden Weisheit auch Gott des Todes. Er tötete sogar den Hyákinthos, seinen eigenen Geliebten. Mit dem war er oft in jenem *Alten Garten* gewesen, *"bei uns zu Hause auf dem Pángaion"*. Auch mit andern Jünglingen, deren Beschützer er gleichfalls war und die ihm die erste Schur ihres Haupthaars zu weihen pflegten; das liebte er über alles. *"Als Kinder haben wir oft in diesem Garten des Apollon Friseur oder sonstwas gespielt"*.

"Und warum Phoibos? Phoibos Apollon?"
"Ein Beiname, schmückend und liebevoll. Phoibos heißt Der Reine, Der Edle."

Ogus glühte. Seine Seele flog.

In dieser Nacht umarmte er seinen Kálaïs zum ersten Male und nicht nur doppelt.

Schon andern Tages ankerte die *"Rapid"*: genau *"gegenüber dem bithynischen Lande am Eingang des Bosporos"*.

Hier lebte als Königin von Thrakien die Schwester des Kálaïs, Kleopátra, mit ihrem Manne Phineús, einem prophetischen Monarchen, den die Götter wegen angeblichen Mißbrauchs seiner Sehergaben und globalen Verrates aller ihrer Geheimnisse nicht nur geblendet hatten wie schon seinen prominenteren Kollegen Teiresías; außerdem ließen sie dem blinden Greise von den Hárpyien, jenem Sadistenquartett von Zwittern aus Jungfern und Falconiformen, tagtäglich jegliche Nahrung entreißen oder bekoten.

Schwager Kálaïs nun, vitaler denn je nach dem Aufwinde dieser Liebesnacht, kam dem verhungernden Blinden zur Hilfe und schlug jene raffgierigen Dämoninnen mit gezücktem Schwerte in die Flucht. Nur sind diese reißenden Hárpyien auch Göttinnen des Sturmes und fliegen daher schneller als der Wind. Kálaïs verfolgte sie in Windeseile. Das war normalerweise zu langsam für diese Bestien. Aber von seiner jungen Liebe zu Ogus noch zusätzlich beflügelt, war er jetzt noch schneller als die, die schneller waren als der Wind. An den strophadischen *"Inseln der Umkehr"* holte er sie ein und gemeinsam zum tödlichen Schwerthiebe aus. Da schworen die Abscheulichen, die die Unverwundbarkeit der Boreaden kannten, von ihrem Opfer abzulassen, und verkrümelten sich.

Für diese Heldentat ging der junge Kálaïs in die Kulturgeschichte ein, die noch Jahrtausende später davon berichtet. Manchmal erwähnt sie auch, daß der alte Phineús, von seinen Plagegeistern befreit, auch sein Augenlicht zurückgewann: dank Kálaïs. Jedenfalls wollte er aus Erkenntlichkeit zwei Schafe schlachten. Doch Ogus bat den Kálaïs, die Tiere jenem Phoibos Apollon zu opfern, der so offensichtlich nicht nur die Künste, sondern auch die Künstler und ihre Kunststücke begünstigte. Ihre folgende Nacht war eine einzige Orgie der Liebeskunst. Sie nannten sich wechselseitig ihre Windsbraut.

Andern Morgens sang Ogus so schön wie noch nie, und Kálaïs flog auf und davon, um solche Gesänge mit seinen Purpurflügeln doppelt, von Ost nach West und von Norden nach Süden, rings um den ganzen Globus zu tragen und allerorts Zuhörer glücklich zu machen. So wurde Ogus zum Weltstar.

Zurück an Bord, war aber sein Kálaïs, von ihrer Liebe doppelt beseligt, noch selbigen Tages der einzige Grieche, der die verzweifelte Suche des Heraklés nach seinem entführten Hýlas begriff und respektierte, auch zur grausamen Weiterfahrt riet: da dürfe niemand stören, auch kein noch so goldenes Fell irgendwo. Der Liebende müsse ungedrängt sei es finden, sei es trauern können.

Aber als es später auf dem Rückweg in der Libyschen Wüste bei den Hesperiden hieß, Heraklés sei eben hier gewesen, war es der schuldbedrückte Kálaïs, der diesen Geistes- und Fleischesbruder tagelang in den glühenden Ausläufern der Sahara suchte: nur um ihn heimzuholen in ihre Mannschaft. Er

konnte nicht wissen, daß Heraklés da gerade den Atlas vertrat und die Last
des ganzen Himmelsgewölbes trug.

Aber Ogus hatte noch da in der Wüste seinen Kálaïs nicht nur zu beschwichtigen und zu trösten, auch zu beseligen gewußt.

Immerhin war er ja auch durchaus der Erfahrenere.

Guru Omuru

Denn in Jakutsk beginnt ein Schamanenleben mit der Initiation durch einen
Lehrer, der nicht nur Schamane, sondern auch vom selben Geschlecht sein
muß wie der Adept. Ogus war also damals nicht durch seine Mutter, sondern
durch seinen Meister Omuru vom Berge Dschokuo aus über den Gebirgspaß
Tschöngköjdeöch-Anjaga zu einem hierfür einzig geeigneten Bergrücken geleitet worden: einen schier endlos geschlängelten Pfad entlang wie just in diesem Augenblicke nun auch Ajgyr durch ihn.

Nur daß damals er selbst der Folgende, Omuru der Lotse war. Der zeigte ihm
unterwegs die Abwege zu all den Quellen menschlicher Gebrechen. Er unterwies ihn auch in okkulten Wegen, dem gewöhnlichen Menschenleben mit Heirat, Kindern, Familie zu entsagen und radikale Umwälzungen in den Tiefen
seiner Seele zuzulassen.

Schließlich kamen sie zu einem einsamen Hause für die Seele des jungen
Kandidaten. Sein Lehrer lehrte ihn da, sich zu entkleiden und wie man dann
von Seele zu Seele schamanisiert. Dafür muß der Lehrende dem Belehrten
gleich eingangs mit jungen Birkenruten den nackten Rücken züchtigen. Erst
hiernach zeigt er der Seele seines Eleven von Körperteil zu Körperteil, welche
mögliche Krankheit welchem heilenden Geiste entspricht. Bei jedem einzelnen
Körperteil, will es der Schamanenbrauch, muß der Lehrer in den Rachen des
Gelehrigen spucken, der sich den Lehrer- und Schamanenspeichel völlig einverleiben, also hinunterschlucken muß. Das ist Gesetz. Es ist auch der einzige Weg, *"alle Wege des Unheils aus der Unterwelt"* kennen zu lernen.

Aber um dem Lernenden das Lernen zu versüßen, befolgte Guru Omuru dieses Gesetz auf sehr eigene Weise. Er drückte seinen Mund auf den Mund des
Jüngers. Dann mußten beide Münder gleichzeitig geöffnet werden, und die

Zunge des Meisters übertrug dessen Speichel direkt auf die Zunge des Jüngers: anfangs behutsam und zärtlich, dann immer ungestümer. Auf diese magische Weise wurde die Meisterspucke ganz süß und überaus schmackhaft. Ogus erinnerte sich, daß er von diesem pädagogischen oder -philen Sekret gar nicht genug bekommen konnte.

Leider entdecke Omuru bei ihm trotz alledem einen so unempfänglichen Organismus, daß er die Weiterleitung seiner schamanischen Energien für noch nicht gelungen erklären mußte. Daher drang er nun an der entgegengesetzten Körperöffnung in die Seele des jungen Ogus ein, bespuckte sie auch da zuvor und vollzog dann mit gesteigerter Inbrunst eine strömende Kraftübertragung vom Meister zum Novizen. Bei dieser *"Vermischung des Fleisches"* mußte der Scholar nach Schamanenweise ein esoterisches Gelöbnis ablegen: jemanden aus seiner engeren Verwandtschaft opfern und dem Tode weihen zu wollen. Omuru befand, daß das in seinem speziellen und so schwierigen Falle die spätere Ehefrau sein müsse. Andernfalls werde seine Schamanenkraft versagen.

Auch das fiel Ogus nun ein, als ihm in diesem endlosen Gefolge des neunfach behüteten Dschilbegan die Stimme versagte: jenes magische Instrument der Schamanenkraft.

Freilich hatte er seine Ehefrau seinerzeit zu opfern verabsäumt. Jetzt eben bekam er eine zweite Chance, sein damaliges Gelöbnis einzulösen.

Er rang mit sich und seinem ganzen bisherigen Leben. Er griff zu jener Zauberwurzel, die Omuru ihm damals zum Abschied als Talisman um den Hals gekettet und die er seitdem noch nie von da entfernt hatte. Er ergriff sie jetzt, umfaßte und streichelte sie, wie Omuru ihn das gelehrt hatte, und stellte sich dabei vor, wie es Ajgyr gerade ergehen mochte.

Eurydíke

Denn natürlich hielt er ihre Ehe mit dem Arsan Duolan für eine Lüge dieses Ober-Abaasy. Vielleicht hatte er sie nach jener Entführung durch den vermeintlichen Schlangenbiß zu einer Heirat gezwungen. Aber wahrscheinlich vergewaltigte er sie seither nur täglich mehrmals, das war alles. Wollte sie also befreit werden? Wollen Tote ins Leben zurück: in dieses protestantische Jammertal mit all seinen Problemen und Nöten?

Er wußte es natürlich nicht. Aber durfte er über die tote Ajgyr ebenso bestimmen und verfügen wie seinerzeit über die lebende? Damals konnte er beobachten, daß ihr alles egal war. Aber jetzt? Vielleicht war sie glücklich im Tode, mit oder ohne diesen Ober-Abaasy? Vielleicht auch war sie ja im Elysium unter den Seligen der Oberwelt und nur deswegen unsichtbar?

Auch all die Schemen und Phantome seines Hinwegs waren übrigens verschwunden. Ohne Gesang war er hier für niemanden mehr begehrenswert. Nur als Sänger war er was wert. Das war hier unten nicht anders als da oben. Auch seine Werbung um Ajgyr war damals nur als Gesang erfolgreich gewesen. Um was zu gelten, mußte er seine Stimme wiederfinden, sonst war er auch für Ajgyr noch reizloser als ohnehin schon.

Aber eben sein Versuch, sie ins Eheleben zurückzuholen, hatte ihm ja die Stimme geraubt. Das stand jetzt unübersehbar, unwiderleglich fest.

Außerdem hatte er auch völlig vergessen (oder verdrängt?, vergessen wollen?), daß Tote in der Unterwelt allenfalls durch Austausch gegen ein anderes Opfer freigekauft werden können. Er hatte schon vorsorglich gar keins erst mitgenommen. Seine Seele wollte das alles gar nicht. Alles war falsch.

Zu Hause in Jakutsk übrigens galt nach dem Begräbnis eines Schamanen die goldene Regel: wer sich jetzt umdreht, wird in den Himmel mitgenommen. Dagegen hätte er auch jetzt schon ebenso wenig einwenden können wie später noch als sein eigener *Redivivus* Boëthius mit dessen Versen

"Die ihr aufwärts zum höchsten Tage
Euren Geist zu geleiten strebt".

Eben dorthin und nicht in diese Unterwelt strebte er sowieso nur.

Käme Ajgyr jetzt wieder, täte die Stimme das nie mehr. Das waren Kommunizierende Röhren. Todlos und ewig weiterleben konnte Ajgyr nicht an seiner Seite, nur in seinen Liedern. Die waren unsterblich. Später sang er das als Revenant aus dem Munde Schillers mit dessen Worten von den *"Göttern Griechenlandes"* so:

"Wer unsterblich im Gesang soll leben,
Muß im Leben untergehn."

Wer aber nicht im Leben untergeht, kann demnach im Gesange nicht unsterblich weiterleben.

Also beschloß er, sich umzuwenden.

Schon Ajgyrs oder Eurydíkes literarischem Weiterleben zuliebe: ihrer Unsterblichkeit.

Auch auf die Gefahr hin, selbst zur Salzsäule zu werden: die würde noch nach Jahrtausenden als Sehenswürdigkeit zum Reiseziel für Millionen.

Also drehte er sich um.

Er drehte sich um.

Jetzt hatte Ogus sich umgedreht.

Dicht vor ihm stand Ajgyr.

Der ferne Pfuhl im avernischen Krater brüllte auf.

Dadurch wurde auch der neunmalkluge Lotse Dschilbegan auf das Geschehene aufmerksam. Er trat zu Ajgyr, die wie betäubt zu Boden schaute, und sagte: *"Tut mir leid. Er hat sich umgedreht."*

Und Ajgyr fragte leise: *"Wer?"*

Offensichtlich wußte sie gar nicht, was hier vorging.

Ogus erstarrte wie Lots Weib, nachdem sie auf Sodom und Gomorrha zurückgeblickt hatte. Aber was bei dieser zur Salzsäule gerann, kristallisierte sich bei Ogus zum Marmor gemeißelter Verse. Er konnte wieder singen und alles rühmen, wie es war.

"Sie war schon nicht mehr diese blonde Frau",

transponierte noch sehr viel später sein *Redivivus* Rilke jene Erstarrung in Worte,

"nicht mehr des breiten Bettes Duft und Eiland
und jenes Mannes Eigentum nicht mehr.

*Sie war schon aufgelöst wie langes Haar
und hingegeben wie gefallner Regen
und ausgeteilt wie hundertfacher Vorrat."*

Immer wenn Ogus das las oder hörte, gab er neidlos zu, daß er das selbst nicht besser hätte singen können.

Wie von ihm selbst souffliert war auch dies:

*"Sie war in sich. Und ihr Gestorbensein
erfüllte sie wie Fülle.
Wie eine Frucht von Süßigkeit und Dunkel,
so war sie voll von ihrem großen Tode,
der also neu war, daß sie nichts begriff."*

Runde anderthalb Jahrtausende hatte die Schwangerschaft dauern müssen, die dann solche Verse gebar.

Das neunmalkluge Vierzighorn wollte in seinen Stall und schlafen. *"Allez, hopp!"* sagte es zu Ajgyr und ging ihr den langen Schlangenpfad zurück voran.

Sie folgte ihm willig,

*"den Schritt beschränkt von langen Leichenbändern,
unsicher, sanft und ohne Ungeduld".*

Der marmorn versteinerte Ogus schaute ihr noch lange nach und sah *"diese Sogeliebte"* nun mit veränderten Augen:

*"Sie war in einem neuen Mädchentum
und unberührbar; ihr Geschlecht war zu
wie eine junge Blume gegen Abend ... "*

Er verstand, warum Sterben gern als Heimgang bezeichnet wird.

Er rühmte das, und sein Schutzgeist ermahnte ihn: also

*"singender steige,
preisender steige zurück in den reinen Bezug".*

Was mochte das sein: der reine Bezug?

Er wendete sich abermals um.

Vor ihm lag unverschoben sein leblos wartender Körper unter jenem Welt-, Lebens- und Schicksalsbaum. Er schlüpfte in ihn hinein, erhob sich und sang seine weltberühmte Klage lauthals verströmend in die Welt hinaus:

"Che farò senza Euridice?"

Er kannte seinen Gluck und diese Altistenarie mit ihrer ewigen Frage:

"Dove andrò senza il mio ben?"

Nur daß er hierauf sofort eine klare Antwort wußte. Er rief sein Pferd, diesen vielbesungenen Trommel- und Wundergaul oder Pégasos aus dem Blute des abgeschlagenen Medusenhauptes, der seinem Vorbesitzer sogar zum Siege über die fürchterlichen Amazonen verholfen hatte.

Aber in diesem entscheidenden Augenblicke war er für Ogus mehr noch das einstige Roß der rosenfingrigen Eós, deren Enkel ja jene Windsbraut seiner Argonautischen Geistreise war: sein unvergeßlicher Liebhaber Kálaïs.

Jenes großmütterliche Wunderroß der Morgenröte also schien jetzt schon Bescheid zu wissen. Denn der Ogus brauchte ihm nur *"Nach Thrakien"* zu sagen: und schon stob es davon, legte mit jedem einzelnen Sprung wieder einen ganzen Tagesmarsch zurück und brachte im Vorbeihasten alle flüchtig berührten Gräser, Sträucher, Bäume und Steine zum beseligten Singen, zum Lachen, zum Tanzen.

Auch Ogus lachte und sang beim Reiten. Aber keinen Gluck mehr. Was Eurasischeres. Eine eigene Internationale.

Denn nur seine Kithára, jene asiatische Kreuzung aus ägyptischer Harfe und indianischem Cuarto, nahm er mit nach Europa. Er spielte auf ihr, er lachte und sang die ganze Strecke lang bis hin ins hyperboreïsch ferne, ins später bulgarische Thrakien und zur Burg des Boréas auf dem Berge Pángaion am Ende der Welt, wo heute bei Kušnitza Rumänien, Slowakei und Ukraine aneinander stoßen, früher aber jener paradiesisch verwunschene *Alte Garten* des Phoibos Apollon nicht nur üppig wuchern, sondern ihm endlich auch den leibhaftigen Kálaïs mit all seinen unvergleichlichen Umarmungen präsentieren mußte.

Nach Jakutsk kehrte dieser Ogus nie mehr zurück.

An dieser Stelle machte Graf Tolstoi wieder eine längere Pause, dann sagte er: *"So. Was dieser jakutische Schamane dann noch in Thrakien erlebte, erzähle ich in einem der nächsten Protokolle. Wir melden uns wieder, aber ganz beiläufig, unregelmäßig und zwanglos, ad libitum. "*

(Team-Übersetzung der Arche N aus dem Russischen)

Kunst = Ware

Teletext (original)

In Mönchenglattbach ist 59-jährig der international gefragte Kunstkriti-ker Anatol Dörrfisch gestorben. Der deutschblütig geborene Ungar, der sich auch als Auto geschlif-fener Expertisen für den Städtebau einen Namen machte, erlag überraschend der Soiche OIRU.

In einem Kondolenztelegramm an die Erben betonte Dr. Joschua Tan-gobany als langjährig enger Freund und Kompagnon des Verstorbenen, dieser sei nicht nur ein Schöngeist mit der spitzen Feder des echten Konnossörs, sondern immer zugleich auch ein publizistisch verantwor-tungsbewusster Sachwalter von Vertrieb und Vermarktung gewesen; daher verlieren die Verlage, für die er schrieb, nun auch ein berechenbaren Geschäfts-partner und realistischer Gesellschafter, der schon wusste, daß Kunst-werke nicht nur produziert, sondern auch verkauft werden müssen: in all seinen nicht mehr zählbaren Ritzensionen war das ein immer gleich-berechtigtes Kriterium für Dörr-fiszs Lob oder Ablehnung. *"Unver-käufliche Kunst ist Schund"* war eine seiner vielbe-lachten, aber bisweilen auch umstrittenen Maximen.

Seine Befunde werden dem Kunstmark fehlen.

Dr. Tangobahni kündigte abschliessend an, in seinem Medienkonzern bis zur
nächsten Buchmesse auch ein Verzeichniss aller prominenten EURO-Opfer
als Luxus-Memory-Ausgabe publizieren zu wollen.

"Geheim Gefäß"

Rund- oder Kettenbrief

Joachim Winkelhöven, zur Zeit Malibu CA/USA, Datum der Lektüre:

Liebe Freundinnen, Freunde und Schillerfans -

*das Verhalten Goethes bei der Bergung von Schillers Skelett ist in der Dar-
stellung des Herrn Privatdozenten Dr. Wannebach, obwohl das "Spektrum"
seinen Offenen Brief ja sogar als Serie publiziert hat, leider nur höchst unvollständig sichtbar geworden.*

*Ich erlaube mir daher, Ihnen heute einen entsprechenden Auszug aus mei-
nem Buche "Goethes wahrer Eros" zu überreichen, für das ich als freier
Schriftsteller natürlich noch keinen Verlag habe gewinnen können. Die tie-
feren Gründe hierfür gehen deutlich aus meinem Text hervor.*

*Es handelt sich also im folgenden um eine Erstveröffentlichung, die als Bei-
trag zur derzeit allgemeinen Schiller-Diskussion gelten und daher auch als
fotokopierter Kettenbrief in Ihrem Bekannten- oder jeglichem Interessenten-
kreise weitergereicht werden möge.*

A.
Wie Goethe die Nachricht von Schillers Tode aufnahm, hat uns sein allge-
mein für zuverlässig gehaltener Gesprächspartner Karl Friedrich Anton von
Conta, Landesdirektionsvizepräsident in Weimar, unter Bezug vermutlich auf
Goethes Intimus Heinrich Meyer überliefert:

*"Meyer befand sich bei Goethe, als die Nachricht von Schillers Tod ihm ge-
bracht wurde. 'Nun, so ist denn wieder einer dahingegangen', war alles,
was Goethe über diesen Todesfall äußerte."*

Er lehnte es auch ab, Schillers Leiche zu sehen: *"Nein, die Zerstörung!"* Weder erschien er zur nächtlichen Beisetzung noch auch zur kirchlichen Trauerfeier. *"Die Paraden im Tode"*, zitierte ihn Johannes Daniel Falk bei diesem
Anlaß, *"sind nicht, was ich liebe"*.

Auch das Kondolieren liebte er nicht. Schillers Witwe, die er seit Jahrzehnten kannte und zu schätzen vorgab, blieb ohne jedes Zeichen seiner Anteilnahme. Erst nach fünf Wochen ließ er sie in einem Billett an ihre Schwester
auf indifferente Weise grüßen. Aber er vermied es im kleinen Weimar ganze
vier Monate lang, ihr oder auch den anderen Familienangehörigen zu begegnen. Charlotte von Schiller deutete das als eine *"große Weichlichkeit"*, die sie
auf jene Nierenkoliken zurückführte, die ihn in der Tat schon davon abgehalten hatten, den Freund auf seinem Sterbelager zu besuchen, und von denen er
nach Schillers Tode nur *"doppelt und dreifach angefallen"* worden zu sein
behauptete.

Aber nur zwei Tage nach diesem Tode und noch vor der angeblich krank-
heitshalber versäumten Beisetzung und Trauerfeier, schon am 11. Mai 1805,
berichtete zumindest Charlotte von Stein, nicht ohne Triumph im Tonfall:

"Goethe ist völlig wieder hergestellt und kommt jetzt öfter zu mir".

Noch öfter aber bestellte er sich den jungen Heinrich Voß, der ihm drei Tage
lang ausgewichen war und dann seinem Bruder mitteilte:

"In den ersten acht Tagen haben wir von Schiller gar nicht geredet".

Das blieb auch so:

"Jetzt spricht Goethe sehr selten von Schiller".

Auch in seinen Tagebüchern tat er das damals nicht. Er mied auch den Anblick der Schillerbüste von Dannecker, weil deren Wahrheit *"Erstaunen erre-
gend"*, deren Ähnlichkeit *"nicht allein groß, sondern kaum zu übertreffen"*
sei, und spottete über das allgemeine Ansinnen einer Gedenkfeier im Theater.

*"Da indessen die Menschen aus jedem Verlust und Unglück sich wieder ei-
nen Spaß herauszubilden suchen",*

klagte er dem Freunde Zelter schon am 1. Juni 1805,

*"so geht man mich von [...] mehreren Seiten dringend an, das Andenken
des Abgeschiedenen auf der Bühne zu feiern."*

Er erklärte sich hierzu auch *"nicht abgeneigt"*. Aber erst als er *"vielfältig ge-
tadelt"* wurde, *"daß ich nicht auf unserm Theater, wie es anderwärts geschah, eine Totenfeier veranstaltete"*, fand denn schließlich am 10. August
1805 eine solche Zeremonie des Hoftheaters statt: aber mitnichten in Weimar, sondern ausgelagert im Gastspielort Bad Lauchstädt.

Sie bestand aus einer Aufführung der letzten drei Akte von *"Maria Stuart"*,
in denen Hanno von Kemnitz 1936 Parallelen zu Schillers eigenem Schicksal
entdeckte, und einer anschließenden szenischen Darstellung seines *"Lieds von
der Glocke"*, die in Goethes hierfür geschriebenen *"Epilog zu Schillers Glok-
ke"* einmündete. Der enthielt jenes später vielzitierte Leitmotiv *"Denn er war
unser"* mit seinem unterschwellig possessiven *pluralis maiestatis*.

Als Rezensent des Berliner *"Freimütigen"* beanstandete damals sein Kollege
August von Kotzebue, daß hierin

*"von dem weimarischen Fürstenhause gerade so viel vorkam als von Schil-
ler, und die ganze Feierlichkeit war zu Ende, als alle Zuschauer glaubten,
nun würde es erst recht losgehn".*

Die Redaktion des Blattes trat noch nach:

*"Die Toten-Spielerei zu Lauchstedt scheint wirklich bei vielen Zuschauern
[...] Erbitterung bewirkt zu haben."*

Trotzdem wurde sie in Bad Lauchstädt, mit Szenen aus dem *"Parasiten"*
oder gar aus Goethes eigener *"Iphigenie"* anstelle der *"Maria Stuart"*, noch
zweimal wiederholt, bevor sie endlich, zu Schillers erstem Todestage, am 10.
Mai 1806 auch die Weimarer Bühne betrat.

"Es ist wohl billig", schrieb Goethe dem Hallenser Philologen Friedrich August Wolf, *"das Andenken eines solchen Freundes mehr als einmal zu feiern".*

Wiederholungen fanden dort aber jeweils erst 1810 und 1815, also zu Schillers fünftem und zehntem Todestage statt, letztere zugleich auch noch im Gedenken an den nun kürzlich gleichfalls verstorbenen Theatermann Iffland mit zwei Akten aus dessen Lustspiel *"Die Hagestolzen"* (in einer Bearbeitung wiederum von Goethe). Der *"Epilog zu Schillers Glocke"* war jetzt, volle zehn Jahre nach dessen Tode, noch um drei Strophen erweitert. Nachzulesen war er erstmals im Tübinger *"Taschenbuch für Damen auf das Jahr 1806"*.

Jene Trauerdichtung jedoch, die Goethe zu Schillers Geburtstag 1805 zu schreiben und in Szene zu setzen angekündigt hatte, ist über wenige Bruchstücke nicht hinausgelangt.

Dem Thema Schiller verweigerte er sich auch sonst mit Nachdruck.

Als Karoline von Wolzogen 1809 eine Edition des schillerschen Nachlasses plante, sollte neben den Freunden Humboldt und Körner auch Goethe als Herausgeber fungieren. Aber auch hierzu zeigte er, wie Körner der Witwe berichtete, *"keine Neigung"*. Auch einen

"Aufsatz über Schillers schriftstellerische Eigentümlichkeit lehnte er unter der Äußerung ab, daß ihn dies zu weit führen und zu viel Zeit kosten würde".

Humboldt hierzu an seine Frau:

"Goethe scheint keine Lust zu haben."

Als Karoline von Wolzogen, die er als Autorin respektierte, ihn das Manuskript ihrer inzwischen klassischen Schiller-Biografie einzusehen bat, reichte er es ihr fast postwendend noch im September 1829 ungelesen zurück:

"Ich finde ganz unmöglich, es durchzulesen, und werd' es Ihnen leider ohne Weiteres zurückschicken müssen", weil *"ich nämlich in's längst Vergangene nicht zurückschauen mag [...], so erhalten Sie die Hefte ungesäumt zurück, mit höchst dringender Bitte um Verzeihung eines unerwarteten Seelenereignisses, dessen ich nicht Herr werden kann."*

Doch kaum war dieses Buch dann 1830 erschienen, ließ er es sich von Schwiegertochter Ottilie vorlesen - ohne sich aber je dazu zu äußern.

B.
Diese wie seine ganze Reaktion auf den Verlust des Freundes fügt sich freilich bündig auch in Goethes sonstiges Verhalten angesichts jedweden Sterbens.

Schon als Freund Herder starb, blieb der 54jährige der Beisetzung fern. Er
weigerte sich, die Herzogin-Mutter Anna Amalia auf dem Totenbett zu sehen.
Seine eigene Frau besuchte er nicht einmal am Sterbebett. Als Johann Heinrich Voß *senior*, ein besonders wertgeschätzter Freund, verstarb, verweigerte
er dessen Witwe jede Kondolation und erklärte das in einem Brief an die be-
freundete Frau Paulus:

*"In Worten mich auszudrücken, wird mir in solchen Fällen immer schwerer,
ja unmöglich."*

Da war er selbst 76. Als er 78 war, starb Großherzog Carl August, seit 53
Jahren ein eigentlicher Lebensgefährte; Carl Friedrich von Conta überbrachte Goethe diese Todesnachricht und berichtete hierüber später dem bayrischen König:

*"Es veränderte sich kein Zug in seinem Gesichte, und gleich gab er dem
Gespräch eine heitere Wendung."*

Den Funeralien für den Landesherrn, diesen *"düsteren Funktionen"*, entfloh
er ins nahe Renaissanceschloß Dornburg, weil sonst sein *"ohnehin sehr lei-
dender Gemütszustand [...] bis zur Verzweiflung gesteigert werden"* könnte (zu Kanzler von Müller).

Statt der geplanten wenigen Tage blieb er fast drei Monate dort und befand in
einem Brief an den Weimarer Prinzenerzieher Frédéric Jakob Soret,

"daß eigentlich keine Trauer in der Welt sein sollte".

Wohl um ihm ebendas zu ermöglichen, hatte die kurz zuvor 85jährig verstorbene Charlotte von Stein verfügt, daß ihr Sarg nicht an Goethes Haus vorbei-
getragen werden dürfe: *"damit er sich nicht aufrege"*.

Als dann der 81jährige seinen einzigen Sohn verlor, erfuhr er das an Schillers
71. Geburtstag tatsächlich *"mit großer Fassung und Ergebung"*, schnitt aber

dem Todesboten, Kanzler von Müller, brüsk jedes kondolierende Wort mit dem lateinisch gesprochenen Hinweis ab, er sei sich bewußt, keinen Unsterblichen gezeugt zu haben:

"Non ignoravi me mortalem genuisse";

hiernach meldete er brieflich dieses sobezeichnete *"Außenbleiben"* seines Sohnes dem Freunde Zelter in Berlin mit der Folgerung:

"Und so, über Gräber, vorwärts!"

Dem kondolierenden Freunde Knebel aber antwortete er bereits, er sei *"mit gutem Glück auch über diesen Sturz hinausgekommen"*, und *"so wollen wir die Tage genießen, die uns noch gegönnt sein mögen"*.

Sogar vom eigenen Sterben, das er hier schon indirekt avisierte, soll er, als er es unübersehbar nahen fühlte, vielfältig abgelenkt, es durch Bekundung von Aktivität und Lebensfreude zu verdrängen versucht haben.

Insofern also ist sein ganzes so befremdliches Verhalten nach dem Tode seines Freundes Schiller als Symptom eines Konzeptes radikal ausschließlicher Lebensbejahung zu erklären, die sich von niemandes Sterben irritieren lassen wollte.

C.

Vollends unbegreiflich wurde dieses Verhalten erst, als es sich 21 Jahre nach Schillers Ableben jählings in sein Gegenteil zu verwandeln schien.

Denn zu jener Niederlegung von Schillers Schädel in der Großherzoglichen Bibliothek, der er vorstand, versprach er überraschender Weise zu erscheinen. Schon drei Tage vorher berichtete er seinem Adjunkten Riemer:

"Wir gingen um 4 Uhr auf die Bibliothek und eröffneten dort die Kiste. Noch manches ist ferner zu bereden wg. der nächsten sonderbaren Funktion."

Noch am Morgen jenes hierfür vorgesehenen Sonntages am 17. September 1826 informierte Kanzler von Müllers Einladung alle zu dieser "Funktion" Einbestellten, daß Schillers Schädel da *"von Goethe persönlich in Empfang genommen werden"*

wird. Es war wohl auch *"sein fester Wille, dieses zu tun"* (Sohn August).

Aber trotzdem erschien er nicht, sondern fuhr stattdessen mit Schwiegertochter Ottilie zum Frühstück nach Berka,

"wo wir mit Vergnügen verweilten".

Drei Monate später hörte Wilhelm von Humboldt aus seinem eigenen Munde die Gründe jener plötzlichen Verweigerung:

"Daß man bei der Niederlegung des Kopfes Reden gehalten, daß Schillers Sohn dabei tätig gewesen ist, alles das ist gegen Goethes Absicht geschehen, der auch keinen Teil daran genommen. Er ist vielmehr den Tag verreist."

Dem entspricht, was Goethe dem Stuttgarter Freunde Boisserée über seine eigene Ergriffenheit mitteilte:

"Das Ereignis mit den Schillerschen Reliquien hat immer etwas Apprehensives [...], sogar für mich, der ich, die Notwendigkeit vorzuschreiten einsehend, die Angelegenheit im stillen geleitet und gefördert habe und nur da zurücktrat, als man sie gegen meinen Plan ins Öffentliche zog" (10. November 1826).

Aber Sohn August mußte Schillers angereisten Sohn Ernst über diese Meinungsänderung noch am Morgen der Veranstaltung so informieren: sein Vater sei

"über das Bevorstehende so ergriffen [...], daß es ihm unmöglich sei, dem heutigen feierlichen Akt selbst beizuwohnen. Ich vertrete ihn daher."

Das tat er mit der Verlesung einer Entschuldigung, die wohl der Vater selbst geschrieben oder zumindest diktiert hatte. Denn da wurde es, fast aufmüpfig gegen diese ebenjetzt realisierte Verfügung des Landesherrn, als *"höchst wünschenswert"* bezeichnet,

"die noch außer diesem Haupt vorhandenen Reste des zu früh Geschiedenen nach erfolgter genauer Anerkennung ebenfalls so lange h i e r aufbewahrt zu sehen, bis man über die Vorschläge zu schicklicher Beisetzung und

zu würdiger Bezeichnung der Stelle sich vereinigt und worüber mein Vater seine Gesinnungen zu eröffnen sich vorbehält".

Das war rebellisch flammender Protest gegen diese ganze herzoglich anbefohlene Bibliotheksverwahrung einzig des Schädels. Sie wurde eben im Augenblicke ihres feierlichen Vollzuges massiv angefochten und aus der Distanz einer demonstrativen *absentia* zum unzulänglichen Provisorium erklärt.

Auch wurde dabei offenbar, daß von nun an Goethe persönlich für eine angemessenere Beisetzung sorgen würde. Der anwesende Oberkonsistorialrat Peucer begriff in seinem Protokoll jener Schädelfeier sofort, daß die heutige Deponierung nur *"einstweilen"* erfolgte und daß Goethe

"mit der Idee eines würdigen Denkmals für Schiller beschäftigt sei".

Noch am selben Tage, von der Flucht nach Berka zurückgekehrt, notierte er in seinem Diarium:

"Mein Sohn erzählt von der würdig und heilig vollbrachten Funktion. Gegen Abend Herr Kanzler. Verabredung wegen des Weitern. Kam ein Kästchen mit Artischocken von Frankfurt/Main."

Was aber war nun jenes Weitere?

Schon andern Tages, am 18. September 1826, hielt sein Tagebuch fest:

"Auf die Bibliothek, die gestrigen Gaben zu betrachten".

Das können nur Schädel und ebenjene Büste sein, die er bislang so strikt zu sehen vermieden hatte. Riemers Tagebuch bestätigt:

"Früh Goethe auf der Bibliothek, wegen der Schillerschen Überreste."

Er fügte hinzu:

"Ließ er sich den Schlüssel auch zu seinem Postament geben."

Damit kann nur das Piedestal zur Büste mit dem eingeschlossenen Freundesschädel gemeint sein.

Da muß sein Plan für das "Weitere" schon bestanden haben oder eben entstanden sein. Denn nur zwei Tage später, am 20. September, mußte Kanzler von Müller ihm jenen Jenaër Anatomen Schröter einbestellen, und schon vier Tage hiernach, am 24. September, hielt Goethe im Tagebuch fest:

"Meldeten sich Schröter und Färber mit dem Schillerschen Schädel".

Fast möchte man schon verzweifelt hinnehmen, daß diese beiden nun aus der Pathologie in Jena einen anderen Schiller-Schädel mitgebracht haben.

Aber dann bezeugen sie beide unterschriftlich in ihrem Protokoll, daß sie schon tags zuvor, am 23. September, im Weimarer Kassengewölbe mit ihrer anberaumten Suche nach Schillers Gebeinen begonnen haben. Also scheinen sie nun von dort einen anderen, einen zweiten Schiller-Schädel vorgelegt zu haben. Hierzu würde auch passen, was Goethes Tagebuch am 26. September notierte:

"Schröter und Färber fuhren fort, den Schädel zu reinigen und aufzustellen."

Das bescheinigt auch eine überlieferte Rechnung vom 24. September mit Quittierung vom 28. September: zur *"Auffindung und geordneten Niederlegung auf der Bibliothek"* seien angeschafft worden *"1 neue große Gelte, 2 neue Wassereimer mit Henkeln, 1 Schuhbürste, 1 kleiner Leim-Pinsel".*

Aber in ihrem Protokoll bestätigen jene beiden Jenenser schon zwei Tage später, am selben 28. September, daß sie im Kassengewölbe ausschließlich nach Knochen zu Schillers Skelett gesucht hatten, denn

"der Kopf war schon einige Tage früher aufgefunden und herausgenommen worden".

Also bleibt nur die Vermutung übrig, Goethe habe die beiden Jenenser zusätzlich auch noch damit beauftragt, Schwabes Schiller-Schädel, der in der Tat *"einige Tage früher"*, nämlich vor genau einer Woche, im Büstensockel der Bibliothek beigesetzt worden war, mit Hilfe seiner hausherrlichen Schlüsselgewalt von ebendort zu ihm nach Hause zu transportieren.

Warum das? Ach so, um den entscheidenden Anschluß des eventuell aufgefundenen Halswirbels an den Schädel verifizieren zu können!

Doch daß dieser Schädel über den ausschlaggebenden Atlasknochen gar nicht mehr verfügte, hätte doch auch in der Bibliothek festgestellt werden können?

Und wieso mußte dieser eben gerade so pseudofeierlich niedergelegte Schädel, der seit einem halben Jahre in Bürgermeister Schwabes Wohnung gelegen hatte, jetzt noch gereinigt werden?

Hatte denn Schwabe das nach seiner Ausgrabung und vor all den medizinischen Untersuchungen oder Messungen, vor der Inspektion seiner 79 Zeugen und vor der Verpackung und Versiegelung in jenem blauen Papier zur Bibliotheksfeier zu tun verabsäumt?

Schwerlich, denn Schwabes Sohn, der Blankenburger Medizinalrat Dr. Julius Schwabe, bestätigte noch 1890 in seinen *"Harmlosen Geschichten, Erinnerungen eines alten Weimaraners"* von allen 23 Schädeln in der väterlichen Wohnung:

"Hier wurden sie gereinigt" -

aber vielleicht nicht mit der Sachkenntnis eines Präparators? Das mochte Goethe ja bei seinem Besuch in der Bibliothek vor acht Tagen festgestellt haben. Na, vielleicht.

Aber der Amanuënsis Färber soll da tatsächlich auch gewußt haben, wie man diesen nunmehr zu Goethe gebrachten Schädel nicht nur reinigen, sondern überdies noch sicher identifizieren und Schiller zuordnen kann:

"Der Schädel Schillers muß alle seine Zähne haben, bis auf einen Backenzahn, den sich der Verstorbene in meiner Gegenwart hat ausziehen lassen."

In Färbers Gegenwart? Auf dem Sterbebette doch wohl gewiß nicht. Nein, aber Ende Juli 1790, als Schiller, damals dreißig Jahre alt, nachweislich unter starken Zahnschmerzen und einer geschwollenen Backe litt, war er Universitätsprofessor in Jena und Färber ebendort Bibliotheksgehilfe. Als solcher mag er, vielleicht beim Überbringen eines Buches, von der notwendigen Extraktion dieses Zahnes erfahren, den Patienten vielleicht gar anstelle der unpäßlichen Gattin für ein Trinkgeld zum zuständigen Bader begleitet haben, warum nicht?

Aber es gibt einen noch zuverlässigeren Beweis dafür, daß wirklich Schwabes Schiller-Schädel aus der Bibliothek jetzt im Hause am Frauenplan lag. Das ist Goethes wortkarg lapidare Tagebuchnotiz vom 25. September 1826, also ebenjenem Tage, da die Jenenser mit besagter Reinigung und Aufstellung jenes Schädels beschäftigt waren:

"Nachts Terzinen."

Am folgenden 26. September schrieb Goethe ins selbe Tagebuch:

"Früh die Terzinen weitergeführt. [...] Die Terzinen abgeschrieben. [...] Weitere Beachtung der Terzinen."

Das Manuskript dieser Terzinen ist eigenhändig mit dem 25. September 1826 datiert und trug zunächst die Überschrift *"Zum 17. Sept. 1826"*: also zum Tage der Niederlegung des Schädels in der Bibliothek. Dieser Titel ist aber durchgestrichen. Goethe selbst nannte diese Verse, die er erst nach drei Jahren und wieder ohne Titel publizierte, meist nach wie vor nur *"die Terzinen"*, in einem Briefe an Freund Zelter, ein gutes Jahr später, aber *"Die Reliquien Schillers"* und

"ein Gedicht, das ich auf ihr Wiederfinden al Calvario gesprochen".

Doch für Intimus Eckermann, dem er diese titellosen und lange geheim gehaltenen Verse erst ein Vierteljahr später zu lesen gab und sicher auch erläuterte, war der Bezug zu Schillers Schädel, der innerhalb des Gedichtes als solcher nicht beim Namen genannt wird, so eindeutig, daß er ihnen, einvernehmlich mit dem gleichfalls eingeweihten Intimus Riemer, bei der Edition von Goethes Nachlaß eigenmächtig und dennoch authentisch endlich einen Titel gab: *"Bei Betrachtung von Schillers Schädel"*. Als solche sind sie dann populär geworden, in die Literaturgeschichte eingegangen und urschriftlich 1984 von einem Düsseldorfer Rechtsanwalt zuerst bei Sotheby's ersteigert, dann als privates Wertpapier weggeschlossen worden.

Kein Zweifel: Goethe schrieb diese Terzinen in der Nacht vom 24. zum 25. September 1826 in seinem Hause am Weimarer Frauenplan und bei Betrachtung eines Schädels, von dem er selbst mit Sicherheit der Meinung war, daß er Schiller gehört hatte. Das konnte damals nur der sogenannte Schwabe-Schädel aus der Bibliothek sein.

Das Gedicht, das so entstand, dokumentiert die erwähnte jähe Peripetie in Goethes Verhalten zum Tode. Plötzlich floh er ihn nicht mehr, sondern be-

schrieb ihn erbarmungslos krude und bilanzierte den Anblick lebloser Überreste *"im ernsten Beinhaus"*:

"Und niemand kann die dürre Schale lieben,
    Welch herrlich edlen Kern sie auch bewahrte."

Da aber widerfährt dem eingeweihten Betrachter die Offenbarung, daß er

" ... inmitten solcher starren Menge
Unschätzbar herrlich ein Gebild gewahrte",

wohl eben Schillers Schädel:

"Wie mich geheimnisvoll die Form entzückte!"

Denn er erkennt in ihr

"die gottgedachte Spur, die sich erhalten!"

Knöchern entseelte Leiblichkeit ist ihm nicht länger schnöder Abhub, sondern
übersteht die Verwesung als *"geheim Gefäß"*, das überdauert.

Das rechtfertigt all diese Störungen der Grabesruhe seines Freundes.

"Dich höchsten Schatz aus Moder fromm entwendend
    Und in die freie Luft zu freiem Sinnen,
    Zum Sonnenlicht andächtig hin mich wendend",

begreift er die Gnade solcher *"Orakelsprüche"* als Begegnung mit einem be-
seligenden Schöpfungsprinzip:

"Was kann der Mensch im Leben mehr gewinnen,
    Als daß sich Gott-Natur ihm offenbare?"

Woraus aber besteht nun diese neu offenbarte Gott-Natur? Was offenbart sie
ihm? Dies:

"Wie sie das Feste läßt zu Geist verrinnen,
Wie sie das Geisterzeugte fest bewahre."

Das fest bewahrte und unverwesbar beständige Gebein etwa dieses Schädels,
dem der Geist verrann, gibt sich als Werk des Geistes zu erkennen: als

"die gottgedachte Spur, die sich erhalten!"

Als unvergängliche Fährte göttlicher Gedanken entrückt es den Betrachter dieses Schädels *"an jenes Meer,*

Das flutend strömt gesteigerte Gestalten."

In solcher Flut eben nicht vermodernder, sondern vielmehr noch potenzierter Gestaltung empfindet der Betrachter sich nun *"frei und wärmefühlend"*, sogar *"erquickt,*

Als ob ein Lebensquell dem Tod entspränge".

Das eben war wohl Goethes Schlüsselerlebnis dieser vorher so ängstlich gefürchteten Todesbetrachtung: den materiellen Rest des Menschen nicht länger als Abfall, sondern als unvergänglich ehernes Manifest eines göttlichen Geistes zu begreifen.

"Als ob ein Lebensquell dem Tod entspränge."

Natürlich wußte und genoß er, daß er damit ein schillersches Prinzip weiterleben ließ: eben im Stofflichen die Idee zu entdecken.

Unermeßlich aufgewertet also mag Schillers Schädel da vor ihm gelegen und den 77jährigen Todeskandidaten mit Trost und Gewißheit erfüllt haben.

D.

Diese deutlich erleichterte, deutlich beglückte Rehabilitation sterblicher Überreste eines Menschen steht jedoch in krassem Widerspruche zur grob fahrlässigen Nonchalance, mit der Goethe vollkommen zeitgleich jenes höchst fragwürdige, höchst anfechtbare Skelett sanktionierte, das ihm Prosektor Schröter als Schiller zugehörig unterschob. Hatte es nunmehr hinlänglich Symbolkraft für den Symboliker Goethe, der die reale Unmöglichkeit einer Bergung einsehen mußte? Oder genügte ihm der neu begriffene, neu erfahrene Wert von Schillers Schädel? Oder war er von dieser hinzugewonnen Sicht alles Toten so beglückt, daß er Schröters Täuschung nicht wahrhaben, dessen Fund für authentisch halten wollte: wie ein Süchtiger, süchtig nunmehr nach dem Lebensquell, der dem toten Gebein entsprang? Denn aus der Phobie war eine Obsession geworden, aus dem *objet maudit* ein Fetisch.

Den Schädel jedenfalls gab er nun nicht wieder her.

Denn als Schröter und Färber am 28. September Schillers vermeintliches Skelett in der Bibliothek deponierten, wurde der Schädel weder dem Gerippe hinzugefügt noch auch wieder in den Büstensockel zurückverbannt, sondern er blieb bei Goethe.

Der aber war sich der Illegalität dieser Eigenmächtigkeit durchaus bewußt. Noch am selben 28. September ließ er seinen Großherzog wissen,

"wie das mit Höchstihro vorgängiger Anordnung und Billigung unternommene Geschäft, die Schillerschen Reste betreffend, nunmehr zustande gekommen und abgeschlossen worden".

Kein Wort vom zurückbehaltenen Schädel: Goethe belog seinen Landesherrn und Freund. So wichtig war ihm nun das Einbehalten von Schillers Reliquie.

So wird auch verständlich, was er schon vor einer Woche, am 22. September, seinem Tagebuche anvertraut hatte:

"Den Buchbinder gesprochen, wegen des anzufertigenden Glasgehäuses."

Damals hätte das noch kein Lesender deuten können. Aber rund einen Monat danach, am 24. Oktober 1826, wurde diese rätselhafte Order so ausgeführt, wie es später die Rechnung des Buchbinders und Futteralarbeiters M. Bauer beschrieb:

"Ein Glaskasten über einen Totenkopf, mit Silber eingefaßt,
Gestelle mit Sammet gefüttert
Kork zum Befestigen des Kopfs".

Gut weitere zwei Wochen später, am 8. November, hielt Goethes Tagebuch fest:

"Früh hatte der Buchbinder Bauer den Schädel aufgestellt."

Aus der Bestellung dieses Gehäuses schon am 22. September 1826 geht aber unverkennbar hervor, daß Goethe schon wenige Tage nach jener Bibliotheksfeier am 17. September und noch vor dem Eintreffen des Prosektors Schröter am 23. September die Absicht hegte, Schillers Schädel in seiner eigenen Wohnung zu behalten und dort angemessen aufzubewahren: und zwar für dauernd.

Und absolut geheim.

Aber nur zwei Tage nach jener diarisch dokumentierten Befestigung des Kopfes in Bauers Glasgehäuse schrieb Goethe seinem Stuttgarter Intimus Boisserée an eben Schillers 67. Geburtstag,

"daß für den Augenblick nicht allein der Schädel, sondern die sämtlichen Knochenglieder [...] nun auf Großherzoglicher Bibliothek in einem anständigen Gehäuse ordnungsgemäß niedergelegt sind".

Er belog also auch diesen Freund.

Mit solchen Lügen verheimlichte dieser wahre Geheimrat einen Diebstahl, der ihm das alles offenbar durchaus wert war.

Er verheimlichte ihn sogar seinem Tagebuche, und selbst in jenen *"Terzinen"*, die ihn zum Gegenstand haben, wird er ja nie als solcher beim Namen genannt. Überhaupt fällt der Name seines Vorbesitzers da kein einziges Mal.

Entsprechend ominös ging er daher auch zu Werke, als er drei Monate nach der Entwendung des Schädels seinen Besucher Wilhelm von Humboldt in dieses Geheimnis einweihte. Am 29. Dezember 1826 erfuhr das Tagebuch, daß *"Herr Canzler von Müller, Herr von Humboldt, Herr Professor Riemer"* zu Gast waren. Nur

"beide letztere blieben. Exuvien von Schiller und Betrachtungen darüber."

Mit der unzugänglich ungewöhnlichen Vokabel *Exuvien*, fast einem Code-Wort, das die abgestreifte Körperhülle meist eines Tieres, etwa eine Schlangenhaut bezeichnet, verschleierte er entweder, was er da mitteilen wollte, oder deutete es gar in sein Gegenteil um. Noch 2001 begriff und überzeugte Albrecht Schöne, daß dieses Wort *"eigentlich ... nicht dem Tode, sondern dem gestaltenwandelnden Leben gilt"*, insofern also *"ein Sinnbild der Metamorphose"* sei und hier eher auf Schillers Unsterblichkeit verweise.

Aber der eingeweihte Humboldt war nicht nur einer von Schillers allerengsten Freunden gewesen, sondern hatte sich unter Anleitung des Jenenser Professors Julius Christian Loder, namhaftesten Anatomen seiner Zeit, und im Hinblick auf eine geplante eigene osteologische Abhandlung gleichfalls selbst mit

Sezierübungen befaßt und konnte insofern für Exuvien als sonderlich kompetent gelten.

Noch am selben Abend schrieb der stark beeindruckte Humboldt in einem Briefe an seine Frau:

"Heute nachmittag habe ich bei Goethe Schillers Schädel gesehen. [...] Goethe hat den Kopf in seiner Verwahrung, er zeigt ihn niemand. Ich bin der einzige, der ihn bisher gesehen, und er hat mich sehr gebeten, es hier nicht zu erzählen."

Aber Intimus Riemer war anwesend.

Humboldt zweifelte offenbar keinen Augenblick daran, Schillers wahren Schädel zu sehen:

"Jetzt liegt er auf einem blausamtenen Kissen, und es ist ein gläsernes Gefäß darüber, das man aber abnehmen kann. Man kann sich wirklich an der Form dieses Kopfes nicht satt sehen. [...] Es ist ein unendlich ergreifender Anblick, aber doch ein sehr merkwürdiger."

Ob Goethe knappe zwei Wochen später, als er Eckermann am 11. Januar 1827 die *"Terzinen"* vorlegte, auch den auslösenden Schädel präsentierte oder wenigstens erwähnte, ist nicht überliefert, aber eher wahrscheinlich.

Im Bibliotheksdepot scheint niemand den entwendeten Schädel vermißt zu haben. Es gelüstete wohl auch niemanden von all den vorher protestierenden Weimar-Pilgern, ihn zu betrachten. Erst als König Ludwig I. von Bayern ihn gute acht Monate später zu sehen wünschte, muß er spätestens zurückgebracht worden sein. Jedenfalls muß der besuchende Monarch ihn da erblickt haben, so daß er diesen Standort beanstanden konnte.

Trotzdem mag in Weimar geraunt worden sein, mag Riemer oder Eckermann oder Frau von Humboldt oder Buchbinder Bauer oder sonstwer geplaudert haben. Jedenfalls fühlte Bürgermeister Schwabe sich noch knappe vier Monate später bei der Überführung der schillerschen Reste in die Fürstengruft und bei der dortigen Routine-Öffnung des Sarkophages bemüßigt, "seinen" Schiller-Schädel ausdrücklich zu verifizieren. Einzig Henning Fikentscher hat stutzig gemacht, was Schwabe an jenem 16. Dezember 1827 früh um sechs Uhr in Anwesenheit vieler Hofchargen tat und selbst so beschrieben hat:

"Ich hatte mich an den oberen Teil des Sarges gestellt und überzeugte mich durch Augenschein, daß es derselbe Schädel war, den ich in dem Gotteska-stengewölbe als den Schillerschen aufgefunden und auf der Großherzogli-chen Bibliothek abgeliefert hatte."

Diese eigentlich vollkommen unbegründete Kontrolle bringt noch heute einen Verdacht des bürgermeisterlichen Finders zum Ausdruck - nicht ganz zu Un-recht. Aber das erwies sich erst sehr viel später.

Liebe Schillerverehrer/innen: so viel für heute. Ich danke Ihnen für Ihr In-teresse an meiner Darlegung und wäre Ihnen, vielleicht ja sogar im Namen Schillers selbst, für jede Form einer dienlichen Weiterverbreitung meines Manuskriptes von Herzen verbunden.

Mit sehr freundlichen Grüßen bin ich

Ihr sehr ergebener Joachim Winkelhöven

Kandidaten-Kür

Datendiskurs im Virtuellen Olymp

Beim künstlerischen Aufblenden wahrnehmbarer Frequenzen ist die Fortset-zung jener Nominierungs-Gala zu hören, die noch immer um olympische Prä-mien für die effizienteste Vernichtung der Blinden Milben rivalisiert.

Zur Zeit plädiert gerade die serbische Halbzeitfurie Pszpolnica, die den Blinden Milben jeweils um deren Mittagszeit als Windsbraut oder Hexen-wind den Verstand verwirrt und daher neuerdings auch erfolgreich als Bör-senföhn zum Einsatz gelangt.

Pszpolnica (mitten in ihrer Laudatio):
... schon außerordentlich zerstörerisch. Die Zahl seiner Opfer dürfte bald

unübersehbar sein. Kurz, ich schlage für den Ersten Preis unsern Mitarbeiter Quincy Montgomery vor.

Dessen Verdienst bestand zunächst einfach darin, diesen reichlich primitiven Blinden Milben einen längst vergammelten Spruch ihres englischen Philosophen Francis Bacon auf geniale Weise neuerlich wieder einzuflüstern: "Ipsa scientia potestas est", *heute natürlich* "Just knowledge is power" *oder, ganz simpel,* "Wissen ist Macht".

Diesen giftigen Köder von 1597 schlürften die Blinden Milben in all ihrer beispiellosen Unbildung sofort wie eine Droge. Aber mit ihren klitzekleinen Gehirnen waren sie natürlich nicht imstande, Wortlaut oder auch nur Sinn dieses Satzes zu speichern. Da brauchte Quincy M. also ihrer süchtigen Gedächtnisschwäche nur noch mit seinem Internet nachzuhelfen, um sie mit einer Seuche zu infizieren, die ebenso unaufhaltsam wie auch unheilbar sein dürfte.

Denn das Internet versorgt seine Konsumenten zwar überhaupt nicht mit jenem berauschend mächtigen Wissen, wohl aber kurzzeitig mit Überdosierungen zusammenhangloser Daten, die wenig wissenswert und leicht vergeßbar sind. Seine Benutzer können das aber gar nicht unterscheiden und lassen sich pausenlos mit sehr viel mehr solcher Informationen bombardieren, als sie aufnehmen und verarbeiten können. Ihre winzigen Speicherkapazitäten erweisen sich schnell als total überfordert.

Zwischenruf: *Quatsch!*

Psezpolnica:
Der Anfang sind schwere Konzentrationsschwierigkeiten. Es folgt ein Zusammenbruch des Kurzzeitgedächtnisses. Dem schließt sich schnell ein galoppierender Schwund auch des Langzeitgedächtnisses an.

Zwischenruf: *Ach was!*

Psezpolnica:
Trotzdem lassen sie sich natürlich uferlos weiter informieren, können aber nichts mehr behalten. Ihr Kombinationsvermögen erlischt, und sie begreifen auch nichts mehr. Perfekte Konfusion tritt ein.

Zwischenruf: *Unsinn!*

Pszezpolnica:
Folglich werden die Betroffenen irrtümlich für Patienten mit der Alzheimer Krankheit gehalten und entsprechend falsch behandelt. Ein Totalzusammenbruch ist dann unvermeidlich. Sie kollabieren vor ihren Monitoren mit on-line zerebralen Erschöpfungssymptomen, die in 92,7 Prozent aller Fälle zum schnellen Ableben führen.

Zwischenruf: *Alles falsch!*

Pszezpolnica:
Daher nominiere ich als leibhaftigen Vernetzungs- oder eben auch Vernichtungstroll unsern besagten Komplizen Quincy M.

Einzelstimmen:
- Einspruch. Das ist alles noch unbewiesen. Reine Spekulation.
- Leider nur Zukunftsmusik: Schimären, Illusionen - leider, leider!

Joe (der Marktwirtschaftsluzifer):
Nein, ich bin echt dagegen. Ich bin Joe, der Marktwirtschaftsluzifer, und mache einen Gegenvorschlag. Oder gleich zwei, das rechnet sich auch rentabler. Ich schlage Loki und Proteus vor: Loki, den germanischen Feuerasen, und Proteus, den griechischen Robbenbüttel in der Nilmündung. Gemeinsam ist den beiden nur eins: sie können sich beliebig verwandeln und sonstwelche Gestalt annehmen.

Loki, ein ebenso einfallsreiches Irrlicht wie unberechenbarer Misconsultant und unzuverlässiger Diskriminator, ist einschlägig Vater des Totengottes Hel und der apokalyptischen Midgardschlange, wurde von den konvertierten Blindmilben später Lucifer genannt und ist als solcher also mein eigener Namensvetter und Schutzpatron, natürlich auch mein Vorbild.

Als Verwandlungstrickster mutierte Loki meist zu Stuten, Fliegen, Flöhen, Lachsen oder Adlern, aber besonders gern und gut auch zu launischen Frauen. Sowieso galt er als Zwitter und wurde in der Milben-"Edda" als rög vättr *oder passiver Päderast geschildert. So weit, so gut. Das alles gefiel dem Loki. Aber eines Tages wurde ihm klar, daß er persönlich dazu auserlesen war, die Ermordung des Lichtgottes Baldur zu veranlassen, und als* Endgott *dann auch noch Ragnarök, den Weltuntergang der Blinden Milben, in die Wege leiten sollte. Ein riesiges Pensum! Um es müheloser und schneller zu bewältigen, verwandelte er sich wieder mal, jetzt aber nicht in Stute, Floh oder Frau, sondern zunächst in einen französischen Philosophen im sogenannten 18. Milbenjahrhundert.*

Schon 1778 trat er in Paris der Freimaurerloge "Neun Schwestern" bei und unterschrieb da als Ecrlin. Das galt ihm als Abkürzung für "Écrasez l'infâme!" und rief zur Vertilgung jenes Niederträchtigen auf, als den er Jesus von Nazareth zu durchschauen meinte.

Aber dieses unaussprechliche Pseudonym Ecrlin blieb bei den fantasielosen Blinden Milben ebenso ohne Resonanz wie auch sein androgyn verwischter Zwittername François-Marie Arouet. Also dachte er "Leckt mich doch alle am Arsch!", wurde entsprechend deutlicher, machte aus Arouet l(e) j(eune) *ein gewitztes Anagramm mit der Bezeichnung einer Sitzfläche für Milbenärsche oder sonstig zwergenhafte Sesselpuper und nannte sich nach einem typisch französischen Fauteuil kurzer Hand* Voltaire. *Noch hundert Milbenjahre später pries ihr epileptischer Päderast Dostojewskij, wie bequem doch "ein sogenannter Voltairesessel" sei.*

Das schlug bei den Milben ein. Sie kicherten schlüpfrig und vergötterten diesen neuen Vordenker, der sich, um seine eigentliche Existenz als rög vättr *nicht ganz zu verleugnen, mit dem geschlechtlich vergleichbar disponierten Preußenkönig Friedrich II. liierte und von diesem auch milbenweltweit vermarkten ließ. In seinem "Dictionnaire philosophique" schrieb dieser neue Voltaire dann auch den einschlägig doppelgeschlechtlichen Begriff einer/eines "Amour nommé socratique" für alle literarische Ewigkeit fest.*

Von nun an war überdies auch bleibende Mode, was die bereits erwähnten Irrlichter Francis Bacon, Lavoisier und Descartes schon unheilvoll eingeleitet hatten und man spätestens nun seit diesem Fauteuil als die "Philosophie der Aufklärung" bezeichnete. Sie hatte die Wirkung einer Seuche.

Zu deren werbewirksamer Globalisierung und letaler Ausbreitung trug dann schließlich jener Scherge aller mediterranen Mönchsrobben bei: der greise Proteus. Dessen sprichwörtlich gewordene Verwandlungen in sonstwas waren immer Fluchten, um seinen eigenen gnadenlos hellsichtigen Weissagungen zu entrinnen. Er sah einfach alles voraus, also auch den be-

vorstehenden Untergang der Blinden Milben. Weil er aber nicht die Nerven einer echten Kassandra besaß, verkrümelte er sich gern in andere Existenzen, mit Vorliebe in blindlings Kurz-, Nach- oder zumindest weniger Weitsichtige.

Just als Voltaire sich am wohligen Ärscheln der uneinsichtig furzenden Milben delektierte, verwandelte sich dieser Flossenfuß-Aufseher aus den azurenen Gewässern rings um Alexandría in einen sächsisch-preußischen Literaten, nannte sich Lessing und diente, zumal mit Dramen für das Milbentheater, gleichfalls der fatalen Theorie jener "Aufklärung". Ihr kennt sie alle: hauptsächlich durch ihn, den der verdammte Milben-Schiller instinktsicher nicht als Aufklärer, sondern als "Aufseher" bezeichnete - aber statt von Robben jetzt von Rollen.

Wohl nichts hat den wohlverdienten Untergang der Blinden Milben so begünstigt und beschleunigt wie das Theorem dieser beiden Verwandlungskünstler. Denn es war ebenso verführerisch und bequem, also schnell populär wie auch folgenschwer und in seinen Auswirkungen für die Blindmilben absolut verheerend.

Diese sogenannte Aufklärung nämlich, die als Emanzipation begann und berauschte, doch im platten Desaster einer grenzenlosen Hybris enden muß, löste nämlich nicht nur Blutbad und Massenmorde der Französischen Revolution *aus, sondern auch einen radikalen Rationalismus, strikten Utilitarismus, entfesselten Materialismus, folgerichtig auch Exzesse der Naturwissenschaften mit entsprechend totaler Technisierung und ein vollkommen verbürgerlichtes und milbenzentrisches Weltbild, das rigoros mechanistisch und alternativlos atheïstisch ist. Es duldet auch keinerlei Gegenentwurf, ignorierte sofort zum Beispiel Swedenborgs zeitgenössische Idee eines* Neuen Jerusalem *mitten im kalten Schweden und hat seither für die Milben zu einer unabsehbaren Kette ideologischer, politischer, wirtschaftlicher und militärischer Katastrophen geführt.*

Mit einem Wort: die attraktive Scheinbefreiung dieser "Aufklärung" zu einer mündigen, optimistischen, diesseitig profanen und toleranten Autarkie der Blinden Milben ist in ihrer Ausschließlichkeit der allersicherste Weg in deren heilloses Artensterben.

Unsern Ersten Preis also unbedingt für die Pioniere dieser absolut giftigen, dieser tödlich verblendenden Aufklärung: für unsere preis- und ehrwürdigen Kollegen Loki und Proteus! Ich danke euch!

Pih daai hah (der thailändische Infektions- und Seuchenkobold, in direktem Anschluß):

Ich protestiere. Ich bin Pih daai hah, der Infektions- und Seuchenkobold der Thais, und protestiere. Denn Loki und Lessing oder Voltaire und Proteus wären mit ihrer ganzen giftigen Aufklärung ergebnislos auf der Strecke geblieben, wenn nicht unser Major Jerry Vaughn den in Gottes Namen also atheïstisch gewordenen Blinden Milben als Ersatz für jegliche demontierte Gottheit einen höchst effektiven Götzen geliefert hätte: den Mehrheitsbeschluß.

Erst und einzig mit dieser Vize-Autorität und Pseudo-Instanz waren unsre gottlosen Mikroben imstande, ihre Theorie der Aufklärung in handfeste Praxis umzusetzen. Darum haben Psychologen, Juristen, Mathematiker, Moralisten und Politiker sich mehrheitlich immer zugunsten solcher Majoritäten ausgesprochen und eingesetzt.

Denn Mehrheiten unterscheiden sich von göttlichen Einheiten eben dadurch, daß sie fast immer das Falsche beschließen. Das hängt mit den zerebralen Gegebenheiten der Milbenartigen zusammen. Schon ihr archaïscher Urahne Nimrod, König von Babel, träumte im Jahre 2000 biblischer Zeitrechnung seine eigene sodomitische Erblindung und politische Entmachtung voraus. "Der technische Mensch, wenn wir ihn so nennen dürfen", *interpretierte das noch* anno Domini *1976 der Lemberger Milben-Chasside Friedrich Weinreb in der luxuriösen Schweiz,* "wird blind. Er gewahrt nicht mehr, was die Welt ist und was sich mit ihr ereignet".

Insofern also gar nicht mehr in der Lage, das Richtige oder Dienliche oder Bessere überhaupt zu erkennen, entscheiden sich Nimrods technisch erblindete Nachfahren heute mit ihrer dümmeren Mehrheit instinktiv immer für das Unproduktivste oder Schädlichste. Nur einige wenige hellsichtigere Minderheiten könnten ihrem aufgeklärt fatalen Hang zum Nützlichen nützen, die aber setzen sich bei ihnen ohne Mehrheit niemals durch.

Das ist jetzt kürzlich auch statistisch bestätigt worden: 97,6 Prozent aller Mehrheitsbeschlüsse haben bislang die Blindmilben nur in Sackgassen oder allseitige Insolvenzen geführt.

Das ganze Desaster der Aufklärung, wie es uns unser Marktwirtschaftsluzifer zurecht verheißen hat, wäre nicht so zuverlässig katastrophal, wenn es nicht ihre Verwirklichung kraft jener Mehrheitsbeschlüsse gäbe, die auf Major Jerry V., unserm Majoritätensamiel, basieren.

Ich schlage darum vor, für unsere Goldmedaille den Major Jerry V. zu nominieren. Es gibt keinen Würdigeren.

(Langer elektronisch universaler Applaus aus dem Kosmos.)

Bill (der Kraftfahrzeug-Irrwisch):
Bravo. Bravo für Jerry V. und Bravo für Pih daai hah. Alles richtig, bravissimi.

Nur noch ein kleiner Zusatz. Aus der Perspektive meiner Branche. Denn Mehrheitsbeschlüsse an sich: das genügt so noch nicht. Die können zum Beispiel, sei es eben aus Dummheit, auch mal zufällig was Richtiges, was Konstruktives beschließen. Nein, einem Repräsentanten gerade des Kraftfahrzeugwesens, das auf schnellen Verschleiß und totalen Schaden setzen muß, sind Mehrheitsbeschlüsse nachgerade verdächtig: es sei denn, sie betreffen direkt einen Geldwert. Da liegt die benötigte negative Trefferquote der Milbenentscheide tatsächlich bei ...

(Der Datendiskurs blendet sich automatisch aus.)

N = NN III

Quiz der "SCHILD"-Bürgerzeitung

Wer oder was ist das N in Arche N, die uns im Anflug so sonderbare Texte schickt? Wie verstehen Sie persönlich dieses N?

*Heute kommen hier unsere klugen Lese- oder SCHILD-Bürger/innen zu
Wort, die viel erlebt oder auch nur gelesen haben und sich von der Invasion
dieser Arche-Typen nicht eben ein Zuckerschlecken versprechen. Na,
schaun wir mal!*

Auf unsere Frage **"Wer oder was in der Arche N ist N?"** *waren dies ihre
besten Antworten:*

1. Nemesis
2. Nagasaki
3. Neo-Nazis
4. Nimrod *(legendärer Tyrann in Babylon: d. Red.)*
5. Neandertaler
6. Neurastheniker
7. Nessushemd
8. N'Djaména *(Hauptstadt der afrikan. Republik Tschad: d. Red.)*
9. Nationalisten
10. Nullwachstum

Unter richtigen Einsendungen entscheidet das Los. **Unsere Preise: 1. Weltraumexkursion; 2. Urlaub auf einer Südseeinsel; 3. Aktienfond; 4. Rolle
in einer Fernsehserie.** *- Änderungen vorbehalten.*

Haben haben haben

Brief an eine Mutter. *Fünfter Teil*

Detlev Kremer, z. Zt. OIRU-Station, Städtisches Krankenhaus, Düsseldorf

*So, Frau Mama, jetzt geht es also los: mit Dingen meines Lebens, die ich
Dir endlich sagen will, ohne daß Du dazwischenquatschen, alles abstreiten
oder auf andere Leute schieben kannst. Du brauchst nur ganz ruhig zu le-*

sen, wie alle diese Dinge bei mir angekommen sind. Und was sie ausgelöst haben.

Meine älteste Erinnerung ist ein Albtraum, der sich oft wiederholt hat:

Vor mir auf dem Boden sehe ich eine Sandstruktur. Hebe ich den Blick, so sehe ich diese Sandstruktur als Landschaft ohne Horizont. Dazu höre ich einen gleichbleibend wohlklingenden, sehr angenehmen Ton.

Aber der verändert sich. Aus dem angenehmen Wohlklang entwickeln sich Stimmen. Sie sind leise und murmeln eher. Dann werden sie lauter. Sie streiten sich. Damit stören sie die Struktur der Landschaft. Deren Ebene bricht auf, ihr glatter feiner Sand wirft sich zu Dünen auf wie in der Wüste, er wird zu Kieseln, zu Geröll, zu Steinen und Felsen. Die Landschaft ist jetzt zerklüftet, der Streit der Stimmen ein heftiges Hin und Her, aber nicht als Frage und Antwort, sondern als Kampf. Jede der beiden bekämpft die andere. Sie keifen. Sie jammern, schreien und brüllen. Sie heulen. Dabei zerklüftet sich die Landschaft immer mehr zu einem schroffen Gebirge. Ich habe Angst vor den scharfen Kanten seiner bizarren Felsen. Ich habe Angst, dazwischen zu geraten. Aus meiner Angst wird Panik.

Da klingelt es. Die streitenden Stimmen verstummen, und ich bin allein zu Hause. Vor der Tür steht ein Mann, der was abliefern soll. Er hat aber keine Zeit, mir beim Abladen zu helfen. Also schüttet er die Ladung seines Kipplasters auf die Straße. Es sind lauter Geldmünzen. 1- und 2-Pfennig-Stücke. Er rät mir, sie schnell ins Haus zu bringen, damit nichts gestohlen werde. Das gebe Ärger. Dann fährt er weg.

Sofort setzen die streitenden Stimmen wieder ein: keifend beanstanden sie, daß das nicht genug sei. Da fehle schon jetzt was. Wieder geht das Gezänk los. Schon vorher war es die ganze Zeit um diese Pfennigfuhre gegangen, das ist jetzt klar. Sie schreien und brüllen. Sie jammern und heulen. Mir bricht vor Angst der Schweiß aus. Ich hole mein Eimerchen aus dem Sandkasten, fülle es mit Geld und renne damit durch all die Schluchten des wilden Gebirges in unsern Keller, verstecke es da. Der Krieg der kreischenden Stimmen spitzt sich zu. Schreiend zählen sie die Pfennige. Immer schneller läuft der Knirps mit dem Geldeimer hin und her. Wieder bricht Panik aus.

Abrupt und heulend schreckte ich jedes Mal aus diesem Traume hoch. Aber niemand war da, niemand kam mir zu Hilfe.

Dieser Traum ist also meine älteste Erinnerung. Ich träumte ihn immer wieder, bis ich sieben oder acht Jahre alt war. Sein Inhalt ist Ehestreit um Geld: haben, haben, haben!

Aber vielleicht habe ich auch gar nicht geträumt, sondern wurde durch Euer Geschrei aus dem Schlaf gerissen und habe das Gehörte bloß nicht für wahr und wirklich halten können. Zumindest anfangs. Später wurde es dann zu einem Albtraum. Ich hatte schon beim Schlafengehen Angst. Ich betete zum Lieben Gott, mich vor dem Traum dieser streitenden Stimmen zu bewahren.

Später tat Er das dann auch. Ich brauchte nicht mehr nachts zu träumen, was ich Tag für Tag erlebte. Denn das war unser Familienleben: schuften, um Häuser zu bauen, und streiten um Geld; alles um materiellen Besitz.

Aber als Vater dann schließlich eine eigene Firma gründen wollte, hast Du Dich quergestellt. Das Risiko war Dir zu groß. Dabei war Selbständigkeit im Vergleich zu heute damals noch ein Klacks. Aber Du hast Deinem Mann erst mal vorgehalten, daß er kein Meister sei und weder Bildung noch Intelligenz besitze. So hast Du sein Selbstbewußtsein, das ohnehin klein war, kaputt gekloppt und ihm Bleifüße gemacht. Stattdessen genau so viel Arbeit für wenig Geld und wieder nur Streit um alles.

Daß wir als Familie keinen sozialen Aufstieg erfahren haben und wir Kinder im ungebildetsten Elternhause zur Welt gekommen sind, ist also einzig Deine Leistung. Keifend und quakend warst Du mit allem unzufrieden, wurdest langsam älter, aber sagtest Nein zu einem genau kalkulierbaren Risiko, hingst nur, schon damals, an Deinen Steinen, dieser spießigen kleinen Sicherheit.

Bei allem, was Dein Mann schon vorher geschaffen hatte, hättest Du ihm blind vertrauen müssen. Aber nein: zu nichts bereit; nur festhalten, was zu halten ist, und was ich habe, habe ich. Nur gut, daß ich nicht so geworden bin.

Seitdem sind dreißig Jahre vergangen, und was hast Du daraus gelernt? Überhaupt nichts. Also wurde weiter geackert: über Vaters Buckel. Und wofür? Für die Häuser. Warum war schon wieder ein Haus nötig? Niemand sonst hat das verlangt. Nur Du.

Wäre ein gemeinsamer Urlaub nicht viel besser gewesen? Einmal gab es einen. In der Eifel. Du fuhrst zum ersten Mal ein Auto kaputt. Weil Du nicht fahren kannst. Aber schuld waren wieder mal alle andern. Natürlich gab das Streit.

Aber nicht nur darüber. Vater suchte nur noch nach Gründen, um mehrfach zwischendurch nach Hause zu fahren: um da den Rasen zu mähen und Blumen zu gießen. Gab es keine Freunde, die dabei ausgeholfen hätten? Man könne doch keinem die Schlüssel anvertrauen: nachher wühlen die noch alles durch! Statt Freunde zu finden, lernten wir Kinder nur mißtrauisch sein.

Das war unser einziger gemeinsamer Urlaub in meiner ganzen Kindheit. Er bestand im Wesentlichen aus Streit. Dabei warst Du im Schreien die Bessere. Alles wurde gleich gebrüllt. Vater nannte Dich oft eine blökende Kuh aus dem Bergischen. Du ihn dann einen Hund aus der Gosse. So ging es dann weiter: "Du blöde Sau!", "Du Dreckschwein!", "Du alte Votze!", "Du mußt erst mal da riechen, wo ich geschissen habe!" Alles vor den Kindern, besonders gern in Treppenhäusern oder durch die Zimmer nachgebrüllt und mit den Türen geknallt. "Dir werde ich zeigen, wer hier die Türen knallen darf!" Machtkampf. Dann habt Ihr Euch wieder geschlagen. Auch vor unsern Augen. Manchmal hat er Dich in die Zimmerecke getreten. Oder nur eins auf die Fresse.

Meist ist der Vater dann weggelaufen und hat sich irgendwie abgelenkt. Du brülltest ihm noch einige Deiner feinen Ausdrücke hinterher und bliebst dann heulend sitzen. Als wir noch klein waren, mußten wir Dich trösten und sagen, daß wir auf Deiner Seite sind. Aber Du schubstest uns nur weg und sagtest, es sei ja alles nur unsretwegen: wir waren immer schuld. "Ihr seid böse, faul und schlecht!"

Später hast Du in solchen Szenen gebrüllt, wenn wir Kinder nicht wären, würdest Du Dich scheiden lassen; noch später: "Jetzt lasse ich mich scheiden!"; abermals später, der Liebe Gott möge Dich als Erste zu sich neh-

*men: dann würde Vater ein Pflegefall und alle andern so tyrannisieren wie
jetzt nur seine makellos liebende Frau und treusorgende Familienmutter.
Denn er sei ein blöder Bauer, der eins und eins nicht zusammenzählen könne. In seiner Abwesenheit hast Du ihn immer vor uns herabgesetzt: außer
schuften könne der gar nichts.*

*Umso eifersüchtiger mischtest Du Dich ein, wenn sich je eine Nähe zwi-
schen einem von uns und dem Vater ergab. Nie hast Du zugelassen, daß
sich eine normale Beziehung zwischen Vater und Sohn aufbaute. Immer
hast Du Deinen Griffel reingesteckt, mußtest alles wissen und zu allem das
letzte Wort behalten.*

*So hast Du uns eine elterliche Liebesbeziehung und Ehe ganz exzellent de-
monstriert. Ein Horror ohne Ende. Der Weg zum Mord.*

*Einmal war Vater ja auch drauf und dran, Dich zu erwürgen. Volker und
ich kamen noch rechtzeitig dazu. Ich werde dieses Bild nie vergessen.*

Und Du fragst noch, wieso ich schwul bin.

*Heute willst Du von alledem nichts mehr wissen. Eure Ehe wird glorifiziert
und Vater vergoldet: er war ja so gut zu uns! Alles Schlimme scheint vergessen. Alles wieder nur Schein und Lüge.*

*Schon früh konnte ich beobachten, wie hart, oft zickig Du auf Vaters tägli-
che Zärtlichkeiten reagiertest und Dich von ihnen nur bedrängt fühltest.
Prüde bis zum Abwinken. Völlig gestört in Deiner Sexualität.*

*Kurz vor seinem Tode ergab sich mit Vater ein Gespräch über dieses The-
ma. Keine Angst, er hat mir nichts aus Eurem Intimleben erzählt. Er sagte
nur, daß es in Eurer ganzen Ehe bloß ein einziges Mal dazu kam, daß Du
aus Dir herausgekommen bist.*

*So, und da steht nun ein triebstarker Mann, der eheliche Pflichten und
Freuden in seinem Leben nicht unterbringen kann. Die Folge: Frust; er ist
sauer, läßt Dampf ab, befriedigt sein Mannsein, indem er Macht zeigen
will: in Schreien, Brüllen, Schlagen. Na, erkennst Du die Zusammenhänge?*

*Und erinnere Dich, wie adrett und appetitlich Du immer zu Bett gegangen
bist: mit Wollsocken, die schon sehr speziell rochen. Als Kind bin ich oft zu*

*Euch ins Bett gekrochen, später nicht mehr: weil Dein Geruch mich so ab-
stieß. Euer ganzes Schlafzimmer roch so. Auch die Küche, wenn es Dir
beim Essen plötzlich einfiel, die Füße unter dem Küchentisch zu belüften.*

*Dazu kam bei Tisch noch Dein vollgerotztes Taschentuch, das ständig zwi-
schen Deinen Fingern durchgefriemelt wurde. Denn Frau Kremer sonderte
ab und zu einen festen Schleim ab und spuckte den in jenes Taschentuch;
oder sie ging damit zur Spüle.*

*So hast Du Deinen Söhnen früh gezeigt, wie erotisch eine Frau ist und wel-
chen Zauber sie hat: die Verführung der Welt!*

*Und warum ekeln mich Deine Küsse auf den Mund? Ich war wohl fünf Jah-
re alt und spielte im Treppenhaus. Unten stand Frau Kremer und tratschte
mit einer Nachbarin. Ich schaute zu und spielte mit meiner Spucke: ob es
mir gelingt, sie im letzten Moment am Runterfallen zu hindern. Natürlich
fiel mir prompt ein Tropfen Spucke hinunter. Er traf aber niemanden. Frau
Kremer keifte gleich los und schoß die Treppe hoch, packte mich, warf mich
rücklings aufs Bett, faßte mit flacher Hand mein Kinn und schüttelte es zu
ihrem Lieblingssatz "Wie kommst du mir vor? Na warte, dir zeig' ich's!"
Dann spuckte sie mir breit gestreut auf mein ganzes Gesicht.*

*Dieser mütterliche Speichel roch auch noch übel. Ich hatte damals keinen
Ekel vor Regenwürmern, aber ab jetzt einen ersten Ekel vor meiner Mutter.
Daraus ist ein prinzipieller Ekel vor mütterlich erzwungenen Mundküssen,
vor intensiv intimen Frauenküssen geworden und bis heute geblieben.*

*Mit sechs oder sieben Jahren hatte ich dann ein weiteres Schlüsselerlebnis.
Ich war gerade so groß, daß ich in Euer Waschbecken gucken konnte. Normalerweise war ja die Tür Eures Schlafzimmers vor Euren Kindern abgeschlossen. Aber ich sollte Dir von der Ablage dieses Waschbeckens irgendwas holen, egal. Denn Tatsache war dann nur noch viel Blut. Du hattest eine vollgesogene Monatsbinde ins Waschbecken geklatscht und liegen lassen. Ich wußte nicht, was es war, woher auch, und bekam höllenmäßige
Angst: was hat Pappa wieder mit Mutti gemacht?*

*Wen konnte ich fragen? Die Eltern? Nein! Sowas fragt man nicht! Ich war
allein mit Deiner Monatsbinde und meiner Angst. Viel später tauchte es*

dann im Biologie-Unterricht auf und ekelte mich nur. Aber schön, daß ich so natürlich und unbefangen aufwachsen konnte. Frage nach meinem Schwulsein?

Selbstverständlich haben wir Dich auch niemals nackt gesehen. Immer alles abgeschlossen und verdeckt. Erst als ich in der Pubertät war, habe ich Dich mal ganz nackt gesehen und bin erschrocken: so sehen Frauen aus! Ich habe keine appetitliche Erinnerung daran. Ich war geschockt.

So hast Du immer alles Naturgegebene verschlossen und bekämpft. Entsprechend versaut waren in Deiner Prüderie und unausgelebten Sexualität Deine heimlichen Gedanken.

Als ich vier oder fünf Jahre alt war, mußte ich nach dem Mittagessen immer schlafen. Wenn Du mich dann wecken kamst, hast Du jedesmal die Bettdecke weggezogen, meine beiden Hände geschnappt, meine Arme lang gezogen und an meinen Fingern gerochen. Sie rochen "nach meinem Pippimännchen", mit dem ich wahrscheinlich beim Einschlafen ein bißchen gespielt hatte. Und was passierte? Ich bekam zu hören, daß man ein Schwein ist, wenn man sowas Ekelhaftes tut. Dann wurden die Kinderhände, die am eigenen Pippimännchen herumgespielt hatten, geschlagen. Du versuchtest, etwas Entstehendes, das ich noch selbst nicht begriff, gewaltsam zu zerschlagen.

Manchmal wußte ich genau, daß meine Finger das bestimmt nicht gewagt hatten, aber sie rochen angeblich trotzdem und wurden geschlagen. Sollte ich da vielleicht im Schlaf ... ? Ab jetzt kontrollierte ich sie selbst, bevor Du kamst. Wie sie nicht riechen dürfen, hatte ich ja von Dir gelernt. Also bin ich auf leisen Sohlen ins Bad geschlichen und habe mir dort unter halsbrecherischen Klettereien die Finger gewaschen. Du glaubtest dann an den Erfolg Deiner Erziehungsmethode und stelltest befriedigt Deine Schnüffeleien ein. Dein Detlev hatte von Dir gelernt, daß man sowas nicht tut und daß ein Pippimännchen bäh ist. So ein braver Junge!.

Später konnte ich mir nicht vorstellen, wie Frauen sowas mögen sollen, das doch meine Mutter schon bäh fand und lieber ignorierte. Auch ich selbst durfte meinen Schwanz nur heimlich mögen. Ich hatte gelernt, mich seiner und meiner ganzen entstehenden Sexualität zu schämen. Denn meine Mutter hatte mich ja gelehrt, daß das alles Schweinerei sei. Und so wurde ich schwuler und schwuler.

In der Pubertät später floh ich daher in die Heimlichkeit. Na, und was tat meine Mutter nun? Auch jetzt brachte sie es nicht über sich, mir meine Intimsphäre zu belassen. In einer Wohnung mit vielen Türen, die für Deine Söhne versperrt blieben, bestandst Du darauf, daß ich die Badezimmertür aufschließen mußte. Dann bliebst Du da stehen, bis ich fertig gekackt hatte, und warntest mich, sie ja nie wieder abzuschließen. Und jedesmal, wenn ich badete, standst Du plötzlich im Badezimmer. Also habe ich eine Taktik entwickelt, nur in Deiner Abwesenheit oder so schnell zu baden, daß Du mich nur ja nicht nackt zu sehen bekamst.

Schön war auch, wie Du Volker und mir, als wir unsere ersten Jeanshosen trugen, immer auf den Hosenlatz gestarrt hast.

"Da zeichnet sich ja sogar der Sack ab!"
"Dann schau nicht hin!"

Aber Du starrtest weiter. Weil Du halt Schweine zu Kindern hattest.

Du wühltest auch gern in unsern Hosentaschen. Bei Volker fandst Du dann eines Tages eine Quittung über achtzehn rote Rosen für Helga in Lennep. Du heultest vor Eifersucht und schicktest Vater vor: "Für deine Mutter hast du nicht mal ein Blümchen übrig, aber achtzehn rote Rosen für diese Schlampe, dieses Flittchen!" Thema durch.

Selbst in allen Liebes- und Ehedingen gescheitert, maßtet Ihr Euch an zu urteilen, zu befinden, einzugreifen, zu maßregeln, zu verbieten.

Helga blieb in unserer Familie ein Flittchen, und Volkers erster Liebesversuch endete in einem Chaos.

Marion wurde jahrelang geduldet, weil sie mit mir befreundet war, und das war ja ungefährlich. "Schön, daß sich Detlev und Marion so gut verstehen!" Aber kaum fing Volker mit ihr zu flirten an, war das ganz unmöglich. "Wer ist sie denn überhaupt?" Und schon seid Ihr über sie hergefallen und habt sie nur noch verleumdet. Der Gipfel war dann Dein Argument, sie sei ein Dreikäsehoch und für den hochgewachsenen Volker viel zu klein. "Was wäre das denn für ein Paar!" Man sucht sich eben gleich große Partner aus. Daß es vielleicht Liebe war, was Ihr da ersticktet, fiel Euch in Eurer eigenen Lieblosigkeit gar nicht ein.

Wir konnten machen, was wir wollten: unsere Partner wurden nie akzeptiert. Grundsätzlich wurde gemault, bekrittelt und madig gemacht.

Als Volker mir später mitteilte, daß ich Onkel werde, wollte er es Euch verheimlichen. Ich mußte ihn zwingen, Euch zu benachrichtigen.

Nie werde ich vergessen, wie am nächsten Sonntag früh um halb neun das Telefon ging. Zuerst Du, keifend, heulend und brüllend: "Wie kann ich einen Enkel bekommen, mein Sohn ist nicht verheiratet, ich habe keine Schwiegertochter, wie soll ich da einen Enkel bekommen!" Dann Vater, brüllend: "Wie kann ich einen Enkel bekommen, mein Sohn ist nicht verheiratet, ich habe keine Schwiegertochter, wie soll ich da einen Enkel bekommen!" Und während er das ins Telefon schrie, hörte ich Dich im Hintergrund schmerzgekrümmt heulen. Dein Gesicht bei dieser Lieblingsbeschäftigung konnte ich mir vorstellen.

Ich war fassungslos. Wahnsinnig enttäuscht und verletzt über solch eine Reaktion. Ich habe laut geweint, mir liefen die Tränen. Ich konnte nicht begreifen, was Ihr da getan hattet: einem entstehenden Leben noch vor dem ersten Atemzug die Daseinsberechtigung abzusprechen. Das war wie eine Abtreibung. Unsere Eltern wissen also gar nicht, was so ein kommendes Kind für eine Freude ist. Sie kannten das gar nicht. Für einen wie mich, der viel früher sterben wird als geplant, habt Ihr diesem ungeborenen Leben gegenüber eine Sünde begangen. Noch nie zuvor habe ich mich meiner Eltern so geschämt.

Ich hätte sie mein Kind niemals sehen lassen. Aber kaum war Volkers Sohn geboren, wurde er zu Euch befohlen. Rumgetanzt seid Ihr um den kleinen Torsten. Wir wissen ja, wie geil Du auf so wehrlose Würmchen bist: die lachen so süß und geben keine Widerworte. Und heute: schön, daß es Torsten gibt! Du kannst ihm erklären, was gut und böse ist und was Oma liebt oder nicht liebt. Und den angeheirateten Günter soll er nun auch noch Opa nennen.

*Stell Dir vor, wenn Torsten später eines Tages mal erfährt, wie Du, diese
Überoma, ihn gnadenlos abgelehnt hast, als er noch gar nicht lebte. Hoffentlich spuckt er Dir dann ins Gesicht! Dann würdest Du auch endlich erfahren, was das für ein Gefühl ist und wie lange es in der Seele nachwirkt.*

*Hast Du für Eure damalige Versündigung an Torsten eigentlich jemals um
Verzeihung gebeten? Den Lieben Gott? Oder sogar Deinen Sohn? Oder
hast Du es wenigstens in einer Beichte aufgesagt? Daß Dir als Mutter das
Glück Deines Sohnes und seiner Familie gar nicht wichtig war? Aber eine
Familie kann es ja gar nicht sein, denn es ist ja bis heute nicht geheiratet
worden.*

*Bei mir war es dann genauso. Daß Ihr meine Neigungen nicht nachvollzie-
hen könnt, begreife ich noch. Nicht aber das Totschweigen dieses Themas
und das Aburteilen meines Glückes, das Euch doch angeblich so am Herzen
lag. Aburteilen ist freilich leichter als verstehen wollen. So blieb es wieder
mal beim Schämen. Ständig habt Ihr behauptet, Euch mit Euren Söhnen
nirgends sehen lassen zu können, weil Ihr Euch dann so schämen müßtet.*

*Selbst als ich Euch wissen ließ, daß ich mehrmals mit Ilona Sawatzki ge-
schlafen hatte, war Euch auch das nicht recht. Weil ich versucht hatte,
trotzdem und dennoch heterosexuelle Erfahrungen zu machen, war ich für
Dich eine alte Sau. Vor Kurt und Anneliese müßtet Ihr Euch ja schämen.
Ich hätte eben nichts im Kopf als zu huurrren. Sowas sei was Heiliges und
dürfe nur in der Ehe, nur nach einer kirchlichen Trauung geschehen. Denn
auch Ihr wäret damals unschuldig in die Ehe getreten.*

*Diesen großen Fehler, der allzuviel verschuldet hat, wolltest Du ja dann
wohl kein zweites Mal machen, als Du Dich bald nach Vaters Tod mit Deinem Günter befreundetest. Mit dem war dann vorehelicher Geschlechtsver-
kehr keine Sauerei mehr. Warum hast Du Dich ihm nicht verweigert? Ihm
nicht erklärt, daß man sowas nicht tut? Du falsche Katholikin!*

*Als Ihr es lange genug praktiziert hattet, wurde schließlich geheiratet. Aber
nur kirchlich: aus finanziellen Gründen. Und in Belgien, weil das da auch
ohne Standesamt geht. Volker wurde "mit Lebenspartnerin" und dem süßen
Torsten dazu eingeladen. Mein Lebenspartner wurde nicht eingeladen. Deshalb zur Rede gestellt, schmettertest Du mich auf Deine prunzdumme Weise*

*ab: "Ich weiß nichts von deinem Lebenspartner. Ich denke, du lebst allein?"
Weil Du mich nie nach einem Lebenspartner gefragt hast. Weil es Dich
überhaupt nicht interessiert, ob Dein Sohn mit einem andern Menschen
glücklich ist. "Oder hast du Angst, ich könnte zum heiligen Familienfest einen schwulen Stecher mitbringen?" Da schoß Dein ganzer Widerwille aus
Dir heraus: "Blamieren wirst du mich noch auf meiner eigenen Hochzeit:
blamieren!" Und blamiertest Dich selbst mit diesem Satz unübertrefflich.*

*Ich war fassungslos und wollte wegbleiben. Aber wieder habe ich mich von
Dir weichreden lassen. Wieder einmal hast Du Deinen Willen durchgesetzt.
Sei gewiß: solange ich noch lebe, war es das allerletzte Mal.*

*Mir wird schlecht. Ich kann nicht mehr. Ich muß mich übergeben. Aber
nicht nur wegen OIRU. Auch Deinetwegen. Du bist mein OIRU.*

*Aber freue Dich nicht zu früh. Ich bin noch nicht fertig mit Dir. Es geht
noch weiter.*

Auf bald!

Lobby ohne Lobby

Internet: Info über Arche LL

Liebe ArcheNauten in der Warteschlange vor Arche N:

ich bin eine von Euch. Nur daß ich eingesehen habe: die lassen da keinen
mehr rein. Elitäre Inzucht. Die geschlossene Gesellschaft einer Bildungska-
ste. Ist ja vielleicht auch ganz gut so. Denn wenn schon Arche, dann sollen
sie ruhig. Schon bei den antiken Ägyptern verstand man unter *arcu* den Erfahrenen, den Kenner, den Gebildeten, den Weisen.

Ich jedenfalls für meine Person verzichte da, ziehe meine Bewerbung zurück
und benutze diesen rätselhaften Zirkel oder Männerbund als Anregung, mir
selbst eine solche Arche ins Leben zu rufen.

Hiermit also erkläre ich meine *Arche LL* für gegründet. Sie nimmt noch Mitglieder auf.

Drum vorweg ein paar Infos für Euch.

Zunächst mal definieren: was genau ist überhaupt eine Arche?

Das Wort kommt, jedenfalls teils, vom lateinischen *arca*, was einfach *Kasten* bedeutet. Da es dort aber ebenso auch noch *Geldkassette* und *Gefängniszelle* bezeichnen kann, spüren wir, wie da was Eingeschlossenes, eng Umgrenztes, Abgekapseltes mitschwingt. *Arcere* war für die alten Römer das Wort für *umfassen* und *einschließen*, *ārq* für die alten Ägypter sowas wie *umwickeln*, also auch ein *Gürtel*.

Aber im Lateinischen ist dieses *arca* auch ein *Sarg*. Im antiken Ägyptisch ist ārq alles zyklisch Beendete, das Vollendete oder Allerletzte, *ārq heh* eine ganze *Nekropole* und *ārq hehtt* sogar das *Jenseits*, also das abschließend Allerweggeschlossenste. Das indische *arka* mag ebendeshalb *Verehrung* und *Anbetung* bedeuten.

Eine *Arche* kann demnach als *Lade* auch eine Truhe, aber auch einen geistigen Innenraum, in Kombination mit anderen Wörtern als *Bundeslade* auch ein kultisches Symbol für die Gegenwart zum Beispiel des altisraëlitischen Gottes umschreiben oder gar den *Mutterleib* meinen: also das Allerinwendigste, Allerintimste. Aber *Sarg* und *Mutterleib?* Das altägyptische Wort für *Sarg* bedeutete *Herr des Lebens* und verwies so auf das unlösbarste Rätsel dieses Universums.

Von da aus mag es semantisch nicht weit zu jenem lateinischen *arcanum* oder pluralen *arcana* sein, das für unser *Geheimnis* oder *Geheimfach* steht und als eingedeutschtes *Arkanum* speziell geheime Lehren und kultische Exerzitien in religiösen Gemeinschaften, als *Arkandisziplin* deren obligate Verheimlichung vor Außenstehenden festschreibt. Man ahnt, was da gemeint ist: was strikt Internes, Eingeweihtes, Sekretes. Schon die antiken Ägypter nannten ihren rätselhaften Sphinxen *ārq ur*.

Aber mir gefällt auch die zweite und etwas gewagtere These, unser Wort *Arche* aus dem althochdeutschen *arca* oder auch schon *archa* sei eine Ableitung von jenem griechischen αργός oder *Argós*, das ebenso *schnell* oder *vor-*

wärtsschießend wie auch *träge* oder *müßig* bedeuten konnte, also innere Widersprüche in sich vereinte und zum Beispiel diesem ebenso rapiden wie auch wasserscheu trägen Schiff seinen Namen gab, das jenen Jáson aus Jolkós, das die Dioskuren Kastor und Pollux, aber auch den Ogus mit seiner doppelten Windsbraut, den Heraklés mit seinem geliebten Hýlas und all die fünfzig andern Argo-Nauten für ihre Odyssee zum exotisch-erotischen Goldenen Vliese verwendeten: eben *Argó*.

Mit dieser etymologischen Herkunft war nun der *Kasten* auch zu Wasser gelassen und für eine Elite reserviert. Die Sintflut konnte jetzt kommen.

Sie kam auch. Zunächst wohl im sumerischen Babylon und wurde da seit dem 3. Jahrtausend vor Christos in jenem akkadisch-assyrischen Epos über den goëtischen Helden Gilgamesch (oder Bilgames: "Der Alte ist noch jung"), legendären König von Uruk, und seinen Busenfreund Enkidu tabulos beschrieben: eine damals schon Ur-zeitlich vorausgegangene Überschwemmungskatastrophe hatte da einzig Gilgameschs Ur-Ahne Utnapischtim, sumerisch eigentlich Ziusudra, griechisch später Deukalíon überlebt - schon innerhalb des Schutzraumes einer Arche; Torah oder biblische Genesis nannten diesen Geretteten dann lieber Noach, weil die Welt auf ihrem Wege zum Verderben nominell *"in seinen Tagen zur Ruhe kommt"* (Weinreb).

Aber die Kabbalah bezeichnete diesen Utnapischtim-Ziusudra-Deukalíon-Noach als Menachem, den *Tröster, "weil in seinen Tagen das Säen wieder zu Ernten führte"*: hatte er doch als erster Mensch einen Daumen und vier separate Finger entwickelt oder geschenkt bekommen (*"Midrasch Abkir"*). *"Solange das Wunder der 1-4 noch nicht offenbart ist, kann der Mensch aus dieser Schöpfung keine Früchte erhalten"*, erinnerte noch *anno Domini* 1976 der Chasside Fischl Weinreb (in *"Wie sie den Anfang träumten"*, Seite 82f.), und *"in der Tat beginnt für die Welt mit dem Bekanntwerden der 1-4 eine neue entscheidende Phase. Nun kann die Erde Früchte hervorbringen"* oder der Mensch seine Landwirtschaft erfinden.

Aber erst als die Sintflut drohte und dieser tröstlich ledige Noah schon 480 Jahre alt war, heiratete er: jene ebenso alte Naamah, mit deren Hilfe er für das Überleben der Menschheit sorgte, indem sie drei Söhne zeugten:

den Schem, der Jerusalems Mauer baute und vierhundert Jahre lang als Prophet lebte, ohne daß jemand seine immer richtigen Weissagungen beachtete;

den Cham, der wegen illegalen Geschlechtsverkehrs eben in jener Arche mit dunkler Hautfarbe bestraft wurde und sich noch nach der Sintflut über die genitale *"Blöße"* seines schlafenden Vaters, 600, schamlos lustig machte;

sowie den Jafett als den künftigen Ahnherrn von vierzehn (= 1 + 4) indogermanischen Völkern und einem Aussehen, *"als ob er zwei Gesichter hätte"* (*"Schalscheleth ha-Kabbalah"*).

Die Arche aber, der sie alle ihr Überleben zu verdanken hatten und an der Vater Noach immerhin ganze 120 Jahre (120 : 480 = 1 : 4) gebaut hatte, war dann wohl jener pyramidenförmige Kastenbau auf einem Floß und hieß auf Hebräisch *tebah*.

Dieses Wort kommt in der ganzen Bibel nur zweimal vor: als jenes lutherische *"Kästlein von Rohr"* (oder ökumenisch *"aus Binsen"*), das, lutherisch *"mit Erdharz und Pech verklebt"*, den Säugling Moses vor dem kindermörderischen Pharaonen der Ägypter rettete, und eben vorher schon als der gleichfalls rettende *"Kasten von Tannenholz"* dieses tröstlich 600jährigen Noach (oder 45jährigen Friedrich Schiller). Sonst spart die Bibel diese Vokabel ehrfürchtig aus (wie auch die deutsche Geistesgeschichte).

Sie verwenden sie also nur für Behältnisse geistlicher Werte von Belang und erheblicher Konsequenz. Das scheint mir wichtig. Denn dieses hebräische Wort *tebah* oder auch *tewah* (wie anderwärts heute noch *Valencia* oder auch *Balencia*) bedeutet nicht nur *Kasten*. Es bedeutet auch *Wort*.

Unsere Arche ist also das Wort.

Aber die Maße dieser wörtlichen Arche Noah, von Gott persönlich mit 300 mal 50 mal 30 *"Ellen"* vorgeschrieben und in der jüdisch-christlichen Genesis der Mosesbücher festgeschrieben, ergeben für jeden kabbalistisch eingeweihten Zahlenmystiker ohne Weiteres auch noch die Bedeutung von *Sprache*.

"Dies will besagen", erklärte uns 1978 Fischl Weinreb durchaus auch als Professor für Mathematik und Statistik in Djakarta und Ankara, *"daß es das Wort* und *die Sprache sind, die das Leben von der einen Welt in die andere tragen"* (*"Der göttliche Bauplan der Welt"*, Seite 188).

Wort und Sprache also retten uns vor Pharaonen- und Herzogsmord, Sintflut, Weimarer Bosheit oder sonstigem Verderben in dieser materiellen Welt, indem sie uns den Zugang ins Andere, unmateriell Metaphysische eröffnen. *"Das Leben"*, wußten jene archaïschen Juden, auf die sich Weinreb beruft, *"wird in das Wort 'eingepackt', in die Maße der Sprache. Dort bleibt es bewahrt und kann in der neuen Welt wieder hervortreten"*.

So haben gerade Wort und Sprache uns bislang überleben und ihre Göttlichkeit erfahren lassen. Ins Wort, in die Sprache aufgenommen zu werden wie in ein sei es kastenförmiges Schutzbehältnis, heißt also auch, ins Göttliche aufgenommen zu werden. Jeder, der in solcher Arche seine Tage verbringt, wird das bezeugen können.

Und einen andern Schutz dürfte es in diesem Universum ohnehin schwerlich geben.

Das wußten aber nicht nur die alten Juden. Auch für die westafrikanischen Dogon zum Beispiel, zu denen ich selbst gehöre, ist Wort dasselbe wie Luft: ein Daseinselixier. Beide werden vom Blutstrom aufgenommen und dem Körperinnern als Nahrung einverleibt. Ohne Wort ist der Leib auch ohne Luft und erstickt.

Im nahen Nigeria stieß ein Jäger bei seiner Pirsch auf einen einsamen Menschenschädel und fragte ihn leutselig: *"Na, was führt dich denn hierher?"* Sofort antwortete der Schädel: *"Das Wort"*.

Denn *"das Wort"*, weiß der französische Ethnologe Gerald Messiadé, der diese Anekdote noch 1995 kolportierte, *"kann in der Tat die Ordnung der Welt durcheinander bringen"*: es kann nämlich auch mißlingen oder mißdeutet werden.

"Aber aufgenommen werden ins Wort", hat Weinreb von seinen jüdischen Ahnen erfahren, *"bedeutet auch, daß man da hineinpaßt, daß man damit in Übereinstimmung ist. Von der großen Vielheit ist es stets nur ein Kern, welcher diese Voraussetzung erfüllt"* - eine Minderheit. Denn *"für den Menschen, der unwillig war"*, das Göttliche wahrzunehmen, folge *"das Ausgeschlossensein von diesem Wissen. [...] Das Wort ist für ihn verloren"*, also auch die Rettung.

Schon damals, in grauer oder goldener Ur-Zeit, waren wir nur eine kleine Auswahl von acht Erlesenen. Ganze 700 000 Männer und Frauen, weiß das altisraëlitische Buch *"Sefer ha-Jaschar"*, drohten, die Arche, diesen Kasten, die Pyramide, die Sprache, das Wort gewaltsam zu stürmen, um sich gleichfalls zu retten. Jedoch vergeblich.

Aber dafür gingen auch Engel, etwa der menschenkritische Schemchasi, und Böse Geister, die Masikin, mit an Bord: weil Noach ja *"von allem Lebendigen"* in diese Diaspora mitnimmt und sie da, in seiner Familie wie auch in deren Worten, ihr Unwesen treiben oder eben Heil verbreiten läßt. Denn immer haben zum Wort ja auch störende Geister Zutritt, erinnert Weinreb und bezieht sich auf den *Talmud Bawli*: sie seien halt in Wort und Sprache *"ausdrückbar"* - aber der Garten Eden, sei es mit Engelszungen, nicht minder.

Als "Mabul" dann, die Sintflut, wirklich kommt, macht sich, liest Weinreb im Buche *"Seder ha-Doroth"* und andern altisraëlitischen Quellen,

"eine große Sinnlosigkeit breit, der Zusammenhang mit dem Innersten ist gerissen. Alle Worte und Maßstäbe verkehren sich. Der Mensch wird entmenscht. Das ist ein Merkmal der Mabul" -

wir alle kennen das als Augenzeugen. *"Man kennt nur das Sichtbare, dem man dient"*, die Materie.

Lieber Detlev Kremer, alles das überlebte damals einzig jener tröstliche und beruhigende Noach mit den Seinen, aber, wie das *"richtige Buch"*, jenes *"Sefer ha-Jaschar"*, seinen Leser Weinreb erinnert, eben *"als der Einsame, Unverstandene"*, eine Minderheit, die aber freilich just als solche auch *"dem Leben die Fortsetzung in die kommende, neue Welt hinein gewährt"* (*"Wie sie den Anfang träumten"*, Seite 85).

Tatsächlich meinte schon das altgriechische ἀρχή oder *arché* einen *Anfang* oder *Ursprung*. Ἄρχω jedoch oder eben *archó* hieß *Ich mache einen Anfang*.

An alles sowas also denke ich, auf solche Gegensätze, Geheimnisse und Deutungen beziehe ich mich bei der Gründung nunmehr meiner eigenen *Arche LL*. Ich mache einen Anfang, der als geistig tröstliches oder tröstlich geistiges Refugium gedacht ist: für die *happy few* einer gefährdeten, aber auch auserkoren privilegierten Minderheit.

So bitte ich Euch, mein Angebot aufzufassen. Ich erwarte Euch.

Aber wer bin ich überhaupt, solche Offerten zu unterbreiten? Ich will es Euch sagen: eine Unterlegene, eine Geschlagene, eine *loserin*. Ihr kennt mich vermutlich alle als jene verhaßte fußballfeindliche Tschad-Madame Louise M'Baïkaïkel in der UNO.

Aber um was es mir damals eigentlich ging, dürften Euch die Medien mit ihren Verzerrungen aus Vorsatz oder Unfähigkeit vorenthalten haben. Es ging mir damals um nichts Geringeres als den berechtigten Anspruch einer Minderheit. Also um ein elitäres Prinzip.

Ich habe ja nichts gegen Fußball. Oder sonst gegen Sport. Solange es beim Spielen bleibt: Fußball spielen, Tennis spielen, Hockey spielen, Golf spielen, Baseball spielen. Oder gar Olympische Spiele. Spiele des Olymps, also Götterspiele. Was gibt es Göttlicheres für uns als Spielen? *"Denn der Mensch spielt nur, wo er in voller Bedeutung des Worts Mensch ist"*, wußte ein deutscher Schriftsteller namens Friedrich Schiller schon 1793, *"und **er ist nur da ganz Mensch, wo er spielt"*** (hervorgehoben von diesem Autor selbst!).

Nein, was ich vor der UNO zu bekämpfen versuchte, war der Mißbrauch von Spiel oder Sport, war deren Entartung zu militantem Chauvinismus, Rassismus, Faschismus einerseits und die korrupte Auslieferung an den Kommerzialismus andererseits. Was ich da angriff, war eine scheinbar sportlich-spielerische, in Wahrheit aber gnadenlose Apartheid oder Aufteilung der Menschheit in Sieger und Verlierer.

Oder eben in Mehrheiten und Minderheiten.

Mein Herz schlägt immer für die Minderheiten.

Aber nicht aus Mitleid. Sondern aus Mißtrauen gegen die Mehrheiten. Gegen den Terror der Mehrheiten. Ja, liebe Arche-Typen: gegen den demokratischen (oder pseudo-demokratischen) Terror von Mehrheiten über Minderheiten.

Dieser Terror muß in Frage gestellt und kritisiert, er muß entlarvt und angefochten, er muß entmachtet werden. Denn *"Mehrheit ist die Dummheit"*. Auch das wußte dieser deutsche Schiller. Schon 1804, als es in seinem Lande noch gar keine Mehrheitsbeschlüsse gab.

Aber damit bin ich beim Ziel, beim Programm meiner *Arche LL*.

Sie soll ein Zusammenschluß von Mehrheitsgeschädigten, von Einzelnen ohne Lobby, von Isolierten sein, die ihr Leben im rechtlosen Unraum verachteter, ohnmächtiger Minderheit verbringen. Wir wollen uns solidarisieren. Wir wollen unsere Rechte reklamieren. Wir wollen den Demokratien beweisen, daß wir bestimmt nicht ihr Abschaum, oft eher ihre Eliten sind. Deren Entscheidungen fruchtbarer wären.

Unsre Methoden sollten wir gemeinschaftlich entwickeln.

Daher rufe ich alle, die sich selbst zu Minderheiten zählen, mit lauter Stimme auf, sich hier bei unserer *Arche LL* zu melden und Mitglied zu werden. Hier gibt es weder Aufnahmesperre noch Warteschlangen. Es spielt auch keine Rolle, zu welcher der vielen Minderheiten dieses Globus Ihr gehört: zu religiösen, sozialen, "rassischen", musischen, politischen, ideellen, sexuellen, intellektuellen oder sonstigen. Wer sich in seiner Gesellschaft nicht durchsetzen kann, weil er irgendwie zu apart oder individuell ist, möge sich an dieser Verbrüderung beteiligen. Scheinbar Schwache sollen so ihre Stärke entdecken oder wiederfinden. Und endlich an den Tag legen. Offenbaren. Demonstrieren. Ausüben. Austeilen. Dienlich machen. Zum Wohle aller.

Denn das altgriechische *archéo (ἀρχέω)*, gleichsam eine Verschmelzung also von *arché* und *archó*, bedeutet nicht zuletzt auch *Ich bin stark genug*.

Ihr Minderheiten aller Völker: seid stark genug und vereinigt Euch in der *Arche LL*!

(Deutsche Fassung: Dolmetsch-Dienste Dr. Dario Dobler, Davos)

Hocken ohne Hose

Briefentwurf; nicht abgeschickt

Dieter Negletzki, Hans-Böckler-Siedlung 11, 45883 Gelsenkirchen

An alle Mitglieder und Mitgliederinnen des Deutschen Bundestages
Bundestag im Reichsplenar- ?

Berlin-Mitte

Sehr geehrte Bundestagsabgeordnete und Bundestagsabgeordnetinnen,

im Zusammenhang mit der anstehenden Parlamentsdebatte über die künftige
Körperhaltung deutscher Nichtfrauen beim Vollzuge ihrer Blasenentleerung

erlaube ich mir, Sie alle als Repräsentant/Innen unserer christlich-abendländi-
schen Volksgemeinschaft auf eine drohende Gefahr aufmerksam zu machen,
die mir bei meinen vielen Reisen in sämtlichen Kontinenten aufgefallen usw.

Bei Völkern, die trotz allen Segnungen des Globalismus aus klimatischen
Gründen doch noch halbwegs naturbelassen sind, aber lange genug kolonia-
lisiert oder sonstwie dieser und jener konfessionellen Missionierung ausgesetzt waren,

findet sich selbst heute noch eine Art Apartheid im Brauchtum ihres Urinie-
rens, die sich tatsächlich an der Religionszugehörigkeit orientiert.

Das will ich Sie vorsorglich wissen lassen, bevor Sie eines vielleicht gar nicht
fernen Tages verbindliche Beschlüsse zum Harnverhalten deutscher Nichtfrauen fassen müssen.

Nur ein Beispiel also aus eigener Beobachtung:

in tropischen Ländern, deren Einwohner heutzutage konfessionell gemischt
sind, ist mir aufgefallen, daß christliche, buddhistische und jüdische Nichtfrauen nach wie vor überwiegend im Stehen ihr Wasser abschlagen, während
die Moslems sich mehrheitlich dazu niederhocken.

Das mag seinen praktischen Grund in ihrer Bekleidung haben. Denn der vor-
geschriebene Sarong oder auch Patung, also Wickelrock eines strenggläubi-
gen Mohammedaners müßte da sonst zum Urinieren undelikat gelupft oder
auch gelüpft, jedenfalls in einem anatomisch bedingten Ausmaße angehoben
oder einfach hochgezogen werden, das indiskret und exhibitionistisch, auch
schamverletzend wirken könnte.

Das trifft natürlich gleichermaßen auf alle Träger einer orientalischen Dschellabah zu.

Was also überall dort in exotischen Tropen und nahöstlichem Morgenlande mühelos nachvollziehbar ist, könnte hierzulande unversehens sehr gefährlich werden. Denn ein gesetzlich allgemein festgeschriebenes Pinkelsitzen dürfte einer ohnehin drohenden Islamisierung unserer Hosengesellschaft folgenschweren Vorschub leisten und beim egalitär verbindlichen Kopftuch nicht nur für sämtliche Frauen, sondern auch für alle Nichtfrauen enden.

Da sich genuïn nur islamische Männer zur Verrichtung ihres Wasserlassens niederlassen, könnten nämlich im Falle einer generellen Sitzverordnung auch alle christlichen Nichtfrauen hierorts rückwirkend oder automatisch zu Moslems erklärt und einer unvermeidlichen Zwangsbeschneidung zugeführt werden[1].

Ob das auch sexuell den Gewohnheiten und Vorlieben christlich getaufter Frauen entspräche, lasse ich heute noch dahingestellt. Denn *de gustibus et cetera ...*

Aber jedenfalls wäre im Zeitalter islamistischer Terroranschläge eine solche Automoslemisierung der ganzen männlichen Bevölkerung unseres bislang noch christlichen Landes außerorden

1) Wo Männer beschnitten werden, dürfte das im Zeitalter von Chancengleichheit und Quotengerechtigkeit allzubald auch schon allen Frauen zuteil werden. Wäre das in Ihrem Sinne, meine sehr verehrten Mit-Glieder/Innen?

Agitpol

SMS aus Sils nach Berlin

Befremden über Arche LuLu wegen Abwertung idealer Mythik zu politisch

platter Agitation - daher ernsthafte Dezimierung meiner Küsse und Bitte um
schnelles Nottreffen - G/AB

Agideal

SMS aus Berlin nach Sils

Bin morgen bei Dir wegen Aufwertung platter Mythik zu politischem Ideal
und abrahamitischer Notküsse durch meine eigenen Vollwerte – LL

Schädel : Schädel

Festschrift für Joshua Tanghobányi zum 60. Geburtstag:
Aus der medizinhistorischen Dissertation "Ein alternatives Skelett" von
Gabriel Bitz (gekürzt):

Schillers Schädel im Sarge der Weimarer Fürstengruft blieb 56 Jahre lang
unangefochten.

Welckers Gegenbeweis

Erst 1883 erschien in Braunschweig eine Publikation, die seine Identität be-
zweifelte: *"Schillers Schädel und Todtenmaske"*. Ihr Autor war Hermann
Welcker, Professor der Anatomie in Halle, allseits anerkannte Autorität speziell auf dem Gebiete der Feststellung von Schädelformen anhand der Weichteile eines Kopfes und mit seinen sechzig Jahren durchaus im Zenit eines un-
umstritten erfolgreichen Kraniologenlebens. Er gilt auch heute noch als Begründer der exakten Methode eines Identitätsnachweises für historische Schädel und hat mit seinen Untersuchungen der Schädel Dantes, Raphaëls und

Kants bahnbrechende Beiträge zur Grundlagenforschung seiner Disziplin geleistet.

Das Prinzip seiner seither unentbehrlichen *"Welckerschen Methode"* beruht auf dem Einpassen des fraglichen Schädels in die Totenmaske unter Berücksichtigung der fehlenden Weichteile, deren Durchschnitt je nach Kopfteil, Lebensalter und Ernährung er als feststehend gegeben voraussetzte. Welckers erste Anwendung dieser Technik auf einen historischen Schädel erfolgte just im komplizierten "Fall Schiller", an dem er zwei Jahrzehnte lang gearbeitet zu haben scheint.

"Insbesondere seine Bearbeitung von Schillers Schädel und Totenmaske", attestierte ihm noch nach dreißig Jahren sein jüngerer Kollege August von Froriep, *"ist vorbildlich durch Sorgfalt der Beobachtung, scharfsinnige Verknüpfung und vorurteilslose, rein sachliche Verwertung der gefundenen Tatsachen."*

Gerade auf dem Gebiete der Tatsachen freilich hatte Welcker das Handicap, keinen persönlichen Zugang zum vermeintlichen Schillerschädel im Sarge der Fürstengruft zu erhalten. Ein großherzogliches Dictum untersagte jede Öffnung des Sarkophages in einem Gebäude, für das der Landesherr das private Hausrecht besaß. Dabei berief sich dieses Votum im Laufe der Jahrzehnte und Herzogsgenerationen gern

sowohl auf Schillers Sohn Ernst und dessen Rede als Familiensprecher bei jener Schädelübergabe am 17. September 1826 in der heutigen *Herzogin-Anna-Amalia-Bibliothek* zu Weimar

als zunehmend auch auf die Anerkennung dieses Schädels durch Goethe, dessen guter Wille und anatomische Kapazität verabsolutiert und unkritisch verklärt wurden.

Welcker also hatte für seine Untersuchung nur jenen Gipsabguß zur Verfügung, den Hofbildhauer Johann Peter Kauffmann 1827 vom Schiller-Schädel des Bibliotheksdepots angefertigt hatte, bevor der im Sarkophage der Fürstengruft für immer eingeschlossen wurde. Von diesem Abgusse *"des in Bezug auf seine Echtheit kaum angezweifelten Schädels"* gab es inzwischen diverse *"wohlgelungene"* Kopien. Deren aller Mutterform hatte sich in Goethes

Nachlaß gefunden und Welcker nunmehr als einziger Bezugspunkt vorgele-
gen. Er verglich ihn mit jener Totenmaske, die Ludwig Klauer am Totenbette
abgenommen hatte und die aus dessen Nachlasse anläßlich der Schädelsuche
im Kassengewölbe dem Bürgermeister Schwabe zu Verifikationszwecken
ausgeliehen, später geschenkt worden war. Welcker spürte sie noch im Besitze der Familie Schwabe auf und nannte sie daher *"die Schwabesche Maske"*.

Gemäß seiner *"Welckerschen Methode"* legte er diese Maske nunmehr auf
das Gesicht des Schädelabgusses und mußte feststellen:

"Die Maße des Schädels sind für die der Maske überall zu groß."

Doch das genügte dem vorsichtigen Anatomen noch nicht, zumal er überdies
entdeckte, daß die vorliegende Maske weder ein Original noch auch etwa ein
Abguß aus Gips war, sondern eine Terracottaform, die der Keramiker Klauer
erst später aus einem speziellen Thüringer Ton gebrannt hatte. Dieser Ton
pflegt bei einem solchen Vorgang um etwa drei bis sechs Prozent einzu-
schrumpfen.

Tatsächlich entdeckte Welcker um 1880 mit Hilfe eines Bibliotheksdieners,
der *"selbst ein altes Inventarienstück aus der Goethe'schen Zeit"* sein mochte, *"in einem oberen Raume"* der Großherzoglichen Bibliothek in Weimar
noch eine andere Totenmaske Schillers, die dort die Inventar-Nummer 200
trug und fortan die *"Weimarer Maske 200"* genannt wurde. Sie war sogar
sieben Prozent größer als die Schwabesche Tonmaske, bestand aus Gips und
war für Welcker sofort *"von dem allergrößesten Interesse"*. Es dürfte sich
dabei wohl um ebenjene Gipsmaske gehandelt haben, zu der im Chinesischen
Schranke des Kunstkabinetts in selbiger Bibliothek der 81jährige Goethe
auch den Schlüssel zu Schillers Sarkophag ausdrücklich zu gesellen vor-
schlug. Denn jener fossile Bibliotheksdiener wußte, daß sie, *"verschlossen"*,
"seit vielen Jahren in einem Schreine eines oberen, südlichen Zimmers" gelegen habe, *"in welchem noch andere Masken, Abgüsse von Händen u. dgl.
sich befinden"*.

Diese Gipsmaske also paßte nun recht gut auf Schillers abgegossen vorliegenden Gipsschädel.

Gleichwohl registrierte Welcker vier Abweichungen der Maske von der individuellen Asymmetrie dieses Schädels. Sie offenbarten sich im Winkel von Stirn und Nasenrücken, in der Profillinie des Oberkiefers, in der Position der Ohröffnungen, *"die bekanntlich einen für die craniometrische Bestimmung so wichtigen Meßpunkt abgeben"*, und in der konträren Ausrichtung der in beiden Fällen schiefen Nase.

All diese Argumente ließen Welcker also 1883 publizieren, daß der Schädel im Sarkophage der Fürstengruft nicht Schiller gehört hatte, sondern *"unecht"* sei.

Seine Behauptung wurde von der Öffentlichkeit mit einem Sturm der Empörung quittiert und lange nur von einem kleinen Expertenzirkel als jene Meisterleistung respektiert, die sie tatsächlich darstellte.

Frorieps Grabung

Vor allen andern war es Welckers jüngerer Kollege, jener angesehene Professor August von Froriep, Anatom an der Universität Tübingen, der sich Welckers Arbeiten schon in den frühen neunziger Jahren mit seinen eigenen anatomischen Studien über *"Die Lagebeziehungen des Großhirns zum Schädeldach bei Menschen verschiedener Kopfform"* angenähert hatte. 1896 hatte er dann vor der Tübinger Dienstagsgesellschaft seinen Vortrag über *"Die Identitätsfeststellung historischer Schädel"* gehalten und auf Grund der Welckerschen These den Schädel Schillers für unauffindbar verloren erklärt. Ähnlich verhielt er sich auch noch in seinem Aufsatze *"Beitrag zur Vergleichung des Schädels mit der Totenmaske"*, der 1897 in Leipzig erschien.

Erst sieben Jahre später brachte eine ermunternde Anfrage seines Dorpater Kollegen Prof. August Rauber ihn kurz vor Schillers 100. Todestage auf die Idee, persönlich eine erneute Suchaktion nach Schillers Schädel in die Wege zu leiten: *"Den Vorwurf wollte ich aus der Welt schaffen, der gegen meine Vaterstadt erhoben worden ist, nach Welckers Enthüllung nichts getan zu haben"* (Hervorhebung Frorieps).

Insgeheim aber wollte der gebürtige Weimarer vermutlich auch jenen andern Vorwurf aus der Welt schaffen, den Welckers Dictum unübersehbar gegen das nunmehr dilettantisch dastehende Votum seines eigenen Urgroßvaters darstellte: dieses gleichfalls Tübinger, dann Jenenser und Hallenser Ordinarius für Anatomie wie auch Weimarer Obermedizinalrates Dr. Friedrich Ludwig von Froriep, der an der Identifikation des Schwabe-Schädels 1826 maßgeblich beteiligt gewesen und überdies auch noch Schwiegersohn des mächtigen Weimarer Verlegers Bertuch war.

Als dessen Urenkel nun gelang es August von Froriep schließlich Ende August 1911, für sein geplantes Abenteuer die Genehmigung des inzwischen zuständig gewordenen Oberbürgermeisters Dr. Donndorf zu erhalten. Immerhin konnte er jetzt Welckers geometrisches Verfahren um die hinzugefundenen Methoden der Röntgenologie, der Bevölkerungsstatistik und des genetischen Ähnlichkeitsbeweises zu ergänzen in Aussicht stellen.

Am 28. August, Goethes Geburtstag, noch desselben Jahres 1911 also begann Froriep mit Hilfe von fünf einschlägig erfahrenen Arbeitern und auf eigene Kosten mit seinen Grabungen. Aber gegenüber Schwabes paralleler Aktion von 1826 hatte sich die Situation seither gravierend verändert und noch erschwert.

Denn 1853 war der inzwischen völlig verwahrloste Jakobsfriedhof in städtische Regie übergegangen. Alle Erb- oder Familiengrüfte, deren Särge schon auf den neuen Friedhof vor dem Frauentor überführt waren, wurden abgerissen. Schon 1854 war der Abbruch auch jenes sogenannten Kassengewölbes beschlossen worden. Es war seit Juli 1821 nicht mehr benutzt worden: seit der Beisetzung von "Räthin" Maria Sibylla Schmidt, 87jähriger Witwe des Oberkammerpräsidenten Johann Christoph Schmidt und Mutter ebenjener Karoline Schmidt, die der 28jährige Schiller seinerzeit auf dringende Empfehlung seines Freundes Körner hinlänglich beachtet hatte, um mit ihr ins Gerede zu kommen und von den ungewöhnlich wohlhabenden Eltern mehrfach als potentieller Schwiegersohn eingeladen zu werden. Seiner potentiellen Schwiegermutter Schmidt also hatte vor neunzig Jahren die letzte Bestattung im Kassengewölbe gegolten.

Die inzwischen vakant gewordenen Steine dieses oberirdisch geschleiften Gebäudes wurden für den Bau eines Rechnungsamtes, einer Kleinkinderbewahranstalt sowie der fiskalischen Ziegelei in Oberweimar wiederverwendet. Ein einzelner Sandstein der Fassade ging als Weimarer Beitrag zum Bau eines Nationaldenkmals der *Vereinigten Staaten von Amerika* nach Washington.

Bauschutt und Gebäudetrümmer hingegen wurden unter Leitung von Oberbaudirektor Streichhan durch die Falltür im Fußboden des Oberbaues in die Gruft hinabgeworfen, so daß Sargreste und Gebeine dort bald unter einer kegelförmigen Schichtung aus Dachschiefern, Sandsteinen und Stückteilen des abgerissenen Oberbaues, darüber aus Tuffsteinen der zum Einsturz gebrachten und zweihundert Zenter schweren Gewölbedecke, hierüber aus eingefülltem Schutt und dann erst aus gesunder Gartenerde lagerten.

Erst unter allen diesen Abrißrudimenten fanden Froriep und seine Mitarbeiter eine etwa 75 Zentimeter hohe Schicht aus Modererde und Holzresten, in denen Gebeine der hier bestatteten Weimarer Honoratioren des 18. und frühen 19. Jahrhunderts ihre vermeintlich letzte Ruhe gefunden hatten. Aber sechs Tage lang wurde das alles nun abgetragen und abermals durchgewühlt. In Frage kommende Skelett-Teile wurden in die Wohnung von Frorieps hiesigen Schwestern Bertha und Clara in der damaligen Bürgerschulstraße verbracht.

Anders als Schwabe vor 85 Jahren fand Froriep nun auf demselben Terrain nicht 23, sondern 63 Schädel. Einschließlich jenes einen im Sarge der Fürstengruft entsprachen diese insgesamt 64 Köpfe mehr oder minder genau den aufgelisteten im Register der Totengräber. Aber nur vier von diesen 64 Schädeln erfüllten die gegebenen Bedingungen, männlich und von mittlerem Lebensalter zu sein und ein vollständig erhaltenes Gebiß zu haben.

Da einer dieser vier Schädel, der nämlich in der Fürstengruft, von Welcker überzeugend abgelehnt worden war, blieben für Froriep nur noch drei, die er nun nach der etablierten *"Welckerschen Methode"* in Schillers Totenmaske einfügen können mußte. Nur bei einem, dem Schädel Nr. 34, erwies sich das als möglich.

Tatsächlich paßte er in die tönerne "Schwabesche" Maske hinein.

Nur hatte ja Welcker selbige als nachträglich geschrumpft entlarvt und insofern für jeden Vergleich mit einem Schädel für unbrauchbar erklärt. Aber die sogenannte *"Weimarer Maske 200"*, die er für den originalen Gipsabguß der primären Form gehalten hatte, war für Frorieps Schädel Nr. 34 deutlich zu groß.

Alles sprach, mußte Froriep einsehen und zugeben, gegen diesen neugefundenen Schädel, der auch eher weiblich zu sein schien.

Hugos Theorie

Aber eine rätselhafte Beschädigung der Nasenspitze an der *"Weimarer Maske"* ließ Froriep mit Hilfe eines Gutachtens vom Stuttgarter Bildhauer Prof. Melchior von Hugo eine brauchbare Theorie entwickeln.

Dieser führende Experte seiner Generation auf dem Gebiete von Gips- und Terracotta-Verfahren unterstellte, daß keine der beiden vorliegenden Totenmasken das Original darstelle, das vielmehr verlorengegangen sei. Da Ludwig Klauer sich mit der Totenmaske des vergötterten "Nationalpoëten" Schiller ein gutes Geschäft versprochen haben mochte, für das er viele Kopien benötigte, schuf er sich hierfür, so Hugo und Froriep, die technische Voraussetzung, indem er die Hohlform oder Matrize, also das gipserne Negativ vom Gesicht des Toten, nicht, wie zur Gewinnung eines gewünschten Positivs üblich, mit Gips ausgoß, sondern zuvor noch plastischen Ton in die originale Negativ-Matrize preßte. Nach vorsichtiger Ablösung erhielt er so als primäre Replik der Totenmaske einen Tonkopf.

Da Klauer als gelernter Töpfer gewußt haben muß, daß Ton beim anschliessenden Trocknen und Brennen beträchtlich, je nach Tonart bis zu zwanzig Prozent, zu schrumpfen pflegt, kann er, um Schillers Totenmaske nicht in auffällig verkleinertem Format feilbieten zu müssen, den erhaltenen Tonkopf wohldosiert angefeuchtet und dadurch zunächst zum Quellen veranlaßt haben. Von diesem aufgequollen vergrößerten Tonkopf ließ sich nun eine neue gipserne Negativ-Matrize, von dieser dann eine beliebig große Anzahl von Terrakottamasken herstellen, die sich beim Trocknen und Brennen genau auf das gewünschte rechte Maß verkleinert haben mochten.

Insofern konnte die Schwabesche Maske, die nicht mit Schwabes, wohl aber mit Frorieps kleinerem Schiller-Schädel überein stimmte, für authentisch erklärt werden. Folglich war das auch dieser passende Schädel Nr. 34.

Mit Hilfe jener theoretischen, jener unbewiesen unterstellten Muttermaske aus Ton ließ sich nun auch die auslösende Nasenverletzung an der *"Weimarer Maske"* erklären.

Diese selbst jedoch sei, hieß es jetzt, erst zu später Stunde entstanden, als das erhoffte Geschäft mit Schillers Totenmasken, wie es Klauers überlieferter Verkaufs-Katalog und die feilgebotenen Duplikate im Schillerhause noch lange bezeugten, erkennbar ausgereizt war und das künstlich vergrößerte, inzwischen stark strapazierte Negativ nicht mehr zur Herstellung von Kopien verwendet werden konnte. Also wurde es jetzt zu guter Letzt auch noch mit dem sonst immer üblichen Gips ausgegossen, aus dem dann jene *"Weimarer Maske 200"* entstand. Sie enthält noch die materialen Unsauberkeiten ihrer oft benutzten, aber nicht mehr eigens gereinigten Quell- oder Riesenmatrize, deren Ausmaße sie im Gegensatze zur Tonmaske gipsern festgehalten hat. Ebendeshalb konnte sie mit Schwabes großem Schiller-Schädel überein stimmen, mit Frorieps kleinerem aber nicht.

Hierbei kommt Froriep im Marbacher Museum auch noch jener weiche Lederhut des 21jährigen Schiller zu Hilfe. Er ist seine einzige Kopfbedeckung, die erhalten ist, und entspricht einer Hutweite von nur 54 Zentimetern. Damit paßt er auf Frorieps, nicht aber auf Schwabes Schiller-Schädel, der bereits ohne Weichteile einen Umfang von 55,5 Zentimetern aufweist und insofern einer Hutweite von etwa 57½ entspricht. Dieser Schädel war ja auch vorwiegend deshalb unter all den größten des Kassengewölbes ausgewählt worden, weil Schwabe von Schillers geistigem Volumen kurzer Hand auch auf einen entsprechenden Schädelumfang geschlossen hatte.

Froriep hingegen glaubte, mit Hugos Gutachten, dessen Hypothesen freilich von andern Bildhauern verworfen wurden, sowie mit Schillers Jünglingshut triumphieren und die gesuchte Identität beweisen zu können.

Aber damit begnügte er sich noch nicht. Er zog zum weiteren Vergleiche auch noch Klauers bekannte Schillerbüste hinzu, die er aber nicht dem namhaften Hofbildhauer Martin Klauer, sondern, wohl zurecht, dessen Sohne, je-

nem Töpfer Ludwig Klauer, zuschrieb, von dem ja auch die vermeintlich ver-
lorengegangene oder *"mit anderem Schutt zur Ausfüllung des Stadtgrabens"*
verwendete Mutterform der Totenmaske stammte: die hatte nämlich offenkundig auch der Porträtbüste Klauers zum Muster gedient. Dafür spricht
gleichfalls ein geschäftstüchtiges Inserat im *"Journal des Luxus und der Mo-
den"*, das Klauers Vormund Bertuch herausgab und das schon ein halbes
Jahr nach Schillers Tode dessen Büste, die nach der ebenfalls käuflichen Totenmaske geformt sei, zum Erwerb anpries: *"Liebhaber wenden sich in por-
tofreien Briefen an den Künstler"*.

Ferner bemühte Froriep auch noch die Porträtbüsten von Carl Gottlob Weißer, späterem Hofbildhauer, und Johann Heinrich von Dannecker sowie dessen beide Schiller-Silhouetten und das Reliefmedaillon des Dannecker-Schü-
lers Johann Bernhard Frank vom 34- oder 37jährigen Schiller.

Von ihnen allen unterschieden sich die beiden Totenmasken durch eine "Vor-
ragung" am hinteren Teile des Scheitels, die auch Frorieps Nummer 34 nicht
aufwies. Auch der Hinterhauptshöcker beider Masken fehlte ihr. Außerdem
differierten die Stellung von Kiefern und Lippen sowie die Breite der Stirn.

Trotzdem beharrte Froriep darauf, den echten Schiller-Schädel gefunden zu
haben, zumal ihm an jenem 31. August 1911, dem vierten Tage seiner Grabungen,

*"schon in der Gruft, als ich ihn aus dem Moder befreite, gewisse charakter-
liche Eigenschaften auffielen, die mir sagten, dies müsse der gesuchte
sein"*.

Hierunter fiel die Zugehörigkeit dieses Schädels zum occipitopetalen Typus,
der im Gegensatze zum frontipetalen ein langes und niedriges Hinterhaupt besitze und insofern typisch deutsch, für den deutschen "Nationalpoëten" also
angemessen sei. Die Stirn Nr 34, befand Froriep ferner,

*"verwirklicht in reinster Form den männlichen Typus, dazu tritt aber durch
die zart geformten Überaugenbrauenbögen ein weiblicher, fast kindlicher
Zug"*.

Nicht zuletzt hierdurch kam Froriep zur *"unausweichlichen Konsequenz"*,
daß seine Nummer 34

"der Schädel Friedrich von Schillers ist".

Alle Abweichungen dieses Kopfes von den verglichenen Totenmasken und sonstigen Schillerbildnissen, wie auch Froriep sie minutiös nachwies und auflistete, erklärte er lakonisch für Fehler oder Artefakte der Masken, für individuelle Schwankungen der Weichteile in Schillers Gesicht, für Defekte des im Kassengewölbe fast 106 Jahre lang verwesten, auch mißhandelten und angebrochenen Schädels oder auch einfach für Überlieferungsfehler.

Jedenfalls fühlte Froriep sich vom Funde dieses Schädels ermutigt, nun auch nach einem passenden Skelette zu suchen. Von Schröters seinerzeit flottem Resultat ermutigt, dem Froriep, vielleicht zum eigenen Nutzen, eine *"gewissenhafte Prüfung"* attestierte, ließ auch er die Knochen zu insgesamt zehn Skeletten zusammenfügen, von denen er dann eins für das Schillersche erklärte.

"Nur vom Schädel ausgehend", beschrieb er später sein Vorgehen, *"können wir andere Gebeine als dem gleichen Individuum zugehörig erkennen. [...] Der Identitätsnachweis des Schädels bildet demnach die Voraussetzung."*

Dessen glaubte er ja gewiß sein zu können.

"Ist dieser gesichert, dann muß in erster Linie [...] der erste Halswirbel oder Atlas" gesucht werden.

Anders als der Schädel der Fürstengruft verfügte Frorieps Schiller-Schädel tatsächlich über diesen Atlasknochen, der das Anpassen des nächsten Halswirbels ermöglichte. Zwar blieben mehrere weitere Wirbel des gesuchten Rückgrates unauffindbar, aber durch Analogiebefunde der Knochenoberfläche, auch durch die gebotene Länge war Froriep schließlich imstande, die Oberschenkel, dann auch noch manchen anderen Teil seines Schiller-Skelettes aufzuspüren und hinzuzufügen. Die Hände blieben ganz verschollen, und insgesamt war dieses Ergebnis noch unvollständiger als das der beiden Vorgänger vor 84 Jahren.

Überdies beruhte es auf Frorieps gutgläubiger Voraussetzung, daß während der insgesamt fast hundertjährigen Nutzung des Kassengewölbes als Beisetzungsstätte alle sogenannten Versenkungen oder Zusammenräumungen jener *"Meister Bielke"* ausnahmslos immer innerhalb dieses Ossariums und nie-

mals extern stattgefunden haben, daß also niemals hiesige Gebeine entfernt
worden seien.

Applaus der Experten

Also entschloß sich Froriep sei es blauäugig, seinen Fund nunmehr bekanntzugeben. Zuerst auf dem Münchner Anatomenkongreß vom 22. bis 24. April
1912 präsentierte er sein Forschungsergebnis einer Gutachterkommission, die
mit den Anatomen Henneberg, Birkner, Toldt, Hans Virchow, Julius Tandler,
Erich Kallius und Karl von Bardeleben die seinerzeit prominentesten Experten zu ihren Mitgliedern zählte. Sie meldeten lediglich Bedenken bezüglich
des Unterkiefers an, ließen sich dann aber von Froriep, der auch amtierender
Vorsitzender ihres Kongresses war, durch entsprechende Untersuchung der
Zähne hinlänglich überzeugen, so daß der Greifswalder Professor Kallius abschließend verkünden konnte, die Versammlung habe sich einstimmig und in
vollem Umfange der Meinung ihres Präsiden angeschlossen. Auch der Leipziger Anatom Prof. Dr. H. Held bestätigte dieses Votum noch im selben April
1912. Es wurde in den *"Verhandlungen der Anatomischen Gesellschaft auf
der 26. Versammlung"* abgedruckt und erschien noch 1912 in Jena.

Schon wenige Tage später, am 3. Mai 1912, ging Froriep mit seiner kollegial
bestätigten Sensation an die breitere Öffentlichkeit. Die Weimarer Landeszeitung *"Deutschland"* publizierte seinen Brief mit dem Titel *"Schillers echter
Schädel wieder aufgefunden!"*, und bereits am 5. Mai stellte dasselbe Blatt
die mehr als pragmatische Frage: *"Wo soll Schillers Totenschädel beigesetzt
werden?"* Es erklärte die aufgefundenen Gebeine kurz und bündig zum Besitze der Stadt Weimar.

Dem widersprach Froriep in der Ausgabe just vom 10. Mai 1912 mit Veröf-
fentlichung eines Gutachtens von Juristen der Universität Tübingen, das unter
Berufung auf Sohn Ernst von Schillers damalige Übergabe aller *"irdischen
Reste"* seines Vaters in die *"Obhut des hochseligen Großherzogs Carl August"* zum Schlusse kam:

*"Weder der Stadt Weimar noch dem Urenkel Schillers, Freiherrn Carl Ale-
xander Schiller von Gleichen-Rußwurm, steht ein Rechtsanspruch auf die
Bewahrung der Gebeine des Dichters zu. Vielmehr haben einzig und allein*

Seine Königliche Hoheit der Großherzog über die irdischen Reste Friedrich von Schillers zu verfügen."

"Deutschland" veranstaltete nunmehr eine Rundfrage zu diesem Thema und veröffentlichte schon am 14. Mai 1912 die Meinung auch von Schillers letztem Nachkommen, jenem Freiherrn von Gleichen-Russwurm in München:

"Schillers Sohn Ernst hat im Namen der Witwe des Dichters und im Namen der übrigen Geschwister Schillers Gebeine rechtlich dem Großherzog von Sachsen überlassen. Dieses Übereinkommen ist für mich rechtsverbindlich."

Hierbei scheint eine spätere und rechtsverbindlich abweichende Verfügung Ernst von Schillers ignoriert zu werden.

Aber weichenstellend fügte nun dieser Urenkel unverzüglich noch hinzu:

"Außerdem bin ich der Überzeugung, daß die Angelegenheit durch Bestattung des als richtig erkannten Schädels in der Fürstengruft die beste Lösung finden wird."

Damit meinte er den Fund von Froriep und brachte wohl auch dessen Meinung zum Ausdruck. Denn aus dessen Feder erschien schon 1913 in Leipzig eine ebenso minutiöse wie opulent illustrierte Dokumentation seiner aktuellen Forschungsarbeit und ihres Resultates: *"Der Schädel Friedrich von Schillers und des Dichters Begräbnisstätte"*.

Dieses Buch, dessen Thesen nur von den Autoren Ernst Traumann und H. K. in der *"Frankfurter Zeitung"* angezweifelt wurden, fand fast ausschließlich Zustimmung und namentlich in Fachkreisen eine nachgerade euphorische Aufnahme. Einschränkungslose Lobeshymnen, in die sich auch nationalchauvinistischer Jubel einmischte, sind von den damals prominenten Anatomen Merkel, J. Kollmann und Wilhelm von Waldeyer wie auch vom Münchner Anthropologen Johannes Ranke, dem Ehrenpräsidenten der *Deutschen Anthropologischen Gesellschaft*, überliefert. Dieser forderte sogar klipp und klar, daß die Gebeine im Sarge der Fürstengruft

"nun den Ehrenplatz, den sie so lange irrtümlich eingenommen haben, den wiedergefundenen echten Reliquien Friedrich von Schillers, des bewunderten Lieblings der deutschen Nation, einräumen".

373

Einen solchen Austausch des Sarginhaltes in der Großherzoglichen Fürstengruft mochte auch Froriep selbst im Sinne haben, als er sein ungewöhnlich
repräsentatives und großformatiges Buch *"in Ehrfurcht"* und wohlkalkulier-
ter *captatio benevolentiæ* dem damals in Weimar noch regierenden Großherzog Wilhelm Ernst mit einer vorangestellten Widmung zueignete.

Kritiker Neuhauß

Einzig dieses Ansinnen einer Öffnung des Sarkophages in der Fürstengruft
zum Zwecke wissenschaftlicher Untersuchungen teilte mit Froriep und den
namhaften Anatomen Hans Virchow und Felix von Luschan auch jener Berliner Prof. Dr. Richard Neuhauß, Mediziner und Anthropologe, der sich zumal
mit seinen Schädelforschungen an Gipsabgüssen der Köpfe von vierzig Süd-
seeïnsulanern bekannt gemacht hatte. Er protestierte bereits prompt am ausgerechnet 8. Mai 1912 mit einem Artikel in der *"Täglichen Rundschau"* gegen Frorieps Behauptungen im Weimarer *"Deutschland"*. Er wiederholte und
präzisierte seine Einwände am 28. Juni 1912 in einem Vortrag vor der *Anthropologischen Gesellschaft* in Berlin und publizierte ihn noch im selben
Jahre schon in derselben *"Zeitschrift für Ethnologie. Organ der Berliner Gesellschaft für Anthropologie, Ethnologie und Urgeschichte"*, in der noch
1971 auch Fritz Donges seine Ansicht veröffentlichte, daß *"das Auslese-Ver-
fahren Frorieps auf falschen Voraussetzungen beruhte"*.

Schon Neuhauß verwarf jene Theorie eines *"aufgequollenen Zwischengliedes"* zur Herstellung der Totenmaske und war der Meinung, daß Frorieps
vermeintlicher Schiller-Schädel stärker vorspringende Schneidezähne, daher
eine andere Mundform hatte und viel kleiner sei als die Totenmaske. Er habe
auch einen fremden Unterkiefer und einen Nackenschaden, der nicht erst
nachträglich an der Tonmaske, wie Froriep das abtat, sondern schon an
Schillers Leiche entstanden sein müsse, und sei außerdem sowieso weiblich.
Neuhauß glaubte auch zu wissen, wem dieser Schädel gehört hatte: jener Luise von Göchhausen, verwachsener, aber gebildeter und gewitzter Hofdame
der Herzogin-Mutter Anna Amalia und eigentlicher Retterin des von Goethe
verworfenen *"Urfaust"*.

Diese Behauptung, die leicht widerlegbar war, veranlaßte Froriep zu einem neuen Buche, jenem amüsant überlegenen *"Schädel, Totenmaske und lebendes Antlitz des Hoffräuleins Luise von Göchhausen"*, das 1917 in Leipzig erschien. Dort identifizierte er nicht nur mühelos seinen sogenannten Schädel Nr. 49 als den Göchhausenschen, sondern zieh seinen Kritiker mittels Diffamierungen und akademischer Überheblichkeit ganz generell eines Mangels an Wissenschaftlichkeit. Auch beim Großherzog von Sachsen-Weimar verleumdete er ihn ungeniert.

Die Doublette

Einig war Froriep sich mit Neuhauß nur in besagtem Wunsche, den Sarkophag der Fürstengruft mit Schillers vermeintlichen Gebeinen zu öffnen. Neuhauß wollte sie mit Frorieps Entdeckung vergleichen und diese somit widerlegen, Froriep selbst mag vor allem an einen resoluten Austausch der beiden fragmentarischen Gerippe gedacht haben.

Tatsächlich konnte er schließlich in mehrstündiger Audienz und eloquenter Rede dem Großherzog Wilhelm Ernst seine Theorie des *"gequollenen Zwischengliedes"* und ihre vermeintlichen Beweise vortragen.

Er wird da auch schwerlich ungesagt gelassen haben, wem er in weiterer Übereinstimmung mit dem großen Welcker die Gebeine des ersten Schiller-Sarges stattdessen zuordnete: jenem Weimarer Bürgermeister Carl Christian August Paulssen nämlich, der 47jährig am 26. November 1813 im Kassengewölbe erstmalig beigesetzt worden war.

Der Landesfürst ließ sich von Froriep zwar überzeugen, gestand aber dennoch,

"daß es ihm widerstrebe, das Grab in der Fürstengruft, das sein Ahnherr und Goethe geschlossen, zu öffnen und die Gebeine Schillers auszuwechseln".

Dennoch verstand er sich zu dem salomonischen Schlusse, daß Frorieps Schiller in einen Holzsarg gelegt und gleichfalls in der Fürstengruft beigesetzt werden solle.

Am 9. März 1914 geschah das denn auch: wiederum *"in aller Stille"*. Am nächsten Tage vermeldete der zuständige Oberhofmarschall Freiherr von Fritsch seinem vorgesetzten Staatsminister:

"Euerer Exzellenz beehre ich mich ergebenst mitzuteilen, daß die von Herrn Professor von Froriep als die richtigen erforschten Gebeine und Schädel Schillers gestern vom Hofmarschallamt übernommen und in einem Sarg in die Fürstengruft eingeschlossen worden sind".

Zwei Tage später wurde Froriep für die Widmung seines Buches mit dem *"Komturkreuz des Großherzoglichen Ordens der Wachsamkeit oder vom Weißen Falken"* ausgezeichnet, das ihm am 21. März 1914 überreicht wurde. Es war derselbe Orden, den Bürgermeister Schwabe vor nahezu 88 Jahren für seine Bemühungen um den ersten Schiller-Schädel vom damaligen Großherzog erhalten hatte.

In der Fürstengruft aber steht seither also noch ein zweiter Schillersarg. Er ist bräunlich, einfach und klein fast wie ein Kindersarg, eher eine Kiste, ohne Namensschild, ohne jeden Schmuck und der ärmlichste von all den vielen Särgen dieses hocharistokratischen Ossariums. Lange wurde er, nur zehn Schritte von Coudrays repräsentativem Schiller-Sarkophage entfernt, hinter einem dunkelgrünen Vorhang verborgen und bei Führungen möglichst verschwiegen. Eingeweihte Interessenten mußten ihre vorherige Fühlungnahme mit der Schatullverwaltung nachweisen, bevor der Vorhang über diesem Zweitsarge gelüftet wurde. Noch im Sommer 1930 soll bei solcher Gelegenheit der diensthabende Führer hierbei vom *"andern Schädel Schillers"* gesprochen haben: als habe der zwei gehabt.

N = NN IV

Quiz der "SCHILD"-Bürgerzeitung

Wer oder was ist das N in Arche N, die uns im Anflug so sonderbare Texte schickt? Wie verstehen Sie persönlich dieses N?

Heute kommen hier unsere politisch informierten Lese- oder SCHILD-Bürger/innen zu Wort, die das Zeitgeschehen verfolgen und sich von der Invasion dieser Arche-Typen Gefährdungen oder Lösungen unserer aktuellen Probleme versprechen. Na, schaun wir mal!

Auf unsere Frage **"Wer oder was in der Arche N ist N?"** *waren dies ihre besten Antworten:*

1. *Neuverschuldung*
2. *Neidkultur*
3. *Nationalsozialisten*
4. *Notstandsverordnung*
5. *Nahostkrise*
6. *Nuklearkrieg*
7. *Nachtragshaushalt*
8. *Napalmbomber*
9. *Nettoumsatzsteuer*
10. *Nullrunde*

Unter richtigen Einsendungen entscheidet das Los. **Preise: 1.Exkursion; 2. Inselurlaub; 3. Aktien; 4. Fernsehrolle.** *- Änderungen vorbehalten.*

Rat für Unrat

Meldung der Deutschen Globus-Welle

Wie ein Regierungssprecher in Canberra gestern betonte, ist Australien inzwischen das einzige Land ohne Plastikdeponien in seinen Innenstädten. Auch die fünfhundert Naturparks und insgesamt 37 000 Kilometer langen Küsten des Fünften Kontinents seien vollkommen frei von jeglichem Plastikmüll. Selbst alle Art von Treibgut aus Plastik werde hier erfolgreich und restlos beseitigt.

Der Regierungssprecher begründete dieses vorbildliche Verhalten mit der Tatsache, daß in Australien alle Kunststoffreste zu Geldscheinen recyclet werden.

Durch diese Politik eines erkennbaren Zusammenhangs von Abfall und Geld sei in Bewußtsein und Unterbewußtsein der Bevölkerung jeder Unrat aus Plastik erheblich aufgewertet. Jedermann bücke sich hier und entsorge aus eigenem Antrieb jeglichen Überrest eines Materials, daß er als eine Art Edelmetall für ein latentes Zahlungsmittel und für die Basis seines eigenen potentiellen Wohlstandes halten müsse.

Dr. Joshua Tanghobányi bekräftigte in Canberra diese Auffassung mit einem verblüffend prophetischen Zitat aus der *"Ilias"* des griechischen Schriftstellers Homer vor rund 2700 Jahren:

"Unverwerflich ja sind der Unsterblichen ehrende Gaben" (III/65).

Da unser Plastik in solchem Sinne nachweislich "unverwerflich" sei, müsse es folglich auch als eine jener "ehrenden Gaben" der seinerzeit "Unsterblichen", heutzutage also des christlichen Gottes angenommen werden und verdiene insofern entsprechende Anbetung, sei es in Gestalt von Geldscheinen.

Die Weltgesundheitsbehörde hat die Angaben des australischen Regierungssprechers dahingehend ergänzt, daß Australien zwar plastikfreie Strände und Cities besitze, zugleich aber auf der internationalen Liste der OIRU-Erkrankungen an erster Stelle stehe. Das bestätige nur den vielfach vermuteten, aber immer noch unklaren Zusammenhang von Seuche und Währungen.

Pícaro Pirol

Datendiskurs im Virtuellen Olymp

(Schnelles Aufblenden elektronisch artifizieller Frequenzen. Ein fernes Rufen nähert sich hastig.

He, Moritz? Hallo! Moritz, hörst du mich? Hier aus deinem "Datenolymp".
Nein, weiter oben. Im Dämonenpool. (*Flötend wie ein Pirol:*) Düliloliu-düdlio! Ja, hier. Na, endlich. Also gut, mein *Rigogolo*, paß auf:

Ich bin Pih Sing, dein Psychopompos - was? Na, Begleiter. Oder Schutzengel
oder Lotse. Ohne mich bist du sprachlos. Ja, auch schriftlich. Eine taube
Nuß. Da bist du baff, na klar. Nee, paß auf.

Es geht um dein neues *opus magnum*. Nee, was du da grade schreibst, diese
endlose Plastikmüllreguleitfußballarchejerusalemchemikerpinkelschamanen-
schillerkremerundArgonautenseuchendauerwurst *et cetera* pp. oder wie du
das nennst, also, wenn das ein Briefroman werden soll, kommt es wohl reichlich spät, du *"Vogel des Jahres 1990"*. Wie bitte? Na, weil Briefromane ihre
Konjunktur im 18. Milbenjahrhundert hatten: Samuel Richardson, du *Kücke-
bülow*, oder Laclos mit *"Gefährliche Liebschaften"*, Rousseau mit seiner
"Nouvelle Héloïse", *"Werthers Leiden"* oder *"Hyperion"*, dieser sonnige
Sohn der Höhe, meinetwegen zu guter Letzt auch noch Wilhelm Raabe und
Ricarda Huch. Aber heute? Needu, wer weiß denn heute noch, wie man Brie-
fe schreibt? Wer kann das überhaupt noch? Wer bekommt denn noch welche
- außer Rechnungen und Reklame? Wie bitte? So: wir leben im Zeitalter
emanzipierter Kommunikationen. Ja, dann! Aber doch nur technisch, du
Biervogel. Denn wer von euch Blinden Milben kommuniziert denn noch?
Außer in eurer sodomitischen Werbung. Ihr ruft nur pausenlos irgendwelche
Handies an, deren Eigentümer aber gar nicht hören wollen, was ihr zu sagen
habt. Oder schon im Voraus wissen, daß ihr gar nichts zu sagen habt. Düdlio! Du bist ja auch nicht gerade Horaz. Oder Ovid. Die wußten beide noch,
wie man aus Briefen Literatur macht. Oder der kastrierte Abælard mit seinen
Episteln an die Äbtissin Héloïse. Oder Ficino und Poliziano, nie gehört? Oder
später Pascal, Montesquieu und unser Loki *alias* Voltaire mit ihren philosophischen Essays in Briefform oder auch noch dein ulkiger Schiller mit seiner
"Reihe von Briefen über die ästhetische Erziehung des Menschen": nee du,
alles *tempi passati*, du *Schulz von Milo*. Wenn du mal mit diesem Wortgebir-
ge deiner Dauerwurst endlich fertig bist, wird niemand in der Generation dei-

ner potentiellen Konsumenten überhaupt noch wissen, was das ist: ein Brief. Und nur eine winzige Minderheit von Intellektuellen wird eine *short message* auch nur lesen können. Was sagst du: grade deshalb? Ach, hör doch auf, da nützen auch alle deine modischen Verkleidungen nichts: einer blinden und autistischen Sodomitengesellschaft helfen weder Internet und e-mail noch Telex, Telefax oder sonstige Faxen *in spe.* Du, seit neuestem treffen ja übrigens auch hier in deinem Dämonenolymp schon Faxe der Blinden Milben ein: nur weil sie nicht mehr beten können. Zwar ist euch dringend danach zumute, aber ihr wißt nicht mehr, wie das geht, und schickt da lieber schnell mal ein Fax an uns einfach so ins Blaue, meist natürlich an Terach, unsern Mammon persönlich: weil ihr auch gar nicht mehr schnallt, daß er von uns allen der Einzige ist, der Bitten oder Gebete oder in Gottes Namen Faxgesuche gar nicht erfüllen kann. Wir andern können das alle spielend, werden von euch aber gar nicht gebetet. Oder gebeten, pardon. Nur er wird gebeten und angebetet, aber kann es nicht. Oder will es nicht. Erfüllt nur spontan und unberechenbar drauflos. Hat aber dafür auch die beste Werbung von uns allen. Schon mit seinem raffinierten Namen, der etymologisch dieselbe aramäische Herkunft hat wie euer *Amen.* Und der römische *Amor.* Das zieht natürlich: *Lieber Mammon - Amen.* Oder als mystische Steigerungsformel: *Mammon-Amor-Amen.* Oder *Amamus Mammon Amen.* Aber alles sowas durchschaust du ja wenigstens, du *Krischan Kilian*: düliloliu, paß auf, du, hör zu: ich weiß natürlich, daß du mit dieser antiquierten Form eines Briefromans auch trotz all deinem modischen Schnickschnack eigentlich nur eins willst - dich vor der Entscheidung drücken, wer nun eigentlich der Erzähler deiner Erzählung ist. In deinen *"Hahnenschreien"* hast du ja noch vexatorisch zwischen Ich-Erzähler und Er-Erzähler geschwankt. Oder zu schwanken vorgetäuscht. Oder diese Täuschung vorgetäuscht. Ganz nett. Aber sowas geht natürlich kein zweites Mal. Zumal nicht, wenn man als junger Germanist noch bei eurem Nestor Wolfgang Kayser studiert hat. Dem habe ich seinerzeit, so in eurem Milbenjahr 1948, zu seinem *"Sprachlichen Kunstwerk"* direkt in die Feder souffliert, was auch heute noch meine Überzeugung ist: der Briefroman hat mit seinen fingierten Episteln und solchen Inneren Monologen wie diesem hier nicht nur das klassische Medium der fiktiven Literatur begünstigt oder gar begründet, sondern ist überdies auch eine Form,

"in der sich mehrere Personen scheinbar in die Rolle des Erzählers teilen".

Ich habe den ungemein erotischen Kayser damals unverzüglich folgern lassen:

"Wie man sieht, handelt es sich dabei im Grunde um eine Modifikation der Ich-Erzählung".

Eine solche Aufteilung des erzählenden Ich auf mehrere Referenten habe ich aber schon lange vorher euren Milben-Goethe in einem Brief an seinen Milben-Schiller als das erkennen lassen, was sie eigentlich ist:

"So sind die Romane in Briefen völlig dramatisch, man kann deswegen mit Recht förmliche Dialoge, wie auch Richardson getan hat, einschalten" -

ich habe ihn das in seinem *"Wilhelm Meister"* in Gestalt ganzer Brieffrequenzen auch selbst vollziehen, in der eingelegten Erzählung *"Nicht zu weit"* aber wahrhaftig ziemlich weit treiben lassen, indem sich da der eigentliche Erzähler beim Erzählen mit jenem Friedrich abwechselt, der natürlich Schiller sein soll und dem Erzähler die Erzählung immer wieder entreißt, ohne aber deswegen auch wirklich ein echter Erzähler zu sein; denn er bleibt natürlich eine der erzählten Figuren des wahren Erzählers und erzählt also nur in der Rolle eines selbst Erzählten, den der echte Erzähler innerhalb seiner Erzählung halt auch mal erzählen zu lassen vortäuscht. Wenn daher dieser selbst Erzählte da was erzählt, erzählt er es also gar nicht tatsächlich, sondern sein Erzähler erzählt, daß ein Erzählter erzählt, und Goethe als Erzähler wiederum seines eigentlichen Erzählers, der also insofern auch selbst nur ein Fingierter oder eben Erzählter ist, mokiert sich unverhohlen über all seine Spiegelfechterei und dieses ganze Verwirrspiel seiner vermischten und verwischten Erzählperspektiven: *"Es ist ein Wirrwarr ohne Grenzen".*

In seinen *"Unterhaltungen deutscher Ausgewanderten"* habe ich ihn das alles nach dem Muster des schon sehr viel früher beratenen Boccaccio ins Extrem einer Vielzahl scheinbar völlig autonomer Einzelerzähler treiben lassen, die natürlich alle nur solche Erzählten sind wie jener Friedrich, nur weniger schillernd oder artifiziell, viel planer und direkter.

Aber zwischenzeitlich hatte ich ja eine spanische Milbe solche Experimente schon etwas raffinierter machen lassen und den Erzähler eines Erzählers von nicht nur Erzähltem und Ausgedachtem, sondern auch von bereits Archivier-

381

tem und Erinnertem, also viel früher schon durch andere Erzähler von Erzähltem und Aufgeschichtetem eingeführt. Ich weiß gar nicht mehr, wie dieser Spanier hieß, seine linke Hand war im Kriege verstümmelt worden, aber mit der rechten türmte er unermüdlich Schichten über Schichten, fiktive und nicht fiktive. Er wurde übrigens an genau demselben Tage zu uns zurückgepfiffen wie sein englischer Milbenkollege Shakespeare, der sich allen solchen Mühen um einen Erzähler generell entzog, indem er überhaupt nur *"völlig dramatisch"*, also *"förmliche Dialoge"* oder Rollen mit subjektiven Perspektiven schrieb und auf jede objektive Wahrheit pfiff. Cervantes! So hieß sein iberischer Sterbekumpel mit dubioser Bruderbindung: Cervantes.

Aber mit Hilfe von ebendessen spanischer Feder ließ ich auch aufblühen, was dein attraktiver Wolfgang Kayser und Konsorten dann als *picaresk* oder eben *"Schelmenroman"* bezeichnen: einen der *"unverwüstlichen Romantypen"*. Eure blinden Philologen ordnen ihn unter die Ich-Erzählungen ein. *"Der Typus des Schelmen, des naiven Gauners, der die Welt von unten sieht"*, erklärt uns zum Beispiel euer eher hierarchisch orientierter Hermann Pongs, *"verbindet sich mit der naiven Urform des Ich-Romans als lebendiger Mitte für Abenteuer und Schwänke"* und entdeckt so unweigerlich die *"Unendlichkeit der Seele als Urstoff des Ich-Romans"*. Papperlapapp und Abrakadabra oder kurz: Der Schelmenroman ist ein Ich-Roman wie der Briefroman, oder der Briefroman ist ein Ich-Roman ist ein Schelmenroman und basta.

Aber nicht jeder Schelmenroman ist ein Liebesroman. Die meisten eher nicht. Das könnte auch Deinem noch zum Verhängnis werden: daß du all meine Vorschläge schöner erotischer Episoden mit sinnlichen Frauen ungenutzt verstreichen läßt. Jetzt scheint ja auch noch die Beziehung mit der Tante aus dem Tschad einen Knacks zu bekommen. Da locke ich ja schon mit dem längst verblichenen Professor Kayser. Bald wird es halsbrecherisch, paß bloß auf, du andres Goldschmätzerchen. Na, du mußt es ja wissen.

Diesen Pícaro Cervantes übrigens ließ ich seinerzeit auch schon demonstrieren, wie "reale" und erzählte Milbenwelt keine exklusiven Gegensätze, sondern virtuell identisch, eine Einheit sind. Da konnte euer Goethe noch zweihundert Milbenjahre später studieren, was er seinem Busenfreunde, deinem Schiller, dann brieflich so erklärte:

" ... wie es kommt, daß wir Moderne die Genres so sehr zu vermischen ge-
neigt sind, ja daß wir gar nicht einmal imstand sind, sie voneinander zu un-
terscheiden. Es scheint nur daher zu kommen, weil die Künstler [...] dem
Streben der Zuschauer und Zuhörer, alles völlig wahr zu finden, nachge-
ben" (23. Dezember 1797).

Das Publikum ist also schuld: dessen allzu weit gefächerte Wahrheits- oder
Wirklichkeitskriterien. Aber hier irrt euer Goethe. Denn seine eigenen und
sonstige spielerischen Verzwiebelungstechniken können nicht verheimlichen,
daß es jedenfalls nie und nimmer viele Erzähler geben kann, die sich ab-
wechseln oder ergänzen oder bei ihrem Versteckspiel gegenseitig Vorschub
leisten. Nein, mein lieber *Oriolus oriolus oriolus*: hinter all diesen epischen
Zwiebelschalen und Maskenspielen, hinter Ich-Erzähler, Er-Erzähler, drama-
tischen Brief- oder Rollenerzählern gibt es für immer und ewig jeweils nur einen einzigen siebengescheiten und neunmalklugen Dr. Allwissend, der die
ganze Chose überblickt, sich ausdenkt, kennt, arrangiert und erzählt. Auch in
deinem eigenen Falle, über den ich ja überhaupt nur mit dir rede, du *Vogel
Bülow*, kann das natürlich einzig und allein nur einer sein: aber nicht du, du
Bierhold und Gelb- oder Grünschnabel, nein, ganz bestimmt nicht du.

Sondern ich. Ich gebe dir ein, was du erzählen sollst. Und wie du es erzählen
sollst. Also bin ich der Erzähler. Merk' dir das endlich! Ich erfinde, und du
notierst. Also notier' dir jetzt: dieses Buch ist nicht nur ein Brief-, es ist auch
ein Schelmenroman. Oder soll einer werden. Denn es ist ja noch lange keiner.
Dein aureoler Blaugold, ob nun Abram oder Abraham oder Giovanni, oder
Reguleit, Bürdil, Göng, Gontard und so weiter und so weiter, du goldiger
Chlorion, wenigstens einer von denen allen sollte sich nun allmählich als Pícaro entlarven. Denn nur ein Schelm kann Jerusalem missionieren wollen.
Oder sich mit dem Fußball und dessen Hooligans anlegen. Oder Mehrheitsbe-
schlüsse verunglimpfen. Oder heutzutage Eliten hätscheln. Oder seine sodo-
mitische Mitwelt mit der Kulturgeschichte der Blinden Milben drangsalieren.
Und dann auch noch die Marktwirtschaft verteufeln. Und sich unsern Dämo-
nenpool ausdenken: gar noch mit einem Nöck wie mich. Nein, du *Bierroller,
Bieresel, Bierhahn*: das alles kann unter Blinden Milben nur ein Buffo. Ein
Harlekin. Ein Eulenspiegel. Ein Gracioso. Ein Clown. Ein Hofnarr. Ein Hans
Wurst (sei es Dauerwurst). Und damit Ende der Debatte. *Sela.*

Apropos: zu deinem Sterngucker, diesem ulkigen Schiller, über dessen zweites Milbengerippe du ja gleich im Anschluß schon wieder eine längere, übrigens gleichfalls durchaus komische Abhandlung folgen läßt - ich weiß, ich weiß: nach kurzfristig eingeschobenem Hilferuf nach Thailand, wohlverstanden - zu diesem ganzen Milben-Schiller muß ich dir auch noch energisch den Marsch blasen. Aber nicht jetzt. Deine Kollegen brauchen mich nicht minder. Ich melde mich wieder. Auf bald also: düliloliu-düdlio ...

(Die Frequenz des Pih Sing blendet sich automatisch aus.)

Von Geist zu Geist

Fax c/o Nirwana

Geliebter Sawaang,

wie mag es Dir inzwischen ergehen, mein Kleiner Bruder? Ich hoffe natürlich, Du bist wohlauf, und es geht Dir da besser als je zuvor. Ich hoffe, es stimmt, daß man dort jetzt Faxe besser versteht als Gebete.

Tausend Dank für Deine so besonders liebenswerten Botschaften in all ihren überraschenden Verstecken und Verschlüsselungen. Noch ehe ich sie jeweils bemerke und begreife, spüre ich sie immer schon in dieser geheimen Sprache, die nur wir beide verstehen. Heute versuche ich gleichfalls, dieses geisterhafte Idiom zu verwenden.

Trotzdem ist das hier noch keine angemessene Antwort auf all Deine Liebe, sondern nur eine schnelle, dringliche Anfrage vorab: wer ist für Euch *pih sing?*

Ich erinnere mich nur allzu gern jenes windstillen Abends in Saithai, als Du mir inmitten zahlloser lautlos schwebender Glühwürmchen unter all den mausernden Kautschukbäumen Deines Gummi- oder Natur-Kampfes gegen die Plastikdeponien ringsum in Deinem allerdiskretesten und sachlichsten Tonfalle auflistetest, an welche Geister traditionsbewußte Thais vor ihrer Korrumpierung durch den Globalismus noch zu glauben pflegten. Es waren beeindruckend viele, die Du da mitsamt ihren sorgsam differenzierten Funktionen und Spezialgebieten souverän zu beschreiben wußtest.

Natürlich fällt mir da sofort Euer *pih tanih* ein, wie er auf Bananenstauden eine Ehefrau zu ersetzen vermag, und jener *pih plaai*, den Eure Fischer mit ihren entblößten Genitalien sei es zu verschrecken, sei es zu besänftigen oder auch zu betören wissen.

Es gebe, sagtest Du damals ohne jeden Unglauben, mehr als hundert solcher Geister. Erscheinungen des besonders populären *pih bohp* (mit offenem O, ich weiß!) seien auch mehrfach verfilmt worden, und in den *pih daai hah* verwandeln sich vornehmlich Seuchenopfer, so daß es von dem bald überall auf unserer Erde nur so wimmeln dürfte.

Sawaang, ich weiß auch noch, wie Du mir damals den *pih daai hohng* beschrieben hast: als den Geist eines schnöde Ermordeten. Oder sonst plötzlich ungut Verstorbenen. Den erwarte ich nun eigentlich täglich, um ihm mit angemessenen Ritualen meines Herzens den Weg zum wohlverdienten Himmel, Eurem *sawann*, und seiner aufgewerteten Wiedergeburt zu erleichtern. Leider bisher umsonst. Also gehe ich davon aus, daß Du dort angelangt bist, wo ein Geist von solcher Güte und Liebe unaufschiebbar hingehört: siehe diese Fax-Adresse!

Ich hoffe, auch dort registrierst Du noch, wie aufmerksam und beeindruckt ich Deiner Geisterstunde damals zugehört habe.

Wer aber ist der *pih sing*? Den hast Du damals unerwähnt gelassen. Gibt es ihn überhaupt für Euch? Und was kann er, was tut er, wem erscheint er, wie sollte man ihm möglichst begegnen? Ist er ein guter oder böser Geist? Ich meine damit: hilft er, oder schadet er?

Bitte laß mich möglichst umgehend alles erfahren, was Ihr von ihm überliefert habt. Ich sage Dir dann auch, warum ich das brauche. Aber vermutlich weißt Du das alles schon.

Ich umarme Dich auf ganz ketzerisch unasiatische, aber wirklich allerliebe-
vollste Weise und erwidere von ganzem Herzen die bewegende Liebeserklä-
rung Deiner vorigen Botschaft.

Ich vermisse Dich hier sehr.

Dein Moritz

(Deutsche Fassung von Moritz Pirol selbst.)

Who is who?

Wochenendbeilage der "Leipziger Allgemeinen Zeitung" mit einem Beitrag von Dr. Sönke von Gahbentisch

*In direkter Erwiderung auf Auszüge aus der medizinhistorischen Disserta-
tion von Gabriel Bitz in der "Festschrift für Joshua Tanghobanyi zum 60.
Geburtstag" drucken wir hier gern aus der Feder des namhaften Anatomen
Dr. von Gahbentisch das Satyrspiel zu Prof. August von Frorieps Ausgrabung eines zweiten Schillergerippes ab, die ja ihrerseits selbst bereits ein
Satyrspiel auf Bürgermeister Schwabes Satyrspiel im Weimarer Kassengewölbe von 1826 gewesen war: also Satyrspiele und kein Ende um die aufge-
stöberten Gebeine des deutschen Nationalpoëten!*

I

Kaum war 1914 jenes Behältnis mit Frorieps zweitem Schiller-Skelett hinter
seinem Vorhang in der Weimarer Fürstengruft deponiert, tauchte eine weitere
Totenmaske auf, die die ganze Diskussion neu entfachte und zu Frorieps Un-
gunsten die Fakten wesentlich veränderte.

Bei einer Versteigerung des Nachlasses von Johann Heinrich von Dannecker,
Schillers Jugendfreund und bedeutendem Bildhauer, war 1880 auch eine bis
dahin unbekannte Totenmaske Schillers unter den piëtätlosen Hammer gera-

ten. Sie wurde vom Stuttgarter Bildhauer Hofrat Apollo Klinkerfuß erworben, der 1914 schließlich die Professoren Froriep und Neuhauß, beide mit ihrer Kontroverse um Schillers Schädel inzwischen populär geworden, angemessen informierte. Beide inspizierten den neuen Fund: Froriep bagatellisierend, Neuhauß aber mit gebotenem Scharfblick für die vorliegende Sensation. Denn diese sobezeichnete Klinkerfuß-Maske besteht aus Gips und hat dieselben Maße und Besonderheiten wie die *"Weimarer Maske 200"*, nur ohne deren Defekte. Neuhauß publizierte entsprechend, daß auch diese offenbar authentische Maske für Frorieps Schiller-Schädel deutlich zu groß und

"die Auffindung dieser Maske ein vernichtender Schlag für die von Froriep aufgestellte Theorie des aufgequollenen Zwischengliedes" sei.

Er hielt sie sogar für das eigentliche Original. Auch der Bildhauer Fritz Donges, der noch 1944 mit der Pianistin Grete Klinkerfuß, Tochter des fündigen Hofrats, über Details dieser Maske korrespondiert hat, teilte diese Ansicht.

Also ging seinerzeit der öffentliche Streit zwischen den Professoren Neuhauß und Froriep so lange weiter, bis sie beide, 1915 und 1917, verstarben. Damals interessierte die Menschheit sich mehr für ihren *Ersten Weltkrieg* als für Schillers zweiten Sarg und dessen Antagonisten.

II

Erst 1927, schon in der zweiten Halbzeit der *"Weimarer Republik"* also, wurde das Thema wieder akut, als über der Gruft des Kassengewölbes mit ihren vielfach durcheinander gewühlten Gebeinen, für die *in summa* aber Froriep nach Beëndigung seiner ruhestörenden Grabungen einen steinernen Sammel-Sarkophag gestiftet hatte, nunmehr nach wohlüberlieferten Zeichnungen der alte Oberbau originalgetreu rekonstruiert und mit einer Marmortafel versehen wurde, die an *"Schillers erste Begräbnisstätte"* erinnerte.

"Allgemeine Thüringische Landeszeitung" und *"Deutsche Illustrierte"* schlugen nun unter der Überschrift *"Das leere Schiller-Grab"* vor, die für echt erachteten Schiller-Gebeine des Froriep-Sarges wieder in der Gruft des neu erstandenen Kassengewölbes beizusetzen. Sie lösten damit in der Schil-

ler-Gemeinde eine kontroverse Bewegung aus, die aber klein und kurzlebig blieb.

Doch der Geheime Medizinalrat Dr. Max Langerhans in Berlin polemisierte 1928 in Heft 6 der *"Zeitschrift für Menschenkunde"* mit seinem Aufsatz über *"Schillers Tod u. Bestattung - Schillers Schädel"* nicht nur gegen diesen abstrusen Plan einer Rückführung der mühsam identifizierten Leichenteile, sondern mehr noch und auf republikanisch aufmüpfige Weise vor allem gegen die großherzogliche Weigerung, die beiden vermeintlichen Schillergeripppe der Fürstengruft miteinander vergleichen und somit endlich eine Klarheit schaffen zu lassen, die für Langerhans nur in einem Siege Frorieps liegen konnte.

Damals wurde die Fürstenfamilie nach dem Tode jenes Großherzogs Wilhelm Ernst von einem 15jährigen Jungen auf der schlesischen Latifundie Heinrichsau repräsentiert, den Langerhans scharf attackierte:

" ... untragbar ist der jetzige Zustand, daß des deutschen Volkes Heiligtum, unserer beiden großen Dichter irdische Reste, einem Jüngling hinten in Schlesien, dem Sohn eines interesselosen, völlig unliterarischen Mannes, gehören soll! Auf die rechtlichen Konsequenzen, die hieraus in Zukunft erwachsen können, Vermögensverfall, Konkurs, Subhastation, Verkauf nach Amerika usw., sei nur ganz von weitem hingewiesen! Ich bin ganz gewiß kein Freund sinnlos gewaltsamer Enteignung wohlerworbenen Eigentums unserer früheren Fürstengeschlechter. Aber ich meine, es müssen sich Mittel und Wege finden, daß die Überreste unserer größten Geisteshelden Eigentum des ganzen deutschen Volkes, des deutschen Reiches werden!"

Dieser illoyale Text blieb ebenso ohne jede Resonanz aus Heinrichsau wie auch die 1932 nachfolgenden und gleichgesinnten Appelle der Professoren Scheidemantel und von Güntter, der Physiognomen Dr. Stad und Dr. Reicher.

Weniger nationalistisch als Langerhans, dafür aber ohne Umweg über eine Publikation unternahm im selben Jahre 1931/32 auch Joseph A. von Bradish, Professor an der Universität New York, während seines Studienaufenthaltes in Weimar einen republikanisch unverfrorenen Vorstoß zunächst bei jenem vormalig Großherzoglichen Oberhofmarschall Freiherrn von Fritsch in dessen Schloß Seehausen. Dieser bestätigte ihm,

388

*"daß Seine Königliche Hoheit der Großherzog seinerzeit wirklich die Öff-
nung des Schillersarges verboten hatte. Die Auffassung des Herrn Professors Froriep wurde damals doch von anderer Seite sehr angefochten. Es
gab immerhin noch Kreise, die an der Feststellung von Goethe nicht gerüt-
telt wissen wollten und die der Ansicht waren, daß man an dem Urteil von
Goethe nicht rütteln sollte. Der Großherzog kam deshalb zu dem Entschluß,
den Sarg nicht öffnen zu lassen".*

Also wandte sich Bradish republikanisch noch unverfrorener an Wilhelm
Ernst, den mittlerweile achtzehn- oder neunzehnjährigen Erbgroßherzog von
Sachsen-Weimar-Eisenach, persönlich und schrieb ihm nach Schloß Hein-
richsau in Schlesien:

*"Wie Ew. Königlichen Hoheit sicherlich bekannt ist, ruhen in der Fürsten-
gruft zu Weimar nunmehr zwei Särge mit Schillers Gebeinen [...]. Ein
solcher Zustand ist auf die Dauer wohl unhaltbar. Das nahe Goethejahr
schiene die beste Gelegenheit zu sein, daß [...] in aller Stille einige bedeutende Anatomen nach sorgfältiger Prüfung die Entscheidung nach der einen
oder anderen Seite fällen würden. Das ganze deutsche Volk wäre Ew. Königlichen Hoheit gewiß dankbar, wenn diese peinliche Angelegenheit der
Doppelsärge durch Ihre hohe Intervention aus der Welt geschafft würde.
Aufklärung der Zweifel läge gewiß auch in den Intentionen Goethes, und
deshalb scheint das Goethejahr zur Entscheidung geradezu aufzufordern.
Darf vielleicht ein Amerikaner deutschen Blutes, der zugleich Germanist ist
und sich hier wissenschaftlicher Studien halber aufhält, den ersten Anstoß
in dieser Richtung geben und sich bereit erklären, allenfalls auch für die
Kosten Beihilfe leisten zu wollen."*

Nach dreiwöchiger Bedenkzeit bedankte sich ein Hofrat Justin Frank im Namen der *Großherzoglich Sächs. Schatullverwaltung* für Bradish's *"freund-
lichst in Aussicht gestellte Beihilfe"*, bedauerte jedoch im übrigen,

*"Ihren Vorschlag ablehnen zu müssen, da grundsätzlich an dem s. Zt. ge-
faßten Entschluß, Weiteres in der fraglichen Sache nicht mehr zu unternehmen, nichts mehr geändert werden soll; es sind übrigens nicht 2 Särge vorhanden, sondern nur der eine neben Goethe's Sarg, in dem die Gebeine enthalten sind, die nach Goethe's Überzeugung Schiller zugehört haben - "*

(ach, liegen die jetzt gar in Goethes Sarge? Seit wann denn das, ihr widerspenstigen deutschen Relativsätze?)

" - während die von Froriep festgestellten Reliquien in einem kleinen Schrein aufbewahrt werden: selbst wenn es wissenschaftlich möglich wäre, einwandfrei die echten Gebeine festzustellen, so würde mit der Entfernung der von Goethe als echt erkannten wiederum etwas geschehen, was sich nicht rechtfertigen ließe. Aber selbst wenn die Möglichkeit bestände, die zusammengehörenden echten Gebeine zusammenzulegen, so erscheint hier das Goethejahr 1932 denkbar ungünstig gewählt, da Derartiges kaum, wie Sie annehmen, in aller Stille erledigt werden könnte".

Sollte sich hier also hinter dem Schutzschilde Goethe ein großherzogliches Familienwissen zu verbergen trachten, das unrühmliche Vorgänge aus der Regierungszeit des großen Ahnherrn Carl August im bislang so erfolgreich gehüteten Geheimnis zu belassen wünscht?

Der abgeblitzte Joseph A. von Bradish jedenfalls, Anhänger der Froriep-These ebenso wie fast gleichzeitig auch noch Max Hecker im offiziellen Auftrage der Goethe-Gesellschaft, veröffentlichte diesen blamabel wilhelminisch argumentierenden Briefwechsel noch 1932 während des besagten Gedenkjahres zu Goethes 100. Todestage in seinem Buche *"Schillers Schädel"*, das aber keineswegs im fernen New York, sondern im deutschen oder gar nachbarlich sächsischen Leipzig erschien und auch den amerikanisch unbedenklich versöhnlichen Vorschlag enthielt, schlimmstenfalls Schwabes, Schröters und Frorieps Funde alle in ein und demselben Sammelsarge zu vereinen.

Vier Jahre später freilich, im Juli 1936, wurde dieses Buch in Berlin vom NS-Propagandaministerium, das alle Publikationen über Schillers Ende verboten hatte, *"zum Schutze des deutschen Volkes"* beschlagnahmt. Erst nach einer Intervention des US-Botschafters William E. Dodd bei Reichspropagandaminister Dr. Joseph Goebbels persönlich wurden im März 1937 restliche 370 beschlagnahmte Exemplare des Buches wieder freigegeben.

Über diesen Zwischenfall informierte Bradish die interessierte Welt mit seinem Aufsatze *"Dichtung und Wahrheit um Schillers Hingang"*, der noch 1937 in deutscher Sprache, aber im *"Journal Devoted to the Interests of Teachers of German in the Schools and Colleges of America"*, Monatsheften für Deutschen Unterricht, in der *University of Wisconsin, Madison, Wisconsin* erschien.

Doch als wenige Jahre später US-amerikanische Bombenflieger, sei es aus Wisconsin, sei es sonstwoher, die beiden vermeintlichen Schiller-Särge zu gefährden drohten, wurde von Gauleiter Sauckel nur Coudrays schöner Sarkophag mit Schwabes Schädel und Schröters Skelett in den Bunker nach Jena evakuiert: der kleine Kastenschrein mit Frorieps Alternative wurde NS-ungeschützt in Weimar einer möglichen Zerstörung ausgesetzt. Doch überstand er auch diese Bedrohung ebenso unlädiert wie alle sonstigen, sogar die nächstfolgenden Behelligungen seines Inhaltes.

1950 wies der Berliner Zahnarzt Dr. Fritz Leo Hildebrandt in seiner akribischen Untersuchung über *"Die zwei Schiller-Schädel zu Weimar im Urteil neuer Forschungen über Schillers Zähne und Zahnerkrankungen"* plausibel nach, daß Frorieps Trouvaille mit Sicherheit *"nicht als der Schädel Schillers anerkannt werden"* könne, und fügte hinzu: *"Mit hoher Wahrscheinlichkeit ist anzunehmen, daß der 'Fürstengruft-Schädel' der Schädel Schillers ist"*.

III

Knapp zehn Jahre später, 1959 und unter dem Regime der *Deutschen Demokratischen Republik,* wies Coudrays nunmehr 132 Jahre alter Schiller-Sarkophag in der Fürstengruft unverhofft so beträchtliche Fäulnisschäden auf, daß er mit dem Ziele einer Restauration geöffnet werden mußte. Niemand kann oder will heute Auskunft geben, ob diese Schäden tatsächlich bestanden oder nur vorgetäuscht wurden. Henning Fikentscher erklärte sie dreißig Jahre später und ohne weitere Quellenangaben für *"angeblich"*. Immerhin war die Fürstengruft inzwischen antifeudal in *"Goethe-und-Schiller-Gruft"* umbenannt worden. Vielleicht sollte es an sozialistisch so reformiertem Platze nun nicht länger zwei und schon gar nicht so obskure Schiller-Särge geben.

Jedenfalls nutzten die damals Weisungsbefugten diese vorgefundene oder auch herbeigeführte Gelegenheit eines Schadens, um unter pseudo-sozialistischer Nichtachtung antiquiert feudalistischer Rechte nunmehr die beiden peinlich konkurrierenden Schiller-Schädel gegeneinander auszuspielen und ihre Rivalität endlich definitiv zu beënden. Richtig mochte ihre Arbeiter- und

Bauernrepublik für solche Schildbürgerstreiche wilhelminischen Ungeistes nicht mehr der rechte Ort sein.

Aber die zuständigen *Nationalen Forschungs- und Gedenkstätten der klassischen deutschen Literatur*, die das Weimarer *Museum für Ur- und Frühgeschichte* mit der Durchführung der anfallenden Arbeiten betrauten, mochten dessen Kompetenz in Frage stellen oder aber um das internationale Echo besorgt sein, das unschwer vorauszusehen war. Jedenfalls engagierte das übergeordnete *Institut für Vor- und Frühgeschichte* bei der *Deutschen Akademie der Wissenschaften zu Berlin* den sowjetischen Anthropologen Prof. Dr. Michail Michailowitsch Gerassimow, der im Moskauer *Institut für Ethnographie* in der *Akademie der Wissenschaften der UdSSR* das *Laboratorium für plastische Rekonstruktion* leitete und dort seit 1938 an der Entwicklung seiner Methode einer individuellen plastischen Rekonstruktion von Gesichtsweichteilen auf dem Schädel arbeitete. Diese Kapazität eines einschlägigen Spezialgebietes also wurde nun beauftragt, mit Hilfe ihrer vielfach erprobten und erfolgreichen Methode den echten Schiller-Schädel endlich eindeutig zu identifizieren.

Zwei Wochen lang, vom 7. bis zum 21. September 1961 und quasi genau zum 135jährigen Jubiläumstage jener ersten Schädel-Niederlegung in der Großherzoglichen Bibliothek also, hielt sich dieser Stalinpreisträger aus Irkutsk, ein sibirischer Nachbar quasi auch jener Jakuten und ihrer Schamanen, nunmehr in Weimar auf und verglich hier die beiden realsozialistisch freigelegten Sarginhalte der nunmehr sobezeichneten *Goethe-und-Schiller-Gruft*. Er tat das unter Assistenz eines *"Schülers und Kollegen"*, des Berliner Biologen Dr. Herbert Ullrich, der während eines Studienaufenthaltes in Moskau schon bei Gerassimow gearbeitet hatte und nun für Voruntersuchungen und Vermessung zuständig war, sowie in loyaler Befolgung des offiziellen Auftrags. Dieser mag ein staatlich gewünschtes Ergebnis bereits im Voraus zumindest suggeriert haben.

Denn ohne Konsultation von anatomischen Experten, aber mit einer Schnelligkeit und Zielsicherheit, die zumindest Wissenschaftler mißtrauisch machen müssen, resümierte Gerassimow seinen Befund in Frorieps Kistenschrein.

"Mir fiel sofort auf, daß die Knochen in Größe, Alter und Geschlecht nicht miteinander übereinstimmten. Sie gehörten ohne Zweifel verschiedenen Menschen an",

berichtet er im Schiller-Kapitel seines Buches *"Ich suchte Gesichter. Schädel erhalten ihr Antlitz zurück. Wissenschaft auf neuen Wegen"*, deutsch 1968 im Bertelsmann Verlag, Gütersloh. Er fährt da fort:

"Der Schädel selbst war klein und unverkennbar weiblicher Herkunft [...]. Die Frau war noch sehr jung, etwa im Alter von 20 Jahren, gestorben.

Wie war es möglich, daß der Anatom Froriep einen so kraß ausgeprägten weiblichen Schädel für einen männlichen ansehen konnte? Wie war es möglich, daß er einen Altersunterschied von mehr als 20 Jahren nicht bemerkte?"

Wie war es ferner möglich, daß all die anatomischen Kapazitäten jener Zeit sich Frorieps nunmehr offenbarter Fehldiagnose so einstimmig angeschlossen hatten?

Auf solche Fragen hat Gerassimow nur eine sphinxhafte Antwort parat:

"Das wird mir immer ein Rätsel sein."

Er bilanzierte: *"Mit der Bestimmung des Geschlechts schien der 1911 aufgefundene Schädel von selbst aus der Diskussion auszuscheiden."*

Damit schloß sich Gerassimow einer Meinung an, die schon 1932 im ersten Dezemberheft der Zeitschrift *"Die medizinische Welt"* von den Berliner Autoren P. Stad und E. Reicher als Resultat ihrer zwar nicht beweisbaren, aber spürsicher intuitiven Methode des *"physiognomischen Schauens"* vorgetragen worden war: daß Frorieps Schiller- Schädel *"einem weiblichen Wesen gehört haben muß"*.

Trotz solcher Schützenhilfe machte sich Gerassimow, *"um nie wieder zu dieser Frage Stellung nehmen zu müssen"*, die Mühe, nach Frorieps vorliegendem Schädel *"das Profil der unbekannten jungen Frau anzufertigen"*. Mit Hilfe eines Dioptographen und seiner "plastischen Rekonstruktion" verifizierte er, *"wie zu erwarten war"*, ein junges Frauengesicht. Hellmut Helwin, sonst ein Kritiker Gerassimows, hat es später der 1809 verstorbenen 18jährigen Comtesse Jeanette Louise Amalie von Egloffstein zugeordnet. Gerassimow aber resümierte:

"Damit glaube ich, alles getan zu haben, was zum Nachweis nötig war, daß der Schädelfund von 1911 nicht Schiller zugeschrieben werden konnte."

Hierdurch stand aber automatisch auch die Frage nach der Authentizität jenes anderen Schädels im Raume, den Welcker so überzeugend für falsch erklärt hatte. *"Ich kannte die Arbeiten Welckers gut"*, bekannte Gerassimow, *"und er galt für mich als unfehlbare Autorität. Der 1826 gefundene Schädel konnte also nicht Schiller gehören"*.

Einen historischen Augenblick lang schien die Nachwelt also da schon tatsächlich ohne jeglichen Schiller-Schädel dazustehen und weiterleben zu müssen.

Aber Gerassimows obrigkeitlicher Auftrag scheint anders gelautet zu haben. Denn

"als der rote Sarkophag mit dem 1826 entdeckten Skelett geöffnet wurde, war ich sofort beruhigt".

Inwiefern beruhigt?

Und inwiefern sofort?

Da hatte sich unfreiwillig eine vorgefaßte Erwartungshaltung offenbart, die nicht eben allzu wissenschaftlich neutral sein mochte.

"Sogar ein flüchtiger Blick ließ keinen Zweifel daran, daß der Schädel, der Unterkiefer und die übrigen Gebeine eindeutig einer Person angehörten": unbezweifelbar und auf den ersten Blick?

"Der Schädel war überaus markant, ja, ich möchte sogar sagen, schön: eine herrliche Stirn, große Augenhöhlen, stark vortretende Nasenbeine, schöne, gleichmäßige Zahnreihen. Das alles entsprach dermaßen dem Äußeren des Dichters, daß ich den Gedanken nicht los wurde: Welcker mußte sich geirrt haben."

Diese vorschnelle und emotionale Betrachtungsweise wurde durch Vorkenntnisse ergänzt, die als lückenhaft zu bezeichnen eine distinguierte Höflichkeit darstellen würde. Fikentscher hat ihre Mängel gnadenlos akribisch aufgelistet und registriert ganze siebzehn gravierende Fehler oder Irrtümer (*opus citatum*, Seiten 59ff.).

Gleichwohl unternahm es der sowjetische Gelehrte, auf den vom zuständigen Museum vorsorglich und *"erstklassig"* aus Kunstharz angefertigten Abguß des Schwabeschen Schädels nach jener vielfach erprobten Methode einer plastischen Rekonstruktion *"ganz bestimmte, von vornherein abgeschätzte Weichteildicken auf*[zu]*tragen und gemäß der Schädelform konkrete morphologische Gesichtsdetails nach*[zu]*bilden"*.

Das tat er mit Knetwachs, aber zunächst nur auf einer Gesichtshälfte.

"Kaum hatte ich den Mediankamm auf dem Schädel aufgetragen, da erkannten meine Kollegen auch schon das Profil des Dichters."

Das geschah schon *"in erstaunlich kurzer Zeit"* (Augenzeuge Herbert Ullrich) und mag entsprechend beflügelt haben.

"Als die Rekonstruktion [des halben Gesichtes!] *fertig war, galt es, sie mit der Maske zu vergleichen. Es geschah in einem offiziellen Festakt* [am 15. September 1961]. *Im Beisein von Mitarbeitern des Museums* [...] *wurden die Gipsmaske und die Rekonstruktion einander gegenübergestellt. Die nachgebildete Gesichtshälfte sah der Totenmaske zweifellos ähnlich. Der Schädel stammte also wirklich von Schiller!"*

Damit galt Welckers berühmter Zweifel an diesem Schädel als widerlegt. Gerassimow erklärte ihn mit einem Bande, das Schillers Haar bei der Abnahme der Totenmaske auf dem Hinterkopf zu einem Knoten zusammengeballt habe: der sei von Welcker irrtümlich für eine Schädelwölbung gehalten worden.

Da das *Museum für Ur- und Frühgeschichte* überraschender Weise nun über Abgüsse plötzlich auch noch von Wirbeln, Schultergürtel und jenen fragwürdigen Rippen aus Schröters fixem Schiller-Skelett verfügte, montierte Gerassimow hieraus einen Oberkörper und trug da entsprechende Muskelschichten aus Knetwachs auf. Hierbei entstanden jene hochgezogenen Schultern, ein schmaler und flacher Brustkorb sowie ebenjene leichte Neigung des Kopfes, die alle auch auf dem berühmten Porträt des 35jährigen Schiller zu sehen sind, wie Ludovike Simanowiz es 1793 von ihm malte.

"Der Schiller-Schädel", bilanzierte Gerassimow nunmehr zufrieden, *"war somit identifiziert und die langjährige Diskussion erschöpft"*.

Nach Moskau zurückgekehrt, wiederholte er dort seinen Test noch einmal an einem mitgelieferten Schädelabguß, aber unter vertrauteren Bedingungen. *"Das so geschaffene Antlitz präsentierte sich voll innerer Bedeutsamkeit. [...] Es war wahrhaftig das Antlitz eines Dichters und Humanisten."*

Zwei Jahre später, also 1963, wurde aus dieser Moskauer Schädelkopie ein *"dokumentarisches"* Schiller-Porträt angefertigt, das die *Akademie der Wissenschaften der UdSSR* der DDR überreichte und das im Weimarer Schillerhause ausgestellt wurde. Später verschwand es in jenem Kellermagazin des Weimarer Wittumspalais zwischen zahlreichen Gipsabgüssen ehemals prominenter Männerköpfe.

Denn schon 1964 beanstandete der Hallenser Anatom Prof. Dr. Dr. Joachim-Hermann Scharf in jenen *"Abhandlungen der Deutschen Akademie der Naturforscher"*, die sich *"Nova Acta Leopoldina"* nennen und im system- wie landeseigenen Leipzig erschienen, daß Gerassimows und Ullrichs Publikationen lediglich *"Gemeinplätze und Behauptungen, aber keinerlei Zahlenmaterial"* enthalten, wie man es *"zur objektiven Prüfung so dringend benötigt"*. Ihr Resultat *"vermag nicht zu überzeugen, so lange nicht das Meßverfahren bekannt gegeben wird"*.

Vor allem aber Gerassimows These, der Froriep-Schädel sei weiblich, war in Scharfs Augen *"schlechthin eine Anmaßung"*: denn

"so dickschädelige Weiber gibt es in Deutschland nicht".

Hierzulande seien die Maße des froriepschen Schiller-Schädels schon *"fast das Maximum bei Männern"*.

Doch dieser ebenso couragierte wie akademisch streitbare Anhänger Frorieps stellte erstmals auch das in dieser Angelegenheit so gern bemühte Gegengewicht der Goetheschen Kompetenz in Frage: *"denn Goethe irrte auf kaum einem anderen Gebiet mehr als auf dem der Kraniologie"*.

In *"Gegenbaurs Morphologischem Jahrbuch"* von 1969, das in Leipzig unter der Schriftleitung ebendieses Prof. Dr. med. Dr. rer. nat. Joachim-Hermann Scharf erschien, publizierte Axel Simon, Dr. med. habil. und Erster

Oberarzt am *Institut für gerichtliche Medizin der Martin-Luther-Universität Halle-Wittenberg*, einen *"Gerichtsmedizinischen Kommentar zur Schiller-Rekonstruktion durch Gerassimow (1961) in Weimar"*. Hierin diagnostizierte er höflich oder vorsichtig *"größere Differenzen"* zwischen Gerassimows Rekonstruktion und dem Gipsabdruck des Schwabe-Schädels in der Fürstengruft. Man könne *"nicht mit Sicherheit aussagen"*, daß zwischen beiden *"eine Identität besteht. Infolge fehlender Maßangaben ist eine exaktere Aussage nicht möglich"*.

Ausdrücklich *"aus dem Anatomischen Institut der Martin-Luther-Universität Halle-Wittenberg zu Halle (Saale)"*, als dessen Direktor wiederum Prof. Dr. Dr. J. H. Scharf genannt wird, veröffentlichte in eben derselben Ausgabe von *"Gegenbaurs Morphologischem Jahrbuch"* (Band 113, Heft 4) der sobezeichnete "Akademische Bildhauer" Hellmut Helwin seinen Beitrag *"Die Profilanalyse, eine Möglichkeit der Identifizierung unbekannter Schädel"*. Er verglich hier Welckers und Gerassimows Methoden, bewies, daß sie sich *"im wesentlichen gleichen"* und erklärte ihre verwirrend konträren Resultate im Falle Schillers auf behutsame Weise so:

Gerassimows Verfahren *"scheint nicht Fehler auszuschließen"*, und sein Ergebnis *"muß deshalb verworfen werden"*.

Helwin kommt überdies nach sehr ausführlicher Analyse zu einer Einsicht, die die gesamte bisherige Schädeldiskussion von Welcker bis Hildebrandt beendete und erledigte: *"daß die Totenmasken Schillers für die Identifizierung ungeeignet sind"*. Daher habe er selbst den zuständigen Direktor der *Nationalen Forschungs- und Gedenkstätten der klassischen Deutschen Literatur in Weimar* um einen Abguß des Schwabe-Schädels aus dem Fürstengruft-Sarge gebeten, sei aber dahingehend abgewiesen worden,

"daß es im allgemeinen Interesse liegt, wenn wir die Untersuchungen auf diesem Gebiet nunmehr für abgeschlossen betrachten".

Nicht zuletzt aus dieser obrigkeitlichen Anordnung mag Helwin abgeleitet haben, daß auch Gerassimow sich *a priori* untertänigst darauf festgelegt hatte, *"daß der Fürstengruftschädel der echte Schiller-Schädel sein muß"*.

Das gab Helwin am 3. April 1968 zum Drucken nach Leipzig, wo es im August 1969 erschien.

Aber erst 1990 wagte im schleswig-holsteinischen Mohrkirch jener Henning Fikentscher, der im übrigen auch ein Gegner Frorieps war, in seinem zitierten Buche ausführlich zu dokumentieren, daß *"Gerassimows Knetwerk"* samt und sonders mit Schiller in Wahrheit *"nicht die mindeste Ähnlichkeit"* aufwies. Es hatte

"eine fliehende Stirn über einer Adlernase, während Schillers Bildnisse wie die Totenmaske eine Habichtsnase unter einer fast senkrechten Stirn zeigten".

Fikentscher deutete Gerassimows gegenteilige Erfolgsbilanz als die höfliche Lüge eines Gastes, der die Erwartungen und Wünsche seiner Gast- und Auftraggeber nur auf solche Weise erfüllen konnte. Aber dieser loyale Erfüllungsgehilfe unterließ es in seiner Publikation wohlweislich, die ausschlaggebenden Maße seines Schillerkopfes bekanntzugeben. Das veranlaßte, berichtet Fikentscher leider ohne jede Quellenangabe, einen

"Minister Grimm vom Ostministerium, nach Moskau zu fahren und Prof. Gerassimow um die Schädelmaße zu bitten. Der Anthropologe lachte lauthals und versicherte, daß er nicht der Urheber der Geheimnistuerei sei, und versprach, demnächst alles zu veröffentlichen".

Tatsächlich kündigte schon im Mai 1962 auch sein deutscher Mitarbeiter Herbert Ullrich in der Berliner Zeitschrift *"Urania"* eine gemeinsame Publikation im angesehenen Weimarer Böhlau-Verlage an. Dort ist sie aber aus unerfindlichen Gründen nie erschienen und inzwischen unbekannt. Das Weimarer *Goethe-Nationalmuseum* aber bestätigte noch 2001, daß *"weitere geplante Publikationen der Untersuchungsergebnisse nicht erfolgt"* seien. Gerassimow jedoch, wußte Fikentscher, sei am 21. Juli 1970 gestorben.

IV

Insofern müssen alle Befunde der Nachuntersuchungen seit 1959 bislang als unzugänglich gelten. Noch 1989 hatte Hans Bankl allen Anlaß zu dieser Reklamation: *"Die Untersuchungsergebnisse sind seither noch immer nicht in ausführlicher und wissenschaftlicher Form publiziert"*.

Auch über die fäulnisbedingte Öffnung des Sarges und "Mazeration" oder restaurative Reinigung der Gebeine im Jahre 1969 gibt es angeblich keinerlei Protokolle.

Die Entscheidungsnotabeln in Weimar oder Pankow aber scheinen schon damals Scharfs und Fikentschers Zweifel geteilt oder mindestens gefürchtet zu haben. Denn in der Weimarer Fürstengruft stehen nun auch vierzig Jahre nach Gerassimows Gastspiel wiederum und immer noch beide Schiller-Särge so genötigt wie friedlich beieinander. In einem Prospekt der *Stiftung Weimarer Klassik* aus dem Jahre 2000 hat auf einem Lageplan sämtlicher hier deponierter Särge der Sarkophag mit Schwabes vermeintlichem Schiller-Schädel die Nummer I (direkt neben Goethe als Nummer II) und der Kasten mit Frorieps Trouvaille die Nummer III mit der Inhaltsangabe

Unbekannt (1911 von der Forschung für den Schädel Schillers gehalten).

Aber neben dem *Direktorat Museen der Stiftung Weimarer Klassik* und dem *Dezernat Baudenkmalpflege*, die hier den Hausherrn repräsentieren mögen, firmiert jetzt als zusätzlicher Bauherr dieser Fürstengruft auch noch die Unternehmens-*Stiftung* des *Deutschen Eigenheimvereins Wüstenrot e. V.*, die ihren Sitz just in Ludwigsburg hat, wo Schiller immerhin wichtigste Jugendjahre verbrachte. Als eine Art zeitgemäßer Sponsor auch mit Konservatoren- und Werbepflichten macht dieser Bauherr in seiner Satzung ausdrücklich zur Bedingung, daß alle ausgewählten Objekte seiner Stiftung

"die Gewähr einer qualifizierten Nutzung und allgemeiner Zugänglichkeit"

bieten. Die eben scheint also Wüstenrot hier, sicher auch unter kommerziellen Aspekten, für durchaus gegeben zu halten.

Daher müßte im Sinne dieser wörtlich beschworenen Qualität einer allgemeinen Nutzung nicht zuletzt auch jeder Betrug von Benutzern oder Besuchern endlich ausgeschlossen werden. Insofern sollte vielleicht die Firma Wüstenrot eine baldige Klärung der nur noch knöchernen dortigen Poëten-Identität zumindest in Aussicht stellen.

Symptome eines Syndroms

Inserat in 14 deutschen Tageszeitungen

Liebe Mitbürgerinnen und Mitbürger !

Da der Erreger von OIRU immer noch nicht eingegrenzt werden konnte, machen wir Sie auf diesem Wege wenigstens auf die bisher bekannten Frühsymptome einer Ansteckung mit dieser unheilbaren Krankheit aufmerksam.

Außer unerklärlichem Übergewicht und unangemessen pessimistischem Realitätsverlust, die aber beide erst in fortgeschrittnerem Stadium auffällig werden, ermöglichen uns inzwischen weitere Merkmale eine hilfreiche Früherkennung von ZOR (**Z**erbralem **OIR**udiment).

Hierzu gehört speziell eine ganze Sequenz von psychologisch auffälligen Obsessionen. Sie richten sich anfangs vornehmlich

auf modische Kleidung, etwa auf Basketballmützen, möglichst klumpfüßiges Schuhwerk, bestimmte Jeans-Fabrikate und vollends zwanghaft auf kostspielige Armbanduhren nur als Körperschmuck,

zunehmend bald auch auf sonstige technische Gerätschaften ohne konkreten Nutzwert, aber mit dem sinnlosen Einsatz unberechenbarer Pieptöne und allerorts glimmender roter Punkte,

ferner auch wahllos auf sämtliche Spielarten von elektronischen Rechnern, auf Internet und ständig wechselnde Varianten mobiler Telefone für Ersatzbefriedigungen in Gestalt von eskapistischen Ferngesprächen rund um die Uhr oder schriftlichen Kurzinformationen ohne jeden Anlaß oder Bedarf;

parallel stellt sich früh auch für Kraftfahrzeuge sämtlicher Modelle eine Manie ein, die zu selbstzweckhafter Ansammlung tendiert, ursächlich vermutlich mit all den zwanghaften Ortsveränderungen der Infizierten zusammenhängt und sogenanntes Reisefieber simuliert;

auch das ebenso grassierende Fußballfieber kann als Symptom einer durchaus pathologischen Fixierung auf welchen Sport auch immer mittlerweile zu den relevanten OIRU-Symptomen gezählt werden;

unterschwellig wurden auch sonstige sinnlose Fokussierungen diagnostiziert, die überwiegend Vorlieben für monetäre Anhäufung entwickeln, alle sonstigen Lebensbereiche zu dominieren und eine typisch überdimensionierte Eigenbedeutung vorzutäuschen trachten.

Zusammenfassend können alle diese scheinbar so sympathischen Einzelsymptome als das Syndrom einer manischen Besessenheit bezeichnet werden.

Umgekehrt sind auch bestimmte Verluste oder neurotische Entwöhnungen bereits als psychologisch OIRU-typisch verdächtig. Hierzu gehören

der strikte Verzicht auf früher übliche Schenkungen welcher Art auch immer

und die generelle Unlust oder Unfähigkeit zuzuhören;

ein zusätzlicher Rückgang an Hilfsbereitschaft befindet sich zur Zeit noch im Beobachtungsstadium, ist aber unübersehbar.

Wir informieren über diese Frühsymptome, um die rasante Ausbreitung dieser Seuche eindämmen zu helfen.

Das kann nur gelingen, wenn alle mitarbeiten.

Wir bedanken uns für Ihre Unterstützung

und verabschieden uns mit einem hilfreichen Goethe-Zitat:

"Gewöhnlich vergeßt ihr aber auch über eurem Addieren und Bilanzieren das eigentliche Fazit des Lebens".

Selbsthilfegruppe OIRU e. V.　　　*Vereinigte Bürgerinitiativen zur*
Postfach　　　*Früherkennung von OIRU e. V.*
71063 Sindelfingen　　　*21502 Geesthacht*

Anzeige

Alle eins

Postwurfsendung an alle Haushaltungen in Jerusalem = Al-Quds

Liebe Menschen in Jeruschalajim und Al-Quds oder Al-Quds und Yerushalajim !

Dies ist ein Aufruf, Euer Denken zu überdenken.

Denn unser bisheriges Denken war wohl eher falsch. Also muß es korrigiert werden.

Unser bisheriges Denken hat Gläubige immer gegen Andersgläubige Front machen lassen. Seit Jahrtausenden. Das Ergebnis waren Jahrtausende lang nur Mord und Totschlag, ohne daß aus einem einzigen Andersgläubigen jemals ein Gläubiger der eigenen Seite wurde.

Das lag daran, daß die Gegnerschaft des Gegners meist nicht richtig gesehen wurde. Oder mit Augen von vorgestern.

Der Gegner eines heutigen Gläubigen kann nun nicht mehr der Andersgläubige sein.

Es muß der Ungläubige sein.

Wer jedoch ist heute ein Ungläubiger?

Ungläubig ist der Glaubenslose: der Dissident oder Ketzer. Der Häretiker. Der Gottlose. Also Goi und Giaur und Heide gemeinsam. Der Apostat, der Atheïst, der "Aufgeklärte". Der Götzendiener, der einen Fetisch verehrt, einen Gegenstand.

Ungläubig ist, wer sich derart materiell orientiert.

Wer nur wirtschaftlich denkt: also diesseitig.

Wer den Mammon anbetet.

Wer spirituelle Welten lieber leugnet.

Wer jede Transzendenz verleugnet.

Wohin das führt, war schon in Sodom zu sehen. Jetzt ist sogar global zu sehen, wohin das führt: in den Untergang dieses Planeten. Sei es zu jenem dubiosen *Anti-Hubble*. Und zur Vernichtung der ganzen Menschheit.

Daran kann heute kein Zweifel mehr bestehen.

Also müssen die Ungläubigen, die diese Katastrophe zu verantworten haben, angegriffen, bekämpft und entmachtet werden.

Aber von wem?

Das können nur die Gläubigen tun. Bloß welche?

Tatsächlich sind sie einzeln den Ungläubigen gar nicht mehr gewachsen. Nur noch gemeinsam.

Die solidarische Gemeinschaft der Gläubigen könnte es also sein. Nur daß sie gegen die Ungläubigen heute keine Mehrheit besitzen.

Aber im Verlaufe der gesamten Menschheitsgeschichte haben sämtliche Gläubige, alle zusammen, eine absolut überwältigende Mehrheit.

Gegenüber den winzigen atheïstischen Minderheiten der Humangeschichte.

In so stolzem Traditionsbewußtsein müssen sich also die Glaubenden nunmehr schleunigst gegen die Raffkes zusammenschließen.

Aber wo? Wo auf diesem Planeten könnten wir Gläubigen uns noch ungehindert zusammenfinden?

Am besten in Jerusalem. Oder eben Al-Quds. Wie eh und je.

Denn Jeruschalajim ist nicht nur die Hauptstadt Israëls. Al-Quds ist nicht nur die Hauptstadt Palästinas. Nicht nur die Metropole von Juden und Moslems.

Nein, dieser *Heilige Ort* muß ab sofort auch die Hauptstadt sämtlicher anderer Gläubiger in ihrem Kampfe gegen den Unglauben sein. Denn es gibt keinen angemesseneren Platz auf unserm Globus.

In diesem *Neuen Jerusalem* müssen sich alle Religiösen zu ihrem gemeinsamen Feldzuge gegen den grassierenden Terror des Materialismus versammeln.

Hierzu sollte sich unser aller Denken verändern. Schon heute, sofort.

"Gläubige aller Religionen, vereinigt Euch!"

Diesen Vorschlag unterbreiten heute für alle Menschen in Jerusalem

Eure Mitmenschen Ibrahim Blaugold und Mammut Levin (aus der Arche N).

*(In hebräischer, arabischer und englischer Sprache.
Deutsche Fassung vom Team der Arche N)*

Tote leben

Brief aus Saithai in Thailand an Moritz Pirol

Hallo, Herr Moritz. Sei offen für einen guten Tag, mein Großer Bruder. Wie geht es meinem Großen Bruder? Ich hoffe, es geht ihm gut. Für mich ist dann alles okay.

Ich habe Dir lange keinen Brief geschrieben. Das tut mir leid. Ich hatte doch keine Adresse. Du bist so rastlos wie ein Vogel ohne Nest. Trotzdem habe ich meinen Großen Bruder Moritz nie vergessen.

Aber heute nacht ist mir im Traum mein anderer Großer Bruder erschienen. Ich meine jetzt Bruder Sawaang, den sie uns mit ihrer Schwarzen Magie ermordet haben. Ich soll Dir sagen, daß er im Nirwana ist und es gut hat. Er wartet da auf Dich.

Außerdem soll ich auch, sagte mir dieser Traum, Dir von unserm *pih sing* erzählen. Er heißt auch *pih juj*. Das bedeutet, daß er immer da ist. Immer anwesend. Weil er einen Menschen besetzt hält. Er besetzt ihn und verändert ihn dann so, daß der Mensch so denkt und spricht wie dieser Geist. Ohne solch einen menschlichen Wirt wäre dieser *pih* sprachlos. So wie Sawaang jetzt ohne Dich. Läßt er Dir sagen. Ohne Dich sei er überhaupt nicht mehr imstande, sich hier noch irgendwie auszudrücken.

So benutzt also ein Verstorbener einen Lebenden, um sich auch jetzt noch Wünsche erfüllen zu können. Die beiden sind eine Art Symbiose. Meist gibt sich ein *pih sing* seinem Gastgeber eines Tages zu erkennen. Er spricht dann mit ihm. Das ist gar nicht selten. Nur daß viele Menschen darauf gar nicht achten. Sie hören nicht zu. So wird die Besessenheit immer stärker. Das kann dann aber nur eine gute Erfahrung sein.

Darum sei Sawaang auch so sicher, daß Ihr Euch eines Tages wiederseht. Er habe jetzt endlich einen Platz, wo er lange bleiben und glücklich sein könne. Deshalb lädt er Dich auch ein, zu ihm zu kommen und bei ihm zu bleiben. Das wäre für ihn sehr okay.

Damit endete mein heutiger Traum. Auch ich hoffe sehr, daß dieser Tag bald kommt, mein Großer Bruder Moritz. Denn ich liebe meine beiden Großen Brüder mit und ohne Zeit: also immer.

Hmuh

(Deutsche Übersetzung von Moritz Pirol)

Frau = Mann

Internet: Protokoll X aus der Arche N

Dies ist das zehnte Protokoll aus der Arche N

oder auch der sechste Teil des Vierten Protokolls.

Graf Konstantin Tolstoi berichtet Weiteres von jenem sibirischen Schamanen Ogus:

Irrwege, Irrsal

Als Ogus also seine sibirische Heimat verließ und nach langem Reiten auf seinem Pégasos in Thrakien, diesem Hinterlande des später so berühmten Byzanz, eintraf, suchte er dort sofort als Erstes nach dem purpurgeflügelten Geliebten seiner schamanistisch-Argonautischen Geistreise: jenem unvergeßlichen Kálaïs. Er suchte ihn in der elterlichen Burg auf den Höhen des Pángaion-Gebirges in jenem heute ukrainisch-slowakisch-rumänischen Grenzgebiet um Kušnitza, *"wo die Welt verriegelt ist"*.

Aber sie war es auch für ihn. Die Winde, hieß es, seien alle unterwegs, und Kálaïs gründe gerade eine Stadt namens Cales in der Campagna di Roma.

Also ritt Ogus auf seinem Pégasos weiter in die Campagna di Roma.

Dort war eine Stadt namens Cales unbekannt. *"Vielleicht in Calabrien? Oder wie heißt dieser Mann?"*

"Kálaïs."

"Und seine Gründung?"

"Cales."

"Dann weiß ich", sagte ein Friseur. *"Ich hatte mal einen Kunden aus Frankreich. Da gibt es eine Stadt, die heißt Cálaïs, aber spricht sich dort Calés. Im Dialekt der Gegend auch Caläh."*

Also ritt Ogus weiter ins Artois. Dort gab es ein Calais, aber keinen Kálaïs. Doch im Hafen wußte ein Matrose vom fernen Cali in Columbien. Also schiffte sich Ogus in Calais nach Cali ein und wurde so auch noch zum Kap Hoornier.

Aber auch in Cali war kein Kálaïs. Vielleicht in Calama, jenseits der Anden im nördlichen Chile? Auch da nicht. Aber sicher im spanischen Calatrava, in der Provinz *Ciudad Real*. Kein Kálaïs. Im sardischen Cágliari? Nein, aber im korsischen Calvi. Hier nicht, aber es gibt auch ein Calvi auf dem Festland: in Umbrien. Richtig. Aber keinen Kálaïs. Vielleicht im toscanischen Calvi? Auch nicht. Oder aber in jenem aberwitzig brandenburgischen Calau, Niederlausitz? Wohl ein Kalauer! Oder im thüringischen Kahla: dort pflegte sogar Goethe Station zu machen, und Schiller holte da auf dem Wege zu problematischer Hochzeit seine Schwiegermutter ab. Ja, alle die vielleicht. Aber nicht Kálaïs.

Doch in diesem Kahla gab es wenigstens einen helvetischen Professor, der wußte, daß auch schon ein anderer Wiedergänger namens Hölderlin den Geist seines Hyperíon *"wie die Zephyre"*, nämlich *"von Schönheit zu Schönheit"* selig umherirren, schließlich aber auf der griechischen Insel Kalaúrea oder Kalaureia seine große Liebe finden ließ. Vielleicht, hoffte Ogus, hieß es ja auch Kal' Aurea oder Kal' Aura *alias* sei es *Goldener Lufthauch des Kálaïs* - auf nach Kalaúrea also: südlich von Athen, im Süden des Saronischen Golfes, vor der Argolischen Akte, nur zwanzig Quadratkilometer groß, kaum zu finden.

Sein Kálaïs war da erst recht nicht zu finden. Aber auf dem Fährschiff zwischen Kálamos und dem calabrischen Calabro erinnerte sich ein mongolischer Kosmopolit, daß es östlich vom Tigris in der Landschaft Kalachené nicht fern vom assyrischen Ninive ein Kelach gibt, das in der Genesis noch Kalah genannt wird: *"Dies ist die große Stadt"* (10, 12). Dort aber fand sich außer einer Ruine namens Nimrud Kalhu nur noch ein greiser Astrologe, der errechnen zu können behauptete, daß jenes Cales in der Campagna di Roma jetzt zum südlichen Latium gehörte und gleichfalls Calvi hieß.

Dort nun machten die ansässigen Aurunker dem Ogus in ihrer aurunkischen Sprache klar, daß ihr Calvi sich früher Cales nannte und wirklich mal von einem gewissen Kálaïs gegründet worden war. Der sei aber gleich danach und auf Nimmerwiedersehen so schnell wie der Wind verschwunden.

"Auf Purpurflügeln?"
"Auf was?"

Also kehrte Ogus ohne seinen Kálaïs und mit leerem Herzen noch einmal zur Heimatburg der Boreaden ins thrakische Pángaion-Gebirge zurück, das ihm nach all seinen Irrfahrten selbst schon zur Heimat zu werden begann.

"Ohne unsern wahren Platz zu kennen,
handeln wir aus wirklichem Bezug",

erinnerte sich später *Redivivus* Rilke an diese Suche nach der Liebe rund um die Welt,

"Die Antennen fühlen die Antennen,
und die leere Ferne trug ... ":

sie trug auch zurück - vielleicht war Kálaïs jetzt also eher hier? Hier aber raste gerade ein Schneesturm von sibirisch vertrautem Kaliber.

Erschöpft ließ der Weitgereiste sich vor dem verriegelten Burgtor nieder und
erinnerte sich an die Worte seines imaginären Kálaïs vom hiesigen Ende der
Welt. War es auch das Ende seines Lebens? Es sah so aus. Der Schneesturm
erreichte seine Klimax. Man war schnell verweht, sah die Hand nicht mehr
vor Augen und drohte zu erfrieren.

Aber hörte eine Frauenstimme fragen: *"Was suchst du hier?"*

"Den Kálaïs. Wir sind Freunde."

"Der ist tot. Von Heraklés erschlagen."

"Das glaube ich nicht."

*"Dann geh auf die Insel Tênos. Zwischen Ándros und Mýkonos. Da findest
du seinen Grabstein: eine Säule. Bei Nordwind bewegt sie sich leicht. Als
winke er jemandem."*

"Und Zétes, sein Zwilling?

"Liegt gleich daneben. Miterschlagen. Aber seine Säule winkt nicht."

"Wer bist du?"

"Chióne, ihre Schwester."

"Die Dämonin der Schneestürme?"

"Merkst du das nicht?" Und der Schneesturm wurde zum Hagelorkan.

*"Aber warum bloß hat Heraklés - ? Ich meine, Kálaïs war sein Freund. Er
hat die ganze Sahara nach ihm abgesucht."*

*"Aber euer Schiff einfach weiterfahren lassen, als Heraklés seinen Hýlas
suchte."*

"Aber das ist ein Irrtum!"

*"So ist das Leben. Ich muß weiter. Ich zische jetzt nach Tênos. Willst du
mit?"*

"Das kann ich jetzt nicht. Vielleicht später. Aber danke."

Chióne wirbelte in einer Schneewolke davon.

Wind und Wort

Ogus saß nun da. Wie lange, konnte er später selbst nicht sagen. Andere sagten: sieben Monate. Wieder andere: drei Jahre. Saß er da und trauerte. Hatte
keine Lust mehr. Nahm keine Nahrung zu sich, sondern weinte nur. Härmte
sich. War selbst mehr tot als lebendig. Wollte wohl auch nicht mehr leben.
Konnte es gar nicht mehr ohne virtuelle Windsbraut. Und begriff die alten
Völker, deren Poëten den Wind als Luft, die Luft als Leben besungen hatten
und denen Vögel darum heilig waren: Kraniche und Falken, Spechte und
Nachtigallen. Schon Flügelpaare belebten magisch, Geflügelte waren Magier,
Magier geflügelt: schon bei den Ägyptern. Auch bei den Argonauten. Erst
recht bei den Boreaden, unvergeßlich und purpurfarben. Bei den awestischen
Persern hatte Gott alles Leben seinen Atemhauch aus dem Winde beziehen
lassen, der auch Seele oder Leben eines verstorbenen Inders ebenso in die
Luft davon und in den Himmel trug wie sogar bei den hyperboreïschen Ger-
manen mit ihrem Loki, diesem Beherrscher des Windes und Lotsen ihrer Toten. Ohne Wind war da überall keine Luft, ohne Luft noch bei den Argonautischen Griechenkindern in Westafrika gar kein Leben.

Dort in Mali jedoch wird die Luft mit ihren Strömungen und Böen, ihrem
windigen Rauschen und Heulen nicht nur zum Musizieren mit ähnlichen In-
strumenten wie Äolsharfe oder Dudelsack verwendet, sondern überhaupt als
Laut oder schließlich gar als Wort verstanden, das schon das Blut ernährt wie
seit Lavoisier der Sauerstoff.

Also macht Luft als Wind oder Wort ein Leben überhaupt erst möglich. Folgerichtig hat das Hebräische für *Wind* und *Geist* nur ein und dasselbe Wort.
Das Griechische auch. Da erzählt zum Beispiel ein anonymes orphisches Gedicht von der Seele, wie sie aus dem Weltall kommt, vom Winde herbeigetra-
gen, vom Menschen eingeatmet und so aus dem Winde zu seinem Geist wird.

Das alles fühlte gänzlich ohne seinen purpurgeflügelten Wind nun auch der
Ogus und schwand schon dahin. Fiel vom Fleische. Verzehrte sich im Leide.

War nur noch ein Schemen. In Eis und Schnee. Im Hochgebirge. Und unter Fremden. Unter Wilden. Diese Thraker waren Barbaren. Ihre Zungen konnten nicht einmal Ogusar-Ojun artikulieren. Den thrakischen Namen, den sie ihm gaben, konnte hingegen er weder aussprechen noch behalten. Also nannten sie ihn in altem Griechisch, das ihnen selbst aber ebenso fremd war, Ὀρφεύς oder *Orpheus: Den Finsteren, Der einsam und verlassen im Freien lebt.*

Also mieden sie diesen Trauerkloß. Der schwamm nur in Tränen und dämmerte ruhelos vor sich hin. Schlief aber nie mehr.

Einzig jeden Morgen, in aller Herrgottsfrühe, wenn die Sonne aufging, betete er da oben im Gebirge zur rosenfingrigen Eós, jener Göttin der Morgenröte, die auch die Großmutter seines Kálaïs war und deren Farbe ihn allmorgendlich beseligend an die purpurn belebende Flügelröte ihres Enkels erinnerte. Orpheus-Ogus betete zu ihr mit einer Stimme, die der einzige Rest seines ganzen Daseins war. Sonst war er mit bloßem Auge kaum noch auszumachen. Wie ein Zikadenmännchen war er unsichtbar, aber sang. Sang mit klagender Stimme. Worüber?

Über Trauer. Über seine eigene und fremde. Über die Trauer des Lebens, daß der Tod es besiegt. Den Tod zu besiegen, war ihm gerade mißlungen. Es nun noch ein zweites Mal zu versuchen, war sinnlos. Der Tod gibt keinen wieder her. Man bleibt allein.

Also sang er auch über das Alleinsein. Alle andern sind anders, Gespräche mit ihnen sinnlos. Aber nicht einmal das kann man ihnen sagen. Man kann es höchstens singen. *"Wie die Nachtigall den Verlust ihrer Kinder beweint"*, weiß der eingeweihte Vergil: *"die ganze Nacht, auf einem Zweige sitzend und wieder und wieder das Lied ihres Jammers singend, die ganze Flur ringsum mit klagenden Tönen erfüllend"*. An jedem frühen Morgen löste Ogus sie ab und sang dasselbe Lied weiter.

Wenn er es klagend weit aus sich hinaus sang, fühlte er sich bisweilen sogar getröstet. Also sang er es jeden Morgen auf seinem Hochplateau im Pángaion und mit dem Blick auf die elterliche Burg des Geliebten im rosenfingrigen Gegenlichte von Ahne Eós. Immer inbrünstiger sang er seine Klage ins Weltall hinaus, das hier als Ganzes zu seinen Füßen lag wie ein einziges Wesen.

Daher brach sich diese Klage des Ogus an Felsen und Schluchten, kam als vielfaches Echo zurück und breitete sich überall aus. So klagten mit seiner Melodie auch Gebirge und Flüsse, das ganze thrakische Land, der Kosmos.

Manchmal, wenn es windstill war, hörte er sogar eine Resonanz aus der Elternburg. Nur Vergil weiß zu berichten, daß das die Klage der Oreithýia war: der Mutter des Kálaïs. Auch sie blieb unsichtbar wie ein Heimchen, aber sang ihrem toten Sohne, den sie dabei Eurydíke nannte oder auch *Gemahl dieses fremden Orpheus*, im Duett mit demselben ein Requiem. Immer wenn sie das nicht tat oder wenn ein Fallwind ihre Stimme gefühllos verwehte, sang Ogus nur umso länger und lauter, versuchte, diese Mutter zu rufen und zu locken, auch über den Sonnenaufgang hinaus, der steigenden Hitze im schattenlosen Gebirge nicht achtend: so sehr verlor er sich in der Wollust seiner Nänie.

"Auch das Schöne muß sterben", notierte er eben als *"Nänie"* noch ganze Jahrtausende später unter einem seiner vielen *noms de plume* als ein Friedrich Schiller, der sich noch 1788 nach Christos auf dem Tiefpunkt einer Lebenskrise aufschrieb:

"Siehe! Da weinen die Götter, es weinen die Göttinnen alle,
*   Daß das Schöne vergeht, daß das Vollkommene stirbt".*

Aber *"Schatten fehlte dem Ort"*, insistierte der gnadenlos logische Wiedergänger Ovid mit seinem dramaturgischen Überblick auch über Folgendes.

Sang und Sog

Denn als Ogus eines hohen und heißen Vormittages lauthals sein Weh über dieses Leben in den Äther hinaus verströmte,

"da
Kam der Schatten dem Ort."

Eklipsenartig schob er sich gnädig von rückwärts über den schmetternden Sänger. Eine hochkronige Eiche war im Gebirge von diesem Singen so bezaubert worden, daß sie ihre untersten Wurzeln aus der Tiefe löste, um ihm mit ihren Millionen Eicheln Gesellschaft und Gefolgschaft zu leisten.

Schon blieb sie nicht die Einzige. Weitere Eichen, sogar aus dem Heiligtume
des billigenden Zeus, stellten sich lauschend auf Zehenspitzen daneben. Andere Bäume folgten. Noch als wiederverkörperter Kronzeuge schildert Ovid,
in seinen *"Metamorphosen"*, es

"Kamen die sanften Linden, die Buche, der magdliche Lorbeer,
Schwankende Haseln und die zum Speerschaft taugende Esche,
Auch die astfreie Tanne, der Stechbaum, gebeugt von der Früchte
Last, die heitre Platane und Ahorn, der mehrfach getönte.
Weiden vom Bache dazu, der wasserliebende Lotos,
Auch der beständig grünende Buchs, die zarten Myriken,
Myrten mit hellen und dunklen, mit schwarzen Beeren der Schneeball.
Da bist gekommen auch du, schmiegfüßiger Efeu, und mit dir
Rankende Reben und rebenumrankt die Ulmen, des Manna
Spenderin auch und die Fichten und weiter, beschwert von den roten
Früchten, der Erdbeerbaum, die zähen Palmen, des Siegers
Preis, und mit kahlem Rumpf und struppigem Scheitel die Föhre,
[...] Ihnen gesellt war auch die säulengleiche Zypresse,
Jetzt ein Baum, ein Knabe zuvor, ein Liebling des Gottes,
Der mit Strängen meistert die Leier, mit Strängen den Bogen."

Von diesen knabenhaften Zypressen kamen besonders viele, weil sich ihre Ur-
gestalt namens Kypárissos, jener erwähnte Favorit des Phoibos Apollon und
"Schönster von allen Bewohnern Ceas", einem ahnungslos getöteten Hirsch
zuliebe von den Göttern erbeten hatte, *"auf ewig trauern zu dürfen"*. Umso
lieber versammelten sich dessen botanische Metamorphosen nun um einen
solchen Trauernden wie diesen Orpheus, kondolierten ihm wortlos nur durch
die Form und Anzahl ihrer verhärmten Silhouetten.

Wo ein solcher Mischwald lauschig lauschender Bäume um den Singenden
zu wurzeln begann, daß auch schon Wiedergänger Vergil in seiner frühen
"Mücke" bezeugen konnte, wie

"rauschende Wälder
Sogen aus eigenem Antrieb den Sang ein mit gieriger Rinde":

da konnten auch Tiere nicht lange ausbleiben. Im Schutze des waldigen Dik-
kichts kamen zunächst nur Rehe und spitzten die Lauscher, dann Hirsche in

ganzen Rudeln, dann Wildschweine und Füchse. Singvögel aller Art ließen sich in den Zweigen nieder, um von dieser exotischen Laute, halb afrikanischem Banjar, halb neapolitanischer Mandoline, neue, nie gehörte Melodien zu lernen: die Pirole, zum Beispiel, und die Nachtigallen; andre hörten eingeschüchtert zu singen auf und hörten nur noch zu: Reiher und Kraniche, Habichte und Falken. Spechte kamen und trommelten vor Begeisterung. Auch Esel kamen: atemlos hin- und hergerissen.

Auch Katzen kamen unbehelligt. Auch Rinder und Pferde, Ziegen und Schafe kamen. Eidechsen und Schlangen kamen, Schildkröten, Luchse und Skorpione. Auch Hasen kamen, hörten auf zu hoppeln, richteten die Löffel auf und flohen vor keinem der Hunde, weil auch die in solchem Konzert nicht mehr jagen und bellen mochten. Auch die Schakale nicht. Auch die Wölfe nicht.

Aus Afrika kamen Kamele und Affen, Nashörner und Elefanten, sogar Strauße und Löwen, Krokodile und Leoparden, aus Asien die Bären und Tiger, ließen sich alle friedlich neben den Hasen, Rehen oder Schafen nieder und hörten nur zu.

Selbst Fische kamen und lernten das Hören.

Endlich kamen sogar die Pfauen: diese blaugolden schimmernden Ordnungshüter und Herolde aller Unsterblichkeit.

Also baute sich Ogus als neuer Orpheus eine neue Harfe. Mit Hilfe des Windes und jenes göttlichen Windverwalters Aíolos oder Æolus, der ein Enkel des griechischen Archenauten Deukalíon und der Urgroßvater seines eigenen Argonautenführers Jáson war, gelang ihm die Erfindung einer Äolsharfe, auf der er in allen Tiersprachen spielen konnte. Mit Hilfe des Windes oder auch der Liebe seines unsichtbar hilfreichen Kálaïs verstand jetzt jedes Tier, das ihm lauschte, was er sang und sagte. Jedes verlor dabei seine Wildheit. Zahllose Mosaiken- und Vasenmaler haben das Jahrhunderte lang genau protokolliert. Sie übersahen nur, daß Orpheus jetzt auch die Tiere zu verstehen und ihre Äußerungen zu deuten vermochte - zumindest den Gesang der Vögel.

Ein Wiedergänger aus Salzburg hat diese ganze Szene später in Wien wiederholt und dabei einzig das magische Saitenspiel des Orpheus gegen die nicht minder magische Syrinx des halbbrüderlichen Marsýas ausgetauscht, den er Tamino nannte und seine Panflöte ansingen ließ:

"Wie stark ist nicht dein Zauberton,
Weil, holde Flöte, durch dein Spielen
Selbst wilde Tiere Freude fühlen ... "

"Er spielt", wird angegeben. *"Es kommen Tiere von allen Arten hervor, ihm zuzuhören. Er hört auf, und sie fliehen. Die Vögel pfeifen dazu."*

Aber anders als in Wien und sonstwo alles kamen auf dem originalen Pángaion außer all diesen Tieren auch noch Felsen zum orphischen Ogus, dann ganze Berge mit ihren Gipfeln und Tälern, der Áthos zum Beispiel, der Pélion: und hörten zu wie gebannt.

Da hielt es auch die neugierigen Flüsse nicht länger. So mancher wechselte schamlos das Flußbett oder änderte sogar seinen Lauf und kam hurtig aufschnappen, was da klang, um es allerorts weiterzuempfehlen.

Pausierte dieser Sänger aber je, um ein neues Lied zu ersinnen:

"gleich hemmten reißende Ströme den Lauf"; der wilde Strymón *"hielt erstarrend die Welle auf"*, und der Tánaïs floß sogar rückwärts, um erst wiederzukommen, wenn es weiterging.

Inzwischen weinten die Berge und Wälder über den Entzug.

Magie und Poësie

Sang Orpheus dann endlich weiter, legten sich sofort alle Winde, so Bäume wie Tiere tanzten zur Musik, und auf den Bergkuppen schmolz der Schnee vor Rührung.

So befriedete Orpheus alles Eilige und setzte alles Erstarrte in Bewegung. Sein Gesang griff mächtig ein in alles Vorgefundene und vermochte, es sogar in sein Gegenteil zu verkehren. *"Indem er immer das Geheimnisvolle aufsuchte und durch dieses die Gemüter erhob"*, rühmte noch im zweiten Jahrhundert nach Christos jener *"griechische Voltaire"* Lukianos aus Syrien, *"bezauberte er alles und unterwarf sich alles. Nicht die wirkliche Lyra noch*

*auch irgend eine wirkliche Musik galt ihm als Hauptsache, sondern jene
Harmonie der Welten, der er in der siebensaitigen Lyra nachahmte".*

Selbst der Mond, wußte Reïnkarnat Vergil, *"verließ die Nacht, um die Leier
zu hören",* und brachte sogar die Sonne zum Stehen, damit die Zeit nur ja
nicht vergehe.

Sie alle aber, Skorpion bis Sonne oder Sonne bis Skorpion, waren durch diesen Gesang so sanft und zart gestimmt, daß sie immer im Rücken des Sängers blieben, um ihn auf keinen Fall abzulenken. Schließlich bildete ihre Vielzahl einen Halbkreis um ihn, aber niemand hätte es vermocht, sich zu seinen
Füßen, in seinem Blickfelde niederzulassen. So behielt er seine Freiheit, nicht
zu ihnen, nicht für ein noch so liebenswertes Publikum singen zu müssen. Er
sang fürs Singen: in die freie Luft, die offene Welt hinein! Die thrakischen
Winde, vielleicht ja sogar sein Kálaïs, sorgten für weites Verwehen und füll-
ten das Weltall damit aus.

Das beglückte auch ihn selbst. Zum ersten Male sang er nicht mit bestimm-
tem Zwecke: um zu heilen, um Geister zu bannen oder zu locken, sei es um
ganze Seuchen zu verscheuchen oder das Goldene Vlies zu erobern. Auch
nicht mehr, um an endlosen Winterabenden Unterhaltung zu bieten. Er sang
fürs Singen, sang für den Gesang.

"Gesang ist Dasein. Für den Gott ein Leichtes",

weihte später Wiedergänger Rilke ein:

*"In Wahrheit singen, ist ein andrer Hauch.
Ein Hauch um nichts. Ein Wehn im Gott. Ein Wind."*

Ein Wind? Ein Wind.

So war aus dem Schamanen ein Künstler geworden. Aus Magie wurde Poësie: etwas Weltbewegendes.

Es bewegte die Welt in einem Maße, daß wilde Tiere ihre Wildheit verloren,
Felsen ihr Schwergewicht, Flußwasser seinen Bettzwang, alles sein Anders-
sein. Es harmonierte.

Dabei kam ihm die alte Zauberkraft natürlich zustatten. Sie erhöhte nicht nur
seine Wirkung ringsum; denn ungewollt beschwor sie in Baum und Gestein

auf alterprobt goëtische Weise auch all jene Götter und Geister mit, die dort ihre Wohnung haben. Darum war der Zauber seiner Lieder so übermenschlich. Man erkannte das an den vielen Schmetterlingen, die als einzige respektlos oder liebevoll zutraulich in sein Gesichtsfeld schaukelten und außer sich vor Freude seinen Kopf umgaukelten wie unberechenbare kleine Kometen oder Sternschnuppen in Zeitlupe; in Thailand nennt man sie heute noch *"Geister im Hemd"*. Manchmal verlockten sie den Orpheus auch, mit ihnen mitzutanzen und so manche seiner Geschichten wortlos nur mit rhythmischen Bewegungen zu erzählen. Wiedergänger Lukian behauptet zu wissen, dieser Orpheus sei auch der erste Tänzer gewesen.

Musik und Männer

Nur auf Menschen hatten dieser Gesang und Tanz erst spät eine Wirkung. Sie reagierten nicht so sensitiv darauf wie die sonstige Natur.

Erst ein okkulter Verbund, der für die Initiation von thrakischen Jünglingen einen passenden Ort in Busch oder Dickicht suchte und sich beiläufig im Mischwald der Lauschenden niederließ, wurde im Laufe seiner asketischen Exerzitien, seines frauenlosen Fastens, seiner Zeremonien des Reifens, seiner nächtlichen Weihen allmählich auch ein Publikum für das orphische Singen. Als sie es endlich wahrgenommen hatten, waren diese jungen *"Wölfe im Busch"*, wie sich die Lykoniden nach ihrem Weihepriester Lýkos (= der Wolf) zu nennen pflegten, so passionierte Zuhörer wie niemand sonst. Trotz ihrer Raubtierverkleidung mit einem Fuchsbalg auf dem Kopfe bauten sie diese Konzerte sogar in ihre geheimen Rituale ein und machten als Erste so den Orpheus auch zu einem verbindlichen Initiator ihrer Initiation.

Er verwandelte diese in der Wildnis hausenden und halb tierischen Waldmenschen, Werwölfe oder Lykanthropen, diese archaïschen Bulgaren und Biertrinker nicht durch weitere Diäten, Kasteiungen, Reinheitssakramente oder Geißelungen und Mutproben, sondern indem er sie auf sonderlich sinnenfrohe Weise von ihrem blutrünstigen Barbarentum erlöste und zu erstaunlichen Lykomiden und Ahnherren apollinisch-aristotelischer Lykeen oder Lyzeen in Athen und sonstwo machte.

Daran erinnert später sein Wiedergänger Horaz:

*"Einst hat die Menschen im Wald der heilige Künder der Götter,
Orpheus, gemahnt, von Mord und schmählicher Nahrung zu lassen."*

Mit seinem Konzept des Harmonischen erschloß er ihnen die Welt der Gesittung, der Verfeinerung, der Sensibilisierung und des Geistes, aller unsichtbaren Wirklichkeiten, des Göttlichen. Er dichtete jetzt eigens Lieder für die Mysterien dieser mannbar werdenden Wölfischen. Der gebildete Wiedergänger Pausanías bezeugt, sie gelesen zu haben: es waren Lieder auf den Eros,

"damit die Lykomiden bei ihren Mysterien auch diese singen könnten".

So ehrte Ogus das Gedenken an seinen Kálaïs am besten und treuesten, indem er jene apollinische Kultur, die er selbst bei diesem Geliebten gelernt hatte, weiterreichte und zu verbreiten half.

Denn die jungen *"Wölfe im Busche"*, sonst zu Verschwiegenheit verpflichtet, schwärmten allenthalben von diesem musischen Part ihres Mündigwerdens. Bald brachten sie aus ihren Dörfern auch Neugierige und Interessenten mit.

Zunächst nur Männer. Die Frauen mußten bei den Kindern bleiben und hatten keine Zeit für solchen Zeitvertreib. Außerdem gab es in Thrakien damals sehr viele ledige Hagestolze, die sich ihre Lebenszeit autark gestalteten. Sie weigerten sich zu heiraten und galten daher als Heilige. Namentlich sie erschienen und genossen nun in den Konzerten dieses Fremden. Es gibt Bilder vom singenden Orpheus im Kreise hingegeben lauschender Thraker, die hier ihre asiatisch angeborene große Musikalität offenbarten.

Aber die war das einzig Apollinische in einem Volke, das kein Geringerer als Wiedergänger Aißchýlos später als *aphoíbantoi* bezeichnete: als nicht so rein, nicht so edel, als eben unapollinisch. Das bedeutet: diese Thraker folgten dem Diónysos nach, der gleichfalls aus Asien kam und schon dort als archaïsche Gottheit des Wachstums angebetet wurde: also auch aller Fruchtbarkeit, aller Triebkraft. Den thrakischen Männern erschien er als potenter Stier, den Frauen als intuïtiver Fuchs und beiden als phallischer Dämon des animalisch, orgiastisch, unterbewußt und unreflektiert Gebärenden, des Erzeugenden. Fast unumgänglich hielten sie ihn also für die Sonne, die alles erst entstehen läßt. Sie sahen die Sonne aber auch in ein kreisend buhlendes

Wechselspiel mit dem Monde verstrickt und hielten es für eine Liebe zu allem Weibischen, auch zu weibischen Menschen, zu weibischen Männern. Diónysos vereinte beide Geschlechter, trug jedweden Samen in sich und trat bei Aißchýlos als zarter, fast frauenhafter Jüngling mit auffallend langen Schenkeln in Erscheinung, mit Schwert sowohl als mit Spiegel und war in asiatischen *"Weiberrock und Fuchspelz"* gekleidet; Lykũrgos in der *"Lykurgeia"* mußte sich fragen, ob der Diónysos gar *"ein Verschnittener ist"*: ein Kastrat. Und neben Jáson und Aristaíos, auch neben Apollon war er nicht nur Schüler im exklusiven Internat des selbst so doppelnaturigen Kentauren Cheiron, sondern auch dessen Geliebter. Noch nach guten 1800 Jahren erinnert sich Eusebios, Nestor der christlichen Kirchenhistoriker: *"Diónysos ist weibgestaltet, so bezeichnend die mann-weibliche Kraft des Fruchtbaumes"*. Eben als solche wurde er auch unter anderen Namen angebetet: als Erikepaígos; als Protógonos, der Urerzeuger; als Éros; als androgyner Phánes, Pan oder jener Príapos, der ohnehin mit preisgegebenem Phallos zu den Devotionalien aller Diónysosrituale gehörte.

Bei diesen Dionysien, die die Römer später Bacchanale nannten, wurde er gern als Gott des Rausches gefeiert, dem zu Ehren auch die Adoranten gern in enthusiastische Ekstasen und einen Taumel zuerst aus Schwärmerei und Verzückung gerieten, der sich ins Maßlose steigerte oder enthemmte, nach zugefügten oder erlittenen Grausamkeiten gierte, Opfertiere und -menschen zerriß und in kannibalischen Exzessen roh verschlang. Alles dies diente einer Äußerung jedes Innersten, das sonst in den Verliesen des ungewußten Unbewußten meist verschlossen blieb. Dieser Diónysos, mit jener Hekáte im Bunde, nahm bei seinen Anhängern die Stelle ihres Bewußtseins ein und dominierte mit seinem unweigerlich ausgestellten Phallos auch ihren entsprechend chaotisch triebhaften Alltag.

Ogus-Orpheus kannte das alles nur allzugut aus seinen jakutischen Zeiten als Schamane. Daher wußte er genau, wohin das führt.

Er versuchte, die thrakischen Männer das Apollinische zu lehren, wie sein Kálaïs es ihn gelehrt hatte. Weil er das mit Liedern tat, waren seine musikalischen Eleven sonderlich empfänglich. Seine Gesänge vermittelten ihnen ein Wissen aus neuen Bereichen, auch aus unsichtbaren und verborgenen, sie offenbarten und weihten ein, ersetzten wilde Muskelkraft durch Einsicht und befriedeten jede Streitlust. Sie veredelten das Primitive. Sie kultivierten das Atavistische. Den thrakischen Männern behagte das. Sie fühlten sich erweitert und angereichert. Ihr Leben wurde leichter und angenehmer.

Sie kamen in Scharen und waren gelehrig. Sympathien kamen auf. Affinitäten. Freundschaften entstanden, Brüderlichkeiten. Seelen zogen sich an. Auch Leiber. Intimes keimte: in Blicken, in Berührungen, in Gelächter, in Wörtern. Eine Gemeinschaft mit Paarungen und Paaren.

Ogus selbst verstand sich besonders gut mit Lykūrgos, dem jungen König der thrakischen Edoner. Der Name dieses legendären Monarchen bedeutet *"Der die Werke des Wolfes tut"*. Wirklich verhielt er sich in seiner mitgebrachten Antipathie gegen alles Dionysische so wölfisch, daß sehr viel später sowohl Homer als auch Aißchýlos noch davon berichteten. Er soll Anbeterinnen, Priesterinnen und sogar Ammen des Diónysos in dessen Heiligtume bei Nÿsa mit einem Ochsenziemer gezüchtigt haben; andere sagen, das sei die Doppelaxt gewesen, mit der diese Frauen als Mainaden ihres Kultes die Opferstiere zu zerfleischen pflegten; hiernach soll er den mädchenhaften Diónysos einzig wegen seines weibischen Aussehens verspottet und unter bösen Späßen ins Meer getrieben haben.

Aber da muß sich seine Aversion gegen alles Dionysische schon in leidenschaftliche Misogynie verwandelt haben. An seinem Hofe nämlich hielt er die Hypsipýle, Königin jener männermordenden Frauen auf Lêmnos und Favoritin des Diónysos, als drangsalierte Sklavin und hätte sie um ein Haar getötet, wenn der Dionys nicht persönlich eingegriffen hätte. Seine eigene Frau, die Eurydíke hieß, ermordete dieser Lykūrgos.

Aber nicht etwa deshalb fühlte Ogus-Ojun sich ihm tief verbunden. Vielmehr war dieser Lykūrgos hier als Besuch jener elterlichen Burg seines Kálaïs erschienen. Mit einer andern Mutter hatte auch er den Boréas zum Vater. Er war der Stiefbruder des Kálaïs. Er sah ihm auch ähnlich. Traf also tief. Nur was Entscheidendes fehlte: jene kostbar purpurroten Flügel. Trotzdem verband ihn viel mit diesem Orpheus. Der öffnete ihm die Augen, daß sein Frauenhaß sich selbst reichlich dionysisch gerierte. Tatsächlich zähmte er alsbald sein kopfloses Wüten und wurde ein besonders sanfter und zärtlicher Freund.

Heutige Schwule, die sich selbst gern "Meine Liebe" und Hildegard oder Doris nennen, behaupten sogar, daß sich hinter jener apollinischen Seherin Orphe und deren Schwester Lyko, die von Diónysos zur Strafe für allzuviel Apollotum zu rasenden Mainaden gemacht wurden, in Wahrheit Orpheus und Lykūrgos verbargen. Aber das dürften eher inbrünstig schwesterliche Sottisen sein.

Musik und Mütter

Die echten Frauen von Thrakien jedenfalls, sämtlich überzeugte Anbeterinnen des Diónysos, wurden durch die orphischen Männerversammlungen auf dem Pángaion allmählich beunruhigt. Sie wurden auch neugierig. Eines Tages gingen sie daher selbst in starkem Verbunde zu einem der vielgerühmten Konzerte dieses Asiaten.

Als sie eintrafen, stand und saß schon der übliche Halbkreis aus Männern und Bäumen, Tieren und Felsen. Im Hintergrund plätscherten Flüsse und Bäche auf ihrem Umweg. Auf der Suche nach guten Plätzen schlossen die Frauen daher diesen Halbkreis zum Kreise auf und saßen zu Füßen und im Angesichte des Sängers. Da war er aus der ersten Reihe zum Anhimmeln wie geschaffen.

Aber alles das war fast schon ein Sakrileg und irritierte den Ogus. Dennoch begann er tapfer zu singen. Das gefiel den Frauen. Sie lächelten bald mit offenen Mündern. So manche griff sich korrigierend ins Haar oder schüttelte es aus. Manch eine andere zog sich den Taillenbund enger und straffte sich. Manche ließ beiläufig ihre Röcke verrutschen und zeigte ihre Wade. Manche seufzte deutlich an leisen und lachte laut an komischen Stellen. Manche zeigte dem Künstler blitzschnell, was die Kölner einen *"Memmendrück"* nennen. Viele versuchten, mit ihm zu äugeln.

Aber Ogus fixierte nur umso mehr das makellose Azur hoch über ihren Köpfen, sang sonderlich intensiv von der Realität alles Unsichtbaren und übersah einfach alle diese Versuche aufzufallen. Das war auf die Dauer schwierig. Denn die Frauen tuschelten, während er sang. Und zischelten. Sie flüsterten und wisperten wie Birken. Sie kicherten auch ständig. Oder glucksten. Reich-

ten sich Kämme und Spiegel hin und her. Auch Naschwerk und Getränke.
Dann auch ihre Kinder, denen der Gesang bald langweilig wurde. Die größeren spielten Berliner Hopse, rannten umher und riefen sich was zu. Die kleineren fingen an zu schreien. Die Mütter bemühten sich, sie mit der Vertrö-
stung zu überschreien, daß es nicht mehr lange dauere.

Ogus folgte diesem Einfall und kam sehr viel früher als üblich zum Ende. Alle waren froh.

Dennoch drängten sich die Frauen jetzt um ihn wie ein Bienenschwarm. Sie
hielten keinerlei Abstand. Sie machten ihm schmeichelhafte Komplimente und
faßten ihn dabei an. Sie äugelten wieder maßlos. Alle sprachen durcheinander. Und kicherten ohne Unterlaß. Viele luden ihn zum Essen in ihr Haus ein.
Andere fragten, ob er kommen könne, die Kinder im Gitarrenspiel zu unter-
richten, zweimal die Woche? Wo man bloß so schöne Gitarren herbekomme?
Die Dreisteste bat ihn sogar, ihr eigener Gesangslehrer zu werden. Und wann
denn bloß das nächste Konzert sei?

"Zu seiner Zeit wohl", wimmelte er das alles ab und ging seiner Wege. Das
traf.

Erst mit der Zunge seines reïnkarnaten Vergil verriet er viel später: *"Kein
Liebeslocken rührte sein Herz"*.

Die Frauen fühlten sich abgeblitzt. Abgelehnt. Und ließen das erst mal ihre
Ehemänner büßen.

Schon bald danach aber wurde dem Orpheus offiziell mitgeteilt, daß er auf
dem Pángaion keine apollinischen Veranstaltungen mehr durchführen dürfe.
Dieser Berg sei von Alters her ein Kultplatz ihrer Dionysien, zumal der weiblichen, insofern hochheilig und für anderweitige Entweihungen *tabu*.

Kunst und Knaben

Ogus begriff sofort: das war das Zeichen, mit Bäumen, Tieren, Felsen, Flüs-
sen und Männern in jenen paradiesisch verwunschenen *Alten Garten* des
Apollon überzusiedeln. Zwar verlor er da bei seinen Gesängen die elterliche
Burg des Kálaïs aus dem Blickfeld, aber dieser *Alte Garten* war ein magi-

scher Ort in der Kindheit des toten Geliebten, überdies auch Stelldichein des Phoibos Apollon mit dem Hyákinthos und manch anderem Frischgeschorenen gewesen. Die Zeit war reif, dieses Heiligtum zum Schauplatz seiner apollinischen Verkündigungen zu machen. Frauen erhielten hier keinen Zutritt mehr. Der erste Männerbund war gegründet: ein erster Schritt auf dem Wege ins Patriarchat der Zukunft. Und der letzte in der Emanzipation des Ogus-Ojun von seiner Mutter weg.

Also nannte er sich hinfort den Sohn nicht mehr der *"Stimmkünstlerin"* Ses-Sánatkadını, sondern der *"schönstimmigen"* Kalliópe, Muse heroïscher Elegien und olongchischer Epen.

Er legte auch seine sibirische Frauenkleidung ab, rasierte sich den Bart weg, trug den neckisch-kurzen griechischen Chitón, darüber abends einen Mantel. Im Sommer legte er auch das alles ab und sang nackt, nur mit einem Myrten- oder Efeukranz auf dem Kopfe, in hohen thrakischen Stiefeln und mit den goldenen Flügeln des androgynen Phánes oder Éros. Die Haare frisierte er sich nach seinem Vorbild Apollon. Wie ursprünglich diese alle war er ein schöner Jüngling.

Er tötete auch keine Tiere mehr, sondern führte vegetarische Ernährung und eine Kleidung ein, die jede Wolle vermied.

Vor allem aber nannte er sich jetzt selbst nur noch Orpheus.

"Denn Orpheus ists. Seine Metamorphose
in dem und dem. Wir wollen uns nicht mühn

um andre Namen. Ein für alle Male
ists Orpheus, wenn es singt. Er kommt und geht."

So befand sehr viel später ein rühmender Wiedergänger aus Prag, der gern Orpheus geheißen hätte, aber Rilke hieß.

Aber dessen Vorgänger in Weimar hatte schon runde hundert Jahre zuvor begriffen und mittels Walpurgisnacht gewarnt:

"Dann Orpheus: zart und immer still bedächtig,
Schlug er die Leier allen übermächtig" ("*Faust II*", Verse 7375f.).

Von Stund' an änderte dieser allzumächtig erste Orpheus auch sein Konzertprogramm. Er erzählte Geschichten in Form von gesungenen Balladen: Geschichten von Personen, von Göttern und Menschen, am liebsten *"von göttergeliebten Knaben"*.

Er begann gleich mit Einem, der die Spannungen zwischen Apollon und Diónysos überragte, weil er der Erzeuger dieser beiden ungleichen Stiefbrüder war: mit Zeus. Dessen Allmacht hatte Orpheus schon oft verherrlicht, auch dessen Vernichtung sodomitischer Giganten oder gigantischer Sodomiten seinen Zuhörern mit vielen Liedern vorgehalten wie einen warnenden Spiegel.

Diesmal erzählte er nur die Geschichte von Zeus und Ganymédes: wie auch dieser Oberste aller denkbaren Götter sich unsterblich in einen sterblichen Knaben verliebte, ihn einzig wegen seiner Schönheit in Gestalt eines Adlers persönlich aus Kreta entführte und im Olymp mit ewiger Jugend beschenkte, zu seinem Mundschenken, aber, *"Héra zu Leide"*, auch zu seinem Geliebten machte. Das sei der da noch immer und für ewig.

So sanktionierte der kluge Orpheus die Knabenliebe gleich zuerst als gottgewollt.

Es folgte in jenem verwunschenen *Alten Garten* ein Hymnus auf den *genius loci*: den Phoibos und dessen Liebe zum lakonischen Hyákinthos. Diesem Gottesliebling sang Orpheus hier persönlich zu:

"Dich hat mein Vater vor allen geliebt."

So legitimierte er sich erstmals vor aller Welt als Sohn jenes Gottes, dessen Garten sie just zu ihrem männerbündischen Heiligtume machten, und als Sohn eines göttlichen Päderasten. Damit war viel gesagt und viel festgehalten. Der verwunschen männerbündische Garten wurde so auch zur Schule der Knabenliebe erklärt.

Diese Metamorphose, die in Wahrheit keine war, rechnet noch anderthalb Jahrtausende später der orphische Fleischesbruder Ovidius Naso dem Orpheus hoch an:

"Er hat die thracischen Völker gelehrt, die Liebe auf zarte
Knaben zu wenden und so die ersten Früchte des kurzen
Lebensfrühlings noch vor der Schwelle der Mannheit zu pflücken."

Den thrakischen Männern gefiel es, ihre Geschlechtslust so ein- für allemal von der Fortpflanzung entbunden und zu zweckfrei orgiastischem Genusse freigegeben zu wissen. Das war dionysischer als alles Dionysische bisher.

Nur einer fragte nach dem Tode des Hyákinthos. *"Das war ein Sportunfall, beim Diskuswerfen"*, wischte Orpheus jeden Verdacht auf eine Bestrafung solcher Liebe weg und sang weiter - von der Trauer und Hilflosigkeit sogar des verwitweten Gottes:

"Du bist mein Schmerz, meine Untat du. [...]
Doch was ist meine Schuld? Wenn man nicht, daß einer gespielt hat,
Schuld kann nennen, nicht Schuld kann nennen, daß einer geliebt hat."

Dem sterbenden nackten Geliebten verlieh er ewiges Leben in seinen eigenen und allen folgenden Liedern wie auch in diesem hier. Außerdem gab er den Namen dieses Geliebten einer Frühlingsblume und ließ deren rote Blütenblät-ter jenes *Aí Aí* der wehklagenden Seelen im Hades verkünden: etwa unser *Ach, ach ...!* Denn Apollon

"Schreibt auf die Blätter selbst seine Seufzer, und 'Wehe' geschrieben
Steht auf der Blume, so ist das Zeichen der Klage gezogen."

Erst in diesem Augenblick bemerkten jene Männer alle, daß sie sich in einem blühenden Hyazinthenfelde befanden. Manchem hartgesottenen Thraker ka-men da die Tränen.

Orpheus schilderte ihnen noch das alljährlich dreitägige Frühlingsfest zu Eh-ren des immer wiederbelebten Hyákinthos, dessen Grabmal in seinem sparta-nischen Heimatort Amýklai die Gestalt eines Thrones und Altars für den ewig geliebten Apollon hatte und das mit einem Relief an den vergleichbaren Ein-zug des unsterblichen Heraklés in den idyllischen Olymp erinnerte.

Dann aber sang der Orpheus da einen ganzen Tag lang jene Musik, die er erst nach mehr als drei Jahrtausenden von einem Salzburger Wiedergänger und Gottesliebling entdecken, notieren und aufführen ließ, als der erst unverdor-bene elf Jahre alt war und seinen Vornamen Gottlieb oder Theophil noch nicht in den romanischen Amadeo oder Amadé übertragen hatte. Aber diese Musik nannte sich da schon ein lateinisches *Interludium in drei Akten* mit dem Titel *"Apollo et Hyacinthus"* und sprach den Gott von jeder Schuld am Tode des Geliebten frei: Wind Zéphyros habe ihn verursacht.

Aber diesen Verdacht mußte Orpheus persönlich im Lande der Winde und im Gedenken an seinen Kálaïs, einen leiblichen Neffen jenes beschuldigten Zéphyros, um ganze drei Jahrtausende vertagen. Dann freilich wurde seine Musik von zwei Jünglingen und zwei zwölfjährigen Knaben gesungen, die Christian und Johann hießen, und gar die Schwester des Hyacinthus von einem fünfzehnjährigen Felix. So reicht der männerbündisch pädophile Einfluß des Orpheus noch über Jahrtausende hinweg und bis in Besetzungsfragen des spätbarocken Schultheaters am Salzburger Benediktinergymnasium hinein.

Freilich erfüllte sich hier, was er am meisten liebte und seinem Wiedergänger Ovidio später so zu formulieren überließ:

"Ach, wie mädchenzart die Züge im Antlitz des Knaben!"

Aber mit solcher Verschmelzung von Gegensätzen begann er, die thrakischen Männer ihre wichtigste Lektion zu lehren.

Aphrodisische Anemonen

Er sang ein Lied über jenen schönen Ádonis, den die Phönizier Eschmun nannten, die Sumerer Dumuzi, die Syrer Attis und die Hebräer Tammuz: sie kannten ihn alle. Weil er so unbeschreiblich schön war. So schön aber war er, weil er direkt vom Agdístis abstammte: der jedoch war das Kind einer Pollution des schlafenden Zeus persönlich mit einem Berge und deren beider Sohn sowohl als auch deren Tochter.

Das verwirrte die andern Götter in einem Maße, daß sie diesen Zwitter trunken machten und den Phallos des Eingeschlafenen an einem Baume befestigten; als der Berauschte erwachte und aufsprang, entmannte er sich also unweigerlich selbst und war nun fraulicher als jede Frau. Er wurde zur *Megále méter* oder Magna Mater oder Großen Mutter, jener sumerischen Erd- und Himmelsgöttin, die, zuerst namenlos, am Hellespont, in Kappadokien, Kataonien, Lydien und Mysien den Lallnamen Ma trug, bei den anatolischen Phrygiern Kybéle hieß, bei den akkadischen Babyloniern Istar, bei den Ägyptern und Äthiopiern Isis, bei den Karthagern aber Tanit, den Armeniern Anaïtis, den Syrern Astarte, den Moabitern 'Aschtar, den Kanaanitern Aschtart, den Ugaritern 'Attart und den Arabern 'Attar, bei den Griechen schließlich Ártemis und die Schwester des Phoibos Apollon war.

Auch ohne männliches Genital blieb diese Übermutter ein Mannweib, bisexuell, aber jungfräulich gebärend und hängte sich, jedenfalls im ionischen Éphesos, eine Kette aus 24 oder gar 100 Hoden aller ihr geopferten Stiere über die Brüste. Auch ihre Priester mußten bisexuell sein, lange Frauenröcke als Berufskleidung ihres Standes einführen und ihre Hoden opfern, die von der Göttin persönlich gewaschen, gesalbt und beërdigt wurden.

Aus dem versickerten Blute ihres eigenen abgerissenen Phallos aber war inzwischen der Mandelbaum entsprossen, dessen Frühlingsknospen so ungeduldig und verführerisch sind wie keine andere Blüte sonst und dessen ungewöhnliche Fruchtbarkeit noch heute leicht zu erklären ist. Er produzierte aber nicht nur Abertausende jener hodenförmigen Mandeln, sondern mit deren einer im Schoße der phrygischen Muttergöttin Nana ebendiesen wunderschönen Ádonis.

Heranwachsend war auch der nun manchmal Jüngling und manchmal Jungfrau. Was er für jene Große Mutter Kybéle, seinen eigentlichen Vater, war, bleibe dahingestellt. Jedenfalls nahm diese göttliche Herrin der ganzen Natur sich ihren Sohn, der manchmal auch ihre Tochter war, zum Bettschatz und steckte ihn als ihren Geliebten in Frauenkleider.

Als Frau ließ dieser Ádonis sich auch von unserm Apollon lieben. Aber die Aphrodíte betörte er als Mann. Freilich ist auch diese Göttin der geschlechtlichen Liebe und Schönheit mannweiblich und bisweilen sogar bärtig.

So war das alles, und so ist es.

Aber auf solche Seitensprünge über Kreuz war Vatermutter Kybéle so eifersüchtig, daß sie den schönen Ádonis mit Wahnsinn strafte. Daher schlug er kopflos alle Verführungskünste der Aphrodíte, die ihm völlig verfallen war, in den Wind und jagte statt dessen lieber bei Afqa im Libanon einen Eber, der natürlich in Wahrheit Áres, der eifersüchtige Ehemann der Aphrodíte, und als Gott des blindwütigen Krieges dem verwirrten Schönling so überlegen war, daß er ihn mit *"Blitzes Schärfe in krummen Hauern"* zuerst zu entmannen, dann tödlich aufzuspießen vermochte.

Die verfallene Aphrodíte aber gab auch jetzt noch den Kampf um den unerreichten Geliebten nicht auf. Aus dem Blute des Sterbenden ließ sie flugs die ersten von Milliarden Anemonen sprießen:

"Blumenmuskel, der der Anemone
Wiesenmorgen nach und nach erschließt,
bis in ihren Schoß das polyphone
Licht der lauten Himmel sich ergießt",

zitierte und übersetzte ein Wiedergänger mit dem doppelgeschlechtlichen Vornamen Rainer Maria später dieses Lied des originalen Orpheus.

Dann folgte die Aphrodíte dem begehrten Toten in die Unterwelt, um ihn von dort goëtisch zurückzuholen zu gemeinsamem Lieben. Ihr Aufenthalt im Hades war über alle Maßen grauenerregend und wenig aussichtsreich. Der singende Orpheus schilderte ihn so glaubhaft und plastisch, daß die Thraker meinen mußten, er kenne ihn aus eigener Erfahrung. Just Argióp, die Herrin der Unterwelt, hatte schließlich die eigennützige Idee, den Ádonis hinfort nach jeglichem Winter als Frühlingsgott auferstehen, nach der sommerlichen Ernte aber alljährlich erneut wieder sterben und in den Hades zurückkehren zu lassen.

Seither werden in jedem Frühjahr Auferstehungs-Mysterien gefeiert, die *Adonia* heißen und deren Priester schwul sein müssen, weil der angebetete Gott sowohl als Jüngling verehrt wird wie auch als Jungfrau. Diese Mysterien setzen sich aus Klage- und Freudenriten gleichermaßen zusammen. Sie mahnen uns, das allgegenwärtige Sowohl-alsauch nie aus dem Auge zu verlieren. Denn alles ist immer beides.

Diese Zweiheit in der Einheit oder Einheit aller Zweiheit bis ins biologisch Sexuelle hinein wurde später aus orphischen Hymnen auch in die griechische Philosophie übernommen und prägte noch die Idee jenes androgynen Ur- und Kugelmenschen, die Platon in seinem *"Sympósion"* den Aristóphanes vortragen läßt.

An dieser Stelle unterbrach Orpheus gern sein Singen, um darauf hinzuweisen, daß auch erotische Gottheiten wie Pan oder Phánes und Éros persönlich eindeutig doppelgeschlechtlich oder androgyn seien. Selbst noch der konträre Diónysos sei es. Er, Orpheus selbst, werde seinem sizilianischen Wiedergänger Empédokles noch nach tausend Jahren die Worte in den Mund legen:

"Einmal war ich bereits ein Knabe und ein Mädchen",

aber fortfahren lassen:

"und ein Strauch und ein Vogel und ein aus dem Meere auftauchender Fisch."

Er wie jeder sei mal dies, mal das und letztlich alles.

So besang er die Harmonie der Diskrepanzen in diesem Universum.

Hierzu gehörten auch so ungewöhnliche Harmonien wie die aus sichtbaren und unsichtbaren Realitäten. Jede von beiden allein, wußte Orpheus, ist ein Trugbild, nur ihre Einheit die Wahrheit. Auch erst die Einheit von Bewußtem und Unbewußtem sei das Ganze. Auch erst die Einheit von Natur und Kultur. Oder eben die Einheit von Diesseitigem und Jenseitigem: von Menschen und Göttern.

Oder auch die Einheit kontroverser Gottheiten.

"Auch die von Apollon und Diónysos?" wagte ein Thraker zu fragen, der sich inmitten zerrissen fühlte.

Orpheus antwortete ihm mit einem ersten Liede von jenem ersten Diónysos, der noch Zagreus hieß und als spielendes Kind von den Titanen in Stücke zerrissen wurde, weil Göttermutter Héra sie dazu angestiftet hatte: aus Eifersucht auf diesen außerehelichen Lieblingssohn, den Vater Zeus persönlich in seinem Schenkel ausgetragen hatte. Aber als der Körper dieses Knaben Zagreus zerfetzt am Boden lag, bückte sich Apollon, sein Stiefbruder, also ewig stiefbrüderlicher Antipode, sammelte die blutigen Reste auf und bestattete sie liebevoll in Delphi.

Das lehrt uns, wie wir als Jünger des Apollon dem heutigen Diónysos begegnen sollten, den es nur gibt, weil Zeus das weiterzuckende Herz des zerfleischten Zagreus verspeiste. Der zusammenlesende Apollon hatte es ihm fürsorglich eigens zugereicht. Also konnte Zeus es hiernach wiedergebären. Auch wenn die Héra diesen Wiedergeborenen gleich mit Wahnsinn schlug: er hatte die Ermordung überlebt und war unsterblich - Diónysos! So wichtig war er dem Zeus da irgendwo gegenüber oder neben seinem Rivalen Apollon. Der nämlich sei kein Antipode, sondern der wahre Diónysos.

Wie bitte?

"Das werde ich noch nach tausend Jahren", sang Orpheus, *"auf dem Theater des Aißchýlos persönlich verkünden dürfen."* Es lehrt uns auch, umgekehrt im Diónysos den wahren Apollon zu suchen. Kultur und Natur sind keine Gegensätze. Ihre Versöhnung ist unsere Aufgabe:

"Erst in dem Doppelbereich
werden die Stimmen
ewig und mild."

Wie dieser ewig mild gestimmte Rainer Maria aus dem Doppelbereich sollten schon nach zwei Jahrtausenden auch die jungen Christen und deren Kirchenväter ihren Heiland als wahren Orpheus bezeichnen: als *"verus Orpheus"* oder *"primus cantor"* und *"summus musicus"*, den sie folglich in ihren kleinasiatischen Abbildungen ebenso weibisch bartlos darzustellen pflegten wie antike Vasenmaler seine vermeintliche "Präfiguration", den Orpheus. Als dessen Vollender habe dieser Messias jedes *"Geschrei mit Ordnung übertönt"*, die Dissonanzen des Universums zu wohlgefügtem Wohlklang befreit und den Davidspsalter einer ewig erlösten Welt gesungen.

Noch die orphischen Wiedergänger Novalis und Rilke übertrugen das in poëtisches Deutsch und verifizierten es da in orphischer Harmonisierung: alles Zerfallende dieses auseinanderstrebenden Weltalls, alles Gespaltene, Getrennte und Kontroverse gelte es zu binden, zu einen, zu versöhnen, zu erlösen. Erst in solcher *coïncidentia oppositorum* des cusanischen Wiedergängers schwingt es, dann tönt es, singt es, rühmt es, schwillt an und wächst und ist fruchtbar.

An dieser Stelle mag Graf Tolstoi daran gedacht haben, daß das Weltall ja angeblich gar nicht mehr auseinander strebe, hielt also an und sagte: "So.

Was dieser orphische Sänger dann sonst noch alles in diesem Thrakien erlebte, erzähle ich in einem der nächsten Protokolle. Wir melden uns wieder, aber beiläufig und zwanglos, *ad libitum*."

(Team-Übersetzung der Arche N aus dem Russischen)

Düliloliu-düdlio

Fax von Moritz Pirol an den pih sing c/o Virtueller Datenolymp

Hallo, mein lieber pih sing. Sei offen für einen guten Tag, mein guter Geist. Wie geht es heute meinem guten Geist? Ich hoffe, es geht ihm gut. Für mich ist dann alles okay. Düdlio!

Also gut, ich verstehe: nur Du erzählst. Nicht mehr ich, sondern Du. *You're welcome*. Mir gibt das Freiheiten, die alles nur erleichtern. Das kann eine gute Erfahrung werden.

Neu wird sein, daß ich aufmerksamer darauf achte, was Du mir eingibst. Oder zuflüsterst. Also schon beschlossen hast. Ich akzeptiere Dich *con mucho gusto de Cervantes* als meinen Ghostwriter. Heute haben ja alle einen. Warum dann ich nicht einen echten? Was zählt, ist das Ergebnis.

Deine Einwände gegen die Form eines Briefromans, wiewohl natürlich berechtigt und bedenkenswert, nimmst Du ja schließlich selbst zurück. Auch diese brieflos illiterate Gesellschaft von heute und morgen kann ja ohne ein pausenloses Veröffentlichen von *statements, schedules, news, informations* oder lockend fragenden Angeboten, Preisofferten, Aktienkursen, Werbung, Wettbewerbsbedingungen, Märkten, Pressemeldungen und ohne globale Medienkommunikation gar nicht überleben. Jeder gibt zu allem seinen Senf, und alles wird gespeichert. Diese Leute korrespondieren zwar nicht mehr brieflings, aber mit *briefings* und mailen oder simsen dafür nur umso verzweifelter. Oder telefonieren: für Millionen heute der eigentliche Briefersatz. Du weißt: unser nächstes Kapitel wird ja drum auch wieder so ein mitgeschnittenes Telefonat.

Also, stimme ich Dir vorbehaltlos zu, ist so ein Briefroman grade für Leute von heute der literarisch einzig angemessene Ausdruck.

Noch vorbehaltloser füge ich mich Deinem erzählerischen Konzept eines Schelmenromans. Weil es mich vollkommen überzeugt und kirre macht. Sei bitte streng mit mir, falls ich es je wieder aus dem Auge verliere. Denn gar kein Zweifel: das alles kann heute nur noch mit Gelächter überdauern und ausgehalten werden.

Drittens also Schiller. Da bin ich auf Deinen angekündigten Bläsermarsch wirklich mehr als gespannt. Weil ich mit Thomas Mann, den Du ja vermutlich auch schon zumindest beraten hast, der Meinung bin, daß wir ohne das *"Element Schiller"* gar nicht mehr existieren können. Also entweder mit ihm oder gar nicht. Auch *"die Märkte"* haben das ja längst registriert, und die Börse reagiert aggressiv hysterisch.

Übrigens freue ich mich, daß Du ihn schon Sterngucker nennst. Wirklich bezeichnet ihn ja kaum etwas treffender als dieser hämisch gemeinte Spitzname aus dem Rudolstädter Klatsch. Ob man das nicht überhaupt zum Gesamttitel machen sollte: *Der Sterngucker* - was meinst Du?

Ich harre also Deiner Winke. Sei mir willkommen, du guter Geist! Ich lade Dich ein, zu mir zu kommen, wann immer Du willst, und bei mir zu bleiben. Das wäre für mich sehr okay. Düliloliu-düdlio!

Dein also Einverständnis flötender

gez. Moritz Rigogolo-Kückebülow Amen.

(*Post scriptum*: Was hältst Du eigentlich von unserer Seitenzahl: bißchen viel?)

Weltweit

Moritz Pirols Innere oder pih sings oder Sawaangs Imaginäre Stimme

"Bißchen viel": wieso? Kommst du schon außer Atem? Ich hoffe, du bleibst nicht unter fünfhundert. Ein Roman, der was auf sich hält, kann heute nicht mehr unter fünfhundert Seiten bleiben. Wieso "warum nicht"? Weil ihr das Internet erfunden habt. Und den Globalismus. Mit seiner Weltwirtschaft. Und der Weltbank. Und den Weltspartag auf dem Weltmarkt. Und die Weltpolitik. Und all die sonstigen Vernetzungen. Wie die Weltpresse. Oder eure Weltranglisten mit ihren Weltmeisterschaften. Und jede Art von Weltrekorden. Von Holismus oder Ganzheitsmethoden. Gesamtzusammenhänge in Gesamtschulen und Gesamthochschulen. Weltkulturerbe, Weltreisen, Weltkriege. Undsoweiter undsoweiter, völlig uferlos. Alles nur noch total. Neenee, du: mit Kurzgeschichten, Epigrammen und Glossen, einsdreißig, ist das alles nicht mehr wiederzugeben. Sieh bloß zu, daß du mindestens fünfhundert schaffst. Als Goethe beim Druck von *"Wilhelm Meisters Wanderjahren"* feststellte, daß das Buch zu dünn wurde, ließ er Adlatus Eckermann in seinen Schubladen wühlen und es mit abgelegten Aphorismen auffüllen, die er dann geheimnisvoll als *"Makariens Archiv"* verbrämte. Hauptsache: nicht zu kurz. Also sei getrost! Und *"Der Sterngucker"* ist okay. Da würden noch die seligen Tanten Rödern verewigt: streng dich an! Aber besser gleich im Plural!

Krethi und Plethi ?

Telefongespräch. Gerichtlich genehmigter Abhörmitschnitt im Archiv der Kriminalpolizei (Ausschnitt)

Amtlicher Vermerk: *Männer- oder Frauenstimme, nicht ermittelbar.*

- ... ich nicht faul, die ganze Rauslegware wieder eingepackt, Hose zu und nichts wie raus auf die Straße. Mit unbeteiligtem Gesicht, total neutral, aber kurz mal umgeschaut, natürlich. Und was soll ich dir sagen: der Kerl kam mir hinterher. Aber im Sturmschritt. Mich links überholt, dann fast hautnah sofort geschnitten und vor einem Schaufenster mit Eisenwaren stehen geblieben, aber kalte Zigarette in der hochgehaltenen Hand. Was soll ich dir sagen: ich natürlich Feuer angeboten, kurz mal über die Eisenwaren im Schaufenster diskutiert und überstürzter Doppelabgang in seine Heia. Ganz große Klasse, du, viele Stunden lang, was weiß ich. Aber deswegen rufe ich dich jetzt nicht an. Paß auf, mein Schatz. Wir müssen eine Presseërklärung machen. Doch, Lulu besteht darauf. Angeblich weil ihr Text im Internet so viele Rückfragen ausgelöst hat. Oder Proteste: ob wir mit *Arche LL* demnach gegen die Demokratie sind oder sowas, und was denn statt dessen, um Gottes Willen? Also, stimmt ja auch! Wir ertrinken in solchen Mails. Aber hauptsächlich ist er natürlich sauer, weil sein Stecher sich mit diesem Flyer in Jerusalem stinknormal auf alte Mehrheiten berufen hat. Das stinkt ihm privat total und soll jetzt mit diesem briefing einen offiziellen Deckel bekommen, alles klar? Also paß auf, ich sag dir jetzt in groben Zügen, was drin stehen soll, als message sozusagen, und du machst dann wieder einen hübschen kleinen Text zum Schlürfen, alles klar?

Also erst mal muß da rein, wer Lulu eigentlich ist: zwar für den Tschad mal bei der UNO, aber eigentlich aus dem Stamme der Dogon im Nigerbogen und tief im westlichen Afrika aufgewachsen: mit entsprechend exotischen Prinzipien eben. Und um die geht es jetzt. Naja, französische Schulbildung natürlich und europäische Kultur, Prof. Dr. Dr. h. c. et cetera pp., aber trotzdem sudanesischer Dogon aus Mali - Dogon wie man es hört - und mit einer Kindheit bei Hirsebauern, aber trotzdem total religiös. Also ohne die *égalité* der Französischen Revolution, ohne jede Gleichheit. Weil du in Afrika natürlich mitten in der Natur lebst, sagt sie, und da gibt es keine Gleichheit. Also, das behauptet Lulu: Natur sei das Gegenteil von Gleichheit. Weil jeder und jedes anders ist. Total individuell, sollst du schreiben. Die Natur kennt nur Individuelles. Jedes Blatt sei anders, jeder Fingerabdruck, jeder Schwanz, sagt Lulu, jedes Gen, was weiß ich. Lauter Einzelstücke. Sowas. Eine Rose sei zwar eine Rose sei eine Rose, sagt Lulu, aber dieser Schwanz sei nicht jener Schwanz sei noch lange nicht mein Schwanz. Na, Gottseidank nicht.

Also sind bei den Dogon auch Mann und Frau nicht gleich. Auch nicht gleichberechtigt. Totales Patriarchat, *"als ob es die Frauen gar nicht gebe"*, sagt Lulu. *"Aber totales Matriarchat ganz genauso. Mit strenger Gütertrennung. Ohne Mitgift. Der Mann"* - was? Kann ich jetzt nicht lesen, ach so: *"Der Mann ist zuständig für Getreide, die Frau für Gewürze. Sie für Holzholen, Spinnen und Töpfern, er für Weben und Nähen".* Geil. *"Die Frau kann auch einfach weggehen, wenn es ihr nicht mehr paßt. Auch wiederkommen. Oder auch nicht. Bestrafung für Schuld gibt es sowieso nicht, auch keine Bullen."* Auch keinen Bund, übrigens. Super, oder? Es gibt nur, hat Lulu mir extra aufgeschrieben, *"die gemeinsame Wiederherstellung von verletzter Ordnung. Dafür sorgen die Priester als Richter oder die Richter als Priester. Oder die Familienältesten. Die sind aber oft gar nicht alt. Alle reiferen Männer mit Lebenserfahrung beteiligen sich an solchen Beratungen. Keiner von ihnen kann was befehlen, aber alle müssen ihnen gehorchen".* Was heißt das denn: *"Liberale Gerontokratie"*? Na, von mir aus. *"Weil jeder Dogon unter einem Älteren und über einem Jüngeren steht. Alle Männer der älteren Generation nennt er 'Vater', alle Älteren der eigenen Generation seine 'älteren', die Jüngeren seine 'jüngeren Brüder'"* – Moment mal: *"Aber nicht nur die Brüder sind Brüder. Auch Stiefbrüder, Vettern ersten Grades und Vettern aller weiteren Grade sind Brüder: je nach Alter des Vaters in dessen Generation".* Versteh ich nicht. Na, jedenfalls Brüder satt. *"Bei jeder Begrüßung können solche Brüder auch neu geordnet werden"*, lese ich hier grade. *"Wen ein Dogon als großen Bruder begrüßt, dem unterstellt er sich, auch für den Notfall. Wer grüßt"* - was? Wer grüßt, steht hier, *"der wird zum Zwillingsbruder des Begrüßten".* Na, gratuliere. *"So wird die Gemeinschaft der Dogon zu einer Art Brüdergemeinde oder Bruderschaft vom Jüngsten bis zum Ältesten, aber ohne speziellen Machthaber. Wer am wichtigsten ist, dessen Hose hat den weitesten und tiefsten Hosenboden".* Na, wie modisch: hallo, teenies! *"So also wird die vertikale Hierarchie der Dogon durch diese Horizontale ihrer Brüderlichkeit ergänzt oder korrigiert, aber auch noch durch die Dorfgemeinschaft".* Na, wenn das nicht demokratisch ist! Ach so, und in einem Dorf haben alle denselben Namen. Also, außer dem eigenen natürlich, als eine Art Familiennamen. *"Zum Beispiel Wolomo: ein ganzes Dorf Wolomo. Dadurch sind alle solidarisch. Ihr oberster Wert – was? Ist Harmonie. Wo sie fehlt, tritt Geduld an ihre Stelle. Geduld und Respekt. Denn Widerrede als öffentlicher Protest wäre Schande. Darum heißen manchmal sämtliche Leute sogar in mehreren Dör-*

fern gleich. So bleiben sie friedlich. Dieser Name hat dann meistens auch noch eine Bedeutung und ist sowas wie ein Motto oder Wahlspruch, die Devise dieser Dörfer und verkündet ihre Herkunft oder ihr Lebensziel. Wo ich herkomme", also: wo Lulu herkommt, *"waren sogar neun Dörfer durch den gemeinsamen Zunamen Dolo verbunden. Alle hießen da Dolo. Dolo bedeutet aber* Mühe und Arbeit *und war also auch die Devise dieser neun Dörfer"*. Wahnsinn. Möchtest du mit Nachnamen *Mühe und Arbeit* heißen? Aber da ist sowas wohl normal. *"Arbeit"*, lese ich hier weiter, *"gilt den Dogon als Gottesgeschenk"*, na, wie bei uns: "im Schweiße deines Angesichts", ach nee, das haben die ja immer, mit ihrem Tropenklima: Dauerschweiß, mit oder ohne Arbeit. Aber Arbeit ist für die da direkt eine Gottesgnade, steht hier, *"nachdem sie die dritte Stufe der Erkenntnis erreicht haben"*. Bahnhof, aber total. Ach so: *"Gemeinsame Arbeit"*, steht hier noch am Rande, *"oder auch gemeinsame Interessen können zu engen Verbindungen führen, die stärker sind als Familienbande. Aber nur"* - was? Ach, hier: *"nur wenn diese Arbeit auch richtig ausgeführt wird"*. Ach, stimmt ja. Auf dem Markt zum Beispiel, hat mir der Lulu erzählt: also Käufer und Verkäufer, ja? Die tauschen da einfach was aus, und wenn das okay ist, also gleichwertig oder so oder sich irgendwie entspricht, ja? Das ist sehr wichtig bei diesen Dogon. Wenn sich da irgendwas schön entspricht, dann gelten beide Teile sofort als Zwillinge: also Verkäufer und Käufer gelten da immer als Zwillinge und sind insofern austauschbar, überhaupt das Perfekte an sich, nee, ehrlich, das hängt da irgendwie mit ihrer Religion zusammen, sagt Lulu. Ihre himmlischen Mächte treten da immer zu zweit oder paarweise auf, sagt Lulu, also zumindest wenn sie ins irdische Leben eingreifen. Das ist Prinzip bei den Dogon. Wenn sie jetzt bloß was austauschen und beide Seiten sind zufrieden mit ihrer Leistung, dann ist das schon irgendwie supermäßig so ein himmlisches Zwillingsding - oder warte: *"Leistung als absoluter Wert"*. Das steht hier so, dick unterstrichen. Aber das Nächste kann ich jetzt nicht lesen, Moment. Ach so: *"Elite. Meritokratie"* - was? Doch, stimmt: Meritokratie. Dann gleich zweitens. Wieso das denn? Weiß der Kuckuck. Ach so, das alles bisher war Erstens. Jetzt kommt Zweitens. Wie weit geht das denn noch? Nee, nur noch Zweitens. Bist du noch da? Okay. Kommst du eigentlich mit?

- Jaja.

- Na, bestens. Paß auf. Also zweitens. Zweitens, hat Lulu hier aufgeschrieben, *"zweitens erlebt man da im Nigerbogen tagtäglich, wie die Natur sich weiterentwickelt. Niemals stehen bleibt. Was für Euren Darwin damals die Evolution war"*. Also, für uns ja wohl auch noch irgendwie. Oder? Na, du machst das dann schon, du bist ein Schatz. Also weiter im Text: *"Evolution ist aber Auslese. Sieg des Stärkeren über den Schwächeren. Also nicht grade allzu demokratisch. Nur die Eliten überleben in der Natur."* Also nur die Zwillinge? Nee, vergiß das. Streich es weg. *"Die Natur"*, das ist jetzt wieder Lulu live, *"die Natur ist nicht demokratisch, sondern meritokratisch. Aber Meritokratie ist die Herrschaft der Verdienstvollen, der Leistungs-, der Entwicklungsfähigen. Hier entscheiden persönliche Qualitäten. Oder individuelle Potenz.".* Na, bitte. *"In der Demokratie aber Krethi und Plethi. Kein Demokrat darf um Gottes Willen besser sein als sein Nachbar. Bei Mutter Natur dagegen muß grade jeder besser sein als sein Nachbar. "Nur dann"*, sagt Lulu, *"nur dann gibt es eine Hoffnung, unsre ganze Misere hier als Durchgangsphase zu überstehen und hinter uns zu lassen. Statt sie demokratisch festzuschreiben"*. Wieso das denn? Versteh ich jetzt nicht. Na, egal. *"Für einen Dogon"* - wo geht denn das jetzt weiter? Ach, hier. Nee, doch nicht. Oder doch: *"in Europa"* - was? Ach so: *"Für einen Dogon in Europa lautet nun die Frage: Kann Demokratie sich auf Dauer den Prinzipien der Natur so verweigern? Geht das überhaupt? Ist das nicht a priori - ?"* Doch: *" - a priori zum Scheitern verurteilt? Weil es gegen vorgegebene Wahrheiten verstößt: gegen die Realität der Natur. Die Idee der Demokratie ist sympathisch, aber romantisch. Romantisch, weil unrealistisch. Weil contra-evolutionär. Insofern eigentlich selbstmörderisch. Eigentlich pervers. Was also nun?"* Tja, was nun? *"Oder aber"* - Moment ... Sofort, sofort ... aha: *"Oder aber besteht gerade in solcher Verweigerung von Naturgesetzen erst die Möglichkeit zu ihrer Überwindung, erst die humane Emanzipation aus der Animalität heraus, also die eigentliche Leistung von Kultur? Absatz."* Steht hier so: *"Absatz. Oder führt nicht gerade eine gut funktionierende Demokratie unweigerlich zur Ochlokratie einer Massen- und Pöbelherrschaft und damit automatisch zu grassierendem Kulturschwund?"* Alles original Lulu. *"Oder wie bewahrt man eine Volksherrschaft davor, selbst ihre eigene Kultur zu zerstören? Nur durch radikale Evolution vielleicht, also Elitenbildung anstelle von Mehrheitsbeschlüssen? Ist das vielleicht unser histori-*

scher oder biologischer Auftrag: Kultivierung des Planeten? Mehrheitsbe-schlüsse behindern sie nur. Führen die uns also in eine demokratische Ka-tastrophe? Auch Hitler war Volkes Wille. P.S." - wo ist jetzt P.S.? Ach, hier:

"P. S. Dies und alles sowas also wird zunächst unser wichtigstes Thema in der Arche LL *sein."*

Na, Servus. Viel Vergnügen. Alles klar? Du, das war jetzt nur das Gerüst. Das Gerüst für dein Pressebriefing. *"Archebrief"* soll übrigens drüber stehen. Ansonsten hast du natürlich wieder völlig freie Hand, hat der Lulu auch noch extra betont. Du sollst die Leute beruhigen. Ach, was ich noch sagen wollte: dieser Typ, ja? Also, der aus der Klappe gestern - kaum hab' ich ihm also meinen –

(Abruptes Ende des polizeilichen Mitschnitts.)

N = NN V

Quiz der "SCHILD"-Bürgerzeitung

Wer oder was ist das N in Arche N, die uns im Anflug so sonderbare Texte schickt? Wie verstehen Sie persönlich dieses N?

Heute kommen hier unsere übermütigen Lese- oder SCHILD-Bürger/innen zu Wort, die in Urlaubsstimmung solche Archen nicht ganz ernst nehmen können und sie zu veralbern versuchen. Bravo!

*Auf unsere Frage **"Wer oder was in der Arche N ist N?"** waren dies ihre besten Antworten:*

1. *Nußecken*
2. *Naddel*
3. *Neckermann*
4. *Nutella*
5. *Nitschewo*
6. *Narhalla*

7.   *Nitribitt*
8 . *Nikoläuse*
9.   *Nachttopfgeschwader*
10. *Ninaruge*

Entscheidung per Los. **Preise: 1.Exkurs; 2. Urlaub; 3. Akten; 4. Fernse-**
hen. *- Änderungen vorbehalten.*

Vorsorglich weisen wir darauf hin, daß unaufgeforderte Einsendungen zur
Chiffre LL der Arche LL außerhalb unseres Quiz erfolgen und von der
Preisverlosung ausgeschlossen bleiben.

N = En

SMS *aus Sils nach Berlin*

Küsse für Euren gelungenen Archebrief LuLu. Aber die "SCHILD"-Bürger
tun mir langsam leid. Soll ich sie lesen lassen, wer Abrahams En ist? Gianni

En = Gott

SMS aus Berlin nach Sils

Wehe. Gott muß nur für Minderheiten zugänglich bleiben: jetzt erst recht.
Bei den Mehrheiten ist Er auf Seine Weise sowieso.Vergötternde Mehrwert-
küsse Deiner LL

Blaugold x 2

Betrifft Identität des angefragten Abraham Blaugold, CH-Sils-Baselgia

Abraham Blaugold ist ein angesehener Anthropologe jüdischen Glaubens und schweizerischer Staatsangehörigkeit. Er gilt als unbescholten und ist nicht vorbestraft. Seine Leumundszeugnisse sind vorbildlich. Politisch ist er bisher nicht hervorgetreten und scheint auch in keiner Weise festgelegt. Biografische Daten sind gespeichert.

Mit dem steckbrieflich gesuchten Giovanni Blaugold ist er offensichtlich weder verwandt noch verschwägert. Dessen Spur verläuft sich in Afrika, wo er zuletzt in Tschad und Mali Station machte. Die Abreise dort erfolgte jeweils ohne Information der zuständigen Behörden über weitere Reiseziele. Auch unsere Anfragen in Deutschland und Italien sowie bei Vatikan und Kantonalverwaltung Tessin wurden negativ beschieden.

Wir müssen zur Zeit davon ausgehen, daß Giovanni Blaugold, sofern er überhaupt noch lebt, verschollen ist. Sein Name könnte inzwischen auch von mehreren anderweitigen Personen als symbolisches Pseudonym verwendet werden. Eine Belastung oder Kompromittierung für Abraham Blaugold stellt er nach jetzigem Erkenntnisstande nicht dar.

Liebe = Hiebe

Brief an eine Mutter. *Sechster Teil*

Detlev Kremer, z. Zt. OIRU-Station, Städtisches Krankenhaus, Düsseldorf

Liebe Mutti, halali! Es geht weiter.

Heute kommen wir zu einem besonders erfreulichen Kapitel meiner Kindheit. Es ist die Schulzeit.

Wenn Vater nach sechzehn Stunden oder mehr von der Arbeit nach Hause kam, war er hungrig wie ein Löwe. Er bekam aber nichts zu essen, weil seine Frau den ganzen Tag an allen Zäunen rumgestanden und getratscht hatte, statt das Essen vorzubereiten. Auch der kleine Volker schrie vor Hunger. Damit er still war, bekam jetzt erst mal der was. Dabei keiftest Du dem erschöpften Vater vor, was Detlev heute wieder alles angestellt hatte. Irgendwas gab es täglich.

Wenn Vater dann endlich was zu essen bekam, hast Du Dich neben ihn an den Tisch gehockt und in lautstark anklagendem Tonfall Deinen Tagesrapport fortgesetzt. Daß ich schlechte Noten bekommen, in der Schule irgendwas ausgefressen, irgendwas vergessen oder verweigert hatte und so frech oder faul gewesen war, daß sogar der Kaplan sich über mich beschwert hatte et cetera et cetera: bis Vater ausflippte und mich noch während des Essens an den Tisch brüllte.

Da stand er dann, hatte seinen Teller Reissuppe in der linken, den Löffel in der rechten Hand und ließ sich von mir erklären, was ich da angerichtet hatte. Noch ganz ruhig, hörte er mich an. Dann sagte er "So, du willst nicht", legte den Löffel in den Teller, den er aber in der Hand behielt, und schlug mir mit der flachen Rechten kräftig ins Gesicht. Dann mußte ich sagen "Entschuldige, Vati" und erklären, daß ich das nie wieder tun würde. Danach kriegte ich nochmals ein paar in die Fresse. Eine gesprungene Lippe war ihm dabei egal.

Nur Du riefst dazwischen: "Nicht ins Gesicht! Nicht den Kopf! Wenn das die Nachbarn sehen!" Und machtest schnell das Fenster zu, damit sie es auch nicht hörten. "Wenn schon, dann auf den Hintern!" Wie der dann aussah, weißt Du besser als ich. Einmal nach so viel Dresche, daß ich nicht mehr brüllen konnte, waren wir in Hückeswagen, und da hast Du Deiner Mutter meinen zerprügelten Arsch gezeigt. Wie peinlich mir das sein mußte, war Dir egal. Ich war damals sieben oder acht Jahre alt. Die Oma war fassungslos.

Dann hatten wir einen neuen Teppich im Wohnzimmer. Uns war verboten, diesen Teppich mit unsern Pantoffeln zu betreten; nur in Socken, sonst nie! Natürlich bin ich am fünften oder sogar schon zehnten Tage mit meinen schön spießig beigefarbenen Cordschlappen auf diesen Teppich getrappelt. Obwohl er gerade Nachrichten hörte, kontrollierte Vater das mit einem Seitenblick: aha, Pantoffeln! Er schnappte mich im Genick wie eine junge Katze und warf mich in hohem Bogen aus dem Wohnzimmer in den Flur; aber nicht etwa erst ab Wohnzimmertür, nein, noch einige Meter dahinter aus der Mitte des Raumes; gelandet bin ich dann an der Klotür: es machte nur noch platsch. Die Wohnzimmertür fiel knallend ins Schloß. Ich blieb erst liegen, sammelte mich dann zusammen, ging leise weinend in mein Zimmer und versteckte mich dort.

Oder ich mußte ihm Zigaretten holen und war nicht binnen Sekunden zurück. Dann kam er mir auf meinem Rückweg schon entgegen, verdrosch mich auf offener Straße und warf mich an die neue Mauer aus Waschbeton und Kiesel.

Auch von Dir wurde ich natürlich ständig geprügelt, besonders bei den Schularbeiten. Wenn ich beim Abfragen englischer Vokabeln was nicht wußte, hast Du es mir in die Ohren gebrüllt, obwohl ich dicht vor Dir saß, oder gleich eine in die Fresse geschlagen. Dann setztest Du mir einen Termin, bis wann ich es können mußte; Du würdest dann wiederkommen und kontrollieren. Rate mal, wie gut ich mich da noch auf das Lernen konzentrieren konnte. Die Zeit war um, Du kamst wieder, ich konnte es noch immer nicht, und wieder mit Gebrüll eine in die Fresse.

Einmal war Oma zu Besuch, ich war sechs Jahre alt und hatte ihr widersprochen: Deiner Mutter! Da hast Du Deinen größten Kochlöffel rausgeholt und damit auf mich eingeprügelt. Dabei schriest Du "Na warte, du Hund! Dir zeig ich schon, wo es längs geht, du Bastard, und was du brauchst, du elendes Schwein, du, du Sau!" Ihr habt immer beim Prügeln was rausgebrüllt. Da zersplitterte der Kochlöffel in viele Teile.

Genauso erinnere ich mich an Deine fransig zerplatzten Rohrstöcke. Aber Vaters Schläge mit Rohrstock, Lederriemen oder Kantholz taten viel mehr weh als Deine. Manchmal hat er uns so gedroschen, daß auch diese Hilfsmittel zerbrachen, sogar ein dicker Koppelgürtel. Dann wurde ich übers Knie gebückt und mit der flachen Hand weitergeschlagen. Dabei brüllte auch er "Na warte, du Hund! Dir zeig ich schon, wo es längs geht, du Ba-

stard, und was du brauchst, du elendes Schwein, du, du Sau!" Dann ging er ins Wohnzimmer Nachrichten hören, und ich blieb irgendwo liegen und heulte.

Du übernahmst dann sofort die Rolle der liebenden Mutter und eines wahrhaft vermittelnden Ruhepols. Du erklärtest mir, daß diese Bestrafung gerecht sei und aus Liebe erfolge. Darum sollte ich dem Vater jetzt die Hand geben und ihn um Verzeihung bitten. Sonst würde er mich nicht mehr lieb haben können und nie mehr mit mir sprechen.

Meine Kinderseele scheint diese Lüge sogar geglaubt und tief bewahrt zu haben. Denn später haben sich die Prügelerlebnisse in meiner Sexualität wiedergefunden. Du hattest es mich nicht anders gelehrt: "Schau, wir lieben dich. Du mußt aber tun, was wir wollen: sei brav. Dann setzt es auch keine Schläge. Aber wenn irgendwas nicht so hinhaut, bekommst du leider Dresche. Denn wir lieben dich. Wir wollen nur dein Bestes."

So ist mir in frühen Jahren die Liebe erklärt worden. So ist sie mir vorgelebt worden. Hinzu kamen dann erst Eure ständige Streiterei, dann noch Eure eigenen Schlägereien: so lieben sich Vater und Mutter. Und wer liebt sich sonst, wenn nicht sie? Ich lernte: Liebe und Schläge gehören zusammen, sind eins.

So ist aus mir dann ein ausgeprägter Masochist geworden. Meine Partner mußten immer kräftig und dominant sein. Richtig befriedigt war ich nur, wenn ich die flache Hand ins Gesicht, wenn ich Schläge auf den nackten Arsch bekam und sozusagen fast vergewaltigt wurde. Während dieses Aktes wollte ich immer beschimpft werden und genoß es, wohlvertraute Sätze meiner Kindheit wiederzuhören: "Na warte, du Hund, dir zeig ich schon, wo es längs geht, du Bastard, und was du brauchst, du elendes Schwein, du, du Sau ... !"

Ich könnte Dir diese Szenen gern noch detaillierter schildern, aber Du willst sie ja schon wieder nicht verstehen.

Hier in Düsseldorf habe ich dann diesen Masochismus aus meiner Kindheit voll ausgelebt.

Aber wenn ich in dieser Zeit mit Frauen schlief, war ich zu denen der brutale Kerl und perfekte Sadist. Auch das war mir ja vorgelebt worden. Aber in dieser Rolle gefiel ich mir nicht sehr. Ich ekelte mich auch immer mehr vor Frauen, und die größere Befriedigung fand ich in der Erniedrigung.

Doch seit ich herausgefunden habe, daß es die "bedingungslose Liebe" meiner Eltern war, die mich zum Masochisten gemacht hat, scheint dieser Zwang bewältigt und abgehakt zu sein: diese Neigung ist jetzt weg.

Aber der kleine Junge von damals hatte als Ventil weder Sexualität noch Bewußtsein. Er spürte nur, daß das alles so nicht richtig sein konnte. Als Prügelknabe seiner Eltern stand er, sobald er die Speichertreppe allein hinaufsteigen konnte, am kleinen Giebelfenster des Dachbodens und staunte von hier oben über diese Welt. Anfangs konnte ich nur rechts und links aus dem Kippschlitz lauern, heranwachsend dann auch durch den oberen Schlitz. Schnell fand ich außerdem heraus, wie der Mechanismus dieses Fensters funktionierte, wenn man es öffnen wollte. Immer wenn die Leiter unbeachtet offen stand, schlich ich mich auf den Boden. Ich liebte ihn in all seiner Dunkelheit. Denn hier hatte ich eine Möglichkeit der Erlösung.

Na, kannst Du folgen? Dein kleiner Sohn hatte damals ganz konkrete Selbstmordabsichten. Denn wenn ich erst mal tot da unten liegen würde: dann würden die Eltern schon weinen. Sie würden weinen müssen. Und ich hätte ihnen damit was angetan. Und müßte selbst nie mehr weinen. Denn wenn ich tot bin, tun Schläge und Gebrüll nicht mehr weh.

Wo waren damals Deine vielgerühmten Antennen, als ich Angst vor dem Weiterleben hatte? Viel zu früh habe ich diese Empfindung kennen lernen müssen. Wer konnte mir helfen? Wem konnte ich mich anvertrauen? Meinen Eltern? Nein. Auch damit war ich allein.

Ich lernte dabei, daß es besser ist, sich den Eltern niemals anzuvertrauen. Dadurch entging ich auch so mancher Prügel.

Du aber lebe schön sauber in Deiner neuen Ehe, schön sauber vor den Nachbarn und schön sauber vor Deinem eigenen Gewissen. Schließlich bin ich ja auch damals doch nicht gesprungen. Ich wollte noch leben.

Also wurde ich in der Klasse zum Klassenclown, um auf diese Weise Zuneigung und Anerkennung zu gewinnen. Aber dieser Schuß ging nach hinten los. Es hagelte Benachrichtigungen der Eltern. Zu Hause wurde ich für meine Clownerien geschlagen, in der Schule zuerst herumgeschubst, später ebenfalls geschlagen. Denn die Mitschüler fanden schnell heraus, daß dieser Clown sich nicht wehren konnte. Zu Hause konnte ich mich ja auch nicht wehren: weder körperlich noch verbal. So wurde mir die Karosserie meines ohnehin geringen Selbstbewußtseins noch weiter zerbeult. Ich hatte alle gegen mich: Eltern, Mitschüler, Lehrer, sonst wen.

Sonnig wurde es in meinem Gemüt damals nur, wenn Tante Gerda zu Besuch kam. Einmal durfte ich sogar für eine Woche mit zu ihr. Ich hüpfte vor Freude, als wir in ihrem großen Ford nach Bielefeld fuhren: endlich weg von Zuhause. Das war meine überschwängliche Empfindung. Oder auch noch bei den Kinderverschickungen: da war ich glücklich und gelöst.

Genossen habe ich es auch immer, wenn Du ins Krankenhaus mußtest und von Doris vertreten wurdest. Denn wenn Doris da war, gab es weniger Dresche. Oder sogar überhaupt keine.

Dann erinnere ich mich noch an einen Vorfall, wo ebenfalls das Prügeln überraschender Weise ausblieb. Ihr erwischtet mich dabei, daß ich aus Deinem Portemonnaie Geld geklaut hatte: zuerst nur Groschen, dann auch Markstücke. Das fiel Dir natürlich auf, und ich wurde überführt. Tatsächlich wurde ich hiernach nicht geprügelt oder sonstwie abgestraft. Für diesen Diebstahl wurde ich überhaupt nicht bestraft. Ich wurde nur belehrt, das doch lieber bleiben zu lassen. Ich verstand das und habe nie wieder nach fremdem Gelde gegriffen.

Aber erst heute ist mir klar, warum das damals so friedlich ablief: weil es um Geld ging. Es ging Euch gar nicht um mich oder den Beginn einer latenten Kriminalität Eures Sohnes. Es ging um Euer heiliges Geld, das nur ja nie wieder angetastet werden sollte. Das mußte dieser Junge einsehen. In Ruhe geklärt und erläutert habt Ihr auch sonst nie aus Liebe, sondern immer nur, wenn ein paar müde Pfennige im Spiel waren.

Aber vielleicht wart Ihr damals ja auch heimlich oder unbewußt stolz auf mich und eine solche Affinität Eures Sohnes zu fremdem Gelde. Denn der Apfel fiel da nicht weit von Eurem Stamme.

Vater holte ja immer viel von diesem Gärtner auf der Hasenhöhe. Einmal nahm er mich mit, weil er acht Säcke Torf benötigte. "Klar", sagte der Gärtner, "lade sie auf, wir verrechnen das dann." Ich muß damals etwa elf oder zwölf Jahre alt gewesen sein, half beim Aufladen, zählte dabei mit und sagte laut: "Vater, wir haben doch schon acht Säcke. Dies ist jetzt schon der neunte." Vater zischte nur knapp: "Halt die Klappe, und steig ein! Dieser Gärtner hat schon genug an mir verdient!"

Bald danach habt Ihr dann mit meinen Lehrern darüber diskutiert, ob es nicht besser sei, mich in ein Internat zu geben: für schwer erziehbare Kinder. So ein hoffnungsloser Fall war ich für Euch mit meiner naiven Ehrlichkeit.

So, jetzt kriege ich wieder einen Anfall. Also höre ich erst mal auf. Für heute langt es mir auch. Aber wir sind noch immer nicht durch.

"Diese Suppe wird aufgegessen!" Erinnerst Du Dich an diesen Satz? Den habe ich bei Dir gelernt. Jetzt löffelst Du selbst Deine Suppe aus, bis der Teller leer ist. Du hast sie Dir selbst gekocht und angerichtet.

Also bis bald!

Israëlisch - + - palästinensisch

Tagesschau der ARD (Ausschnitt)

In Jerusalem wurde heute Bürgermeister Mesuschelach Oppenhajm auf offener Straße erschossen. Der 56jährige starb noch am Tatort.

Das Bekennerschreiben einer neuen *Israëlisch-Palästinensischen Solidaraktion IPS* bringt diese Mordtat mit einer Werbekampagne in Zusammenhang, die sich kürzlich mit Handzetteln und Plakaten an alle gläubigen Einwohner

Jerusalems gewendet und sie über jede konfessionelle Schranke hinweg zu einem geistlichen Zusammenschluß gegen alle Kräfte der Marktwirtschaft aufgefordert hatte.

Oppenhajm hatte diese Aktion teils polizeilich unterbunden, teils öffentlich abgelehnt und persönlich zu bekämpfen begonnen. Damit vertrat er aber nur eine Minderheit seiner Bevölkerung und wurde so selbst zum Feindbild einer oppositionellen Mehrheit aus allen religiösen Lagern dieser frommen Stadt.

Wie aus informierten Kreisen verlautet, wird für Oppenhajms Nachfolge als Bürgermeister eines neuen Jerusalem zunächst nur ein aussichtsreicher Seiteneinsteiger nominiert: der parteilose schweizerische Anthropologe Abraham Blaugold, der zu den Initiatoren jener strittig synkretistischen Postwurfsendung gehört hatte. Seine Wahl gilt in Jerusalem für mehrheitsfähig.

Love's Labour

Brief an die Arche LL

Liebe Freunde,

bitte, ich finde Arche LL sehr, sehr gut. Auch Leute in Asien können "Mehrheitsbeschlüsse" nicht verstehen. Wir haben jetzt auch schon, aber nur wegen Globalismus und nicht sehr gern. Ich meine, wir lassen Mehrheit entscheiden, aber machen nicht so. Viel zu dumm.

Bitte, ich möchte für Arche LL über Leute in Asien viel früher erzählen. Vielleicht ein gutes Beispiel auch für LL.

Nehmen wir Siddhattha. Sie sagen der Buddha, aber Name richtig Siddhattha, global time schon 6. Jahrhundert before Christ. Sagen wir 2500 Jahre alt, more or less. Vater Siddhattha sehr viele Jahre Raja oder Prime Minister in Republik Schakiya oder Sakka, wo heute Grenze von Indien nach Nepal. Sakka sehr groß, sagen wir 2000 km² und zehn Städte mit viele Märkte und Dörfer. Aber schon Republik. Kein König.

Vater Siddhattha regiert Republik Sakka mit council wie Ratsversammlung. Viel diskutieren. Alle können kommen und diskutieren. Aber nicht abstimmen. Leute in Sakka 6. Jahrhundert before Christ wissen schon, viele Leute nicht kluge Leute. Kluge Leute wenig Leute. Kluge Leute müssen lange erklären. Erklären und erklären, bis alle Leute sagen okay. Oder nix mehr sagen: auch gut. Europa Leute sagen Konsens. Konsens in Republik Sakka Grenze Nepal schon 2500 Jahre alt oder viel mehr. So junge Siddhattha kennt nur Konsens, alles gut.

Später Siddhattha wandert entlang und lebt in Republik Licchavi mit round about 250 000 Personen und 3 Rajas oder Prime Ministers und ebenso öffentliche Ratsversammlung ohne Mehrheit. Immer nur lange diskutieren, dann Konsens. Ohne Konsens kein okay. Okay immer nur mit Konsens, sehr gut.

Also Siddhattha macht *sangha*, Sie sagen Orden für Mönche oder Nonnen. Siddhattha gibt sieben Regeln für *sangha*. Eine von sieben Regeln ist diese:

"Solange die Mönche sich in Eintracht versammeln, in Eintracht Beschlüsse fassen und alle Aufgaben ihres Ordens in Eintracht erledigen, solange gibt es für sie keinen Niedergang, sondern nur Gedeihen".

Bitte, diese Eintracht hier ist Konsens. Auch im Buddha-Kloster gibt es heute nur Konsens.

Aber Siddhattha gibt für *sangha* noch andere Regel:

"Solange sich die Mönche nicht der Gier unterwerfen, gibt es keinen Niedergang, nur Gedeihen".

Ich denke, LL weiß schon Bescheid.

So aber nicht nur für Mönche und Nonnen. Später Siddhattha schon siebzig Jahre alt lebte in Mangowaldkloster in Königreich Magadha auch Grenze Nepal. Einmal Vollmond König Ajatasattu will den Siddhattha fragen. Ich meine, in Indien die Könige ließen erleuchtete Männer nicht kommen, auch Könige gingen zu Siddhattha und zeigten Respekt für seine Freiheit im Kloster. So auch König Ajatasattu ging in Mangowald fragen, aber fragte nicht selbst, ließ Prime Minister Vassakara fragen. Jetzt Siddhattha sagte wieder sieben

Regeln, aber nicht für *sangha*, sondern sieben Regeln für republikanische Staaten, Hauptsache

"regelmäßige, gut besuchte Ratsversammlungen und Beschlüsse in Eintracht".

Also Eintracht wieder Konsens, auch für Politiker. Auch für Republiken. Aber auch für Königsohren. Keine Mehrheiten, aber Konsens.

Aber Siddhattha gibt noch andere Regel für Politiker, Republiken und Königsohren:

"Pflege der heiligen Orte und Betreuung der Erleuchteten".

Sagen wir 2500 Jahre alt: Pflege der heiligen Orte und Betreuung der Erleuchteten. Ich meine, warum nicht jetzt.

Aber wissen nur wenige. Darum bitte, vielleicht gut für LL.

Ich weiß nicht, aber denke LL ist Love's Labour.

Also Eintracht, sakrale Orte und Betreuung der Erleuchteten

wünscht von Herzen für Love's Labour

Euer Freund Saji

Bar > unbar

heute-Sendung im ZDF (Ausschnitt)

Ein Krisenstab der *Vereinten Nationen* hat heute in New York die weltweit vollzogene Umstellung von Papiergeld auf Plastikscheine für ungenügend erklärt.

Angesichts der unverändert rasanten Ausbreitung von OIRU oder *Overkill Items Remain Unknown* wurde diese weiterhin rätselhafte Seuche jetzt mit überwältigender Mehrheit in die Kategorie der *Galoppierenden Krankheiten* aufgenommen.

Da die gesamte Forschung aber einhellig nach wie vor einen kausalen Zusammenhang von Ansteckung und Zahlungsmitteln vermutet, wurde in der heutigen Krisensitzung der *Vereinten Nationen* beschlossen, allen hiervon betroffenen Staaten die sofortige Abschaffung jeglicher Barzahlung und die Einführung eines ausschließlich unbaren Zahlungsverkehrs zu empfehlen. Die Einstimmigkeit dieses heutigen Beschlusses läßt seine globale Umsetzung gesichert erscheinen.

Dr. Joshua Tanghobányi als Präses des *Internationalen Geldwertkonsortiums* bezeichnete diesen endgültigen Abschied vom Zahlungsmittel Bargeld als einen wehmütigen, aber stolzen Meilenstein in der Humangeschichte.

Kopf-Kontinent

SMS aus Berlin nach Sils

Dein Neues Jerusalem liegt nicht in Israël, sondern in den Köpfen einer Minderheit, die den Abram nicht ermordet, sondern liebt und küßt, aber in Europa - Dein Lou

"Eueu"

Internet: Protokoll XI aus der Arche N

Dies ist das elfte Protokoll aus der Arche N

oder auch der siebente und letzte Teil des Vierten Protokolls.

*Graf Konstantin Tolstoi berichtet Weiteres von jenem thrakisch sibirischen
Sänger, Schamanen und Goëten Ogus-Orpheus:*

Brutale Bräute

In seinen Konzerten also, die jetzt nur noch von Männern besucht wurden,
sang dieser Orpheus immer lieber auch über Götter und deren Zwistigkeiten
oder Unterschiede, noch sehr viel lieber aber über Wege zu deren Überwindung, über Einklang und Harmonisierung. Alles Zerfallende nämlich dieses
damals noch auseinanderstrebenden Weltalls, alles Gespaltene, Getrennte und
Kontroverse, so dieser singende Orpheus, gelte es doch letztlich zu binden, zu
einen, zu versöhnen, zu erlösen.

Also sang er auch hinweisend weise über Disharmonien, wie sie sich anfangs
einer so unabdingbaren Versöhnung und Einheit machtgierig widersetzten.

Hierzu zählte er manches Weibliche. Er sang auch viele Lieder über Frauen,
die ihr Gegensätzliches und Androgynes rüde verleugneten. Er sang über
Frauen, die sich jedem Einklang verweigerten und lieber stritten als befriedeten. So malte er singend auch ihre Zerstörungslust an die Wände: als Meine-
tekel. Etwa sang er, rekapituliert in den *"Metamorphosen"* noch sein Wiedergänger Ovid,

*" ... von Mädchen, die, rasend verbotnem
Feuer verfallen, verdient ihrer bösen Begierden Bestrafung".*

Was aber sind deren *"böse Begierden"*? Nicht die christlich vermuteten, die
sie ebenso haben müssen wie die Männer. Nein, er sang zum Beispiel von jenen sodomitischen Zypriotinnen, die *"gräßlich"* gegen das heilige Gastrecht
frevelten und sich vor dem Altar des Zeus an der rituellen Ermordung eines
Gastes beteiligten: nur weil der fremd, auch noch männlich, also völlig anders
war als sie selbst. Ein Ungeist kam über sie eben wie im biblischen Gomorrha.

Aber die Schuldigen wurden hier nicht mit Feuerregen oder Salzsäulen bestraft, sondern einfach zu männlichen Tieren verzaubert: meist zu Stieren;
jene gottlosen Frauen aber, die sich einer solchen Strafe der Aphrodíte zu ent-
ziehen versuchten, wurden von dieser Liebesgöttin in zweiter Instanz auf den

Strich geschickt; wenn auch diese Strafe nichts bewirkte, verwandelte ihre numinose Richterin sie *"zu kalten Steinen"*. Als solche erwiesen sie sich, weiß auch noch Ovid, *"nur wenig gewandelt"*.

Einer der wenigen Verse, die namentlich vom Orpheus persönlich über die Jahrtausende hinweg gerettet wurden, mag aus seinem Liede über solche Frauen stammen; er berichtet von einem kritisierten Manne,

"der war nicht wie ein Hund, er war so kalten Herzens wie die Frauen".

Ein anderes orphisches Lied erzählt von Atalánte, einer vitalen und virilen Sportlerin oder Sprinterin. Weil sie kein Sohn war, hatte ihr enttäuschter Vater sie als Säugling ausgesetzt und von einer Bärin aufziehen, also so robust und muskulös geraten lassen, daß später noch der sizilianische Grieche Diódoros, ein Zeitgenosse Jesu von Nazareth, sie mit seiner Weltgeschichte sogar unter jenen fünfzig (oder eben 49!) exklusiv maskulinen Ruderern auf der rapiden *"Argó"* des Jáson auszumachen wußte. Noch Friedrich Vater, der seinen *"Argonautenzug" anno* 1845 in der Universitäts-Druckerei ausgerechnet im turkisch tatarischen Kasan *"aus den Quellen dargestellt und erläutert"* hat, listet in der Mannschaft dieses Wunderschiffes nicht zuletzt und wie ein Paar auch *"Orpheus und Atalante"* auf.

Aber Apollonios Rhódios berichtete von dieser Kerlin und Jáson, ihrem Kapitän, ganz anderes:

" ...sie begehrte
Sehr mit ihnen zu ziehen. Doch hielt er absichtlich die Jungfrau
Fern, aus Furcht, es könnten sonst Liebeshändel entstehen".

Vielleicht eben deshalb riet ihr der göttlich weise Phoibos Apollon:

"Dir ist ein Gatte nicht not! Nein, fliehe die Ehe."
(Ovid, *Metamorphosen*, 10. Buch)

Das provozierte natürlich nur den Widerspruch der rudernden und rundum turnenden Männin. Sie ersann den Machtkampf von Frauen gegen Männer und tarnte ihn als sportlichen Wettstreit. Verlor ihn der Mann, so mußte er sterben. Verlor aber sie, so ließ sie sich heiraten: eine Turandot des Wadenmuskels. So übte sie die oft gepriesene Chancengleichheit des Matriarchats.

451

Da diese Atalánte ihren Namen aber nicht zufällig trug und bei allen Wettkämpfen in der Tat viel *"schneller, höher und stärker"* war als die Männer, pflasterten deren Leichen bald in großer Anzahl ihre Laufbahn zu olympischen Rekorden. *"Bin eine grausame Braut"*.

Nur Hippoménes, den das kupferfarbene Erröten der kämpfend Echauffierten betören mochte, besiegte die Olympio-Níke: aber nicht durch Muskelkraft, sondern durch einfallsreichen Witz, also Geisteskräfte. Er war spirituell genug, die tumbe Athletin zu überlisten. Sie ließ das bereitwilligst zu, weil er prominent war:

"Stammt er im vierten Glied nicht ab vom Beherrscher des Meeres?"

Zudem war dieser Göttersproß auch noch jung genug, um sie als Mann nicht zu verschrecken. Abermals daher das ewige

"Ach, wie mädchenzart die Züge im Antlitz des Knaben!"

Erst das Mädchen in ihm also machte selbst sie noch schwach.

Die ungut begonnene Sache ging auch für beide nicht gut zu Ende. Mit ihrer Paarung endlich entweihten sie nämlich wildlings ein Heiligtum der Kybéle und wurden daher beide in reißende Löwen verwandelt.

Das alles sah Pygmalíon, König auf Zypern, und fühlte sich als Mann zutiefst verschreckt.

Denn er sah auch, sang Orpheus weiter, jene Prostituierten seines eigenen Reiches, die jetzt kalte Steine waren.

"Weil er diese gesehen ihr Leben verbringen in Unzucht,
Weil die Menge der Fehler ihn abstieß, die die Natur dem
Weiblichen Sinne gegeben, so lebte Pygmalion einsam
Ohne Gemahl und entbehrte gar lange der Lagergenossin."

Die lange Entbehrung ließ ihn schmachten. Aus diesem Schmachten wurde ein Fantasieren. So wurde er zum Künstler. Schließlich schnitzte er sich eine Frau aus weißem Elfenbein und von einer figürlichen Schönheit,

"wie sie nie ein geborenes Weib kann haben".

Also ersetzte er Leben durch Kunst.

In die war er ganz vernarrt. Erst verlor er sein Herz an sie, dann den Kopf. Er war völlig von Sinnen. Das rührte Aphrodíte so sehr, daß sie seinem so überzeugenden Imitat oder Kunstwerk tatsächlich Leben verlieh.

Das Kunstwerk atmete, lebte und war makellos.

Inzucht mit Inbrunst

Das Kunstwerk gebar auch einen Sohn

Der muß überirdisch schön gewesen sein. Denn sogar dessen eigene Tochter Mýrrha begehrte diesen Kinýras mit maßloser Leidenschaft. Sie beneidete ihre Mutter:

"Glücklich, oh, um des Gatten willen die Mutter!"

Mýrrha, notierte sich Orpheus noch später mit der Feder Ovids, zog da Mutter Natur zu Rate.

"Es paaren die übrigen Wesen
Ohne zu wählen sich doch. Auf dem Rücken den Vater zu dulden,
Gilt nicht für Schande dem Rind, dem Hengst wird die Tochter zur Gattin,
Die er gezeugt, die Ziege bespringt den Bock, und von dem, aus
Dessen Samen einst er empfangen, empfängt auch der Vogel.
Glücklich die, denen solches vergönnt. Gehässige Satzung
Haben Menschen gesetzt, und was die Natur uns erlaubt, das
Wehrt ein neidisches Recht."

Sie hörte sich auch um, befragte Weitgereiste.

"Doch soll auch Stämme es geben,
Wo mit dem Sohne die Mutter sich eint, mit dem Vater die Tochter
Und in verdoppelter Liebe noch wächst die heilige Ehrfurcht.
Daß ich dort nicht durfte geboren werden ... !"

Mýrrhas Amme erpreßte sich das Geheimnis dieser Sehnsucht und verkuppelte ihr Brustkind begierig an den strohverwitweten Vater, während dessen Frau Kenchreïs neun Tage und Nächte lang mit anderen Ehefrauen das Jahresfest der Fruchtbarkeitsgöttin Deméter zelebrierte.

Im Dunkel dieser Nächte nun genossen sich also Mýrrha und ihr schöner, immer noch ahnungsloser Vater Kinýras. Als dessen Kebse wurde die Tochter so zur Nebenbuhlerin ihrer eigenen Mutter. Da sie aber schwanger wurde, war sie zugleich auch zukünftige Schwester ihres eigenen Sohnes und Mutter ihres Bruders.

Auf alles das freute sie sich sehr.

Als es hell wurde und der Vater sie endlich auch von Angesicht erkannte, wollte er sie töten. Sie entkam ihm aber und irrte durch Länder eines argen Exils, bis sie niederkommen sollte. Da erhörten die Götter ihre Gebete und verwandelten die Reuïge in jenen Baum, der seither *Commiphora* heißt, harzige Tränen aus Myrrhe weint und reichlich eben ringsum hier in diesem verwunschenen *Alten Garten* wächst.

Den thrakischen Männern, die im Publikum lauschten, gruselte nun zwischen all den harzigen Myrrhenbäumen ringsum. Manchem standen schon wieder die Tränen in den Augen: weil er da was wiedererkannte.

Misogyne Manifeste

Orpheus jedoch, der dieses Lied des Ovid über Myrrhe und ihren Vater unter eigenen Tränen just seiner leiblich ja gleichfalls geliebten Mutter im fernen Jakutsk widmete, sang hierbei unbeïrrt weiter:

"Nie können Tränen ganz zum Ausdruck bringen,
Wie Schmerz sich häuft mit tödlicher Gewalt.
Wie elend ist, wer je sich selbst belügt
Und wollte über Frauenliebe klagen,
Der, dessen Freiheit schwächlich ihr erliegt,
Der Glauben schenkt dem, was sie heuchelnd sagen,
Die wirbelnd, wie ein Blatt im Winde fliegt,
Die Neigung leicht von dem zu jenem tragen;
Die Frau flieht den, der folgt, folgt dem, der flieht."

Die Männer erkannten schon wieder was wieder und schlugen sich begeistert auf die Schenkel. Orpheus sang weiter:

*"Ich kann von Frauen nicht mehr reden hören.
Will jemals jemand mit mir Freundschaft pflegen,
Soll er damit nicht meinen Zorn erregen."*

Die Männer feixten komplizenhaft.

*"Mein Schicksal, das so grausam mich getrieben,
Zwingt mich, nie wieder eine Frau zu lieben."*

Die Verheirateten applaudierten: *"Noch einmal! Dacapo!"* Immer wieder
wollten sie das hören, in jedem Konzert des Orpheus. So sehr betraf es ihrer
aller Hauptproblem. Es wurde ein *Evergreen.*

Irgendwann damals dichtete er dann auch jenen weltberühmten Vers, den
noch um 700 vor Christos sogar Hesiod und die *Epischen Zyklen* der Pseu-
dohomerica mit ihren Hymnen des Orpheus als authentisch zitieren:

"Nichts ist so todbringend und läßt einen so erschaudern wie das Weib".

Aber Orpheus selbst mochte diese bittere Wahrheit nicht allzusehr. Sie war
ihm zu deutlich von jenem höllischen Verbot geprägt, sich nach seiner eigenen Frau nicht umsehen zu dürfen. Jetzt mochte er sich nach gar keiner Frau
mehr umschauen. Das schien ihm allmählich so unversöhnlich, so radikal und
unapollinisch, wie es sonst nicht seine Art war. Also weigerte er sich schließlich, so negative Lieder und Verse zu wiederholen.

Als die Männer dennoch danach zu gieren nicht nachlassen wollten, erfand er
lieber das Alphabet, insofern das Schreiben und notierte nun jene populären
Texte. Dreitausend Jahre später konnte er sie dadurch selbst wieder singen,
als ein italienischer Wiedergänger des Aißchýlos dessen fast verschollene
"Lykūrgos"-Tetralogie ergänzte und auf die Bühne der sogenannten Renaissance seines Vaterlandes brachte. Dieser Angiolo Ambrogini nannte sich Poliziano, war ein Intimfreund seines florentinischen Landesvaters Lorenzo de'
Medici, später auch des Philosophen Pico della Mirandola und schrieb jenes
erste Orpheus-Drama der sogenannten Neuzeit, auf das sich dann viele Generationen von Orpheus-Opern bezogen. Gleich in der zweiten verwendete ihr
Komponist, jener Claudio Monteverdi aus Cremona, sehr wirkungsvoll die
Harfe als eben orphisches Instrument.

Sie alle aber verzichteten meist auf solche misogynen Verse, wie Poliziano
sie seinen Orpheus persönlich noch sehr wohl vortragen ließ; denn sie alle
wollten viel lieber dessen unerklärliche Liebe zu Eurydíke verherrlichen. Nur
Fleischesbruder Ritter von Gluck war klug genug, seinen Orpheus gleich von
einem kastrierten Altisten singen zu lassen: so umging er schwer verständlich
Gehässiges und bekannte sich unterschwellig dennoch zur orphisch gleichge-
schlechtlichen Liebe zwischen Sopran und Alt.

Und das orphische Notieren hatte sich gelohnt.

Urjanchaüsches Ur- und Universalgenie

Dieses Aufschreiben multiplizierte ja auch, indem es allenthalben anfangs
vorgelesen, dann gelesen werden konnte: von den Pythagoräern nach tausend
Jahren schon in ganzen Büchern mit orphischen Hymnen und deren Initiatio-
nen in Weisheit und Frömmigkeit.

Man schrieb dann auch eigene Bücher, Wiedergänger Pythagóras selbst sogar gern pseudonym als Orpheus persönlich.

Einer seiner frühesten Jünger notierte erstmals die Erzählung von der Hadesfahrt des Schamanen Orpheus und überlieferte so die orphischen Offenbarungen über das Schicksal der menschlichen Seele.

Aber am längsten überlebten alle Bücher, die bilderreich und melodisch, die
sinnlich und verführerisch waren. Schon in der Tragödie *"Hippólytos"* des
Euripídes wird der vegetarische Titelheld von seinem Vater Theseús als Leser
solcher Texte eben ihretwegen zur Tunte erklärt und abgekanzelt:

*" ... und schachre mit Mehlspeisen,
da du nur Seelenloses ißt, und schwärme
für Orpheus, trunken von dem Rauch der Bücher!"*

Aber die Knaben Eúneos und Thóas, die Jáson auf der gemeinsamen Reise
zum Goldenen Fell der Médeia unterwegs auf der Insel Lẽmnos mit Hypsipýle, Königin des dortigen Frauen- und Mörderinnenstaates, gezeugt hatte, wurden nach dem Tode ihres Vaters, berichtet gleichfalls Euripídes, zum Erler-

nen des Lesens und Schreibens wie zu jeglicher Bildung und Erziehung dem thrakischen Orpheus als ihrem Lehrmeister übergeben.

Runde fünfhundert Jahre später schrieben dann in Rom die Wiedergänger Vergil und Ovidius Naso alles über das Leben, Letzterer überwiegend sogar die Liedertexte dieses urpädagogischen Rhapsoden und Schriftgelehrten zum Nachlesen auf.

Orpheus war also nicht nur der erste Sänger, Musiker und Poët, sondern auch der Begründer von Literatur überhaupt. Er war der erste Künstler, insofern auch ein erster Humanist. Als solcher auch Erfinder von sittlichen und sonstigen Gesetzen: für die thrakischen Hirten sogar eines Ackerbaus nach planvoll geordneten Regeln.

Noch 1774 nach Christus wurde im fernen Bückeburg der dortige Hofprediger Johann Gottfried Herder in seiner *"Ältesten Urkunde des Menschengeschlechts"* zum Panegyriker jenes Orpheus, dem er

*"die **Buchstaben**, die **Musik**, die **Leier** mit sieben Saiten, die **Naturkunde**, **Magie** und **Weissagung**, die **Astrologie** und **Weltenkenntnis**, insonderheit aber **Theologie**, **Poesie** und **Gesetzgebung**"*

erfunden oder begründet zu haben gutschrieb.

*"Sei nämlich **Orpheus** gewesen, was er will: alle seine **Werke, Schriften, Titel, Stiftungen und Legenden** sind nichts als Nachklänge barbarischer, thrakischer, griechischer Echos von den Geheimnissen Asiens und Ägyptens, von der **Ersten Urstiftung der Welt** [...], **zerstückte Glieder des Urgesangs aller Wesen** [...]. Nicht bloß daß wir [...] Wort für Wort, Titel für Titel die älteste "Ägyptische und Asiatische Kosmogonie" wieder finden: wir finden sie darin auch auf die **simpelste Weise.**"*

Also sollten, verehrtester Herr Generalsuperintendent, auch die Geheimnisse dieser ältesten *"Ägyptischen und Asiatischen Kosmogonie"* mit dem allerfettesten Fettdruck Ihrer Weimarer Druckereien betont und hervorgehoben werden: so aufschlußreich sind sie. Aber weiter in Ihrem schönen Texte, Herr Oberkonsistorialpräsident:

"Die Stimme vom Argosschiffe in dunklem Laute hertönet - wer wars [...] und was sang er?

*Sang des alten **Chaos** unwandelbarmächtiges Schicksal **Zeitbeginn**, wie er einst mit unendlichen Kreißen gebärend riß und gebar den **Äther**, den zwogestaltigen **Liebgott** [Liebgott: Amadeus?] lieblich! schön! der ewigen Nacht **Glanzvater**, die jüngern Sterblichen nennen ihn **Licht!** - das also das ewige hohe Thema **Orpheus!"***

Das dürfte Friedrich Schlegel, jener hochbegabte Polyhistor aus Hannover und Wiener Repräsentant beim ersten Deutschen Bundestage, aufmerksam gelesen haben, bevor er vierzig Jahre später in seiner *"Geschichte der alten und neuen Literatur"* über diesen Orpheus orakelte, daß er *"kein Hellene war und jener priesterlichen Epoche [...] der Urzeit angehörte"*.

Schon runde sechshundert Jahre nämlich, bevor dieser apostolische Herder seinen Text mit all den hämmernden Hervorhebungen baute und vom Frankfurter Legationsrate nachkarten ließ, schon um 1100 nach Christos, hatte ihr gepriesener Orpheus schon einen anderen seiner vielen Wiedergänger, den keltisch-walisischen Magier und Barden Taliesin, alle zeitlichen und räumlichen Begrenzungen seines Lebens und Wirkens in einem Gedichte staunend und panegyrisch leugnen oder überwinden lassen:

"Ich bin ein Wunder, dessen Ursprung unbekannt ist. Ich bin in der Arche gewesen mit Noah und Alpha; ich habe die Vernichtung von Sodom und Gomorrha gesehen. Ich war in Afrika vor der Gründung Roms und komme jetzt her zu den Überbleibseln Trojas. Ich bin mit meinem Herrn gewesen bei der Krippe des Esels; ich stärkte Moses mit dem Wasser des Jordan. Ich bin gewesen an dem Firmament mit Maria Magdalena; ich habe Hunger gelitten für den Sohn der Jungfrau; ich habe die Muse erlangt aus dem Kessel der Keridwen. Ich war ein Harfenbarde zu Lleon in Llochlyn. Ich bin gewesen am weißen Berge am Hofe des Kynvelyn in Ketten und Banden Jahr und Tag. Ich war der ganzen Welt ein Lehrer und werde bis zum Jüngsten Tag im Angesicht der Erde sein."

Laut Wiedergänger Friedrich Schlegel schließlich, wiederum gute sechshundert Jahre später, war Orpheus

"ein vollkommener Repräsentant des Genius der Menschheit".

Meuchelnde Mütter

Aber schon damals - wie auch später immer - gab es Menschen, die sich ihren vollkommenen Repräsentanten nicht gern vorhalten lassen. Schon sein Anblick macht sie angriffslustig.

Orpheus wußte das und ging ihnen aus dem Wege. Einsam oder in Begleitung ausgewählter Männer, die ihm nahe standen, durchstreifte er die ewig verschneiten thrakischen Wälder. Ihr *"hyperboreïsches Eis"*, vor dem es dem Lombarden Vergil so graust, war ihm aus Jakutsk nur allzu vertraut. Und ein Waldgänger, auch im Sinne seines Wiedergängers Ernst Jünger, war er ohnehin.

Aber gegen Ende jeder Nacht, noch im Dunkeln und immer allein mit seiner Äolsharfe, erstieg er jenes Plateau im Pángaion-Gebirge und erwartete dort die Wiederkehr der Sonne. Schon ihr allererstes Vorauslicht fiel auf das Zuhause seines purpurgeflügelten toten Geliebten Kálaïs. In dessen Gedenken betete er zur rosenfingrigen Oma Eós, dann zum Goldenen Widder des blendenden Hélios, insofern auch zum Phoibos Apollon all seiner Künste und Weisheit, dann aber auch noch zum fremden Diónysos: um des Versöhnens willen. Seine Gebete baten um nichts; sondern dankten für alles; denn Ernte und Gnade waren trotz allem üppig.

Aber eines frühen Morgens hörte er eben in diesem Augenblicke seines Dankgebetes von weit her ein wildes Rufen und Jauchzen von Frauenstimmen. Er wußte: das sind die thrakischen Mütter, die am nahen Heiligtum des Diónysos die Mysterien dieses Gottes aller Fruchtbarkeit zelebrieren.

Diese Mysterien wurden nur von Frauen gefeiert und pflegten in einem *"Mahl des rohen Fleisches"* zu gipfeln. Hierfür wurde ein männliches Opfertier lebendig zerrissen, geköpft und roh verschlungen. Damit wiederholten die Feiernden die Zerstückelung jenes kindlichen Zagreus, der später als ihr Diónysos wiedergeboren wurde. Als solcher war er aber nicht nur ein Zerrissener, sondern auch selbst ein Zerreißender und ein Rohverschlinger. Ohne Zerfleischung von Lebendigem, ohne ein Verschlingen von Lebendem durch Lebende, glaubten seine gebärerfahrenen Anbeterinnen, gebe es kein Weiterreichen des Lebens, keine Seelenwanderung, keine Wiedergeburt.

Orpheus wußte das alles und versuchte, es zu vergessen. Er betete weiter: auch für jene frommen Frauen und ihren bizarren Ritus.

Der schien sie völlig zu entfesseln. Sie wurden immer unüberhörbarer. Aus ihrem Jauchzen wurde Geschrei, auch Geheul. Robuste Hornflöten spielten auf. Zu hektisch geklatschten Rhythmen und Beckenschlägen wurden orgiastische Dithyramben gesungen, bald aber eher gekreischt. Schrille Einzelstimmen schrien wieder und wieder *"Eueu!"* dazwischen: *"Eueu!"*

Orpheus versenkte sich in die Tiefen seines Gebetes und den Gegenzauber des frühen Morgenlichtes.

Da sah er sie kommen, teils tanzend und *"ihr Haar in die wehenden Lüfte schleudernd"*, wie Ovid sich erinnert und jeder Mann das an Frauen nicht mag: in langer Prozession, die der Opferung des mitgeführten jungen Rehbocks vorauszugehen pflegte. Sie waren nackt und nur symbolisch in die Felle jener Stiere und Böcke gekleidet, die sie bei früheren Ritualen geopfert hatten. Vor ihren Gesichtern trugen sie Raubtiermasken, an den Füßen hohe Jagdstiefel, auf ihren Stirnen Stierhörner und im Schritt oder in den Händen große Tharsusstäbe in Gestalt von hölzernen Phalloi.

Darum durften Männeraugen diese Mysterien nie erblicken. Denn mit solchen Dildos vollführten diese außer sich Geratenden die obszönsten Hantierungen und Analogien in diesem Kult für die Fruchtbarkeit. Dazu hielten sie obszöne Reden und sangen obszöne Lieder. Manche peitschten dabei auch sich selbst oder ihre Nachbarin. Die ganze Ekstase war sexuell und verprellte jedes Bewußtsein.

So nahte sich der zügellose Zug dem betenden Orpheus.

Sein Versuch, ihr *Tabu* zu respektieren und sie nicht anzuschauen, mißlang: er wurde als Hochmut mißdeutet.

"Seht doch! Dort ist einer, der uns verachtet!", protokollierte Ovid als ihren ersten Satz. *"Einer, der uns verachtet!"*, heulte ein Chor.

Schon flog ein erster Stein. Noch daneben.

Orpheus griff zur Äolsharfe, und ein liebevoll gestimmter Nordwind fuhr in ihre Saiten, strotzte mit beschwichtigenden Arpeggien und Glissandi.

*"Du aber, Göttlicher, du, bis zuletzt noch Ertöner,
da ihn der Schwarm der verschmähten Mänaden befiel,
hast ihr Geschrei übertönt mit Ordnung, du Schöner,
aus den Zerstörenden stieg dein erbauendes Spiel."*

So rühmt und verklärt das noch Wiedergänger Rilke.

Doch die Steine flogen weiter. Aber nicht weit genug. Denn Orpheus begann
zu singen,

*"und alle die scharfen
Steine, die sie nach deinem Herzen warfen,
wurden zu Sanftem an dir und begabt mit Gehör."*

Das wußte Rilke von Vor- und Wiedergänger Ovid über jeden einzelnen der
geschleuderten Steine:

*"Noch in der Luft durch die Eintracht des Leierklangs mit der Stimme,
Gleichsam Verzeihung erflehend für solch ein rasend Beginnen,
Legt er zu Füßen sich ihm."*

So sehr liebte alles Gestein seinen Sänger, daß es die physikalischen Gesetze
überwand.

Die Frauen, von Sinnen, bemerkten das und zielten nun mit Ästen, mit Erd-
schollen, schwerem Karst nach dem singenden Munde, um den nur ja zum
Schweigen zu bringen. Auch das war schwer, weil jetzt Tiere kamen, um ihren Sänger zu schützen. Sie bildeten einen Schutzwall.

Der steigerte nur die Wut der Rasenden. Gewohnt, in Tieren nur Schlachtvieh
und Opfer zu sehen, weiß noch Ovid,

*"zerreißen die wilden Mænaden des Orpheus
Ruhm, sein lebend Theater, das jetzt noch im Bann seiner Stimme
Steht: die unzähligen Vögel, die Schlangen, die Scharen des Wildes."*

Ihren Rehbock ließen die Frauen da laufen und hielten sich eingangs an all
den vielen andern Tieren schadlos, zerfetzten und zertrampelten sie schreiend.
Nur wenige konnten dem Gemetzel entkommen. Die meisten starben im Be-
kenntnis zu ihrem singenden Rhapsoden.

Nun schon im Blutrausch, zerstückten die tobenden Mütter auch Ochsen, mit denen just Bauern benachbarte Äcker bepflügten. Die Bauern flohen und liessen Gerätschaften liegen. Die wurden in den Händen der wütenden Mütter zu Waffen. Mit Hacken und Hauen, mit Äxten und Bratenspießen, Scharbaum und Mörserkeulen, die ihnen sämtlich als Speere oder Knüppel dienten, stürzten sie sich jetzt auf den singenden Feind inmitten der sterbenden Tiere.

"Für deinen Frauenhaß!", schrie die Erste und schlug zu;
"Für deinen Männerbund!" eine Zweite und stach;
"Für eure Orgien!" eine Dritte und knüppelte;
"Für deine Knabenliebe!" eine Vierte und spießte;
"Für unsre weibischen Söhne!" eine Fünfte und keulte;
"Für unsre weibischen Männer!" eine Sechste und spaltete;
"Für alle ungeliebten Frauen!" eine Siebente und stocherte;
"Für die verlassenen Lemnierinnen!" eine Achte und riß;
"Für die ermordeten Seirenen!" eine Neunte und zerfetzte;
"Für Eurydíke!" eine Zehnte und schlug drauf.

Alle andern klatschten rhythmisch unausgesetzt in die Hände, auf Hüften und rasselnde Becken. Sie schrien auch vor Wut. Auch aus Lust.

Sie waren so laut, daß der Gesang des Orpheus, das Spiel des Windes in seiner Harfe nicht mehr zu hören waren. Da trollten sich hinkend und blutend auch die letzten Löwen und Tiger in den Schutz der Wälder und Berge.

Orpheus stand blutend da und hielt sich an seinem Saitenspiel fest. Weder versuchte er zu fliehen, noch sprach er ein einziges Wort. Er wehrte sich auch nicht. Er ließ sie gewähren und dachte an die Zerfleischungsrituale des sibirischen Schamanismus in seiner Jugend. Er stellte sich vor, wie ihm als Aspiranten damals zuerst der Kopf, dann Arme und Beine abgeschlagen und sein Fleisch in Stücke gerissen, aufgespießt und zur Besänftigung böser Geister ausgestreut wurde; die Kleider seines leblos liegengelassenen Leibes waren blutdurchtränkt. Aber Omuru, sein speiender Meister, fügte dann liebevoll leimend alles wieder zusammen. Es war auch einzig im Geiste so verhackstückt worden. Und zum späteren Heile kranker Jakuten. So hatte er das dreimal überlebt.

Aber hier in der Fremde war nun alles anders.

"Für den Exoten!", schrie eine elfte Sodomiterin und wühlte in den Wunden seines blutenden Körpers;
"Für den Asiaten!" eine Zwölfte und biß sich an ihm fest;
"Für den Heiden!" eine Dreizehnte und schlitzte ihn;
"Für den Apollopriester!" eine Vierzehnte und tranchierte;
"Für den Heiland des Apollon!" eine Fünfzehnte und schleuderte einen Fleischbrocken aus dem Leibe des Orpheus weit ins Feld;
"Für das Verletzen von Naturgesetzen!", brüllte eine hundertste Mutter und riß ihm endlich das Lendentuch weg: endlich, endlich sahen all diese phallisch gerüsteten Mütter sein männliches Glied.

Es löste Schrecken aus.

Keuchend standen sie da und starrten es an: dies Verhaßte, dies Begehrte, dies Verabscheute, dies Erträumte.

Wie sah es aus?

So sah es aus?

Was tun jetzt?

Was tun damit?

Hechelnde, sabbernde Lefzen.

Der große Moment war da.

Plötzlich blitzte eine kleine Sichel im rosenfingrigen Frühlicht.

Sofort zog jede der Mütter eine parate Sichel aus dem schaftigen Tresor ihres Stiefels.

Hundert Sicheln blitzten im rosenfingrigen Frühlicht und sahen just so aus wie jene eine, die versteckte des Kronos auf der Sichel-Insel Drepáne. Mit ihr war kein Gras zu mähen. Sie konnte nur eins.

Ohne Startschuß, dennoch im selben Bruchteil derselben Sekunde stürzten sich all diese Mütter mit ihren chronischen Sicheln und einem chorischen Lustschrei auf den blutüberströmten, halb schon zerfetzten Orpheus.

Der stürzte zu Boden, die Müttermeute über ihn her. Sie glichen nun wirklich jenen Titanen, als sie den spielenden Knaben zerrissen. Jetzt zerfetzten sie seinen Sänger vollends. Sie zerfleischten ihn. Sie verschlangen ihn auch, sie verschluckten ihn. Sie zerstreuten seine Gebeine über das ganze Land. Denn sie wollten nicht einfache Tötung, sie wollten Vertilgung. Sie wollten totale Einverleibung.

Und *"durch den Mund"*,

erinnert Ovid,

*"den die
Steine gehört, den Mund, den lauschend die Sinne der wilden
Tiere verstanden, entwich seine Seele - in die Winde gehaucht"*:

in die Winde ...

Aber warum das alles, lernte sein Wiedergänger Vergil vom frühhellenischen Vor- und Wiedergänger Phanoklés, der das alles schon runde dreihundert Jahre vor Golgatha in einer Elegie erfragte und selbst beantwortete; Friedrich Schlegel übersetzte in spätes Deutsch, warum das alles:

*"Weil er im thrakischen Volke zuerst die männliche Liebe
    Hatte gelehrt und nicht weibliches Sehnen erfüllt.
Und sie hieben sein Haupt mit dem Erz ab, warfen alsbald es
    In die Thrakische See hin mit der Laute zugleich,
Fest mit dem Nagel daran es heftend, daß in dem Meere
    Beide zusammen genetzt schwömmen von blaulicher Flut."*

Vergil jedoch, der auch andere Quellen wie die *"Bassariden"* des Aißchýlos, das *"Sympósion"* Platons, den Mýrsilos und den Philóstratos studiert haben mag, berichtet, daß der Kopf des Orpheus nicht abgeschlagen und versülzt, sondern

"vom weißen Nacken gerissen"

und in den Fluß Hébros geworfen worden sei; der ließ ihn aus Verehrung nicht untergehen, sondern rettete ihn zur kleinasiatischen Küste. Denn noch immer sang dieser abgerissene Kopf, und die angenagelte Äolsharfe spielte immer weiter.

" ... solang in dem Strome sie trieben,
Klang es klagend leis von der Leier, lispelt die tote
Zunge klagend, hallen die Ufer klagend es weiter."

Noch Ovid hört diese fortgesetzte Klage und singt sie ebenfalls weiter. Ihm eifern noch die Jahrtausende nach.

Nur die thrakischen Mütter schauten dem schwimmenden Kopfe ganz klaglos nach. Sie waren befriedigt.

Aber als er außer Sicht- und Hörweite war, da bückten sie sich, um im Wasser des Hébros sein Blut von ihren Händen zu waschen. Doch das Wasser wich aus vor diesen besudelten Krallen: der entsetzte, empörte, verzweifelte Fluß verweigerte ihnen eine Reinigung von dieser Untat und versickerte hastig im Erdreich, floß nur unterirdisch weiter und trat erst wieder ans Tageslicht, als die Meuchlerinnen nach Hause gegangen waren.

Dort aber mußten sie ihren Männern Rede und Antwort stehen.

"Wir wollten nur sein wie er."

"Dann singt!"

Doch kein einziger Ton kam aus ihren blutig verklebten, schorfig verkrusteten, grindigen Kehlen.

Und die Männer griffen zu glühenden Eisen und brandmarkten diese Mörderinnen mit einem ewigen Makel, der ihre Haut für alle Zeiten als anderes Kainsmal eines weiblichen Lustmordes stigmatisiert.

Doch dem Diónysos genügte ein solches *tatú* als Bestrafung noch nicht. Er verbannte gar Frauen, die dem Verbrechen an ihrer aller Versöhner nur zugeschaut hatten, ins Waldesdickicht und verwandelte dort ihre Füße in reglose Wurzeln, ihre Brüste und Schultern in Holz und die Arme in Zweige: sie selbst in Bäume.

"Und dies ist dem Gott nicht genug: Er verläßt auch die Gegend."

Er sagte sich los von solcher Gefolgschaft.

Er emigrierte aus solcher Gemeinde.

Ovid verrät auch, wohin: ins barbarische Anatolien, wo es weniger barbarisch zuging. Seine thrakischen Anbeterinnen ließ er verwaist und gottlos in ihrem trauernden, ihrem für immer musiklosen Lande allein.

Am Tatort versammelten sich indessen schluchzend die Vögel und alles Getier, das noch lebte. Auch die Felsen schluchzten. Die Bäume warfen vor Trauer die Blätter ab und schluchzten. Sogar die schwesterlichen Nymphen kamen mit offenen Haaren, in schwarzen Gewändern aus Bäumen und Quellen hervor und sagten für immer jede Gemeinschaft mit den Frauen der Menschen auf.

Die Flüsse verließen weinend ihre Betten, überfluteten das Land mit ihren Tränen und wollten die weit verstreuten Überreste und Talente des Orpheus über die ganze Welt verteilen, damit überall Nachfolge herrsche.

Dem aber kamen andere Frauen zuvor. Kalliópe, die Mutter des Orpheus, erschien mit ihren acht Schwestern: wie weiland ihr Bruder Apollon den titanisch zerfleischten kleinen Zagreus, so lasen nunmehr die Musen selbneunt die sterblichen Teile des Orpheus zusammen und bestatteten sie am Ort des grausen Gemetzels.

Noch in der zweiten Hälfte des 3. Jahrhunderts vor Christos dichtete ihnen Damágetos aus Achaía ein Grabepigramm:

"Orpheus, Kalliópes Sprößling, ruht auf thrakischem Boden,
  wo das gebirgige Land sacht zum Olympos hin steigt.
Ihm gehorchten die Bäume, ihm folgten in trauter Gemeinschaft
  leblose Steine, zugleich Scharen des streifenden Wilds.
Eingesetzt hat er zudem die geheimen Weihen des Bacchos,
  schuf den Hexameter als Versmaß des Heldengesangs,
fesselte mit den bezaubernden Klängen der Harfe den harten
  Fürsten des Hades sogar, ihn, der sich niemals sonst beugt!"

Aber sofort schon nach dem Begräbnis wuchs dort aus dem Blute des toten Harfen- oder Zitherspielers eine noch nie gesehene Blume, die den Namen *Kitharia* erhielt.

Auch Phoibos Apollon, der göttliche *"Meister der Harfe"*, erschien nun an diesem kithariengeschmückten Grabe, erwies seinem Sänger dort jede Ehre und weinte wie ein Mensch.

Aber er weinte auch als dessen leiblicher Vater. Noch viele Jahrhunderte später, etwa 130 Jahre vor Christos, fragte daher Antípatros aus Sidon diesen Erzeuger des Orpheus:

"Warum beklagen wir Söhne, die starben, wenn Götter nicht einmal
ihren Kindern vorm Tod Sicherheit bieten und Schutz?"

Denn daß Phoibos Apollon die Seele seines hingemetzelten Sohnes stracks zum himmlischen Olymp der Unsterblichen begleitete, hat einzig Wiedergänger Alessandro Striggio *junior*, jener talentierte Sekretär eines Herzogs von Mantua, nach *anno Domini* 1600 in seinem Libretto für Claudio Monteverdis *"L'Orfeo"* ausgeplaudert: sein Apollo verwies den Geopferten auf das Ewige Leben aller Musensöhne.

Dafür gab es aber keine Zeugen. Denn die thrakischen Männer fehlten jetzt völlig. Sie blieben verzweifelt in Sack und Asche zu Hause und schämten sich.

Sogar ihre blutbefleckten Gattinnen, *"blonde bistonische Frauen"*, hat ein namenlos gebliebener griechischer Epigrammatiker überliefert, bereuten wohl ihr Massaker,

"stachen die Arme sich blutig und streuten sich über die Locken,
die sie auf thrakische Art trugen, noch Asche und Staub" -

doch zu spät!

Ewiges Erbe

Denn die gerettete Seele des Orpheus wählte sich während alldessen bereits ein Weiterleben als Schwan, berichtet kein Geringerer als Platon in seiner *"Politeía"*: weil sie nicht wieder *"vom Weibe habe geboren werden wollen"*.

Sein Kopf indessen war im Verbunde mit der Kithára und fortgesetzt gemeinsam musizierend den ganzen Hébros flußabwärts bis ins Meer gelangt, trieb dort zeit- und ortlos um den Globus und tröstete, beseligte, lehrte und verkündete allenthalben die Todlosigkeit solcher Kunst.

"Dort singst du noch jetzt", hat Rilke erfahren.

Wo?

Überall:

*"Du unendliche Spur!
Nur weil dich reißend zuletzt die Feindschaft verteilte,
sind wir die Hörenden jetzt und ein Mund der Natur."*

Durch den gestorben weitersingenden Orpheus können auch wir noch heute aus Zuhörern selbst zu Singenden werden, die die Schöpfung rühmen.

Das geschah zuerst auf der Insel Lésbos. Dort strandete eines späten Tages das treibende Dichterhaupt und sang weiter. Die Lesbier errichteten ihm ein Ehrenmal, das nur allzubald zur Orakelstätte wurde, und seiner weiterspielenden Harfe daneben einen eigenen Tempel. Beide waren sofort von Nachtigallenvölkern umlagert, die den Kunstgesang der exotischen Gäste mit natürlichen Chören kontrapunktierten.

Das klang so überirdisch, daß auch die Menschen auf Lésbos mitzusingen begannen.

*"Seitdem waltet Gesang und der Saiten gefällige Kunst dort,
    Unter den Inseln ist keine so liederbegabt."*

Was so der frühhellenische Phanoklés entstehen sah und bewunderte, war die berühmte äolische Lyrik, mit deren Hilfe eines noch späteren Tages jene lesbische Sappho die verlorene Ehre der Frauen wiedersuchte. Sie sang und dichtete die Lieder des Orpheus weiter und jubelte und klagte und rühmte noch über ihn hinaus. Sie versammelte junge Bräute um sich und lehrte sie liebevoll, jeden feindselig wilden Rausch durch klare Harmonie zu ersetzen. Aber *"der große Ruhm des 'lesbischen Sängers' "*, wußte Robert Böhme noch 1970, beruhte nicht zuletzt auch darauf, *"daß dessen Kitharodie noch etwas vom alten Goëtentum orpheïscher Art wahrte"*: vom Kontakt mit der Unterwelt, vom Wissen um Nachmaterielles.

Wohl grade deshalb prägten die Lesbier noch des 6. Jahrhunderts vor Christos für Kurs und Umlauf auf ihrer äolischen Insel ausdrücklich monetäre Silbermünzen mit dem abgebildeten Kopfe des Orpheus. Andere Münzbilder zeigten die Lyra des Orpheus. *"In solcher Symbolwahl ist"*, begriff Robert Böhme *anno* 1991 die Heilkraft von Kunst auch für eine siechende Wirtschaft, *"nach langen Jahrhunderten immer noch jene eminent 'politische' Bedeutung des geistig-religiösen Gründerheros zu fassen, die dem Sänger von allem Anfang an zukam"* und vielleicht ja auch noch für Seuchen wie unser OIRU medikabel wäre.

Orphischer Kopf und sein Saitenspiel selbst jedoch wurden auf dem Lésbos der Sappho nach solcher monetären Vernutzung nicht länger benötigt und kamen abhanden. Sie schwammen laut musizierend ihres Weges, gelangten aus der Ägäïs, wo sie noch heute bisweilen ihr ewiges Duëtt mit der Asche der Maria Callas singen, in die Mündung des Méles und landeten nach vielen Jahren in Izmir an. Das hieß damals noch Smýrna und war der Geburtsort eines jungen Sängers namens Homer.

Der begehrte, von diesem angetriebenen Haupte des Orpheus zu lernen.

Aber in jenem heimatlichen Thrakien wütete seither eine grausame Ohrenseuche und raffte gnadenlos Männer, Frauen und Kinder dahin. Die Thraker wußten, warum. Also schickten sie eine Delegation ihrer Besten nach Smýrna, um den toten Orpheus durch ein angemessenes Grabmal für seine Enthauptung zu versöhnen. Es durfte, als es fertig war, von Frauen, sicher ist sicher, gar nicht erst betreten werden.

Tatsächlich hörte das nunmehr bestattete Haupt zu singen auf, es kam zur Ruhe, und die tödliche Ohrenseuche der Thraker fand ein Ende.

Der übrigen Welt aber drohte nun, fortan ein Leben ohne Musik verbringen zu müssen: sie hielt erschreckt den Atem an. Doch die verwaiste Leier spielte einfach weiter. Homer vermied es aus Demut, sie sich anzueignen, aber er baute eine eigene diesem orphischen Modelle nach.

Die Musen freilich, auch für Musikinstrumente veranwortlich, baten den Zeus, die originale Leier als Sternbild auf einen Ehrenplatz am Himmel zu

versetzen. Doch einer solchen Beförderung stand lange ihre allzu triste Klage
im Wege:

"mädchenhändig
zählt sie nächtelang das alte Schlimme" (Rilke)

und verstimmte damit den Weltenlenker, der keinen jammernden Sternenhimmel, keinen lamentierenden Kosmos wollte.

Aber die nachfolgenden Poëten, Skalden, Sänger, Barden, Kunstpfeifer,
Troubadoure, Kobzars, Minstrels, Rhapsoden, Kastraten, Tenöre, Meister-
singer, Spielleute aller Art fühlten sich in jeder Zunge allesamt nur umso ver-
pflichteter, dafür Sorge zu tragen, daß wenigstens hier auf ihrem eigenen Planeten Gesang nie aufhöre, sondern immer und ewig weiter *"verteilt"* und aus-
gebreitet werde.

Anfangs bei den Griechen nannten sich solche Sänger pseudonym einfach alle
weiterhin Ὀρφεύς: so jener Orpheus von Króton, *"dessen Persönlichkeit*
nicht verflüchtigt werden darf" (Otto Kern, 1920), auch ein Orpheus von
Kamarina in Sizilien, dann Tímokles von Syrakus, Zópyros von Herákleia,
Nikías von Elaía und mancher andere, die meist im westgriechischen, im apu-
lisch-sizilianischen Unteritalien lebten und sich alle *Orpheus* nannten. Das tat
da bisweilen sogar noch der große Pythagóras aus Sámos, der im calabrischen Króton einen religiösen Philosophen- und Männerbund stiftete und sich
da gern den Namen *Orpheus* gab. Noch das byzantinische *Suda*-Lexikon des
10. Jahrhunderts listet mindestens fünf solcher Orpheus-Pseudonyme auf:

"Denn Orpheus ists. Seine Metamorphose
in dem und dem. Wir wollen uns nicht mühn

um andre Namen. Ein für alle Male
ists Orpheus, wenn es singt. Er kommt und geht."

Aber im nahen Rhegion sang Zeitgenosse Íbykos im selben 6. Jahrhundert
des Pythagóras erstmals auch schon über den Orpheus selbst und trug so
gleichfalls zur Begründung und Ausweitung dessen bei, was schon bald als
Orphik bezeichnet wurde. Noch ein bedeutender Mythologe des 20. Jahrhunderts, Karl Kerényi aus dem ungarisch thrakischen Temesvár, verwies sie
freilich *"in den Kreis der großen orientalisch-altmediterranen Muttergöt-*

tin", der phrygisch mann-weiblichen Míse-Mída, die ihrerseits *"in den weiteren Umkreis der altmediterranen Welt gehört: der ägyptischen"*.

Wirklich schon um 300 vor Christos soll Hekataíos von Ábdera, legendär allererster Ägyptologe, von einer Reise des historischen Orpheus nach Ägypten berichtet haben, von wo er dionysische Mysterien und Jenseitsmythen, aber auch jene Schilderung von Höllenstrafen nach Griechenland importierte, wie sie Homer dort sehr viel später dann von ihm übernahm.

Aber *"nur die Modernen wissen"*, wußte Ulrich von Wilamowitz-Moellendorff noch 1932 vom *"Glauben der Hellenen"*, *"daß Platons Hadesbilder und zugleich die Petrusapokalypse*

von Orpheus stammen".

Alle diese Nachfolger also, Epigonen wie Wiedergänger in Bausch und Bogen, sangen und singen, wissend oder nicht, nur immer wieder und wieder dieses Eine: von der Erbsünde, wie der Mensch sein Göttlichstes zu vernichten und auszumerzen trachtet - sei es durch das Massaker der Mütter auf dem Pángaion, die Vergewaltigung von Engeln in Sodom, sei es mit dem Kreuze von Golgatha, dem Rauche in Auschwitz, den Pilzen über Hiroschima und Nagasaki oder sei es durch das apokalyptische OIRU einer mörderischen Marktwirtschaft.

Ebendiese nun droht zur Zeit alle orphischen Stimmen für immer und ewig zu überbrüllen. Wohl deshalb mag Zeus sich entschlossen haben, diese weitergereichte Leier des Orpheus mitsamt ihren Klagegesängen nun doch noch eines Tages direkt von den lesbischen Silbermünzen weg und als sonderlich leuchtendes Sternbild mit seiner hellen Wega auf den musisch empfohlenen Ehrenplatz am Himmel zu versetzen: damit sie von dort aus alle solche Amokläufe überstrahle und übertöne.

"Aber plötzlich, schräg und ungeübt,
hält sie doch ein Sternbild unsrer Stimme
in den Himmel, den ihr Hauch nicht trübt."

Das rühmt dann unter nördlichem Sternenhimmel der Prager Rilke als eine jener inzwischen unzählbaren Reïnkarnationen des Orpheus und beteiligt sich

471

so kosmisch-poëtisch an der verzweifelten Defensive alles Orphischen gegen den akuten Terror des Kapitals, dessen Endsieg für alle so tödlich wäre.

Deshalb also mußte die Geschichte dieses Orpheus-Ojun jetzt besonders ausführlich und möglichst nachhaltig noch ein weiteres, vielleicht letztes Mal festgehalten werden. Immerhin gute zweieinhalb Jahrtausende lang hat sie mit der Geheimlehre der sobenannten Orphiker dem Menschen anempfohlen, was schon Pythagóras aufgegriffen, später Platon namentlich in *"Krátylos"* und *"Gorgías"* verwendet, die Renaissance zum Anlaß genommen und Nietzsches Freund, der Hamburger Religionswissenschaftler Erwin Rohde, endlich 1890 als das *"Heil des Orpheus"* definiert hat: als definitive Befreiung *"von den Banden des Körpers, in denen die Seele liegt wie der Gefangene im Kerker"* und ei- -
- - -MAGNETISCHE STÖRUNG IM INTER-
NET ¶ BITTE GEDULD ¶ AUTOMATISCHE
REGULATION ¶ -

- - - und einen Ausweg einzig durch *"ein ganzes 'orphisches Leben' "* finde, das aber *"nicht Übung bürgerlicher Tugenden, nicht Zucht und sittliche Umbildung des Charakters"*, vielmehr *"Abwendung nicht von den sittlichen Verfehlungen und Irrgärten im irdischen Dasein, sondern von dem irdischen Dasein selbst"*, also eine endgültige *"Hinwendung zum Gotte"*, letztendlich also pure Religiosität bedeute.

Noch 1970 bezeichnete Robert Böhme diese Orphik in seinem *"Orpheus"*-Buche als *"die gesicherte Herrschaft des geistigen Prinzips in der Religion"* und nannte es den *"Ruhm der orphischen Theologen, diesen Kampf des Geistes gegen die Macht des Sensualismus mit unermüdeter Energie stets fortgeführt zu haben"*.

Kronzeugen

Aber wieder war es Karl Kerényi aus Temesvár, der alles religiöse Schrifttum überhaupt insofern als orphisch und als

"doch eher etwas Orientalisches als etwas Hellenisches"

definierte. Er wußte nämlich auch, daß solche *"Namen auf -eus"* wie eben dieses Orpheus zutiefst archaïsch und *"der fremden Herkunft zu verdächtigen"* seien. Ein Experte wie Robert Böhme hingegen erkannte eben an derselben Endsilbe *–eus* die historische Leibhaftigkeit dieses Sängers und datierte sie *"in früher geschichtlicher Zeit"* um die Wende vom 15. zum 14. vorchristlichen Jahrhundert; *Parische Marmorchronik* von 1398 und ein Tongefäß aus Kydonía auf Kreta von etwa 1250 vor Christos bestätigen das auch mit künstlerischen Mitteln.

Vollends seine wirklich unhellenische Verschmelzung von Gesang, Magie und Jenseitsreisen oder Kythariden- und Goëtentum verweist den historisch authentischen Orpheus in die Tradition des Schamanismus. Schon Herder hatte ihn ja eben wegen der *"wundertätigen Kraft"* seines Singens unter *"edle griechische Schamanen"* gezählt.

Knappe hundert Jahre später begriff in Basel der große Kulturphilosoph Johann Jakob Bachofen, daß Orpheus *"die Realität des Unsichtbaren"* und mit seiner Musik tatsächlich die *"Harmonie der Welten"* verkünde, somit

"die Völker aus den Irrsalen einer veräußerlichten Religion zu der Erkenntnis der letzten jenseitigen Dinge"

führe und mit alledem durchaus nicht hellenistisch, sondern

"das Echo früherer orientalischer Systeme"

sei.

Nach dem *Ersten Weltkriege* attestierte dann der Religionswissenschaftler Otto Kern, daß Orpheus

"als der Stifter der dionysischen Weihen"

wohl erst seit der zweiten Hälfte des 5. Jahrhunderts vor Christos als exotischer Thraker ausgegeben wurde, was damals in erster Linie nicht-griechisch, nicht-apollinisch, sondern barbarisch, eben fremd bedeutete; recht eigentlich scheine er nämlich *"nirgends zu Hause zu sein"*.

Richtig nannte Kollege Wolfgang Fauth später dieses orphische Thrakien vollends ein *"Fabelland"*, das *"in seiner geographischen Unbestimmtheit und seinem Exotismus an die aus dem Blickfeld des Mittelmeermenschen*

projizierten peripheren Wunsch- und Götterländer der Hyperboreër" ge-
mahne; zumal der orphische Diónysoskult huldige einem transmediterranen
Stiergott von *"barbarisch-animalischer Wildheit"*, der androgyn sei, sich
"ekstatisch-bestialisch" offenbare und zumindest anatolischer, also turki-
scher Herkunft sei.

Aber da hatte Kollege Josef Strzygowski als Kunsthistoriker schon darauf
hingewiesen, daß die *"dunkle Welt des Nordens und Ostens"* nicht zuletzt
"durch den Zustrom türkischer und mongolischer Züge" die altpersischen
Gottesvorstellungen dergestalt ergänze, daß alle diese Einflüsse zusammen

"den Hintergrund für die Orpheusdarstellungen der Spätzeit"

ergaben. Türken und Mongolen aber gehören ebenso zur altaischen und schamanistischen Turkfamilie wie auch die nordsibirischen Jakuten.

Erwin Rohde schließlich ergänzte 1925, daß der orphische Diónysoskult *"in
Griechenlands hellster Zeit"* überhaupt nur *"Duldung und Pflege"* erfuhr: er
war da nicht heimisch, nicht authentisch.

Andere Mythenforscher, Religions-, Kultur- und Literaturwissenschaftler
dachten von hier aus weiter. Erst 1992 konnte Manuela Speiser dann bilanzieren: *"Vergleichende Untersuchungen kommen zum Ergebnis, daß Orpheus Züge eines Schamanen aufweist"*.

Nur ein einziges Jahr zuvor hatte Robert Böhme in seinem *"Lykomiden"* den
indoeuropäïsch prähistorischen Schamanen in seiner griechisch-mykenischen
Erscheinung als *"beschwörend singenden Zauberpriester"* und den Orpheus
daher als einen solchen Goëten bezeichnet.

Aber schon für den Schweizer Walter Muschg, den orphischer Schamanismus zunächst auf die *"Geheimlehren des Orients"* verwies, war seit 1957
alle Orphik zutiefst *"ein letzter Einbruch asiatischen Geistes in die griechische Welt, Orpheus selbst ein Fremdling in ihr"*. Er werde daher zwingend

*"von der modernen Forschung mit dem Schamanismus in Verbindung ge-
bracht { ...], dessen heutige sibirische Vertreter am besten bekannt sind"*.

Schamanen, beschreibt sie Muschg, seien Menschen *"von maßlos ausschwei-
fender Phantasie"* und der *"ungebrochenen Halluzinationskraft der kindli-*

chen Seele", die sich *"mittels heiliger Gifte und schrecklicher Verwundungen"* einen *"Zutritt zum Dämonenreich verschaffen"* und denen es so gelang, *"das Unwahrscheinlichste glaubhaft zu machen"*.

Hierzu gehören primär auch so schamanistische Geist- oder Jenseitsreisen wie die Fahrt jener rapiden, aber imaginären *"Argó"*, für deren *"Urargonauten"* noch Robert Böhme 1970 daher den goëtischen Orpheus hielt, weil dessen *"Gesang das Gefährt ist"*. Daher sei *"der Ausdruck für 'Fahrt' eine geläufige Formel für 'Lied', 'Gesang' geworden"*.

Noch 1979 registrierte Wolfgang Fauth, daß *"die dionysischen Wesensseiten der Raumüberwindung, des glanzvollen Götteradvents und der sieghaften Stärke"* zu Beginn des Hellenismus

"in den exotischen Triumph der Indien- und Asienzüge umgeschlagen"

wären und sich da *"die schamanistischen Momente der Ekstase, Zweigeschlechtigkeit und Zustandsveränderung"* angeeignet oder beibehalten hätten.

Da jedoch hatte Muschg schon die Verwandlung von Schamanen zu orphischen Poëten beschrieben: als *" 'außer sich' lebende Ekstatiker redeten sie die Sprache des Überschwangs"* und entwickelten so ein *"Dichtertum, zweideutig zwischen Zauberei und reinem Gesang schillernd"*. Dieser schillernde Gesang jedoch sei imstande, Feinde zu überwinden,

"die mit andern Waffen nicht besiegt werden konnten".

Der Kunsthistoriker Karl Schefold schließlich datierte 1988 die beliebt gewordene Abbildung von Sängern mit einer frühen Blüte des Schamanismus und beide mit dem historischen Wandel alles Beharrenden ins Veränderliche oder der Steinzeit zur Bronzezeit während des 3. vorchristlichen Jahrtausends: die damaligen Zauberpriester *"singen von Fahrten, auf denen sie ins Jenseits vordringen"* und Tiere ihnen helfen oder sie sich selbst in Tiere verwandeln.

Vergleichbar schamanistisch-orphische Goëtie oder Katábasis wurde übrigens schon zu *Olims Zeiten* in babylonischem *"Gilgamesch"*, lappländisch finnischem *"Kalevala"*, *"Tibetanischem Totenbuch"* und japanischem Izanagi-Mythos besungen oder beschrieben: alle also in östlichen oder nördlichen

Gegenden, die der asiatisch-sibirischen Schamanenheimat sehr viel näher sind als Hellas. Aber ihre Panegyriker wurden auch nicht von einem hyperbore-ïsch windigen und umso unwiderstehlicheren Kálaïs mit Purpurflügeln um den ganzen Globus gelockt.

Revenant Rilke aus dem slawischen Prag übrigens folgte schon 24- und 25-jährig zwei ähnlich irrationalen Verlockungen ins benachbarte Rußland, das er bis zu seinem Tode als spirituelle und eigentliche Heimat bezeichnete und unermüdlich besang. Er kleidete und gerierte sich auch gern russisch. Sein russisches Lesen und Radebrechen begann er, durch kyrillisches Schreiben zu ergänzen, weil *"die slavische Strömung nicht die geringste sein möchte in den Vielfältigkeiten meines Blutes"*. Erst nachdem er mehrmals den ukraini-schen Skalden oder Spielmann Ostap besungen hatte, der nach seiner dorti-gen Mandoline, der *bandura* oder *kobza*, eben *kobzar* genannt wird, entdeck-te und bedichtete er drei Jahre vor seinem Tode endlich sich selbst mit seinen autobiographisch eingefärbten *"Sonetten an Orpheus"* von 1923:

"Du aber, Göttlicher, du, bis zuletzt noch Ertöner,
da ihn der Schwarm der verschmähten Mänaden befiel,
hast ihr Geschrei übertönt mit Ordnung, du Schöner,
aus den Zerstörenden stieg dein erbauendes Spiel.

...

O komm und geh. Du, fast noch Kind, ergänze
für einen Augenblick die Tanzfigur
zum reinen Sternbild einer jener Tänze,
darin wir die dumpf ordnende Natur

vergänglich übertreffen. Denn sie regte
sich völlig hörend nur, da Orpheus sang. ... "

Hieran, denke ich, sollte heute wenigstens mal erinnert werden. Es könnte von Nutzen sein.

Darum habe ich diese Geschichte vom Ojun Orpheus in ganzer Länge und ganzer Schönheit noch einmal erzählt.

Aber seither hat *Arche N* in ihrem Musikprogramm Rossinis allseits so be-liebtes, aber doch umstrittenes Evergreeen *La Danza* durch eine Kantate dieses Komponisten ersetzt, die er tatsächlich sechzehnjährig geschrieben hat, am zahlenmagischen 11. 08. 1808 in Bologna uraufführte und *"Il pianto d'Armonìa sulla morte di Orfeo"* nannte: die Klage der Harmonie über den Tod des Orpheus. Wir finden sie nicht nur äußerst passend und eindrucksvoll, sondern lieben auch die Besetzung dieser allegorisch personifizierten Harmonie von Geschlechtern, Natur und Kosmos just mit einem Tenor, all der gleichfalls klagenden Nymphen seines Umfelds mit purem Männerchor: wohl weil Frauenstimmen über dieses weibliche Massaker an unserm Ersten Sänger oder Urkünstler nicht einmal klagen sollten. So schwer verzeihlich war es.

Aber diese also rundum männliche Klage der verletzten Weltenharmonie berührt uns Archevare nun bei jeder Wiederholung so versöhnlich und harmonisierend, daß wir sie seither nicht oft genug hören können.

Und damit endet daher das vierte Protokoll unsrer Arche N.

Die Arche N meldet sich dennoch wieder, aber ganz beiläufig, unregelmäßig und zwanglos, *ad libitum*.

(Team-Übersetzung der Arche N aus dem Russischen)

Plastik-Pogrome

Meldung der Deutschen Globus-Welle

Die Anzahl der Feuersbrünste, die auf den innerstädtischen Plastikdeponien mehrerer Großstädte außer Kontrolle geraten waren, hat sich inzwischen dramatisch erhöht. Auch von den Kunststoffhalden in den Cities von Kalkutta, Kairo, São Paulo, New Orleans und dem Ruhrgebiet werden Flächenbrände und Feuerwände gemeldet, denen die jeweilige Feuerwehr nur noch machtlos gegenüberzustehen eingeräumt hat.

Da sich die *"Vereinigung der Plastikverbrenner"* in mehreren Bekenner-schreiben selbst als Brandstifter dieser sobezeichneten Feuerentsorgung offenbart hat, ist es nunmehr in allen Kontinenten zu bewaffneten Auseinandersetzungen mit den militanten Gegnern dieser Methode gekommen. Vielfach haben sich paramilitärische Milizen organisiert und die bekennenden Plastikverbrenner gewaltsam zu behindern oder auch rigoros zu liquidieren begonnen. In Nagasaki, Chicago, Johannesburg. Frankfurt am Main und anderen Städten ist es so bereits zu Massakern gigantischen Ausmaßes gekommen.

Diese Bürgerkriege, in denen sich zunehmend auch eine hemmungslose Lynch-Justiz austobt, werden von der Öffentlichen Hand meist finanziell unterstützt, nachdem die eine oder andere, bisweilen auch jede der beiden entfesselten Parteien als förderwürdige Bürgerinitiative bei der Beseitigung eines administrativ nicht mehr lösbaren Problems anerkannt wurde.

Waffentechnisch insofern neuzeitlich ausgestattet, haben diese Kämpfe daher weltweit den Charakter wechselseitiger Pogrome angenommen. Die Zahl der Opfer ist global unabschätzbar und dürfte sich permanent erhöhen.

Sieben Falsche

Rundfunkübertragung eines Vortrags von Woldemar Kusch in der Evangelischen Akademie Merseburg

Meine sehr verehrten Damen und Herren,

mit lebhaftem Interesse und großer Freude habe ich verfolgen können, wie Friedrich Schiller, den das öffentliche Bewußtsein hüben wie drüben viele Jahre lang fast vergessen zu haben schien, nun plötzlich wieder in den Brennpunkt hitziger Diskussionen geraten ist. Ausgangspunkt und Zentrum dieser Debatte ist Schillers Tod, genauer: der Verbleib seines Leibes.

In der Tat, meine Damen und Herren, geht es hierbei nicht nur um ein historisches Begräbnis, sondern auch um eines der wichtigsten Themen unserer eigenen Zeit. Also ist es auch ein Thema für Christen, auch für Protestanten, also auch für diese Akademie, der ich für die Einladung zu diesem Vortrage herzlich Dank zu sagen weiß.

Meine Damen und Herren, den besagten Streit von Gelehrten und weniger Gelehrten um Schillers sogenannt sterbliche Hülle verfolge ich mit dem beruflichen Interesse eines pensionierten Archivars, aber nicht zuletzt auch als ehemaliger Ossi aus Oschersleben, der kürzlich in der Wochenendbeilage der *"Leipziger Allgemeinen Zeitung"* jenen aufschlußreichen Bericht über den damaligen Versuch einer kraniologischen Rekonstruktion von Schillers Gesichtsweichteilen durch den Genossen Gerassimow zunächst durchaus mit einer Art von landsmännischem Nationalstolz gelesen hat. Dem folgte allerdings umgehend eine Phase nationaler Empörung.

Denn die eigentliche Sensation bei der damaligen Restauration von Fäulnisschäden am Schiller-Sarge ist im Berichte dieses Dr. von Gahbentisch über unser Weimar von 1959 bis 1961 auf eine Weise ausgespart oder unterschlagen worden, die mir unverkennbar aus der berüchtigt überheblichen Haltung der alten Bundesländer gegenüber allen Vorgängen in der seinerzeitigen DDR zu resultieren scheint.

Ich spreche von der epochalen Entdeckung unseres Ostberliner Diplom-Biologen Dr. rer. nat. Herbert Ullrich, damals Wissenschaftlichen Oberassistenten am *Institut für Ur- und Frühgeschichte* der *Deutschen Akademie der Wissenschaften zu Berlin.*

Diesem verdienten Experten nämlich wurde 1959 durch Umstände, wie sie nur in der *Deutschen Demokratischen Republik* möglich waren, plötzlich zuteil, was seit einem knappen Jahrhundert den Professoren Welcker, von Froriep, Neuhauß, von Luschau, Hans Virchow, Scheidemantel, von Güntter und von Bradish, den *doctores* Langerhans, Reicher und Stad sowie anderen akademischen Prominenzen strikt verweigert worden war: tatsächlich stand er eines Tages vor dem schadhaft gewordenen und daher geöffneten Schiller-Sarge und hatte unverhofft nicht nur ungehinderten Zugang zum umstrittenen Schädel, sondern fand sich sogar persönlich mit ebenjener

"wissenschaftlichen Bearbeitung des Schädels und Skeletts [...] betraut",

wie sie ganzen Generationen von sehnsüchtigen Forschern in schnödem Feudalismus vorenthalten worden war.

Ob unser Dr. Ullrich nun alle erforderlichen Messungen vorgenommen, ob er die Gebeine des Coudray-Sarkophages mit denen in der Froriep-Kiste, mit den diversen Kopien von Kauffmanns Schädel-Abguß und den angesammelten Totenmasken just so verglichen hat, wie es die Forschung seit Hermann Welcker, also seit nahezu acht Jahrzehnten als unerläßlich gefordert hatte, ist angeblich leider nirgends protokolliert worden. Diese heißersehnten Resultate seiner *"wissenschaftlichen Bearbeitung"* liegen ebenso wenig vor wie etwa Protokolle jener Mazeration von 1959. Oder sie sind nicht zugänglich. Die inzwischen zuständige *Stiftung Weimarer Klassik* ließ mich auf Anfrage brieflich noch 2001 nur wissen:

"Die 'Geschichte' der Sargöffnung bzw. Schädeluntersuchung war, wie sich Frau Tezky, die seit vielen Jahren für die Stiftung Weimarer Klassik über Friedrich Schiller arbeitet, erinnert, hochkompliziert und füllte viele Ordner. Ob diese überhaupt für die Öffentlichkeit zugänglich sind, ist wiederum eine andere Frage ... ".

In einer Hausmitteilung vom 31. Mai 2001 bestätigte diese Frau Ch. Tezky lakonisch : *"Geplante Publikationen der Untersuchungsergebnisse sind nicht erfolgt"*.

Vergleichbares hat Albrecht Schöne, prominenter Germanist immerhin der Spitzenklasse und ausgewiesener Goethe-Experte in Göttingen, von seinen Bemühungen um eine Akteneinsicht im Parallelfall der Goethe-Mazeration erlebt. Der wohlvorhandene offizielle *"Bericht über die Besichtigung, Ausbettung, Mazeration und Wiedereinbettung der sterblichen Überreste Johann Wolfgang von Goethes im November 1970"* sei als Verschlußsache nicht nur jeder *"bloßen Neugier oder Sensationshascherei entzogen"*, sondern auch einem Wissenschaftler vom Range Schönes noch im Sommer 2001 kommentarlos vorenthalten worden. Seine *"Bemühungen um eine entsprechende Einwilligung der Stiftung sind erfolglos geblieben"* (Schöne, Schillers Schädel, München 2002, Seite 92).

Ebenso brüsk wird da die Akte Schiller verheimlicht.

Herbert Ullrich selbst jedoch hat noch drei Jahre nach seinen diesbezüglichen Arbeiten an Schillers Schädel, also 1962, in der Ostberliner Zeitschrift *"Wissenschaft und Forschung"* alle Kompetenz für jenes finale und definitive Votum, das seit 1959 erwartet wurde, einzig an seinen Kollegen und Lehrer Michail Michailowitsch Gerassimow abgetreten:

"Ein abschließendes und endgültiges Ergebnis in dem Streit um die 'beiden' Schiller-Schädel konnte jedoch nur durch die Anwendung der von Gerasimov (Moskau) entwickelten Methode der Rekonstruktion der Gesichtsweichteile auf dem Schädel erzielt werden".

Er delegierte also seine Verantwortung an den sowjetischen Stargast und schien selbst zunächst nur Ungenaues zu verraten:

"Als wichtigstes Ergebnis unserer Untersuchungen ist der Nachweis zu werten, daß der im Schiller-Sarkophag ruhende Schädel und das Skelett die wirklichen Gebeine Friedrich Schillers sind. Die von Gerasimov angefertigte Rekonstruktion der Weichteile der rechten Gesichtshälfte zeigt unverkennbar die typischen Züge Schillers."

Aber jeder, der damals oder später diese Rekonstruktion betrachtete, erkannte sofort, daß das nicht stimmt. Sie ähnelt eher Gottfried Benn als Friedrich Schiller. Ein Fachmann wie unser Prof. Dr. Dr. Scharf in Halle empfand sie daher als *"Bastard aus Schiller x Paulssen"*, dem Bürgermeister, und ausdrücklich als *"nicht sehr vertrauensvoll"*. Der westdeutsche Zahnarzt Dr. G. Kötzschke in Schwäbisch Gmünd verglich sie sogar mit einem *"weinschlürfenden Bacchus"* und beanstandete schon 1966 die *"süßliche Auffassung"* mit *"langen mädchenhaften, wie angeklebt wirkenden Augenwimpern und sorgfältigst ausgearbeiteten Augenbrauen"* sowie jene *"besonders fremd wirkende 'Goldbronzetönung', mit der das Ganze überzogen ist"*.

Also schränkte auch Dr. Ullrich vorsorglich ein und relativierte: die sowjetische Rekonstruktion stimme nur *"weitgehend"* mit der Totenmaske überein. *"Eine völlige Übereinstimmung ist nicht zu erwarten ... "*.

Ullrich wies aber eigens darauf hin, daß Gerassimows Lösung dieses Problems *"nicht nur wissenschaftlichen Wert"* habe,

"sondern ihr kommt auch eine große nationale Bedeutung zu".

Dies wohl sogar eher vorrangig. Plötzlich ging es den offiziellen Auftragge-
bern nämlich primär um politisches Prestige. Die von Prof. Dr. Dr. Scharf,
dem besagten Ostberliner Minister Grimm und anderen Koryphäen ange-
mahnten Meßergebnisse der ganzen Aktion blieb der prominente Gerassimow
ebenso schuldig wie auch unser Dr. Ullrich selbst.

Das ist inzwischen wohl nur so zu verstehen, daß ihre Messungen in uner-
wünschtem Ausmaße ein negatives Resultat gezeitigt hatten: der vermeintliche Schwabe-Schädel, den diese Untersuchung zum Ruhme von DDR und
Sowjetunion endgültig legitimieren sollte, war unecht.

Unser Dr. Ullrich aber, der diese unliebsame Wahrheit nicht bekanntgeben
durfte, distanzierte sich nicht nur indirekt und in *"Wissenschaft und Forschung"* von Gerassimows offiziellem Befund. Denn fast gleichzeitig publizierte er in einer anderen Ostberliner Zeitschrift, unserer *"Urania. Monatsschrift über Natur und Gesellschaft"*, im Mai desselben Jahres 1962 ein eigenes Forschungsergebnis, das heute noch als absolute Sensation gewertet
werden muß.

Jener strittige Schiller-Schädel aus dem Sarkophage der Fürstengruft nämlich
war ja 1826 von Bürgermeister Schwabe, von dessen drei medizinischen Ju-
roren und von all seinen 79 Zeugen nicht zuletzt auf Grund seiner vollständig
erhaltenen Zähne identifiziert worden. Auch Goethe hatte ihn damals speziell
anhand seines kompletten Gebisses verifiziert. Bis auf jenen biografisch be-
glaubigten Backenzahn im rechten Oberkiefer hatte dieser Kopf als einziger
von allen 23 Schädeln noch *" a l l e Zähne"* (Schwabe).

Herbert Ullrich nun bemerkte 1959, daß in ebendiesem angeblich selben
Schädel *"die Abkauungsflächen einiger Oberkieferzähne nicht denen der
jeweiligen Unterkieferzähne entsprachen"*.

Hierdurch stutzig geworden, stellte er fest:

*"Diese Zähne (5 im Ober- und 2 im Unterkiefer) ließen sich ohne weiteres
aus den Kieferalveolen herausziehen und waren fast alle an ihren Wurzeln
künstlich so zurechtgefeilt, damit sie in die entsprechenden Zahnfächer hi-
neinpaßten"*.

Diese Manipulation mit sieben gefälschten Zähnen hat Ullrich 1962 in unserer *"Urania"* auch mit der fünffach vergrößerten Fotografie eines Oberkiefermolars *"mit sehr stark angefeilten Wurzeln"* dokumentiert, bevor der strittige Schädel auf Nimmerwiedersehen wieder in der Fürsten- oder damaligen Goethe-Schiller-Gruft verschwand. Ein Beweis liegt uns also vor.

Damit war die längst historisch gewordene Debatte um jenen Schädel im Sarkophage der Fürstengruft *de facto* und definitiv im Sinne Hermann Welckers beendet: Schillers Kopf ist er nicht.

Unübersehbar jedoch stand dieses Ergebnis in krassem Gegensatz zu Ullrichs staatlichem Forschungsauftrag, der sich einzig und allein eine endgültige Verifikation des Schiller-Schädels bestellt hatte. Also hielt unser peinlich düpierter Staat dagegen und ließ von Prof. Dr. Gerhard Henkel, immerhin Direktor der Kieferorthopädischen Abteilung just der Schiller-Universität Jena, Röntgenaufnahmen verbreiten, die er während der Öffnungsphase des faulenden Sarkophages von der historischen Zahnlücke im rechten Oberkiefer einschließlich der typischen Resorptionserscheinungen an den Alveolarrändern angefertigt hatte. Kein Wort, kein Bild bei diesem Kieferspezialisten von gefälschten oder künstlich eingesetzten Zähnen in diesem echten Schiller-Schädel! Und selbst Gerassimow, Ullrichs vermutlich genau informierter Kollege, verzichtete noch in seinen *"Porträts historischer Persönlichkeiten"*, die in deutscher Sprache 1968 bei Bertelsmann erschienen, keineswegs auf den Hinweis, daß er am Schwabe-Schädel im Sarkophage der Fürstengruft schon auf den ersten flüchtigen Blick sofort auffallend *"schöne, gleichmäßige Zahnreihen"* wahrgenommen habe: also ein komplettes gesundes Gebiß!

Somit war Herbert Ullrich in das klassisch tragische Dilemma eines anderen Galileo Galilei geraten, der in einer Diktatur zu Resultaten findet, die den obrigkeitlichen Anweisungen widersprechen. Was also tun? Er befreite sich aus diesem Dilemma mit Hilfe einer Eulenspiegelei, wie sie selbst dem braven Schwejk und jedem andern Schelmen nur zur Ehre gereicht hätte.

Dies sei, behauptete er nämlich scheinheilig und vermutlich wider alles bessere Wissen, zwar tatsächlich der gesuchte und bestellte echte Schiller-Schädel, nur leider mit sieben falschen Zähnen. *"Wer diese Zähne künstlich bearbeitet hat, wissen wir nicht und werden es wahrscheinlich auch nie genau erfahren. "*

Um Lesern eines späteren und hierin besseren Zeitalters aber die richtigen Folgerungen nahezulegen, verdächtigte Ullrich auf leicht widerlegbare Weise ausgerechnet jenen Finder dieses Schädels: Carl Leberecht Schwabe selbst.

"Wir haben allen Grund anzunehmen, daß die sich bereits aus den Kiefern gelösten Zähne bei der Auffindung des Schädels nicht mehr vorhanden waren und vermutlich Schwabe deshalb einige andere annähernd passende Zähne ausgewählt und später eingesetzt hat, um dem Schädel Schillers sein ursprünglich vollständiges Gebiß [...] wiederzugeben. Diese falschen Zähne sind jedoch so gut - man möchte beinahe sagen mit fachmännischer Kenntnis - ausgesucht, zurechtpräpariert und in die Kiefer eingesetzt worden, daß sie offenbar keinem der damaligen Begutachter und Betrachter aufgefallen sind. "

Dieser Balanceakt unseres Dr. Herbert Ullrich ist virtuos. Er informiert ohne jeden Vorbehalt die Wissenschaft, die Öffentlichkeit und die Nachwelt über seine sensationelle Entdeckung, ohne damit jedoch seine Auftraggeber und deren konträre Erwartungen zu brüskieren. Vielmehr beruhigt er sie sogar mit dem Nachsatz *"Wir dürfen Schwabe auch nicht als Fälscher bezeichnen, denn er hat den Schädel selbst dadurch nicht gefälscht, sondern nur in der Gebißregion ergänzt - wenn auch mit falschen Zähnen"*.

Ullrich konnte bei diesem gewitzten Manöver auf die Unbildung seiner Auftraggeber ebenso bauen wie auf den Sachverstand seiner Leser in freieren Welten, denen seine bezichtigende Annahme unumgänglich so fadenscheinig sein mußte, wie Fritz Donges es dann schon etwa sieben Jahre später in den Westberliner *"Mitteilungen der Gesellschaft für Anthropologie, Ethnologie und Urgeschichte"* drucken ließ:

"Wenn irgend etwas unmöglich ist, dann diese Annahme. Wie soll der Verwaltungsjurist [Schwabe] *in der Lage gewesen sein, in dem damaligen kleinen Weimar, wo man nur Bader kannte, eine solche erstklassige Arbeit zu leisten? Und wann soll er das gemacht haben können? [...] Soll man annehmen, ein gebildeter Mann wie Schwabe, der aus höchstem Idealismus heraus diese beklemmende Arbeit in der Gruft auf sich genommen hatte,*

habe, weil er einen Schädel mit sieben [recte: acht] *Zahnlücken vor sich hatte, blitzschnell überlegt, welche Darstellung er der Nachwelt geben wollte? Er habe sich dann in aller Eile - in wenigen Tagen - falsche Zähne besorgt, diese zurechtgefeilt und eingesetzt?"*

Mit dem Abstand von insgesamt fast dreißig Jahren sah Henning Fikentscher das 1990 noch deutlicher als Donges schon 1970:

"Zur Zahnfälschung fehlten Schwabe die fachliche Übung, eine Zahnsammlung von vielen Dutzend Gebissen zur Auswahl der Zähne, der Anlaß und der entsprechende Charakter."

Wer aber dann könnte diese sieben falschen Zähne eingesetzt haben?

Schwabe, der es wohl wirklich schwerlich getan oder veranlaßt haben dürfte, beherbergte den Schädel von seiner Auffindung im nächtlichen Kassengewölbe am 20. März 1826 bis zur feierlichen Niederlegung in der Großherzoglichen Bibliothek am 17. September 1826 ein halbes Jahr lang in seiner Wohnung, also unter Verschluß und schließlich auch versiegelt.

Von jenem 17. September 1826 bis zum 6. Dezember 1830 verfügte gute vier Jahre lang einzig Goethe über den Schlüssel zunächst zum betreffenden Piedestal der Bibliothek, dann zum Sarkophage in der Fürstengruft.

Nach 1830 war der Zugang zu Schillers Schädel für Fetischisten, Schädelsammler und sonstige Fälscher oder Manipulateure zwar etwas leichter, da sich der Schlüssel zum Coudray-Sarg der Fürstengruft nunmehr 63 Jahre lang im *Chinesischen Schranke* oder an anderm Platze der Bibliothek befand und insofern, wiewohl versiegelt, doch erreichbarer war als in Goethes Verwahrung.

Erst am 23. Februar 1893 hat Oberbibliothekar Geheimer Hofrat von Bojanowski den versiegelten Sargschlüssel an das Großherzogliche Hofmarschallamt übergeben, das ihn zunächst in seinem Depositenkasten aufbewahrte und dann auf ungeklärte Weise verloren hat.

Aber einen Kriminalroman, wie er sich an dieser Stelle anbieten würde, hat unser schlauer Dr. Ullrich durch eine einzige beiläufige Mitteilung seines Textes in der *"Urania"* völlig ausgeschlossen. Er erwähnt da nämlich *en pas-*

sant, daß die sieben gefälschten Zähne *"an dem 1827 hergestellten Gipsab-druck des Schädels bereits mit abgeformt worden"* seien.

Damit hat Ullrich sogar den naheliegenden Verdacht entkräftet, daß der wü-tende und beleidigte Goethe nach dem Scheitern seiner eigenen Begräbnisplä-ne alle hieran Schuldigen gestraft habe, indem er im Winter 1827 den Schwa-be-Schädel nunmehr der Fürstengruft durch eine Fälschung ersetzte.

Denn da dem Hofbildhauer Kauffmann demnach für seinen jählings großher-zoglich georderten Abguß schon im September 1827 ein fertig präparierter Schädel mit den gefälschten Zähnen zum Modell gedient hat, engt sich nach Lage der Dinge der Zeitraum für die entsprechend langwierige Manipulation erheblich ein. Es ergibt sich zwingend folgender Tatbestand:

Schon bei der Niederlegung des Schädels in der Bibliothek am 17. September 1826 muß der verärgerte Goethe, der dieser Feier fern blieb, geplant haben, diese Unterbringung der sterblichen Überreste seines Geliebten zu sabotieren. Er ließ seinen stellvertretenden Sohn einen Text verlesen, der diese ganze Bei-setzung des Schädels in der Bibliotheks-Konsole gnadenlos anfocht und eine Alternative andeutete, mit der sich ein anderer meiner Vorträge ausführlich beschäftigt. An diesem anderweitigen Platze eben sollte der Schwabe-Schä-del, den Goethe für echt erkannt hatte, neben seinem eigenen ruhen.

Ebendeshalb entwendete er ihn - persönlich oder mit Hilfe des Jenaër Prosek-tors Schröter - schon eine Woche nach seiner Deponierung, am 24. Septem-ber 1826, und verwahrte ihn seither in seinem Hause am Weimarer Frauen-plan. Humboldt hat das ja später noch bezeugt, und *"bei Betrachtung von Schillers Schädel"* dichtete Goethe da sofort, seit jenem 24. September, seine berühmten *"Terzinen"* hierzu.

Aber in der Bibliothek mußte der entwendete Schädel angemessen ersetzt werden. Eine Fälschung mußte her.

In so verändertem Kontext erhalten nun auch Goethes rätselhafte Tagebuch-notizen jener Woche einen neuen Sinn.

"Meldeten sich Schröter und Färber mit dem Schillerschen Schädel" (24. September 1826).

Das bezieht sich demnach entweder auf den stiebitzten Kopf aus der Bibliothek oder aber schon auf dessen Ersatz mit den acht Zahnlücken, der dann
zwei Tage später zweifellos einzig und allein gemeint war:

*"Schröter und Färber fuhren fort, den Schädel zu reinigen und aufzustel-
len"* (26. September 1826).

Prosektor Schröter aus der Pathologie der Universität Jena dürfte damals ohnehin weit und breit der einzige Experte gewesen sein, der sieben geeignete
Zähne zu besorgen, angemessen zurechtzufeilen und fachmännisch einzusetzen imstande war. Er konnte sich auch im Schutze der Schlüsselgewalt seines
Auftraggebers jede für diese Fälschung erforderliche Zeit lassen.

In solchem Zusammenhange erschließt sich daher auch Schröters (und Färbers) bislang so undurchsichtige Formulierung in ihrem Protokoll vom 28.
September 1826:

*"Der Kopf war schon einige Tage früher aufgefunden und herausgenommen
worden"*.

Damit kann nur der Ersatzkopf für die Fälschung gemeint sein, der also offenbar gleichfalls, von wem auch immer, jedenfalls willkürlich oder blindlings aus dem Reservoir des Kassengewölbes entnommen wurde und zu Lebzeiten in der adeligen Weimarer Gesellschaft sonstwem gehört haben mochte.

Unklar bleibt jetzt auch noch, welchen Schädel König Ludwig I. von Bayern
am 29. August 1827 zu sehen bekam: den flugs zurückgebrachten echten
oder schon die Fälschung.

Dieselbe Frage erhebt sich bezüglich der Überführung Schillers in die Fürstengruft am 16. Dezember 1827. Der Sarg wurde dort noch einmal kurz geöffnet, und der anwesende, zweifellos mißtrauisch gewordene oder auch ge-
warnte Bürgermeister Schwabe verifizierte den eingesargten Schädel als seinen echten. Ob er als Laie innerhalb weniger Sekunden und gegen sechs Uhr
früh an einem Wintermorgen anhand eines bloßen Augenscheines bei Kerzen-
oder Fackellicht dazu imstande war, bleibe dahingestellt.

Entweder also haben er und der bayrische König bereits den gefälschten
Schädel für echt gehalten, oder aber Goethe hat jeweils für diese beiden An-
lässe das Original noch einmal leihweise hergegeben, anschließend jeweils er-

neut entwendet und nach solchem mehrfachen Hin- und Hertransport in den silbern und samten ausgeschlagenen Glaskasten des Futteralarbeiters Bauer in seinem Hause am Frauenplan zurückbringen lassen. Das muß dann aber gegebenenfalls sein zu absolutem Schweigen vergatterter Sohn, wahrscheinlicher jedoch er persönlich ausgeführt haben. Denn es wäre viel zu spektakulär gewesen, um von sonstigen Augenzeugen so effektiv und nachhaltig verheimlicht zu werden.

Damit ist definitiv die Frage nach der Authentizität der zwei Schiller-Schädel in der Weimarer Fürstengruft in beiden Fällen negativ beantwortet. Beide dort deponierten und millionenfach verehrten oder angestaunten Schädel haben nachweislich keinesfalls Schiller gehört.

Das ist 1962 in der damaligen DDR erkundet und bewiesen, von der Schillerforschung in BRD und aller Welt aber geflissentlich oder arrogant übersehen worden.

Sie übersieht es auch heute noch. Sonst wäre in der Fürstengruft jener vermeintliche Schiller-Sarg längst entfernt worden. Aber nein: dort wird die Mogelpackung der so verachteten DDR-Machthaber auch jetzt noch tagtäglich gegen ein Eintrittsgeld an ahnungslos ehrfürchtige Touristen aus aller Welt verabreicht.

Wo aber, fragt sich daher auch jetzt noch, wo ist dann Schillers wahrer Schädel abgeblieben?

Seine Spur verläuft sich im Glaskasten des Goethehauses am Weimarer Frauenplan.

Aber nach Goethes Tod ist er dort im Nachlaß keineswegs aufgefunden worden, wie Hermann Welcker und Fritz Donges das vom originalen Abguß und von der *"Weimarer Totenmaske 200"* einleuchtend nachweisen konnten.

Den echten Schiller-Schädel hat Goethe offenbar beizeiten verschwinden lassen.

Nichts anderes dürfte auch der Genosse Tolstoi mit der anfänglichen Bemerkung seines Protokolls aus der *Arche N* im Sinne gehabt haben. Wahrscheinlich hatte ihn seinerzeit sein Genosse Gerassimow in Moskau entsprechend informiert.

Wohin jedoch hat Goethe den echten Schiller-Schädel damals verschwinden lassen? Wir können nur spekulieren.

Vielleicht ja ist er hierbei einer Idee seines Freundes Sulpiz Boisserée gefolgt, der ihm schon am 16. November 1826 brieflich suggeriert hatte: *"ich denke, in Ihrem Garten im Park wäre die freundlichste Stelle"* für Schillers Überreste.

Damals glaubte Goethe noch an die Realisierbarkeit seines eigenen Gegenplanes. Aber nach dessen Scheitern im nächsten Fühherbst mag in der Tat das Umfeld seines Gartenhäuschens im Ilm-Park als letzter Ruheplatz für Schillers arg strapazierten Kopf die einzig verbliebene Alternative gewesen sein. War doch in diesem Flußtal die glückliche Synthese aus Landschaft und englischer Gartenkunst auch von Schiller sonderlich geschätzt und gern besucht worden. *"Den düstern Hecken- und Felsengang bei dem römischen Hause liebte er vorzüglich"*, bestätigte sein früher Biograph Heinrich Doering schon 1853: *"Er saß dort öfters im Dunkel der mit Cypressen und Buchen bewachsenen Felsenwand, vor sich die schattigen Hecken, nicht fern vom Gemurmel einer Quelle, die dort über glatte Kiesel hinrauscht, und wo einige Verse von Goethe in einer braunen Steinplatte im Felsen eingegraben sind"*.

Das eindrucksvolle Bild ist vorstellbar, wie der greise Goethe ebenhier oder sonst an auserlesenem Platze sei es dieses Parkes, sei es seines eigenen hiesigen Gartens den Totenkopf des Geliebten im gläsern-silbern-samtenen Behältnis bei Nacht und Nebel eigenhändig und einsam

"in aller Stille"

mit Hacke und Spaten zum ersten Male seit Schillers Tod vor mehr als zwei Jahrzehnten, nun aber auch endgültig dem Schoße von Mutter Erde anvertraute und die erkorene Stelle um nichts in der Welt für andere Zeitgenossen oder Nachfahren kenntlich zu machen gewillt war.

Auf solche Weise hätte der alte Geheimniskrämer dafür gesorgt, daß der universale Kopf des Freundes einzig und allein in seinem eigenen Kopfe gewußt und gespeichert, insofern mit diesem im Geiste der *"Xenien"* und des verweigerten Gemeinschaftsgrabes untrennbar vereint und verschmolzen, der schnöden Welt aber ein- für allemal vorenthalten wurde.

Selbst wenn das aber nicht in Goethes Garten, sondern an anderem Orte geschehen sein sollte, als Boisserée es ihm vorgeschlagen hatte, würde er damit ganz in Schillers Geiste gehandelt und für ein angemessenes Überleben nur des Immateriellen einvernehmlich Sorge getragen haben.

Denn eben zu Beginn ihrer Freundschaft und Liebe, 1795, hatte Schiller in den *"Horen"* ein Epigramm veröffentlicht, das er *"Unsterblichkeit"* nannte:

"Vor dem Tode erschrickst du? Du wünschest, unsterblich zu leben?
Leb' im Ganzen! Wenn du lange dahin bist, es bleibt."

Damit, meine sehr verehrten Damen und Herren, schließt sich der Kreis um ein Thema, das ich eingangs für unser wichtigstes erklärte. Es ist das Thema von Vergänglichkeit oder Unsterblichkeit, es ist unser aller Thema vom alternativen Primat der Materie oder des Geistes.

Wir alle kennen wohl Schillers Meinung zu diesem Thema. Noch die bizarre Geschichte seiner sterblichen Überreste bezeugt, was schon der zwanzigjährige Schiller in seiner *"Philosophie der Physiologie"* gewußt oder geahnt, jedenfalls behauptet hatte:

"Der Geist ist ewig".

(Rauschen, schrilles Pfeifen und sonstige undefinierbare Störgeräusche im Äther. Vielleicht sogar vages Stimmengewirr?)

Ich danke Ihnen.

Dow Jones : Don Carlos

Datendiskurs im Virtuellen Olymp

(Schnelle Überblendung von vorigem Ätherrauschen und Störgeräuschen zu den elektronisch artifiziellen Frequenzen einer Vollversammlung im

*Dämonenpool des Datenolymps: anhaltend nervöse Erwartungshaltung
und Unruhe im Plenum.)*

Die Stimme des Plenarsprechers scheint sich hastig aus dem Weltraum zu nähern:

*... so daß wir nun ... daß wir nun ... ich bitte um Ruhe ... so daß wir nun
den nächsten ... den nächsten Punkt unserer heutigen Tagesordnung ... heutigen Tagesordnung aufrufen können: die Siegerehrung und Preisverlei-
hung unserer Aktion gegen Blinde Milben ... Aktion gegen Blinde Milben.
Die Jury hat alle Nominierungen ... alle Nominierungen sorgfältig geprüft
und gibt uns heute ihre Entscheidung bekannt.*

*Den Spruch der Jury verkündet nun deren Sprecher, der thailändische Imi-
tations-, Verwandlungs- und Ausdrucksnöck Pih Sing. Das Wort hat jetzt
einzig und allein Pih Sing.*

(Abruptes Schweigen. Viele Engel fliegen durch den raumlosen Raum.)

Pih Sing (nach langer Pause):

Liebe Nominatoren -

*die Prämienjury hat mich beauftragt, euch nunmehr ihre Votierung be-
kanntzugeben.*

*Ich beginne mit den Komplimenten der Jury für alle Nominatoren, deren
Vorschläge zur Eliminierung der Blinden Milben sich als außerordentlich
stichhaltig, überzeugend und effizient bestätigt haben. Tatsächlich wurden
von euch so viele blendend gangbare Wege einer nachhaltigen Entmilbung
des Planeten aufgewiesen, daß die Jury sich entschlossen hat, die Ehrenmedaille in Silber und Bronze erstmalig jeweils mehrfach zu vergeben. Nur so
könne nach Meinung der Jury die Fülle der wirklich realisierbaren Liqui-
dationsvarianten anerkannt und honoriert werden. Ich verrate nicht zu viel,
wenn ich preisgebe, daß die Erfinder von Mehrheitsbeschlüssen, von Marktwirtschaft, Aufklärung, Autoverkehr und Faschismus besonders aussichtsreiche Kandidaten sind.*

Trotzdem muß ich euch nun leider enttäuschen. Die Namen der endgültigen Bronze- und Silbersieger können heute leider noch nicht bekanntgegeben werden. Das liegt an plötzlich eingetretenen Umständen, die die Vergabe einer Ehrenmedaille in Gold zunächst verhindert oder noch vertagt haben.

Grund für diese Verschiebung unserer ganzen Siegerehrung für Blindmilbenentsorgung ist der sogenannte Milbenschiller. Dieser längst verblichene und weitestgehend auch vergessene Scribifax ist von einem allzu emsigen heutigen Wiedergänger oder Nachfolger namens Milbenpirol auf bedenkliche und folgenschwere Weise wieder in Erinnerung gerufen und alarmierend reaktiviert worden.

Die Konsequenzen sind insofern erschreckend, als die Anstöße dieses komischen Vogels Bülow zu einer unübersehbar ansteigenden Flut von Schiller-Ausgaben und Schiller-Ausstellungen, aber auch zur Gründung einer Unzahl von Schiller-Vereinen, Schiller-Instituten, Schiller-Clubs, Schiller-Gesellschaften, Schiller-GmbHs, von Schiller-Archiven und Schiller-Archen geführt haben, die alle samt und sonders die Ausbreitung eines höchst bedenkenswerten Gedankengutes zu ihrem Ziel erkoren und erklärt haben.

Dieses Gedankengut der Schillermilbe und seine Umsetzungschancen, liebe Nominatoren, müssen erst sorgfältig erwogen werden, bevor mit einer Goldmedaille der Startschuß für den Endspurt zu einer Endlösung der Milbenseuche gegeben werden kann.

Es geht jetzt plötzlich um nichts Geringeres mehr als die Frage, was wollen wir eigentlich, was genau sollen wir, wer sind wir überhaupt: wir Nominatoren in Bausch und Bogen?

(Unmutsäußerungen im Auditorium.)

Nur die Ruhe. Wie zum Beispiel im Volksmund die Ameisen treffend als "Polizei des Waldes" bezeichnet werden, dürfte unsereins wohl als sowas wie eine "Miliz des Planeten" gelten und dessen Zerstörung zu verhindern haben.

Seine Zerstörung durch diese Blinden Milben nun aber ist mittlerweile so unaufhaltsam, daß wir einschreiten müssen. Einzig diesem Fernziel dienen

*alle unsere bereits nominierten oder eben vielleicht auch noch nicht genü-
gend entwickelten Pogromprogramme gegen Blinde Milben.*

*Wir stehen allesamt am hochdramatischen Kreuzwege zwischen Zerstörung
des Planeten einerseits oder Vernichtung seiner Zerstörer andererseits.*

*Nun gehört aber zu den unbegreiflichen und gar nicht kommentierbaren
Rätseln dieses Universums die Tatsache, daß Blinde Milben ihren Planeten
nicht nur zu zerstören imstande und im Begriffe sind, sondern auch selbst
sozusagen ein eigenes Heilmittel entwickelt haben, das das planetarische
Desaster noch verhindern könnte.*

*Dieses erstaunliche Gegengift wurde von ebendiesem Milbenschiller viel-
leicht nicht gerade einsam erfunden, aber durch geniale Ausformulierung
zur Blüte gebracht und zeitweise so populär gemacht, daß es von einem seiner Kollegen namens Thomas Milbenmann wirklich neidlos als wundersam
heilkräftiges und umso unentbehrlicheres "Element Schiller" geradezu ver-
ordnet wurde: sonst nämlich "taumelt eine von Verdummung trunkene, verwahrloste Menschheit unterm Ausschreien technischer und sportlicher Sensa-
tionsrekorde ihrem schon gar nicht mehr ungewollten Untergange entgegen".*

*Tatsächlich schienen Dosierungen dieses mirakulösen Heilmittels lange ei-
nen Aufstieg der Blinden Milben aus ihrer modderigen Grundsuppe in Ge-
filde gelingen zu lassen, die so idyllisch wären wie unser eigener hiesiger
Olymp. Doch-doch. Ein großer dämonischer Evolutionssprung gab diesen
Milben durch ihr Medikament oder Medium Schiller die Chance, aus ihrer
bisherigen Einkerkerung in schmuddelig schmieriger Materie zur Schlak-
kenlosigkeit einer spirituelleren Existenz zu gelangen. Sie waren wirklich
schon im Begriffe, den Panzer ihres grobstofflichen Kokons zu sprengen,
abzustreifen und ähnlich ätherische Geistwesen zu werden wie wir.*

*Kaum jedoch begannen sie zu entdecken, wie sehr das "Element Schiller" sie
zum Abheben ermächtigte, da hielten sie sich eben in ihrer namengebenden
Blindheit auch schon für sonstwie aufgeklärt oder illuminiert, mißbrauch-
ten ihre ungewöhnlichen Talente zur Verbreitung sogenannter Zivilisations-
schäden und fingen an, alles ringsumher kaputtzuschlagen. Ihr manischer
Zerstörungstrieb nahm so rauschafte Formen an, daß ihm dringend Einhalt*

geboten oder aber der Stern ihres Aufenthaltes ganz aufgegeben werden mußte.

In dieser Situation also wurden auch bei uns entsprechende Rezepte zur Heilung, Erziehung oder auch Beseitigung dieser sodomitisch begnadeten Schmarotzer erfunden und begünstigt. Mit Hilfe vorrangig unseres numinosen Mammon Terach und seines Marktwirtschaftsluzifers Joe wurde hier erstmalig eine Medikation erprobt, die die Blindmilben selbst, noch un-schlüssig wechselnd, als Kapitalismus, American way of life, Freie Märkte *oder* Globalismus *bezeichnen und teils auch abgöttisch verehren.*

Diese Droge hat sie ihren ganzen Schiller mitsamt seinem spirituellen Höhenflug und Ausweg völlig verdrängen und vergessen lassen. Sie war als Droge stark genug, sogar jeden Überlebenswillen der Blindmilben so zu betäuben und zu lähmen, daß diese Schädlinge zugleich auch ihren Untergang achtlos oder willig in Kauf zu nehmen begannen.

Ebendas nun erreicht diese bittere Pille des Marktes zur Zeit so virtuos und brillant, daß unsere Jury lange einstimmig dafür plädierte, die Goldmedaille diesmal eben an unsern Mammon Terach und seine Leute zu verleihen.

Just in diesem Momente jedoch erschien dieser Milbenpirol, zog eine unverhoffte Schiller-Renaissance aus seinem verstaubten Hute und erklärte dem Kommerzialismus tollkühn den Schillerkrieg. Das hat nun die ganze Lage prinzipiell verändert.

Denn jenes wirksame "Element Schiller", auf das die Blinden Milben sich nun also wieder zu besinnen begonnen haben, ist inzwischen das letzte, aber umso dezidiertere Feindbild des Globalismus. Er nennt es geringschätzig und vereinfachend Milbenkultur, aber bekämpft deren unverkennbare Potenz mit einer blindwütig aggressiven Brutalität und irrationalen Verbissenheit, wie wir sie sonst nur bei den diversen Faschismen beobachten konnten.

Aber tatsächlich ist diese Schillerkultur der Blinden Milben auf dem ganzen Planeten die einzige Kraft, die sich unserm Mammon und seinem Erfolgsteam noch kritisch verweigert. Einzig sie widersetzt sich ihm noch. Denn einzig sie durchschaut ihn selbst und seine Fernziele noch. Einzig sie er-

kennt seine Liquidationsbestrebungen. Einzig sie also denunziert und brandmarkt seine latente Milbenfeindlichkeit, seine gnadenlose Negativität, seine faschistoïde Destruktivität.

Folglich gilt alle Vernichtungswut des Mammon Terach, aber auch seine eigene Lebensangst nur noch diesem "Element Schiller". Einzig hierauf richten sich letztlich alle Aggressionen des Globalismus.

Er wie überhaupt der ganze Merkantilismus erweist sich einzig diesem Element Schiller keineswegs gewachsen. Denn dieses körperlose Virus könnte respektlos sogar die Börse kollabieren lassen. Man hat es, arg vereinfachend, auch schon den Geist genannt.

Diesem Geiste nun also wollen die Märkte mit ihrem Schillerkriege endgültig den Garaus machen. Schon ist er weitgehend selektiert und isoliert oder auch bereits beseitigt. Aber nur wenn seine restlos totale Liquidation gelingt, beherrscht das Kapital diesen Stern. Was das für die Blinden Milben bedeutet, muß ich hier nicht erläutern.

Aber um nichts Geringeres also handelt es sich bei diesem Letzten oder Allerletzten Weltkrieg, der sozusagen zwischen Dow Jones und einem längst verblichenen schwäbischen Schreiberling so anhaltend tobt wie zwischen Kranichen und Zwergen. Der Ausgang dieses Gefechtes ist aber derzeit noch durchaus offen. Grade eben steht er eigentlich auf der Kippe.

Siegt sozusagen die Wallstreet mit ihren Wichten, sind die Blinden Milben endgültig erledigt und Mammon mit seinem Team unser Goldenes Kalb.

Entschließen sich die Milben jedoch in all ihrer Blindheit für Schillers Kranichsweg ins Luftigere und Freie des Immateriellen, sind sie selbst und der ganze Planet gerettet, unsere hiesige Olympiade freilich ohne jedes Treppchen.

Das ist, auf den Punkt gebracht, die Lage, mit der sich unsere Jury gnadenlos konfrontiert sieht. Sie fühlt sich daher verpflichtet, das Ende dieses ersten wirklichen Weltkrieges abzuwarten und erst hiernach ihre Entscheidung zu fällen. So lange empfiehlt sie allen Nominatoren eine aufmerksame Beobachtung der Kampfhandlungen.

Informationsmaterial wird jeweils zugereicht.

*Außerdem stellt es unsere Jury jedem einzelnen Nominator auch ausdrück-
lich anheim, diese oder jene der beiden kämpfenden Parteien entweder zu
unterstützen oder aber zu schwächen. Sie erinnert dabei an die Möglichkeit,
den Blinden Milben Träume einzugeben und sie auf diese Weise so oder so
zu beeinflussen.*

*Die Jury unterläßt auch nicht, bei dieser Gelegenheit noch einmal darauf
hinzuweisen, daß sogar diese Blinden Milben in all ihrer Scheußlichkeit
dennoch ursprünglich gottgewollt sein müssen. Das ist zwar schwer vorstellbar, aber sonst würde es sie ja nicht geben. Das sollte bei euren Überlegungen eine Rolle spielen dürfen.*

*Im übrigen steht natürlich auch bei den Milben selbst eine rührend über-
zeugte Schillerfraktion den aktuell fanatisierten Wirtschaftsglobalisten gegenüber. Beide Seiten sind dabei durchaus auf Sponsoren angewiesen. Freier Wettbewerb einer Mediokratie also nach wie vor auch hier.*

In diesem Sinne: Auf die Plätze - fertig - Chancengleichheit!

**(Eisiges Schweigen im Plenum. Langsames Ausblenden der künstlerisch
aktivierten elektronischen Frequenzen.)**

Konsum und Kollaps
***Medien-Telex von United Press International (UPI) New York, Australian
Associated Press (AAP) Sydney und Kyodo Tsushin (News Service) Tokio***

Wie IUCC, die *Internationale Vereinigung von Verbraucherzentralen*, jetzt
in Philadelphia veröffentlichte, haben sich seit Bekanntgabe der kosmischen
Umkehr *Anti-Hubble* die meisten Märkte beachtlich zu erholen begonnen.

Als Grund wurden nicht nur sogenannte Hamsterkäufe für die bevorstehenden Notsituationen ermittelt, sondern auch ein vitales Bedürfnis, vor Eintritt
der Katastrophe noch jede Lebensqualität extrem zu steigern und auszuko-

sten. Hierdurch sind bisher vor allem die Umsätze von Genußmittelindustrie und Freizeitmärkten zu Rekordhöhen angewachsen.

Der kosmische Kollaps, haben die *Institute Tanghobányi* inzwischen hochgerechnet, dürfte aber bald der gesamten Weltwirtschaft mit einer Konjunktursteigerung in bisher ungekannten Wachtumsquoten zugute kommen. Auch von der Abschaffung des Bargeldes erhofft man sich allenthalben eine Begünstigung dieses Wirtschaftsaufschwungs. Die Börse reagierte bereits positiv.

Die apokalyptischen Profite boomen global.

F o r t s e t z u n g in STERNGUCKER, Band 2: D O P P E L S O N N E N

Der *Brief an eine Mutter*
mit seinen sechs Kapiteln in *"Purpurflügel"*
und zwei Kapiteln in *"Doppelsonnen"*
ist ein authentisches Dokument.
Es wurde von einem sterbenden AIDS-Kranken
in den letzten Wochen und Tagen seines Lebens
im Krankenhause niedergeschrieben.
Er schickte es noch seiner Mutter,
aber auch an einen befreundeten Autor
mit der Bitte und Autorisation, es tunlichst zu veröffentlichen:
damit es erschrecken und abschrecken möge.
Diesem Wunsche dient der hiesige Abdruck.

Alle Eigennamen des originalen Dokumentes
wurden hier mit Rücksicht auf jedweden Datenschutz verändert.

Quellen der Bände 1 bis 3

Abraham, Karl: Giovanni Segantini. Ein psychoanalytischer Versuch. In: Freud, Sigmund (Hg.), Schriften zur angewandten Seelenkunde, Heft 11. Leipzig und Wien 1911. Reprint: 1970

Abu-Bekr, Abdelkaaba Abdallah: El Koran das heißt Die Lesung. Die Offenbarungen des Mohammed Ibn Abdallah. Übertragen von Lazarus Goldschmidt. Berlin 1920, Reprint: Wiesbaden 1993

Abusch, Alexander: Schiller im Staat der Arbeiter und Bauern (1959). In: Oellers, Norbert (Hg.), Schiller – Zeitgenosse aller Epochen. Dokumente zur Wirkungsgeschichte Schillers in Deutschland Teil II: 1860-1966. München 1976

Affifi, Abul Ela: The Influence of Hermetic Literature on Moslem Thought. 1953

Agethen, Manfred: Mittelalterlicher Sektentypus und Illuminatenideologie. Ein Versuch zur geistesgeschichtlich-soziologischen Einordnung des Illuminatenbundes. In: Ludz, Peter Christian (Hg.), Geheime Gesellschaften, Heidelberg 1979

Agethen, Manfred: Geheimbund und Utopie. Illuminaten, Freimaurer und deutsche Spätaufklärung. München 1984

Ahlwardt, Hermann: Mehr Licht! Der Orden Jesu in seiner wahren Gestalt und in seinem Verhältnisse zum Freimaurer- und Judentum. Dresden 1910, Reprint: Wobbenbüll 1982

Aischylos: Lykurgie. In: Tragödien und Fragmente, übersetzt und herausgegeben von Oskar Werner. Reinbek 1966

Allgemeines Handbuch der Freimaurerei. Zweite völlig umgearbeitete Auflage von Lenning's Encyklopädie der Freimaurerei. Band 1 – 4. Leipzig 1863-1879

Anouilh, Jean: Euriydike. Deutsch von Helma Flessa. In: Dramen, Band 1. München o. J.

Ansprachen zum Gedächtnis der Frau Dr. phil. h. c. Elisabeth Förster-Nietzsche bei den Trauerfeierlichkeiten in Weimar am 11. November 1935

Apollonios Rhodios: Die Argonauten. Verdeutscht von Thassilo von Scheffer. Wiesbaden 1947

Appel, Rolf: Lessing als Freimaurer. Hamburg 1994

Appel, Rolf / Möller, Dieter (Hg.): Was ist Freimaurerei? Herausgegeben im Auftrage der Großloge der Alten Freien und Angenommenen Maurer von Deutschland. Hamburg 1980

Arens, Hans: Kommentar zu Goethes Faust II. Heidelberg 1989

(Babo, Joseph Marius): Ueber Freymaurer. Erste Warnung. 1787

Bachofen, Johann Jakob: Die Unsterblichkeitslehre der orphischen Theologie. In: Johann Jakob Bachofens Gesammelte Werke, 7. Band. In Verbindung mit José Dörif und Harald Fuchs herausgegeben von Emanuel Kienzle, Karl Meuli und Karl Schefold. Basel / Stuttgart 1958

Bäte, Ludwig: Weimar. Antlitz einer Stadt. Weimar 1960

Bahls, Georg: Carl August von Weimar als Soldat. Berlin (1932)

Baigent, Michael / Leigh, Richard: Verschlusssache Magie. Der Einfluß von Mythen und Mysterien auf unser Leben. München 1997

Bankl, Hans: Woran sie wirklich starben. Krankheiten und Tod historischer Persönlichkeiten. Wien-München-Bern 1989

Barruel, Augustin: Mémoires pour servir à l'histoire du Jacobinisme. Vier Bände, 1797

Barthes, Roland: Der Baum des Verbrechens. Reflexionen über das Werks Sades. In: Neue Rundschau 80, 1969

Baumann, Hermann: Das doppelte Geschlecht. Ethnologische Studien zur Bisexualität in Ritus und Mythos. Berlin (1955)

Beaujean, Marion : Zweimal Prinzenerziehung : *Don Carlos* und *Geisterseher*. Schillers Reaktion auf Illuminaten und Rosenkreuzer. In: Poetica, Zeitschrift für Sprach- und Literaturwissenschaft, Band 10, Amsterdam 1978

Beaulieu-Marconnay, Freiherr Carl von: Goethes Cour d'amour. Bericht einer Theilnehmerin, nebst einigen Briefen. In: Geiger, Ludwig (Hg.), Goethe-Jahrbuch, Band 6, Frankfurt am Main 1885

Bebenburg, Franz Freiherr Karg von: Ein Kapitel Kulturgeschichte. Ein Nachtrag. Stuttgart 1951

Becker, Karl Friedrich: Die Dichtkunst aus dem Gesichtspunkte des Historikers betrachtet. Berlin 1803

Becker, Rudolf Zacharias: Grundsätze, Verfassung und Schicksale des Illuminatenordens. 1786

Behr, Dr. Fritz: Aus den ersten Nachkriegsmonaten 1945. In: Ein Kulturspiegel für Stadt und Land, Heft 3, Weimar 1960

Bellinger Gerhard J.: Knaurs Lexikon der Mythologie. 3100 Stichwörter zu den Mythen aller Völker von den Anfängen bis zur Gegenwart. München 1989

Benest, Daniel / Duvent, J. L.: Is Sirius a triple star? In: Astronomy and Astrophysics, Band 299, Seiten 621-628, 1999

Benvenuti → Tissoni Benvenuti

Berger, Karl: Schillers Freundschaft und Liebesleben. In: Deutsche Welt, Wochenschrift der Deutschen Zeitung, 7. Jg., Nr. 32, Berlin 7. Mai 1905

Berghahn, Klaus L.: Schiller. Ansichten eines Idealisten. Frankfurt am Main 1986

Bergk, Theodorus: Anthologia Lyrica continens Theognim, Babrium, Anacreontea cum ceterorum poetarum reliquiis selectis. Leipzig 1868

Berlit, Georg (Hg.): Goethe und Schiller in persönlichem Verkehre. Nach brieflichen Mitteilungen von Heinrich Voß. Stuttgart 1895

Bernhardi, August Ferdinand / Pellegrin (Motte-Fouqué, Friedrich de la): Schillers Totenfeier. Ein Prolog (1806). In: Oellers, Norbert (Hg.), Schiller – Zeitgenosse aller Epochen. Dokumente zur Wirkungsgeschichte Schillers in Deutschland Teil I: 1782-1859. Frankfurt am Main 1970

Bertram, Ernst: Schiller. Festvortrag vom 26. Mai 1934. In: Jahrbuch der Goethe-Gesellschaft, Band 20, 1934

Best, Otto F.: Die blaue Blume im englischen Garten. Romantik – ein Mißverständnis? Frankfurt am Main 1998

Bethe, Erich: Dioskuren. In: Paulys Realencyclopädie der classischen Altertumswissenschaft, 9. Halbband, Spalte 1087ff., Stuttgart 1903

Bibl, Viktor: Der Zerfall Österreichs. Band 1: Kaiser Franz und sein Erbe. Wien Berlin Leipzig München 1922

Bieberstein → Rogalla von Bieberstein

Biedermann, Flodoard Freiherr von (Hg.): Schillers Gespräche. München o. J. (1961)

Biedrzynski, Effi: Goethes Weimar. Das Lexikon der Personen und Schauplätze. Zürich 1992

Bleibtreu-Ehrenberg, Gisela: Der Weibmann. Kultischer Geschlechtswechsel im Schamanismus. Eine Studie zur Transvestition und Transsexualität bei Naturvölkern. Frankfurt am Main 1984

Blum, Robert: Fünf Schiller-Reden 1840-1846. In: Gedenkbuch an Friedrich Schiller. Am 9. Mai 1855 [...] herausgegeben vom Schiller-Verein Leipzig. Leipzig o. J. (1855)

Bock, Lic. Emil: Friedrich Schiller. Die Mysterien des Moralischen. In: Vorboten des Geistes, Schwäbische Geistesgeschichte und Christliche Zukunft. Stuttgart 1929

Boëthius, Anicius Torquatus: Trost der Philosophie. Übersetzt von Ernst Gegenschatz und Olof Gigon. Zürich und München 1990

Böhme, Robert: Orpheus. Der Sänger und seine Zeit. Bern und München 1970

Böhme, Robert: Der Lykomide. Tradition und Wandel zwischen Orpheus und Homer. Bern und Stuttgart 1991

Bojanowski, Paul von: Carl August als Chef des 6. Preuß. Kürassier-Regiments 1787-1794. Weimar 1894

Bonnet-Bidaud, Jean-Marc / Gry, C. : The stellar field in the vicinity of Sirius and the color enigma. In: Astronomy and Astrophysics, Band 252, Seiten 193-197, 1991

Bradish, Joseph A. von: Schillers Schädel. In: Veröffentlichungen des Verbandes deutscher Schriftsteller und Literaturfreunde in New York. Leipzig 1932

Bradish, Joseph A. von: Drei Legenden um Schillers Beisetzung. In: Monatshefte für Deutschen Unterricht, Vol. XXVI, Number 7, Madison, Wis. 1934

Bradish, Joseph A. von: Dichtung und Wahrheit um Schillers Hingang. In: Monatshefte für Deutschen Unterricht, Wisconsin 1937

Browning, Robert: Julian der abtrünnige Kaiser. Biographie. München 1977

Brucker, Gene: Florenz in der Renaissance. Stadt, Gesellschaft, Kultur. Reinbek 1990

Brückner, G.: Das Geschlecht der Marschalk v. Ostheim in genealogischer Hinsicht. In: Historisch-statistisches Taschenbuch, II. Jahrgang. Meiningen 1845

Brunner, Sebastian: Friedrich Schiller. Curiose Freunde, trübselige Tage, Mißachtung bis in's Grab hinein, kein Ehrenbuch für Weimars Größen. Wien 1887

Buchwald, Reinhard: Das unbekannte Schlußkapitel von Andreas Streichers Schillerbuch. In: Festschrift für Eduard Castle. Zum 80. Geburtstag gewidmet von seinen Freunden und Schülern. Wien 1955

Buddruss, Georg / Friedrich, Adolf (Hg.): Schamanengeschichten aus Sibirien. München 1955

Bulthaupt, Heinrich: Die Malteser. Tragödie in vier Akten mit freier Benutzung des Schillerschen Entwurfes. Oldenburg und Leipzig o. J. (1897 oder –98)

Burckhardt, Jacob: Gedächtnisrede auf Schiller (1859). In: Oellers, Norbert (Hg.), Schiller – Zeitgenosse aller Epochen. Dokumente zur Wirkungsgeschichte Schillers in Deutschland Teil I: 1782-1859. Frankfurt am Main 1970

Burckhardt, Jacob: Die Kultur der Renaissance in Italien. Ein Versuch. Stuttgart (1966)

Burschell, Friedrich: Friedrich Schiller mit Selbstzeugnissen und Bilddokumenten. Hamburg 1958

Butler, Elsie Marian: Rainer Maria Rilke. Cambridge 1946

Calzabigi, Ranieri de' / Gluck, Christoph Willibald Ritter von: Orpheus und Eurydike. Oper in drei Aufzügen. Aus dem Italienischen von J. D. Sander. In: Schondorff, Joachim (Hg.), Orpheus und Eurydike. München, Wien 1963

Cammer, W. v. d. : Goethes Moral. In: Ludendorffs Volkswarte, Folge 40, 1932

Cheiro: Das Buch der Zahlen. Das klassische Werk der mantischen Numerologie. Freiburg i. Br. 1989

Cicero, Marcus Tullius: Gespräche im Tusculum. Lateinisch-deutsch hg. von Olof Gigon. München 1970

Conradi-Bleibtreu, Ellen: Im Schatten des Genius. Schillers Familie im Rheinland. Münster o. J.

Cowles, Virginia: Wilhelm der Kaiser. Frankfurt am Main 1963

Crémieux, Héctor / Offenbach, Jacques: Orpheus in der Unterwelt. Aus dem Französischen von Ludwig Kalisch und Wilhelm Zentner. In: Schondorff, Joachim (Hg.), Orpheus und Eurydike. München, Wien 1963

Creutz, Gerhard: Der Graureiher. Ardea cinerea. Mit 82 Abbildungen. Wittenberg Lutherstadt 1981

Czernin, Ottokar: Im Weltkriege. Berlin und Wien 1919

Dahlke, Günther (Hg.): Der Menschheit Würde. Dokumente zum Schiller-Bild der deutschen Arbeiterklasse. Mit Aufsätzen, Reden und Briefen von Karl Marx, Friedrich Engels, Franz Mehring, Rosa Luxemburg, Clara Zetkin , Otto Grotewohl, Johannes R. Becher, Alexander Abusch. Weimar 1959

Dall'Orto, Giovanni: "Socratic Love" as a Disguise for Same-Sex Love in the Italian Renaissance. In: Gerard, Kent / Hekma, Gert (Hg.), The Pursuit of Sodomy: Male Homosexuality in Renaissance and Enlightenment Europe. New York / London 1989

Daumer, Georg Friedrich (Hg.): Aus der Mansarde. Streitschriften, Kritiken, Studien und Gedichte. Eine Zeitschrift in zwanglosen Heften, Hefte 1, 2, 3, 4, 5 – Mainz 1860-62

Daumer, Georg Friedrich: Schiller und sein Verhältnis zu den politischen und religiösen Fragen der Gegenwart. Mainz 1862

Debon, Günther: Schiller und der chinesische Geist. Sechs Versuche. Frankfurt am Main 1983

Deile, Gotthold: Freimaurerlieder als Quellen zu Schillers Lied "An die Freude". Wortgetreue Neudrucke bisher noch unbekannter Quellen mit einer Einleitung "Über das Verhältnis der Freimaurer zu Schiller". Leipzig 1907

Descartes, René: Briefe. Köln und Krefeld 1949

Deubler, Heinz: Schwere Tage Schillers in Rudolstadt im Jahre 1791. In: Rudolstädter Heimathefte, Beiträge zur Heimatkunde des Kreises Rudolstadt, 7. Jg., Heft 4/5, April/Mai 1961

Deutsche Ideale. Zeitschrift für zeitgemäßes unverfälschtes Germanentum. Amtsblatt der "Deutschen Schiller-Gemeinde". Im Geiste Schillers und R. Wagners geleitet von Dir. Karl Haller, 1. Jg., Nr. 1-2, 1923

Dick, Manfred: Der Literat und der Naturforscher. Wilhelm Heinse und Samuel Thomas Soemmerring. In: Mann, Gunter / Dumont, Franz (Hg.): Samuel Thomas Soemmerring und die Gelehrten der Goethezeit. Beiträge eines Symposions in Mainz vom 19. bis 21. Mai 1983. Stuttgart New York 1985

Dierickx S.J., Michel: Freimaurerei, die große Unbekannte. Ein Versuch zu Einsicht und Würdigung. Frankfurt/Hamburg 1968

Dieterich, Albrecht: Nekyia. Beiträge zur Erklärung der neuentdeckten Petrusapokalypse. Leipzig 1893

Diezmann, Johann August (Hg.): Friedrich v. Schiller's Denkwürdigkeiten und Bekenntnisse über sein Leben, seinen Charakter und seine Schriften ... Geschrieben von ihm selbst. Leipzig 1854

Dittmar, Siegismund Gottfried: Unterredung mit Goethe. Über einen Besuch bei Schiller aus dem Tagebuch eines jungen Theologen (1792). Berlin 1921

Doerfler, Friedrich: Krankheit und Tod Schillers. In: Urania, Jg. 18, Heft 5, Mai 1955

Döring, Heinrich: Beiträge zur Charakteristik Schillers nebst einer biographischen Skizze seines Sohnes Ernst. Altenburg 1845

Döring, Heinrich (Hg.): Schiller und Goethe. Reliquien, Charakterzüge und Anekdoten. Leipzig 1852

Doering, Heinrich: Friedrich v. Schiller's Biographie. Jena 1853

Donges, Fritz: Der Streit um Schillers Schädel. In: Mitteilungen der Berliner Gesellschaft für Anthropologie, Ethnologie und Urgeschichte, Band 3, Seiten 322 bis 343, Berlin 1969-71

Donges, Fritz: Geheimnisse um Schiller. Die Totenmasken. In: Mensch und Maß, Jg. 10, Seiten 204-228, Pähl 1970

Dorez, Léon: La mort de Pic de la Mirandole. Vortrag vom 8. Juli 1898 vor der Pariser *"Académie des Inscriptions et Belles-Lettres"*. In: Giornale storico della letteratura italiana, Band 32.

Dronke, Peter: The Return of Eurydike. In: Classica et Mediævalia 23, Seiten 198 bis 215, Kopenhagen 1962.

Duda, Gunther: Krankheiten und Tod. Ein Mediziner untersucht Leben und Tod Friedrich Schillers. In: Der Quell, Nr. 11, Seiten 994-1002 und 1031-1037, Pähl 1959

Duda, Gunther / Kerner, Dieter: Schiller als Arzt und Kranker in seinem Briefwechsel mit der Familie von Humboldt. In: Medizinischer Monatsspiegel. Eine Zeitschrift für den Arzt, Heft 10, Oktober 1959

Dülmen, Richard van: Der Geheimbund der Illuminaten. Darstellung Analyse und Dokumentation. Stuttgart 1975

Düntzer, Heinrich: Goethe und Karl August. Studien zu Goethes Leben. Leipzig 1888

Dürr, Volker / Molnár, Géza von (Hg.): Versuche zu Goethe. Festschrift für Erich Heller. Zum 65. Geburtstag am 27. 3. 1976, Heidelberg 1976

Dürrenmatt, Friedrich: Mannheimer Schiller-Rede (1959). In: Oellers, Norbert (Hg.), Schiller – Zeitgenosse aller Epochen. Dokumente zur Wirkungsgeschichte Schillers in Deutschland Teil II: 1860-1966. München 1976

Dumont, Franz / Mann, Gunter (Hg.): Samuel Thomas Soemmerring und die Gelehrten der Goethezeit. Beiträge eines Symposions in Mainz vom 19. bis 21. Mai 1983. Stuttgart New York 1985

Duvent, J. L. / Benest, Daniel : Is Sirius a triple star? In: Astronomy and Astrophysics, Band 299, Seiten 621-628, 1999

Dziergwa, Roman: Lessing und die Freimaurerei. Untersuchungen zur Rezeption von G. E. Lessings Spätwerk „Ernst und Falk. Gespräche für Freymäurer" in den freimaurerischen und antifreimaurerischen Schriften des 19. und 20. Jahrhunderts (bis 1933). Frankfurt am Main / Berlin / Bern / New York / Paris / Wien 1992

Ebener, Dietrich (Hg.): Die Griechische Anthologie in drei Bänden. Berlin 1991

Ebstein, Erich: Schillers Krankheiten. In: Jahrbuch der Sammlung Kippenberg, Band 6, Leipzig 1926

Eckermann, Johann Peter: Gespräche mit Goethe in den letzten Jahren seines Lebens 1823-1832. Berlin 1956

Einsiedel, Friedrich Hildebrand Freiherr von: Das Buch vom schönen Wedel. Fulda 1779

Eisner, Kurt: Über Schillers Idealismus (1905). In: Oellers, Norbert (Hg.), Schiller – Zeitgenosse aller Epochen. Dokumente zur Wirkungsgeschichte Schillers in Deutschland Teil II: 1860-1966. München 1976

Emrich, Wilhelm: Die Symbolik von Faust II. Sinn und Vorformen. Bonn (1957)

Endres, Franz Carl: Das Geheimnis des Freimaurers. Hamburg 1978

Endres, Franz Carl / Schimmel, Annemarie: Das Mysterium der Zahl. Zahlensymbolik und Kulturvergleich. München 1995

Engel, Leopold: Geschichte des Illuminaten-Ordens. Berlin 1904

Euler, Walter Andreas: „Pia philosophia" et „docta religio". Theologie und Religion bei Marsilio Ficino und Giovanni Pico della Mirandola. München 1998

Fahne, A(nton): Der Carneval mit Rücksicht auf verwandte Erscheinungen. Ein Beitrag zur Kirchen- und Sittengeschichte. Köln u. Bonn 1854

Falk, Hans Gabriel: Und sei dir selbst ein Traum. Ursprung und Gestalt der dichterischen Welt Goethes. Stuttgart 1952

Feddersen, Klaus C. F.: Constitutionen. Statuten und Ordensregeln der Freimaurer in England, Frankreich, Deutschland und Skandinavien. Eine historische Quellenstudie aus den Constitutionen der freimaurerischen Systeme ... Hg. von der freimaurerischen Forschungsvereinigung Frederik der Großen Landesloge der Freimaurer von Deutschland. Husum 1989

Fehn, Ernst-Otto: Knigges „Manifest". Geheimbundpläne im Zeichen der Französischen Revolution. In: Ludz, Peter Christian (Hg.), Geheime Gesellschaften, Heidelberg 1979

Fehn, Ernst-Otto: Zur Wiederentdeckung des Illuminatenordens. Ergänzende Bemerkungen zu Richard van Dülmens Buch. In: Ludz, Peter Christian (Hg.), Geheime Gesellschaften, Heidelberg 1979

Fessler, Ignatius Aurelius: Sämmtliche Schriften über Freymaurerey. Band 1. Freiberg 1805

Ficino, Marsilio: Über die Liebe oder Platons Gastmahl. Übersetzt von Karl Paul Hasse. Hg. und eingeleitet von Paul Richard Blum. Lateinisch-Deutsch. Hamburg 1984

Fiedler, H. G.: Schillers Freundschaft mit Goethe. Vortrag gehalten in der "English Goethe Society" zur Feier von Schillers 150. Geburtstage. In: Publications of the English Goethe Society, No. XII, London 1910

Fielitz, Wilhelm (Hg.): Schiller und Lotte. Briefwechsel 1788-1805

Fikentscher, Henning: Der heutige Stand der Forschung über Friedrich Schillers sterbliche Reste. Mohrkirch 1990

Fikentscher, Henning: Zur Ermordung Friedrich Schillers. Der heutige Stand der Forschung über Friedrich Schillers sterbliche Reste und die Ursachen seines Todes. Viöl / Nordfriesland 2000.

Fischer, Alfons: Medizingeschichtliche Betrachtungen zum 175. Geburtstage Schillers. In: Die Medizinische Welt, 8. Jg., Nr. 45, Seite 1605ff. Berlin, 10. 11. 1934

Fischer, Rudolf: Zum Fragenkreis um Schillers Aufenthalt in Böhmen. In: Zeitschrift für Slawistik, Band VI, Heft 1

Frenzel, Elisabeth: Stoffe der Weltliteratur. Ein Lexikon dichtungsgeschichtlicher Längsschnitte. Stuttgart 1963

Frick, Karl R.H.: Die Erleuchteten. Gnostisch-theosophische und alchemistisch-rosenkreuzerische Geheimgesellschaften bis zum Ende des 18. Jahrhunderts – ein Beitrag zur Geistesgeschichte der Neuzeit. Graz 1973

Fricke, Gerhard: Der religiöse Sinn der Klassik Schillers. Zum Verhältnis von Idealismus und Christentum. München 1927

Fricke, Gerhard: Die Problematik des Tragischen im Drama Schillers. In: Jahrbuch des freien Deutschen Hochstifts, Frankfurt am Main 1930

Fricke, Gerhard: Schillers deutsche Sendung. Rede vor dem Freien Deutschen Hochstift in Frankfurt/M. am 10. November 1930. In: Neue Jahrbücher, Jg. 1931, Heft 1

Friedell, Egon: Kulturgeschichte der Neuzeit. München 1927

Friedenthal, Richard: Goethe. Sein Leben und seine Zeit. Frankfurt am Main, Berlin, Wien 1978

Friedrich, Adolf / Buddruss, Georg (Hg.): Schamanengeschichten aus Sibirien. München 1955

Froriep, August von: Der Schädel Friedrich von Schillers und des Dichters Begräbnisstätte. Leipzig 1913

Froriep, August von: Schädel, Totenmaske und lebendes Antlitz des Hoffräuleins Luise von Göchhausen. Leipzig 1917

Frucht, Else: Goethes Vermächtnis. „Eine frohe Botschaft". München und Leipzig (1913)

Geiger, Ludwig (Hg.): Briefwechsel zwischen Schiller und Körner. 4 Bände. Stuttgart o. J.

Genast, Eduard: Aus dem Tagebuche eines alten Schauspielers. Leipzig 1862ff.

Gerard, Kent / Hekma, Gert (Hg.), The Pursuit of Sodomy: Male Homosexuality in Renaissance and Enlightenment Europe. New York / London 1989

Gerassimow, Prof. Dr. Michail Michailowitsch: Ich suchte Gesichter. Schädel erhalten ihr Antlitz zurück. Wissenschaft auf neuen Wegen. Gütersloh 1968

Gerassimow, Prof.Dr. Michail Michailowitsch: Porträts historischer Persönlichkeiten. Gütersloh 1968

Germann, Dietrich und Haufe, Eberhard (Hg.): Schillers Gespräche. In: Schillers Werke, Nationalausgabe, Band 42. Weimar 1967

Geßner, Gerhard (Hg.): Deutsches Familienarchiv. Ein genealogisches Sammelwerk, Band 33. Neustadt an der Aisch 1967

Gilde, Dr. Luise: Persönlichkeiten um Schiller. Der Stuttgarter Kreis. London 1963

Gleichen-Russwurm, Alexander von (Hg.): Schiller. Lebensaufriß aus Tagebüchern, Briefen, Zeitstimmen. Berlin (1918)

Gleichen-Russwurm, Emilie von: Carl August's erstes Anknüpfen mit Schiller. Stuttgart und Augsburg 1857

Glöckner, Herbert: Auf den Spuren des Baldr. Der germanische Gott Baldur und der Sirius. In: Europäische Hochschulschriften, Reihe III, Band 443, Frankfurt am Main / Bern / New York / Paris 1990

Gluck, Christoph Willibald: Le nozze d'Ercole e d'Ebe. Opernserenade, Dresden 1747

Gluck, Christoph Willibald Ritter von / Calzabigi, Ranieri de': Orpheus und Eurydíke. Oper in drei Aufzügen. Aus dem Italienischen von J. D. Sander. In: Schondorff, Joachim (Hg.), Orpheus und Eurydike. München, Wien 1963

Goebbels, Joseph: Rede zur Schiller-Gedächtnisfeier in Weimar am 10. November 1934. In: Der neue Weg, Jg. 63, Nr. 17, 1. 11. 1934

Goethe, Johann Wolfgang von: Werke. Hamburger Ausgabe. 16 Bände. München 1996

Goethe, Johann Wolfgang von: Sämtliche Werke in 40 Bänden, Frankfurt am Main 1999

Goethe, Johann Wolfgang von: Briefe nach Schillers Tod. In: Werke, Sophien-Ausgabe, IV. Abteilung, Band 19, Weimar 1895

Gossen, Hans: Reiher. In: Paulys Realencyclopädie der classischen Altertumswissenschaft, 2. Reihe, 1. Halbband, Spalte 515ff., Stuttgart 1914

Gossen, Hans / Steier, August: Kranich. In: Paulys Realencyclopädie der classischen Altertumswissenschaft, 22. Halbband, Spalte 1571ff., Stuttgart 1922

Gräf, Hans Gerhard: Heinrich Voss der Jüngere und sein Verhältnis zu Goethe und Schiller. Sonderabdruck aus dem Goethe-Jahrbuch, 17. Band, 1896

Gräf, Hans Gerhard (Hg.): Goethe und Schiller in Briefen von Heinrich Voß dem jüngeren. Briefauszüge, in Tagebuchform zeitlich geordnet und mit Erläuterungen. Leipzig 1896

Gräf, Hans Gerhard: Zu Goethes angeblichem Haß gegen Schiller. In: Weimarische Zeitung, 13. November 1902

Gräf, Hans Gerhard: Karl Eduard von Holtei im Goethekreise. In: Jahrbuch der Goethe-Gesellschaft, Band 4, Weimar 1917

Gräf, Hans Gerhard: Goethe. Skizzen zu des Dichters Leben und Werken. Leipzig 1924

Greif, Martin: Nachspiel zu Schillers Demetrius mit Prolog und rhapsodischem Epilog. Leipzig 1902

Griaule, Marcel: Schwarze Genesis (Dieu d'Eau). Ein afrikanischer Schöpfungsbericht. Aus dem Französischen von Janheinz Jahn. Freiburg · Basel · Wien 1970

Grimm, Herman: Goethes Freundschaftsbund mit Schiller. Vorlesungen. Leipzig o. J. (1932?)

Gross, Walter Hatto: Xoanon. In: Paulys Realencyclopädie der classischen Altertumswissenschaft, 2. Reihe, 18. Halbband, Spalte 2140ff., Stuttgart 1967

(Gruber, Johann Gottfried): Friedrich Schiller. Skizze einer Biographie und ein Wort über seinen und seiner Schriften Charakter. Leipzig 1805

Gry, C. / Bonnet-Bidaud, Jean-Marc: The stellar field in the vicinity of Sirius and the color enigma. In: Astronomy and Astrophysics, Band 252, Seiten 193-197, 1991

Gubitz, Friedrich Wilhelm: Erlebnisse. Nach Erinnerungen und Aufzeichnungen. 3 Bände. Berlin 1868

Güntter, Otto (Hg.): Marbacher Schillerbuch. Band 2 und 3. Stuttgart und Berlin 1907 und 1909

Guthke, Karl S. / Schneider, Heinrich: Gotthold Ephraim Lessing. Stuttgart 1967

Gutzkow, Karl von: Schiller und Göthe. Ein psychologisches Fragment. Hamburg 1841

Haas, Willy: Schillers Inferno (1930). In: Oellers, Norbert (Hg.), Schiller – Zeitgenosse aller Epochen. Dokumente zur Wirkungsgeschichte Schillers in Deutschland Teil II: 1860-1966. München 1976

Haggenmacher, Otto: Der Sänger der Freiheit. Bilder aus dem Leben Friedrich Schillers (Zur Jahrhundertfeier seines Todes). Zürich 1905

Hahn, Johann Georg von: Griechische und albanische Märchen. 1864

Haller, Karl (Hg.): Deutsche Ideale. Zeitschrift für zeitgemäßes unverfälschtes Germanentum. Amtsblatt der "Deutschen Schiller-Gemeinde". Im Geiste Schillers und R. Wagners geleitet von Dir. Karl Haller, 1. Jg., Nr. 1-2, 1923

Hamlet, P. P.: Das Goethe-Geheimnis. Eine sensationelle Enthüllung. Berlin 1897

Han, Shizhong (= Hsi-chung): Friedrich Schillers Werke in China. In: Zeitschrift für Kulturaustausch, 38. Jg., Heft 2, Seite 218f., Stuttgart 1988

Handbuch der Freimaurerei, Allgemeines. Zweite völlig umgearbeitete Auflage von Lenning's Encyklopädie der Freimaurerei. Band 1 – 4. Leipzig 1863-1879

Hannah, Walton: Darkness Visible. A Revelation and Interpretation of Freemasonry. London 1966

Harrwitz, Max: Schiller und sein Freundeskreis (Excl. Goethe), Katalog 99. Berlin 1905

Hart, Heinrich: Hundert Jahre nach Schillers Tode. Stimmen und Bekenntnisse (1905). In: Oellers, Norbert (Hg.), Schiller – Zeitgenosse aller Epochen. Dokumente zur Wirkungsgeschichte Schillers in Deutschland Teil II: 1860-1966. München 1976

Hartmann, Julius: Schillers Jugendfreunde. Stuttgart u. Berlin 1904

Hasselbacher, Friedrich: Entlarvte Freimaurerei. Band I: Das enthüllte Geheimnis der Freimaurerei in Deutschland. Berlin 1937

Haufe, Eberhard (Hg.): Wilhelm von Humboldt über Goethe und Schiller. Weimar 1963

Haufe, Eberhard / Germann, Dietrich (Hg.): Schillers Gespräche. In: Schillers Werke, Nationalausgabe, Band 42. Weimar 1967

Hausmann, Manfred: Das Erwachen. Lieder und Bruchstücke aus der griechischen Frühzeit. Frankfurt am Main 1949

Hawking, Stephen: Ist alles vorherbestimmt? Sechs Essays. Reinbek 1996

Hecker, Max: Zum 10. November. In: Weimarische Zeitung, Nr. 264, 9. November 1901

Hecker, Max (Hg.): Goethes Briefwechsel mit Heinrich Meyer, Band 1 (Juli 1788-1797), Weimar 1917

Hecker, Max (Hg.): Goethes Tod und Bestattung. Neue Urkunden aus dem Goethe- und Schiller-Archiv. In: Jahrbuch der Goethe-Gesellschaft, Sonderabdruck aus Band 14, Weimar 1928

Hecker, Max (Hg.): Schiller und seine Gattin im Stammbuche der Sophie Nösselt. In: Jahrbuch der Goethe-Gesellschaft, Band 20, Weimar 1934

Hecker, Max: Schillers Tod und Bestattung. Nach den Zeugnissen der Zeit im Auftrag der Goethe-Gesellschaft. Leipzig 1935

Hecker, Max: Goethes Plan eines gemeinsamen Grabmals für Schiller und sich selbst. In: Jahrbuch der Sammlung Kippenberg, Band 10, Leipzig 1935

Hecker, Max: Goethe und die Liebe. Sonderdruck aus Heft 11 der Waldenburger Schriften DIE VIER „KLEI-NEN" WALDENBURGER TAFELRUNDEN 1936-39. Vortrag vom 5. September 1937

Hecker, Max: Goethe und Schiller in ärztlicher Behandlung. Festschrift für Albert Leitzmann. Jena o. J. (1937)

Hecker, Max / Petersen, Julius (Hg.): Schillers Persönlichkeit, Band 1-3, Weimar 1906-1909

Hegemann, Werner: Napoleon oder "Kniefall vor dem Heros". Hellerau (1927)

Hein, Wolfgang-Hagen: W. E. C. Huschkes Verschreibungen für J. W. v. Goethe in den Jahren 1792 bis 1800. In: Die Vorträge der Hauptversammlung der Internationalen Gesellschaft für Geschichte der Pharmazie während des Internationalen Pharmaziegeschichtlichen Kongresses in Luzern vom 4.-8. Oktober 1956. Wien 1957

Heinemann, Dr. Karl: Die Terzinen auf Schillers Schädel. 1826. In: Goethe-Kalender 1926. Leipzig 1925

Heinemann, Karl: Schillers Reliquien. In: Die Rheinlande

Heinze, Richard: Xenokrates. Darstellung der Lehre und Sammlung der Fragmente. Hildesheim 1965

Heisenberg, Werner: Das Naturbild Goethes und die technisch-naturwissenschaftliche Welt. In: Goethe, Neue Folge des Jahrbuchs der Goethe-Gesellschaft, Band 29, Seiten 27-42, Weimar 1967

Heisenberg, Werner: Gedanken zur "Reise der Kunst ins Innere". In: Dürr, Volker / Molnár, Géza von (Hg.), Versuche zu Goethe. Festschrift für Erich Heller, Seiten 321-325, Heidelberg 1976

Hekma, Gert / Gerard, Kent (Hg.), The Pursuit of Sodomy: Male Homosexuality in Renaissance and En-lightenment Europe. New York / London 1989

Helwin, Hellmut: Die Profilanalyse, eine Möglichkeit der Identifizierung unbekannter Schädel (3. April 1968). In: Gegenbaurs Morphologisches Jahrbuch, Band 113, Heft 4, Leipzig August 1969

Herder, Johann Gottfried: Adrastea. Leipzig 1801. In: Suphan, Bernhard (Hg.) : Herders Sämmtliche Werke, Band 23, Berlin 1885

Herder, Johann Gottfried: Aegyptisch-orpheische Politie. In: Älteste Urkunde des Menschengeschlechts, Band 1. 1774ff.

Hergemöller, Bernd-Ulrich: Mann für Mann. Biographisches Lexikon zur Geschichte von Freundesliebe und mannmännlicher Sexualität im deutschen Sprachraum. Hamburg 1998

Herodotos: Historien. Deutsch von August Horneffer, Band 1. Leipzig 1910

Herrlinger, Robert: Schillers Krankheit. In: Die Pharmazie, Jg. 10, Nr. 6, Juni 1955

Heyck, Prof. Dr. Ed.: Friedrich Christian von Schleswig-Holstein-Augustenburg und Schiller. Ein Gedenkblatt zum 14. Juni 1914

Hieber, Otto: Leitfaden durch die Ordenslehre der großen Landesloge von Deutschland. Berlin 1921f.

Hildebrandt, Fritz Leo: Die zwei Schiller-Schädel zu Weimar im Urteil neuer Forschungen über Schillers Zähne und Zahnerkrankungen. Berlin 1950

Hiller, Eduardus: Anthologia Lyrica sive Lyricorum Graecorum Veterum praeter Pindarum. Leipzig 1890

Hoffmann, Leopold Alois (Hg.): Wiener Zeitschrift, Band 2, Heft 4, Wien 1792

Holtorf, Jürgen: Die verschwiegene Bruderschaft. Freimaurer-Logen: Legende und Wirklichkeit. München 1983

Homeros: Ilias. Aus dem Griechischen von Johann Heinrich Voß. München 1989

Homeros: Odyssee. Aus dem Griechischen von Johann Heinrich Voß. Zürich 1980

Hong Zhu: Schiller in China. Frankfurt am Main 1994

Hopfner, Theodor: Plutarch, Über Isis und Osiris. Text, Übersetzung und Kommentar von Theodor Hopfner. 2 Bände. Prag 1940

Horatius Flaccus, Quintus: Über die Dichtkunst (De arte poetica). Lateinisch und deutsch. Eingeleitet und übersetzt von Rudolf Helm. In: Satiren und Briefe (Sermones et epistulæ). Zürich und Stuttgart o. J.

Huber, Engelbert: Freimaurerei. Die Weltmacht hinter den Kulissen. Berlin / Leipzig / Wien (1934)

Hucke, Karl-Heinz: Jene "Scheu vor allem Merkantilischen". Schillers "Arbeits- und Finanzplan". Tübingen 1984

Hughes, Thomas Patrick: Lexikon des Islam. München 1995

Humboldt, Wilhelm von: Briefe an eine Freundin. Leipzig 1924

Humboldt, Wilhelm von: Über Schiller und den Gang seiner Geistesentwicklung (1830). In: Haufe, Eberhard (Hg.), Wilhelm von Humboldt über Schiller und Goethe. Aus den Briefen und Werken. Weimar 1963

Huschke, Wolfgang: Stammfolge Huschke aus Greußen in Thüringen. In: Geßner, Gerhard (Hg.), Deutsches Familienarchiv. Ein genealogisches Sammelwerk, Band 33, Seite 253ff., Neustadt an der Aisch 1967

Huschke, Wolfram: Schiller-Vertonungen im frühen 19. Jahrhundert. Marbach 1993

Janetzki, Ulrich (Hg.): Henriette Herz – Berliner Salon. Erinnerungen und Porträts. Frankfurt am Main 1984

Jens, Hermann: Mythologisches Lexikon. Gestalten der griechischen, römischen und germanischen Mythologie. München 1958

Jolles, André: Einfache Formen. Legende / Sage / Mythe / Rätsel / Spruch / Kasus / Memorabile / Märchen / Witz. Tübingen 1958

Jonas, Fritz (Hg.): Schillers Briefe, Band 1 bis 7. Stuttgart (1891ff.)

Jonas, Fritz: Des jungen Schillers Kenntnis Goethescher Werke. In: Euphorion, Zeitschrift für Literaturgeschichte, 12. Band, 3. Heft. Leipzig und Wien 1905

Jünger, Ernst: Das abenteuerliche Herz. Erste Fassung. Aufzeichnungen bei Tag und Nacht. Hamburg 1929
/ Stuttgart 1987

Jünger, Ernst: Der Gordische Knoten. Frankfurt am Main 1954

Jünger, Ernst: Der Waldgang. Stuttgart 1951

Jung, Franz / Schefold, Karl: Die Urkönige, Perseus, Bellerophon, Herakles und Theseus in der klassischen
und hellenistischen Kunst. München 1988

Kaben, Dr. Hermann: Schillers Tod und Goethes Trauer. In: Forschungsfragen unserer Zeit. Blätter des Wissens. Lieferung 6 / 1955, Pähl 1955

Kahn-Wallerstein, Carmen: Goethes Trauer um Schiller. In: Literarische Tat, Zürich 26. 1. und 2. 2. 1974

Kalevala. Das finnische Epos des Elias Lönnrot. Deutsch von Lore und Hans Fromm. Stuttgart 1985

Kaltenbrunner, Gerd-Klaus (Hg.): Geheimgesellschaften und der Mythos der Weltverschwörung. München
1987

Karg von Bebenburg: → Bebenburg

Kayser, Wolfgang: Das sprachliche Kunstwerk. Bern 1948

Keller, Ludwig: Schillers Weltanschauung und seine Stellung in der Entwicklungsgeschichte des Humanismus. In: Vorträge und Aufsätze aus der Comenius-Gesellschaft, XVII. Jg., 6. Stück, Jena 1909

Keller, Ludwig: Die geistigen Grundlagen der Freimaurerei und das öffentliche Leben. Berlin 1927

Kemnitz, H(anno) v.: Die "Toten-Spielerei" zu Lauchstedt. In: Am Heiligen Quell Deutscher Kraft, Folge 24,
Seite 975ff., 20. 2. 1936

Kemnitz, Hanno v.: Ein Stück Logenarbeit. In: Am Heiligen Quell Deutscher Kraft, Folge 5, Seite 194ff., 5. 6.
1936

Kemper, Dirk: " [...] die Vorteile meiner Aufnahme". Goethes Beitrittserklärung zum Illuminatenorden in einem ehemaligen Geheimarchiv in Moskau. In: Goethe-Jahrbuch 111, Weimar 1994

Kerényi, Karl: Hermes der Seelenführer. Das Mythologem vom männlichen Lebensursprung. Zürich 1944

Kerényi, Karl: Pythagoras und Orpheus. Präludien zu einer zukünftigen Geschichte der Orphik und des Pythagoreismus. Zürich o. J. (1950 ?)

Kerényi, Karl: Orpheus und Eurydike. Vorwort zu Schondorff, Joachim (Hg.), Orpheus und Eurydike. München, Wien 1963

Kern, Otto: Orpheus. Eine religionsgeschichtliche Untersuchung. Berlin 1920

Kerner, Dieter: Die Krankheiten Schillers und Mozarts. In: Die medizinische Welt, Jg. 1962, Nr. 7, Stuttgart
17. 2. 1962

Kerner, Dieter / Duda, Gunther: Schiller als Arzt und Kranker in seinem Briefwechsel mit der Familie von
Humboldt. In: Medizinischer Monatsspiegel. Eine Zeitschrift für den Arzt, Heft 10, Oktober 1959

Kettner, Gustav: Schillers Maltheser. In: Vierteljahrschrift für Literaturgeschichte. Weimar o. J. (1891?)

Kiene, Hansjoachim: Schillers Lotte. Porträt einer Frau in ihrer Welt. Frankfurt am Main 1996

Kippenberg, Anton: Goethe, Dittmar und Lavater. In: Jahrbuch der Sammlung Kippenberg, Band 10, Leipzig
1935

Kittler, Friedrich A.: Carlos als Carlsschüler. Ein Familiengemälde in einem fürstlichen Hause. In: Barner,
Willfried u. a. (Hg.), Unser Commercium. Goethes und Schillers Literaturpolitik, Stuttgart 1984

Klotz, Alfred: Silvanus. In: Paulys Realencyclopädie der classischen Altertumswissenschaft, 2. Reihe, 5. Halbband, Spalte 816ff., Stuttgart 1927

Kneisner, Friedrich: Geschichte der deutschen Freimaurerei in ihren Grundzügen dargestellt. Im Auftrage des Vereins deutscher Freimaurer. Berlin 1912

Kneschke, Julius Emil: Göthe und Schiller in ihren Beziehungen zur Frauenwelt. Dargestellt in zwei Abschnitten nebst Zusätzen und Anhängen. Nürnberg 1858

Koch, Herbert: Die Rettung der Sarkophage Goethes und Schillers bei Kriegsende 1945. In: Jahrbuch der Goethe-Gesellschaft, Band 23, Seiten 249-252, Weimar 1961

Koch, Klaus (u. a. Hg.): Reclams Bibellexikon, 4. Auflage. Stuttgart 1987

Körner, Christian Gottfried: Gesammelte Schriften, hg. von Adolf Stern. Leipzig 1881

Körner, Christian Gottfried: Nachrichten von Schillers Leben. In: Gesammelte Schriften. Leipzig 1881

Körner, Christian Gottfried und Schiller, Friedrich: Philosophische Briefe. In: Gesammelte Schriften. Leipzig 1881

Koerting, Gustav: Dictys und Dares. Ein Beitrag zur Geschichte der Troja-Sage in ihrem Übergange aus der antiken in die romantische Form. Halle 1874

Kötzschke, Dr. G.: Zahnärzte zur Streitfrage um den echten Friedrich-von-Schiller-Schädel. In: Zahnärztliche Welt, 67. Jg., Nr. 1, 10. 1. 1966

Kommerell, Max: Der Dichter als Führer in der deutschen Klassik. 2. Auflage: Frankfurt am Main (1940)

Korrody, Eduard (Hg.): Goethe im Gespräch. Zürich 1944

Kraft, Herbert (Hg.): Wilhelm Tell. Quellen · Dokumente · Rezensionen. Reinbek 1967

Krantz, Moritz: Schillers Schädel. In: Die medizinische Welt, Seite 542, 11. 4. 1931

Krause, Karl Christian Friedrich: Die drei ältesten Kunsturkunden der Freimaurerbrüderschaft, mitgeteilt, bearbeitet und durch eine Darstellung des Wesens und der Bestimmung der Freimaurerei und der Freimaurerbrüderschaft sowie durch mehrere liturgische Versuche erläutert. Dresden 1810

Kretschmer, Paul: Mythische Namen 5. In: Glotta, Zeitschrift für griechische und lateinische Sprache, Band VIII, Göttingen 1917

Kristeller, Paul Oskar: Die Philosophie des Marsilio Ficino. Frankfurt am Main 1972

Kroll, Wilhelm / Mittelhaus, Karl (Hg.): Paulys Realencyclopädie der classischen Altertumswissenschaft. 83 Bände. München 1964-1975

Kühn, Adalbert: Schiller. Zerstreutes als Bausteine zu einem Denkmale. Weimar 1882

Kühn, Rudolf A.. (Hg.): Schillers Tod. Reprint der Studie "Schillers Krankheit" von Wolfgang H. Veil von 1936. Jena 1992

Kühne, Ferdinand Gustav: Schiller als Prophet (1852). In: Oellers, Norbert (Hg.), Schiller – Zeitgenosse aller Epochen. Dokumente zur Wirkungsgeschichte Schillers in Deutschland Teil I: 1782-1859. Frankfurt am Main 1970

Lahnstein, Peter: Schillers Leben. Frankfurt am Main 1984

Langerhans, Max: Schillers Tod und Bestattung – Schillers Schädel. In: Zeitschrift für Menschenkunde, Heft 6, Heidelberg Mai 1928

Larousse: Encyclopédie de la Nature. Deutsche Ausgabe. Stuttgart · Zürich · Wien 1996

Lauer, Hans Erhard: Der Goethe-Schillersche Freundschaftsbund und seine Bedeutung für das kommende Zeitalter. In: Österreichische Blätter für freies Geistesleben, 4. Jahr, Heft 5/6, Mai/Juni 1927

Lecanu, A.: Geschichte des Satans. Erftstadt 2003

Leder, Dr. Kurt: Schillers Skelett. In: Die medizinische Welt, Seite 542, 11. 4. 1931

Lefranc, J. F.: Le voile levé pour les curieux ou le secret de la révolution rélevé à l'aide de la francmaçonnerie. 1791

Leigh, Richard / Baigent, Michael: Verschlusssache Magie. Der Einfluß von Mythen und Mysterien auf unser Leben. München 1997

Leißling, Ernst: War Schiller Freimaurer? In: Zu neuen Ufern lockt ein neuer Tag. Festschrift zum 5. September 1926, dem Tage der Annahme der Loge Amalia zu Weimar durch die Große National-Mutterloge Zu den drei Weltkugeln zu Berlin. Weimar 1926

Leitzmann, Albert: Schiller als Übersetzer eines Orphischen Hymnus? In: Güntter, Otto (Hg.), Marbacher Schillerbuch III, Stuttgart und Berlin 1909

Leitzmann, Albert: Die Quellen von Schillers und Goethes Balladen. Bonn 1923

Leitzmann, Albert: Wilhelm Heinse in Zeugnissen seiner Zeitgenossen. Jena 1938

Lengefeld, Selma von: Die Beisetzung von Schillers Gebeinen in der Fürstengruft am 16. Dezember 1827. In: Weser-Zeitung, 1. Beilage der Abend-Ausgabe, 16. Dezember 1927

Lennhoff, Eugen: Die Freimaurer. Zürich / Leipzig / Wien 1929

Lennhoff, Eugen / Posner, Oskar: Internationales Freimaurerlexikon. München / Zürich / Wien 1966

Leppmann, Wolfgang: Goethe und die Deutschen. Der Nachruhm eines Dichters im Wandel der Zeit und der Weltanschauungen. München / Leipzig 1994

Lessing, Gotthold Ephraim: Ernst und Falk – Gespräche für Freymäurer. Mit einer Einführung und Erläuterungen von Wolfgang Kelsch. Hamburg 1981

Leuker, Tobias: Angelo Poliziano. Dichter, Redner, Stratege. Eine Analyse der *Fabula di Orpheo* und ausgewählter lateinischer Werke des Florentiner Humanisten. Stuttgart und Leipzig 1997

Linn-Linsenbarth, Oskar: Schiller und der Herzog Karl August von Weimar. 2 Teile. Kreuznach 1901

Livius, Titus: Römische Geschichte. Lateinisch und deutsch herausgegeben von Hans-Jürgen Hillen. München und Zürich 1987

Lobkowicz, Peter Francis: Die Legende der Freimaurer. Hamburg 1971

Lobsien, Eckhard: Die rezeptionsgeschichtliche These von der Entfaltung des Sinnpotentials. In: Weber, Heinz-Dieter (Hg.), Rezeptionsgeschichte oder Wirkungsästhetik, Stuttgart 1978

Löhde, Walter: Freche Verleumdungen? In: Am Heiligen Quell Deutscher Kraft, Folge 10, Seite 404ff., 20. 8. 1935

Löhde, Walter: Statt Widerlegungen – neue Beweise. In: Am Heiligen Quell Deutscher Kraft, Folge 15, Seite 612ff., 5. 11. 1935

Löhde, Walter: Neue Legende – aber kein "Ende". In: Am Heiligen Quell Deutscher Kraft, Folge 17, Seite 691ff., 5. 12. 1935

(Löhde, Walter): Zur neuen Auflage des Werkes: "Ungesühnte Frevel an Luther, Lessing, Mozart u. Schiller". In: Am Heiligen Quell Deutscher Kraft, Folge 20, Seite 810ff., 20. 1. 1936

(Löhde, Walter): "Das Geheimnis" der Freimaurerei. In: Am Heiligen Quell Deutscher Kraft, Folge 3, Seite 106ff., 5. 5. 1936

Löhde, Walter: Mai-Vorträge in Jena. In: Am Heiligen Quell Deutscher Kraft, Folge 5, Seite 189ff., 5. 6. 1936

(Löhde, Walter): Mundhalten oder – Giftbecher. In: Am Heiligen Quell Deutscher Kraft, Folge 11, Seite 421f., 5. 9. 1936

Longyear, R. M.: Schiller and Music. Chapel Hill. The University of North Carolina Press, No. 45 o. J.

Louvier, Ferdinand August: Sphinx locuta est. Goethe's Faust und die Resultate einer rationellen Methode der Forschung. 2 Bände. Hamburg 1906

Louvier, Ferdinand August: Über die Ergebnisse der Rationellen Methode der Faustforschung. Hamburg 1922

Ludendorff, Erich: Der Feldherr schreibt. In: Am Heiligen Quell Deutscher Kraft, Folge 18, Seite 713f., 20. 12. 1935

Ludendorff, Erich: Der Feldherr schreibt. In: Am Heiligen Quell Deutscher Kraft, Folge 19, Seite 758ff., 5. 1. 1936

Ludendorff, Erich: Aus der Kloake. In: Am Heiligen Quell Deutscher Kraft, Folge 6, Seite 217ff., 20. 6. 1936

Ludendorff, Erich: Vernichtung der Freimaurerei durch Enthüllung ihrer Geheimnisse. München 1927

Ludendorff, Erich: Schändliche Geheimnisse der Hochgrade. München 1932

Ludendorff, Mathilde: Der ungesühnte Frevel an Luther, Lessing, Mozart und Schiller. Ein Beitrag zur Deutschen Kulturgeschichte. München 1935

Ludendorff, Mathilde: Das Trauerspiel von Schillers Tod und Totengrab wird bestätigt. In: Am Heiligen Quell Deutscher Kraft, Folge 19, Seite 762ff., 5. 1. 1936

Ludendorff, Mathilde: Hecker als unfreiwilliger Fremdenführer zu den Logenverbrechen. In: Am Heiligen Quell Deutscher Kraft, Folge 22, Seite 876ff., 20. 2. 1936

Ludendorff, Mathilde: Im Namen der Wissenschaft. Meine Antwort auf die Schrift von Prof. Dr. W. H. Veil "Schillers Krankheit". Stuttgart 1951

Ludz, Peter Christian (Hg.), Geheime Gesellschaften. Heidelberg 1979

Lukas, Joseph: Schiller, sein religiöser Fortschritt und sein Tod. Landshut 1863

Luttmann, Ilsemargret (Hg.): Die magische Welt der Dogon. Kunst, Kult und Hirse in Westafrika. Ausstellungskatalog im Museum für Völkerkunde Hamburg, 20. März – 23. Mai 2004

Maas, Paul: Ibykos. In: Paulys Realencyclopädie der classischen Altertumswissenschaft, 17. Halbband, Spalte 117ff., Stuttgart 1914

Maltzahn, Wendelin Freiherr von (Hg.): Schiller's Briefwechsel mit seiner Schwester Christophine und seinem Schwager Reinwald. Leipzig 1875

Mann, Gunter: Franz Joseph Gall (1758-1828) und Samuel Thomas Soemmerring: Kranioskopie und Gehirnforschung zur Goethezeit. In: Mann, Gunter / Dumont, Franz (Hg.), Samuel Thomas Soemmerring und die Gelehrten der Goethezeit. Beiträge eines Symposions in Mainz vom 19. bis 21. Mai 1983. Stuttgart New York 1985

Mann, Gunter / Dumont, Franz (Hg.): Samuel Thomas Soemmerring und die Gelehrten der Goethezeit. Beiträge eines Symposions in Mainz vom 19. bis 21. Mai 1983. Stuttgart New York 1985

Mann, Thomas: Briefe 1948-1955. Frankfurt am Main 1965

Mann, Thomas: Leiden und Größe der Meister. In: Gesammelte Werke in Einzelbänden, Frankfurter Ausgabe. Frankfurt am Main 1982

Mann, Thomas: Versuch über Schiller. In: Nachlese. Prosa 1951-1955. Frankfurt am Main 1956

Mann Phillips, Margaret: The 'Adages' of Erasmus. A Study with Translations. Cambridge 1964

Marcuse, Herbert: Orpheus und Narziß: Zwei Urbilder. In: Triebstruktur und Gesellschaft. Frankfurt am Main 1995

Mattick, Friedrich: Über den gegenwärtigen Stand der Schiller-Schädelforschung. In: Deutsche Zahnärztliche Zeitschrift, 12. Jg., Heft 2, 1957

Maurer, Thomas: Moderne Freimaurerei? Ursprünge der Freimaurerei und ihres Geheimnisses und deren Bedeutung für die Genese politischer Modernität. Diss. phil. Frankfurt am Main 1992

Mayer, Karl: Erinnerungen an Scharffenstein und von Ixküll. In: Schillerbuch, Dresden 1860

McCrea, W. H.: Astronomer's Luck. Vortrag vom 5. Juni 1972 in der Universität London. Gekürzt in: Quarterly Journal of the Royal astronomical Society, Band 13, 1972, Seiten 506-519.

Mehring, Franz: Schiller. Ein Lebensbild für deutsche Arbeiter. Leipzig 1909

Merkle, Stefan: Die Ephemeris belli Troiani des Diktys von Kreta. Frankfurt / Bern / New York / Paris 1989

Messiadé, Gerald: Teufel Satan Luzifer. Universalgeschichte des Bösen. Frankfurt am Main 1995

Meyer, Jürg H.: Leben aus dem Toten Meer. In: MERIAN, 31. Jg., Nr. 12, Israel, Hamburg Dezember 1978

Meyer, Richard M.: Schiller der Heros der Deutschen (1905). In: Oellers, Norbert (Hg.), Schiller – Zeitgenosse aller Epochen. Dokumente zur Wirkungsgeschichte Schillers in Deutschland Teil II: 1860-1966. München 1976

Michelsen, Peter: Die 'wahren Taten' der Freimaurer. Lessings 'Ernst und Falk'. In: Ludz, Peter Christian (Hg.), Geheime Gesellschaften. Heidelberg 1979

Minor, Jakob (Hg.): Aus dem Schiller-Archiv. Ungedrucktes und Unbekanntes zu Schillers Leben und Schriften. Weimar 1890.

Mirabeau, Honoré Gabriel Riquetti Comte de: Geheime Geschichte des Berliner Hofes oder Briefe eines reisenden Franzosen geschrieben in den Jahrren 1786 und 1787. (Freiberg) 1789

Mittelhaus, Karl / Kroll, Wilhelm (Hg.): Paulys Realencyclopädie der classischen Altertumswissenschaft. 83 Bände. München 1964-1975

Möller, Dieter / Appel, Rolf (Hg.): Was ist Freimaurerei? Herausgegeben im Auftrage der Großloge der Alten Freien und Angenommenen Maurer von Deutschland. Hamburg 1980

Molnár, Géza von / Dürr, Volker (Hg.): Versuche zu Goethe. Festschrift für Erich Heller. Zum 65. Geburtstag am 27. 3. 1976, Heidelberg 1976

Morgenthaler, Fritz / Parin, Paul / Parin-Matthèy, Goldy: Die Weißen denken zuviel. Psychoanalytische Untersuchungen bei den Dogon in Westafrika. 4. Auflage Hamburg 1993

Müller, Ernst (Hg.): Schillers Calender. Stuttgart 1893

Müller, Ernst: Schiller. Intimes aus seinem Leben nebst einer Einleitung über seine Bedeutung als Dichter und einer Geschichte der Schillerverehrung. Berlin 1905

Müller, Klaus-Detlef: Schiller und das Mäzenat. Zu den Entstehungsbedingungen der 'Briefe über die ästhetische Erziehung des Menschen'. In: Barner, Wilfried u. a. (Hg.), Unser Commercium. Goethes und Schillers Literaturpolitik. Stuttgart 1984

Muschg, Walter: Tragische Literaturgeschichte. Bern 1957

Nerjes, H. Guenther: Ein unbekannter Schiller. Kritiker des Weimarer Musenhofes. Berlin 1965

Nettesheim, Agrippa von: Die Eitelkeit und Unsicherheit der Wissenschaften und die Verteidigungsschrift. München 1913

Neubauer, John: "Die Abstraktion, vor der wir uns fürchten". Goethes Auffassung der Mathematik und das Goethebild in der Geschichte der Naturwissenschaft. In: Dürr, Volker / Molnár, Géza von (Hg.): Versuche zu Goethe. Festschrift für Erich Heller. Zum 65. Geburtstag am 27. 3. 1976, Seiten 305-320, Heidelberg 1976

Neuhauß, Richard: Schillers Schädel. Eine Besprechung des Werkes von A. von Froriep. In: Zeitschrift für Ethnologie, 4. 5. Jg., Seiten 973-1002, Berlin 1913

Neumayr, Anton: Dichter und ihre Leiden. Jean-Jacques Rousseau Friedrich Schiller August Strindberg Georg Trakl. Wien – München 2000

Nicolai-Haas, Rosemarie: Die Anfänge des deutschen Geheimbundromans. In: Ludz, Peter Christian (Hg.), Geheime Gesellschaften. Heidelberg 1979

Nilsson, Martin P.: Geschichte der griechischen Religion, 1. und 2. Band. München 1941 und 1950

Nioradze, Georg: Der Schamanismus bei den sibirischen Völkern. Stuttgart 1925

N. N.: Die Bibel oder die ganze Heilige Schrift des Alten und Neuen Testaments nach der deutschen Übersetzung D. Martin Luthers. Nach dem 1912 vom Deutschen Evangelischen Kirchenausschuß genehmigten Text. Stuttgart o. J.

N. N.: Nachruf auf Richard Neuhauß. In: Zeitschrift für Ethnologie, Jg. 1915, Seite 92f.

N. N.: Das leere Schillergrab. In: Die deutsche Illustrierte 1927

N. N.: Ludendorff auf dem Kriegspfade gegen die deutsche Freimaurerei. Eine Aufklärungsschrift der Grossen National-Mutterloge „Zu den drei Weltkugeln", Berlin. Berlin 1928

N. N.: Ein unbekanntes Gedicht Goethes. In: Hamburger Nachrichten, Abendausgabe Seite 1, 6. 2. 1931

N. N.: Wurde Schiller von Freimaurern ermordet? In: Drehscheibe, Das Blatt der denkenden Menschen, 4. Jg., Folge 46, Hannover 11. Nebelung 1934

N. N.: Die Bibel in heutigem Deutsch. Die Gute Nachricht des Alten und Neuen Testaments. Stuttgart 1982

Norton, Rictor (Hg.): My Dear Boy. Gay Love Letters through the Centuries. San Francisco 1998

Novalis: Apologie von Friedrich Schiller (1789). In: Oellers, Norbert (Hg.), Schiller – Zeitgenosse aller Epochen. Dokumente zur Wirkungsgeschichte Schillers in Deutschland Teil I: 1782-1859. Frankfurt am Main 1970

Novalis: Heinrich von Ofterdingen. Roman. 1802

Oehler-Klein, Sigrid: Die Schädellehre Franz Joseph Galls in Literatur und Kritik des 19. Jahrhunderts: zur Rezeptionsgeschichte einer medizinisch-biologisch begründeten Theorie der Physiognomik und Psychologie. Stuttgart 1987

Oellers, Norbert (Hg.): Schiller – Zeitgenosse aller Epochen. Dokumente zur Wirkungsgeschichte Schillers in Deutschland Teil I: 1782-1859. Frankfurt am Main 1970

Oellers, Norbert (Hg.): Schiller – Zeitgenosse aller Epochen. Dokumente zur Wirkungsgeschichte Schillers in Deutschland Teil II: 1860-1966. München 1976

Oemler, Christian Wilhelm: Schiller, oder Szenen und Charakterzüge aus seinem spätern Leben (1805). In: Oellers, Norbert (Hg.), Schiller – Zeitgenosse aller Epochen. Dokumente zur Wirkungsgeschichte Schillers in Deutschland Teil I: 1782-1859. Frankfurt am Main 1970

Offenbach, Jacques / Crémieux, Héctor: Orpheus in der Unterwelt. Aus dem Französischen von Ludwig Kalisch und Wilhelm Zentner. In: Schondorff, Joachim (Hg.), Orpheus und Eurydike. München, Wien 1963

Oppenheim, Samuel: Das astronomische Weltbild im Wandel der Zeit. I. Teil: Vom Altertum bis zur Neuzeit. 3. Auflage Leipzig und Berlin 1920

Ortlepp, Ernst (Hg.): Schillerlieder von Goethe, Uhland, Chamisso, Rückert, Schwab, Seume und Anderen. Stuttgart 1839

Oslo, Allan: Freimaurer. Humanisten? Häretiker? Hochverräter? Frankfurt am Main 1988

Otto, Walter Friedrich: Faunus. In: Paulys Realencyclopädie der classischen Altertumswissenschaft, 12. Halbband, Spalte 2054ff., Stuttgart 1909

Ovidius Naso, Publius: Die Fasten. Herausgegeben, übersetzt und kommentiert von Franz Bömer. Heidelberg 1957

Ovidius Naso, Publius: Metamorphosen. Aus dem Lateinischen von Erich Rösch. Zürich und München 1988

Palleske, Emil (Hg.): Charlotte. (Für die Freunde der Verewigten). Gedenkblätter von Charlotte von Kalb. Stuttgart 1879

Parin, Paul / Morgenthaler, Fritz / Parin-Matthèy, Goldy: Die Weißen denken zuviel. Psychoanalytische Untersuchungen bei den Dogon in Westafrika. 4. Auflage Hamburg 1993

Patai, Raphael / Ranke-Graves, Robert von: Hebräische Mythologie. Über die Schöpfungsgeschichte und andere Mythen aus dem Alten Testament. Reinbek 1986

(Paulus, Heinrich E. G.): Conversations-Saal und Geister-Revue. Ein Panorama interessanter Personen, Gedanken und Zeitmaterien, für Menschenkenntnis und Wissenschaft. Gedacht und gesammelt von Magis Amica Veritas. Stuttgart 1837

Paulys Realencyclopädie der classischen Altertumswissenschaft. 83 Bände. Stuttgart 1893ff.

Pellech, Christine: Die Argonauten. Eine Welt-Kulturgeschichte des Altertums. Frankfurt am Main u. a. 1992

Pellegrin (Motte-Fouqué, Friedrich de la) / Bernhardi, August Ferdinand: Schillers Totenfeier. Ein Prolog (1806). In: Oellers, Norbert (Hg.), Schiller – Zeitgenosse aller Epochen. Dokumente zur Wirkungsgeschichte Schillers in Deutschland Teil I: 1782-1859. Frankfurt am Main 1970

Petersen, Julius (Hg.): Schillers Gespräche. Berichte seiner Zeitgenossen über ihn. Leipzig 1911

Petersen, Julius / Hecker, Max (Hg.): Schillers Persönlichkeit, Band 1-3. Weimar 1906-1909

Peuckert, Will-Erich: Geheimkulte. München 1988

Pico della Mirandola, Giovanni: Ausgewählte Schriften. Übersetzt und eingeleitet von Arthur Liebert. Jena und Leipzig 1905

Pico della Mirandola, Giovanni: Über die Würde des Menschen. Nebst einigen Briefen und der Lebensbeschreibung. Fribourg – Frankfurt am Main – Wien (1949)

Pico della Mirandola, Giovanni: Kommentar zu einem Lied der Liebe. Übersetzt, mit einer Einleitung und Anmerkungen herausgegeben von Thorsten Bürklin. Hamburg 2001

Pies, Eike: Der Mordfall Descartes. Solingen 1996

Pietsch, Roland: Die Tragödie des Templerordens. In: Ludz, Peter Christian (Hg.), Geheime Gesellschaften. Heidelberg 1979

Pingree, David: Some of the Sources of the Ghayat Al-Hakim. 1980

Platon: Politeia. In: Sämtliche Werke. In der Übersetzung von Friedrich Schleiermacher mit der Stephanus-Numerierung. Band 3. Hamburg 1958

Platon: Symposion. In: Sämtliche Werke. In der Übersetzung von Friedrich Schleiermacher mit der Stephanus-Numerierung. Band 2. Hamburg 1957

Pleticha, Heinrich (Hg.): Das klassische Weimar. Texte und Zeugnisse. München 1983

Plutarch, Über Isis und Osiris. Text, Übersetzung und Kommentar von Theodor Hopfner. 2 Bände. Prag 1940

Plutarch: Moralia. Deutsch von Wilhelm Ax. Leipzig 1942

Poliziano, (Angelo): Orpheus (La festa di Orfeo). Tragödie. Aus dem Italienischen von Werner Gebühr. In: Schondorff, Joachim (Hg.), Orpheus und Eurydike. München, Wien 1963

Pongs, Hermann: Das kleine Lexikon der Weltliteratur. 4. Auflage. Stuttgart 1961

Popp, Volker (Hg.): Initiation. Zeremonien der Statusänderung und des Rollenwechsels. Eine Anthologie. Frankfurt am Main 1969

Portig, Gustav: Schiller in seinem Verhältnis zur Freundschaft und Liebe sowie in seinem inneren Verhältnis zu Goethe. Hamburg und Leipzig 1894

Posner, Oskar / Lennhoff, Eugen: Internationales Freimaurerlexikon. München / Zürich / Wien 1966

Querner, Hans: Samuel Thomas Soemmerring und Johann Georg Forster – eine Freundschaft. In: Mann, Gunter / Dumont, Franz (Hg.): Samuel Thomas Soemmerring und die Gelehrten der Goethezeit. Beiträge eines Symposions in Mainz vom 19. bis 21. Mai 1983. Stuttgart New York 1985

Rabelais, François: Gargantua und Pantagruel, hg. von Horst und Edith Heintze ... unter Benutzung der deutschen Fassung von Ferdinand Adolf Gelbcke. Frankfurt am Main 1974

Rachold, Jan (Hg.): Die Illuminaten. Quellen und Texte zur Aufklärungsideologie des Illuminatenordens (1776-1785). Berlin 1984

Raffalt, Reinhard: Concerto Romano. Leben mit Rom. München 1972

Rank, Dr. Otto: Das Inzest-Motiv in Dichtung und Sage. Grundzüge einer Psychologie des dichterischen Schaffens. Leipzig und Wien 1926

Ranke-Graves, Robert von: Die Weiße Göttin. Sprache des Mythos. Reinbek 1985

Ranke-Graves, Robert von / Patai, Raphael: Hebräische Mythologie. Über die Schöpfungsgeschichte und andere Mythen aus dem Alten Testament. Reinbek 1986

Rauschning, Hermann: Gespräche mit Hitler. Zürich/New York 1940

Rehder, Helmut: Die Kraniche des Ibykus: the genesis of a poem. In: the Journal of English and Germanic Philology, Band 48. Urbana, Illinois 1949

Rehm, Walther: Orpheus. Der Dichter und die Toten. Selbstdeutung und Totenkult bei Novalis – Hölderlin – Rilke. Düsseldorf 1950

Reicher, E. / Stad, P.: Physiognomische Bemerkungen zu Schillers Schädel. In: Die Medizinische Welt, Seite 1843f., Berlin 17. 12. 1932

Reichlin-Meldegg, Karl Alexander Freiherr von (Hg.): Heinrich Eberhard Gottlob Paulus und seine Zeit, nach dessen literarischem Nachlasse, bisher ungedrucktem Briefwechsel und mündlichen Mitteilungen dargestellt, 2 Bände. Stuttgart 1853

Reifenberg, Benno: Schillers Ende. In: Frankfurter Zeitung, 1935

Reinalter, Helmut: Freimaurerei und Illuminatenorden oder Von den Mysterien der Aufklärung. In: Kaltenbrunner, Gerd-Klaus (Hg.), Geheimgesellschaften und der Mythos der Weltverschwörung. München 1987

Reinwald, Christophine: Notizen über meine Familie, 1845. In: Schiller's Briefwechsel mit seiner Schwester Christophine und seinem Schwager Reinwald, hg. von Wendelin Freiherrn von Maltzahn. Leipzig 1875

Richter, Gert / Ulrich, Gerhard: Lexikon der Mythologie. Götter, Helden, Heilige von A bis Z. Weyarn 1998

Richter, Karl / Schönert Jörg (Hg.): Klassik und Moderne. Die Weimarer Klassik als historisches Ereignis im kulturgeschichtlichen Prozeß. Stuttgart 1983

Rilke, Rainer Maria: Sonette an Orpheus. Stuttgart 1997

Röhr, D. Johann Friedrich (Großherzoglicher Oberhofprediger): Trauerworte bei von Goethes Bestattung am 26sten März 1832. Weimar o. J.

Rogalla von Bieberstein, Johannes: Die These von der Verschwörung 1776-1945. Philosophen, Freimaurer, Juden, Liberale und Sozialisten als Verschwörer gegen die Sozialordnung. Frankfurt am Main, Bern, Las Vegas 1978

Rogalla von Bieberstein, Johannes: Geheime Gesellschaften als Vorläufer politischer Parteien. In: Ludz, Peter Christian (Hg.), Geheime Gesellschaften. Heidelberg 1979

Rogalla von Bieberstein, Johannes: Der Mythos von der Weltverschwörung. Freimaurer, Juden und Jesuiten als "Menschheitsfeinde". In: Kaltenbrunner, Gerd-Klaus (Hg.), Geheimgesellschaften und der Mythos der Weltverschwörung. München 1987

Rohde, Erwin: Psyche. Seelenkult und Unsterblichkeitsglaube der Griechen. Freiburg i. B. 1890ff.

Rohde, Georg: Picus. In: Paulys Realencyclopädie der classischen Altertumswissenschaft, 39. Halbband, Spalte 1214ff., Stuttgart 1941

Rose, Herbert Jennings: Griechische Mythologie. Ein Handbuch. München 1969

Rossberg, Dr. Adolf: Freimaurerei und Politik im Zeitalter der Französischen Revolution. Berlin (1942)

Rost, Else: Goethes "Faust" eine Freimaurertragödie. Versuch einer Klärung – kein Kommentar. München o. J.

Rüdiger, Horst: Das charakterologische Interesse des jungen Schiller. In: Geistige Arbeit, Zeitung aus der wissenschaftlichen Welt, 6. Jg., Nr. 9, Berlin 5. Mai 1939

Ruppelt, Georg: Schiller im nationalsozialistischen Deutschland. Der Versuch einer Gleichschaltung. Stuttgart o. J.

Sächsische Landeszeitung, Jg. 1910, Folgen 3, 4, 5 und 6

Salten, O.: Schiller und Katharina Baumann. In: Westermanns Monatshefte, Band 88, Juli/September 1900

Sanuto, Marino: I Diarii. Volume I. Venezia 1879-1903

Sattel, Joseph: Der Freundschaftsbund zwischen Goethe und Schiller. Frankfurt am Main 1899

Savonarola, Giovanni: Predigten und Schriften, hg, von Mario Ferrara. Salzburg 1957

Schadewaldt, Wolfgang: Goethes Achilleis. Rekonstruktion der Dichtung. In: Goethestudien. Natur und Altertum. Zürich und Stuttgart (1963)

Schadewaldt, Wolfgang: Fausts Ende und die Achilleis. In: Goethestudien. Natur und Altertum. Zürich und Stuttgart (1963)

Scharf, Joachim-Hermann: Der Anatomenstreit um Schillers Schädel. In: Nova Acta Leopoldina, Neue Folge, Nr. 171, Band 29, Leipzig 1964

Scharffenstein, Georg Friedrich: Jugenderinnerungen eines Zöglings der hohen Karlsschule in Bezug auf Schiller. In: Morgenblatt für gebildete Stände, Nrn. 56-58, 7.-9. 3. 1837

Schefold, Karl / Jung, Franz: Die Urkönige, Perseus, Bellerophon, Herakles und Theseus in der klassischen und hellenistischen Kunst. München 1988

Scheidemantel, Eduard: Schillers Diener Georg Gottfried Rudolph. In: Mitteilungen Deutscher Schillerbund, Nr. 84, November 1939

Scherr, Johannes: Schiller und seine Zeit. In drei Büchern. Leipzig 1859

Schikaneder, Emanuel: Die Zauberflöte. Eine große Oper in zwei Akten. Wien 1791

Schiller, Friedrich : Sämtliche Werke, Säkular-Ausgabe, 16 Bände. Stuttgart u. Berlin (1905)

Schiller, Friedrich: Werke. Nationalausgabe. 42 Bände, Weimar 1943ff.

Schiller, Friedrich: Sämtliche Gedichte. Frankfurt am Main und Leipzig 1991

Schiller, Friedrich: Zwei unbekannte Briefe. Mitgeteilt von Otto Güntter. In: 41. Rechenschaftsbericht des Schwäbischen Schillervereins. Stuttgart 1937

Schiller-Verein Leipzig (Hg.): Gedenkbuch an Friedrich Schiller. Am 9. Mai 1855. Leipzig o. J. (1855)

Schimmel, Annemarie / Endres, Franz Carl: Das Mysterium der Zahl. Zahlensymbolik und Kulturvergleich. München 1995

Schindler, Norbert: Aufklärung und Geheimnis im Illuminatenorden. In: Ludz, Peter Christian (Hg.), Geheime Gesellschaften. Heidelberg 1979

Schings, Hans-Jürgen: Die Brüder des Marquis Posa. Schiller und der Geheimbund der Illuminaten. Tübingen 1996

Schlaffer, Heinz: Richard van Dülmen, Der Geheimbund der Illuminaten. In: Göttingische Gelehrte Anzeigen, 229. Jg., Nr. 1-2, Seiten 139-147, Göttingen 1977

Schlapp, Manfred: Zwischen Aufklärung und Geheimniskrämerei. In: Kaltenbrunner, Gerd-Klaus (Hg.), Geheimgesellschaften und der Mythos der Weltverschwörung. München 1987

Schlegel, Friedrich: Geschichte der alten und neuen Literatur. Herausgegeben und eingeleitet von Hans Eichner. In: Kritische Friedrich-Schlegel-Ausgabe, Band 6. München · Paderborn · Wien 1961

Schmidt, Erich (Hg.): Wilhelm von Humboldt über Schillers Tod. Ein Brief an Frau von Staël. In: Marbacher Schillerbuch

Schmidt, Heinrich: Erinnerungen eines weimarischen Veteranen aus dem geselligen, literarischen und Theater-Leben. Leipzig 1856

Schmidt, Julian: Schiller und seine Zeitgenossen. Eine Gabe für den 10. November 1859. Leipzig 1859

Schmidt, Dr. Karl (Hg.): Schillers Sohn Ernst. Eine Briefsammlung mit Einleitung. Paderborn 1893

Schmitt, Eberhard: Elemente einer Theorie der politischen Konspiration im 18. Jahrhundert. Einige typologische Bemerkungen. In: Ludz, Peter Christian (Hg.), Geheime Gesellschaften. Heidelberg 1979

Schneider, Heinrich: Lessing. Zwölf biographische Studien. München 1951

Schneider, Heinrich: Das Buch Lessing. Ein Lebensbild in Briefen, Schriften, Berichten. Bern u. München (1961)

Schneider, Heinrich / Guthke, Karl S.: Gotthold Ephraim Lessing. Stuttgart 1967

Schneider, Robert: Die Freimaurerei vor Gericht. Neue Tatsachen über Weltfreimaurerei, deutsch-christliche Orden und geheime Hochgrade. 3. Auflage München 1936

Schnetger, Alexander: Der zweite Theil des Goethe'schen Faust. Jena 1858

Schöll, A.: Carl-August-Büchlein. Lebenszüge, Aussprüche, Briefe und Anekdoten von Carl August, Großherzog von Sachsen-Weimar-Eisenach. Weimar 1857

Schöne, Albrecht: Schillers Schädel. München 2002

Schönert, Jörg / Richter, Karl (Hg.), Klassik und Moderne. Die Weimarer Klassik als historisches Ereignis im kulturgeschichtlichen Prozeß. Stuttgart 1983

Schondorff, Joachim (Hg.): Orpheus und Eurydike. München, Wien 1963

Schrickel, Leonhard: Weimar. Eine Wallfahrt in die Heimat alles Deutschen. Weimar o. J.

Schrumpf, Ernst: Friedrich Schillers irdische Bahn. München 1929

Schrumpf, Ernst: Wie Schiller in Wahrheit bestattet wurde. Die Wandlung seines Grabes. In: Der Heimgarten, Blätter für Literatur, Belehrung und Unterhaltung, Wochenschrift der Bayrischen Staatszeitung, 7. Jg., Nr. 18, München 4. Mai 1929

Schüttler, Hermann: Die Mitglieder des Illuminatenordens 1776-1787/93. 1991

Schütz, F. W. v.: Neues Archiv der Schwärmerei und Aufklärung den Bedürfnissen des Zeitalters angemessen und in willkührlichen Heften herausgegeben. Altona und Leipzig 1797

Schultze-Naumburg, Bernhard: Die Ergänzung in den Ehen berühmter Männer. In: Westermanns Monatshefte, 78. Jg., 1933/34

Schulz, Hans (Hg.): Schiller und der Herzog von Augustenburg in Briefen. Mit Erläuterungen von Hans Schulz. Jena 1905

Schulz, Hans: Schillers Gönner Friedrich Christian von Schleswig-Holstein und die Orden. In: Monatshefte der Comenius-Gesellschaft, Heft 2, 1907

Schulz, Hans: Schiller und Baggesen und die geplante Gesellschaft von Freunden der Humanität zu Kopenhagen. In: Monatshefte der Comenius-Gesellschaft, 20, Berlin 1912

Schwab, Gustav: Schillers Bruder. Ein Kuriosum. In: Deutsche Pandora. Gedenkbuch zeitgenössischer Zustände und Schriftsteller, 1. Band. Stuttgart 1840

Schwab, Gustav: Die schönsten Sagen des klassischen Altertums. Wien und Heidelberg 1950

Schwabe, Dr. Julius: Schiller's Beerdigung und die Aufsuchung und Beisetzung seiner Gebeine (1805, 1826, 1827). Nach Actenstücken und authentischen Mittheilungen aus dem Nachlasse des Hofraths und ehemaligen Bürgermeisters von Weimar Carl Leberecht Schwabe. Leipzig 1852

Schwabe, Julius: Schiller's Beerdigung (1805) und die Aufsuchung seiner Gebeine (1826). In: Gartenlaube Nr. 46 und 47, 1859

Schwabe, Julius: Harmlose Geschichten. Erinnerungen eines alten Weimaraners. Frankfurt am Main 1890

Schwabe, Toni: Ein Beitrag zum Kampf um den "echten Schädel" Schillers. In. Deutsche Rundschau, Band 160-161, Seite 157f., 1914

Schwartz-Bostunitsch, Gregor: Die Freimaurerei. Ihr Ursprung, ihre Geheimnisse, ihr Wirken. Weimar o. J. (circa 1940)

Schwarz, Dieter: Die Freimaurerei. Weltanschauung, Organisation und Politik. Berlin 1944

Schwarzacher, Walther: Friedrich Schillers Krankheit und Schaffen. In: Anzeiger der philosophisch-historischen Klasse der Österreichischen Akademie der Wissenschaften, Jg. 1951, Nr. 19

Schwering, Julius: Literarische Streifzüge und Lebensbilder. Münster 1931

Segebrecht, Wulf: Naturphänomen und Kunstidee. Goethe und Schiller in ihrer Zusammenarbeit als Balladendichter, dargestellt am Beispiel der *Kraniche des Ibykos*. In: Richter, Karl / Schönert, Jörg (Hg.), Klassik und Moderne. Die Weimarer Klassik als historisches Ereignis im kulturgeschichtlichen Prozeß. Stuttgart 1983

Seiling, Max: Goethe als Okkultist. Berlin (1920)

Semmelrath, Hannelore: Der Orpheus-Mythos in der Kunst der italienischen Renaissance. Eine Studie zur Interpretationsgeschichte und zur Ikonologie. Diss. Phil. Köln 1994

Sengle, Friedrich: Das Genie und sein Fürst. Die Geschichte der Lebensgemeinschaft Goethes mit dem Herzog Carl August von Sachsen-Weimar-Eisenach. Ein Beitrag zum Spätfeudalismus und zu einem vernachlässigten Thema der Goetheforschung. Stuttgart / Weimar 1993

Shizhong Han (= Hsi-chung) : Friedrich Schillers Werke in China. In: Zeitschrift für Kulturaustausch, Jg. 38, Heft 2, Seite 218f., Stuttgart 1988

Simon, Axel : Gerichtsmedizinischer Kommentar zur Schiller-Rekonstruktion durch Gerassimow (1961) in Weimar. In: Gegenbaurs Morphologisches Jahrbuch, Band 113, Heft 4, Leipzig August 1969

Solf, Hans-Heinrich: Die Funktion der Geheimhaltung in der Freimaurerei. In: Ludz, Peter Christian (Hg.), Geheime Gesellschaften. Heidelberg 1979

Sontheimer, Walther / Ziegler, Konrat (Hg.): Der Kleine Pauly. Lexikon der Antike in fünf Bänden. Auf der Grundlage von Pauly's Realencyclopädie der classischen Altertumswissenschaft unter Mitwirkung zahlreicher Fachgelehrter. München 1979

Soulas de Russel, Dominique J. M. : Tschad - Objekt nationaler und internationaler Machtkämpfe. Hamburg 1981

Specht, Rainer: Descartes. Reinbek 1966

Speiser, Manuela: Orpheusdarstellungen im Kontext poetischer Programme. Innsbruck 1992

Springer, Brunold: Der Schlüssel zu Goethes Liebesleben. Ein Versuch. Berlin 1926

Springer, Robert: Weimar's klassische Stätten. Berlin 1868

Stad, P. / Reicher, E.: Physiognomische Bemerkungen zu Schillers Schädel. In: Die Medizinische Welt, Seite 1843f., Berlin 17. 12. 1932

Stahr, Adolf: Weimar und Jena. Oldenburg 1852

Staiger, Emil (Hg.): Der Briefwechsel zwischen Schiller und Goethe. Frankfurt am Main 1966

Staudacher, Willibald: Die Trennung von Himmel und Erde. Ein vorgriechischer Schöpfungsmythus bei Hesiod und den Orphikern. Sonderausgabe MCMLVIII. Darmstadt 1942/1968

Stauffer Publishers Ltd. (Hg.): Große Weltgeschichte in sechs Bänden. Zürich o. J.

Steffens, Manfred: Freimaurer in Deutschland. Bilanz eines Vierteljahrtausends. Flensburg 1964

Steier, August: Specht. In: Paulys Realencyclopädie der classischen Altertumswissenschaft, 6. Halbband, Spalte 1546ff., Stuttgart 1929

Steier, August / Gossen, Hans: Kranich. In: Paulys Realencyclopädie der classischen Altertumswissenschaft, 22. Halbband, Spalte 1571ff., Stuttgart 1922

Stein, Gertrude: Sacred Emily. In: Geography and Plays. University of Nebraska Press, 1993 (reprint)

Steinle, Eduard: Karl-August von Sachsen-Weimar und Schiller. In: Der Heimgarten, Blätter für Literatur, Belehrung und Unterhaltung, Wochenschrift der Bayrischen Staatszeitung, 6. Jg., Nr. 45, München 9. November 1928

Sterbetz, Istvan: Der Seidenreiher. Wittenberg 1961

Stourzh-Anderle, Dr. Helene: Sexuelle Konstitution, Psychopathie, Kriminalität, Genie. Wien · Bonn 1955

Strauss, Wolfgang: Geheimbünde und Verschwörungen in Rußland. In: Kaltenbrunner, Gerd-Klaus (Hg.), Geheimgesellschaften und der Mythos der Weltverschwörung. München 1987

Streicher, Andreas: Schillers Flucht von Stuttgart und Aufenthalt in Mannheim von 1782 bis 1785. Hamburg 1912

Strzygowski, Josef: Orpheus und verwandte iranische Bilder. In: Otto Kern, Orpheus. Berlin 1920

Stubenrauch, Herbert: Schiller und die Schauspieler. Ein unveröffentlichter Brief Ifflands vom 19. Januar 1785. Stuttgart 1958

Stülcken, Karl: Beizwild der Könige. Eine Reiherbiologie. Wedel in Holstein 1942

Suphan, Bernhard (Hg.): Herders Sämmtliche Werke, Band 23. Berlin 1885

Suphan, Bernhard: Zum zehnten November. "Schiller's Todtenfeyer". Ein dramatischer Entwurf Goethes. In: Deutsche Rundschau, 21. Jg., Heft 2, November 1894

Suphan, Bernhard (Hg.): Goethe's Unterhaltungen mit Carl Friedrich Anton von Conta. Zum 10. November mitgeteilt. In: Deutsche Rundschau, Jg. 28, Heft 2, November 1901

Szabadváry, Ferenc: Antoine Laurent Lavoisier. Der Forscher und seine Zeit 1743-1794. Stuttgart 1973

Taylor, Bayard: Goethe's Faust. Erläuterungen und Bemerkungen. Leipzig 1882

Teller, Frida: Die Wechselbeziehungen von psychischem Konflikt und körperlichem Leiden bei Schiller. In: Freud, Sigmund (Hg.), Imago, Zeitschrift für Anwendung der Psychoanalyse auf die Geisteswissenschaften VII, 2, Seiten 95-126, 1921

Temple, Robert K. G. : Das Sirius-Rätsel. Frankfurt am Main / Berlin 1996

Theopold, Dr. Wilhelm: Schiller. Sein Leben und die Medizin im 18. Jahrhundert. Stuttgart 1964

Th(eopold, Prof. Dr. Wilhelm).: Schillers letzte Krankheit. In: Hessisches Ärzteblatt, 55. Jg., Dezember 1994

Thoms, Günther: Friedrich von Schiller als Arzt und als Kranker. In: Die Heilberufe, Zeitschrift für Arzthelfer, Schwestern, Pfleger, Hebammen, Fürsorgerinnen, Med.-techn. Assistentinnen, Krankengymnastinnen, Masseure, zahnärztliche Helferinnen und alle Heilhilfsberufe, 7. Jg., Hefte 9 und 10, Berlin 1955

Tissoni Benvenuti, Antonia: L'Orfeo del Poliziano con il testo critico dell' originale e delle successive forme teatrali. Padova 1986

Traumann, Ernst: Schillers Schädel und Goethe. In: Frankfurter Zeitung Nr. 126, Frankfurt am Main 7. Mai 1912

Traumann, Ernst: Nochmals: Schillers Schädel und Goethe. In: Frankfurter Zeitung Nr. 134, Frankfurt am Main 15. Mai 1912

Treuenfels, Carl-Albrecht v.: Kraniche Vögel des Glücks. Hamburg 1998

Uhle, P.: Schiller im Urteil Goethes. "Gedanken und Erinnerungen". Beigabe zum Jahresbericht des Realgymnasiums zu Chemnitz für das Schuljahr 1908 bis 1909. Chemnitz 1909

Ulrich, Gerhard / Richter, Gert: Lexikon der Mythologie. Götter, Helden, Heilige von A bis Z. Weyarn 1998

Ullrich, Herbert: Die Rekonstruktion des Gesichts auf dem Schädel. In: Urania, Monatsschrift über Natur und Gesellschaft, Jg. 21, Heft 8, Seiten 289-294, Leipzig / Jena August 1958

Ullrich, Herbert: Neue wissenschaftliche Untersuchungen über die Echtheit des Schillerschädels. In: Urania, Monatsschrift über Natur und Gesellschaft, Jg. 52, Heft 5, Seiten 198-203, Berlin Mai 1962

Ullrich, Herbert: Zur Frage nach dem echten Schiller-Schädel. In: Wissenschaft und Fortschritt, Jg. 12, Seiten 214-215, Berlin 1962

Ullrich, Herbert: Kritische Bemerkungen zur plastischen Rekonstruktionsmethode nach Gerasimov auf Grund persönlicher Erfahrungen. In: Ethnographisch-Archäologische Zeitschrift, Jg. 7, Seiten 111-123, 1966

Unger, Rudolf: Richtungen und Probleme neuerer Schiller-Deutungen. In: Nachrichten von der Gesellschaft der Wissenschaften zu Göttingen, Philol.-hist. Klasse, Fachgruppe IV, Neue Folge, Band I, Nr. 9, 1937

Urlichs, Ludwig (Hg.): Charlotte von Schiller und ihre Freunde. 3 Bände. Stuttgart 1860 -1865

Urzidil, Johannes: Goethe in Böhmen. In: Preußische Jahrbücher, Band 223, Berlin 1931

Utz, Peter: Die ausgehöhlte Gasse. Stationen der Wirkungsgeschichte von Schillers "Wilhelm Tell". Königstein/Ts. 1984

Valentin, Erich: Wolfgang Amadeus Mozart. München 1985

Vater, Friedrich: Der Argonautenzug. Aus den Quellen dargestellt und erklärt. Erstes und Zweites Heft. Kasan 1845

Vergilius Maro, Publius: Æneïs. Herausgegeben und übersetzt von Johannes Götte. München und Zürich 1983

Vergilius Maro, Publius: Georgica / Vom Landbau. Übersetzt und herausgegeben von Otto Schönberger. Stuttgart 1994

Vergilius Maro, Publius: Die Mücke (Culex). Lateinisch und deutsch von Magdalena Schmidt. In: Schriften und Quellen der Alten Welt, Band 4. Berlin 1959

Vesper, Will (Hg.): Goethes Briefwechsel mit Zelter. Berlin 1914

Voltaire: Micromégas. Histoire philosophique. In: Contes en Vers et en Prose, Band 1, Classiques Garnier. Paris 1992

Wachsmuth, Andreas B. (Hg.): Goethe. In: Neue Folge des Jahrbuchs der Goethe-Gesellschaft, Band 23, Weimar 1961

Wahl, Volker: Die Rettung der Dichtersärge. Das Schicksal der Sarkophage Goethes und Schillers bei Kriegsende 1945. Eine Dokumentation mit Fotografien von Günther Beyer. Weimar 1991

Wais, Kurt: Das Echo Schillers in der Welt (1959). In: Oellers, Norbert (Hg.), Schiller – Zeitgenosse aller Epochen. Dokumente zur Wirkungsgeschichte Schillers in Deutschland Teil II: 1860-1966. München 1976

Weimars Album 1840

Weinreb, Friedrich: Wie sie den Anfang träumten. Überlieferungen vom Ursprung des Menschen. Bern 1976

Weinreb, Friedrich: Der göttliche Bauplan der Welt. Der Sinn der Bibel nach der ältesten jüdischen Überlieferung. Bern 1978

Weinreb, Friedrich: Legende von den beiden Bäumen. Alternatives Modell einer Autobiographie. Bern 1981

Weinreb, Friedrich: Leben im Diesseits und Jenseits. Ein uraltes vergessenes Menschenbild. Bern 1994

Weinreb, Friedrich: Kabbala im Traumleben des Menschen. München 1994

Weniger, Erich: Goethe und die Generale. Leipzig 1943

Welcker, Hermann: Schiller's Schädel und Todtenmaske nebst Mittheilungen über Schädel und Todtenmaske Kant's. Braunschweig 1883

Wellard, James: Lost Worlds of Africa. London 1967

Wentzlaff-Eggebert, Friedrich-Wilhelm: Schillers Weg zu Goethe. Berlin 1963

Wenzel, Manfred (Hg.): Goethe und Soemmering. Briefwechsel 1784-1828. Textkritische und kommentierte Ausgabe. Stuttgart New York 1988

Wernekke, Dr. Hugo: Goethe und die Königliche Kunst. Leipzig 1905

Wesselski, Albert (Hg.): Angelo Polizianos Tagebuch (1477-1479) mit vierhundert Schwänken und Schnurren aus den Tagen Lorenzos des Großmächtigen und seiner Vorfahren. Jena 1929

Wichtl, Friedrich: Freimaurer-Morde. Regensburg 1921

Wifstrand Schiebe, Marianne: Vergil und die Tradition von den römischen Urkönigen. Stuttgart 1997

Wilamowitz-Moellendorf, Ulrich von: Die Textgeschichte der griechischen Lyriker. In: Abhandlungen der Königlichen Gesellschaft der Wissenschaften zu Göttingen, Philologisch-Historische Klasse, Neue Folge, Band IV, Nr. 3, Berlin 1900

Wilamowitz-Moellendorf, Ulrich von: Sappho und Simonides. Untersuchungen über griechische Lyriker. Berlin 1913

Wilamowitz-Moellendorf, Ulrich von: Der Glaube der Hellenen, 2. Band. Berlin 1932

Wilpert, Gero von: Schiller-Chronik. Sein Leben und Schaffen. Stuttgart 1958

Wilson, W. Daniel: Geheimräte gegen Geheimbünde. Ein unbekanntes Kapitel der klassisch-romantischen Geschichte Weimars. Stuttgart 1991

Winckelmann, Johann Joachim: Geschichte der Kunst des Altertums. Dresden 1764. Faksimileneudruck 1966

Wirth, Gerhard (Hg.): Griechische Lyrik. Von den Anfängen bis zu Pindar. Griechisch und Deutsch. Reinbek o. J.

Wolf, Karl Lothar: Goethe und die Naturwissenschaft. Betrachtungen zu einem Vortrag Werner Heisenbergs. In: Goethe, Neue Folge des Jahrbuchs der Goethe-Gesellschaft, Band 29, Seiten 289-293, Weimar 1967

Wolzogen, Alfred Freiherr von (Hg.): Schillers Beziehungen zu Eltern, Geschwistern und der Familie von Wolzogen. Aus den Familien-Papieren mitgeteilt. Stuttgart 1859

Wolzogen, Caroline von: Aus Schillers letzten Tagen. Eine ungedruckte Aufzeichnung. Weimar 1905

Wolzogen, Caroline von: Literarischer Nachlaß. 2 Bände in einem Band. Hildesheim / Zürich / New York 1990

Wolzogen, Ernst von: Das Geheimnis um Schillers Bestattung. In: Das Prisma, Blätter der Vereinigten Stadttheater Bochum-Duisburg, 7. Jg., Heft 31, (1930/31)

Wolzogen, Karoline von: Schillers Leben. Verfaßt aus Erinnerungen der Familie, seinen eigenen Briefen und den Nachrichten seines Freundes Körner. Stuttgart o. J.

Wüst, Ernst: Pygmaioi. In: Paulys Realencyclopädie der classischen Altertumswissenschaft, 46. Halbband, Spalte 2064ff., Stuttgart 1959

Zehren, Erich: Das Testament der Sterne. Berlin 1957

Zeller, Bernhard (u. a.): Klassiker in finsteren Zeiten, Band 1

Zhu, Hong: Schiller in China. Frankfurt am Main 1994

Ziegler, Konrat: Orpheus. In: Kroll, Wilhelm / Mittelhaus, Karl (Hg.), Pauly's Realencyclopädie der classischen Altertumswissenschaft, 35. Halbband, XVIII, 1 – Spalten 1200-1316

Ziegler, Konrat / Sontheimer, Walther (Hg.): Der Kleine Pauly. Lexikon der Antike in fünf Bänden. Auf der Grundlage von Pauly's Realencyclopädie der classischen Altertumswissenschaft unter Mitwirkung zahlreicher Fachgelehrter. München 1979

"Der Zirkel", 35. Jg., Nrn. 30 + 31. Wien, 7. Mai 1905

Zoller, Henry: Bahai: Israels vierte Religion. In: MERIAN, 31. Jg., Nr. 12, Israel, Hamburg Dezember 1978

© Moritz Pirol
Alle Rechte vorbehalten
Hersteller: Books on Demand GmbH, Norderstedt
VERLAG ORPHEUS UND SÖHNE Hamburg 2005
ISBN 3-938647-00-0

BÜCHER VON MORITZ PIROL

STERNGUCKER
ODER DAS IDYLL EINES OBDACHLOSEN

Band 1: PURPURFLÜGEL
ISBN 3-938647-00-0

Band 2: DOPPELSONNEN
ISBN 3-938647-01-9

Band 3: KRANICHRUFE
ISBN 3-938647-02-7

NACH OBEN OFFEN. REFLEXE
Tagebücher
Band 4: ISBN 3-00-013099-3
Band 1-3 und 5-6 sind in Vorbereitung

LIEBESBRIEF AN FREMDEN KÖNIG
Männerporträts aus Thailand
mit 37 Fotos von Nohng Noh
ISBN 3-8311-0959-1

HAHNENSCHREIE
Band 1: ISBN 3-8311-0822-6
Band 2: ISBN 3-8311-0823-4
Kurzfassung: ISBN 3 935596 23 5

MORITZ PIROL

Bühnenstücke, Hörspiele, Fernsehspiele, Fernsehserien
und Historische Revuen sowie Übersetzungen aus mehreren Sprachen
(unter wechselnden Namen)
bei ARD und ZDF, Westdeutschem und Süddeutschem Rundfunk,
auf Bühnen in Hamburg, Düsseldorf, Zürich, München, Wien, Berlin, Köln
sowie bei Ruhrfestspielen, Maifestspielen und Rheinischem Musikfest.

Nominierung für den Gerhart-Hauptmann-Preis.

Features, Essays und Aufsätze in zahlreichen Publikationen.

Schwerpunkt seit 1990: Erzählende Prosa.

www.moritzpirol.de